호랑낭자뎐

호랑낭자뎐傳

이재인 장편소설

연담ⓛ

차례

1

부엉이
우는밤

땅을 두드리는 듯한 북소리 사이로 길게 징이 울었다. 귀비(鬼妃) 태 씨가 뛰어오를 때마다 궁무들의 손에 들린 신령(神鈴)이 쩔렁쩔렁 소리를 내고, 휘장이 귀비의 치맛자락과 같은 모양새로 춤추듯 너울거렸다.

임금이 짜증스러운 한숨을 내뱉었다. 속에서 천불이 이는 듯했다. 며칠째 그의 귓가를 맴돌던 불길한 날짐승 소리가 잦아드는가 싶을 때쯤 그날의 비명소리가 이명처럼 임금의 귓가에 파고들었다.

* * *

"천벌을 받으실 겁니다!"
"결코 편히 눈감지 못하실 게요. 이년이 그리 두지 않을 것입니다.

내 기필코 악귀가 되어 주상 곁을 맴돌 것입니다. 두고 보세요!"

여인 둘이 째질 듯한 목소리로 악다구니를 했다. 핏발 선 눈이 형형하게 번뜩였다. 부러 물을 들이기라도 한 것마냥 온통 핏물에 절은 소복 끝에서 여직 마르지 않은 피가 뚝뚝 흘러내렸다. 피 웅덩이 한가운데에 앉아 있는 모습을 하고도 여인들은 꼿꼿하게 세운 허리를 굽힐 줄 몰랐다.

한동안 그 모습을 지켜보기만 하던 임금이 곁에 선 두 명의 사내아이를 향해 눈을 돌렸다.

"잘 보거라."

겁에 잔뜩 질린 아이들은 임금과 시선이 마주치자 황급히 고개를 숙였다. 아이들의 어깨가 벌벌 떨리는 것이 가엾지도 않은지 임금이 비죽 웃음을 흘렸다.

"이 아이들의 신세가 꼭 세자 시절의 나와 같지 않습니까?"

"어찌, 그런……."

눈을 흡뜨며 말을 잇지 못하는 여인들을 향해 임금은 또다시 입술 끝을 끌어올렸다. 대수롭지 않은 이야기를 하는 것마냥 가볍게 어깨를 들썩이는 품새가 자못 장난스럽기까지 했다.

"그래, 꼭 같다고 할 수 있지. 눈앞에서 어미가 죽는 꼴을 보게 되었으니 말이야."

조용히 뇌까리는 말이 하도 섬뜩해 좌중은 찬물을 끼얹은 듯 고요해졌다. 가만히 그 정적을 음미하던 임금이 아이들을 향해 입을 열었다.

"무슨 말인지 알아듣겠느냐? 내 오늘 기필코 너희의 어미를 죽일 것이라는 뜻이다."

"살려주세요! 전하, 어머니를 살려주세요."

"한 번만 용서해 주세요. 제가 뭐든지 하겠습니다! 전하, 제발!"

임금의 말이 끝나기 무섭게 아이들이 울며 빌기 시작했다.

"걱정 말거라. 네 어미들의 목숨을 거두고 나면 너희의 목숨도 거둘 것이니. 넷이서 사이좋게 저승길을 가면 되겠구나."

임금은 별일 아니라는 듯 엎드려 흐느끼는 아이들의 등허리를 가볍게 툭툭 쳤다. 그 모습을 지켜본 어미들이 태도를 바꾸었다.

"주상! 제발, 아이들은 살려주세요. 내 이리 빌겠습니다!"

"배가 다르다 하나 핏줄 아닙니까. 아우들에게 어찌 이러십니까? 제발 아이들은 살려주세요. 주상, 제발 자비를 베풀……."

"내가 부왕께 내 어미를 살려달라 빌었을 때, 그때 이리하셨어야지요. 내 어미가 폐서인이 된 것도 두 분의 탓이며, 또한 사약을 받은 것도 두 분 탓인데. 이제 와 저를 천륜도 모르는 폐륜아 취급하십니까?"

"그래, 맞습니다. 모두 이년의 탓입니다. 다 이년이 꾸민 짓이었습니다. 그러니 제발……."

다급히 말을 잇는 여인을 향해 임금이 쯧 혀를 찼다. 더 들을 것도 없다는 태도였다.

"듣거라. 소용 김 씨와 숙원 안 씨를 장살*에 처한다. 두 왕자군에게는 유삼천리**를 명하노라."

처분은 냉정했다. 심약한 왕자군들은 저들의 어미가 장살 되는 것을 지켜보며 벌벌 떨다가 기어이 앞으로 고꾸라졌다. 임금이 즉위한

---

* 매로 쳐서 죽임.
** 삼천 리 밖으로 귀양 보냄.

지 보름 만의 일이었다.

* * *

　해괴제(解怪祭)를 마치자 임금은 주변을 모두 물리고 편전(便殿)으로 들었다. 걸음을 옮길 때마다 짜증스러운 기색이 묻어 나왔다. 제를 올린 것이 별 효과가 없었는지 밤낮으로 그를 괴롭히던 부엉이 소리가 여직 귓가에 남아 있었다. 제법 거친 손길로 귀를 몇 번 문질거린 그는 편전으로 응선(鷹仙) 민도식을 불러들였다.

　"전하, 찾으셨나이까?"

　"이리, 좀 더 가까이 오세요."

　민도식이 임금의 지척으로 다가갔다. 주군의 하명을 기다리며, 나이 든 신하는 슬쩍 임금의 안색을 살폈다. 부리부리한 눈매와 높게 선 콧날. 얇은 입술은 조금 고집스러워 보였다. 용포의 붉은 빛보다 더 화려하고 선명한 얼굴의 젊은 사내. 그 눈매만큼이나 날카롭고 예민한 성정을 가진, 조선에 뜨는 단 하나의 태양. 임금 이광.

　"휘 말입니다."

　임금이 입을 열었다.

　"무영 대감 말씀이십니까?"

　되묻는 민도식을 향해 임금은 짧게 고개를 끄덕였다.

　"찾아오세요, 최대한 빨리."

　"대감이 도성을 떠난 지 세 해가 훌쩍 넘었습니다."

　당혹스러운 낯으로 대답하는 민도식을 향해 임금이 놀리듯 물었다.

　"어찌, 어렵겠습니까?"

"전하, 그런 것이 아니오라⋯⋯."

"내응방(內鷹房)에 있는 그대의 수하들을 모두 움직이게 하세요. 그리고 해주목(海州牧)*에 있는 그대의 가솔들도 합세한다면 그리 어려운 일은 아닐 텐데, 내 말이 틀립니까?"

"명대로 하겠습니다."

기어이 민도식의 입에서 원하는 대답을 듣고 마는 임금이다. 흡족한 얼굴로 신하를 물린 그가 이번에는 상선을 불러들였다.

"채비하거라. 귀비당(鬼妃堂)으로 가야겠다."

그의 명에 궁인들이 분주히 움직이기 시작했다.

"주상 전하 납시오!"

"전하! 어인 일로⋯⋯."

궁무들 사이에서 귀비 태 씨가 달려나왔다. 해괴제를 마친 지 이제 막 반 시진이나 지났을까, 귀비는 여직 제복 차림이었다. 그 모습을 바라보던 임금이 피식 웃음을 흘렸다. 귀비의 순순한 낯 위로 떠오른 당혹감이 어쩐지 그를 즐겁게 했다. 태 씨의 손목을 이끌며 귀비당 섬돌을 딛는 임금의 입가를 타고 미미한 콧노래가 흘러나왔다.

임금과 귀비가 덧문 너머로 사라지자 귀비당 앞에 서 있던 상선이 중문(中門)을 향해 발길을 돌렸다. 곧 눈뜨고는 듣기 민망할 소리가 저 안에서 흘러나올 것을 아는 탓이다.

귀비당.

귀비당은 말 그대로 귀비의 거처였다. 상선이 모시는 지금의 임금

◆   현 황해도 해주시 일대.

뿐 아니라 그 부왕 때에도, 또 그 선대의 선대에도 귀비가 존재했다. 새로운 임금이 즉위할 때마다 귀비 또한 바뀌었다. 귀비의 수발을 들고 각종 제의 준비를 돕는 어린 궁무들이 자라나면, 그 아이들 중 단 두 사람만이 수궁무(首宮巫)가 되었다. 그리고 그 둘 중 하나가 다음 대의 귀비가 되는 것이다.

궁 안에 사는 귀비와 궁무들을 제외하고 도성 사대문(四大門) 안에는 무녀들이 살 수 없었다. 지엄하신 국법이 그러했다. 천것 중 천것 취급을 받는 나라 안의 수많은 무녀와는 달리, 귀비는 어느 누구도 감히 함부로 대하지 못했다. 임금의 승은을 입는 유일한 무녀인 까닭이다. 그것이 임금의 귀비였다.

* * *

임금이 태 씨의 옷고름에 손을 올렸다. 매끄러운 비단의 감촉이 손끝에 선연했다. 잠시 옷고름을 만지작거리던 그의 손길이 저고리 아래에 달린 물건을 향해 옮겨갔다.

옥과 비단실로 만들어진 화려한 노리개가 두 개. 이 여인이 귀비임을 상징하는 물건이다. 그의 즉위식 직후 이 여인을 새 귀비로 공표했을 때 하사한 물건이니 눈에 익은 것이었다. 그리고 자그마한 향낭(香囊) 하나. 귀비가 입은 옷은 해괴제를 위한 제복이었으니 향낭 안에는 필시 부적이 들어 있을 터였다.

임금은 한참이나 향낭을 손에 쥐고 들여다봤다. 이리저리 손가락을 움직일 때마다 머리를 맑게 하는 향이 은근하게 콧속으로 스몄다.

"전하, 옷을 갈아입고 오겠습니다."

"그냥 두세요."

"하오나 제 차림이……."

태 씨가 말끝을 흐리며 우물거렸다. 그 모습에 임금이 크게 웃음을 터트리고는 태 씨의 옷고름을 잡아당겼다. 결이 고운 비단이 소리 없이 풀리고, 단박에 드러난 앞섶에 귀비의 얼굴이 제 치맛자락과 같은 붉은빛으로 물들었다.

훤히 드러난 여인의 목덜미에서 들큼한 살내음이 훅 끼쳤다. 보기 좋은 밀빛을 한 목가에 얼굴을 묻고 크게 숨을 들이쉬니 달짝지근한 향이 폐부까지 스몄다. 그것이 기꺼워 임금의 입꼬리가 비죽하니 귀 끝을 향해 솟아올랐다.

"그대가 여직 제복 차림이니, 이보다 더 좋은 일이 있겠습니까?"

작게 중얼거린 임금이 혀끝으로 귀비의 목덜미를 핥아 올렸다.

"저, 전하……. 잠시, 잠시만."

귀비가 살짝 목을 움츠리며 임금의 어깨에 손을 올렸다. 어깨춤을 더듬거리며 어쩔 줄 몰라 하는 귀비의 손끝을 잡아챈 임금이 금세 손가락을 얽어 깍지를 꼈다. 의도를 담은 손길로 느른하게 손가락 사이사이를 매만지던 그가 내내 입술로 지분거리던 귀비의 귓불을 살짝 깨물었다.

그 결에 귀비의 입가에서 아, 하는 탄성이 흘러나왔다. 그 음성이 신호라도 된 듯 놀고 있던 그의 다른 쪽 손이 태 씨의 치맛자락을 들척거리기 시작했다.

임금이 허리를 쳐올릴 때마다 귀비의 치마저고리가 바스락바스락 소리를 냈다. 옷감이 부딪히는 소리 사이로 여인의 입가에서 헐떡이는 숨소리가 쏟아져 나왔다.

"이런 차림으로 몸을 여는 기분이 어떠한가? 응? 그대가 제복을 입은 채니 이 영기를 모두 내가 빨아먹을 테지. 그러니 다시는 요사스러운 귀기가 나를 괴롭히지 못할 것이야. 그렇지? 응? 대답해보게. 오늘 밤엔 내가 깊은 잠을 이룰 수 있겠는가?"

임금이 다그치듯 대답을 종용하는 것이 무색하게도, 귀비의 입가에서는 연신 색스러운 소리만 흘러나왔다. 속절없이 제 아래에서 흔들리는 몸뚱이를 빤히 내려다보던 그의 입가에 비죽 미소가 떠올랐다.

치맛자락 속에 감추어진 귀비의 볼기짝을 끈덕지게 주물럭거리며, 임금은 제 턱 아래에서 흔들리는 자그마한 귀를 입안에 머금었다. 난잡하게 혀를 놀리니 귀비의 어깨 위로 소름이 쭉 내달렸다. 바짝 일어선 솜털들을 욕정에 찬 눈길로 보던 임금이 태 씨의 목덜미를 깨물기 시작하고, 곧 그의 입술이 지나간 자리마다 붉게 꽃이 피었다.

"자, 어서 그 요망한 허리를 더 흔들어보세요, 비. 그래야 내 주변을 떠도는 혼들이 썩 물러가지 않겠습니까?"

귀비의 얼굴을 움켜쥔 임금이 잡아먹을 듯한 기세로 입술을 겹치고 귀비 태 씨의 흐느끼는 신음이 그의 목구멍 너머로 사라졌다.

* * *

편전을 나서기 무섭게 민도식의 낯이 사정없이 일그러졌다.

'이딴 것을 어명이라고 받들라니.'

불경한 본심이 불쑥 튀어나왔다. 그에게 무영은 껄끄러운 존재였다. 지금의 자리를 차지하기 위해 저지른 일들을 무영이 알게 된 순간, 제 가솔들은 물론이고 웅족(鷹族) 전체가 위험해질지도 몰랐다.

온 가문이 멸하고 개보다도 못한 죽음을 맞이하게 될 테다. 생각이 거기에 미치자 분을 참지 못해 붉으락푸르락하던 낯이 금세 차게 가라앉았다.

그래, 누가 안다는 말이냐. 그 누구도 알지 못할 것이다. 속으로 뇌까린 민도식이 제법 침착해진 낯으로 내응방 솟을대문을 넘었다.

내응방 앞뜰에 한 무리의 사내가 정렬해 있었다. 어림잡아 쉰 명쯤은 되어 보이는 사내들은 모두 스물은 넘었으나 서른은 되지 않은 젊은이들이었다.

응족의 사내들은 망건을 대신해 이마에 두른 비단 띠로 자신들의 출신을 표시했다. 뜰 앞에 선 자들 중 대다수는 황색 표식을 하고 있었는데, 이들은 보라부(甫羅部)의 식솔들이었다. 남은 사내들 중 절반은 푸른 표식을 한 해동부(海東部)였고, 다른 절반은 흰 표식을 단 송골부(松鶻部)였다.

민도식이 어림하듯 눈을 가늘게 뜨고 젊은이들의 면면을 살피기 시작했다.

"송골부의 맏이가 누구냐?"

무리 사이에서 얼굴이 까무잡잡한 사내 하나가 앞으로 나와 민도식에게 인사를 올렸다. 사내의 낯을 확인한 민도식은 속으로 코웃음을 쳤다. 송골부 수령인 박지순 영감의 자식들은 아들이든 딸이든 할 것 없이 모두 죽고 없으니 저 치는 그 댁 조카라던 풋내기일 테다.

'정예를 모아 오랬더니 이런 떨거지들을 보내?'

목구멍 너머로 욕을 삼키는 민도식의 눈가가 파르르 떨렸다. 하긴, 지금 송골에 남은 정예부대라 해봤자 노상 이런 허섭스레기들밖에 더 있겠느냐. 속으로 한껏 비아냥댄 민도식은 앞에 선 사내의 어깨를 두어 번 툭툭 쳤다.

"송골은 해동을 따라 북쪽으로, 보라는 셋으로 나누어 남쪽으로 간다. 응사(鷹師)가 용모파기를 줄 것이니 그분을 찾아 모셔 오거라. 해동에서 셋을 차출해 보라의 각 무리를 이끌도록 하고, 송골은 전적으로 해동부 민형엽의 지시를 따르도록 한다."

민도식의 말이 끝나기 무섭게 송골부의 맏이라던 사내의 얼굴이 일그러졌다. 사내는 언뜻 봐도 민도식의 막내아들인 민형엽보다 예닐곱 살은 나이가 많아 보였다. 사람의 모습일 때 그 정도의 나이 차라면 본 모습인 매의 모습으로는 두 살쯤 차이가 나는 것이니, 사내의 입장에서는 저보다 한참이나 어린 애송이의 명을 따라야 하는 것이었다.

제아무리 능력이 출중하다 해도 능력보다는 나이를 우선시하는 것이 응족이 오랫동안 고수해온 질서였다. 실상 그럴 수밖에 없었다. 나이가 많을수록 그에 비례해 재주가 많아졌다. 반은 동물이고 반은 사람인 그들의 세계에서 켜켜이 쌓아온 연륜만큼 중요한 것은 없었다.

보라부나 수진(手陳), 혹은 산진(山陳)이가 그들보다 높은 가벌인 해동부나 송골부의 명을 따르는 것은 그 수령의 나이가 많고 적음에 상관없이 당연한 일이었다. 하지만 세력이 비슷한 송골부와 해동부 사이에서는 이야기가 달랐다.

응족의 수장인 응선 자리를 두고 송골과 해동이 늘 경쟁했지만 그 자리를 차지하는 것은 언제나 송골이었다. 그러나 가벌의 높은 위치만큼 덕도 많았던 송골의 수령들은 응선이 된 후에도 해동의 수령들을 낮잡아보는 일이 없었다. 제 가벌의 지위보다 응족 전체를 아우르는 연륜의 질서가 먼저였던 까닭이다.

하지만 해동 출신 중 최초로 웅선이 된 민도식은 그 질서를 지킬 생각이 눈곱만큼도 없었다. 송골부의 사내들이 술렁이는 것을 지켜보던 민도식이 피식 웃음을 흘렸다. 그러고는 이내 아들을 불러 뭐라 단속하는 말 몇 마디를 건넸다.

해시*. 궁의 서쪽 끝에서 매 떼가 날아올랐다. 내응방이 있는 바로 그 자리였다.

* * *

숲속으로 한 차례 바람이 불었다. 묘시**나 되었을까. 희미한 새벽빛에 사위가 어슴푸레했다. 미풍이 쓸고 지나간 자리마다 나뭇잎들이 팔랑대며 작게 소릴 냈다.

가만히 개울물에 제 낯을 비추어보던 해랑이 작게 인상을 썼다. 물 위로 흐르는 바람을 따라 개울에 얕게 파문이 일자 수면 위에 떠오른 형상이 자꾸만 이지러졌다. 일렁이는 형상을 따라 해랑은 개울을 향해 조금 더 가까이 몸을 숙였다. 그러고는 제법 심각한 낯을 하고 물 위를 들여다보기 시작했다.

"해랑아."

얼마나 그러고 있었을까, 저를 부르는 소리에 해랑이 퍼뜩 고개를

◆　밤 9시~11시.
◆◆　오전 5~7시.

17

치켜들었다.

"스승님! 이것 좀 보셔요. 여기, 물 위에……."

개울물을 향해 손가락질하던 해랑이 다시 수면 위를 내려다보더니 어리둥절한 얼굴로 빠르게 눈을 깜박였다. 손등으로 제 눈두덩을 한번 비비적거리고는 또다시 개울물을 바라보기를 두어 번. 그런 해랑의 모습에 대답 대신 한숨을 흘린 무영이 금세 지척으로 다가섰다.

"그래, 무엇이 있다는 거야?"

무영이 무릎을 접어 앉으며 물었다.

"그게, 방금 전에는 분명히……."

무영의 얼굴과 개울물을 한 번씩 번갈아 본 해랑이 말끝을 흐렸다. 답답한 듯 얼굴을 찡그리는 제자를 보며 스승이 작게 혀를 찼다. 그러고는 해랑의 자그마한 머리통을 꾹 누르고 자리에서 일어섰다.

멀리서 매 우는 소리가 들려왔다. 짧게, 여러 번. 누군가를 찾아 부르는 듯하던 매의 울음소리가 가까워지고 곧 무영의 시야 안으로 매의 모습이 들어왔다. 매는 그들의 지척에서 허공을 크게 한 바퀴 돌더니 사라졌다.

멀어지는 매의 꽁무니를 바라보던 무영이 시선을 내렸다. 해랑은 여직 개울가에 쪼그리고 앉아 있는 채였다.

"그만 일어나거라. 서둘러야겠구나."

무영의 말에 해랑이 얼른 일어나 발치에 두었던 봇짐을 둘러멨다.

"이제 어디로 가는 것입니까?"

올려다보는 눈동자가 호기심으로 반짝였다. 그 품새가 귀여운지 무영이 설핏 웃음을 흘리고는 해랑의 머리통을 두어 번 가볍게 다독였다.

"한양."

잠시 말을 멈춘 무영의 손길은 여전히 해랑의 머리 위에 올라앉은 채였다. 그 손길을 털어내듯 해랑이 고개를 잘게 흔들었다.

"한양으로 갈 것이다."

발길을 옮기는 두 사람의 걸음을 따라 선명한 햇살 줄기가 숲 안을 가로질렀다. 어느새 완연히 동이 터 있었다.

* * *

혜정교*를 지나 운종가 초입에 들어서자 해랑의 눈이 휘둥그레졌다.

"스승님!"

흥분에 겨운 자그마한 손이 곁에 선 무영의 소매를 붙들었다. 도성의 남쪽 문을 넘었을 때부터 해랑은 내내 이런 모양새로 입을 다물 줄 몰랐다. 해랑의 입에서는 '우와', '세상에' 하는 감탄사들이 끊임없이 쏟아져 나왔다. 그럴 만도 했다. 눈앞에 마주한 모든 광경은 해랑이 지금껏 단 한 번도 보지 못한 것들이었다.

이토록 큰 길도, 그 길 주변으로 늘어선 으리으리한 집과 관청들도, 이렇게나 많은 사람도, 모두 태어나 처음 보는 것들이다.

"저것은 무엇입니까?"

"우산이라는 것이다."

"우산이요?"

◆   현 종로 1가 광화문 우체국 동쪽에 있던 다리.

"그래. 비를 피하고자 할 때 들고 다니는 물건이지."

스승의 말에 해랑이 우산전 처마 밑에 걸린 우산들을 말끄러미 바라보기 시작했다. 형형색색의 우산이 해랑의 시선을 붙들고 기어이 두 사람의 걸음을 지체시켰다. 뭐라 타박을 놓을 법도 하였으나 무영은 별말 없이 제자가 하는 양을 지켜보고만 있었다. 아무래도 새로이 가르쳐야 할 것들이 한두 가지가 아닌 모양이다.

데굴데굴 눈동자를 굴려대는 해랑의 옆얼굴을 빤히 보던 무영의 시선이 제 소매 끝으로 옮겨갔다. 해랑은 여직 그의 옷자락을 쥐고 있었다. 팔을 살짝 흔들어 손길을 털어내자 해랑이 얼른 그를 향해 돌아섰다. 말없이 제자의 머리를 한 번 쓰다듬은 그가 앞서 걷기 시작했다.

"무영이, 자네!"

두 사람이 종루 앞 선전(線廛)˙에 도착하자 문 앞에서 그를 발견한 가게 주인이 놀란 기색으로 다가왔다.

"그동안 별일 없으셨습니까?"

"워매, 이 무심한 사람아!"

선전 대행수 정민기가 감격에 겨운 듯 무영의 팔을 붙잡고 부산을 떨어댔다.

"얼른 들어가세. 들어가서⋯⋯."

저를 잡아끄는 정민기를 향해 무영이 고개를 가로저었다.

"일단 궁에 다녀와야겠습니다. 늦어도 두 시진 이내로 돌아올 테니

˙　비단 가게.

잠시만 이 아이를 맡아주세요."

그제야 정민기의 시선이 무영의 등 뒤에서 빼꼼하게 고개를 내미
는 해랑에게로 향했다.

"자세한 이야기는 다녀와서 하겠습니다."

무영은 제 등에 달라붙어 있는 해랑을 데려다 정 행수 앞에 세워두
었다.

"금방 돌아올 테니 얌전히 여기서 기다리거라. 알겠느냐?"

다정한 투로 하는 말에 해랑이 고개를 주억였다. 그것이 흡족한 듯
무영이 고개를 작게 한 번 끄덕이고는 빠르게 운종가의 인파 사이로
사라졌다.

"그래, 이름이 뭐이여?"

정 행수의 물음에 비단을 구경하던 해랑이 퍼뜩 고개를 돌렸다.

"해랑입니다."

"무영, 아니, 네 스승과는 언제부터 알고 지냈누?"

곧바로 이어진 정 행수의 물음에 해랑의 고개가 모로 기울었다.

"음……. 저는 갓난아이일 적에 산에 버려져 있었대요. 스승님께서
발견하시고 거두어주셨고요. 그러니 제가 세상에 막 났을 때부터 알
고 지냈다 말씀드리면 될까요?"

그려? 하고 대수롭지 않게 대답한 정 행수가 해랑에게 소쿠리 하
나를 내밀었다. 그것을 받아든 해랑의 눈이 크게 뜨였다.

"이것이 무엇입니까?"

"다식이라는 것이제."

"다식이요?"

"그래. 이것은 밤으로 맹글었고, 또 이것은 콩으로 맹글었제. 아무 때나 먹을 수 있는 것이 아니여."

"세상에, 이렇게 달고 맛있는 것은 처음 먹어봅니다! 빛깔도 어찌 이리 어여쁘답니까?"

주거니 받거니 하던 대화 끝에 해랑의 광대가 봉긋 솟아올랐다. 정 행수는 자그마한 소쿠리에 담긴 다식 몇 개에 온통 정신이 팔린 해랑을 탐색하듯 훑어보기 시작했다.

이제 열여덟 살쯤이나 되었을까. 아무리 후하게 쳐줘도 스물은 안 되어 보였다. 소년이라기엔 성숙해 보이고 청년이라기엔 아직 어려 보이는 애매한 나이. 또래 사내들에 비해 한참이나 작은 키 때문에 더욱 그렇게 느껴졌다.

제 스승인 무영과 맞추어 입기라도 한 듯한 짙은 감색 옷자락이 해랑의 흰 얼굴을 더욱 희어 보이게 했다. 내내 산골짜기에서 자랐다고 는 믿기 힘든 낯빛이었다. 크고 동그란 눈매와 그 안에 자리한 옅은 갈색 눈동자가 순한 인상을 주었다. 여직 흥분이 가시지 않은 듯 복숭앗빛으로 물든 뺨 위로 웃을 때마다 짙게 볼우물이 팼다.

'아무리 이렇게 낱낱이 뜯어봐도, 보면 볼수록 사내치고는 너무 곱단 말이여. 모르긴 몰라도 네가 앞으로 계집들 꽤나 울리겠다. 네가 정말 사내라면 말이여.'

생각 끝에 정 행수는 얕은 한숨을 흘렸다.

"그래, 글은 좀 읽고 쓸 줄 아냐?"

"예. 언문은 읽고 쓸 줄 압니다. 한문은 부적을 쓸 때 필요한 정도 만 알고 있고요."

해랑의 대답에 정 행수가 흠, 하는 소리를 내며 턱 끝을 쓸었다.

"그런데요, 행수님."

"응?"

"아까 스승님께서 궁에 가신다고……. 임금께서 계시는 그 궁을 이르심입니까?"

예상치 못한 물음에 정 행수는 기어이 아, 하는 탄식을 흘렸다. 아무래도 해랑은 제 스승이 어떤 이인지 모르고 있는 듯했다. 정 행수가 아는 무영의 성격을 떠올리자면 그럴 것이 확실했다. 여기저기에 제 사연을 떠벌리는 그런 사내는 아니지 않은가.

"긍께, 그것이 말이여……."

궁금한 듯 눈을 반짝이는 해랑을 보며 정 행수가 말끝을 흐렸다.

＊ ＊ ＊

상선이 초조한 듯 금천교 앞을 서성이고 있었다. 얼마 지나지 않아 그의 시야에 금호문을 넘는 무영의 모습이 들어왔다. 주변을 지나던 궁인들이 저마다 눈길을 주고받으며 수군거리자 상선은 작게 혀를 찼다. 그 시선들은 두 사람이 편전 앞에 이를 때까지 이어졌다.

모든 궁인들이 무영의 존재를 알고 있었다. 더 나아가면 도성 안에 사는 이들 대부분이 무영의 이름을 알았고, 그들 중 절반은 얼굴 또한 알고 있었다.

무영 이휘. 선왕과 그의 귀비 김 씨 사이에서 태어난 조선의 제이 왕자. 왕자이며, 동시에 천것인 사내.

임금의 얼자(孼子)이기 때문에 왕자군의 칭호를 얻어야 마땅하지만 어미가 귀비였던 탓에 왕자군으로서 봉군되지는 못했다. 그래서 대부분의 사람들이 그를 자(字)인 무영으로 불렀다. 저자에서는 팔척귀신이라고 부르는 이들도 더러 있었다. 남들보다 머리 둘쯤 큰 키 때문에 그렇게 불리는가 싶지만, 그것은 절반은 맞고 절반은 틀린 말이었다. 무영은 귀비의 자식이 대개 그렇듯 사령(死靈)을 볼 줄 아는 사내였다.

"그간 강녕하셨습니까?"

"못 본 새에 얼굴이 좋아졌구나."

임금이 마치 어제 만난 이에게 안부를 묻듯 여상한 투로 대꾸했다.

"어찌 찾으셨습니까?"

"내가 내 형제를 보고자 함에 꼭 이유가 있어야 하느냐?"

임금의 말대로였다. 부왕을 꼭 빼다 박은 두 사람은 이백 보 밖에서 봐도 형제라 할 만큼 닮은 얼굴이다. 다만, 무영보다는 임금이 조금 더 화려하고 부리부리한 인상이었다.

임금은 마치 거울을 들여다보듯 마주 앉은 무영을 바라보았다.

"사흘 전 해괴제를 지냈다."

임금이 말 끝에 귀를 한 번 매만졌다.

"그런데도 여태 귓가에서 부엉이 우는 소리가 사라지질 않는단 말이야."

무영이 가만히 고개를 끄덕였다. 뜻하는 바를 아는 까닭이다.

"한 바퀴 돌아보고 가겠습니다. 필요하다면 부적을 써두지요."

"상선과 함께 가거라."

"예."

"거처는 정했느냐? 너무 멀리 가지 말거라, 내 언제든 너를 궁에 들일 수 있도록."

"명 받잡겠습니다, 전하."

전하……. 무영의 뒷모습을 보며 임금이 속으로 뇌까렸다.

"그래, 틀린 말은 아니지. 네깟 놈이 감히 나를 형님이라 부르면 되 겠느냐."

혼잣말을 중얼거리는 임금의 얼굴 위로 비뚜름한 미소가 걸렸다.

"이제 쭉 도성에 머무실 테지요?"

"멀리 가지 말라 이르시던 걸요?"

상선이 대답 대신 고개를 끄덕이는가 싶더니 흘끔 무영의 눈치를 살폈다.

무영이 아무리 뒤지고 다녀도 궁 안에 사령이 있을 리 없었다. 근 자에 궁 안에 떠도는 귀기라는 것들은 죄다 임금의 광증이 만들어낸 허상이었고, 온 도성 안에 그것을 모르는 이가 없었다. 생각이 거기에 미치자 상선의 입을 타고 한숨이 흘러나왔다. 그런 상선을 달래듯 무 영이 말을 붙여왔다.

"너무 심려치 마세요. 소란스러운 일들은 이미 다 지나가지 않았습 니까?"

지난 일을 입에 올리는 무영의 태도에 상선은 가슴 한구석이 선뜩 해졌다. 그 사건 덕에 어미와 정인을 모두 잃고 삼 년이나 은둔했던 것치고는 무영의 태도가 너무 태연했다. 눈에 불을 켜고 야차 같은 모습으로 온 산을 뒤졌던 그이가 맞나 싶을 정도였다.

상선의 심경을 눈치챈 듯 무영이 설핏 웃는 낯을 했다.

"산 사람은 어떻게든 살아가게 되지요. 그렇지 않습니까?"

그 말에 상선은 어색하게 웃으며 고개를 끄덕였다. 사람은 쉬이 변하지 않는 법이다. 날카로운 생김과는 다르게 본디 유하고 다정한 무영의 성격은 예나 지금이나 같았다. 그러나 정체 모를 묘한 불안감이 거듭 상선의 뒤통수를 잡아당겼다. 지난날보다 더 깊게 가라앉은 무영의 눈동자 때문이다. 밤의 어둠처럼 새까맣게 가라앉은 그의 눈동자 뒤로 분명히 수많은 감정이 숨어 있었다. 하지만 그것을 쉬이 읽어낼 수 없어 상선은 자꾸만 불안해졌다.

"원래 머물던 곳으로 돌아갈 것입니다. 찾으실 일이 있거든 그리로 사람을 보내시면 됩니다. 혹, 거기에 제가 없거든 운종가 정 행수 댁에 연통을 남겨두십시오."

말을 남기고 돌아서는 무영의 뒷모습을 상선은 그 후로도 한참이나 바라보며 서 있었다. 바람결에 무영의 감색 옷자락이 흔들리는 것이 어쩐지 눈에 선명하게 박혀왔다.

* * *

"예? 어째서 스승님께서 궁으로 가시었느냐 여쭙지 않습니까?"

대답을 재촉하며 해랑이 눈을 동그랗게 치떴다. 정 행수는 난감한 듯 웃으며 입매를 굳혔다. 도성 안의 모든 이가 무영이 누구인지 알고 있었다. 그러나 당사자가 입을 열어 제 정체를 밝히는 것과 남이 나불대는 것은 엄연히 다른 일이었다. 입안에서 맴맴 도는 말들을 골라내고 있자니 해랑이 다시 말을 이었다.

"저와 스승님이 도성 남문을 넘었을 적에요."

"응?"

"도성 안에 막 발을 들였을 때, 사람들이 스승님을 보면서 수군거렸습니다. 크게 소리 내어 말한 것은 아니고요, 제가 스승님께 입모양을 읽는 법을 배웠거든요."

지난 일을 떠올리는 듯 해랑이 고개를 모로 기울였다.

"대감, 팔척귀신, 뭐 이런 소리를 하던데요."

이맛살을 찡그리며 하는 말에 정 행수의 입에서 헛바람 새는 소리가 터져 나왔다.

"거참, 영특하구마잉."

"제 스승님이 누구신데요. 그 스승에 그 제자 아니겠습니까?"

해랑이 젠체하며 어깨를 으쓱였다. 그 품새에 정 행수가 고개를 절레절레 저으며 웃음을 삼켰다.

"그러니까, 실은 제 스승님께서 왕자군 대감쯤 되시는 모양이지요?"

"다 암시롱 어째 자꾸 물어싸냐?"

정 행수가 밉지 않게 눈을 흘겼다.

"스승님께선 이미 알고 있는 것도 끊임없이 의심하라 가르치셨는걸요?"

그래, 무영이라면 틀림없이 그리 가르쳤을 테다. 그러고도 남을 이였다. 정 행수가 대답 없이 고개를 끄덕이자 해랑은 그제야 찌푸렸던 낯을 폈다.

"그려, 또 뭣을 배웠냐? 언문하고 독순술 말고."

"음……. 검술……?"

해랑이 망설이며 대꾸하자 정 행수의 시선이 해랑의 허리춤에 달린 칼로 향했다.

"아무리 가르쳐도 도통 늘지 않는데, 그러고도 배웠다 할 수 있어?"

어느새 다가온 무영이 해랑의 머리통을 꾹 누르며 물었다. 그러자 해랑이 눈을 세모꼴로 치뜨고는 고개를 흔들어 무영의 손을 털어냈다.

"자꾸 그렇게 누르시니 제가 더 자라지 않는 것 아니어요?"

볼멘소리를 하는 해랑의 말에 무영과 정 행수가 웃음을 터트렸다. 한참 웃던 정 행수가 해랑에게 엽전 한 닢을 내밀었다.

"여그를 나가자마자 오른편으로 이십 보쯤 걷자면 골목이 나오는 디, 거기로 들어가면 먹을거리를 파는 집들이 늘어서 있을 것이여. 거그 한가운데에 아까 먹었던 다식을 파는 집이 있응께, 댕겨오니라."

해랑이 고개를 끄덕이며 엽전을 받아들었다.

"잘 찾아올 수 있겠어?"

무영이 묻자 해랑이 크게 숨을 한번 들이쉬었다.

"그럼요. 제가 눈이 얼마나 좋은지 잊으셨습니까? 게다가 벌써 비단 내음이 익숙해진 걸요?"

해랑이 선전을 나섰다. 문간에 서 있던 정 행수는 해랑의 머리꼭지가 인파 사이로 사라지기 무섭게 무영을 향해 돌아섰다.

"자네, 대체 뭔 생각이여? 응?"

"무엇을 말입니까?"

무영이 짐짓 모른 체하며 탁상에 기대어 앉았다.

"계집! ······계집애 아닌가."

정 행수의 말에도 무영은 가만히 웃기만 할 뿐, 이렇다 할 대답을 하지 않았다. 그에 정 행수가 더욱 기함을 하며 무영을 다그쳤다.

"그라제, 계집이 변복을 했응께 또래 사내들보다 서너 살은 어려보인 것이제. 내 눈까지 속일 생각 말어. 시커먼 아들놈들만 줄줄이 넷인 내가, 계집애랑 사내애도 구분 못할 줄 알았는가? 게다가······."

말끝을 흐리던 정 행수가 거친 손길로 마른세수를 했다.

"아니, 아니여. 말해 뭣허건디."

입을 다문 정 행수는 습관처럼 턱 아래에 난 점을 만지작거렸다. 가만히 생각을 거듭하던 그는 돌연 허, 하고 헛웃음을 흘렸다. 그래, 언제는 내가 저 쇠심줄을 이겨 먹은 적이 있었던가 싶은 탓이다.

무영은 정 행수가 포기한 듯 한 수 접어주고 나서야 입을 열었다.

"말씀하신 주전부리 가게가 여기서 멀리 있습니까?"

"멀긴, 자네도 알잖어. 오 씨네 가게를 알려준 것인디."

그렇군요, 하는 소리와 함께 무영은 다시 입을 닫았다.

"왜, 걱정되는갑지?"

"글쎄요. 워낙 영민한 아이라."

무영이 대수롭지 않은 듯 어깨를 으쓱이며 대답했다.

"몇 마디 나눠본께 영민하긴 하드만. 그래도 물정이 영 어두워서 좀 더뎌 보이든디……? 열 살 난 애들 같았다가, 또 어떤 건 영특하게 대꾸하는 걸 보믄 그 또래 같아 뵈기도 하고."

"차차 가르치면 될 일입니다. 그저 물정이 어두워 그런 것일 뿐, 또래보다 훨씬 많은 것을 할 수 있는 아입니다."

"그래, 말이 나왔응께 말인디. 갸한테 부적 쓰는 법을 가르쳤는가?"

걱정스러운 투로 묻는 정 행수의 미간에 깊게 골이 졌다.

"오히려 저보다 더 사령에 밝은 아이입니다. 감각도 예민하고요."

아무렴, 당연히 그럴 테지. 정 행수가 속엣말을 삼켰다. 그러고는 모르는 척 되물었다.

"그래서, 또 그 일을 한다고?"

"제가 할 수 있는 것이 그것 말고 더 있습니까?"

무영이 새삼스럽게 무슨 그런 질문을 하냐는 듯한 투로 대답했다.

대체 무슨 부귀영화를 누리자고 그렇게 다른 이들의 구질구질한 사연이나 좇으며 살겠다는 건지. 입안에서 맴도는 말을 쏟아낼까 잠시 고민하던 정 행수는 결국 끙, 하는 소리와 함께 입을 다물었다.

이러니저러니 해도, 정 행수는 어째서 무영이 저렇게 귀신 따위를 잡는 데 목을 매는지 누구보다 잘 알고 있었다.

귀비의 소생이라 왕자군의 칭호를 받지 못한 무영은 왕자들에게 주어지는 혜택 중 그 어느 것 하나 제대로 누리지 못했다. 그에게는 왕자군에게 배속되는 배행 인원은 물론이고 토지와 택지도 주어지지 않았다. 그가 왕자로서 받는 유일한 혜택은 녹봉뿐이었다.

무예에 일가견이 있었으나 다른 종친들처럼 운검(雲劍)*으로 차출되어본 적도 없었다. 애매한 위치와 그로 인한 대우 탓에 왕가의 종친들 사이에서 늘 배제되었고 양반들에게는 업신여김을 당했다. 모두가 그를 '대감'이라고 불렀지만, 뒤에서는 천출이라 수군거렸다.

그의 자인 '무영(無影)'같이 출합(出閣)** 전의 그는 궁 안에서 그림자도 없는 사람처럼 있는 듯 없는 듯하게 살아왔다. 존재하지만, 존재하지 않는 사람이었다.

성년이 되어 궁을 나왔을 때, 그제야 무영은 사람들 사이에 섞여들었다. 사령을 보고 듣는 재주를 이용해 사람들과 하나둘 어울리기 시작한 것이다.

---

* 임금의 행차 시, 왕자나 종친들이 측근에서 호위하던 일.
** 왕자가 자란 뒤에 궁을 나가 사는 것.

정 행수는 가만히 무영의 얼굴을 들여다보았다.

채 서른도 되지 않은 젊고 건장한 사내. 구릿빛 피부에 검은 머리칼, 속내를 알기 힘든 새까만 눈동자가 다소 서늘한 인상을 주었다. 먹으로 그린 듯 선명한 눈매가 날카로운 탓에 무영과 눈을 마주하면 사람이든 귀신이든 절로 속엣말을 줄줄 털어놓게 된다고 했다.

그 속을 헤아려보려고 아무리 얼굴을 들여다보아도 별다른 소득이 없었다. 그것은 무영이 도성을 떠나기 전이나 지금이나 매한가지였다.

정 행수는 이 귀신 잡는 왕자의 고집을 이겨본 적이 단 한 번도 없었으니 어찌할 도리가 없었다. 이번에도 그저 무영이 하는 대로 지켜보는 수밖에.

* * *

정 행수의 선전을 나와 면포전(綿布廛)* 옆 골목으로 들어선 해랑이 "우와" 하고 작게 탄성을 내뱉었다.

고소하게 퍼지는 냄새에 고개를 돌려보면 전집이요, 달큼한 냄새에 또 고개를 돌리면 엿과 꿀떡을 놓고 파는 집이다. 냄새뿐이랴, 모양과 색까지 보기 좋은 그것들이 지천에 깔려 있으니 해랑은 절로 침이 꼴깍꼴깍 넘어가는 것이었다. 잠시간 이리저리 시선을 빼앗기며 서 있던 해랑은 퍼뜩 정신을 차리고 걸음을 옮기기 시작했다. 정 행수의 말대로 골목 한가운데에 들어서자 다식을 파는 집이 있었다.

◆   무명 가게.

"안녕하세요?"

"그래, 뭘 드릴까?"

가게 주인이 제법 상냥한 투로 물었다. 하지만 눈길은 해랑의 차림새를 탐색하듯 살피고 있었다.

"이것은 무엇으로 만든 것입니까?"

"이건 송홧가루로 만든 것이고, 그 옆의 것은 쌀, 그리고 그 옆은 흑임자로 만든 것이라네."

"이것은 콩이랑 밤으로 만든 것이고요?"

"그렇지."

잠시 고민하던 해랑이 가게 주인에게 손에 쥔 엽전을 내보였다.

"이 돈이면 여기 있는 것을 얼마나 살 수 있습니까? 절반은 콩과 밤으로 주시고, 다른 절반은 나머지 것들을 섞어서요."

돈을 받은 주인이 "잠시 기다리게" 하더니 다식 몇 개를 챙겨 담기 시작했다.

"여기 있네."

"네. 감사합니다."

다식 꾸러미를 받아든 해랑이 주인을 향해 생긋 웃었다. 그러고는 막 자리를 뜨려는 찰나, 낯선 이의 목소리가 들려왔다.

"그 돈이면 그것보다 열 개는 더 주어야 값에 맞을 텐데?"

해랑이 소리 난 데를 향해 고개를 돌렸다. 연보랏빛 도포를 입은 공자가 지척에 다가와 있었다.

"왜 말이 없는가? 내 말이 틀렸는가?"

공자가 다그치듯 가게 주인을 향해 물었다. 당황한 듯 찡그리고 있던 주인은 그제야 태도를 바꾸어 굽실거리기 시작했다.

"아닙니다. 그런 것이 아니옵고……."

손사래를 쳐가며 허둥대는 꼴이 궁지에 몰린 시궁쥐 같았다. 공자는 그 품새를 보며 작게 혀를 찼다. 그 대화를 가만히 지켜보던 해랑이 두 사람을 저지하고 나섰다.

"아니요, 되었습니다. 그냥 두세요."

공자의 눈치를 살피며 미적미적 다식을 골라 담는 시늉을 하던 주인이 해랑의 말에 눈에 띄게 반색했다. 그 모양새에 공자가 주인을 향해 바른대로 고하라는 듯 채근하는 눈길을 보냈지만, 가게 주인은 못 본 척 슬쩍 시선을 피했다. 지켜보던 해랑이 다시 입을 열었다.

"제가 물정에 어두워 생긴 일이니, 제게 심부름을 시키신 분께 가 정확히 여쭙고 오겠습니다. 금방 돌아올 것입니다. 요 앞 선전 대행수께서 보내셨거든요."

해랑이 '선전 대행수'라는 대목에 힘을 주어 말하자 주인 사내의 얼굴이 새하얘졌다. 입을 벙긋거리며 황급히 손을 휘젓던 그가 얼른 해랑의 팔을 붙잡았다.

"아니, 아닐세. 내가 착각하여 셈을 잘못한 거야. 가져가게."

전에 없이 재빠른 손길로 다식을 싸 담은 주인이 해랑의 품에 꾸러미를 안겼다.

"제가 처음 받았던 것보다 두 배는 많은 걸요? 값에 맞지 않게 많이 주시는 것 아닙니까?"

해랑이 싱긋 웃으며 고개를 기울이자 가게 주인이 식은땀을 비질비질 흘려댔다. 그가 아니라며 몇 번이나 고개를 젓고 나서야 해랑은 꾸벅 인사를 하고 가게를 나섰다. 그런 해랑의 뒤를 아까의 공자가 따라 걷기 시작했다.

피마길 골목을 빠져나와 운종가 큰길로 들어서자 해랑이 공자를 향해 몸을 돌려 섰다.

"도와주셔서 감사합니다."

해랑이 꾸벅 고개를 숙이자 공자가 크게 소리 내어 웃었다.

"도와주어요? 내가, 그대를요?"

농 치듯 묻는 투에 해랑은 할 말을 찾지 못하고 입을 벙긋거렸다.

"어쨌든 잘 해결되었으니 된 일입니다."

곱게 눈을 접어 웃으며 대꾸하는 공자의 낯이 어찌나 고운지, 잠시 넋을 빼고 그 모습을 쳐다보던 해랑은 곧 정신을 차린 듯 얼른 한 걸음 뒤로 물러섰다.

"그, 그럼 저는 이만 가보겠습니다. 살펴 가십시오."

또다시 꾸벅 인사한 해랑이 황급히 걸음을 옮겼다. 잠시 후, 해랑은 문을 부수기라도 할 기세로 정 행수의 선전으로 들어섰다.

"스승님! 행수님!"

"무슨 일이여? 웅?"

놀란 기색으로 다가온 정 행수가 물었다.

"아니, 아닙니다."

금세 숨을 고른 해랑이 작게 고개를 털어 웃고는 정 행수에게 다식 꾸러미를 건넸다.

"제가 셈에 맞게 잘 받아온 것입니까?"

"암! 아주 똑소리가 나는구만잉."

말을 주고받고 있자니 웬 사내 하나가 가게 문턱을 넘었다.

"형님!"

"어?"

가장 먼저 반응한 것은 해랑이었다.

"그래서, 저분이 대군대감이시라고요?"
가게 안쪽에 딸린 방을 흘끗거리던 해랑이 속삭였다. 정 행수가 작
게 고개를 끄덕이자, 흠 하는 소릴 낸 해랑이 재차 물었다.
"스승님보다는 어려 보이시던 걸요?"
"그라제. 대군께서 아우 되시제."
"별로 닮지는 않으셨던데요?"
고개를 갸웃거리며 하는 말에 정 행수가 피식 웃음을 흘렸다.
해랑의 말대로 무영과 대군은 눈을 씻고 찾아봐도 닮은 구석이 없
었다. 임금과 무영, 진원대군(眞原大君) 이윤의 어미가 모두 달랐던
탓이다. 그나마 부왕을 빼다 박은 임금과 무영은 누가 봐도 형제라
할 얼굴이었으나, 제 어미를 닮은 진원대군은 두 형님과는 확연히 다
른 인상을 한 사내였다.
강인하고 선명한 인상의 형님들과는 달리 대군은 부드러운 인상
이었다. 유하게 휘어진 눈매 덕에 더욱 그렇게 보이는지도 몰랐다. 궁
안의 나인들이며, 저자의 처녀들이며, 도성 안의 오만 여인네들을 홀
리는 대군의 눈매는 그 어미를 닮은 것이었다.
십오 년 전 현 임금의 모후 제언왕후 유 씨가 폐서인 된 후, 새로운
중전이 된 귀인 정 씨가 윤의 어미였다. 어미가 중전이 되었으니 윤
또한 군에서 대군으로 새로이 봉군 된 것은 말할 것도 없다.

"형님."
"대감, 어찌……."

저를 대감이라 이르는 말에 대군이 이맛살을 찌푸렸다. 두 사람의 대화는 늘 이런 식으로 시작했다. 그것이 몇 년 만의 재회 자리라 해서 달라지는 것은 아니었다.

"영영 돌아오지 않으실 줄 알았습니다."

농 치듯 슬쩍 고개를 모로 기울이는 대군을 향해 무영이 쓴웃음을 흘렸다.

"어명을 거부할 수 있겠습니까?"

그 말에 대군이 얕게 고개를 끄덕였다.

"얼마 전 궁에서 해괴제를 크게 열었습니다."

대군의 말이 끝나자 방 안에 일순 정적이 일었다. 그 침묵이 불편한지 대군은 금세 다시 입을 열었다.

"그래서, 완전히 돌아오신 것입니까?"

"예."

"어디서 지내실 것입니까?"

"살던 곳으로 돌아가야지요. 사나흘쯤 더 여기서 머물다가 돌아갈 것입니다."

"집이란 것은 사람의 손길이 닿지 않으면 금세 낡게 됩니다. 당분간이라도 제집에서 지내시지요."

"본디도 그리 번듯한 집은 아니었잖습니까? 곧 궁가로 찾아뵙겠습니다."

무영의 말에 대군이 쓴웃음을 흘렸다. 저 말의 뜻을 아주 잘 아는 탓이다. 때가 되면 어련히 알아서 찾아갈 테니, 이만 자리를 비켜달라는 뜻이었다.

짐을 꾸리는 무영과 정 행수 옆에서 해랑이 연신 봇짐을 들었다 놨다 하며 무게를 가늠했다. 요 며칠새 이것저것 사들인 세간살이로 해랑과 무영의 봇짐은 꽤 무거워져 있었다.

"그럼 이제 우리는 어디로 가는 것입니까?"

"내 집으로 가자."

간결한 대답에 해랑의 눈이 휘둥그레졌다. 도통 생각을 숨길 줄 모르는 그 모습이 귀여운 듯 무영이 작게 웃음을 흘렸다.

"인왕산으로 갈 것이다."

두 사람은 나란히 걸음을 맞춰 선전 문턱을 넘었다.

여담(餘談) ══════════════════════════════

"세상에, 이것 보세요!"

인왕산 깊지 않은 산자락. 담장 너머로 해랑의 목소리가 흘러나왔다.

"어쩜 이렇게 색이 곱단 말입니까?"

해랑이 우산을 몇 번씩 접었다 폈다 하며 감탄 어린 말을 했다. 우산 살 위로 단단히 붙은 기름을 먹인 종이가 햇빛에 투명하게 반짝였다. 해랑은 한밤중에 피는 달맞이꽃마냥 노란빛을 뽐내는 우산에 한나절 내내 시선이 붙들려 있었다.

"그것이 그리도 마음에 들어?"

무영의 물음에 해랑이 얼른 고개를 끄덕였다.

얼마간 우산을 들고 장난치던 해랑이 돌연 침울한 기색으로 어깨를 늘어트렸다.

"우산은 비가 올 때 쓴다고 하셨잖아요?"

"그랬지."

"그런데 이것은 종이 아닙니까? 망가지면 어쩌지요?"

제법 심각하게 묻는 말에 무영이 크게 웃음을 터트렸다.

"쉽게 젖지 않게 만들어두었으니 비를 피할 수 있는 것 아니겠어?"

"정말입니까?"

"그래, 비가 오거든 확인해보려무나."

해랑은 말없이 고개를 끄덕였다. 그 품새를 지켜보던 무영이 씩 웃고는 말을 이었다.

"닳아서 망가지면 내 또 새것을 사주마."

"참말이셔요?"

해랑이 기대에 찬 눈을 반짝이자 무영이 고개를 가로저으며 웃음기 섞인 소리로 물었다.

"내 언제 네게 허튼소리를 한 적이 있더냐?"

해랑이 얼른 고개를 휘저었다.

"약조하시는 거예요? 정말로요?"

무영이 가만히 고개를 끄덕이자 해랑의 얼굴에 볼우물이 움푹 팼다.

'그래, 내 네게 무엇이든 사주마. 네가 원하는 것은 무엇이든 해주마.'

환히 갠 해랑의 낯을 새길 듯 눈에 담으며 무영은 몇 번이나 다짐 같은 속엣말을 삼켰다.

2

장마

　여인 하나가 마당 안을 서성였다. 초조한 듯 이리저리 걸음을 옮길 때마다 발아래에서 습기 찬 흙이 밟히며 텁텁한 소리를 냈다. 후텁지근한 여름 밤바람에 머리칼이 저들끼리 이리저리 엉기는 것이 느껴지자 여인은 내내 입술을 쥐어뜯던 손을 들어 제 머리칼을 헤집기 시작했다.

　검게 어둠이 내린 마당 위로 한줄기 달빛이 비추자 여인은 하늘을 향해 시선을 옮겼다. 달무리가 지는 것을 보니 내일은 비가 올 모양이었다. 그래, 그렇고말고. 바람이 부는 모양새가 딱 비가 올 바람이로구나. 속으로 뇌까린 여인은 가슴 앞에 양손을 모으고 크게 숨을 들이쉬었다. 여인이 숨을 쉴 때마다 폐부 깊은 데서 쇳소리가 났다.

　얼마나 그러고 있었을까. 여인의 입에서 별안간 울음 섞인 소리가 터져 나왔다. 행여 누가 들을까 여인은 얼른 손을 들어 입을 틀어막았다. 그러나 새는 울음소리를 막을 길이 없었다. 온통 눈물로 번들거리는 얼굴을 하고 여인은 툇마루를 향해 고개를 돌렸다.

잠시 그것을 바라보다가 숨을 고르고, 눈물 자국이 죽죽 난 얼굴을 얼른 닦아내고, 다시 한 번 다짐하듯 크게 숨을 들이쉬었다. 그러고는 결심한 듯 툇마루를 향해 다가섰다. 거기 놓인 것을 향해 다가섰다. 어느새 시간이 다가오고 있었다.

* * *

"나리, 종사관 나리! 큰일 났습니다요!"

병방 조 씨가 좌포청 문턱을 넘으며 부산을 떨었다.

"무슨 일인가?"

좌포청 종사관 최주혁이 물었다. 포졸들과 함께 무기를 손보던 모양인지 그의 손에는 잘 벼린 창날이 들려 있었다.

"그, 그것이……."

헉헉거리며 숨을 몰아쉬는 조 씨를 보며 종사관이 이맛살을 살짝 찌푸렸다.

"천천히 말해보게."

"광통교*에서 시신이 떠올랐습니다."

병방의 말에 잠시 멈칫했던 종사관이 곧 빠르게 명을 내렸다.

"형방에게 일러 검험의관(檢驗醫官)**과 오작인(作作人)***들을 대

◆　현 청계천 광교.
◆◆　변사자의 시신을 검시하던 관원.
◆◆◆　검험의관을 도와 시신을 수습하는 일을 하던 하인.

동해 뒤따르게 하고, 자네는 나와 함께 광통교로 가세."

그 말에 고개를 끄덕인 병방이 빠르게 뒷마당을 향해 사라졌다.

여름. 장마가 시작되었다. 예년보다 이른 장마였다. 며칠 동안 지
속된 비로 온 도성 안이 시끄러웠다. 열흘이 넘도록 지독스럽게 내린
비에 개천(開川)* 물이 불어나고, 이에 떠내려가는 민가가 한두 채가
아니었다.

거센 빗줄기가 종사관이 쓴 전립** 위로 토도독 소리를 내며 떨어
져 내렸다. 양태*** 주변으로 마치 처마 아래에 빗방울이 맺히듯 투명
한 것들이 동그랗게 모이다가 질척하게 젖은 땅바닥을 향해 곤두박
질쳤다. 그 모양에 시선을 빼앗기던 것도 잠시, 최주혁은 곧 병방과
함께 광통교로 향했다.

저만치에 보이는 광통교 앞은 벌써부터 소문을 듣고 운집한 사람
들로 북적이고 있었다. 그 수가 기십은 되어 보이는 것에 종사관이
슬쩍 인상을 썼다. 저리도 번잡한 데서 검험****할 생각을 하니 기가
질리는 모양이다.

작게 혀를 차는 그를 향해 병방이 나불거리기 시작했다.

"파루(罷漏)***** 후에 묘시가 채 되지 않아서, 순찰 돌던 우리 아
이들이 발견했다 합니다. 뭔가 둥실거리면서 떠오르기에 엊그제처럼

◆   청계천.
◆◆   무관이 관복을 입을 때 쓰는 갓.
◆◆◆   갓의 차양 부분.
◆◆◆◆   변사자의 시신을 조사하고 사망원인을 밝히는 일.
◆◆◆◆◆ 통행금지 해제를 알리는 일. 계절에 따라 변동은 있으나, 보통 새벽 4시를 전후한 시간에 북
       을 서른세번 쳐서 알림.

가축이 떠내려왔나 싶어 다가가니 부녀자의 시신이었다지 뭡니까."

"시친(屍親)*은 찾았고?"

"물에서 막 건져내서 사람들이 몰렸을 때만 해도 알아보는 이가 없었답니다."

최주혁과 병방이 광통교 앞에 도착하자 수군대며 서 있던 이들이 이리저리 길을 트며 갈라졌다. 먼저 도착한 형방과 군졸들이 현장 주변으로 금줄을 치고 검험을 위한 천막을 세우고 있었다.

그 천막 아래에서 검험의관 공 씨가 빠르게 시장(屍帳)**과 시형도(屍形圖)***를 작성하기 시작했다. 공 씨의 어깨너머로 그것을 바라보던 종사관이 형방을 불러다 명을 내렸다.

"일단, 주변에 있는 이들 중 이 여인을 알아보는 자가 있는지 탐문하고, 날이 궂으니 검험을 마치는 대로 시신은 최대한 빨리 포청으로 옮기게."

말을 마친 그는 잠시 금줄 주변을 한 바퀴 돌아보았다. 젊은 종사관의 번듯한 이마 위로 또 한 번 깊게 주름이 졌다. 살아서 물에 빠졌다 하기에는 시신의 상태가 너무 말끔했다.

대략 훑어봐도 겉으로 드러난 상해의 흔적은 없었다. 그렇다고 단순한 실족사 또한 아닌 것처럼 느껴졌다. 기민한 그의 감각이 말하는 대로 이것이 살인 사건이라면, 이렇게 구경하는 자들 중 범인이 있을지도 몰랐다. 생각이 거기에 미치자 그는 은밀히 군졸 몇을 불러 뭔

---

* 　변사자의 가족이나 친인척, 주변인.
** 　시체 검안서.
*** 　시신에 난 상처를 표시한 것.

가 지시를 내렸다.

* * *

"소문 들었는가? 광통교 말이여."

"밤마다 죽은 여인의 원혼이 다리 아래에서 흐느낀다지?"

여인 서넛이 운종가를 걸으며 수군거렸다.

"그 소리가 어찌나 음산한지, 한 번 들으면 며칠은 뒷목이 선뜩선뜩하다더만?"

"으이그, 말도 말어. 내가 어젯밤에 그걸 직접 들었다니까?"

여인 하나가 그렇게 말하자 다른 세 여인이 휙 고개를 돌렸다.

"정말인가? 거짓부렁 하지 말게."

"에이, 정말 이래도? 흑흑, 흐흐흑, 서방님~ 서방님~ 하더라니까?"

여인네들이 떠드는 소리에 정 행수가 크게 혀를 찼다. 가뜩이나 비가 와서 장사도 안 되는 마당에 지척에 있는 광통교에서 소란이 일어난지라 요 며칠 가게 안에 파리나 날리고 있는 탓이다.

엊그제부터 오락가락하며 지짐거리던 빗줄기는 오후 나절이 되어서야 멈췄다. 고개를 쭉 빼고 올려다본 하늘이 개는 것을 보니 슬슬 장마도 끝물인 모양이었다. 한숨을 팍 쉰 정 행수가 막 입에 곰방대를 무는데 선전 안으로 포청 검험의관 공 씨가 모습을 드러냈다.

"자네가 이 시간에 어쩐 일이여?"

"무영 대감을 뵙고 싶습니다. 어디로 가야 하는지 아시지요?"

공 씨가 피곤이 덕지덕지 붙은 얼굴로 물었다.

"뭣 헌다고 대감을 찾는데?"

"행수님, 제가 아주 미치고 환장하겠습니다요."

공 씨가 진저리를 치며 얼굴을 감싸 쥐는가 싶더니 이내 빠르게 낯을 쓸어내렸다.

"일단 여 앉아봐."

정 행수가 공 씨에게 자리를 내어주는데 마침 딱 맞게 무영과 해랑이 선전 안으로 발을 들였다.

"그날 이후로 밤마다 꿈자리가 어찌나 뒤숭숭한지⋯⋯."

공 씨가 말끝을 흐렸다. 그 모양에 정 행수가 혀를 찼다.

"자네가 검험하고 다닌 지 한두 해도 아닌디, 어찌 이런데?"

공 씨가 한숨을 푹 쉬며 대답했다.

"저도 이 짓으로 밥 벌어먹고 산 지가 벌써 십 년이 되어갑니다요. 담이 작았다면 애초에 하지 못할 일이지요. 그런데 이런 적은 저도 처음이라⋯⋯."

검험의관 공 씨의 사연인즉, 광통교에 떠오른 아낙의 시신을 검험한 후 꿈자리가 뒤숭숭해 통 잠을 이루지 못하고 있다는 것이다.

별다른 동요 없이 그가 하는 말을 듣고만 있던 무영이 품 안에서 부적 두 개를 꺼내 들었다.

"이것은 몸에 지니세요. 저고리 안쪽에 달면 될 것입니다. 또 이것은 베갯잇에 넣어두시고요."

공 씨가 반색하며 부적을 챙겨 들더니 물었다.

"그⋯⋯. 광통교에 밤마다 귀신이 흐느낀다는 소문은 아시는지⋯⋯."

"예, 그 또한 알아보겠습니다."

공 씨가 선전을 떠나자 그의 뒷모습을 빤히 보던 해랑이 물었다.

"스승님, 방금 저분에게서는 귀기가 전혀 느껴지지 않았는데 어찌 부적을 주셨습니까? 제가 잘못 본 것이어요?"

영문을 통 모르겠다는 듯 갸웃거리는 해랑을 보며 무영이 빙긋 미소 지었다.

"네 말이 맞다. 사령에 시달리는 것이 아니었지. 하지만 가끔은 의지할 무엇인가가 있다는 것만으로도 위로가 되고, 또 거기서부터 좋은 기운이 생기기도 한단다."

"예, 무슨 말씀이신지 알아들었습니다."

작게 중얼거리며 해랑이 고개를 끄덕였다.

"그래서, 광통교에 가볼라고?"

정 행수가 묻는 말에 무영이 천천히 고개를 끄덕였다.

"해가 지는 대로 살펴볼 것입니다. 인정(人定)* 전에 마쳐야지요."

해가 지자 거리에 사람들의 발길이 뜸해지기 시작했다. 그중 가장 한적한 곳은 단연 광통교 부근이었다. 이번 일 탓만은 아니었다. 본디부터 해가 지면 사람의 발길이 뚝 끊기는 것이 광통교였다. 대낮에야 워낙 오가는 사람이 많아 덜했지만 도성 안, 특히 운종가를 드나드는 상인들에게 광통교는 꺼림칙한 장소였다.

언제부턴가 도성에는 광통교에 대한 괴담이 떠돌았다. 한두 해로 다져진 일은 아니었다.

◆ 통행금지를 알리는 일. 계절에 따라 변동은 있으나, 보통 밤 10시를 전후한 시간에 종을 스물여덟번 쳐서 알림.

'해가 지면 절대 혼자서 광통교를 건너면 안 된다.'

귀신 나오는 다리라는 것이 그 이유였다. 신덕왕후의 옛 정릉(貞陵)에서 나온 돌로 보수한 다리라 왕후의 억울한 혼이 씌었다는 것이다.

그래서 아주 오랫동안 운종가의 상인들은 괴담처럼 떠도는 이 불문율을 지켜왔다. 그런데 하필, 말 그대로 하필이면 그 광통교 아래에서 의문스러운 시신이 떠오른 것이다. 게다가 그 혼이 밤마다 곡을 한다 하니 도성 안에 흉흉한 소리가 나돌지 않을 수가 없었다.

다리 북쪽에 들어서자 해랑이 입을 열었다.

"별다른 기운은 없는데요?"

그 말에 고개를 끄덕인 무영이 허리춤에 맨 칼을 꺼내 들었다. 달빛에 칼날이 푸르게 반짝였다. 그는 날을 비스듬하게 세우고 조용히 귀를 기울였다.

"효상(曉霜)도 울지 않는 것을 보니 정말로 없는 모양이에요."

해랑의 말이 맞았다. 만약 무영과 해랑이 미처 눈치채지 못한 사령이 주변을 떠돌고 있다면 무영의 칼이 잘게 떨며 소리를 냈을 테다. 효상이라 이름 붙인 무영의 칼은 귀신을 잡는 칼이었고, 여태 단 한 번도 귀기를 감지하는 데 틀린 적이 없었다.

"조금 기다려보자꾸나."

칼을 집어넣은 무영이 발길을 옮겼다. 해랑이 종종걸음으로 그 뒤를 따르고, 두 사람은 이내 다리 한가운데에 섰다.

습기 찬 밤바람이 해랑의 뺨 위로 달라붙었다. 그것을 털어내듯 해랑이 고개를 잘게 흔들었다. 그믐달이 구름 뒤로 숨었다가 다시 나왔다가 하길 반복했다. 수면 위로 호롱 불빛 흔들리듯 달빛이 깜빡이길 한참. 다시 무영이 입을 열었다.

"이만 돌아가자. 별일이 생길 만해 보이지는 않는구나."

그렇게 그 밤은 아무 일 없이 지나가는 듯했다. 아니, 분명히 그렇게 지나갔다. 일은 다음날 아침나절에야 일어났다.

"대감!"

한 무리의 사내가 선전으로 향하는 무영을 붙잡았다.

"무슨 일입니까?"

무영이 침착한 투로 물었다. 그러나 경계를 늦추는 것은 아니었다. 두 사람을 에워싸듯 지적으로 다가오는 장정들의 기세가 퍽 흉흉했다. 그는 곁에 서 있던 해랑의 손목을 잡아 쥐고 제 등 뒤에 세웠다.

"도와주십쇼, 정말 이래서는 못 살겠습니다."

"맞습니다. 이래 가지고는 당장 오늘이라도 가게 문을 닫아야 할 지경이어라."

잔뜩 앓는 소리를 해대는 장정들은 운종가의 상인들이었다. 무영은 속으로 혀를 찼다. 딱히 이들의 면면을 꼬집어보지 않아도 이들이 모두 광통교 인근에 점포를 둔 상인들이라는 것을 어렵지 않게 짐작할 수 있었다.

이쯤 되니 난감해지기 시작했다. 어제 만난 검험의관도 그렇거니와, 이 실체 없는 집단적 공포의 연유를 알 수 없었던 탓이다. 본디 소문에 미혹되기 쉬운 것이 사람이라지만 이렇게 많은 사람이 일시에 비슷한 증상을 토로한다면 분명 어딘가에 원인이 있을 터였다.

그게 아니라면 누군가의 모략일 테지. 무영이 속으로 중얼거리며 사내들을 향해 할 말을 고르고 있는데, "다들 물러서시게" 하는 소리가 들려왔다. 목소리의 주인을 확인한 사내들이 우물쭈물하며 무영에게서 떨어져 섰다.

"대감. 좌포청 종사관, 재우(滅玗) 최가 주혁입니다. 잠시……."

무영을 향해 인사를 올린 최주혁이 여직 주변을 서성이는 상인들을 향해 눈짓하자 사내들은 금세 뿔뿔이 흩어졌다.

"좌포청에서 제게 무슨 볼일입니까?"

무영의 물음에 종사관은 곤란한 듯 옅게 웃어 보였다. 종사관의 눈길이 닿은 곳은 무영의 등 뒤였다.

"제가 가르치는 아이입니다. 하실 말씀이 있다면 이 아이도 듣는 데서 하셔야 할 것입니다."

무영의 말에 잠시 고민하는 듯하던 최주혁이 이내 고개를 끄덕였다.

"그럼 함께 가시지요."

세 사람은 한동안 말없이 걷기만 했다. 정선방* 파자교** 부근에 이르자 해랑이 무영을 향해 작게 속삭였다.

"어디로 가는 것일까요?"

"좌포청으로 가는 듯하구나."

"포청이요?"

해랑이 되물으며 눈을 반짝이자 무영이 작게 고개를 저으며 웃음을 삼켰다. 처음 발을 들여보게 될 관청이 해랑은 그저 신기하기만 한 모양이었다.

◆ 현 종로구 묘동 일대.
◆◆ 현 종로구 묘동에 있던 다리.

예상대로 그들이 도착한 곳은 좌포청이었다. 집무실에 들어서자 종사관이 무영과 해랑에게 자리를 권했다.

"무슨 은밀한 이야기를 하려고 이러십니까?"

무영이 물었다.

"바로 본론만 말씀드리겠습니다. 최근 광통교 주변에서 일어난 소란을 알고 계십니까?"

최주혁의 물음에 무영이 고개를 끄덕여 대답을 대신했다.

"밤마다 광통교에서 여인의 혼이 흐느낀다는 소문에 일대의 상인들이 겁을 집어먹고 있는 것도 아실 것입니다."

"사령의 존재를 믿지 않으시는군요?"

대꾸하는 무영의 왼 눈썹이 살짝 솟아오르자 종사관이 이마를 찌푸리며 곤란한 듯한 미소를 흘렸다. 그 모습에 무영이 바람 새는 소릴 하며 웃고는 말을 이었다.

"그렇지요. 믿지 않으실 수밖에요. 여인의 혼이 떠돈다는 소문을 낸 것이 종사관 아니십니까?"

"대감께오서 독심술에도 능하신 줄은 몰랐습니다."

언제 곤란한 체했냐는 듯 종사관이 금세 농 치는 듯한 투로 대꾸했다. 무영은 어디 더 말해보라는 듯 의자 깊숙이 기대어 앉았다.

"일대를 탐문하였으나 여인의 얼굴을 알아보는 이가 없었습니다. 도성 안에 사는 여인이 아닌 듯해 좌포청에서 관할하고 있는 성 밖 마을까지 탐문하였습니다만, 별다른 성과가 없었습니다. 그래서 일부러 소문을 흘렸습니다."

"도성 안에 운종가만큼 사람이 많이 드나드는 곳은 없으니 며칠 새에 소문이 성 밖 마을까지 다 퍼졌겠지요. 원혼이 떠돈다는 말만큼 사람들의 흥미를 끄는 말도 없을 테고요. 그래서, 효과가 있었습니까?"

답을 알면서도 묻는 말에 종사관은 작게 한숨을 쉬며 고개를 가로 저었다.

"그보다는, 부탁드릴 것이 있어 모신 것입니다."

종사관이 은밀한 목소리로 말하며 조금 가까이 다가와 앉았다.

* * *

"나리, 우포청 강 종사관께서 오셨습니다."

이방의 목소리가 들린 지 얼마 지나지 않아 최주혁의 집무실 덧문이 열렸다.

"어쩐 일인가?"

"어허! 네 이놈, 최가 주혁이! 사람이 왔는데 쳐다보지도 않아?"

우포청 종사관 강수환이 털썩 소리가 나게 앉으며 농을 치자 최주혁이 내내 종잇장을 향해 파묻고 있던 고개를 치켜들었다.

"아이고오! 종사관 나리이, 나리께서 이리 늦도록 퇴청을 하지 않으시니 애먼 아랫것들 또한 여직 예 남아 있는 것이 아닙니까아?"

장난스러운 수환의 말에 주혁이 손끝으로 미간 사이를 꾹 누르며 되물었다.

"여기까지 어쩐 일인가?"

"어쭈? 용무가 있어야 만나는 사이라 이거지?"

수환이 입꼬리를 당겨 웃었다.

"자네 그 표정, 무슨 꿍꿍이가 있을 때나 하는 표정 아닌가."

주혁이 말끝에 혀를 찼다.

"혁아, 최주혁아아."

"나는 자네가 나를 그렇게 부를 때가 제일 무섭네. 뭔데 그래?"

주혁의 물음에 수환의 입꼬리가 움푹 파였다. 확실히 무슨 꿍꿍이
가 있는 모양이었다.

"광통교 부녀자 익사 사건은 황 종사관께 넘겨."

"쥐도 새도 모르게 자네가 좌포도대장으로 영전되었나 보군?"

"아직까지 범인은커녕 목격자도, 또 시친도 못 찾았다며? 천하의
최주혁 나리께서 말이야."

빙글대며 웃는 얼굴로 속 긁는 소리를 해대는 것이 얄밉기 짝이 없
었다. 그런 주혁의 심경을 아는지 모르는지 수환이 재차 말을 이었다.

"그건 털어버리고 내 사건이나 좀 도와줘."

"지금 무슨 소릴⋯⋯."

주혁이 또다시 미간을 꾹 눌렀다. 그러거나 말거나 수환은 나불대
기를 멈추지 않았다. 자꾸만 웃음을 참는 것을 보니 이런 주혁의 반
응을 즐기는 것이 틀림없었다.

"내가 요즘 반송방*에 사는 부녀자의 실종 사건을 조사 중이거든."

수환의 말에 여태 이마를 감싸 쥐고 있던 주혁이 눈을 크게 떴다.
그 모습에 수환이 기어이 참았던 웃음을 터트렸다.

"어때, 이제 좀 흥미가 생기지?"

묻는 말 끝에 수환이 입꼬리를 씩 당겨 올렸다.

* * *

———————

◆　현 종로구 평동 일대.

"팔척귀신이 광통교에서 제를 올린다며?"

"워매……. 참말로 귀신이 나돌아다닌다고?"

곁을 스쳐 가던 사내들이 수군거리자 수환이 입꼬리 한쪽을 비뚜름하게 말아 올렸다. 그 모양새를 본 주혁이 왜? 하고 눈짓으로 물었지만 수환은 대답 없이 어깨만 으쓱일 뿐이다.

"그래, 우리 도련님께서는 무슨 불만이 이리 많으십니까?"

주혁이 속으로 웃음을 삼키며 물었다. 저보다 반 뼘쯤 작은 수환의 미간이 곱게 접혀 있었다. 퍽 심기가 불편해 보이는 친우를 향해 주혁은 어르듯 "웅?" 하고 재차 물으며 고개를 기울였다.

"귀신이라니! 말이 되는 소리를 해야 말이지."

수환이 차가운 목소리로 일갈했다.

"왜? 자네는 사령의 존재를 믿지 않는가?"

주혁이 흥미로운 기색으로 묻자 수환이 눈을 찌푸렸다.

"사령 같은 소리 하고 있네. 그런 것에 현혹되면 수사의 본질만 흐릴 뿐이야. 물론, 귀신이 존재할 수는 있겠지. 신묘한 존재들이 사람 사이에 섞여 사는 마당에 귀신이 없으려고? 하지만 귀신은 사람을 죽이지 못해. 사람을 죽이는 건 사람뿐이라고. 너도 알잖아?"

빠르게 쏟아진 말에도 주혁이 별말 없이 웃기만 하자 수환이 경악하며 눈을 치떴다.

"설마, 지금 여인의 혼이 광통교에서 흐느끼니 어쩌니 하는 말을 믿는 건 아니지?"

채근하는 말에도 주혁이 대꾸하지 않자 수환이 걸음을 멈췄다. 주혁의 태도에 어지간히도 충격을 받은 모양이다. 주혁이 귀신이니 하는 것들을 믿는다는 사실보다는, 저가 몰랐던 모습을 발견한 것에 더 놀란 것이다.

제 인생의 절반에 달하는 시간 동안 함께 지내온, 그 모든 것을 속속들이 알고 있다 생각했던 친우의 낯선 모습에 수환은 할 말을 찾지 못하고 입만 벙긋거렸다. 그 누구보다도 이성적인 주혁이 귀신 따위를 믿는다는 것을 수환은 도저히 납득할 수가 없었다.

그런 수환의 머리꼭지를 내려다보던 주혁이 큼, 하는 소리와 함께 주의를 돌렸다.

"계속 그렇게 서 있을 텐가? 정말 귀신이 있는지 확인해봐야지 않겠어? 이러다 재미난 구경을 놓칠걸세."

광통교 앞에는 이미 구름 같은 인파가 몰려 있었다. 두 종사관은 사람들 사이에 자리를 잡았다. 와글와글 떠들어대는 사람들 사이에서 수환은 여전히 낯을 잔뜩 찌푸린 채였다.

광통교 한복판. 다리 양쪽으로 늘어선 사람들을 바라보던 무영이 해랑을 향해 작게 고개를 끄덕였다. 그 신호에 해랑이 품 안에서 작은 천 뭉치 하나를 꺼내 들더니 땅바닥 위에 그것을 놓고 풀어헤쳤다. 천 뭉치 안에는 부적이 한가득 들어 있었다.

해랑이 부적 하나를 꺼내 손에 쥐자 사람들 사이에서 탄성이 쏟아져 나왔다. 기이한 광경이었다. 부슬부슬 내리는 비가 모든 것을 적시고 있는 와중에 비에 젖지 않는 것은 오로지 해랑이 품 안에서 꺼내둔 부적들뿐이었다. 샛노란 종이 위에 주사(朱砂)로 새겨둔 주문은 빗줄기 속에서도 아주 선명하게 그 붉은빛을 자랑하고 있었다.

해랑이 가벼운 손짓으로 허공을 향해 부적을 날렸다. 좌로 세 개, 우로 세 개. 처음 셋은 귀신불침부, 나중 셋은 귀신소멸부였다. 허공으로 떠오른 부적들은 마치 살아 있기라도 한 것마냥 팔랑거리며 다리 난간 위로 날아가 붙었다. 부적이 제 위치에 붙은 것을 확인하자 무영은 효상을 꺼내 들었다. 그러고는 한 발 한 발 걸음을 내디뎠다.

그가 움직이기 시작하자 다리 주변은 찬물을 끼얹은 듯 고요해졌다. 크게 숨을 쉬는 것조차 조심스러운 정적 속에서 효상이 허공을 가르는 소리만이 선명했다.

무영의 움직임을 눈으로 좇기 바쁜 구경꾼 사이에서 단 한 사람만이 초조한 기색을 감추려 애쓰고 있었다. 거기 모인 모두가 무영에게 집중하고 있었기에 그 누구도 이 정체 모를 자가 불안한 기색으로 입술을 꽉 깨무는 것을 눈치채지 못했다. 그럴 만도 했다. 갈피를 잡지 못하고 연신 흔들리는 그의 눈길은 그저 무영의 몸짓을 따라 움직이는 것처럼 보였고, 이마를 타고 흐르는 식은땀 또한 금세 빗물에 가려졌다.

사내는 긴장으로 축축해진 손바닥을 바지춤에 닦아냈다. 입안이 바짝바짝 마르는 것이 결코 기분 탓은 아니었다. 금방이라도 무영이 제 뒷덜미를 잡아채며 여기 범인이 있다고 소리칠 것만 같았다. 자꾸만 뒷목이 선뜩선뜩해지는 것이, 소문대로 정말 여인의 혼이 제 주변을 맴도는 듯한 착각마저 들었다.

한참 멍하니 무영을 바라보던 사내는 이내 주먹을 꽉 말아 쥐고 잡스러운 생각들을 떨쳐냈다. 죽은 자는 말이 없는 법이라 했다. 그러니 그 누구도 저가 한 짓을 모를 터였다. 아니, 그래야만 했다.

빗줄기에 무겁게 젖은 옷자락이 무색하게도 무영의 움직임은 가볍기만 했다. 퍽 우아하게까지 느껴지는 그의 몸짓은 마치 춤을 추는 것 같았다. 여전한 정적 속에서 구경꾼들은 무영을 향해 연신 속으로 찬탄을 쏟아냈다. 마침내 무영의 발이 멈추었을 때, 별안간 구경꾼 사이에서 웬 사내 하나가 흐느끼기 시작했다.

"아이고, 여보! 여보!"

크게 우는 사내의 목소리에 구경꾼들이 단숨에 물길 갈라지듯 비켜서고 모두의 시선이 그를 향했다. 주변에 모인 이들이 수군거리는 소리로 다리 주변은 순식간에 소란해졌다. 그 소란을 뚫고 수환이 사내를 향해 다가섰다. 그러고는 주저앉아 곡소리를 내는 사내를 일으켜 세웠다.

수환은 저만치 다리 위를 향해 시선을 던졌다. 어느새 무영과 해랑 곁에 서 있던 주혁이 그런 수환을 향해 얕게 고개를 끄덕였다. 얼마 지나지 않아 두 종사관은 무영과 해랑, 그리고 사내와 함께 좌포청으로 향했다.

"저는 반송방 부근에 사는 박 가입니다. 보름 전 안사람이 집을 나간 뒤 돌아오지 않아 찾아 헤매던 중에 소문을 들었습니다."

자신을 박 씨라 소개한 사내가 울먹이며 이야기를 시작했다.

"보름이나 지났는데, 어째서 더 빨리 포청에 신고하지 않았지?"

수환이 물었다.

"안사람은 평소에도 근처에 있는 처제 집에 자주 오가고는 했습니다. 보통은 술시*가 되기 전에 집으로 돌아오곤 했습죠. 밤늦도록 오지 않을 때는 처제 집에서 자고 다음날 날이 밝으면 왔고요. 제가 떠돌아다니며 장사를 하는지라, 집을 비우면 안사람이 처제 집에 가는

◆   밤 7~9시.

일이 잦았습니다. 그래서 그날도 그런가 보다 했지요."

"그래서 부인이 사라진 것을 언제 알았는가?"

이번에는 주혁이 물었다.

"다음날 오후 나절이 되어서도 돌아오지 않기에 처제 집으로 갔습니다. 아무도 없기에 둘이서 마실이라도 나간 모양이구나 하고 다시집으로 왔지요. 그리고 다음날 아침 일찍 길을 떠나야 해서 초저녁에 잠자리에 들었습니다. 떠나기 전 처제 집에 들렀사온데 방문 앞에 아내와 처제의 신이 놓여 있었습니다. 불은 꺼져 있었고요. 워낙 이른시간이라 깨우지 않고 떠났습니다. 이틀 전에 집으로 돌아왔습니다."

사내가 막 말을 마쳤을 때 문밖에서 "종사관 나리, 준비되었습니다" 하는 형방의 목소리가 들려왔다. 그 소리에 주혁이 박 씨를 데리고 방을 나갔다.

내내 말이 없던 무영과 해랑 중 먼저 입을 연 것은 해랑이었다. 해랑이 고개를 갸우듬하게 들고 수환에게 물었다.

"방금 저 아저씨는 신고를 하지 않은 모양인데 나리께서는 실종사건이 있던 것을 어떻게 아셨어요?"

"여인 하나가 언니가 사라졌다며 신고를 했어."

"아저씨의 처제라는 분이겠네요?"

"내가 찾는 실종된 여인이 아까 그자의 아내가 맞다면 그렇겠지."

수환의 말이 끝나자 주혁이 돌아왔다.

"어떻게 됐어?"

"시신을 확인했네. 부인이 맞다는군."

주혁의 대답에 해랑이 "아……" 하고 탄식을 흘렸다. 그러고는 잠시 정적이 흘렀다. 얼마나 그러고 있었을까, 주혁이 수환에게 물었다.

"자네는 이제 어찌할 텐가?"

"어쩌긴, 실종자를 찾았으니 우포청에서는 끝난 사건이지."

어깨를 으쓱이며 대수롭지 않은 듯 대꾸한 수환이 무영에게 말을 붙였다.

"그래서 여인의 혼이 대감께 뭐라고 하던가요?"

"있지도 않은 혼이 제게 무얼 고할 수 있을 리가요."

웃음 섞인 무영의 대답에 수환이 미간을 살짝 찡그렸다. 그 모습을 못 본 체한 무영이 주혁에게 물었다.

"효과가 있었습니까? 눈에 띄는 행동을 하는 자가 있던가요?"

주혁이 고개를 가로저으며 대꾸했다.

"그래도 덕분에 여인의 신상을 알게 되었으니 잘된 일이지요. 저는 이만 반송방으로 가서 시친들을 탐문해야겠습니다. 오늘 일은 감사했습니다, 대감."

네 사람은 곧 좌포청을 나섰다. 멀어지는 무영과 해랑의 뒷모습을 바라보던 수환이 입을 열었다.

"최주혁."

낮게 깔리는 친우의 목소리에 주혁이 곤란한 듯 어색하게 입꼬리를 올렸다. 수환이 이렇게 주혁의 성까지 붙여 부르는 것은 퍽 심사가 뒤틀렸다는 뜻이었다. 아니나 다를까, 수환이 잔뜩 얼굴을 구기고서 빠르게 말을 쏟기 시작했다.

"내가 갱충맞게 구는 꼴이 재밌었지? 응? 미리 언질을 했어야지, 어찌 대감 앞에서 나를 가리사니도 못하는 천치로 만들어?"

잔뜩 꼬아 하는 말에 주혁이 작게 고개를 저었다.

"비밀스러운 일을 할 때는 그 비밀을 아는 자가 적으면 적을수록 좋은 법이지. 말이 새어나갈까 단속하느라 그랬네."

그 말에 수환이 입을 다물었다. 주혁의 말에 틀린 것이 하나도 없었다. 그러나 주혁의 말마따나 그 '비밀스러운 일'을 하는 데에서 자신이 배제되었다는 것이 영 못마땅했다. 주혁이 제게 좌포청의 일을 일일이 고할 필요가 없다는 것도, 제 감정보다는 공무가 우선이라는 것도 알고 있었으나 어쩐지 자꾸만 서운함이 밀려오는 것이었다.

입을 꽉 다문 수환의 머리꼭지를 내려다보며 주혁은 속으로 웃음을 삼켰다. 아닌 척 애써 표정을 감추는 수환이었으나, 그가 보기에는 딱 심통 난 어린애 같았던 것이다. 주혁은 달래듯 수환의 어깨에 손을 올리고는 한 번 꾹 누르듯 잡아 쥐었다.

"자, 우리도 이제 그만 가세."

주혁이 앞장서 걷기 시작하고 수환이 궁싯거리며 그를 따라 걸음을 옮겼다.

"왔습니까?"

무영이 선전에 들어서며 정 행수를 채근했다.

"볼쎄 왔다 갔지."

"어디 있습니까?"

곧바로 본론으로 향하는 무영의 말에 정 행수가 피식 웃음을 흘렸다. 그러고는 장부책을 정리해둔 책장 사이에서 종이 몇 장을 꺼냈다.

"이것이 무엇입니까?"

궁금증을 참지 못한 해랑이 탁상 위에 늘어진 종이뭉치를 향해 고개를 쭉 빼며 물었다.

"이것은 시장이고, 또 이것은 시형도라고 하는 것이다."

무영의 대답에 해랑이 흠, 하는 소릴 내며 종잇장을 향해 더 가까이 얼굴을 들이밀었다.

"시장은 시신을 검안한 내용을 적어둔 것이고 시형도는 시신에 난 상처를 그려둔 것이야."

이어진 무영의 말에 해랑이 고개를 끄덕였다. 그러다 이내 고개를 갸웃거리며 물었다.

"그 검험의관께서 주신 것이지요? 하지만 이 시형도에는……."

"그래. 맞다."

해랑이 할 말을 알고 있다는 듯 무영이 고개를 끄덕였다.

"왜, 어디가 이상한가? 공 씨가 잘못하면 제 목줄이 날아갈 일이라며 을매나 엄살을 피우던지……."

"예, 이상한 부분이 있긴 합니다. 좀 더 자세히 봐야 알겠지만요."

무영의 대답에 정 행수가 턱밑을 살짝 긁적였다.

"공 씨가 일을 허투루 할 사람은 아닌디 말이여."

"그렇습니까? 그렇다면 뭔가 빠진 것이 아니라 정말로 찾지 못한 것이겠네요."

대꾸한 무영이 다시 시장과 시형도를 들여다보기 시작했다.

* * *

"아휴, 그 집 부부 금실이 얼마나 좋았는데요."

"참말이라예. 딸린 자식은 읍었어도 그 집 바깥양반 정성이 억수로 대단했지예."

어딜 가나 말하기 좋아하는 치들이 한둘은 있는 법이다. 주혁과 수환 앞에서 말을 늘어놓고 있는 부부가 딱 그런 자들이었다.

"그 부부가 혼인한 지 예닐곱 해는 되었다고 하던데 여태 자식이 없었다는 말인가?"

주혁이 물었다.

"야. 죽은 최 씨가 원체 몸이 약해가, 아무리 좋다는 약을 먹여도 아가 들어서질 않았심더."

"맞습니다. 그래서 처음에는 시댁에서 한참 닦달을 했었다 합니다. 하지만 시댁 어르신들이 모두 돌아가시고 난 후에는 그냥저냥 둘이서 그렇게 잘 지내고 있었습니다."

주혁이 흠, 하는 소리와 함께 고개를 끄덕였다. 이번에는 수환이 부부를 향해 물었다.

"근자에 이 근방에 수상한 사람이 드나드는 것을 본 이는 없고?"

그 말에 부부가 동시에 고개를 끄덕였다.

잠시 후, 다시 도성 안으로 향하며 수환이 먼저 입을 열었다.

"그래서, 이번에는 수하들을 몇이나 심어두었어?"

불퉁하게 하는 말에 주혁이 큼, 소리와 함께 웃음을 삼켰다.

"광통교에 있던 셋을 마을에 남겨두고 왔네. 믿을 만한 자들이지. 우포청에서 최 씨의 동생을 신문했던 일은 어찌 되었는가?"

"별다를 게 있겠어? 우리에게 신고한 이후로 그 동생이란 여인은 내내 제집에 틀어박혀 앓고 있고, 그런 처제를 박 씨가 돌보고 있다더군. 두 사람 모두 충격이 크겠지."

주혁이 얕게 고개를 끄덕였다. 어느새 돈의문이 지척으로 다가왔다.

"차라리 정말로 귀신이 나왔으면 더 쉬웠겠군."

도성 문을 넘으며 주혁이 혼잣말처럼 중얼거렸다.

"또 그 귀신 타령이야?"

수환이 들으라는 듯 혀를 찼다.

"최주혁. 너 정말 귀신을 믿기라도 하는 거야?"

"글쎄……. 그렇기도 하고 아니기도 하네만."

"무슨 대답이 그래?"

"이번 일에야 귀신이 없는 게 확실하지만, 정말 귀신이 없다면 그간 이어져 온 무영 대감의 행적을 어찌 설명할 텐가? 성문 밖에 사는 수많은 무당은 물론이고 궁 안의 궁무들까지도 말일세."

"실없는 소리 작작하시죠, 종사관 나리? 어쩔 거야? 약방으로 가는 거야?"

수환이 주혁의 등을 아프지 않게 툭 치며 물었다. 어느새 혜정교 앞에 다다른 두 사람은 곧 구리개*를 향해 발을 옮겼다.

* * *

그 시각, 구리개 신농약방 안으로 체구가 작은 젊은이 하나가 발을 들였다. 청년은 거친 숨을 내쉬며 마른기침을 해댔다. 약방 안에 있던 사람들의 시선이 그에게 닿자 청년은 목구멍 안을 긁는 듯한 쇳소리를 내며 기침을 하기 시작했다. 비실비실한 모양새가 안쓰럽기 짝이 없었다.

그 모습을 지켜보던 약방 주인이 눈을 가늘게 뜨고 청년을 위아래

◆   현 중구 을지로 2가 부근.

로 훑었다. 소년이라기엔 나이가 좀 들어 보이고 청년이라기엔 또 너무 어려 보였다. 주인은 제 시선을 눈치챈 청년이 호패를 꺼내보이고 나서야 입을 열었다.

"천식인가?"

청년은 대답 대신 연신 기침을 하며 고개를 끄덕였다. 흠, 하며 고개를 갸웃거린 주인이 가게 안쪽에 난 방으로 사라지자 청년이 사람들 사이에 자리를 잡고 앉았다.

얼마나 그러고 있었을까, 기우듬하게 지는 해에 가게 안으로 길게 햇빛이 늘어졌다. 사람들이 하나둘 떠나고 청년 혼자 우두커니 앉아 있자니 모습을 드러낸 주인이 그를 향해 손짓했다.

"천식에 이만큼 좋은 약도 없지."

"도라지입니까?"

약방 주인이 고개를 끄덕였다. 그러자 청년이 은밀한 이야기를 하듯 주인 옆에 붙어 서서 한껏 목소리를 낮추고 속삭였다.

"이것 말고……. 그, 있잖습니까? 그것 말입니다."

그 말에 약방 주인이 이를 드러내며 씩 웃었다. 이 젊은 사내가 찾는 것이 무엇인지 아는 눈치다.

"어찌 알고 왔는가?"

"알음알음 알고 왔습죠. 이 근방에서 그것을 구할 수 있는 곳이 여기뿐이라 들었습니다."

청년의 말에 주인이 호쾌한 소리로 웃기 시작했다. 그러고는 그의 어깨춤을 두어 번 툭툭 쳤다.

"그렇다면 아주 잘 찾아왔구먼. 안으로 들어와 잠시 기다리게."

청년은 손짓하는 주인을 따라 안쪽 방으로 자리를 옮겼다. 주인은 약함을 뒤지며 콧노래를 흥얼거렸다. 아무래도 오늘 한몫 단단히 잡 겠다 싶었다.

그런 주인의 뒷모습을 바라보며 청년이 입술을 깨물었다.

* * *

"주인장, 안에 있는가?"

두 종사관이 신농약방으로 들어섰다. 곧 안쪽 방에서 부스럭거리 는 소리가 들리더니 주인이 모습을 드러냈다.

"아이고, 나리! 어쩐 일이십니까?"

주인이 반색하며 물었다. 주혁과 안면이 있는 모양이다.

"자네 혹시 반송방에 사는 박 씨라고 아는가?"

"혹, 봇짐장사 하는 자를 이르심입니까?"

주인의 물음에 주혁과 수환이 동시에 고개를 끄덕였다.

"아이고, 알다마다요! 그치의 안사람이 잔병치레가 잦아 달포에 한 번씩 들러 약을 지어간 것이 벌써 수 해는 되었습니다. 그런데 그이 가 저희 집 물건을 쓰는 것은 어찌 아셨습니까?"

"박 씨가 직접 이야기했네. 평소 여기서 약을 산다고."

"그렇습니까? 그러잖아도 약이 떨어질 때가 되었는데 통 들르지 않아 궁금해하던 참이었습니다."

주인이 떠벌리는 사이 안쪽에 딸린 방에서 인기척이 나더니 청년 하나가 모습을 드러냈다.

두 종사관이 청년을 향해 시선을 돌렸다. 허공에서 눈길이 맞부딪 히자 청년은 놀란 듯 눈을 치떴다. 그런 세 사람의 기색을 눈치채지 못한 듯 주인이 청년을 향해 말을 붙였다.

"아, 다 챙겼는가?"

"예. 돈은 탁상 위에 두고 나왔습니다."

"그래, 또 필요하면 들르시게."

말끝에 주인이 청년을 향해 눈을 찡긋하며 미소를 흘렸다. 얕게 고개를 끄덕인 청년은 두 종사관을 스쳐 약방문을 향해 걸어갔다. 그 모습을 지켜보던 주혁과 수환이 주인을 향해 "곧 다시 들르겠네" 하는 말을 남기고 얼른 청년을 따라나섰다.

수환은 약방문을 나서자마자 청년의 어깨를 잡아챘다.

"네가 여긴 어쩐 일이냐?"

"아픕니다, 나리."

청년이 수환의 손길을 털어내려는 듯 어깨춤을 들썩였다. 아프다는 말이 엄살은 아닌지 청년은 미간에 작게 인상을 쓰고 있었다. 그 모습을 지켜보던 주혁이 수환을 향해 슬쩍 나무라는 소리를 했다.

"일이 있어 왔나 본데 뭘 그렇게까지 해? 놓아주게."

수환이 허, 하는 소리를 내며 손길을 거뒀다. 어쩐지 신경이 잔뜩 곤두선 모양새였다. 청년이 주혁을 향해 감사합니다, 하고 고개를 꾸벅이자 주혁이 웃는 낯으로 말을 붙였다.

"그래, 해랑이라고 했었지? 어쩐 일이야? 어디가 아픈 것이냐?"

주혁의 물음에 해랑이 샐쭉 웃으며 고개를 가로저었다.

"아닙니다. 스승님께서 심부름을 보내셔서요."

수환이 해랑이 품에 안은 꾸러미를 향해 시선을 내렸다. 탐색하듯 훑는 눈길이 곱진 않았다.

해랑을 돌려보낸 후 주혁이 수환을 타박하듯 말을 붙였다.

"대체 자네 왜 그러는 게야?"

"내가 뭘?"

되묻는 수환의 미간 위로 깊게 골이 파이자 주혁이 혀를 끌끌 차기 시작했다.

"아까 낮의 일만 해도 그렇네. 대감께 그게 무슨 태도인가? 그리고 왜 애먼 저 아이에게 화풀이를 하냐는 말일세."

"수상해."

"뭐?"

"수상하다고. 대감과 저 아이 말이야."

도통 굽힐 줄 모르는 수환의 태도에 주혁이 들으라는 듯 크게 한숨을 내쉬었다. 머리가 지끈거리는 듯한 착각마저 들었다. 하지만 더는 뭐라 타박할 수가 없었다. 이러니저러니 해도 수환은 촉이 꽤 좋은 편이었고, 주혁 또한 그것을 알고 있었다. 그래서인지 무영과 해랑의 동태가 은근히 꺼림칙하게 느껴지는 것을 막을 도리가 없었다.

주혁의 속이 이토록 시끄러운 줄도 모르고 수환은 여직 굳은 표정으로 해랑이 사라진 방향을 바라보고 있었다.

* * *

해시.

무영이 천변에 들어섰다. 얼마 지나지 않아 종루에서 인정을 알리는 종소리가 울렸다. 이제 막 세 번째 종소리가 퍼질 즈음, 개천 깍쟁이 토굴에서 나온 커다란 인영 하나가 무영을 향해 소리쳤다.

"웬 놈이냐?"

제법 크게 울린 목소리에 토굴에서 깍쟁이들이 우르르 몰려나왔다. 어느새 무영 주위에 둘러선 거지들의 수가 열댓은 되어 보였다. 어둠 속에서 대치 중인 그들을 향해 무영이 침착하게 입을 열었다.

"장 두령에게 팔척귀신이 왔다 전해주십시오."

잠시 두런두런하는 소리가 들리더니 곧 사내들이 일사불란하게 한쪽으로 비켜섰다. 그러더니 그들 중 가장 나이 든 자가 나와 안쪽 토굴, 꼭지딴 장 씨가 있는 곳으로 무영을 이끌었다.

"근자에 자주 뵙는군요? 이 시간에 어쩐 일이십니까?"

장 두령이 무영을 반기며 자리에서 일어섰다. 그의 말마따나 이제 막 스물여덟 번째 종소리가 끝난 참이었다.

작게 흩어지는 종소리에 귀를 기울이던 무영이 입을 열었다.

"군졸들의 눈을 피해 광통교로 가는 길을 아시지요?"

"광통교 아래에서 몸을 숨길 곳도 필요하십니까?"

무영이 고개를 끄덕였다.

"아이들은 몇이나 필요하십니까?"

"대여섯쯤. 가능하겠습니까?"

대답한 무영이 허리춤에서 작은 두루주머니를 꺼내 들었다. 장 씨가 그것을 받아들자 두루주머니에서 잘강잘강하는 소리가 났다. 손 안에서 그 무게를 가늠해보던 장 씨의 입가가 움푹 팼다.

"이렇게나 많이요?"

"먼젓번의 몫까지, 셈에 맞게 사례를 하는 것뿐입니다."

건조한 무영의 말투에 장 씨가 어깨를 으쓱하고는 고개를 끄덕였다.

인시.*

광통교 아래. 어둠 속에서 사내 하나가 모습을 드러냈다.

"이런 육시럴······."

작게 욕을 중얼거린 사내가 소매 끝으로 이마를 닦았다. 식은땀이 흥건했다. 낮의 일이 떠오르자 저도 모르게 턱 끝이 잘게 경련했다. 제를 올리던 팔척귀신과 그것을 구경하던 사람들. 그리고 그 사이에 서 있던 두 명의 종사관. 기억을 더듬던 그가 몸을 부르르 떨었다. 불길한 기운이 자꾸만 목덜미를 서늘하게 했다.

천변을 향해 다가가던 그는 돌연 이크, 하는 소리를 내더니 교각 아래로 몸을 숨겼다. 곧 머리 위에서 군졸 둘이 다리를 지나는 소리가 들렸다. 두런두런하던 그들의 목소리가 다리 한가운데에서 멈추자 사내의 가슴이 두방망이질하듯 뛰기 시작했다. 또다시 등 뒤로 식은땀이 질금질금 비져 나왔다.

파루까지 앞으로 반 시진. 인정 후에 어찌어찌 몸을 숨겨 여기까지 왔다만, 지금 들킨다면 예까지 온 것이 말짱 도루묵이었다. 통행금지가 풀리고 다시 사람들이 거리를 나다니기 전에 한시라도 빨리 물건을 찾아 이곳에서 벗어나야 했다. 생각이 거기에 미치자 사내는 애가 바짝바짝 타들어갔다. 그런 사내에게는 불행스럽게도 군졸들은 다리 위에서 떠날 줄을 몰랐다.

초조하게 입술을 잘근거리며 어둠 속을 응시하던 그가 별안간 눈을 홉떴다. 저만치, 어둠 속에서도 선명히 눈에 들어오는 것이 있었다. 다른 이들은 눈치채지 못할 티끌만 한 표식이었으나 사내의 눈에

◆ 새벽 3~5시.

는 들보만큼 크게 보였다.

　일이 잘 풀리려는 모양이구나. 속으로 쾌재를 외친 사내는 군졸들이 떠나기만을 기다렸다.

　잠시 후, 다리 위를 서성이던 인기척이 사라지자마자 그는 득달같이 천변으로 내려가 흙을 파헤치기 시작했다. 손끝으로 질척하게 흙이 엉겨붙었다. 손톱 아래로 흙이 파고드는 줄도 모르고 그는 미친 사람처럼 땅을 파냈다.

　사내의 콧잔등을 타고 흘러내린 땀이 손등 위로 뚝뚝 떨어졌다. 그렇게 얼마쯤 파 내려가자 무언가가 손끝에 툭 걸렸다. 그 감촉에 사내가 몸을 흠칫 떨었다. 그는 잠시 그것의 크기를 가늠하듯 손길을 멈췄다가 날랜 손길로 남은 흙을 마저 파헤치기 시작했다.

　마침내 그가 물건을 꺼내 들었다. 어느새 사위가 어스름하게 밝아오고 파루를 알리는 북소리가 들리기 시작했다. 주위를 한번 둘러본 그는 땅에서 파낸 것을 품 안에 갈무리해 넣고 자리에서 일어났다. 파헤쳤던 자리를 다시 다져놓을 새도 없이 그는 빠르게 광통교를 벗어났다.

　다행스럽게도 거리에는 인적이 드물었다. 파루가 지난 지 얼마 되지도 않았거니와, 요 며칠 멈추었던 비가 다시 세차게 내리고 있는 탓이기도 했다. 사내는 품 안에 든 것을 꽉 움켜쥐었다가 손을 들어 얼굴 위로 흐르는 빗물을 훔쳐냈다.

　땅바닥을 푹푹 파낼 기세로 떨어지던 빗줄기는 그가 도성 남문을 넘자 약해지기 시작했다. 모르긴 몰라도 오늘 내일 간에 이 지루하던 장마가 끝날 모양이다.

마을에 들어서자 그의 걸음이 빨라졌다. 물에 흠뻑 젖은 생쥐 꼴을 한 제 모습을 누가 볼까 겁이 났다. 마른침을 삼키며 잰걸음을 하는 그의 시야로 제집 앞마당이 들어오자 그는 길게 한숨을 쉬었다. 그러고는 달음질을 쳐 집 안으로 들어섰다.

그가 품 안에 넣어두었던 것을 아궁이에 툭 던져두고 돌아섰을 때 군졸 한 무리가 들이닥쳤다.

"죄인 박종구는 오라를 받으라!"

대문 앞에서 주혁이 크게 소리치자 군졸들이 재빨리 포승줄로 그를 묶기 시작했다.

"어찌 이러십니까? 놓아주십쇼, 나리!"

박 씨가 발버둥을 치며 악을 써댔다. 그 결에 박 씨의 집 주변으로 동네 사람들이 하나둘 모여들었다. 수군대는 사람들 사이에서 주혁이 다시 입을 열었다.

"부인 최 씨를 살해한 혐의를 물어 죄인 박종구를 체포한다. 죄인을 좌포청으로 압송하라!"

주혁의 말이 끝나기 무섭게 주변에 늘어서 있던 마을 사람들이 와글와글 떠들어대기 시작했다. 아낙들이고 사내들이고 할 것 없이 모두의 입에서 하나같이 경악 어린 소리가 터져 나왔다. 그럴 만도 했다. 아내를 무척이나 아끼던 박 씨 아니었던가.

주혁은 말없이 서서 마을 사람들이 하는 소리를 듣고만 있었다. 그런 그에게 군졸 하나가 다가섰다. 얼마 전 마을에 잠입시킨 자들 중하나였다.

"출발했답니다."

수하의 말에 주혁이 고개를 끄덕여 대답을 대신했다. 그는 곧 좌포청을 향해 말을 달렸다.

벌써부터 소문이 짜하게 퍼졌는지 좌포청 앞마당에는 구경꾼들이 한가득 몰려 있었다.

포청으로 들어서던 주혁이 살짝 인상을 썼다. 마치 운종가 한가운데처럼 포청 안은 소란하기 그지없었다. 그러나 그것도 잠시, 좌포도대장이 나타나자 저마다 떠들어대던 구경꾼들이 입을 다물었다.

"고하라."

포도대장의 명에 주혁이 앞으로 나섰다. 그러나 주혁이 입을 떼는 것보다 박 씨의 외침이 조금 더 빨랐다.

"억울합니다! 저는 아닙니다!"

"죄인은 그 입 다물라! 종사관은 고하라."

박 씨를 향해 차게 일갈한 포도대장이 주혁을 재촉했다.

"죄인 박종구는 부인 최 여인에게 장기간 독초를 먹여 죽음에 이르게 만든 사혐(私嫌)*을 받고 있습니다."

"증좌와 증인이 있는가?"

"예."

단호한 주혁의 대답에 장내가 다시 한 번 술렁였다.

"증인, 들라."

주혁의 명에 신농약방 주인이 앞으로 나섰다. 주위에 모인 이들 모두가 그의 입이 열리기만을 기다렸다. 그러나 약방 주인은 쉬이 입을 열지 않았다. 그도 그럴 것이, 그는 지금 속으로 오만 가지 욕을 해가

◆   혐의.

며 제 신세를 한탄하는 중이었다.

그래, 잘못 걸려도 아주 대차게 잘못 걸렸지. 약방 주인은 입안의 여린 살을 씹어가며 속으로 불평을 쏟아냈다. 입을 잘못 뺑긋했다가는 저 또한 박 씨와 같은 신세가 될지도 몰랐다. 이리저리 눈알을 굴리며 이 상황을 빠져나갈 만한 말을 골라내고 있자니, 저만치 앞에서 저를 빤히 보고 서 있는 청년이 눈에 들어왔다.

낭패로구나. 그는 또 한 번 속으로 중얼거렸다. 저를 향해 청년이 싱긋 웃으며 입을 벙긋거렸다. 이쯤 되니 그는 꼼짝없이 사실을 고해야 할 것임을 직감했다.

'어쩐지, 엊저녁에는 기이하게 운수가 좋더란 말이지.'

약방주인은 끙 하고 새는 탄식을 삼켰다. 청년이 오늘 아침 일찍 다시 약방을 찾아왔을 때만 해도 일이 이렇게 돌아갈 줄은 상상도 하지 못했다. 말간 얼굴을 한 저 청년이 뭐랬더라, "어제 제게 내어주신 약초가 실은 금지된 것이라지요?"라고 했었나. 그리고 또 뭐랬더라, "좌포청에 가 증언을 해주시면 약방이 문을 닫게 되는 일은 없을 것입니다" 했었지.

'아이고, 내 팔자야.'

한숨을 푹 쉰 약방주인이 입을 열었다.

"구리개에서 약방을 하고 있는 안 가입니다."

포도대장은 계속하라는 듯 말없이 고개만 끄덕였다.

"박 씨는 달포에 한 번씩 저희 집에서 안사람의 약을 지어가는데, 거래한 지는 오 년쯤 되었습니다."

"자네가 박 씨에게 일방적으로 약을 대주기만 한 관계는 아닐 텐데?"

주혁이 물었다.

"그…… 그것이……."

말끝을 흐리는 안 씨를 향해 주혁이 눈을 부라렸다. 그 기세에 어깨를 움찔한 안 씨가 다시 입을 열었다.

"예. 맞습니다. 저는 평소 박 씨에게 약값을 받지 않고 있습니다."

"어째서인가?"

포도대장이 물었다.

"저희 집에서 약을 지어가는 대신 박 씨가 제게 다른 약초를 대어주기 때문입니다."

포도대장이 고개를 끄덕이자 주혁이 잠시 그를 물렸다. 이번에는 검험의관 공 씨가 앞으로 나섰다. 약방 주인 옆에 나란히 선 공 씨는 곧바로 입을 열었다.

"초검(初檢)*을 담당한 검험의관 공 가입니다."

"고하게."

주혁이 말했다.

"죽은 최 여인이 발견된 날은 비 때문에 개천 물이 많이 불어나 있었습니다. 하여, 신고를 받고 현장에 나갈 때는 사망원인을 익수사(溺水死)로 예상하였으나, 검험해보니 아니었습니다."

"옥안(獄案)**은 이미 받아보았다. 직접적인 사인을 아직 밝히지 못했을 텐데?"

포도대장이 물었다.

◆   시신을 처음으로 검사하는 것.
◆◆ 사건을 조사한 서류.

"예, 맞습니다. 본디 물에 빠진 지 오래된 시신은 몸이 부풀어 오르고 살색이 청흑색으로 변하며, 살갗이 벗겨지는데, 최 여인의 시신에서는 이러한 징조가 없었습니다. 그러니 최 여인의 사망시각은 군졸들이 발견하여 건져냈을 때로부터 그지 멀지 않았을 것입니다. 육안으로 확인한 시신의 상태는 죽은 지 하루가 채 지나지 않아 보였습니다. 하지만 겉모습만으로는 판단할 수 없기 때문에 몇 가지 다른 확인 절차를 거쳤습니다. 최 여인의 손발톱 아래에 사토(沙土)의 흔적이 전혀 없사옵고, 코와 입 주변에 거품이 없을 뿐만 아니라 코와 목구멍 안에서도 사토가 흘러나오지 않았습니다. 말인즉, 최 여인이 살아서 물에 빠진 것은 아니었습니다."

"그래서?"

포도대장이 되물었다.

"하지만 몸싸움의 흔적이나 무기류에 의한 상흔도 전혀 없었기 때문에 결정적인 사인을 규명하지 못한 채 초검을 마쳤습니다. 이후 검험의관 주 씨가 복검(覆檢)*을 실시하였으나 결과는 같았습니다."

공 씨의 말에 포도대장은 잠시 생각에 잠긴 듯 입을 닫았다. 그러자 주혁이 약방 주인을 향해 눈짓했다.

"박 씨가 제게서 약을 지어갈 때 값을 지불하지 않았던 것은 박 씨가 제게 대주는 약초의 값이 제가 지어주는 약의 값보다 훨씬 비싼 것이었기 때문입니다."

"박 씨가 그대에게 대준다는 약초가 무엇인가?"

"저…… 그것이……."

◆　시신을 두 번째로 검사하는 것.

약방 주인이 우물쭈물 말끝을 흐리자 포도대장이 조금 짜증스러운 기색으로 그를 다그쳤다.

"어서 바른대로 고하지 못할까?"

"죽여주십쇼."

약방 주인이 우는소리를 하며 무릎을 꿇고 빌기 시작했다. 머리를 땅바닥에 파묻고 손발을 싹싹 비벼대는 모습이 자못 비굴해 보이기까지 했다. 그 꼴을 보며 혀를 크게 찬 포도대장이 약방 주인을 어르듯 입을 열었다.

"사실대로만 고한다면 크게 문책하지 않을 것이다. 어서 고하라."

"미치광이풀이라 불리는 것입니다. 본디 천식을 잡는 데 효험이 있고 진통제나 마취약으로도 쓰이는 것이온데, 그…… 화, 환시와 환청을 일으키기도 하는 독초이기에 구, 국법으로 금지된 것입니다. 그러나 잘만 쓰면 다른 약초에 비해 효과가 월등해 종종 찾는 이들이 있어 높은 값에 은밀하게 거래되고 있습니다."

더듬더듬 말을 늘어놓는 약방 주인을 향해 포도대장이 차가운 시선을 보냈다. 그러고는 주혁을 향해 눈짓했다.

"예. 초검과 복검에서 사인을 찾지 못해 탐문하던 중 죽은 최 여인이 본디부터 몸이 약해 때마다 약을 지어먹었으며, 천식이 있다는 시친들의 증언을 얻었습니다. 이에 검험의관 공 씨와 주 씨의 자문을 통해 독살의 가능성을 발견했습니다."

"독살이었다면 왜 검험에서 알지 못했는가? 독극물에 대한 검사를 실시하지 않았는가?"

포도대장이 묻자 이번에는 공 씨가 대답했다.

"실시하였습니다. 하지만 일부 독초 중에는 검험 과정에서 검출되지 않는 것들이 종종 있사온데 미치광이풀이 그중 하나입니다."

공 씨의 말을 끝으로 고요하던 장내가 다시 소란에 휩싸였다. 그 모습을 둘러보던 포도대장이 내내 말없이 앉아 있던 박 씨를 향해 물었다.

"증언을 인정하는가?"

그 말에 고개를 든 박 씨가 사람들 사이를 눈으로 훑기 시작했다. 허공을 헤매던 박 씨의 눈길이 멈췄다. 박 씨가 가만히 바라보고 있는 사람은 그의 처제였다. 잠시간 처제를 살피듯 훑어보던 박 씨가 별안간 피식 웃음을 흘렸다.

"예. 제가 안사람에게 지속적으로 미치광이풀을 먹였습니다."

박 씨의 말에 장내는 순식간에 경악에 휩싸였다. 당장 극악무도한 살인자를 처형해야 한다며 소리를 지르는 이들도 있었다. 그리고 그 사람들 사이에서 무영이 박 씨를 바라보며 서 있었다.

* * *

밤. 박 씨가 옥사 벽에 등을 기대고 앉아 있었다. 달빛이 들창을 타고 들어와 발치를 비추자 그는 이내 고개를 들고 창 너머의 어둠을 응시하기 시작했다.

"혼자서 뒤집어쓸 생각입니까?"

별안간 들려오는 낮은 목소리에 박 씨가 조금 놀란 기색으로 소리 난 데를 돌아보았다.

"대감께 없는 것이 그림자만은 아닌 모양입니다."

박 씨는 헛헛한 웃음과 함께 말을 흘렸다. 잠시간의 적막 후 박 씨가 물었다.

"거기에, 광통교 아래에 물건이 있었던 것은 어찌 아셨습니까?"

"세상에 비밀이란 것이 있습니까?"

되묻는 무영의 말에 박 씨는 헛헛한 웃음소리를 내는가 싶더니 고개를 가로저었다. 그 모습을 보던 무영이 품 안에서 옷고름 하나를 꺼내 옥사 안으로 넘겨주었다.

"어찌 이것을……. 증좌로 택해진 물건이라 빼낼 수 없을 텐데요?"

흙이 잔뜩 묻은 옷고름을 손에 쥔 박 씨가 의아한 듯 물었다. 오늘 아침, 저가 아궁이에 던져둔 것이었다.

"부인의 옷고름은 멀쩡합니다."

무영의 말에 박 씨가 눈을 크게 떴다.

"그, 그러면……."

"예. 함정이었지요. 현장에 범인이 수습하지 못한 증좌가 남아 있을 것이라 소문을 낸 것도, 그것을 천변에 묻어둔 것도 말입니다."

잔뜩 당황해 더듬대는 박 씨를 향해 무영이 차분한 투로 대답했다. 무영의 말이 끝나자 박 씨가 끙, 하는 소리와 함께 옷고름을 꽉 잡아쥐었다.

"혼자서 뒤집어쓸 생각이라면 다시 생각하는 편이 좋을 것입니다."

"예? 무, 무슨……."

"매번 묘향산 약초꾼에게 미치광이풀을 받아오셨지요?"

박 씨는 아무 말도 하지 않았다. 그저 손을 들어 차게 식은 낯을 몇 번이고 쓸어내리기만 했다. 얼마나 그러고 있었을까, 정신을 다잡은 박 씨가 다시 고개를 들었을 때 무영은 이미 사라진 후였다.

* * *

최 여인은 벌써 한 시진째 제집 마당을 서성이고 있었다. 초조한 듯 이리저리 걸음을 옮길 때마다 최 씨의 발아래에서 습기 찬 흙이 밟히며 텁텁한 소리를 냈다.

최 씨는 거칠게 일어난 입술을 손끝으로 쥐어뜯었다. 후텁지근한 여름 밤바람에 머리칼이 이리저리 엉기는 것이 느껴졌다. 여인은 내내 입술을 쥐어뜯던 손을 들어 머리칼을 헤집기 시작했다. 지난밤 보았던 풍경이 눈꺼풀 안에 들러붙어 도통 사라질 줄을 몰랐다.

하루 전.

최 여인은 벌써 며칠째 장사를 떠난 남편 박 씨를 기다리며 무료한 나날을 보내고 있었다. 평소 같았다면 근방에 사는 동생 집에 들르기라도 했을 텐데, 공교롭게도 최 씨의 동생 또한 건넛마을에 사는 아무개의 초상집에 간다며 자리를 비운 참이었다.

그렇게 며칠을 혼자 보내던 최 씨가 주인 없는 동생의 집에 들른 것은 순전히 우연이었다. 아니, 평소에도 동생에게 퍽 다정했던 최 씨의 그 심성이 문제였다. 아랫마을에 사는 아낙들과 내내 수다를 떨다가 집으로 돌아가는 길에, 동생이 집을 비우며 "며칠 다녀올 테니 생각날 때 한 번 들러 문단속이 잘되었나 좀 둘러봐주오" 했던 말이 불현듯 생각난 것이 이 모든 일의 원흉이라면 원흉이었다.

동생의 집 앞에 당도하자 최 씨는 고개를 갸웃거리며 생각을 더듬었다. 분명히 동생이 떠나던 날, 배웅할 적에 사립문을 단단히 닫아두었던 것 같은데 기이하게도 문이 빼꼼하게 열려 있었다.

가만히 그 문을 응시하던 최 씨가 고개를 쭉 빼고 집 안을 살폈다. 별다른 기척은 없었다. 담 너머의 사방과 마찬가지로 동생의 집 안을 차지하고 있는 것은 고요와 어둠뿐이었다.

최 씨는 가만히 사립문에 손을 올렸다. 글쎄, 여인의 감이란 참으로 이상한 것이었다. 평소라면 대수롭지 않게 여기어 도로 문을 닫아두고 돌아섰을 텐데, 이번에는 어쩐 일인지 저도 모르게 사립문을 밀고 마당 안으로 들어서게 된 것이다. 발을 딛는 동태 또한 무척이나 조심스러웠다. 기묘한 감각이 자꾸만 최 씨의 가슴을 쿵쿵 두드렸다.

최 씨가 천천히 동생의 방문 앞으로 다가섰다. 툇마루 지척으로 채 다가서기도 전에 방 안에서 두런두런하는 말소리가 흘러나왔다. 최 씨는 저도 모르게 흡, 하고 숨을 삼켰다. 방 안에서 들리는 목소리라는 것이 하나는 계집의 것이요, 다른 하나는 사내의 것이었던 탓이다. 그리고 안타깝게도 그 목소리는 최 씨에게도 익숙한 자들의 것이었다. 계집과 사내 둘 모두가.

"도대체 언제까지 기다려야 한단 말이유?"

"거 참. 이제 금방이래도? 이달을 넘기지 못할 거야. 지금 있는 몫을 다 먹어 없애고 나면 끝날 테니 좀 참게, 응?"

달래듯 하는 사내의 말에 계집이 칫, 하며 앙탈하는 소리를 했다. 뒤이어 다시 사내의 목소리가 들려왔다.

"그러지 말고 이리 오게. 응? 내 요 며칠간 얼마나 몸이 달았는 줄 알아?"

말끝에 부스럭거리는 소리가 조금 들리는가 싶더니 이내 계집이 킬킬거리는 소리가 창호문을 타고 넘었다.

"아이, 거 참. 의원이 조심해야 한다지 않아요?"

"암. 그러니 내가 이리 조심히 손을 놀리는 게 아니야?"

사내가 말을 마치자 계집이 다시 낄낄거렸다. 그 웃음소리에 최 씨는 가만히 툇마루에 기대어 앉았다. 그러고는 조그맣게 뚫린 창호지 구멍에 눈을 붙였다.

그렇게 잠시 어둠이 눈에 익을 동안 숨죽이고 있던 최 씨는 곧 손을 들어 절로 벌어지는 제 입을 틀어막았다. 걸창을 넘어 방 안으로 드는 달빛 덕에 최 씨에게도 방 안의 풍경이 선명히 보였다.

사내가 음흉스레 웃으며 계집의 치맛자락을 들척였다. 곧 계집의 허벅다리가 훤히 드러났다. 사내는 조급한 손길로 계집의 허벅지를 매만졌다. 점점 허벅지 깊은 데를 향해 옮겨가던 그 손길은 기어이 계집의 속곳 사이를 가르고 들어갔다. 그 결에 계집이 교태스러운 콧소리를 흘렸다.

두 사람이 나신으로 방 안을 뒹구는 것은 순식간의 일이었다. 연신 요분질을 해대며 계집이 속삭였다.

"더는 못 기다려요. 응? 여보, 서방, 배가 더 부르기, 흐으, 전에. 응?"

할딱이는 숨소리와 함께 계집의 말이 드문드문 끊겨 나왔다. 사내는 그 말에 화답하듯 말없이 허리만 거칠게 쳐올렸다. 그러자 계집이 자지러지는 소릴 내며 사내의 볼기짝에 걸쳐둔 종아리를 버둥거렸다. 그것을 지켜보는 최 씨의 뺨이 온통 눈물로 젖어들었다.

글쎄, 그 후 어떻게 집으로 돌아왔는지는 잘 기억 나지 않았다. 최씨는 날이 밝도록 방 안에 옹송그리고 누워 눈물만 쏟아내다가, 한낮이 되어서야 정신 나간 사람처럼 동생의 집으로 들이닥쳤다. 그러나 지난밤에 보았던 것은 모두 허상이었는지 집은 비어 있었고 사립문도 동생이 떠나던 날처럼 굳게 닫힌 채였다.

그 후 날이 저물도록 최 씨는 제집 마당을 서성였다. 검게 어둠이 내린 마당 위로 한줄기 달빛이 비추자 최 씨는 하늘을 향해 시선을 옮겼다. 달무리가 지는 것을 보니 필시 내일은 비가 올 모양이었다.

그래, 그렇고말고. 바람이 부는 모양새가 딱 비가 올 바람이로구나. 속으로 뇌까린 최 씨는 가슴 앞에 양손을 모으고 크게 숨을 들이쉬었다. 여인이 숨을 쉴 때마다 폐부 깊은 데서 쇳소리가 났다.

얼마나 그러고 있었을까, 최 씨의 입에서 별안간 울음 섞인 소리가 터져 나왔다. 행여 누가 들을까 여인은 얼른 손을 들어 입을 틀어막았다. 그러나 새는 울음소리를 막을 길이 없었다.

온통 눈물로 번들거리는 얼굴을 하고 최 씨는 툇마루를 향해 고개를 돌렸다. 남편 박 씨가 챙겨주고 간 약재 꾸러미가 거기 놓여 있었다. 잠시 그것을 바라보다가 숨을 고르고, 눈물 자국이 죽죽 난 얼굴을 얼른 닦아내고, 다시 한 번 다짐하듯 크게 숨을 들이쉬었다.

그러고는 결심한 듯 툇마루를 향해 다가섰다. 거기 놓인 것을 향해 다가섰다. 어느새 최 씨의 목숨이 다할 시간이 다가오고 있었다.

* * *

날이 밝자 옥사 안은 소란에 휩싸였다. 밤새 잠들지 못하고 뭔가를 생각하는 듯하던 박 씨가 별안간 소리를 질러대며 종사관 나리를 뵈어야겠다고 난리를 부린 탓이다. 보고를 받은 주혁이 지끈대는 머리를 하고 옥사 안으로 발을 들였다.

"무슨 소란인가?"

"혼자 한 짓이 아닙니다. 나리, 죄다 말씀드리겠습니다."

주혁이 대답하지 않자 박 씨가 다급하게 주절거리기 시작했다.

"모두 그 간교한 계집 탓입니다. 그 망할 놈의 풀을 제게 알려준 것도, 구할 만한 사람을 소개해준 것도 죄다 그년입니다."

"그 계집이란 처제를 이름인가?"

주혁의 말에 박 씨가 황급히 고개를 끄덕였다. 그러자 주혁이 피식 웃음을 흘렸다.

"처제가 한 증언과는 정반대로군?"

"예?"

주혁은 고개를 가로젓더니 크게 혀를 찼다.

얼마 지나지 않아 두 번째 공초(供招)*가 시작되었다. 이번에는 죽은 최 씨의 동생과 박 씨가 함께 묶여 앉았다.

"저는 결백합니다. 모든 것은 저 작자의 탓입니다. 형부가 저를 겁탈하고 아이가 생기자 들킬 것이 두려워 언니를 죽인 것입니다."

"아닙니다! 아닙니다, 나리. 거짓을 고하는 것입니다. 저 계집이 먼저 저를 유혹했습니다. 정말입니다!"

두 남녀가 서로 결백을 주장하고 나서는 통에 잠시 소란이 일었다. 혼란을 정리한 것은 주혁이었다. 주혁이 최 여인의 동생을 향해 물었다.

"그대의 성이 본디 유 가라는 것을 어찌하여 숨기는가?"

"……예?"

◆ 죄인의 진술. 공사(供辭)라고도 함.

그 말에 경악 어린 대답을 되돌리는 것은 박 씨였다. 여인은 입을 굳게 닫고 어떤 대답도 하지 않았다.

"자세히 말하라."

포도대장이 말했다.

"죽은 최 여인의 동생이라는 저 여인의 성은 본디 유 씨입니다. 피해자와는 친자매가 아닌 의붓자매지간입니다."

주혁의 말에 박 씨가 허, 하며 헛숨을 들이켰다.

"증험할 수 있는가?"

다시 포도대장이 묻자 사람들 사이에서 무영이 모습을 드러냈다. 무영의 얼굴을 확인한 포도대장이 깜짝 놀라며 자리에서 벌떡 일어났다. 포도대장을 향해 눈짓으로 인사한 무영이 입을 열었다.

"광통교에서 귀신이 나온다는 소문이 있어 조사하던 중 천변에 사는 깍쟁이 무리로부터 흥미로운 이야기를 들었습니다."

무영이 유 여인 곁으로 다가서며 말했다. 꿇어앉은 여인의 머리꼭지를 흘끔 본 그가 재차 말을 이었다.

"여기 이 유 여인의 어미는, 유 씨 성을 가진 평안도의 어느 관리댁 노비였습니다. 어미가 그 댁 주인에게 겁탈당해 낳은 것이 이 여인입니다. 이 여인이 서너 살이 채 되지 않았을 때 그 어미는 대감 댁을 드나들며 생선을 대던 최 서방, 그러니까 죽은 최 씨의 아비와 눈이 맞았습니다. 당시 최 서방은 슬하에 딸만 하나 있는 홀아비였습니다. 함께 야반도주하던 중 주인인 유 대감에게 발각되어 어미는 죽고, 이 여인과 최 서방 부녀만 살아남아 한양으로 도망쳐왔습니다. 이후 수십 년을 그렇게 한양에서 자리 잡고 살다가 최 서방이 죽자 모든 재산이 죽은 최 여인의 몫이 되었습니다. 생선을 팔며 모은 돈이 적지 않았지요."

무영의 말에 박 씨가 입을 쩍 벌리고 유 여인과 무영을 번갈아 봤다. 혼란스러운 듯 갈피를 잡지 못하고 흔들리는 눈동자가 경악에 물들어 있었다.

"최 여인은 날 때부터 몸이 약했습니다. 그리고 그 어미를 닮아 천식이 있었습니다. 병증이 심화된 것은 일이 년 전부터인데, 이 두 사람이 사통하고 있었던 것도 그즈음입니다. 그때부터 유 씨는 박 씨를 꼬여내 죽은 최 씨가 미치광이풀을 달여 먹도록 사주했습니다. 최 씨가 죽고 나면 그 재산을 모두 차지할 생각이었을 것입니다."

무영의 말이 끝나자 장내에 무거운 침묵이 내려앉았다. 유 여인의 간악한 행태에 거기 모인 모두가 단단히도 충격을 받은 모양이었다.

"유 씨가 주범이고 박 씨는 종범이라는 것입니까?"

포도대장이 묻자 고개를 한 번 끄덕인 무영이 말을 이었다.

"사건 당일, 안방에서 최 씨의 시신을 발견한 박 씨가 천변에 시신을 유기한 후 얼마 지나지 않아 낯선 사내 하나가 천변에 나타났습니다. 그자는 주먹 두 개만 한 꾸러미 하나를 개천에 던져 넣었습니다. 이미 해가 진 뒤라 그것이 무엇인지 가늠하기 힘들었고, 이에 천변에 사는 깍쟁이들이 쓸 만한 물건쯤이나 되는 줄 알고 건져냈습니다. 아직 개천 물이 많이 불어나지 않아 가능했던 일이지요. 그 후에는 아시는 대로 밤새 불어난 물에 최 여인의 시신이 광통교까지 떠내려 온 것입니다."

무영이 말끝에 품 안에서 꾸러미 하나를 꺼내 유 여인의 무릎께에 툭 던졌다. 그러나 여인은 조금의 동요도 없었다. 그 품새에 한숨을 내쉰 무영이 포도대장을 향해 고개를 들었다.

"개천에서 건져낸 미치광이풀입니다. 최 여인의 집에 남아 있는 것을 가져온 것일 테고요."

"이것을 개천에 버렸다는 자는 누구입니까?"

포도대장이 물었다.

"이 여인의 진짜 정인. 묘향산 약초꾼 고 씨입니다."

이에 포도대장이 박 씨를 향해 물었다.

"고 씨를 아는가?"

"압니다. 알다마다요. 제게 매번 미치광이풀을 대어주던 사내입니다. 그치를 소개해준 것은 저 계집이고요."

분한 듯 빠르게 내쏟는 박 씨의 말끝이 조금씩 떨렸다.

"깍쟁이패의 꼭지딴인 장 씨가 그날 밤 천변에 이것을 던진 사내가 고 씨임을 증언했습니다. 평안도 출신인 깍쟁이 하나가 용케 고 씨를 알아본 모양입니다. 평안도와 함경도 일대에서 아주 유명한 약초꾼이라 합니다."

"그런데 그자가 어찌 한양으로 왔다는 말입니까?"

포도대장이 물었다.

"유 여인의 뱃속에 그자의 아이가 자라고 있기 때문입니다."

무영의 말에 박 씨가 눈을 홉떴다.

"네, 네년이……. 네년이 나를 속여? 이 개불상년! 천하의 나쁜 년!"

박 씨가 묶인 몸을 버둥거리며 유 씨를 향해 한바탕 욕을 쏟아냈다. 내내 미동 없이 앉아 있기만 하던 유 씨가 그제야 입을 열었다.

"제가 고 씨와 사통했다고요? 그리고 형부와도요? 아닙니다. 형부가 저를 겁간했다고 말씀드리지 않았어요?"

얼굴색 하나 변하지 않고 말하는 낯짝이 뻔뻔하기 그지없었다. 모두가 유 씨의 태도에 기가 질려 혀를 내두르는 차에 군졸 하나가 주혁에게 다가와 뭐라 귓속말을 했다. 고개를 끄덕인 주혁이 포도대장에게 아뢰었다.

"어제 아침, 박 씨를 체포하는 소란이 있던 중에 집 주변에서 외지인 하나를 발견했습니다. 시친을 탐문했던 이후 줄곧 그 동네에 잠복해 있던 우리 군졸들이 발견한 자였는데, 동태가 수상하여 지켜보던 중 박 씨가 체포되는 것을 보고 마을을 빠져나가기에 뒤쫓으라 지시했습니다. 지금 이리로 오고 있습니다."

주혁이 말을 마치자 유 씨의 얼굴 위로 낭패라는 표정이 떠올랐다. 그 모양을 보니 군졸들에게 붙잡혔다는 사내가 고 씨임이 분명했다. 그런 유 씨의 표정을 확인한 박 씨가 제 분을 이기지 못하고 껵껵 숨 넘어가는 소릴 하더니 땅바닥으로 푹 꼬꾸라졌다. 그러나 겨우 숨이 붙어 헐떡이는 그를 보며 그 누구도 동정의 시선을 보내지 않았다.

그날 밤.

멍한 얼굴로 옥사 바닥에 누워 있는 박 씨의 시야에 무영의 신발 끝이 들어왔다. 무영의 발을 흘끗 본 박 씨는 이내 눈을 감아 그를 외면했다. 그런 박 씨의 머리 위로 무영의 목소리가 떨어져 내렸다.

"죽은 부인 말입니다."

대화를 거부하듯 박 씨가 반대편으로 돌아누웠다.

"아마 그대와 유 씨가 사통한 것을 알고 있었을 것입니다."

그 말에 박 씨의 어깨가 조금 움찔했다.

"부인께서는 마지막으로 풀을 달일 때, 적어도 그때는 이미 그것이 독초라는 것을 알고 있었습니다. 알고도 마신 것이지요."

박 씨는 끝까지 아무런 말도 하지 않았다. 무영 또한 뭐라 더 말을 붙이지 않았다.

잠시 후, 무영이 떠나는 소리가 들리고 나서야 박 씨의 얼굴을 타고 눈물 줄기가 흘러내리기 시작했다. 달빛도 들지 않는 어둠 속에서 박 씨는 한참이나 숨죽이며 울었다.

여담(餘談) ═══════════════════════════════════

"어떻게 아셨습니까?"

"무얼 말이냐?"

해랑의 말에 무영이 설핏 웃으며 되물었다.

"그 아주머니 말이에요, 독인 것을 알고도 마셨을 것이라 하셨잖아요."

"날 때부터 몸이 약해 늘 약을 달고 사는 여인이었다."

잠시 말을 멈춘 무영이 해랑과 눈을 마주했다. 해랑은 여직 영문을 모르겠다는 듯 고개를 갸웃거리고 있었다.

"그런 사람들일수록, 저가 음용하는 것이 무엇이고 얼마나 먹어야 효험이 있는지, 또 어떤 식으로 약을 써야 하는지에 대해 민감하지. 또한 평소에도 의원이나 약방에서 내리는 처방을 아주 잘 따랐을 테고."

"아……."

해랑이 얕게 고개를 끄덕였다. 무영은 습관처럼 그런 해랑의 머리를 쓰다듬었다. 가마반드르한 해랑의 머리칼이 그의 손바닥에 매끄러운 감촉을 남겼다.

"고 씨가 말하길, 박 씨에게 미치광이풀을 대줄 때는 매번 두 달 치를 보냈다 했다. 그런데도 박 씨는 꼭 달포마다 그것을 찾았다 했지. 그러니 박 씨는 매번 받은 것의 절반은 선농약방에 주었을 테고, 다른 절반은 약방에서 지은 약재에 섞어 안사람에게 주었을 것이다."

"그런데 천변에서 건져낸 것은……."

말끝을 흐리는 해랑을 향해 무영이 옳지, 하는 표정으로 고개를 끄덕였다.

"그래 맞다. 고 씨는 새로 풀을 댄 지 채 열흘도 되지 않았다 했는데 남아 있는 것은 겨우 사나흘 치밖에 되지 않았지."

무영이 말을 마치자 해랑이 길게 한숨을 쉬었다. 그러고는 뭐라 웅얼거렸다. 그 품새에 무영이 응? 하며 해랑의 얼굴을 들여다봤다.

"그 최 씨 아주머니 말이에요. 알면서도 그 독을 마시는 기분이 어땠을까요? 마음이…… 아팠겠지요?"

울상을 하는 해랑의 볼을 무영이 조심히 쓰다듬었다. 해랑은 짐짓 심각한 표정으로 생각에 잠겨 있었다.

"그래. 아팠을 테지. 무척이나 아팠을 거야."

손길을 거두며 무영이 작게 속삭였다. 그는 그 후로도 한참이나 해랑의 옆모습을 빤히 바라보기만 했다.

* * *

"왜."

심각한 표정으로 옥안을 읽던 수환이 물었다. 말없이 저를 보며 웃기만 하는 주혁에게 하는 소리다.

"자네, 아직도 그 생각에 변함이 없는가?"

주혁의 물음에 수환이 뭔가 말을 할 듯 말 듯 입술을 달싹였다.

"뭘?"

멈칫 입을 다물었던 수환이 모르쇠를 대며 묻자 주혁이 웃으며 혀를 찼다. 예나 지금이나, 수환은 한결같이 고집불통 도련님이다.

"아직도 대감과 해랑이 의심스럽냐는 말일세."

"그건 두고 봐야 알 일이고."

그래, 좀 더 두고 봐야 알 일이지. 속엣말을 삼키며, 주혁은 수환의 잔에 술을 채워 넣었다. 비 그친 하늘마냥 맑은 술이 술잔에 찰랑였다. 어느새 지독했던 장마가 끝나 있었다.

3

염라의
수레

장마가 끝나자 당연한 수순을 밟듯 무더위가 찾아왔다. 더위가 어찌나 기승인지 픽픽 쓰러져 나가는 가축이 한둘이 아니었다. 아침나절에 해둔 음식들은 한낮이 되기도 전에 팍삭 쉬기 일쑤에, 해가 머리꼭지까지 떠오르고 나면 거리에 나다니는 이들이 없을 정도였다.

덕분에 온 도성 안이 얼음과 찬물을 공수하느라 애를 먹었다. 운종가라고 해서 예외는 아니었다. 특히나 생선전, 치계전(雉鷄廛)˙처럼 날것을 두고 파는 집은 더욱 곤란을 겪었다. 무더위에 밤새 잠을 설치던 생선전 주인 꽃분 어미가 파루가 끝난 이른 아침부터 우물물을 길으러 나선 것도 그런 이유에서였다.

˙ 꿩, 닭, 오리 등 가금류를 파는 가게.

푸르스름한 새벽 공기를 가르며 걷던 꽃분 어미는 문득 운종가 한가운데서 발을 멈췄다. 평소보다 한 식경 정도 서두르긴 했으나 아무리 그래도 주위가 지나치게 고요했다. 가만히 자리에 선 꽃분 어미는 기억을 헤아리기 시작했다.

'가만있자……. 우리 말고 문을 연 집이 있던가?'

꽃분 어미가 고개를 갸우뚱거렸다. 생선전은 혜정교 방향에서 시작하는 운종가 서쪽 끝 첫 번째 가게였다. 거기서부터 여기 운종가 한가운데인 종루 부근까지, 문을 연 가게는 아직 한 집도 없었다.

'아니, 상미전(上米廛)*에서 기척이 났었던 것도 같고…….'

주위를 한 번 더 둘러본 꽃분 어미가 으이구, 하는 소리를 내며 혀를 끌끌 찼다. 그러고는 다시 걸음을 옮기려는 찰나.

쿵. 쿵……. 툭. 쿵.

작지만 선명한 소리가 여인의 귓가로 박혀왔다. 뒤통수가 쭈뼛 서는 것이 여간 불길한 것이 아니었다. 마른침을 삼키는 꽃분 어미의 손바닥 위로 식은땀이 흥건하게 차오르기 시작했다. 치맛자락에 한 손을 슥 닦아낸 여인은 이내 머리에 인 동이를 고쳐 잡았다.

잠시 후, 피마길 우물가에 당도한 꽃분 어미가 동이를 내려두고는 약간 열려 있는 우물 덮개를 밀어젖혔다.

"에그머니나!"

우물 안을 들여다본 꽃분 어미가 꽥 소리를 지르며 주저앉았다. 손끝으로 바닥을 더듬거리는가 싶더니 앉은걸음으로 황급히 뒷걸음질 쳤다. 새벽빛에 검게 보이는 우물물 위로 무언가가 일렁이며 떠다니

◆　품질이 높은 쌀을 파는 가게.

고 있었다.

사람이었다.

* * *

길게 하품을 하며 개점 준비를 하던 정 행수가 답지 않게 감때사나운 얼굴로 선전 문을 확 열어젖혔다.

"거 참, 무슨 소란들······."

한길을 가득 메운 사람들 사이로 드문드문 포청의 군졸들이 보였다. 시장 안의 소란을 두고 시장바닥 같다고 표현하는 것이 퍽 우스운 일이기는 하나, 종루 앞 삼거리는 말 그대로 시장바닥처럼 붐볐다. 다만, 그 소란이 운종가의 점포들이 하나둘 개점하는 이 이른 시간에 일어났다는 것이 평소와 다른 점이었다.

선전 바로 건너에 있는 저포전(苧布廛)* 김 씨가 문 앞에 멍하니 선정 행수를 발견하고 다가왔다.

"행수께선 여태 소식 못 들으셨쥬?"

"아침 댓바람부터 시방 뭔 일이여?"

"아, 피마길 우물에 사람이 빠져 있었대유."

"뭐?"

정 행수가 이맛살을 팍 찡그렸다.

"생선전 꽃분 어미가 새벽에 물 길러 갔다 봤다는디, 아! 이미 죽어서 둥둥 떠 있었대유. 고새 좌포청에서 왔다 갔슈."

◆　모시 가게.

"그럼, 우물은 막아둔 게야?"

"야. 이 많은 점포에 물을 댈 만한 곳은 거기뿐인디……. 큰났네……."

한껏 걱정을 늘어놓은 김 씨가 떠나자 사람들 사이에서 해랑과 무영이 모습을 드러냈다.

"왔는가?"

"예. 헌데, 일대에 소란이 있는 모양입니다."

무영이 군졸들을 눈짓하며 말했다.

"근께 말이네. 이것이 뭔 흉사여 흉사가."

정 행수가 말끝에 쯧, 혀를 찼다. 피마길 우물을 두고 흉흉한 소문이 돌기 시작한 것은 그로부터 얼마 지나지 않아서였다.

* * *

편전으로 들어서는 관리들의 낯은 하나같이 딱딱하게 굳어 있었다. 평소 같았다면 저들끼리 이런저런 말을 주고받았을 테지만 오늘은 어쩐 일인지 무거운 침묵만 맴돌았다.

잠시 후, 임금이 등장하자 관리들의 낯은 더욱 차게 가라앉았다. 그런 관리들의 면면을 살피던 임금이 돌연 미소를 지었다.

"도성 안에 재미난 소문이 돈다는데, 경들은 알고 있소?"

임금이 물었으나 누구도 대답하지 않았다. 벙어리마냥 입을 꽉 다문 그들을 향해 임금이 재차 말을 이었다.

"대답이 없는 것을 보니 필시 소문을 알고 있는 모양이로군. 그래, 소문대로 이 모든 것이 다 내가 부덕한 탓일 테지. 그렇지 않소?"

명백히도 이죽거리는 투였다. 그 말투에 대신들은 숨통이 죄이는 듯한 착각이 들었다. 도성 안을 떠도는 소문보다 더 흉흉한 주군의 기세에 등 뒤로 식은땀이 찔끔찔끔 흘러내렸다.

폐쇄된 피마길 우물물이 밤이면 붉은빛으로 변한다는 소문이 도성 안에 자자했다. 물이 붉은빛으로 변할 적마다 근방에 피비린내가 진동한다는 이야기도 떠돌았다. 어떤 이는 죽은 자의 원혼이 우물가를 떠도는 탓이라 했다. 또 어떤 이는 임금이 부덕한 탓에 흉조가 드는 것이라 했다.

무더위에 우물이 폐쇄되어 한껏 예민해진 상인들 사이로 별의별 험한 말들이 오갔다. 시간이 흐를수록 우물에 관한 이야기보다는 임금에 대한 원망이 사람들의 마음을 더 크게 뒤흔들었다. 그 누구도 이에 대해 반박하는 이가 없었다. 그저 원망할 누군가가 필요해 그런 것이라기에는 소문의 기세가 제법 드세었다.

세자 시절부터 끊임없이 구설수에 올랐던 임금의 품행이 지금이라고 크게 다른 것은 아니었다. 그의 기행은 세자 시절보다 더하면 더 했지 덜하지 않았다. 그럼에도 그동안 쉬쉬하며 은밀한 곳에서나 떠들던 말들이 이렇듯 임금의 귀에 들릴 정도로 크게 퍼져 나왔다는 것은 민심이 퍽 흉흉하다는 뜻이었다.

편전에 모인 관리들 중 이를 모르는 이가 단 한 사람도 없었다. 그러나 그들 중 임금을 향해 바른 소리를 할 수 있는 이 또한 단 한 사람도 없었다. 모두가 눈을 감고 귀를 닫았다. 잘못 입을 뻥긋했다가는 쥐도 새도 모르게 목이 날아갈 수도 있었다.

여기 모인 비겁자들은 그들 대신 이 소문을 잠재우고 사건을 해결해줄 이를 찾아야 했다. 그리고 너무나도 당연하게 그들의 머릿속에 떠오른 이는 무영이었다.

* * *

"형님께서?"

진원대군의 물음에 호위 종주가 예, 하며 고개를 끄덕였다. 대군은 손에 쥐고 있던 붓을 내렸다. 붓끝에서 번져 나온 먹물이 종이 위에 동그랗게 자국을 만들었다.

잠시 그것을 들여다보던 대군이 물었다.

"그래서 무영 형님 혼자서 하신다더냐?"

"아닙니다. 좌포도청의 종사관과 함께 움직인다 합니다."

"그래?"

대수롭지 않은 듯 답한 대군이 다시 붓을 쥐었다. 그러고는 먹물이 번진 종이를 걷어내고 새 종이를 펼쳤다. 다시 붓질을 시작하려는 그의 손길을 문밖에서 들리는 소리가 방해하고 나섰다.

"대감, 명선대부께서 드십니다."

"안으로 모시거라."

대군이 종이 위로 크게 한 획을 그으며 대꾸했다. 사랑채 안으로 들어서는 종친을 향해 대군은 앉은 채로 고개만 끄덕여 인사를 받았다. 그런 대군의 눈치를 살피던 시종이 물었다.

"다과상을 들일까요?"

"되었다. 금방 일어나실 게다."

대군이 여상한 투로 대꾸했지만 말에 담긴 의미는 분명했다. 찾아온 손님이 달갑지 않다는 뜻이었다. 단호한 주인의 태도에 어쩔 줄 몰라 하며 어물거리는 시종을 향해, 이번에는 대군과 마주 앉은 종친이 입을 열었다.

"날이 더우니 시원한 수정과가 좋겠네."

"바쁘실 텐데 드실 시간이 있겠습니까?"

여전히 붓을 놀리며 묻는 대군을 향해 종친은 너털웃음을 흘렸다.

"한가합니다. 저 같은 늙은이가 무슨 바쁜 일이 있겠습니까?"

그 소리에 입술 끝을 비뚜름하게 말아 올린 대군이 여직 머무적거리고 있는 시종을 향해 눈짓했다. 작게 예, 하는 소리로 대답한 시종이 종주와 함께 방을 떠나자 대군은 손에 쥐고 있던 붓을 탁 소리가 나게 내려두었다.

"어쩐 일이십니까?"

"도성 안이 하도 뒤숭숭해서 말입니다."

느물거리며 웃는 명선대부의 낯이 못마땅한지 대군은 피식 웃음을 흘렸다. 그 반응에도 아랑곳하지 않고 명선대부가 다시 입을 열었다.

"종친들은……."

"종친들의 의견은 알고 싶지 않습니다."

명선대부의 말끝을 잡아챈 대군이 재차 말을 이었다.

"매번 같은 말씀을 드리는 것도 저는 이제 지겨운 참인데요."

삐딱하게 고개를 기울이는 대군의 말투에는 제법 날이 서 있었다. 그제야 명선대부는 움찔하며 입을 닫았다.

"다시는 이런 일로 찾아오지 않으셨으면 합니다. 제아무리 그럴듯한 명분으로 포장한다 하여도, 지금 영감들께서 바라는 일이 역모가 아니면 무엇이란 말씀입니까?"

차게 일갈하는 대군의 말을 끝으로 사랑채 안에는 정적이 내려앉았다. 결국 다과상이 채 나오기도 전에 명선대부는 진원대군의 사가를 떠날 수밖에 없었다.

종친이 떠난 후 얼마 되지 않아 대군은 종주를 다시 사랑채로 불러들였다.

"아래에 있는 아이들 서넛에게 형님을 비호하라 이르거라."

"무영 대감 말씀이십니까?"

"그래. 형님께서는 모르고 계시는 편이 좋겠구나."

* * *

저녁나절, 집으로 돌아온 해랑은 내내 무영의 눈치를 살피고 있었다. 무슨 일인지 무영은 이른 아침부터 궁으로 불려갔다. 그가 다시 운종가로 돌아온 것은 해 질 녘이 되어서였다. 무슨 영문인지 묻는 정 행수를 향해 말없이 고개를 가로저은 그는 이후 여태 이렇게 생각에 잠겨 있었다.

하늘 위로 덩그러니 달이 떠올랐다. 툇마루에 나란히 앉은 채 해랑은 흘끔흘끔 곁눈질로 무영을 살폈다. 제법 널찍한 앞마당으로 한차례 바람이 흘러들고 그 결에 해랑의 머리칼 몇 가닥이 뺨 위로 어지럽게 달라붙었다. 가벼운 손길로 제 볼을 쓱쓱 훑어낸 해랑은 또 한번 흘끔 곁눈질로 무영을 살폈다.

둘의 시선이 허공에서 맞부딪쳤다. 해랑이 머쓱한 듯 웃음을 흘렸다. 그런 해랑의 눈을 빤히 보던 무영이 입을 열었다.

"일찍 자두거라. 내일부터 바빠질 게다."

뭐라 되물으려던 해랑은 입을 다물었다. 말을 마친 무영이 저만치 어둠을 향해 시선을 돌린 탓이다. 잠시 망설이던 해랑은 곧 그를 향해 꾸벅 인사를 하고는 제 방 안으로 모습을 감추었다. 해랑의 방문이 닫히자 무영은 그제야 작게 한숨을 흘렸다. 느릿하게 마른세수를 하는 것이 심사가 퍽 복잡한 모양이었다. 오늘 낮 궁에서의 일이 거듭 머릿속에 떠올랐다.

어명은 간결했다. 좌포청의 사건 담당자와 함께 피마길 우물 사건의 내막을 조사하라는 내용이었다. 명하는 임금의 신경이 무척이나 곤두서 있었다. 그러나 종친불임이사(宗親不任以事)라 했다. 종친은 관직에 나아가지 않는다는 뜻이다.

그런 이치로 무영이 이번 일에서 가지는 권한은 딱 포청 종사관만큼의 권한, 그 이상도 이하도 아니었다. 특별히 명을 내렸으나 이에 걸맞게 품계를 내리지는 않았으니, 수사관이면서도 수사관이 아니었다. 왕자이되, 또한 왕자가 아닌 본래의 처지와 별다를 것이 없었다.

그는 지금껏 늘 습관처럼 제 처지를 의식하며 살아왔다. 그랬기에 사람들의 청으로 해괴한 것들을 좇을 때에도 언제나 은밀히 움직였다. 무영의 움직임이 대부분 밤 시간에 이어지는 것이 꼭 귀신을 상대하기 때문만은 아니었던 것이다.

그런 그가 임금의 명에 군말 없이 "그리하겠습니다"라고 한 것은 단순히 그것이 어명이기 때문만은 아니었다.

"네 어미의 신분을 복위시켜주마."

이 말에 무영의 마음이 절반쯤 기울었다. 그런 무영의 심사가 빤하다는 듯 임금은 빙긋이 웃으며 말을 이었다.

"그리고 그 아이의 신분도 되돌려주마. 물론, 신분을 되찾을 테니 두 사람 모두 귀비당 신선각에 이름을 올릴 것이다."

이 어쩌나 달콤한 제안인지. 무영은 처음부터 자신이 임금의 명을 거부할 수 없으리라는 것을 짐작하고 있었다. 애초에 그럴 수밖에 없었다. 제 핏줄인 임금의 성정을 너무나도 잘 알고 있는 무영 아니었던가. 임금은 절대 자신에게 손해가 날 만한 거래는 하지 않는 이였다.

무영이 제 생을 통틀어 사랑한 여인은 단둘이었고, 그 앞에서 그는 언제나 아무런 힘이 없었다. 그 사실은 두 여인이 살아서나 죽어서나 변함이 없었다.

밤공기 사이로 또 한 번 무영의 한숨이 흩어졌다. 그가 사랑해마지 않는 여인들이 또다시 무영의 삶을 쥐고 흔들 준비를 하고 있었다.

* * *

해랑과 무영이 좌포청 앞마당에 들어서자 기다리고 있던 주혁이 두 사람에게 알은체를 했다.

주혁과 눈이 마주치자 해랑이 꾸벅 인사를 하며 눈을 접어 웃었다. 제 나름의 친근함을 표시하는 듯한 그 행동에 주혁 또한 웃는 낯을 되돌렸다. 하지만 해랑을 향해 다정한 웃음을 흘리던 주혁의 낯은 무영과 마주하자 조금 굳어졌다. 미세하게 변하는 그 표정을 무영 또한 모를 리 없었다. 피차간에 이번 일이 껄끄러운 것은 마찬가지인 탓이다.

"공 씨가 복검을 준비하고 있습니다. 바로 그리로 가시겠습니까?"

주혁의 물음에 무영이 예, 하고는 고개를 끄덕였다. 세 사람은 곧 포청 뒷마당을 통해 검험소로 들어섰다.

"현장에서 초검을 했던 주 씨는 결정적 사인을 익수사로 보고해 올렸습니다."

주혁의 말에 무영은 별다른 대답 없이 고개를 끄덕였다.

"하지만 우물에 빠진 후 시일이 많이 지난 것은 아니었던 모양이지요?"

시장을 들여다보던 해랑이 중얼거리듯 하는 말에 주혁이 조금 놀란 기색으로 되물었다.

"어째서?"

"시신이 많이 부풀지 않았잖아요? 익수사한 지 오래된 시신은 부풀어 오른다면서요. 하지만 살아 있을 적에 우물에 빠진 것은 맞는 것 같아요."

확신에 찬 듯한 해랑의 말에 주혁과 검험의관 공 씨가 동시에 헛웃음을 흘렸다. 해랑이 정말 뭘 알고 하는 말인지 싶은 탓이다. 내내 말이 없던 무영이 해랑을 향해 물었다.

"어째서 그렇게 확신해?"

"여기, 시형도에 나와 있지 않습니까? 코와 목구멍 안에 사토가 있었다고요. 하지만 손이나 얼굴에 상처가 거의 없는 것을 보면 물에 빠질 적에 몸부림이 심하지는 않았던 모양이지요? 의식이 없었던 것일까요?"

당연한 것을 왜 묻느냐는 듯, 대답하는 해랑은 가만히 고개를 갸웃거렸다. 그 모습에 무영이 피식 웃음을 흘리고는 해랑의 머리를 두어 번 토닥였다.

"그래, 잘 기억하고 있구나."

"해랑에게 시장과 시형도 보는 법을 가르치셨습니까?"

주혁의 말에 무영이 고개를 가로저었다.

"지난 광통교 사건 때 공 의관께서 증언하신 내용을 기억하고 있는 것이지요."

그 대답에 아, 하는 탄성을 뱉은 주혁이 허허, 웃는 소리를 냈다. 해랑이 퍽 영특하게 느껴진 모양이었다.

"시친은 찾았습니까?"

무영이 물었다.

"그러잖아도 피해자의 신원을 밝히지 못해 곤란한 참입니다."

주혁의 대답에 무영이 입매를 굳혔다. 어쩐지 쉽지 않을 것 같은 예감이 들었다.

공 씨가 시신 위에 발라둔 것을 걷어내고 물로 그 자리를 씻었다. 얼굴도 예외는 아니었다. 검푸른빛을 한 시신의 얼굴이 드러나자 해랑은 이크, 작게 소릴 내며 한 걸음 물러섰다. 그 품새를 흘끗 본 공 씨가 이내 시신의 배 주변을 눌러보기 시작했다. 그 모습을 유심히 보던 주혁이 물었다.

"낯이 검푸르고 배가 부풀어 있는데, 사인으로 질식을 의심할 정도는 아닌 겐가?"

"무엇을 이용했건 간에 숨통을 막으려 한 시도가 있었음은 분명합니다. 하지만 손이나 줄을 이용해 직접적으로 목을 졸랐던 흔적이 없으니 이것이 결정적 사인인지는 확신할 수 없습니다요."

공 씨의 대답에 주혁이 말없이 이마를 쓸었다. 잠시 고민하던 공 씨가 이번에는 시신의 코와 입안을 살피더니 말을 이었다.

"입과 코 안에 있는 핏물 또한 막힌 숨통 때문인지 구타 때문인지 구분하기 힘듭니다."

"구타요?"

해랑이 묻자 공 씨 대신 주혁이 고개를 끄덕이며 대답했다.

"피부가 자암색과 자적색으로 변한 곳은 모두 맞아서 생긴 상처다.

그리고 여기 명치에 있는 상처가 색이 가장 짙으니 맞은 것 중에는 이것이 결정적이었을 것이다."

"맞은 자리의 살갗이 해지거나 터진 곳은 없으니 물건을 이용한 것은 아닌 모양이군요."

무영이 덧붙인 말에 공 씨와 주혁이 고개를 끄덕였다. 그 모습을 지켜보던 해랑이 공 씨에게 물었다.

"우물에 밀쳐진 것이 마지막인 것은 확실한데, 그럼 맞은 것과 숨통이 막힌 것 중 무엇이 먼저였을까요?"

"글쎄. 상처의 경중으로 보아 시간상 그리 큰 차이가 있어 보이지는 않는데……."

어쩐지 검험을 할수록 사건은 미궁에 빠지는 듯했다. 구타당하고, 숨통이 막히고, 결국에는 우물에 던져졌으나 셋 중 어느 하나도 결정적 사인이라 특정할 수가 없으니 참으로 희한한 일이 아닌가.

"도대체 얼마나 원한을 가졌기에 사람을 이 지경으로 만들어놓은 것일까요?"

탄식하듯 중얼거리는 해랑의 말을 끝으로 검험소에는 이내 정적이 앉았다.

운종가의 상점들이 모두 문을 닫은 후 해랑과 무영은 거리로 나섰다. 피마길 우물을 향해 가는 둘에게 정 행수는 연신 조심하라는 말을 남겼다. 소문의 기세가 하도 흉흉하니 노파심에 하는 말이었다.

우물 앞에 도착하자 해랑은 슬며시 무영의 소맷자락을 붙잡았다. 낮에 보았던 시신의 검푸른 얼굴빛이 여직 뇌리에 선명한 탓이다.

그 모양에 시선을 옮긴 무영이 소리 없이 웃고는 해랑의 손을 떼어냈다. 그러고는 해랑이 입을 삐죽이기 전에 얼른 손을 붙잡았다. 저를 올려다본 해랑이 배시시 웃고 나서야 무영은 우물 덮개를 열어젖혔다. 해랑의 자그마한 손이 무영의 손 안에서 움찔거렸다. 어지간히도 겁을 집어먹은 모양이다.

"볼 테야?"

우물물을 향해 턱짓하며 묻는 말에 해랑이 질겁하며 고개를 가로 저었다.

무영은 가만히 우물을 들여다보았다. 밤의 어둠만큼 새까만 수면 위에 조각달이 이리저리 흔들리고 있었다. 밤마다 우물이 붉은빛으로 변한다던 말도, 우물 주변에서 피비린내가 진동한다던 말도 모두 뜬소문임이 분명했다. 그렇게 무영이 생각에 잠겨 있는 찰나, 해랑이 무영을 붙잡은 손에 힘을 주었다. 흘끗 내려다본 해랑의 얼굴이 당황으로 물들어 있었다.

"왜?"

다정히 묻는 말에 해랑이 더듬거리는 손길로 제 가슴께를 움켜쥐었다.

짤랑.

해랑의 목에 걸어둔 방울이 작게 소리를 내자 두 사람은 놀란 눈으로 서로를 응시했다. 무영이 제 입술 위에 손끝을 올리며 쉿, 하자 해랑이 작게 고개를 끄덕였다. 잠시 방울이 내는 소리를 듣던 둘은 이내 조심히 주변을 살피기 시작했다.

"사령이 있긴 한데. 아니, 잘, 잘 모르겠습니다."

무영의 어깨너머를 건너다본 해랑이 더듬거리며 잔뜩 울상을 했다. 무영과 맞잡은 손에 또다시 힘이 잔뜩 들어가 있었다.

곤란한 듯 미간을 찡그린 무영이 달래듯 해랑의 뺨을 살살 쓰다듬기 시작했다. 원체 겁이 많고 엄살이 심한 해랑의 성정을 무영 또한 알고 있는 탓이다. 해랑이 귀기를 감지하는 데 남다른 재주가 있다고는 하나, 형체 없이 어룽거리는 기운이 아니라 이리도 선명히 형상을 지닌 영을 마주하는 것은 이번이 처음이었다.

"내가 지금 돌아설 것인데, 그동안 저 영을 붙잡아둘 수 있겠어?"

작게 속삭이는 무영을 향해 해랑이 고개를 끄덕였다. 여전히 시선은 무영의 어깨너머를 향한 채였다. 방울은 여직 짤랑이며 소릴 내고 있었다. 그 소리 사이로 후, 하고 한숨을 내뱉은 해랑은 이내 무영의 손을 놓고 제 품 안을 뒤적였다. 그런 해랑을 무영이 제지했다.

"부적은 쓰지 말거라."

"그럼 어찌합니까?"

묻는 말끝에 울먹이는 소리가 매달려 나왔다.

"시선을 떼지 말거라. 눈길을 돌려서는 아니 된다. 알겠어?"

단속하는 말에 해랑이 고개를 끄덕이고 마침내 무영이 돌아섰다. 그러고는 재빠른 몸짓으로 해랑을 제 등 뒤에 숨겼다. 등 언저리로 맞닿는 해랑의 손길을 느끼며 무영은 저만치 앞에 서 있는 혼을 빤히 내다보았다.

무영의 입에서 하, 하는 한숨이 터져 나왔다. 이러니 잔뜩 겁을 집어먹은 게지. 속엣말을 삼키는 무영의 입가가 비뚜름하게 솟아올랐다. 제 눈으로 혼을 직접 확인하고 나니 무영 또한 해랑의 반응이 과장이 아님을 알겠는 것이다.

핏물이 잔뜩 든 도포를 입은 사내의 혼이 형형한 눈길로 무영을 바라보고 있었다. 혼령의 새까만 낯 위에서 오직 두 눈만이 불길처럼 타오르며 빛을 냈다.

사내의 혼이 크게 입을 벌렸다. 후드득 하는 소리와 함께 혼령의 입에서 무언가가 쏟아져 나오고 금세 지독한 악취가 스멀스멀 퍼지기 시작했다. 그 곁에 해랑이 무영의 등 위로 깊게 얼굴을 파묻었다. 생선의 썩은 내장이 내뿜는 냄새 같은 것이 온 사방에 진동했다. 무영은 어느새 제 허리춤을 끌어안은 해랑의 팔을 다독이고 있었다.

혼의 입을 타고 쏟아진 것들이 서서히 형체를 갖추기 시작하자 무영은 눈가를 잔뜩 찡그린 채로 그것을 바라보았다. 예민한 그의 귓가로 사사삭, 사사삭 하는 소리가 점점 선명해졌다.

꾸엑. 꾸에엑. 기괴한 소리를 내는 혼의 입이 점점 더 크게 벌어지더니 기어이 눈과 코, 입과 귀, 몸 안의 모든 구멍에서 벌레가 기어나오기 시작했다. 흰 좁쌀 같은 것이 사내의 얼굴을 뒤덮었다.

눈을 가늘게 뜨고 보니 그것들은 죄다 구더기였다. 구더기들은 꼬물거리며 사내의 얼굴 위를 기어 다녔다. 그러고는 존재하지도 않는 피부를 야금야금 갉아 없애기 시작했다. 혼령의 얼굴에는 금세 여기저기 구멍이 뚫렸다. 그 구멍을 이번에는 다리 많은 벌레가 들쑤시고 다녔다. 벌레들이 혼의 얼굴을 뒤덮으며 내는 소리가 퍽 섬뜩했다. 악귀였다. 낮에 검험소에서 보았던 시신의 혼은 이미 악귀가 되어 있었다.

* * *

시신을 정리하던 공 씨가 멈칫하며 돌아섰다. 잠시 생각하는 듯하던 공 씨는 곧 시신의 배 주변에 귀를 가져다 댔다. 가벼운 손길로 시신의 배를 두드리기를 몇 번. 그는 별안간 오, 하는 탄식을 내뱉었다.

"은비녀, 내가 그걸 어디에 뒀더라⋯⋯."

혼잣말을 중얼거리는 공 씨의 움직임이 분주해졌다.

잠시 후, 공 씨는 조심스러운 손길로 시신의 입안에서 은비녀를 꺼냈다. 잔뜩 기대감에 부풀어 있던 얼굴이 금세 환하게 개었다. 비녀가 검게 변색되어 있었던 탓이다. 숫제 콧노래까지 흥얼거려가며 공 씨는 얼른 비녀를 조각수(皂角水)⁺에 씻어냈다. 그러자 비녀는 언제 그랬냐는 듯 본래의 빛깔로 돌아왔다. 반들반들하게 윤이 나는 모양새가 꼭 저를 약 올리는 것 같아 공 씨는 속으로 욕을 짓씹었다. 이런 니미럴.

탁!

탁상 위에 비녀 나뒹구는 소리가 요란했다. 잠시 노려보듯 비녀를 바라보던 공 씨는 곧 검험소 안을 서성이기 시작했다. 시신 주변을 뱅글뱅글 돌며 살피는 그의 눈길이 제법 집요했다. 얼마나 그러고 있었을까, 공 씨는 검험소 문을 열어젖히고 오작인 박 씨를 불러들였다.

"술지게미 좀 준비해 오거라."

곧 검험소 안에는 술지게미와 초 냄새가 진동했다.

또 얼마간의 시간이 지난 후 오작인 박 씨와 함께 시신을 들여다보던 공 씨는 끝내 실망한 듯 습관처럼 "니미럴, 니미럴 것" 하며 욕을 해댔다. 혹 시신에 오래 쌓인 독이 있었다면 시신이 검게 변해야 할진대, 술지게미 초를 걷어낸 시신은 마치 먹물을 들이다 만 종이처럼 애매하게 어두운 빛을 띠고 있었다.

⁺   쥐엄나무 껍질을 삶은 물.

"어찌할까요? 입쌀밥과 종이도 준비해 올까요?"

박 씨의 물음에 공 씨가 손을 휘휘 저어 그를 물렸다. 검험소 문턱을 넘는 박 씨의 뒤통수에 대고 "최 종사관 나리를 모셔 오거라" 하는 말을 덧붙인 공 씨는 기운이 쭉 빠진 채 의자 위로 털썩 주저앉았다. 검험의관으로 밥벌이를 해온 이래, 이토록 어려운 시신을 마주하는 것은 처음이었다. 길게 한숨을 내쉬는 공 씨의 낯이 음울하게 가라앉았다.

* * *

해랑과 무영이 공 씨의 추가 검험에 대한 이야기를 전해들은 것은 다음날 아침이 되어서였다. 주혁의 집무실에 모인 세 사람 중 먼저 입을 연 것은 무영이었다.

"저자에 도는 우물에 관한 소문은 사실이 아닙니다."

주혁은 말없이 고개를 끄덕였다. 어차피 허황된 소문일 것임을 짐작하고 있었는지 크게 놀라는 기색은 아니었다.

"하지만 어젯밤 흥미로운 것을 발견했습니다."

"흥미로운 것이라 함은……."

말끝을 흐리는 주혁을 향해 해랑이 대신 답했다.

"사령이 있었어요. 우물가에요."

생각지도 못한 것을 들었다는 듯 주혁이 눈을 크게 떴다.

"사령이 있었다고? 정말로 혼이 있었다는 말이냐?"

"예. 어제 낮에 검험소에서 보았던 시신의 혼이었어요."

이어진 해랑의 대답에 주혁은 기가 막힌다는 듯 하, 하는 탄식을 흘렸다.

"종사관께서는 여전히 사령을 믿지 않으시나 봅니다."

정곡을 찌르는 무영의 말에 주혁이 곤란한 얼굴을 했다. 두 사람 사이로 잠시 미묘한 정적이 흘렀다. 한참 만에 다시 입을 뗀 것은 무영이었다.

"우물은 계속 폐쇄한 채로 두는 것입니까?"

"공조에서 명이 떨어지면 다시 개방할 것입니다."

주혁의 말에 그렇군요, 하고 중얼거린 무영이 자리에서 일어섰다.

"혼이 남긴 흔적을 따라 조사를 시작할 것입니다. 시일이 걸릴 수도, 또 어쩌면 도성 밖으로 나가야 할 수도 있습니다. 하루에 한 번, 등청하실 즈음에 연통을 넣겠습니다."

말을 마친 무영이 해랑과 함께 집무실을 떠났다.

주혁은 두 사람의 인영을 되새기듯 한참이나 집무실 덧문을 바라보며 앉아 있었다. 얼마나 그러고 있었을까, 기별도 없이 등장한 수환이 주혁의 상념을 깨웠다.

"무슨 생각을 하기에 사람이 오는 것도 모르고 있어?"

핀잔하는 말에 주혁이 앓는 소리를 내며 어깨를 늘어뜨렸다. 답지 않은 태도에 수환이 픽 웃으며 건너편에 자리를 잡고 앉았다.

"뭔데? 응?"

"자네 말대로네."

"대체 무슨 소리를 하는 거야?"

"자네가 그러지 않았어? 짐승도 사람도 아닌 존재가 사람 사이에 섞여 사는데 귀신이 없겠냐고."

잊을 만하니 다시 시작된 귀신타령에 수환이 인상을 팍 찌푸렸다.

"대감과 꼬맹이가 피마길 우물곁에서 혼령과 마주쳤다더군. 귀기를 따라 조사를 떠나셨네."

"무슨 말도 안 되는……."

헛바람 새는 소리와 함께 수환이 말끝을 흐렸다.

"그러게. 말도 안 되는 소리지 뭔가."

주혁이 어깨를 들썩이며 농을 치자 수환이 탄식하듯 중얼거렸다.

"민심이 흉흉하기는 한가 보네. 오만 데서 귀신 타령이구먼."

"귀신 타령이라니?"

"비밀이야. 업무상 기밀이라고."

"뭐?"

기가 찬다는 듯 되묻는 주혁을 향해 수환이 곱게 눈을 흘겼다.

"왜? 먼저 은밀히 어쩌구 하는 타령을 한 게 누구였더라?"

"하, 우리 도련님. 언제부터 속이 이렇게 좁으셨습니까?"

"내 속이 좁은 것을 여태 몰랐단 말이야?"

수환의 능청에 주혁이 고개를 가로저으며 헛웃음을 흘렸다. 짧은 장난 끝에 수환의 얼굴에서 웃음기가 사라지는 것을 주혁은 미처 알지 못했다.

* * *

수레 넘어간다.

수레 넘어간다.

피안(彼岸)길 언덕 따라

수레 넘어간다.

물길 열어라.

물길 열어라.

피안길 언덕 따라

수레 넘어간다.

작게 노래를 흥얼거리는 사내의 등 뒤에서 수레가 덜컹덜컹 요란
하게 소리를 냈다. 잠시 자리에 멈춘 사내가 제 등 너머를 흘끗 내다
봤다. 어둠 속을 응시하던 그는 이내 수레 손잡이를 고쳐 쥐었다. 다
시 걸음을 옮기는 그의 머리꼭지 위로 그믐달이 깜빡였다.

구름이 달을 가리자 좁은 길 사이로 짙게 어둠이 내려앉았다. 그
어둠 속에서 사내는 다시 노래를 흥얼거리기 시작했다. 음산하게 퍼
지는 노랫소리를 따라 수레가 장단을 맞추듯 덜컹덜컹하며 울었다.

* * *

스물여덟 번. 인정을 알리는 소리에 수환은 작게 인상을 썼다. 신
경질적으로 이마를 쓸던 그는 곧 걸음을 옮기기 시작했다.

수렛골* 초입에 당도하고 나서야 수환은 수하들 없이 홀로 성문
밖으로 나온 것이 괜한 오기였음을 깨달았다. 소의문을 슬금슬금 넘
어 어느새 도성 안으로 흘러들고 있는 '그 소문'처럼, 밤의 수렛골은
음산하기 그지없었다.

마을 안 어디에도 불빛이 새어 나오는 집이 없었다. 희미한 그믐달

---

* 현 중구 순화동 일대.

빛에 의지해 걷고 있자니 절로 뒤통수가 쭈뼛해졌다. 칼자루를 꽉 쥔 손바닥이 축축했다. 잔뜩 긴장한 탓인지 손을 통해 느껴지는 그 감각이 무척이나 선명했다. 가만히 칼자루를 고쳐 잡으며 수환은 소리 없이 웃음을 흘렸다.

대체 이게 무슨 꼴이람. 속엣말을 하며 자조했다. 저가 이리도 담이 작은 이였나 싶어 수환은 스스로를 향해 혀를 차기까지 했다. 하지만 이러니저러니 해도 조금 겁이 나는 것은 사실이었다. 거듭해서 머릿속에 떠오르는 생각을 떨쳐내듯 한숨을 푹 쉰 수환은 마을 한가운데를 향해 걸음을 재촉했다.

최근 수환과 우포청 식솔들을 성가시게 하고 있는 괴이한 소문은 소의문 밖 수렛골에서 시작되었다. 그 소문이 무엇인가 하니, 수레꾼들이 사는 마을에 밤마다 빈 수레를 끌면서 곡을 하는 사내가 나타난다는 것이다. 소문의 내용이 그뿐이었다면 누구도 이를 괴이하게 여기지 않았을 것이나 불행하게도 소문의 내용은 이것이 전부가 아니었다. 의문의 사내가 나타난 후에는 꼭 사람이 죽어나갔다. 그것이 이 소문이 가진 문제점이었다.

수레 사내를 직접 마주한 사람은 여태 단 한 명도 없었다. 하지만 밤이면 사내의 곡소리를 들었다는 이들이 수두룩했다. 의문의 사내는 말 그대로 의문 속의, 소문 속의 사내였던 것이다.

날이 밝아 사내에 대한 이야기가 온 마을을 한바탕 휩쓸고 지나가면 어김없이 시신이 발견되었다. 하지만 마을 사람 중 그 누구도 죽은 자의 얼굴을 알아보지 못했다. 이 기막힌 일이 벌어진 것도 벌써 엿새째. 그사이에 발견된 시신만도 세 구였다.

어떤 이들은 이 일을 두고 소의문이 시구문(屍軀門)*인 탓이라 했다. 마을에 연고가 없는 시신만 셋이니 그런 말이 나올 법도 했다. 마을 사람 모두가 근자에 나타난 시신들이 도성 안에 사는 이들일 것이라 떠들어댔다. 다른 문도 아닌 시구문을 통해 도성 밖으로 나왔으니 죽은 것이라고 했다.

억지나 다름없는 이 말을 소의문과 접한 마을에 사는 이들 대다수가 사실이라 여기고 있었다. 그만큼 수렛골과 그 근방의 민심이 흉흉했다. 그러니 수환은 미치고 팔짝 뛸 노릇이었다.

부러 느긋한 태도를 꾸며가며 걷던 수환의 귓가에 스윽, 흙 밟히는 소리가 들려왔다. 등 뒤로 소름이 쭉 내달렸다. 오늘 낮 주혁과의 대화가 머릿속을 빠르게 스쳐 갔다. 사람이니 귀신이니 했던 바로 그 말.

앙다문 잇새로 긴장을 짓씹는 수환의 귓가에 이번에는 방금 전보다 더 크고 선명한 발소리가 전해졌다. 분명히 사람의 발소리였다. 한 걸음. 또 한 걸음. 발소리는 어느새 수환의 등 바로 뒤까지 다가왔다.

세 발짝만큼 가까워진 순간. 수환이 날쌔게 돌아서며 허리춤에서 칼을 뽑아 들었다.

"허……."

수환이 바람 빠지는 소리로 탄식했다.

"대체 여기서 뭐 하고 계시는 겁니까?"

지척으로 다가온 무영의 얼굴을 확인하자 긴장이 풀린 듯 수환의 어깨가 축 처졌다. 대답 없는 무영을 바라보고 있으려니 그의 등 뒤에서 해랑이 쏙 고개를 내밀었다. 배시시 웃으며 고개를 꾸벅이는 낯

◆   시체를 내가는 문. 수구문(水口門)이라고도 한다.

이 마치 작고 무해한 동물 같아 수환은 슬그머니 인상을 펴고 해랑을 향해 성의 없이 손을 휘적였다.

세 사람은 나란히 걷기 시작했다.

"피마길 우물 건을 조사하신다고 들었는데요?"

"맞습니다."

간결한 무영의 대답에 수환이 의아한 눈길을 보냈다.

"우물가에서 사령을 발견하셨다면서요? 그런데 어찌……."

"그 사령의 흔적을 따라 나온 것입니다."

이어진 대답에 수환이 입을 닫았다. 생각에 잠긴 듯한 수환의 얼굴을 흘끗 본 무영은 곧 걸음을 멈췄다.

"저희의 목적지는 이곳인데 종사관께선 어찌하시겠습니까?"

그제야 생각에서 깨어난 수환이 주위를 한 번 둘러보고는 표정을 굳혔다. 이들을 남겨두고 마을 깊숙한 곳으로 더 들어가자니 벌써부터 다시 뒷덜미가 축축해지는 듯했다. 그렇다고 가뜩이나 마뜩잖게 여기고 있는 이 두 사람과 동행하자니 그 또한 찝찝했다. 하지만 수환은 금세 생각을 고쳐먹고 스스로와 타협했다.

어둠 속에 몸을 숨기고 서 있으니 시간이 어찌나 더디게 가는지. 수환은 저도 모르게 한숨을 흘렸다. 그 기색에 무영과 수환 사이에 서 있던 해랑이 그를 돌아보며 씨익 입꼬리를 당겨 올렸다.

장난기가 그득한 해랑의 얼굴을 내려다보며 수환은 속으로 두어 번 혀를 찼다. 무뚝뚝한 제 스승과는 다르게 이 아이는 제법 살가운 성정인 듯했다. 하지만 그마저도 수환의 눈에는 그리 곱게 보이지 않았다.

우리 종사관 나리께서는 본디부터 그런 사내였다. 한 번 마음에 든 자는 끝까지 마음에 들어 하고, 한 번 제게 밉보인 이는 끝까지 미워하는. 그러니 첫 만남에서부터 의뭉스럽다 여긴 무영과 해랑이 탐탁할 리가 없었다.

일다경쯤 지났을까, 표정 없는 얼굴로 해랑의 머리꼭지를 내려다보던 수환이 당황한 기색으로 해랑의 어깨 위에 손을 올렸다.

"너……."

말끝을 흐리는 수환의 목소리에 내내 어둠 속을 응시하고 있던 무영이 해랑을 향해 돌아섰다. 해랑의 얼굴을 확인한 무영의 표정도 수환과 다르지 않았다.

해랑이 입술을 꾹 깨문 채 소리 없이 눈물을 흘리고 있었다.

저를 부르는 소리에 무영과 수환을 번갈아 본 해랑은 도리어 두 사람보다 더 당황한 얼굴을 했다. 해랑이 입을 벙긋거렸다. 몇 번이나 입술을 움직였지만 꽉 막힌 목구멍에서는 아무런 소리도 나지 않았다.

"내가 하는 말은 들려?"

해랑이 고개를 끄덕였다. 무영이 해랑과 키를 맞추어 허리를 숙이고는 그 눈동자 안을 빤히 들여다보기 시작했다.

그런 두 사람을 바라보며 수환은 연신 이마를 쓸어댔다. 머리가 지끈거렸다. 그냥 혼자 갈 걸 그랬나 하는 생각이 뒤늦게 들었지만 이제와 후회해봐야 소용없는 일이다.

잠시 그렇게 서 있으려니 희미하게 노랫소리가 들려오기 시작했다. 마치 약속이라도 한 것처럼 세 사람의 고개가 소리 난 데를 향해 획 돌아갔다.

  수레 넘어간다.
  수레 넘어간다.
  피안길 언덕 따라
  수레 넘어간다.
  물길 열어라.
  물길 열어라.
  피안길 언덕 따라
  수레 넘어간다.

  노랫소리는 그들을 향해 점점 더 가까이 다가왔다. 소리가 가까워
지자 해랑이 눈을 홉뜨고는 눈물을 펑펑 쏟아내기 시작했다. 눈물범
벅을 한 얼굴로 자꾸만 헛숨을 들이켜는 것이 심상찮았다. 노랫소리
가 지척까지 다가왔을 때 무영이 수환을 향해 눈짓했다. 알아들었다
는 듯 수환이 고개를 끄덕이자 무영이 한 발짝 앞으로 나섰다.
  덜컹. 덜컹. 노랫가락에 박자를 맞추듯 수레가 일정한 간격으로 소
리를 냈다. 사내의 흥얼거림이 잦아들었다. 이제 어둠 속에서 소리를
내고 있는 것은 사내가 끄는 수레뿐이었다. 깊이 생각해보지 않아도
느릿하게 수레를 끄는 이 늙수그레한 사내가 소문 속 그 수레꾼임이
분명해 보였다.
  구름이 달을 가리고 사위가 완전히 어둠에 잠겼다. 하지만 수레꾼
은 걸음을 멈추지 않았다. 저가 걷고 있는 이 길을 훤히 꿰고 있는 듯
한 모양새였다. 수레가 무영의 바로 옆을 지나치고 몇 걸음 뒤에서

수레꾼의 뒤통수를 바라보던 무영이 눈을 가늘게 떴다.

어둠 속에서 무엇인가가 어룽거리고 있었다. 형체 없이 흐물거리는 그것에서 눈을 떼지 않은 채로 무영은 수레꾼을 따라 조심히 걸음을 옮겼다.

얼마쯤 그렇게 걷던 사내는 또다시 불길한 노랫가락을 흥얼거렸다. 그러자 희끄무레하게 무영의 시야에 어룽지던 것이 조금씩 형체를 갖추기 시작했다. 어느새 선명하게 모습을 드러낸 그것에 무영이 하, 길게 한숨을 쉬었다.

자그마한 계집아이의 혼령이었다. 계집애의 혼은 생전에 피죽도 못 얻어먹고 다닌 듯 작고 마른 모습을 하고 있었다. 혼령은 줄곧 수레꾼을 향해 시선을 고정한 채 수레 위에 쪼그리고 앉아 있었다. 양 무릎을 끌어안고 앉아 눈물방울을 쏟아내는 모습이 자못 처량해 보였다.

"이보시오."

나직한 무영의 목소리에 수레꾼이 걸음을 뚝 멈췄다. 흥얼거리던 노랫소리도, 수레바퀴가 덜컹이는 소리도, 모든 것이 멈춘 자리에는 정적만이 가득했다.

"어찌 부르십니까."

수레꾼의 목소리가 거칠게 갈라져 나오고 돌아보지 않는 사내와 무영 사이에 잠시 대치가 이어졌다.

"어찌 부르셨냐 했습니다."

돌아선 사내가 채근했다. 무영이 입을 떼려는 찰나, 어느새 다가온 수환이 선수를 쳤다.

"우포청에서 나왔네. 수레 뒤에 있는 것은 무엇인가?"

수환의 물음에 사내는 망설임 없이 수레 위에 덮어둔 거적을 들췄다. 그러자 수환이 끙 하는 탄식을 삼켰다. 텅 비어 있는 수레에 무영 또한 당황한 기색이었다.

곤란한 듯 침묵을 지키며 서 있는 수환의 등 뒤에서 해랑이 슬쩍 고개를 내밀었다. 어느새 울음을 그친 것인지 얼굴에 가득하던 눈물 자국을 닦아낸 해랑이 사내를 빤히 바라보았다.

"아저씨."

해랑이 입을 열자 세 남자의 시선이 단번에 그리로 꽂혔다.

"혹시 키는 요만하고 귓불에 얼룩점이 있는 여자아이를 아시어요?"

해랑이 제 턱 아래쯤을 손짓하며 묻자 사내가 눈을 부릅떴다.

"어찌, 어찌 아는 거요?"

"따님인가요?"

재차 묻는 해랑의 말에 사내는 입을 꽉 다물었다.

"어째서 아저씨를 따라다니며 이렇게 슬프게 우는 걸까요?"

해랑이 혼잣말처럼 중얼거리자 내내 꼿꼿하던 사내가 흙바닥 위로 철퍽 주저앉았다. 한참이나 가슴을 치며 울음을 삼키던 사내가 거친 손길로 제 얼굴을 벅벅 닦아내더니 수환을 향해 고개를 들었다.

"포청에서 나오셨다 했지요? 종사관 나리 되십니까?"

수환이 고개를 끄덕이자 사내가 한숨 같은 웃음을 흘렸다.

"……였습니다."

"무어라?"

수환이 되묻자 사내가 그의 눈을 똑바로 바라보며 말했다.

"제가, 사람을 죽였습니다."

* * *

수렛골 사람들을 공포에 떨게 했던 사내의 이름은 갑동이었다. 죄인 갑동의 신문이 있는 날. 그를 보기 위해 모여든 사람들로 우포청 안뜰은 발 디딜 틈도 없었다. 수렛골은 물론이고 그 인근에 사는 이들은 죄다 모인 듯했다.

구경꾼들은 하나같이 기대에 찬 모습으로 속닥거리고 있었다. 포도대장이 죄인을 향해 불호령을 하고, 죄인이 혐의를 부정하고, 증거가 디밀어지고, 증인이 나타나고, 마침내는 죄인이 자백하는 극적인 모습을 기대하는 것이었다.

하지만 그네들의 입장에서는 김이 빠지게도 갑동은 순순히 제 죄를 인정하고 담담한 태도로 사건 정황을 술술 읊어댔다.

갑동은 수렛골을 떠들썩하게 했던 일련의 소문들을 모두 제 짓이라 자백했다. 밤마다 수레를 끌며 노래한 것도. 시신 세 구를 마을 근처 후미진 곳에 놓아둔 것도. 하지만 그 세 구의 시신을 죽이지는 않았다고 했다. 저는 그저 소의문 밖에 버려진 시신을 수레에 실었을 뿐이라고.

갑동의 이 기묘한 자백에 힘을 실어준 것은 문제의 시신들을 검험했던 의관들의 증언이었다. 공교롭게도 시신 세 구의 사인은 모두 자연사였다.

"그렇다면 어째서 곡소리를 내며 마을을 돌아다니고 연고도 없는 시신을 유기하였는가?"

우포도대장이 물었다.

"제가 사람을 죽였기 때문입니다."

갑동의 말에 내내 고요하던 구경꾼들 사이에서 수군거리는 소리가 퍼져나갔다.

"제가 죽인 시신을 감추려고 시구문 밖으로 나온 시신들을 실어나른 것입니다. 정확히는, 죽이기 위해 그런 것입니다만."

"누구를 죽였는지 고하라."

포도대장의 말에 갑동이 고개를 가로저었다.

"모릅니다."

"무어라?"

"이름도 성도 모르는 자입니다."

갑동의 말에 포도대장이 헛웃음을 쳤다. 공초 내내 기묘할 정도로 차분하던 갑동의 태도가 뒤바뀐 것은 바로 그때였다.

"이름도 성도 모르는 자이나, 그놈은 제 원수입니다. 천하의 죽일 놈이죠. 암요, 그렇고말고요. 저는 응당 해야 할 일을 했을 뿐입니다."

빠르게 말을 내쏟는 갑동의 손이 조금씩 떨리기 시작했다. 분을 참지 못하는 듯 그는 곧 온몸을 부들부들 떨었다.

"언년이라고, 딸이 하나 있습니다."

말끝에 울컥 울음소리가 터져 나왔다. 그 소리를 따라 갑동의 두 눈에서도 눈물이 툭툭 떨어져 내렸다.

"저는 본디 황해도 북쪽에서 수레꾼을 하며 살던 자입니다. 입에 겨우 풀칠이나 하며 살고 있었읍죠. 안사람은 벌써 열몇 해 전에 딸아이를 낳다 죽었사옵고, 가족이라고는 언년이와 저, 둘뿐이었습니다."

기억을 더듬는 갑동의 얼굴이 고통으로 일그러졌다. 피라도 볼 모양새로 입술을 한 번 꽉 깨문 그는 숨을 고르듯 후 한숨을 내쉬고 다시 말을 이었다.

"그 짐승만도 못한 놈이 제 딸을 겁탈했습니다. 며칠 시름시름 앓던 제 딸년은 자결했고, 저는 그놈을 쫓아 여기까지 온 것입니다."

"이름도 성도 모르는 자라면서 그자가 딸을 겁탈했다는 것은 어찌 알았는가?"

포도대장이 물었다.

"제가 그 현장에 있었기 때문입니다. 주먹질이 오간 끝에 그놈이 도망쳤고, 딸이 자결한 후 저는 그놈을 쫓아 여기까지 온 것입니다. 수일이 넘도록 그놈의 주변을 배회하다가 마침내 기회가 생겼기에 저는 아비로서 해야 할 일을 했을 뿐입니다."

말을 마친 갑동이 고개를 떨궜다. 울음을 삼키는 그의 뒤로 군중 사이에서 탄식 소리가 흘러나왔다. 옷고름에 눈물을 찍어내는 여인들도 몇 있었다.

포도대장은 고민에 빠졌다. 살인자를 붙잡았으나 피해자의 정체도, 그 시신이 어디에 있는지도 몰랐다. 갑동은 소의문 주변에서 문제의 사내와 주먹다짐을 했다고 진술했다. 사내가 쓰러지는 것을 확인한 후 지금껏 그래 왔듯 마을 근처에 사내를 버려두고 도망쳤다고.

갑동의 행적을 따라 우포청 군졸들이 근방을 뒤지고 다녔으나 신문이 다 끝나도록 시신의 머리 터럭 한 올도 찾을 수 없었다. 애초에 그럴 수밖에 없었다. 갑동이 사내를 죽였다던 때가 이미 이틀 전이니 마을 주변에 수상한 시신이 있었다면 분명히 눈에 띄었을 것이다.

신문을 진행하던 수환이 군졸로부터 무엇인가를 전달받더니 포도대장에게 다가가 귀엣말을 하며 그것을 내보였다. 가만히 듣고 있던 포도대장이 고개를 끄덕이고 턱짓으로 갑동을 가리키자, 수환이 갑동에게 다가가 손에 쥐고 있던 것을 그의 눈앞에 펼쳐 보였다.

"죽였다는 자가 그자인가?"

포도대장이 물었다. 갑동은 한참이나 말없이 제 앞에 펼쳐진 용모 파기를 바라보았다. 종잇장 위에 그려진 사내의 얼굴을 훑는 갑동의 눈길을 따라 장내에는 긴장이 흘렀다. 구경꾼들은 수군대던 것도 잊은 듯 연신 마른침을 삼켜대고 있었다.

마침내, 갑동이 입을 열었다.

"예. 맞습니다. 바로 이자입니다."

구경꾼들 사이에서 깊은 탄식이 터져나왔다. 갑동이 죽였다는 사내는 온 도성 안을 들끓게 한 피마길 우물 사건의 주인공이었다.

* * *

그날 밤. 무영의 집으로 수환과 주혁이 찾아왔다.

"해랑은 좀 어떻습니까?"

수환의 물음에 무영이 작게 한숨을 흘렸다.

"일찍 잠자리에 들었습니다."

"많이 곤했던 모양이지요. 헌데 어젯밤 일은……."

"워낙 사령에 예민한 아이입니다. 귀기에 감응해 그랬던 것이지요."

한동안 말없이 둘러앉은 세 사내의 얼굴 위로 호롱불이 만들어낸 그림자가 일렁거렸다. 두 종사관의 근심을 눈에 보이게 만든다면 필시 이런 모양일 테다. 누가 친우 아니랄까 봐, 주혁과 수환은 꼭 닮은 표정으로 미간을 잔뜩 찌푸리고 있었다.

"그래서, 그 갑동이라는 자의 처분은 어떻게 되는 것입니까?"

무영이 물었다.

"갑동이 분명한 목적을 띠고 피해자에게 위해를 가하기는 했지만 구타를 직접적 사인으로 볼 수 없어 일단은 구금해두었습니다. 곧 형조에서 지시가 올 것이고요."

수환의 대답에 작게 고개를 끄덕인 무영이 이번에는 주혁을 향해 물었다.

"아직 시친을 찾지 못하셨습니까?"

"예. 갑동의 말대로 피해자 또한 도성 안에 연고가 있는 자는 아닌 듯합니다. 갑동처럼 황해도에 본거를 둔 자인 듯하여 황해감영으로 수하들을 몇 보냈습니다."

"갑동이란 자가 본디 황해도에 살았다 했었지요?"

"예. 어찌 그러십니까?"

주혁이 되물었다.

"한양에 연고도 없는 갑동이 다른 곳도 아니고 하필 수렛골에 숨어든 것은 그곳이 본디 그자가 살던 마을과 비슷한 곳이었기 때문일 것입니다. 내일 날이 밝거든 갑동이 본디 살던 마을이 정확히 어디인지 알아봐주십시오. 짐작 가는 것이 있습니다. 사시*를 전후해 선전에서 기다리겠습니다."

다음날.

두 종사관과 무영은 정 행수의 선전 내실에 모여 앉았다.

◆ 오전 9~11시.

"알아보셨습니까?"

"예. 곡산이라 하던데요?"

수환의 대답에 무영이 그럴 줄 알았다는 듯 빙그레 미소 지었다.

"짐작하시는 바가 있군요?"

"갑동이란 사내가 수레꾼이라 하지 않았습니까. 황해도 북쪽 지방이라면 대부분 산지일 텐데, 그런 지방에서 수레꾼들이 날품팔이할 만한 곳은 그리 많지 않습니다."

"⋯⋯광산 인근 마을을 말씀하시는 것입니까?"

주혁의 물음에 무영이 고개를 끄덕였다.

"황해도 인근에 광산은 곡산과 서흥, 불산에 있는 것이 가장 규모가 큽니다. 당연히 드나드는 이들도 많겠지요."

"하지만 세 곳 모두 산세가 험준한 곳이라 마을에 사람이 들고 난다면 반드시 눈에 띌 텐데요? 갑동은 피해자를 모른다 했고요."

수환의 말에 무영이 또 한 번 고개를 끄덕였다.

"맞습니다. 그렇게 폐쇄적인 마을에 사는 이들이 얼굴을 알아보지 못할 자가 누구겠습니까? 광산이 있는 마을에 드나들 외지인이라고는 광산 인부나 관리자뿐입니다."

"인부들은 비교적 오랜 기간 마을에 머물 테니, 인근 공방이나 광산의 관리자일 가능성이 크겠군요."

주혁이 덧붙인 말을 끝으로 세 사람은 잠시 생각에 잠겼다.

잠시 후, 내실 문이 열리고 해랑과 정 행수가 들어섰다.

"스승님!"

"이제 살아난 모양이지?"

"그래, 알아보았어?"

수환과 무영이 동시에 물었다. 두 사람을 번갈아 보며 씨익 웃은 해랑이 수환에게 먼저 대답했다.

"괜찮습니다. 멀쩡한 걸요? 행수님과 함께 스승님께서 이르신 것을 알아보고 오는 참이어요."

"이름이 남범호라 한다더만요."

정 행수의 말에 두 종사관의 눈이 커졌다.

"어찌 이리 빨리 알아내셨습니까?"

제법 침착한 체하며 물었지만 주혁의 목소리에는 놀란 기색이 묻어 있었다. 하지만 정 행수는 별일도 아니라는 듯 평온한 태도였다.

"무영…… 큼, 어제 대감 말씀대로 친분이 있는 상인들을 통해 황해도 북쪽에 드나드는 보상들을 수소문해봤는디요."

두 종사관을 의식한 듯 정 행수가 무영을 향해 존대하며 말을 시작했다.

"마침 몇 사람이 도성으로 돌아왔다기에 만나봤는디 곡산과 서흥으로 댕기는 치들 중에 용모파기를 알아보는 이들이 있었단께요."

잠시 말을 멈춘 정 행수가 해랑을 향해 눈짓했다. 그러자 해랑이 품 안에서 종잇장 한 뭉치를 꺼내 방바닥에 펼쳤다.

"안 씨라는 보상 아저씨께서 주신 거래 장부의 사본이에요."

손끝으로 종이 위를 가리키며 해랑이 재차 말을 이었다.

"여기, 또 여기. 곡산과 서흥에서 거래한 것 중 은 공방과 광산에 물건을 판 내역이에요."

"개개인에게 판 것이 아니라 아예 광산과 공방 앞으로 물건을 댄 모양이지?"

수환이 물었다.

"예. 맞습니다. 안 씨 아저씨와 또 오늘 만나지는 못했지만, 박 씨 아저씨라는 분이 그 지역 공방과 광산에 거의 독점적으로 물건을 댄다고 하셨어요."

해랑의 설명에 흠, 하는 소리를 흘린 주혁이 사본 한 구석을 가리켰다.

"여기 보게. 물건을 받는 책임자의 이름이 남범호라고 되어 있네."

"원래는 서흥, 곡산의 공방과 광산 책임자라는디, 주로 서흥에 머물고 곡산에는 수하를 두고 일 년에 한두 번이나 간다 그라드만요."

정 행수의 말에 수환이 고개를 갸웃거렸다.

"황해도 지방 광산을 설점(設店)*한 이가 누구지?"

"호조에 들러 확인해봐야겠네. 저희는 이만 돌아가겠습니다. 자네도 일어나게."

주혁이 수환을 재촉하며 일어섰다.

* * *

오후나절, 좌포청 군졸 하나가 선전으로 찾아왔다.

"검험소로 가셔야겠습니다."

군졸의 말에 해랑과 무영은 곧바로 좌포청으로 향했다. 검험소에 도착하자 검험의관 공 씨가 그들을 맞았다.

"어쩐 일이셔요?"

해랑의 물음에 공 씨가 해랑의 어깨를 툭 치고는 무영을 향해 시선

◆   호조의 허가를 받아 광산을 세우는 것.

을 던졌다.

"최 종사관 나리께도 기별을 넣었습니다. 곧 도착하신답니다요."

얼마쯤 시간이 흐르자 주혁이 검험소 안으로 들어섰다.

"무슨 일인가?"

"형조에서 삼검(三檢)*을 한다기에 시신을 보낼 준비를 하던 중에 새로운 것을 발견했습니다."

공 씨가 탁상 위를 가리키자 세 사람이 가까이 다가섰다. 사기로 된 손바닥만 한 그릇 안에 갈색을 띠는 작고 가느다란 머리카락 같은 것이 놓여 있었다.

"이것이 무엇입니까?"

무영이 물었다.

"종이 섬유입니다. 시신의 코 안에서 발견했습죠."

"어째서 이런 것이 콧속에 들어 있었을까요?"

해랑의 말에 주혁이 작게 혀를 찼다.

"종이를 이용해 숨통을 막은 모양이다."

"어떻게요?"

"물에 적신 종이를 얼굴에 덮은 듯하구나."

대화를 듣고만 있던 무영이 물었다.

"갑동의 짓은 아닐 것입니다. 호조에 다녀오신 일은 어찌 되었습니까?"

"서흥과 곡산, 그리고 불산까지 모두 옥 씨라는 자가 설점하고 있다 합니다."

♦   시신을 세 번째로 검사하는 것.

125

세 사람은 주혁의 집무실로 자리를 옮겼다.

"황해감영으로 보낸 수하들에게 서찰을 보냈습니다. 서흥에서 조사를 마치면 기별이 올 것입니다."

"그날 이후 우물가에서는 더 이상 남범호의 흔적을 찾을 수 없었습니다."

무영의 말에 주혁이 대답 대신 고개를 끄덕였다.

"종이로 숨통을 막은 사람이 우물에 시신을 던진 것일까요?"

"아무래도 그럴 가능성이 커 보이는구나."

해랑의 물음에 주혁이 대답했다.

"속단하기는 이르지만 그 남범호라는 자가 평소 행실이 좋은 자는 아닌 듯합니다."

무영의 말에 주혁이 조금 놀란 얼굴을 했다.

"대감께선 갑동의 말을 믿으십니까?"

"꼭 그런 것만은 아닙니다."

영문을 알 수 없는 무영의 말에 주혁의 고개가 기우는 찰나, 해랑이 입을 열었다.

"그날 우물가에서 말이에요."

주혁을 바라보며 잠시 머뭇거리던 해랑이 말을 이었다.

"그…… 우물가에 나타난 그 시신의 혼 말이에요. 원혼이 아니라 악귀였습니다."

"해랑의 말이 맞습니다. 그런 형태로 보이는 혼은 악귀밖에 없으니까요."

제법 놀란 듯 주혁이 슬쩍 미간을 찡그렸다.

"그런 형태라 하심은……?"

"그다지 듣기 좋은 내용은 아닙니다."

딱 잘라 말하는 무영의 태도에 주혁은 더 이상 캐묻지 못하고 입을 닫았다.

사건은 또다시 제자리걸음을 했다. 수일이 지나도 도성 내에서 남범호와 인연이 있는 자를 도통 찾을 수가 없으니 황해감영으로 떠난 좌포청 군졸들이 가져올 소식을 기다리는 것 외에는 달리 할 수 있는 일이 없었다.

정말 귀신에게 당하기라도 한 게 아니라면 어떻게 이처럼 목격자가 단 한 명도 없을 수가 있는 것인지. 주혁의 속이 새까맣게 타들어 갔다.

* * *

"그 공방 관리인 말이여."

잠시 가게를 비웠던 정 행수는 돌아오자마자 남범호를 입에 올렸다.

"안 씨 말로는 종종 물건값을 돈이 아니라 곡식이나 다른 물건으로 지불할 때가 있었다는디? 겁나게 자주 그래븐 모양이여."

"공방 주인이라는 옥 씨가 그리하도록 두지는 않았을 텐데요."

무영의 말에 정 행수가 손뼉을 짝! 치며 동조했다.

"아, 나 말이 그 말이여. 필시 중간에 돈을 빼돌린 거란 말이시."

"그럼 돈을 빼돌렸다 치고, 그 곡식이며 하는 것들은 어디서 난 것일까요?"

해랑이 물었다.

"인부들에게 지급될 것을 빼돌렸을 거야."

무영의 대답에 해랑이 고개를 끄덕였다.

"아······. 그럼 그 주인이라는 자가 그것을 알게 된 걸까요? 그래서 이리로 도망쳐온 것이지요!"

"도망쳐온 것이믄 분명히 그 주인네 심복들이 여까지 쫓아왔을 것인디······."

말끝을 흐리던 정 행수는 이내 흠, 하는 소리를 내며 고개를 저었다.

"그란디 참 이상하단 말이시."

"무엇이 말씀입니까?"

"그 광산 주인 옥 씨라는 자 말이여 그 동네서 돈깨나 만진다고 소문이 자자한 모양인디 희한하게 얼굴을 아는 사람이 암도 없다 그래. 희한허지?"

"얼굴을 아는 사람이 없다고요?"

이해할 수 없다는 듯 되묻는 해랑의 고개가 자꾸만 갸우듬하게 기울었다. 무영 또한 별말이 없기는 마찬가지였다. 파헤칠수록 도리어 사건의 갈피를 잡기 힘들었다.

사흘 뒤, 주혁이 정 행수의 선전으로 찾아왔다.

"황해도로 보냈던 수하들이 돌아왔습니다. 광산 주인이라는 자를 만났다고 합니다."

생각지도 못한 말에 해랑과 정 행수는 물론이고 무영마저 놀란 기색이었다.

"광산 주인은 남범호가 한양으로 도망친 것도 모르고 있었습니다. 뿐만 아니라 남범호가 공방과 광산의 수익을 빼돌리고 있는 것 또한 전혀 몰랐답니다."

"전혀 모르고 있었다고요?"

해랑이 묻자 주혁이 얕게 고개를 끄덕였다.

"거짓일까 하여 공방 주인 옥 씨의 최근 행적과 그 주변인들에 대해서도 샅샅이 조사했지만 수확이 없었습니다. 옥 씨는 올해 한 번도 황해도를 떠나지 않았고, 바로 측근으로 부리는 수하들 또한 마찬가지였습니다. 오히려 남범호가 갑작스레 사라진 탓에 그가 관리하던 공방과 광산 관련 인물들 모두가 그의 자리를 메꾸느라 우왕좌왕하고 있었습니다."

"그라믄 인자 어째야 씁니까?"

"남범호의 시신은 형조에서 삼검을 마치고 오늘 아침 매장 허가가 났습니다. 남범호를 우물에 빠트린 자가 가장 중요한 용의자가 될진대, 이에 대한 꼬투리를 잡을 수 없어 형조에서는 미제인 채로 사건을 이관하라 지시하고 있습니다."

"사건이 더는 좌포청 소관이 아니게 된다는 말씀입니까?"

무영이 물었다.

"예, 그렇습니다."

"갑동 아저씨는 어떻게 되는 것이어요?"

"그 또한 형조로 보고가 올라갔다. 그치가 자백한 내용이 남범호의 사인과는 맞지 않아 살인 혐의는 묻지 않을 듯하다. 그러니 사형은 피할 수 있을 테고."

"그나마 잘된 일이네요."

작게 중얼거리는 해랑의 낯이 침울하게 가라앉았다. 그 모습을 보며 선전 안의 누구도 뭐라 입을 열지 않았다. 필시 해랑이 갑동의 딸 언년이를, 눈물을 줄줄 흘려대던 그 혼령의 낯을 되새기고 있는 것임을 짐작하는 탓이다.

수렛골과 피마길 우물을 둘러싼 사건은 그렇게 주혁과 무영의 손을 떠났다. 이후 누구도 이 찝찝하기 그지없는 사건에 대해 언급하지 않았다.

여담(餘談) ══════════════════════════════

"내일 파루 이후에 우물을 다시 개방한다고 합니다."

복면한 사내가 앞에 앉은 영감을 향해 아뢨다. 사내의 주인인 듯한 영감이 쯧, 혀를 차고는 한바탕 날이 선 소리를 쏟아내기 시작했다.

"옥가 놈 입단속은 철저히 한 게야? 그 광산이며 공방이 모두 내 것이라는 소문이라도 나면 나뿐만 아니라 네놈들 밥벌이도 끊긴다는 걸 알아야 할 테야. 그러게 내 조심하라 몇 번이나 이르지 않았어? 왜 하필 우물에 던져 넣어서 이 사달을 만드느냐는 말이야."

짜증스레 쏟아지는 주인의 말에 복면사내가 쩔쩔매며 고개를 조아렸다.

"하여간에 범호 그놈도 보통은 아니지. 그래, 그놈이 빼돌린 돈이 얼마나 된다고?"

"그리 많지는 않습니다. 초기에 덜미를 잡은지라……."

"이번 달에 만든 은괴가 얼마나 되더냐? 그놈이 빼돌린 것들을 모두 메꿀 만큼은 되겠지?"

"예. 충분합니다."

"당연히 그래야지. 그러려고 만드는 것인데."

수하의 대답이 흡족한 듯 영감이 입꼬리를 한껏 당겨 웃었다.

"그런데 대감."

복면사내가 운을 떼자 영감이 말해보라는 듯 고갯짓을 했다.

"공방에서 제련 작업을 하는 이들 중에 남범호와 같은 증상을 보이는 자들이 늘어나고 있습니다."

"몇이나?"

"곡산과 서흥 공방에서 제련을 담당하는 아범들 대다수가 그렇습니다."

"증상은?"

"구토를 일으키거나 어지럼증을 호소하는 것이 대부분이고, 심한 자들은 손을 떨기도 한답니다."

영감은 흠, 하며 고개를 끄덕였다. 잠시 생각하는 듯하던 영감이 돌연 피식 웃음을 흘리더니 입을 열었다.

"어차피 그 근방에 제련기술깨나 있다는 사내놈들은 죄다 공방에 들어오지 못해 안달일 텐데. 중독 증상이 심한 자들부터 없애버리거라. 입단속들 철저히 시키고. 이번엔 덜미 잡히지 않게 은밀히 하란 말이야. 알겠느냐?"

"예."

사내가 고개를 끄덕였다.

그 모습이 흡족한 듯 영감의 입가로 짙게 미소가 팼다. 때마침 영감의 사랑채 밖에서 집사장의 목소리가 들려왔다.

"대감마님."

"무슨 일이야?"

"내응방 응사 김종욱이 찾아왔습니다."

"잠시 기다리라 일러라."

집사장을 향해 말을 남긴 영감이 복면사내를 향해 눈짓했다. 사내는 사랑채 뒷마당을 향해 난 비밀스러운 문 너머로 빠르게 사라졌다.

"안으로 들이거라."

영감의 말에 김종욱이 방 안에 들어섰다.

"응사 김종욱, 응선 영감을 뵈옵니다."

평소 같지 않게 예를 갖추며 인사를 올린 김종욱이 품 안에서 서찰을 꺼내 들었다. 그것을 받아 펼쳐본 영감, 민도식이 또 한 번 입가에 짙은 미소를 지었다.

4

운종가의
살생부

파루를 알리는 마지막 종소리를 들으며 애란이 길게 숨을 내쉬었다. 담벼락에 기대고 서서 초조한 듯 땅바닥을 툭툭 차대자 가죽신 코끝이 닿은 자리마다 얕게 흙이 파이고 작게 흙먼지가 일었다.

담장이 만든 그림자 안에 숨어 서 있기를 잠시, 사내 하나가 애란을 향해 다가왔다.

"채비하거라."

귓가에서 낮게 울리는 목소리에 계집은 제 곁에 선 사내를 흘끔 곁눈질했다.

'내금위장이랬던가……?'

어젯밤 이리 들어올 때 저 사내더러 다른 사내들이 그리 불렀던 것 같다. 그래, 분명히 그랬다.

다시 한 번 사내의 얼굴을 흘끔 들여다본 애란은 곧 앞장선 그를 따라 걸음을 옮겼다. 얼마쯤 걷자니 어젯밤 넘었던 문 앞에 당도했다. 문 앞을 지키고 서 있던 자가 사내를 향해 고개를 꾸벅이자 사내는 말없이 고갯짓으로 인사를 받았다. 문지기가 문을 밀어젖히고 애란은 떠밀리듯 그 문을 넘었다.

빠르게 닫히는 문 틈새로 "함부로 입 놀리지 말거라" 하는 내금위장의 목소리가 흘러나왔다. 그 결에 애란이 뒤를 돌아보았으나 문은 이미 닫힌 후였다.

애란은 어스레한 새벽빛 아래에 잠시 서서 저가 나온 문을 바라보았다. 어둑한 사위 탓인지 문은 실제보다 더 육중해 보였다. 아니, 어쩌면 저가 다시는 드나들지 못할 문임을 알고 있기에 그리 느끼는 것일 테다. 실상은 그리 크지도 않은, 이렇게 저 같은 이들이 남몰래 드나들 때나 쓰는 그런 문임을 알면서도.

애란이 몸을 돌려 섰다. 그러고는 지체 없이 거리를 향해 한 발을 내디뎠다. 치맛자락을 쥔 손에서 느껴지는 가락지의 감촉이 선명했다. 제 손을 한 번 내려다본 애란은 피식 웃으며 고개를 가로저었다. 지난밤의 일이 모두 꿈만 같았다.

그래, 내 평생 꿈에도 생각지 못한 일이 일어났지. 암, 그렇고말고. 속으로 뇌까린 애란은 문득 걸음을 멈췄다. 멀리 동이 트고 있었다.

애란이 선 골목 안으로 아침 햇살이 차올랐다. 가만히 그것을 보던 애란은 무엇에 홀린 것마냥 손을 치켜들었다. 약지에 끼워둔 가락지가 반짝이고, 손가락 틈새로 흘러넘치듯 빛이 쏟아졌다. 애란은 그렇게 한참이나 그것을 들여다보며 서 있었다.

"바로 그때, 골목 저 끝에서 낯선 이가 애란을 향해 다가오기 시작했다."

엄 씨가 책을 덮었다.

"음마야? 그게 끝이오?"

"그다음은? 응?"

둘러앉은 아낙들이 재촉하자 엄 씨가 가볍게 어깨를 들썩였다.

"오늘은 여기까지요. 아직 다음 책이 나오질 않았어."

엄 씨의 말에 아낙들이 아쉬운 듯 투덜거리며 일어섰다.

"사나흘은 있어야 다음 책이 나올 것이오. 그때 보십시다."

떠나는 아낙들의 뒤통수에 대고 말을 남긴 엄 씨는 곧 주변에 늘어두었던 책들을 챙겨 보자기에 싸기 시작했다. 그런 엄 씨의 주변을 어린 계집애들과 사내아이들 몇이 서성거리고 있었다.

"왜? 내게 무슨 볼일이라도 있누?"

잰 손을 놀리며 묻는 엄 씨를 향해 사내아이 하나가 다가왔다.

"아저씨처럼 될라믄 어째야 된대요?"

"뭐?"

"아재 같은 이야기꾼이 되고 싶구먼요."

엄 씨가 제 앞에 선 사내애를 향해 시선을 던졌다. 글쎄, 이제 예닐곱 살이나 되었을까. 제법 똘똘한 기색을 띠는 아이의 눈망울에 엄 씨는 웃음을 터트렸다.

"글을 배워야지. 그래야 나처럼 책을 읽어주며 밥벌이를 할 수 있지. 암, 그렇지."

아이는 제법 심각한 낯으로 고개를 주억거렸다. 그 모습이 귀여운지 아이의 머리통을 한 번 쓰다듬은 엄 씨가 챙기던 꾸러미 안에서 작은 갱엿 한 덩이를 꺼내 들었다.

"다른 아이들과 나눠 먹거라. 다음 이야기는 사나흘 뒤에나 들을 수 있을 게다."

어느새 사내아이 주변으로 몰려든 다른 아이들이 엄 씨를 향해 입을 모아 "감사합니다" 하며 고개를 꾸벅이고 사라졌다. 빠르면 사나흘, 길어도 대엿새 간에 한 번은 천변에서 흔히 볼 수 있는 풍경이었다.

광통교 아래. 세책방˙이 늘어선 거리 한구석. 전기수 엄 씨는 늘 같은 자리에 터를 잡고 앉아 사람을 모았다. 도성 안에 전기수가 엄 씨 말고도 서넛은 더 있었지만 부녀자들과 아이들에게 가장 인기가 많은 것은 다른 누구도 아닌 이치였다. 글을 아는 이들도, 또 모르는 이들은 더더욱 모두 엄 씨가 새로운 이야깃거리를 가져오길 기다렸다.

책을 읽어주는 그의 입담이 워낙 좋은 탓도 있었지만 사람들이 오매불망 그를 기다리는 가장 큰 이유는 다른 데에 있었다. 엄 씨가 골라오는 책들이 조금 특별했기 때문이었다. 어디서 난 것인지 엄 씨는 늘 다른 전기수들이 구하지 못한 책을 가지고 나타났다. 그리고 그 책들은 하나같이 재미난 것들뿐이라 인기가 없으려야 없을 수가 없었다.

자리를 털고 일어서는 엄 씨의 소매 안에서 엽전 몇 개가 짤랑짤랑 소리를 냈다. 오늘도 벌이가 쏠쏠했다. 그럴 수밖에 없었다. 최근 엄 씨가 구해온 책은 근방 아낙들은 물론이고 사내들까지 끌어모으고 있었다. 어찌나 책이 불티나게 팔리는지 책방마다 이 책을 구하지 못해 발을 동동 굴러댄다는 소문이 파다했다.

˙   책을 필사해 돈을 받고 빌려주던 곳.

거간꾼 김 씨 말을 들어보니 곧 이 책의 방각본*이 나올 것이라고 했다. 아무튼 간에 최근 도성 안에서 이 책이 화제인 것만은 분명했다. 엄 씨가 보자기에 싸지 않고 특별히 품 안에 갈무리해 넣은 책의 표지를 한 번 툭 쳤다. 이놈의 책이 어찌나 신통방통한지. 입가가 움푹 패도록 웃은 그는 곧 걸음을 옮기기 시작했다.

* * *

정자 안으로 제법 시원한 바람이 불었다. 금원(禁園) 깊숙한 골짜기 안은 더위가 비껴가는 모양이다. 정자 앞에 자그마한 병풍처럼 버티고 선 소요암이 해거름에 붉게 물들고 있었다. 잠시 그것을 바라보던 임금이 입을 열었다.

"걱정거리가 있는 모양이구나."

"……아닙니다."

한 박자 늦게 대답하는 무영에, 임금의 입가로 지긋하게 미소가 차올랐다. 말없이 무영의 낯을 들여다보던 임금이 작게 혀를 찼다.

"네게 약조한 것은 지킬 것이다."

내내 고개를 숙이고 있던 무영이 그 말에 어깨를 움찔했다.

"하지만 당장은 아니다."

이어진 말에 무영의 눈동자가 잘게 흔들렸다. 그 모습이 우스운지 임금은 기어이 소리 내어 웃기 시작했다. 재미난 구경이라도 한다는 듯 한참이나 웃던 그는 돌연 낯을 굳혔다. 그러고는 따져 묻듯 빠르

◆   민간 출판업자가 판각해 출판한 책.

게 말을 쏟아냈다.

"사건을 해결하지도 못했잖느냐. 게다가 미제인 채로 사건이 형조에 넘어갔다면서?"

피마길 우물 사건을 이르는 말이었다. 임금은 마치 그것이 무영의 탓인 듯 억지를 피웠다.

"당분간 좀 더 그렇게 지내거라. 좌우포청의 포도대장들에게 말해 두었으니 태만할 생각은 하지 말고. 때가 되면 약조한 대로 해주마."

자꾸만 저를 곁에 붙잡아두려는 임금의 태도에 의문이 이는 무영이었으나, "명 받잡겠습니다" 하는 대답을 하는 수밖에는 별다른 도리가 없었다.

무영의 대답이 흡족한지 거듭 고개를 끄덕이는 임금 곁으로 내금위장 강열이 다가섰다.

"준비되었답니다. 날이 저무는 대로 입궁할 것입니다."

임금의 귓가에 대고 강열이 작게 속삭였다. 기민한 무영의 귀는 그 소리를 놓치지 않았다. 그러나 들어도 못 들은 척, 보아도 못 본 척해야 하는 것이 궁 안의 법도였다.

못 들은 체 찻잔을 입가로 올리는 무영을 흘끔 본 임금이 물었다.

"오늘 밤 연회가 있을 것인데. 어찌, 너도 오겠느냐?"

은근한 투로 묻는 말의 뜻을 무영이 모를 리 없었다.

"송구합니다. 제가 갈 만한 자리가 아닙니다. 명을 거두어주시지요."

지체 없이 나오는 대답에 임금은 그럴 줄 알았다는 듯 피식 웃고는 혀를 찼다.

"누가 들으면 내가 억지로 너를 데려다 앉히려는 줄 알겠구나."

"송구합니다."

고개 숙인 무영의 머리꼭지를 내려다보던 임금은 또다시 큭큭거리며 웃기 시작했다. 자못 경박해 보일 만한 모양새였으나 주변에 늘어선 궁인들 중 누구도 감히 그런 생각을 하지 못했다.

그래. 계속 그렇게 고개 숙이고 있거라. 영원토록 내 앞에서 그렇게 고개 숙인 채 빌빌대거라. 그게 네 운명인 게다.

속엣말을 하는 임금의 표정이 그 어느 때보다도 흡족한 듯 활짝 개어 있었다.

"대감마님, 무영 대감께서 드십니다."

집사장의 말에 비스듬히 누워 서책을 팔랑이던 진원대군이 몸을 바로 하고 앉았다.

"안으로 모시거라."

말이 끝나기 무섭게 사랑채 문이 열리고 무영이 모습을 드러냈다.

"기별도 없이 어쩐 일이십니까?"

반색하며 자리에서 일어나는 대군을 향해 무영이 고개를 꾸벅였다.

"대군대감을 뵙습니다."

늘 그래왔듯 손아래 이복형제를 마주하는 무영의 태도는 깍듯했다. 그 품새에 속으로 혀를 찬 대군이 무영에게 자리를 권했다. 마주 앉아 잠시 안부를 나누던 형제는 시종이 차를 내어온 후에야 변죽을 울리던 것을 멈추었다.

"언제까지 제게 수하들을 붙여둘 생각이십니까?"

무영의 말에 대군이 슬쩍 웃음을 흘렸다.

"알고 계셨습니까?"

"그러다 말겠거니 하여 그냥 두었습니다만. 어찌 이러십니까?"

"주상께서 명을 내리셨다지요?"

도리어 되묻는 말에 무영이 난감한 기색을 했다.

"도성 안에 그것을 모르는 이가 없습니다."

농 치는 기색으로 말하는 대군의 얼굴에는 장난기가 그득했다. 그러나 무영의 굳은 낯은 풀릴 줄 몰랐다. 그 모습을 들여다보던 대군이 옅은 한숨을 쉬었다.

"큰형님의 성정에 그 한 번만으로 끝나지 않았을 텐데요. 그래서 궁에 다녀오신 것 아닙니까?"

지레짐작하는 대군의 말 중에 틀린 구석이 단 한 군데도 없었다. 참 우습게도 세 형제는 서로의 성정을 손바닥 들여다보듯 빤히 알았다. 아니, 적어도 대군은 그러했다. 그러니 이리 단언할 수 있는 것이다.

"위험에 휘말리실 수도 있지 않습니까? 이전처럼 형님 혼자 움직이시는 것도 아니고, 제자라 하셨던 그 아이는 그다지 몸이 날래 보이지도 않던데요."

"영민한 아이입니다. 제 몸 하나쯤은 지킬 수 있도록 가르쳤고요."

단호한 무영의 태도에 그제야 대군의 입가에서 미소가 사라졌다. 곤란한 듯 미간을 찌푸린 대군이 무영을 달래는 투로 말했다.

"예. 형님께서 그렇다 하시면 어쩔 수 없지요."

"그럼 그리 알고 돌아가겠습니다."

볼일을 다 봤다는 듯 무영이 일어날 채비를 했다.

"제가 퍽 매정한 형님을 두었지 뭡니까."

대군이 한탄조로 말을 내뱉자 무영이 눈가를 찡그렸다.

"정녕 예까지 찾아오신 이유가 그뿐입니까? 섭섭합니다."

숫제 어리광 부리듯 하는 대군의 말투에 무영은 저도 모르게 손끝으로 이마를 쓸어댔다. 그 모습을 보며 대군이 큭큭거리며 웃기 시작했다. 웃음소리를 감추려는 기색도 없는 것을 보니 난감해하는 무영의 모습이 퍽 재미난 모양이었다.

"농입니다. 농."

무영의 낯이 잔뜩 굳어갈 때쯤이나 되어서야 대군은 손사래를 치며 말을 이었다. 한참 웃어대던 대군의 웃음소리가 한풀 꺾이자 무영이 얕은 한숨을 흘렸다.

무영이 사랑채 문을 넘어 사라지자 내내 올라가 있던 대군의 입꼬리가 제자리를 찾아 내려왔다.

"종주야."

"찾으셨나이까."

충실한 그의 심복이 기척도 없이 대군의 맞은편에 고개를 숙이고 앉았다.

"태화관의 기녀들이라고?"

"예."

"그래서, 오늘 밤 주상 곁에 앉은 이가 누구라더냐?"

"애란이라고, 태화관에서 제법 찾는 자들이 많은 무기(舞妓)라 합니다."

종주의 대답에 대군이 흠, 하는 탄식을 남기고 생각에 잠겼다. 태화관이라……. 기루의 이름을 곱씹는 대군의 미간이 움찔거렸다.

주상이 옆구리에 기녀들을 끼고 연회를 즐기는 것이 그리 놀랄 만한 일은 아니었다. 세자 시절에도 하루가 멀다 하고 월담을 해 기루에 드나들던 것을 모르는 이가 없었다. 그러나 그는 이제 더 이상 세자가 아닌 한 나라의 지엄한 왕이다. 궁 안에 기녀를 들여 연회를 열다니, 이보다 더 기함할 일이 없었다. 연회가 끝나면 오늘 밤 애란이라는 그 무기는 승은을 입을 것 또한 뻔했다.

생각이 거기에 미치자 대군은 없던 두통이 생기는 듯한 기분이 들었다. 손끝으로 관자놀이를 꾹꾹 누르는 대군의 낯이 심각하게 가라앉았다.

* * *

치켜든 손을 팔랑이는 애란의 입을 타고 미미하게 콧노래가 흘러나왔다. 계집은 약지에 끼워진 가락지에 정신이 팔려 제 뒤로 다가오는 이의 기척도 느끼지 못했다. 어쩌면 이것이 팔자를 고칠 절호의 기회일지도 모르니 그럴 만도 했다.

이제 막 스물을 넘긴 계집애. 흰 얼굴. 붉은 입술. 뛰어난 미색은 아니지만 어쩐지 그냥 지나치지 못하고 한 번은 되돌아보게 되는, 막 피어난 꽃 같은 계집애. 만약 누군가 바로 지금 애란이 이렇게 제 손끝을 살랑이며 싱긋 웃고 있는 모습을 발견했더라면, 필시 시선을 떼지 못했을 것이다.

하지만 불행하게도 이른 아침의 거리는 적막하기만 했다. 그 말인즉, 애란이 예서 이러고 있는 것을 그 누구도 알지 못했다는 소리다. 그리고 더욱 불행하게도 애란을 향해 다가오는 낯선 이를 목격한 자 또한 없었다. 당사자인 애란조차도.

어깨를 툭 치는 손길에 놀란 애란이 목을 움츠렸다. 허공을 향해 뻗었던 손이 재빠르게 가슴팍을 향해 되돌아왔다. 애란이 날래게 몸을 돌려 섰다. 하지만 그런 애란보다도 이 계집애의 지척에 다가 와 있던 낯선 이의 몸짓이 더 빨랐던 모양이다. 퍽, 하는 둔탁한 소 리와 함께 애란의 몸이 기울었다.

흙바닥 위에 드러누운 애란은 가늘게 숨을 내쉬며 눈꺼풀을 치 켜들었다. 눈두덩을 타고 끈적하게 핏물이 흘러내렸다. 속눈썹 위 로 엉기는 핏물을 털어내리려는 듯 애란이 손끝을 움찔거렸지만 시 도에 그칠 뿐이었다. 파르르 떨리는 애란의 손끝이 흙바닥 위로 작 게 자국을 남겼다. 눈꺼풀이 점점 무거워졌다. 몸뚱이가 도통 마음 먹은 대로 움직이질 않았다.

가늘게 이어지던 애란의 숨소리가 아침 해가 거두어낸 어둠마 냥 희미해지고 계집애의 눈꺼풀이 조용히 닫혔다.

* * *

"얼씨구? 자네 지금 그걸 말이라고 하는겨?"

"아, 참말이라니까? 자선이 그 계집이 치마폭을 들추면서 허벅다 리를 이렇게 내놓는데."

"하, 이 사람 거짓부렁하는 거 보소? 막말로 자선이가 뭐가 아쉬워 자네 같은 치에게……."

"얼라리? 이 사람 말하는 것 보게? 내가 어디가 어때서? 응?"

이른 아침. 야경꾼 둘이 골목 안으로 들어서며 작게 말다툼을 했 다. 파루가 끝나고 각자의 집으로 돌아가는 길이었다. 장난스럽게 아웅다웅하던 두 사람은 골목 한가운데에 들어서자 입을 합 다물었다. 한참을 미동도 없이 자리에 서 있던 두 사내 중 먼저 입을 연 것은 이 씨였다.

"저, 저게 무⋯⋯."

이 씨가 더듬거리며 뒷걸음질 쳤다. 흙바닥에 신 밀리는 소리가 제법 크게 들렸다. 마른침을 꿀꺽 삼키며 허공에 헛손질하는 이 씨의 어깨를 곁에 서 있던 박 씨가 꽉 잡아 눌렀다.

"뭘 하고 있는겨? 당장 포청으로 가 군졸들을 데려오게. 어서!"

박 씨의 말이 신호라도 된 듯 이 씨가 황급히 골목을 내달리기 시작했다. 타박거리는 이 씨의 걸음 소리가 멀어진 지 한참이 지나서야 박 씨는 다리에 힘이 풀린 듯 주저앉았다. 메마른 목구멍을 타고 웩웩하는 헛구역질이 터져 나왔다. 얼마간 그러고 있던 박 씨는 군졸들과 함께 돌아온 이 씨가 등을 툭툭 쳐주고 나서야 자리에서 일어설 수 있었다.

작은 골목 안은 금세 사람들로 북적였다. 평소보다 많은 군졸이 나와 있었던 탓인데 경황이 없던 이 씨가 현장에서 조금 더 가까운 우포청으로 가 신고를 한 이유가 첫째였고, 사건의 관할청인 좌포청의 군졸들이 뒤이어 현장에 도착한 것이 둘째였다.

수하들과 함께 현장에 나타난 주혁과 수환은 서로 눈이 마주치기 무섭게 인상을 찌푸렸다. 시간이 지날수록 골목이 미어터질 듯 사람들이 꾸역꾸역 몰려들었다. 이런 소문은 어찌나 쉽게 퍼지는지 끝도 없이 밀고 들어오는 구경꾼을 막느라 양 포청의 군졸 모두가 애를 먹고 있었다.

"세상에, 어떤 미친놈의 짓거린지……. 우리 종사관 나리 고생깨나 하게 생겼어?"

수환의 말에 주혁이 한숨을 내쉬었다. 벌써부터 머리가 지끈거리는 것이 수환의 말마따나 이번 사건 덕에 고생깨나 하겠다 싶은 탓이었다. 앞에 마주한 시신이 너무 참혹한 탓이기도 했다.

심각한 제 친우의 낯을 따라 수환의 얼굴도 똑 닮은 모양새로 굳어 갔다. 현장에서 초검을 하는 공 씨의 모습을 바라보는 두 사람의 귓가로 익숙한 목소리가 들려왔다.

"나리!"

금줄 밖, 군졸들 사이에서 해랑이 두 사람을 향해 손을 휘휘 젓고 있었다. 그런 해랑의 뒤에는 당연한 듯 무영이 버티고 서 있었다.

해랑을 향해 살짝 웃어 보인 주혁이 금줄을 지키고 선 군졸들을 향해 눈짓하자 군졸들이 비켜서고 해랑과 무영이 금줄을 넘었다. 그 모습을 보던 수환이 남들 모르게 혀를 찼다. 이제 제법 익숙한 모양새로 금줄을 넘는 두 사람의 모습도, 이 심각한 와중에도 해랑을 향해 웃어주는 주혁도, 그 어느 것 하나 마음에 드는 것이 없었다.

주혁이 점점 가까이 다가오는 두 사람을 마중이라도 하듯 그들을 향해 다가섰다.

"보기에 그리 좋은 상황이 아닙니다."

무영에게 말을 건네며 주혁이 눈짓으로 해랑을 가리켰다. 말뜻을 알아들은 무영이 고개를 끄덕이더니 그 자리에 해랑을 남겨두고 주혁과 함께 걸음을 옮겼다.

"왜요? 전 괜찮은데요? 예?"

항변하듯 해랑이 눈을 동그랗게 치떴지만 주혁과 무영의 태도는 단호했다. 어느새 다가온 수환이 무영을 뒤따르려는 해랑의 어깨를 잡아채자 해랑이 볼을 잔뜩 부풀린 채로 수환을 올려다봤다. 세모꼴로 변한 눈매가 그다지 곱지 않음에 수환이 헛웃음을 흘렸다. 그러고는 딱! 소리가 나게 해랑의 이마에 꿀밤을 놓았다.

"아! 아픕니다, 나리!"

이마를 감싸 쥐며 해랑이 억울한 듯 발을 굴렀다.

"얌전히 있어, 이 똥강아지야."

이죽거리는 수환을 향해 해랑이 입을 삐죽였다.

"그러게. 사내 녀석이 어지간히 담이 작아야 말이지."

"제, 제가 무슨, 담이 작, 작습니까?"

여직 이마를 만지작대며 해랑이 당황한 듯 더듬거렸다. 허, 하고 코웃음을 친 수환이 해랑의 양 볼을 죽 잡아 늘렸다.

"네 담이 네 살 먹은 계집애마냥 작다고 소문이 나도 한참 전에 났는데 몰랐어? 덕분에 내가 지금 네 뒤치다꺼리나 하고 있는 것 아니냐."

'계집애'라는 소리에 해랑이 어깨를 움찔 떨었다. 하지만 수환은 별로 개의치 않는 모양이었다.

수환이 볼을 놓아주기 무섭게 또다시 해랑의 입에서 궁싯거리는 소리가 흘러나왔다.

"어쩜……. 최 종사관 나리같이 점잖은 분이 나리와 둘도 없는 친우라니, 누가 믿을 수 있겠……."

"뭐 이놈아?"

"아! 아프다니까요!"

해랑이 이마를 문지르며 빽 소리를 질렀다.

저만치서 그런 두 사람을 바라보던 주혁과 무영이 약속이나 한 듯 고개를 저으며 한숨을 흘렸다.

"밤이나 되어야 둘러볼 수 있겠습니다."

허공을 향해 부적 몇 장을 날린 무영이 말했다. 그의 손을 떠난 종잇장들은 허공을 맴돌다가 화르륵 타올라 사라졌다.

"야경꾼들이 발견했다고요?"

"예. 일을 마치고 집으로 가는 길에 발견했다더군요. 일단은 두 사람 모두 포청으로 보냈습니다. 여기서 검험이 마무리되면 검시 보고 또한 포청에서 받아볼 것입니다."

"분명 이 근방을 잘 아는 자의 소행일 것입니다."

무영의 말에 주혁이 턱 끝을 쓸었다. 어째서요? 하는 물음에 무영이 몰려든 구경꾼들을 흘끗 보고는 말을 이었다.

"막 동이 틀 때쯤 야경꾼들이 현장을 발견했겠지요. 민가가 코앞인 이곳에서 통행이 금지된 사이에 일을 벌이는 것은 불가능에 가깝지 않습니까? 그렇다면 파루가 얼마 지나지 않아 사건이 일어났다는 뜻인데, 보통은 파루가 끝난 후에도 일다경 정도는 야경꾼들이 각자의 구역을 지키고 있게 마련입니다. 저보다 더 잘 아시잖습니까?"

"맞습니다. 파루가 되면 각 구역의 우두머리가 병조에 보고를 마친 후에 최종 점호가 끝나야 해산을 하는데…… 확실히 이 구역 야경꾼들의 해산 시간을 잘 아는 자의 소행일 터. 근방에 사는 자일 가능성이 높겠군요."

주혁의 말에 동조하듯 무영이 고개를 끄덕였다.

"포청으로 바로 가시겠습니까?"

주혁의 물음에 무영이 고개를 가로저었다.

"들를 곳이 있습니다. 반 시진이 채 걸리지 않을 것이니 해랑을 부탁드립니다."

말을 마친 무영이 빠르게 현장에서 사라지고 때마침 공 씨가 검험을 마쳤다.

주혁은 수환과 해랑을 향해 몸을 돌려 섰다. 무영이 떠난 것을 눈치채지 못한 듯 두 사람은 뭐라 말을 주고받는 중이었다. 그 모습을 지켜보는 주혁의 입가로 작게 웃음이 터져 나왔다. 해랑의 볼이 잔뜩 부풀어 있는 것을 보니 아무래도 수환이 또 놀려대고 있는 모양이다.

작게 혀를 찬 주혁은 두 사람을 향해 발을 옮겼다. 어느새 해가 중천에 떠올라 있었다.

* * *

"대감."

이제 막 집 안으로 발을 들이던 진원대군이 소리 난 데를 돌아보았다.

"형님?"

"어디 다녀오시는 참입니까?"

"안으로 들어가서 얘기하시지요."

대군이 눈짓하자 뒤를 따르던 집사장이 고개를 꾸벅이고는 모습을 감췄다.

사랑채에 들어서자 무영이 먼저 말문을 열었다.

"지난밤, 입궁하셨습니까?"

제법 심각한 투로 묻는 말에 대군이 미간을 찡그렸다.

"주상께서 베푼 연회에 참석했느냐, 이 뜻입니까?"

무영이 고개를 끄덕였다.

"아닙니다. 하지만 참석한 이들의 면면은 알고 있습니다. 어찌 그러십니까?"

"세 곳 중 어느 기루의 기녀들이 입궁했는지도 아십니까?"

"태화관의 기녀들이 입궁했습니다. 도대체 왜 이런 것을 물으십니까?"

뭔가 심상치 않은 일임을 예감한 듯, 되묻는 대군의 목소리에서 초조한 기색이 묻어났다.

"오늘 아침 견평방* 부근에서 사람 하나가 죽었습니다."

"예?"

대군의 눈이 화등잔만 해졌다.

"시신의 훼손이 심해 곧바로 신원을 확인할 수는 없었으나, 옷차림은 확실히 기녀의 것이었습니다."

"이 무슨……."

대군이 경악하며 말끝을 흐렸다.

"단봉문에서 태화관 방향으로 난 길목 중 한 곳이 현장입니다. 궁에서 지척입니다."

"단봉문 바로 지척에……."

대군이 당황한 듯 말끝을 흐렸다.

"예. 근처 민가에 사는 이들의 눈에 띄지 않게 은밀히 궁으로 드나들 수 있는 문이 있지요."

◆   현 종로구 인사동 일대.

대꾸한 무영이 자리를 털고 일어섰다.

"어젯밤 연회에 참석한 이들의 명단이 필요합니다. 믿을 만한 수하에게 일러 운종가 정 행수 댁 선전으로 보내주십시오."

말을 마친 무영은 대군이 뭐라 더 말을 붙일 새도 없이 사라졌다.

무영이 떠난 후 한참이 되도록 대군은 멍하니 앉아 있기만 했다. 불안한 심경을 대변하듯 그의 입에서는 자꾸만 앓는 소리가 흘러나왔다. 은밀히 궁에 들어갔던 기녀 중 하나가 죽임을 당했다니. 불길하기 짝이 없었다.

* * *

좌포청에서는 두 야경꾼의 목격자 술회가 막 시작된 참이었다.

"저희가 순찰을 하는 구역은 아니구먼유. 동부 숭교방*이 저희가 순찰하는 구역이구유."

"예. 맞습니다. 저희는 그저, 집으로 가기 전 피마길 국밥집에 들러 아침이나 들고 가려던 참이었습니다."

혹여 자기네들에게 불똥이 튈까 싶어 박 씨와 이 씨는 앞다투어 말을 쏟아냈다. 손까지 휘저어가며 이 말 저 말 늘어놓는 것을 보니 거짓을 고하는 것 같지는 않았다.

사건 현장인 골목에 들어섰을 때 다른 이의 기척은 없었는지, 일을 마친 후 그 골목에 당도하기까지 얼마나 걸렸는지, 다른 곳에 들르는 일 없이 곧바로 그리로 향했는지, 큰길에서 골목까지 들어오는 동안

◆   현 종로구 명륜동 일대.

마주친 이가 있는지, 있다면 아는 자인지, 그렇다면 그것이 누구인지, 하는 것들을 물은 주혁은 곧 두 사람을 돌려보냈다.

그다음은 사건 현장을 순찰하는 야경꾼들의 차례였다. 그다음은 골목 근방에 사는 이들, 그중에서도 현장을 향해 대문이 난 집에 사는 이들이었다. 주혁이 그러고 있는 사이 무영이 돌아와 은밀히 그를 불러냈다.

"왜 그러십니까?"

집무실에 들어선 주혁이 무영의 눈치를 살피며 물었다. 주혁이 무영을 알게 된 이래 이토록 심각한 얼굴을 마주하는 것은 처음이었다. 그래서일까, 주혁은 자꾸만 뒤통수가 콕콕 당기는 기분이 들었다.

"태화관의 기녀입니다."

"예?"

앞뒤 없이 이어진 무영의 말에 주혁이 잔뜩 당황한 낯으로 반문했다. 잠시 멈칫했던 종사관이 다시 입을 열었다.

"예. 피해자의 차림새가 기녀 같아 보이기는 했습니다. 그래서 도성 안의 기루라는 기루에는 모두 수하들을 보낸 참입니다. 하지만 아직 시친을 찾지 못하였고, 또……."

"확실합니다."

무영의 단호한 대답에 주혁이 얼굴을 굳혔다.

"현장에 구경꾼들이 수십은 되었지요?"

아침나절의 일을 헤아리듯, 묻는 무영의 시선이 먼 데를 향했다.

"기백은 되었을 겁니다. 벌써부터 저자에 별의별 추측이 난무하고 있습니다."

주혁이 대답 끝에 한숨을 푹푹 쉬며 이마를 쓸었다.

"지금부터 하는 이야기는 당분간 함구해주셔야 합니다. 포도대장께는 물론이고, 강 종사관에게도 말입니다. 약조하실 수 있습니까?"

"예. 분명히 약조드리겠습니다."

"지난밤, 궁에서 연회가 있었습니다. 단봉문 바로 옆에 소수의 궁인들만 아는 작은 문이 있습니다. 은밀히 궁 안팎을 다녀야 할 이들이 쓰는 문이죠."

무영의 말에 주혁의 눈동자가 요동쳤다.

"설마, 궁에 기녀를 들였다는 말입니까? 누가 감히……."

말끝을 흐리던 주혁이 입을 다물자 무영은 고개를 끄덕였다.

집무실 안에 정적이 일었다. 두 사람 중 누구도 더는 할 말을 찾지 못한 탓이다. 한참 만에 주혁이 입을 열었다.

"쉬쉬한다 해도 금세 소문이 퍼질 것입니다. 피해자가 기녀임을 알아본 자들이 벌써 수십입니다. 또한 제 수하들이 이미……."

"일단은 태화관으로 탐문 나간 이들의 입단속을 하는 것이 우선입니다."

"공 씨에게 검시 보고를 받은 후에 제가 직접 태화관으로 가 태화관 행수를 만나야겠는데, 대감께서는 어찌하시겠습니까?"

"지난밤 연회에 참석한 이들의 명단을 부탁해두었습니다. 그것을 확인한 후에 해가 떨어지면 해랑과 함께 현장으로 갈 것입니다."

* * *

무영의 얼굴을 흘끔거리며 걷던 해랑이 으악, 짧게 소릴 내며 앞으로 훅 고꾸라졌다.

"정신을 어디에 두고 다녀?"

"스승님 때문입니다."

"뭐?"

무영이 걸음을 멈추었다. 평소 같지 않게 불퉁한 소리를 하는 해랑에 조금 놀란 눈치였다.

"어째서 검험소에 못 들어가게 하셨습니까? 낮에 초검 때도요. 근처에 얼씬도 못 하게 하지 않으셨습니까? 아까 선전에서도 저만 빼고 행수님과 두 분이서만 내실로 들어가셨잖아요."

"그건……."

"제가 시신을 보고 겁을 먹을까 봐서요?"

무영은 대답이 없었다. 그 침묵이 마치 제 질문에 대한 긍정인 듯해 해랑은 입술을 꾹 깨물었다.

"언제까지 저를 어린애 취급하실 거예요?"

"다 자란 양 이야기하는구나."

"제가 사내였다면, 곧 초시를 쳐도 이상하지 않을 나이입니다."

"그래. 네가 사내였다면 말이지."

"설마 지금껏 제가 계집애라서 이리하신 것입니까?"

말끝에 해랑이 눈을 치떴다. 해랑의 동그란 눈 안으로 일렁일렁하는 투명한 막이 차오르기 시작했다. 그 모습에 무영이 길게 한숨을 쉬고는 해랑의 머리를 가볍게 토닥였다.

"남범호의 악귀를 보고 기겁했던 일을 벌써 잊은 것이야? 나는 아직 너를 충분히 단련시키지 못했고, 그러니 걱정이 들어 이러는 것이다. 네가 계집애라 싸고도는 것이 아니야. 하지만 그 계집 어쩌고 하는 말은 다시는 꺼내지 말거라. 언제 어디에 듣는 귀가 있을지 모르니. 알겠어?"

살살 달래듯 하는 말에 뽀족하던 해랑의 눈매가 누그러졌다.

"빨리 어른이 되고 싶어요."

작게 중얼거리는 해랑의 어깨가 축 처졌다.

'계집이든 사내든 제가 자라면 그때는 달라질까요? 저는 이미 달라지고 있는데, 그때 가서 스승님은 어찌하실 거예요?'

뱉지 못하는 말들이 차고 넘쳐 해랑의 목구멍을 간질였다.

잠시 멍하니 땅바닥이나 쳐다보며 서 있으려니 목에 걸린 방울이 짤랑짤랑 소리를 내기 시작했다. 작게 퍼지는 방울소리에 해랑은 습관처럼 제 가슴팍을 더듬거렸다.

"두려우냐?"

무영이 물었다. 해랑이 단호하게 고개를 젓는가 싶더니 이내 고개를 끄덕였다.

"……조금요."

웅얼거리는 대답에 무영이 작게 웃음을 흘렸다.

"조금씩 나아질 거다."

북돋우듯 하는 말에 고개를 끄덕인 해랑이 골목 안으로 한 걸음을 내디뎠다. 저만치에서 희끄무레하게 귀기가 일렁이고 있었다.

* * *

닫힌 덧문 사이로 계집의 키득거리는 웃음소리가 흘러나왔다. 어스름한 방 안에서 수련이 움직일 때마다 호롱불이 춤추듯 일렁였다.

"전하, 간지럽습니다."

수련은 애교 섞인 콧소리를 하며 제 속속곳에 들러붙은 임금의 손을 밀어냈다.

"전하라니? 네 이년!"

계집의 허벅다리를 지분거리며 임금이 짐짓 으름장을 놓았다.

"전하께 전하라 하는 것이 잘못이란 말씀이어요?"

임금의 으름장이 농임을 안다는 듯 수련은 겁도 없이 새초롬하게 대꾸했다. 그 모습이 마음에 드는지 임금이 히죽 웃고는 수련의 허리춤을 향해 손길을 옮겼다.

"서방님, 해보거라."

"세상에! 제가 감히요?"

수련이 놀란 척 되물었다.

"그래, 수련아. 어서 서방님, 해보거라. 응?"

수련의 허리춤을 매만지던 임금의 손길이 슬금슬금 가슴께로 향했다. 임금이 은근한 손길로 지분거리기 시작하자 수련의 입에서 나른한 숨소리가 터져 나왔다. 몸을 배배 꼬던 계집이 샐쭉 웃고는,

"음……. 서방님?"

하며 눈을 찡긋거렸다. 그 부름이 기꺼운 듯 큭큭거리며 웃던 임금이 별안간 수련의 가슴을 꽉 잡아 쥐었다.

"네 이년, 이 요망한 년! 네년이 필시 나를 홀리려고 입궐한 게야. 그렇지?"

채근하는 임금의 말에 수련은 대답 대신 색스러운 신음을 흘렸다. 임금의 엄지 끝이 가슴 봉우리 끝 예민한 자리를 조금 거칠게 비비적거리자 수련이 어깨를 뒤틀며 바르작거렸다. 어느새 나신이

된 계집의 빗장뼈 위로 짙게 순흔이 남았다.

"하아. 아픕, 아픕니다, 전하."

칭얼거리는 소리에 내내 수련의 목덜미에 얼굴을 묻고 있던 임금이 고개를 치켜들었다. 그는 말없이 눈가를 찡그리더니 다시 고개를 처박고는 수련의 윗가슴께를 콱 깨물었다.

"아!"

"내가 무어라 했느냐?"

수련의 가슴팍을 타고 임금의 웅얼거리는 목소리가 흩어졌다. 그는 대답을 종용하듯 또다시 계집의 가슴께에 잇자국을 남겼다.

"서방, 서방님."

탄성 같은 대답을 내지르며 수련이 임금의 머리를 끌어안았다. 잔뜩 예민해진 수련의 살결 위로 임금의 입매가 호를 그리며 휘어지는 감각이 선명했다.

파루를 알리는 종소리가 울리고 또다시 궁문이 열렸다.

"함부로 입 놀리지 말거라."

닫히는 궁문 사이로 들리는 내금위장의 목소리에 수련은 입을 삐죽이며 재빨리 걸음을 옮겼다.

'흥, 네놈이 지금은 내게 이래라저래라 하대를 한다만, 곧 내게 머리를 조아리게 될 것이다.'

지난밤, 구질구질하던 이 계집의 삶에 한줄기 빛이 들었으니 앞으로 제 앞에 펼쳐질 것은 꽃길뿐이라고, 수련은 그렇게 확신했다.

입가를 타고 절로 노랫소리가 흘러나왔다. 수련은 그것을 막을 생각도 없었다. 밤새 임금에게 시달린 탓에 조금 몽롱한 듯한 것이 오히려 수련의 기분을 즐겁게 했다.

마치 춤을 출 때처럼 가볍게 걸음을 옮기며 계집은 손끝을 팔랑였다. 애틋한 정인이 남긴 정표마냥 약지에 끼워둔 가락지가 햇빛에 반짝였다. 지긋지긋한 태화관도 이제는 안녕이다. 다른 계집들의 시선을 한껏 받으며 가마에 오를 생각을 하니 자꾸만 입꼬리가 귀 끝을 향해 솟아올랐다.

조심스럽게 수련의 뒤를 따라 걷던 사내가 피식 비웃음을 흘렸다. 제 목숨이 곧 꺼질 줄도 모르고 팔랑이며 걷는 계집을 보고 있자니 우습기 짝이 없었다. 보아하니 난봉꾼 임금이 저 계집에게도 허황된 약조를 하며 가락지를 끼워준 모양이었다.

'죄다 부질없는 것인데 말이야.'

이죽거린 사내의 시선이 수련의 약지로 가 박혔다. 음침하게 가라앉은 눈빛이었다.

얼마쯤 걸으니 계집이 익숙한 골목으로 들어섰다. 그 결에 사내는 입꼬리를 한껏 당겨 웃었다.

수련은 문득 걸음을 멈췄다. 제 의지와는 상관없이 몸이 빠르게 돌려세워졌다. 그것을 미처 깨닫기도 전에 수련은 손을 들어 제 낯을 더듬거렸다. 눈가를 타고 끈적한 것이 흘러내렸다.

붉게 물든 손바닥을 바라보며 수련은 소리 없이 입을 벙긋거렸다. 목구멍을 타고 새된 비명이 쏟아져 나오려는 찰나, 또 한 번 퍽! 하는 둔탁한 소리가 들리고 몸이 기울었다. 경련하듯 사지를 버둥거렸으나 잠시뿐이었다. 색색거리며 미약한 숨을 내뱉던 수련이 눈만 겨우 굴려 제 앞에 선 이를 올려다봤다.

"그리 길지 않을 게다."

어느새 코앞으로 다가온 얼굴이 속삭였다.

영문을 모르겠다는 듯 수련은 느리게 눈을 깜빡였다. 시간이 더디게 흐르는 것마냥 사내의 행동 하나하나가 천천히, 아주 선명하게 수련의 눈에 박혀왔다. 무어라 소리를 내보려 입술을 달싹였지만 시도에 그칠 뿐이었다. 힘이 죽 빠진 몸은 제 것이 아닌 것 같았다. 저가 정말 입술을 달싹이고 있는 것인지조차 분명치 않았다.

생전 경험해보지 못한 통증이 수련의 하반신을 타고 온 몸뚱이로 퍼지기 시작했다. 흡뜬 계집애의 눈가를 타고 눈물이 죽죽 흘러내렸다.

"어허, 울지 말라니까? 금방 끝날 것이라 하지 않아?"

달래듯 중얼거리는 사내의 손길이 빨라졌다. 그것에 꼭 비례해 통증도 더해지는 듯했다. 결국 수련은 무거워지는 눈꺼풀을 이기지 못하고 눈을 감았다. 통증이 옅어지고 사내의 목소리가 점점 멀어졌다.

온몸에서 힘이 빠지고 그에 발맞춰 기어이 수련의 혼줄도 그 몸을 빠져나가고 있었다.

* * *

"연쇄살인입니다."

탄식하듯 뱉은 주혁의 말에 무영은 동조하듯 고개를 끄덕였다.

두 번째 피해자였다. 첫 번째와 한 치의 다름도 없이 같은 살해 방식에 검험의관들조차 혀를 내둘렀다.

"지난밤 살펴보신 것은 어찌 되었습니까?"

발길을 옮기며 주혁이 물었다.

"여인의 혼이 있긴 했는데, 좀 이상했어요."

무영 대신 해랑이 대답했다.

"무엇이?"

"아무래도 순식간에 당한 모양이어요. 자기가 죽은 줄도 모르고 몸을 찾아 혼이 방황하고 있던걸요?"

주혁은 대답 대신 길게 탄식을 남겼다. 해랑과 무영이 하는 말들은 늘 이랬다. 들으면 들을수록 신기했고, 또 아직까지도 믿기 힘든 것이 사실이었다. 그러나 이들이 말하는 귀기니 사령이니 하는 것을 전혀 느낄 수 없는 그로서는 그러려니 할 수밖에 없었다.

어느새 포청에 도착한 세 사람은 자연스레 주혁의 집무실로 들어섰다. 얼마 지나지 않아 공 씨가 검험 보고를 시작했다.

"시장과 시형도입니다."

공 씨가 탁상 위에 종이를 펼치자 해랑이 쑥 몸을 내밀었다. 그러더니 금세 으, 하고 진저리를 쳤다.

그럴 줄 알았다는 듯 무영이 작게 웃음을 흘리자 해랑이 입을 앙다물었다. 잔뜩 불만 어린 그 품새에 해랑의 머리를 한 번 쓰다듬은 무영이 공 씨를 향해 시선을 던졌다.

공 씨가 고개를 끄덕이고 입을 열었다.

"맞습니다. 지난번과 꼭 같습니다요."

그 말에 무영과 주혁이 동시에 한숨을 흘렸다.

"얼굴을 알아볼 수 없을 정도로 훼손시킨 것은 왜 그런 걸까요?"

시장을 들여다보던 해랑이 물었다.

"신원을 알기 어렵게 하려던 것이거나, 원한이 많아서이거나. 글쎄
⋯⋯."

주혁이 말끝을 흐리자 해랑이 고개를 갸웃했다.

"대체 무엇으로 내려치면 이만큼이나 크고 끔찍한 상처가 생긴다
는 말씀이어요?"

"그러잖아도 복검을 한 주 씨와 상의해 이것저것 무기가 될 만한
것을 대조해본 참이온데⋯⋯. 그것이, 아무래도 철퇴 같습니다요."

공 씨의 말에 주혁이 번뜩 고개를 들었다.

"철퇴?"

"예. 거의 확실합니다. 이전과 마찬가지로 얼굴의 상흔이 가장 먼
저이고, 또한 살아 있을 적에 난 유일한 상처입니다."

"음문(陰門)에 난 상처는 모두 죽은 후에 생긴 것이라는 말씀입니
까?"

무영이 묻자 공 씨가 고개를 가로저었다.

"모두는 아니지만 대부분 그렇습죠. 그러니 범인이 피해자의 음문
을 날붙이로 헤집을 때, 이미 거의 죽은 것이나 다른 없는 상태였을
것입니다. 상처의 팔 할 이상은 숨이 완전히 끊어진 후에 생긴 것이
니까요."

"날붙이라 하심은⋯⋯. 범행 도구를 모른다는 뜻이어요?"

"아니. 피해자의 발목에 꽂혀 있던 편전(片箭)*이 음문을 상처 내는
데도 사용된 듯하다."

공 씨의 대답에 해랑이 미간을 찡그리며 몸서리를 쳤다.

◆   작고 짧은 화살.

"지난번에는 발견하지 못했지만 이번에는 편전 촉 끝에서 피해자의 음문에서 딸려 나온 것임이 분명한 살덩이 약간을 찾았습니다요."

바로 이어진 공 씨의 말에 집무실 안으로 깊게 정적이 앉았다.

철퇴로 얼굴을 가격하고, 편전으로 음문을 난도질하고, 기어이 그 편전을 보란 듯이 피해자의 발목에 꽂아둔 것을 보면 범인은 보통 극악무도한 이가 아닌 듯했다.

"철퇴와 편전, 모두 군용 무기 아닙니까. 야경꾼이나 군졸들을 조사해야 할까요?"

무영이 묻자 주혁이 단호하게 고개를 가로저었다.

"아닐 겁니다. 편전을 쏘려면 통아(桶兒)*를 사용해야 할 텐데 시신에 남은 흔적을 보면 통아를 이용해 쏜 것이 아닙니다. 편전을 손에 쥐고 쑤셔 넣은 것이라면 모를까……."

주혁의 말에 무영이 얕은 한숨을 흘렸다.

* * *

광통교 책방 거리. 막 일을 마치고 돌아가려던 전기수 엄 씨가 군졸들에게 포박되었다.

"왜 이러십니까?"

버둥거리며 소리치는 엄 씨를 향해 군졸이 말했다.

"얌전히 가세."

수군거리는 사람들을 뒤로한 채 엄 씨와 군졸들이 천변을 빠져나

◆   편전을 쏠 때 쓰는 가느다란 나무통.

갔다. 그들이 향한 곳은 좌포청이었다. 군졸들은 주혁의 집무실에 엄 씨를 밀어 넣고 사라졌다.

종사관과 마주하자 엄 씨는 손을 덜덜 떨어댔다.

"내 수하들이 조금 거칠었던 모양이네. 대신 사과하지."

겁이 잔뜩 든 엄 씨의 예상과는 다르게 주혁의 말투는 온화했다.

"보따리 안에 싸둔 것을 보여주게."

어리둥절한 기색을 감추지 못한 채 엄 씨가 보따리를 풀어헤쳤다. 예닐곱 권의 책이 쏟아져 나오고, 엄 씨의 오른편에 앉아 있던 무영 이 그 책 중 하나를 집어 들었다.

'세상에, 팔척귀신 아닌가.'

무영의 낯을 확인한 엄 씨가 놀란 소리를 삼켰다. 긴장이 한풀 꺾 이자 엄 씨의 눈에도 방 안의 풍경이 들어오기 시작했다. 맞은편에는 좌포청 종사관 최주혁이, 오른편에는 팔척귀신과 그를 늘 따라다니 는 청년이 앉아 있었다.

숨 쉬는 것도 잊은 모양새로 입을 쩍 벌리고 있는 엄 씨에게 무영 이 물었다.

"이 책은 어디서 구하셨습니까?"

엄 씨는 무영이 내민 책의 표지를 얼른 들여다보았다.

"광통교 책방 거리에 있는 홍 씨 책방에서 구한 것입니다."

"책을 쓴 이가 누구인지 아는가?"

"저는 모릅니다요! 하지만 근자에 그것이 워낙 불티나게 팔리는 중인지라, 곧 방각본이 나올 것이라 들었습죠. 늦어도 한 사나흘이면 천변 세책방마다 방각본이 풀릴 겁니다."

손을 휘저어가며 말한 엄 씨가 마른침을 꿀꺽 삼켰다.

"이것은 여기 두고 이만 나가보게. 곧 다시 찾을 테니 도성 밖으로 빠져나갈 생각은 말고."

주혁이 단속하는 말을 하자 꾸벅 인사를 한 엄 씨가 집무실 밖으로 사라졌다.

한동안 방 안에서는 해랑이 책장을 팔랑이는 소리만 들려왔다. 책을 조금 훑어보는 듯하던 해랑이 놀란 듯 주혁을 바라봤다.

"이 책을 쓴 이가……."

"범인일 테다."

단언하는 주혁의 말에 해랑이 눈을 빠르게 깜빡이고는 무영을 향해 고개를 돌렸다. 무영이 고개를 끄덕이자 해랑이 작게 한숨을 쉬며 책을 덮었다.

'운종가의 살생부.'

기이한 이 책은 제목마저도 섬뜩했다. 잠시 생각에 잠긴 듯하던 주혁이 무영에게 물었다.

"연회에 참석한 이들의 명단은 어찌 되었습니까?"

"구하기는 했습니다만……. 그 수가 적지 않습니다. 게다가 다들 당상관 이상의 관리들이라 공개적으로 채문하고 다니기에는 무리가 있을 것입니다."

"하지만……."

"예. 지금 우리에겐 별로 시간이 없지요. 이미 두 번째 희생자가 나온 와중에, 이것으로 끝이라는 보장도 없으니까요."

무영이 말한 것 중 그른 것이 하나도 없었다. 주혁이 조금 거친 손길로 마른세수를 했다. 신경이 퍽 예민해진 모양이었다.

"일단, 명단을 드리기는 하겠습니다만. 우리 쪽에서 은밀히 움직일 수 있는 인원을 헤아린다면 명단에 있는 이들 중 상당수는 걸러내고 시작해야 할 일입니다."

이어진 무영의 말에 주혁은 소리 없이 고개를 끄덕였다. 두 사람의 대화를 듣고만 있던 해랑이 입을 열었다.

"대체 왜 그랬을까요? 이유를 알면, 그럴 만한 사람을 추려내기가 쉬워질 텐데요."

해랑의 질문에 두 사내 중 누구도 대답하지 못했다. 해랑의 말이 이치에 꼭 맞기는 했으나 이유를 알 수 없으니 답답한 것은 모두가 매한가지인 탓이다. 이 사건에서 명확히 남아 있는 것이라고는 처참하게 훼손된 시신 두 구와 불길한 기운을 풍기는 책뿐이었다.

"책방을 탐문하기에는 이미 시간이 늦었고……. 어찌하시겠습니까?"

무영이 주혁에게 물었다.

"천변에 있는 책방들을 탐문하는 것은 내일 날이 밝은 후에야 가능할 테니 그전에 저는 이 책의 내용을 좀 확인해봐야겠습니다."

"저도 읽어봐도 되나요?"

해랑이 샐쭉 웃으며 묻자 주혁이 따라 웃으며 책 두 권 중 하나를 내밀었다.

"내일 사시에 여기서 뵙지요. 아무래도 우리 쪽에서 미끼를 놓아야 겠습니다."

"미끼라니 무엇을 말씀하시는 것입니까?"

되묻는 무영을 향해 주혁이 슬쩍 어깨를 들썩였다.

"글쎄요. 그건 오늘 밤 생각해보겠습니다."

* * *

　진원대군의 사가에 한 번이라도 발을 들여본 적이 있는 이라면 누구든 대군의 사랑채 풍경을 두고 찬탄을 아끼지 않았다.

　집은 주인을 닮는 것이라 했다. 대군의 집 안에서 가장 대군과 닮은 공간을 꼽으라면 단연 사랑채가 으뜸이었다. 조선 제일의 미안이라는 그의 낯처럼, 부드럽고 선량한 그의 품새처럼 그의 사랑채는 아름답고, 우아하며, 온화함이 느껴지는 공간이었다.

　그것은 이 공간에 놓인 온갖 진귀한 장식품과 서화 때문만은 아니었다. 진원대군의 사랑채는 세 면에 접해 큰 창이 나 있었는데, 그중에서도 동편으로 난 창을 통해 보이는 풍경은 가히 절경이라 할 만했다.

　동편 창으로는 대군이 직접 가꾼 작은 정원이 바라다보였다. 달포에 한두 번쯤, 대군이 후원하는 화원들과 함께 풍류를 즐기는 친우 몇이 드나들 때를 제외하면 이 풍경은 늘 대군 혼자만의 것이었다. 문턱이 닳도록 대군의 사가를 드나드는 종친들은 사랑채에 앉기가 무섭게 축객령이 내려지니 더욱 그러했다.

　그러니 오늘처럼 진득하게 손님과 마주 앉아 이 풍경을 즐기는 것은 대군에게도, 또 그 상대방에게도 무척이나 드문 일이었다.

　"좀 더 안쪽으로 앉거라. 여기, 이쪽으로."

　"예?"

　대군이 조금 더 자신에게 가까운 쪽을 향해 손짓하자 해랑이 눈을 동그랗게 뜨며 되물었다.

　"대문 밖에서 여인의 뒤태가 보이게 앉으면 아니 되는 법이다."

이어진 대군의 말에 자리를 옮겨 앉으려던 해랑이 멈칫했다. 등줄기를 타고 찔끔찔끔 식은땀이 맺히려는 찰나, 대군이 재차 말을 이었다.

"뭐, 굳이 법도를 따지자면 여인이 사랑채에 드나드는 것 또한 아니 될 일이기는 하지."

마치 혼잣말처럼 여상하게 이어진 그 말에 해랑은 저도 모르게 치맛자락 아래에 숨긴 손끝을 말아 쥐었다.

잠시 정적이 이어졌다. 어색한 낯으로 웃는 해랑의 얼굴을 빤히 보던 대군은 돌연 바람 새는 소리를 하며 웃어 보였다. 그러고는 해랑을 향해 찡긋 눈짓을 했다.

"어찌 그러느냐? 네가 여인의 차림으로 변복하였으니, 대문간에서 이곳을 본다면 누구든 내 사랑채에 여인이 있다 할 것이 아니냐?"

"아······."

해랑이 탄식 같은 한숨을 흘렸다. 그러고는, "예, 그리하겠습니다" 하며 자리를 고쳐 앉았다. 움직일 적마다 비단 치맛자락이 물결처럼 요동쳤다. 물끄러미 자신의 치맛자락을 보던 해랑이 가볍게 옷감을 매만지기 시작했다. 결 좋은 여인의 머리칼처럼 매끄러운 비단의 감촉에 해랑의 광대가 슬며시 솟아올랐다.

"그래, 형님은 언제쯤 오신다더냐?"

한참이나 치맛자락에 정신이 팔려 있던 해랑이 대군의 물음에 퍼뜩 고개를 치켜들었다.

"모릅니다."

"몰라? 네가 모르면 누가 안다는 말이냐?"

"정말입니다. 모릅니다."

재차 묻는 대군을 향해 대답하는 해랑의 입꼬리가 축 가라앉았다. 그러다가 금세 일자로 단단히 굳었다. 그 모양새에 대군이 큭큭대며 웃음을 삼키기 시작했다.

"어찌 그러십니까?"

"네가 지금 꼭 골이 난 계집애 같은 얼굴을 하고 있지 않느냐."

계집애 운운하는 말 때문인지 해랑은 뭐라 할 말을 찾지 못하고 입을 벙긋거리기만 했다. 사랑채 안으로 대군의 작은 웃음소리가 퍼지기를 한참, 문밖에서 집사장의 목소리가 들려왔다.

"무영 대감 드십니다."

"안으로 모시거라."

방문이 열리고 무영이 모습을 드러냈다. 무영은 대군과 마주 앉은 해랑에게는 시선 한번 던지지 않은 채로 대군에게 인사를 올렸다.

"오늘 일은 감사합니다, 대감. 헌데, 지금은 일이 좀 급한지라……."

"예. 이번 일이 마무리되거든 그때 자세히 이야기하시지요. 너도 이만 가보거라."

대군의 말에 꾸벅 인사를 해 보인 해랑이 얼른 제 스승을 따라 사랑채 밖으로 나섰다.

대군의 사가에서 한참이나 멀어진 후에야 무영이 걸음을 멈췄다. 그러고는 말없이 해랑의 차림새를 살피더니 이내 긴 한숨을 내쉬었다.

"대체 어쩌자고 일을 이 지경으로 만들어?"

입을 앙다문 해랑은 아무런 대답도 하지 않았다. 그 모습이 무영의 화를 제법 돋운 모양이다. 평소 늘 무던하던 모습이 무색하게도 무영은 거친 손길로 마른세수를 하며 언짢은 기색을 했다.

"천불생무록지인(天不生無祿之人), 지불장무명지초(地不長無名之草)라 했습니다."

"뭐?"

반문하는 무영의 눈을 똑바로 바라보며 해랑이 말을 이었다.

"한양으로 오기로 했을 때, 스승님께서 제게 하신 말씀이잖아요. 쓸모없는 생은 없다면서요. 저는 제 쓸모를 하려는 것뿐인데……."

"그 쓸모라는 것이 이런 위험한 일을 하라는 것은 아니었다. 모르겠어?"

"대체 언제까지 스승님 등 뒤에, 또 종사관 나리들 등 뒤에 숨어서 겁을 내고 있으란 말이세요? 단련시켜주신다면서요? 괜찮아질 거라면서요! 그렇게 말씀하신 지 이제 막 하루도 지나지 않았습니다. 그런데 또 저는 이 일에서 빠지라고요? 어째서 사내대장부가 한 입으로 두말을 하십니까?"

답지 않게 따져 묻는 해랑의 태도에 무영은 이제 골이 지끈거리는 듯한 착각마저 들었다. 손끝으로 관자놀이를 꾹꾹 누르는 그의 입에서 연신 낮은 한숨이 흘러나왔다. 이것이 죄다 두 종사관 때문이었다. 아니, 실은 꼭 그렇지만도 않았다. 하지만 그렇다고 믿고 싶었다. 지금 무영에게는 탓할 누군가가 필요한 까닭이다.

"그래. 네 맘대로 하거라. 하지만 약조하거라. 이번 한 번만이다. 알겠어?"

결국 지고 마는 무영이다. 아닌 체해도 매번 해랑에게 무르기 짝이 없는 이가 바로 이 사내였다.

허락의 말이 떨어지자 해랑의 얼굴이 활짝 개었다. 양 볼에 볼우물이 쏙 패도록 웃어 보인 해랑이 얼른 제 스승의 품에 안겼다. 무영을

한 번 꼭 안았다가 도로 한 발짝 떨어져 선 해랑은 여느 때와 같이 눈
이 사라지도록 웃고 있었다.

"조심할게요. 정말이에요. 그리고 어차피 스승님 곁에 꼭 붙어 있
을 텐데요, 뭘. 걱정하지 마세요."

말끝에 히힛, 하는 웃음을 덧붙인 해랑이 가볍게 발을 옮겼다.

사뿐히 걷는 해랑의 모습은 마치 이리저리 꽃을 옮겨 다니는 나비
같았다. 한동안 그 뒷모습에 시선이 붙들린 채 서 있던 무영이 손끝
을 말아 쥐었다. 짧은 순간 품 안에 닿았다가 멀어진 온기가 아쉽다
고 느껴지자 놀란 몸이 절로 굳었다.

몇 걸음 앞서가던 해랑이 무영을 향해 몸을 돌려 섰다. 꽃잎 같은
치맛자락이 나풀거리는 모양에 무영은 질끈 눈을 감았다.

저를 향해 환히 웃는 해랑의 얼굴이 너무 눈부셨다.

* * *

"세상에! 영락없이 계집애로구나!"

좌포청. 주혁의 집무실에 들어서는 해랑을 향해 수환이 놀림 반,
놀람 반인 탄성을 뱉었다.

"나리께서 그리 말씀하실 일은 아니지요."

뾰족한 해랑의 대답에 수환이 재미있다는 듯 킬킬거리고는 주혁
을 향해 물었다.

"우리 나리 눈엔 어때? 나와 이 녀석 중 누가 더 그럴듯하냔 말이
야."

한껏 장난스러운 태도에 주혁이 혀를 차고는 수환의 어깨를 툭

쳤다.

"장난치지 말게."

"어머머머! 나리! 왜 이러서용?"

짐짓 심각한 주혁의 태도에도 수환은 아랑곳하지 않았다. 도리어 콧소리를 잔뜩 섞어가며 눈을 새초롬하게 깜빡여댔다. 그 모양에 방 안에 들어온 후 내내 굳은 표정이던 무영이 입을 열었다.

"그렇게 장난조로 할 만한 일은 아닐 텐데요."

왼쪽 눈썹을 슬쩍 들어 올리며 하는 말에 답지 않은 짜증스러운 기색이 묻어 나왔다. 그러자 수환이 무영을 향해 얄밉게 웃어 보였다.

"걱정 마십시오. 지금껏 제가 여장을 해야 했던 사건 중에 범인을 잡지 못한 적은 단 한 번도 없습니다, 대감."

틀린 말은 아니었다. 두 종사관이 관직에 오른 지 이제 막 두 해째. 그간 있었던 크고 작은 사건에서 수환이 여장을 하는 일이 종종 있어왔다. 사내치고는 다소 작은 체구에, 어지간한 여인들보다 예쁘장한 수환의 얼굴은 여장하면 여인이라 깜빡 속을 정도였으니, 어설프게 도와줄 만한 여인을 찾는 것보다 수환이 여장하는 것이 오히려 편했다.

뿐만 아니었다. 수환이 부득불 여장한 사건들은 참으로 희한하게도 단 한 번도 미제로 남지 않았다. 범인도 비교적 빨리 찾을 수 있었으니 이것도 일종의 운이라면 운이었다. 그래서 주혁은 마치 주문을 걸 듯 수환에게 도움을 청했다.

다만, 여인이 둘 필요하다는 말에 해랑이 저도 하겠다며 나설 줄은 주혁도, 또 수환과 무영도 예상하지 못한 일이었다.

평소 무영의 말을 거스르는 일이 없던 해랑이 고집을 부리기 시작하자 중간에서 곤란해지는 것은 오로지 주혁뿐이었다. 아침나절, 무영과 해랑이 다툼 아닌 다툼을 하는 모양에 수환은 흥미롭다는 기색을 숨기지 않았고, 그 덕에 무영의 심기는 더욱 불편해졌다. 애꿎은 주혁만 무영과 해랑, 또 무영과 수환 사이에서 중재하느라 진을 잔뜩 뺐다.

잠시 후, 네 사람은 함께 거리로 나섰다. 사람들의 이목을 피해 관청 뒷문을 통해 나온 그들은 둘씩 무리 지어 각기 다른 방향으로 흩어졌다.

"신시*가 끝나기 전에 정 행수 댁에서 만나기로 하지요."

말을 마친 무영이 해랑과 함께 먼저 자리를 뜨자 잠시 두 사람의 뒷모습을 바라보던 수환이 주혁에게 들으라는 듯 혀를 찼다.

"좀 너무하지 않아?"

"왜, 우리 도련님께서 또 뭐가 이리 불만이신가?"

명백히도 놀리는 투로 대꾸하는 주혁을 향해 살짝 눈을 흘긴 수환이 또 한 번 혀를 찼다.

"대감 말이야. 싸고도는 것도 어지간하셔야 말이지. 해랑이 저 똥강아지 같은 게 올해 열여덟? 열아홉? 우리는 저 나이 때……."

"되었네. 그리 불평한다고 달라지는가?"

주혁이 말을 끊고는 팔을 척 내밀었다.

"자, 이만 가실까요?"

장난스러운 행동에 수환이 피식 웃음을 흘리며 주혁의 팔에 제 팔

◆   오후 3~5시.

을 꿰어 넣었다. 변복 차림으로 거리를 나서니 두 사람은 누가 보아
도 기루의 기녀와 그 호위 같았다.

* * *

한편, 무영과 해랑은 이제 막 광통교 아래 책방거리로 들어선 참
이다.

다리 아래는 다리 위 운종가 거리만큼이나 복작복작했다. 벌써 군
데군데서 전기수 몇 명이 자리를 잡고 앉아 사람들을 모으고, 길게
늘어선 책방들은 하나같이 문이 활짝 열려 있었다. 그 안을 슬쩍 들
여다보면 책값을 흥정하는 손님들과 주인네가 실랑이를 벌이는 것이
훤히 보였다.

그 풍경들을 앞에 두고 해랑이 입을 쩍 벌렸다. 마치 처음 도성에
도착했을 때 같은 얼굴이었다. 해랑은 "세상에, 어머나" 하는 소리들
을 연신 내뱉으며 무영에게 뭐라 종알거렸다.

햇빛 아래에서 해랑의 눈동자는 이따금 황금빛을 띠었다. 해랑의
눈가에 맴돌던 무영의 시선이 입술로, 또 목덜미로 옮겨갔다. 곱게 땋
아 내려 묶은 머리 사이로 빠져나온 몇 가닥의 머리칼이 해랑의 귓가
에서 나비가 날갯짓하듯 팔랑팔랑 느리게 춤을 췄다. 그 가벼운 움직
임을 바라보고 있노라면, 또다시 시선이 해랑의 입술로, 눈동자로, 고
운 얼굴로 되돌아갔다.

"스승님?"

한참 종알거리던 해랑이 고개를 갸웃했다.

"그래."

다 듣고 있었다는 듯, 태연히 대답하는 무영을 향해 해랑이 밉지 않게 눈을 흘겼다. 여태 저가 한 말을 무영이 흘려들었다고 생각하는 모양이었다.

마주 선 해랑을 보며 무영은 한시라도 빨리 이 사건을 해결해야겠다고 마음먹었다. 진원대군의 사랑채에서 변복한 해랑을 마주한 그 순간부터, 무영의 마음에는 변함이 없었다. 본연의 모습 그대로 여인의 차림을 한 해랑의 낯은 너무 고왔고, 그래서 위험했다. 늘 고요하던 그의 마음에 이토록 큰 파문이 이는 것만큼 위험한 일은 없었다.

애써 붙잡히는 시선을 거두며 무영은 해랑을 한 발짝 앞질러 걷기 시작했다.

두 사람은 곧 전기수 엄 씨가 말했던 홍 씨 책방에 들어섰다. 이 거리 안에 책방이고 세책방이고 할 것 없이 문밖으로 길게 줄을 선 사람들이 한가득이라, 가게 안으로 들어서는 데만도 한참이 걸렸다.

"운종가의 살생부를 찾으러 왔거든 돌아가십쇼."

해랑과 무영을 흘끗 본 책방 주인이 선수를 쳤다.

"얼마나 기다려야 하는가?"

해랑이 짐짓 양갓집 규수 흉내를 내며 물었다.

"저도 모릅니다. 내일쯤 방각본이 풀린다 하던데요?"

주인이 도리질을 치며 대답했다. 그 말에 고개를 끄덕인 해랑은 가게 안을 둘러보며 이런저런 책들을 살펴보는 척했다. 그러고는 주인 들으라는 듯 중얼거렸다.

"이토록 찾는 이가 많은데 누가 썼는지는 모르는 책이라……."

"아이고, 그러게 말입니다. 처음에는 동부에 사는 누가 썼다고 하더니, 또 엊그제는 남부에 사는 누가 썼다고 하니 답답해서 숨이 넘어가겠습니다."

주인이 앓는 소릴 했다.

"맨 처음 책을 전해 받은 사람이 있을 텐데, 아무도 모른단 말인가?"

"쇤네 말이 딱 그 말입니다, 아씨. 처음 책이 전해진 것이 요 아래 박 씨 책방이라는 소문은 있는데, 그 책이 나온 이후 박 씨네가 통 문을 열지를 않으니 저희가 영문을 알 수가 있겠습니까?"

주인이 떠벌리는 말을 들으며 해랑과 무영은 책방을 나섰다. 그런 두 사람의 뒤에 대고 주인이 덧붙였다.

"천변 어딜 가도 지금은 책을 구할 수 없을 것이니 내일 이맘때나 다시 오십쇼."

그 말에 발을 멈춘 무영이 물었다.

"그래서 그 책을 찍어내는 방각소*가 어디입니까?"

"그걸 알면 제가 이러고 있겠습니까요? 벌써 애저녁에 방각소에 가서 저희 집에 제일 먼저 책을 대달라고 했을 겁니다."

두 사람은 볼멘소리를 하는 주인을 남겨두고 돌아섰다.

다시 거리로 나서자 아까보다 더 많은 사람이 운집해 있었다. 그 사이로 이리저리 길을 트며 걷자니 사람들의 입에 오르내리는 말은 하나같이 내일쯤 나온다는 방각본에 대한 것뿐이었다.

아낙이고 사내들이고 할 것 없이 모두 한껏 기대에 차 있었다.

"최 종사관 나리께 말씀드려 방각소에 사람을 보내야 할까요?"

◆   방각본을 찍어내는, 지금의 인쇄소.

해랑이 작게 속삭였다.

지척에서 들려오는 목소리에 무영은 가만히 손끝을 말아 쥐었다. 그래, 위험해도 너무 위험했다. 생각 끝에 헛웃음이 터져 나왔다. 세상에 이게 무슨 꼴인가 싶었던 탓이다. 이런 제 꼴을 무영은 도무지 용납할 수 없었다.

* * *

책장 앞을 서성이던 대군은 서책 한 권을 꺼내 들고 창가에 앉았다. 창밖으로 자신이 가꾼 정원이 한눈에 보였다. 달빛을 받은 풀잎들이 대군의 시야로 희미하게 어룽거렸다. 그는 창가에 놓인 작은 서안 위, 서찰 바로 옆에 책을 내려두었다.

받아본 지 퍽 오래되어 보이는 서찰은 귀퉁이마다 종이가 해져 있었다. 접힌 종이 사이로 붉은 인장이 비쳐 보였다.

왕의 인장. 그는 마치 자그마한 아이의 머리를 쓰다듬듯 인장이 비치는 자리를 매만졌다. 멍하니 그것을 만지작거리다가 손을 옮겨 책을 펼쳤다.

오늘 밤 궁에서는 또다시 연회가 있을 예정이었다. 벌써 엿새간에 세 번째 연회였다. 또다시 누군가가 죽어나갈지도 몰랐다.

생각이 거기에 미치자 대군은 다시금 멍하니 서찰을 매만졌다. 정인이 보낸 애틋한 연서를 다루는 듯한 손길이었다. 어쩌면 정말로 애착이 느껴져서 이러는 것인지도 몰랐다.

혼자 사랑채에 앉을 때면 대군은 늘 이렇게 서안 위에 놓인 서찰을 매만졌다. 오랜 습관이었다. 다시 손길은 서책으로 옮겨갔다. 그러고는 느릿하게 글을 따라 손끝이 움직이기 시작했다. 하지만 도통 그 내용에는 집중하지 못하는 모양새였다. 이 또한 오랜 습관이었다. 오래 묵은 습관이라는 것은 이처럼 쉬이 사라지지 않았다. 매일. 매일이 그러했다.

그러다 문득 대군은 오늘 아침 자신과 함께 사랑채에 앉아 있던 계집애를 떠올렸다. 그러기가 무섭게 그의 입가에서 바람 새는 웃음소리가 흘러나왔다.

해랑. 참으로 재밌는 계집애였다. 대체 무슨 연유로 남장을 하고 제 형님과 함께 다니는지는 아직 알 수 없었지만 두 사람이, 아니, 정확히는 해랑이 자신의 흥미를 끄는 것은 사실이었다. 처음 저자에서 마주쳤을 때부터 그랬다.

해랑의 변복 차림은 제법 정교했다. "계집애 아니냐" 했던 그의 말에 움찔 놀라던 종주의 반응을 되새겨보면 필시 그랬다. 그 예리한 종주의 눈조차 속일 정도였으나 대군의 눈까지 속일 수는 없었다.

그저 남장한 계집이로구나, 싶었던 해랑을 정 행수의 선전에서 다시 마주쳤을 때, 그리고 그 아이가 제 형님의 식솔임을 알았을 때, 바로 그때부터 대군은 자꾸만 해랑이 눈에 밟혔다.

그날 이후 대군의 일상은 조금 달라졌다. 지루하고 단조로운, 고요한 수면이나 다름없던 일상에 해랑이라는 자그마한 나뭇잎 하나가 떨어진 격이었는데, 그는 이상스럽게도 그 이파리가 신경 쓰였다. 아직 다 자라지 못한 작고 연약한 이파리는 자꾸만 대군의 수면 위를 떠다니며 잔잔한 파문을 만들어냈다. 바람결에 쉬이 날아갈 잎은 아닌 모양이었다.

자꾸만 신경 쓰이는 그 이파리를 대군은 제 집 정원에 두고 들여다보고 싶어졌다. 제 손으로 직접 가꾼 정원에, 그 진귀한 꽃과 풀 사이에 두고 보면 어린잎의 면면이 더 잘 보일 것도 같았다.

그렇게 생각에 빠져 있기를 잠시, 문밖에서 호위대장 종주의 목소리가 들려왔다.

"대감."

"들어오거라."

방 안으로 들어선 종주가 금세 대군의 바로 앞까지 다가왔다.

"태화관의 기녀들이 막 입궁했다 합니다."

대군은 대답 없이 고개를 끄덕였다. 수하의 말에 별다른 흥미를 느끼지 못하는 모양이었다.

"저…… 하온데……."

답지 않게 말끝을 흐리는 종주의 목소리에 대군은 그제야 고개를 들었다.

"무영 대감과 그 계집아이도 함께 입궁했다 합니다."

"뭐?"

대군이 이맛살을 찌푸렸다.

"기녀들과 같은 차림을 하고 무리에 섞여 들어갔다 합니다."

이어진 종주의 말에 대군이 파안대소했다.

"그래. 알았으니 이만 나가보거라. 혹시 모르니 아이들을 남겨두도록 하고."

종주가 방을 나가자 또다시 대군은 혼자 남았다.

세상에, 겁도 없이. 거기가 어디라고 입궁을 해, 입궁하긴. 속으로 뇌까린 대군이 슬쩍 웃으며 혀를 찼다. 아무리 생각해보아도 참으로 재밌는 계집애였다.

그 재미난 계집애가 이리도 활개를 치고 돌아다니는 것을 보니 아무래도 오늘 밤에는 흥미로운 일이 생길 모양이다.

* * *

태화관의 기녀들이 궁문을 넘었다. 평생 처음 보는 광경에 어린 계집들이 무어라 탄성을 내지를 만도 하였으나 단 한 사람도 입을 열지 않았다.

움직이는 이들의 수는 제법 많았다. 맨 앞에 선 내금위장 강열과 그 수하들 뒤로 기녀들이 스물 남짓. 그 수에 맞춰 태화관의 호위들 또한 그 정도 되는 듯했다. 그 많은 이가 걷고 있었지만 무리 사이에서는 작은 발소리 외에는 그 어떤 소리도 새어 나오지 않았다.

어둠과 적막. 한동안 주변을 둘러싼 것은 그것이 전부였다. 그리고 금원 입구가 지척에 보일 때가 되어서야 기녀들이 속닥거리며 술렁이기 시작했다.

금원 안은 대낮처럼 밝았다. 정자 주변으로 빼곡하게 달린 등과 잠자리 날개마냥 투명하고 반짝이는 휘장들이 밤바람에 출렁였다. 문 하나를 사이에 두고 금원 안과 밖은 전혀 다른 세상처럼 보였다.

기녀 무리 맨 끝에 선 해랑은 넋을 뺀 채로 금원 안의 풍경을 바라봤다. 솟을대문 안에서 흘러나오는 짙은 꽃내음이 해랑의 예민한 코끝을 찔러댔다.

기녀들이 하나둘 솟을대문을 넘어 빛을 향해 가는 사이, 어둠 속에서 무영이 해랑의 어깨를 슬그머니 잡아왔다.

"한눈팔지 말거라."

작게 속삭이는 스승의 목소리에 해랑은 여전히 앞을 바라본 채로 살짝 고개를 끄덕였다. 그러고는 긴장을 털어내듯 크게 숨을 한번 내쉬고 솟을대문을 넘었다.

해랑을 마지막으로 태화관의 모든 기녀와 호위들이 금원 안으로 들어서고 이내 솟을대문이 가벼운 소리를 내며 닫혔다.

무영은 어둠 속에서 태화관의 호위들과 같은 차림으로 그들 사이에 서 있었다. 임금의 연회가 흥을 더해갈수록 검은 복면 너머 무영의 입매는 더욱 딱딱한 모양새로 굳어갔다.

그간 무영이 늘 풍문으로만 듣던 광경은 화려하다 못해 자못 사치스럽기까지 했다. 그 탓에 무영은 자꾸만 낯이 굳는 것을 막을 도리가 없었다.

빛과 어둠은 늘 같은 자리에 존재했다. 마치 등을 맞대고 태어난 쌍동(雙童)처럼. 빛이 밝으면 밝을수록 그 빛과 접한 어둠은 더욱 깊어졌다. 임금을 둘러싼 빛이 훤하면 훤할수록, 무영이 짊어진 어둠은 더욱 짙어졌다. 검고 또 검은 어둠은 늘 심연 저 깊은 곳에서 크게 아가리를 벌리고 무영을 삼킬 준비를 하고 있었다. 그때가 언제가 될지는 그 누구도 알지 못했다.

소요정 안에 주상과 함께 앉아 있는 자들의 대다수는 이름만 대도 도성 안에 모르는 이가 없다는 고위 관료들이었다. 이를테면 예조판서 최택이나 호조판서 민도식 같은 자들.

무영은 찬찬히 그들의 낯을 눈에 담았다. 물론 제아무리 무영이라도 면면을 들여다본다 하여 그 생각까지 속속들이 읽어낼 수 있는 것은 아니었다.

그러나 어딘가 수상쩍은 자들은 어떤 방식으로든 반드시 표가 나게 되어 있는 법이다.

바로 지금처럼.

* * *

"처음 보는 아이로구나."

예조판서 최택이 혼잣말처럼 중얼거리고는 제 곁에 앉은 어린 기녀의 낯을 빤히 보았다.

"아랑이라 합니다."

"아랑?"

"예. 어서 드셔요."

잔을 가득 채우며 재촉하는 기녀의 말에 최택은 고개를 한 번 끄덕이고 술잔을 들어 올렸다. 그러고는 이내 무기들의 춤사위에 시선을 고정했다.

아랑, 아니, 해랑은 여상한 낯을 꾸며내며 최택의 시선이 향한 곳으로 눈길을 돌렸다. 늘 해랑을 싸고도는 무영의 걱정이 무색하게도 이 영특한 계집애는 생각보다 담대한 구석이 있었다. 어찌 보면 적당한 때를 기다리는 맹수마냥 차분히 숨죽이고 있는 모양새 같기도 했는데, 문제는 해랑의 이런 면모를 아직 그 누구도 눈치채지 못했다는 점이었다.

물론 해랑 스스로도 거기서 예외는 아니었다. 그러니 이후 일어난 일에 조금 더 침착하게 대응하지 못한 것은 결코 무영의 탓이 아니었고 해랑의 탓은 더더욱 아니었다.

"그런데 말이야."

"예?"

최택이 입을 열었다. 눈길은 여전히 무기들에게 향한 채였다.

그 바람에 다시금 최택의 잔을 채우던 해랑이 고개를 갸웃하며 손길을 멈췄다. 제 옆얼굴에 해랑의 시선이 꽂히자 최택은 해랑을 한번 흘끔 보고는 피식 마른 웃음을 흘렸다.

"내가 받아본 입궐기녀 명단에 아랑이란 이름은 없었단 말이지."

명단이라니? 해랑의 눈동자가 잘게 흔들리기 시작했다.

"저…… 저는……."

해랑이 대답할 말을 찾지 못하고 웅얼거리는 사이, 음악이 멈추고 무기들의 춤이 끝났다. 그 결에 정자 안은 잠시 정적에 휩싸였다.

그 적막 사이로 최택이 재차 해랑을 향해 채근했다.

"그래, 이게 어찌 된 일일까?"

내내 정면을 향해 있던 고개를 돌려 저와 눈을 마주치는 최택에, 해랑은 저도 모르게 어깨를 움찔했다.

두 사람 사이로 흐르던 기묘한 공기는 이내 소요정 전체로 슬금슬금 퍼져나갔다. 무엇인가 이상함을 눈치챈 듯 거기 모인 이들의 시선이 하나둘 해랑과 최택을 향하기 시작한 것이다.

모여 앉은 이들이 점차 술렁이는 찰나, 상석에 앉은 임금이 최택을 향해 물었다.

"예판, 어찌 그러시는가?"

"전하, 그것이……."

최택이 입을 열자 해랑의 목덜미를 타고 식은땀이 흥건하게 맺혔다. 갈피를 잡지 못하고 요동치는 눈동자가 정자 밖 어둠 속을 헤맸다. 태화관의 복면 호위들 사이에 있을 무영을 찾는 것이다.

독순법에 능한 무영이니 지금 여기서 벌어진 대화들을 빠짐없이 지켜보고 있을 터였다. 그러나 그렇다고 해서 무영이 나설 수 있는 것은 아니었다. 해랑이 궁에 숨어든 것보다 무영이 변복해 숨어든 것이 더 큰 문제였으니 당연했다. 이대로 해랑이 변명거리를 찾지 못한다면 무영 또한 들키게 될 것이 자명했다.

크게 숨을 한 번 들이쉰 해랑은 마침내 결단을 내린 듯 치맛자락 아래로 주먹을 움켜쥐었다. 눈길이 빠르게 상 위를 훑었다. 아직 다 채우지 못한 최택의 술잔을 흘끔 확인한 해랑은 제 앞에 놓인 술병으로 손을 옮겼다. 최택이 말을 다 마치기 전에, 기회는 단 한 번뿐이었다.

하지만 해랑의 움직임도 최택의 말도 모두 임금의 손짓에 가로막혔다. 어느새 다가온 상선 영감이 임금의 귓가에 뭐라 속삭이자 젊은 임금의 훤칠한 이마가 사정없이 구겨졌다. 덕분에 소요정 안의 공기는 다시 한 번 급격히 가라앉았다. 모두가 영문을 모르는 채로 임금의 눈치를 보느라 진땀을 뺐다. 해랑 또한 예외는 아니었다.

얼마 지나지 않아 소요정 층계참 앞에서 해랑의 귀에 익은 목소리가 들려왔다.

"그간 강녕하셨습니까, 전하?"

진원대군의 웃음 섞인 목소리가 고요한 소요정을 울렸다.

* * *

"방각소는 어찌 되었습니까?"

좌포청, 무영이 주혁의 집무실로 들어서며 물었다.

"어찌 이리로 오십니까? 아직 해시도 채 되지 않았는데요?"

무영이 한숨을 흘리며 고개를 가로저었다.

"문제가 좀 있었습니다."

"문제라니요?"

되묻던 주혁은 문득 해랑을 향해 눈길을 돌렸다. 묘하게 가라앉은 해랑의 태도가 이상했다.

"태화관 남 행수가 그다지 정직한 자는 아닌 모양입니다."

무영이 해랑의 낯을 살피는 주혁을 흘끗 보며 자탄했다.

"남 행수님 도움으로 궁에 들어가긴 했지만 그뿐이었습니다. 지난번에 입궁한 무리의 편에, 오늘 입궁할 자들의 명단을 이미 보냈던 걸요?"

입을 연 해랑의 말에 주혁이 눈에 띄게 미간을 구겼다.

"하지만……."

"예. 하지만 오늘 낮, 우리에게는 그런 말을 하지 않았지요."

이어진 무영의 말에 주혁이 탄식하며 이마를 짚었다.

남 행수가 이들에게 입궁하는 자들의 명단이 있다는 것을 미리 말하지 않은 이유는 뻔했다. 수사에 협조하는 체했지만 실상은 그렇지 않았던 것이다. 어쩌면, 잠입한 해랑이 명단에 적힌 이름을 아는 누군가에게 들키길 바랐는지도 몰랐다.

"저희가 입궁한 후 남 행수로부터 별다른 말은 없었습니까?"

무영이 물었다.

"예. 궁으로 들여보낸 기녀들은 본디부터 태화관을 드나드는 이들 사이에서 지명이 많은 여인들이었다 합니다."

"하긴, 오늘 보니 확실히 그렇게 느껴지더군요."

"맞습니다. 그 누가 입궐하였던 연회에 참석한 이들을 만족시키기에는 충분했을 테지요."

두 사내의 말대로였다. 도성 안에서 가장 큰 기루는 서린방*에 있는 춘화관과 홍화관, 그리고 견평방**에 있는 태화관. 그중에서도 가장 빼어난 재주를 가진 여인들만 모인 곳이 바로 태화관이었다.

춤과 노래, 그리고 시, 서, 화에 이르기까지, 태화관 기녀들의 능력은 무궁무진했다. 그러니 풍류깨나 즐긴다는 양반네들이 문턱이 닳도록 태화관에 드나드는 것은 어찌 보면 당연한 이치였다. 꽃같이 아름다운 여인들이 말을 하고, 노래하며, 시를 읊는 모양새를 보고 그 어느 사내가 홀리지 않을 수 있냐는 말이다.

하지만 도성 안의 모든 사내가 그 어여쁜 꽃들을 만날 수 있는 것은 아니었다. 태화관 담장이 궁궐 담장보다 높다는 말이 우스갯소리처럼 저자에 떠돌았다. 어지간한 고관대작이 아니면 그 담장을 넘겨다보기도 쉽지 않았다. 게다가 입궁 기녀들에 대한 소문이 이미 알음알음 퍼지고 있었으니 그들의 값어치는 점점 더 높아질 것이었다.

잠시 생각에 잠겨 있던 주혁이 해랑에게 물었다.

"오늘 연회에 참석한 기녀 중에 초아라는 여인이 있더냐?"

"예. 연회가 시작되고 처음으로 노래를 했던 여인입니다."

해랑이 잠시의 망설임도 없이 대답했다. 그러자 주혁이 서책 한 권을 꺼냈다.

◆   현 종로구 서린동 일대.
◆◆ 현 종로구 견지동 일대.

"책방 거리에서 가까운 광통방* 방각소에서 찍어낸 것입니다. 내일 아침나절이면 책방이고 세책방이고 할 것 없이 책을 두고 돈벌이를 하는 모든 곳에 전해질 것입니다."

무영과 해랑이 어깨를 맞대고 서책을 빠르게 훑어보기 시작했다. 한동안 집무실 안에는 책장이 팔랑거리는 소리 외에는 아무 소리도 들리지 않았다.

군데군데 주혁이 미리 표시해둔 곳들을 넘겨본 해랑이 고개를 모로 기울였다.

"참으로 이상하지요?"

혼잣말처럼 중얼거리자 무영과 주혁이 동시에 고개를 끄덕여 응수했다. 먼저 입을 연 것은 주혁이었다.

"그래, 이상하다. 범인이 입궁하는 자들의 면면을 알고 있는 것은 둘째고, 궁에 남을 여인이 누군지 어떻게 알았을까?"

"오늘은 태화관의 그 누구도 궁에 남지 않았습니다. 시작한 지 얼마 되지 않아 연회가 끝났고 모두에게 축객령이 내려졌는걸요? 단한 사람도 빠짐없이요."

해랑의 대답에 주혁은 가만히 턱 끝을 쓸었다. 고민하는 듯한 종사관의 기색에 무영이 말을 덧붙였다.

"틀림없습니다. 들어갈 때도 나올 때도 무리의 맨 끝에 제가 있었으니까요."

주혁의 집무실 안으로 또다시 습관 같은 침묵이 내려앉았다. 그러고 있기를 잠시, 주혁이 다시 입을 열었다.

◆   현 중구 남대문로 1가 일대.

"태화관으로 다시 가야겠습니다. 남 행수를 만날 것입니다. 대감께서는 지난번 구해주셨던 참석 관리의 명단과 오늘 참석한 관리의 명단을 다시 확인해주십시오."

세 사람이 좌포청을 나섰을 때는 해시가 막 끝나갈 무렵이었다. 그들은 천천히 걸음을 옮겼다. 곧 인정이 시작될 것인지라 거리는 무척 한산했다.

잘게 울렁이는 밤공기에서 가을 내음이 나는 듯했다. 발치에서 사르락거리는 치맛자락을 정리하며, 해랑은 저보다 반걸음쯤 앞서 걷는 무영의 등을 바라보았다.

주혁과 대화하던 무영이 이따금씩 저를 확인하듯 돌아볼 때마다 해랑은 그 눈길을 피해 시선을 내렸다. 손을 뻗으면 닿을 거리에 있는 무영의 등을 볼 때마다 자꾸만 속이 울렁이고 입안이 마르는 듯한 기분이 들었다. 이 불편한 기분이 어색한 옷차림 탓인지, 무영을 향해 흐르는 제 마음 탓인지 알 길이 없어 해랑은 애꿎은 치맛자락만 쥐었다 놓았다 했다.

종루 앞 삼거리. 이제 막 각자의 갈 길로 헤어지려는 참에, 해랑이 크게 숨을 들이쉬더니 제 가슴팍을 툭 쳤다.

"어찌 그래?"

무영이 의아한 기색으로 해랑의 어깨를 잡아왔다.

"아니, 아무것도 아닙니다."

해랑이 고개를 한번 갸웃하고는 가슴께로 들었던 손을 치맛자락에 닦아냈다. 손바닥 안이 축축했다. 기이하게도 자꾸만 뒷덜미를 타고 식은땀이 흘러나왔다. 해랑은 자꾸만 요동치는 가슴을 진정시키려는 듯 다시 한 번 한숨을 푹 쉬고 손을 말아 쥐었다.

짤랑.

해랑의 방울이 작게 울린 것은 바로 그때였다. 세 사람은 멈칫하며 그 자리에서 발을 멈췄다.

짤랑.

또 한 번 방울이 울리고 가만히 귀를 기울이던 해랑이 갑자기 달음 질을 치기 시작했다. 해랑의 예민한 귓가로 꺅! 하고 우는 여인의 목소 리가 흘러들어왔다. 오직 해랑만이 들을 수 있는 소리였다. 연신 발에 차이는 치맛자락을 움켜쥐고 해랑은 소리 난 방향을 향해 내달렸다.

한참을 달리던 해랑이 흠칫하며 멈춰섰다. 눈앞의 광경을 보며 저 도 모르게 한 발짝 뒷걸음질 치는 해랑의 등 뒤로 툭, 사람의 온기가 닿아왔다. 온기는 이내 해랑의 허리춤으로, 또 눈가로 옮겨갔다.

"괜찮아. 괜찮다."

무영의 나직한 목소리가 해랑의 귓가를 파고들었다.

해랑의 눈을 덮어 가린 무영의 손바닥 아래로 습기가 조금씩 맺히 고 이내 해랑이 크게 헛숨을 한 번 들이켰다.

무영은 조금 더 가까이, 그리고 단단히 해랑을 제 품 안으로 끌어 안았다. 그러고는 괜찮다는 말을 해랑의 귓가에 되뇌었다. 입으로는 해랑을 달래기에 여념이 없는 무영이었으나 저와 해랑 앞에 놓인 광 경을 바라보는 눈길은 차게 식어 있었다.

얼마 지나지 않아 주혁이 도착했다. 그는 빠른 걸음으로 힘없이 바 닥에 늘어진 여인 곁으로 다가섰다. 도포 자락이 핏물에 젖는 것도 아랑곳하지 않고 주혁은 무릎을 꿇고 앉아 가만히 여인의 뺨에 손을 대었다.

여직 식지 않은 생의 온기가 주혁의 손끝에 달라붙었으나 아주 잠시였다. 이미 식어가고 있는 몸을 두고 주혁은 미련을 놓지 못한 듯 여인의 입가로 귀를 가져다 대었다. 잠시 그러던 그가 고개를 들어 무영을 바라보았다. 그러고는 씁쓸한 얼굴로 고개를 가로저었다.

* * *

저녁나절 넘었던 문. 바로 그 문을 넘어 다시 거리로 나서자마자 초아는 괜스레 제 뒷목을 매만졌다. 뒤통수가 서늘한 것이 기분이 영 찜찜했던 탓이다. 입궐하기 전부터, 아니, 입궐 기녀 명단에 제 이름이 올랐을 때부터 쭉 이런 기분이었다.

저보다 앞서 입궐했던 애란과 수련은 여태 기루로 돌아오지 않고 있었다. 그럼에도 행수는 가타부타 말이 없었다. 이를 두고 태화관의 모든 기녀가 그네들이 팔자가 핀 것이라며, 다시는 태화관으로 돌아오지 않을 것이라고 입방아를 찧어댔다. 승은을 입어 궁에 눌러앉게 된 것이라고.

걸음을 옮기며 초아는 연신 고개를 갸웃거렸다. 글쎄, 애란과 수련이 정말 승은을 입었다면 어째서 기루로 돌아오지 않는 것인지 알 수가 없었다. 저 또한 지난밤 임금에게 몸을 열었으나 이처럼 파루가 끝나자마자 궁 밖으로 내쫓기는 참이 아닌가. 한참 헤아리던 초아는 이내 생각을 고쳐먹었다. 어쩌면 저가 이리 내쫓기는 것은 임금을 만족시키지 못해서일지도 몰랐다.

지난밤. 가기(歌妓)인 저에게 임금이 뭐라 했던가. "어디, 내 밑에서 밤새 그 고운 소리로 울어보거라" 하지 않았던가.

세상에나, 망측하기도 하지. 혼잣말을 중얼거리며 초아는 몸서리를 쳤다. 임금의 괴팍한 성정은 이미 소문을 들어 알고 있었다. 하기야, 도성 안에 그것을 모르는 이가 얼마나 되겠느냐마는.

제게 했던 말이 농은 아니었는지 임금은 밤새 초아를 괴롭혀댔다. 뱀 같은 그의 혀가 제 몸 구석구석을 먹어치울 듯 핥을 때마다, 그보다 더 징그러운 손끝이 제 온몸을 훑어낼 때마다, 불쌍한 계집애는 울고 또 울었다. 그 탓인지 퉁퉁 부어터진 눈가가 여직 쓰라렸다.

발갛게 짓무른 눈가를 매만지며 초아는 걸음을 재촉했다. 그래, 아무래도 지난밤 임금을 만족시키지 못한 죄로 저가 이리 꼭두새벽부터 궁문을 넘는구나 싶었다. 얼마간 그렇게 걷던 초아가 걸음을 멈췄다. 바닥에 제 신이 끌리는 소리 사이로 다른 이의 발소리가 들린 탓이다.

초아가 날랜 몸짓으로 뒤를 돌아봤다. 저가 타고 넘은 궁문이 저만치에 어룽어룽했으니, 기루로 돌아가기까지는 아직 한참이었다. 길에는 온전히 저 하나뿐이었다. 하지만 어쩐지 뒷목이 선뜩해져 초아는 또 한 번 목덜미를 매만졌다.

잠시 그렇게 서 있던 초아가 걷던 방향을 향해 돌아섰다. 초아의 몸짓을 따라 옷고름 위에 달아둔 노리개가 춤을 추듯 흔들렸다. 샛노란 빛깔의 노리개 위로 길게 햇살 줄기가 앉았다. 빛이 앉은 자리마다, 노리개는 마치 본디 금빛이었다는 듯 반짝였다.

아니, 노리개가 황금빛으로 뵈는 것은 초아의 착각이었다. 찡 하고 울리는 골에, 계집애의 눈앞에 누런 호롱 불빛이 점멸하듯 황금빛으로 별이 튀었다. 초아는 지끈거리는 머리 위로 손을 올렸다. 손을 올리기 무섭게 금빛이던 노리개 위로 툭, 또 툭, 붉은 방울이 점점이 떨어져 내렸다. 초아는 멍하니 서서 노리개 위로 번지는 붉은 것을 내려다봤다. 노리개 술을 물들이던 붉은 것은 이내 쏟아지듯 흘러내리며 초아의 앞섶을 적시기 시작했다.

"아……."

흐릿한 눈길로 그것을 바라보던 초아가 탄식하듯 입을 벌리자 꽉 막힌 듯 잠긴 소리가 목구멍을 긁으며 삐져나왔다. 언뜻 기괴하게 느껴지는 소리였다. 태화관 최고의 가기라는 계집과는 어울리지 않는 소리였기에 더욱 그러했다.

초아가 천천히 고개를 들었다. 눈물과 핏물로 번들거리는 계집애의 시야로 어느새 코끝이 닿을 듯 지척으로 다가온 사내의 눈동자가 콱 박혀들었다.

* * *

"벌써 오십니까?"

무영이 집무실 문턱을 넘는 주혁에게 물었다. 그러고는 핏물에 젖은 주혁의 무릎께를 흘끗 쳐다봤다. 금방 따라가겠다 했던 주혁이었으나 생각보다 너무 빨리 돌아온 것이 의아했다.

"방금 전 사건이 있던 현장은 저희 관할 지역이 아닙니다."

주혁이 마른 한숨을 쉬며 대꾸했다. 그 말에 무영과 해랑 또한 입을 다물었다. 주혁의 관할 지역이 아니라면 수환의 구역일 것이고. 그 말인즉, 곧 수환이 이리로 올 것이라는 의미였다.

그로부터 반 시진쯤이나 지났을까. 정복 차림을 한 수환이 주혁의 집무실에 들어섰다.

"해랑이 네가 제일 먼저 현장을 발견했다면서?"

방 안으로 들어서기 무섭게 묻는 말에 해랑이 "예" 하고 작게 대답했다. 말끝에 입술을 질끈 깨무는 해랑의 낯을 들여다보며 주혁이 질책하듯 수환을 향해 눈짓했다. 그러고는 해랑을 향해, "네 탓이 아니다" 하는 것이었다.

달래듯 다정히 말하는 투에 해랑의 눈가가 또다시 발갛게 부풀어 오르기 시작했다.

"하지만 제가 조금만 더 빨리 도착했다면……."

"그래, 너를 탓하려고 한 말이 아니야. 범인이 우리가 생각했던 것보다 더 교활한 놈이거든."

수환이 품 안에서 종이 뭉치를 꺼내 펼쳤다.

"초검의 시장과 시형돕니다. 피해자의 이름은 월향, 남행수가 신원 확인을 해주었고요."

수환이 잠시 말을 멈추고 손끝으로 시형도의 한 부분을 가리켰다.

"현장에서 다들 보셨듯이, 지난 두 사건과는 다르게 범인이 이번에는 피해자의 목에 편전을 꽂아뒀어요. 지난 피해자들은 무기, 이번 피해자는 가기고요."

"맞아요. 제가 현장에서 얼굴을…… 얼굴을 보니 어젯밤 두 번째로 노래를 했던 여인이었어요."

기억을 헤아리던 해랑이 의아한 기색으로 말을 덧붙였다.

"모두가 퇴궐하는 것을 확인했는데 대체 어찌 된 일인지 모르겠습니다. 만약 다시 연회를 열 참이었다면 모두를 불러들였을 텐데, 어째서 그 여인만 또 따로 움직였다는 말이어요?"

펙 순진한 기색으로 묻는 해랑의 말에 세 사내는 가만히 입을 다물었다. 해랑의 질문에 대한 답을 그들 모두가 알고 있었으나 쉬이 입밖으로 꺼내기는 힘든 탓이었다.

"승은을 입은 것이다."

무영이 불편한 진실을 입에 올리자 해랑이 "예?" 하고 반문했다.

"주상 전하와 밤을 보냈다는 이야기다."

재차 던져진 무영의 말에 방 안의 공기가 급속히 가라앉았다. 두 종사관과 해랑이 말을 잇지 못하고 어물거리는 사이 무영이 또다시 입을 열었다.

"앞선 피해자들이 어쩌면 하사품을 받았을지도 모르겠습니다. 또, 이 월향이라는 여인도요."

"그렇게 단언하시는 이유는요?"

수환의 물음에 무영 대신 주혁이 쓰게 웃으며 두어 번 고개를 저었다. 그러고는 제 친우 앞으로 초저녁에 이미 훑어보았던 방각본을 들이밀었다.

"여기. 우리가 세 번째 피해자를 발견하기 직전까지의 상황이 묘사되어 있네. 앞선 두 번의 사건처럼 말이지."

수환의 눈동자가 주혁이 가리킨 자리를 빠르게 훑어내렸다.

'운종가의 살생부.'

그것은 범인이 남긴 예고장. 범행의 설계도. 그리고 명백히도 수사관들을 향한 조롱을 담은 기록이었다.

* * *

소요정. 작은 공간을 떠들썩하게 만들던 무리가 모두 빠져나가고 나니 정자 안은 본디 늘 그래왔듯 고요가 자리를 차지하고 앉아 주인 행세를 했다. 이따금 들려오는 술잔이 달그락거리는 소리 따위가 아니었다면 정말로 거기 남은 것은 고요뿐이었을 것이다.

"별일이구나."

임금이 마주 앉은 진원대군을 향해 여상한 투로 말했다.

"연회에 오지 않을 테냐, 재미난 것을 보여주마, 하지 않으셨습니까? 어찌 자리를 접으라 하셨습니까? 잔뜩 기대하고 온 참인데요."

능청맞게 대꾸하는 대군의 말에 임금은 기가 막힌다는 듯 바람 새는 소릴 하며 웃었다.

"이렇게 들으면 우리더러 퍽 우애가 깊은 형제라 하겠구나."

농 치듯 하는 말에는 분명히 가시가 있었다. 오란다고 정말 왔느냐는 말을 이렇게 돌려서 하는 것일 테다.

그 뜻을 충분히 알아들은 대군이었으나 그는 제 형제 앞에서 늘 그래왔듯 이번에도 모르쇠를 뗐다. 빙긋 웃으며 술잔을 채우는 대군을 향해 임금이 다시 입을 열었다.

"근자에 도성 안에 재미난 일이 많다지?"

"재미난 일이요? 글쎄요, 근래에 제가 들은 것은 죄다 흉흉한 이야기뿐이라……."

"언제는 도성 안에 흉흉한 이야기가 없었다더냐? 배다른 형제들과 그 어미들까지 사람을 넷이나, 그것도 궁 안에서 죽인 미친 임금이 밤마다 원혼에 시달려 날이 갈수록 더욱 포악해진다는 그런 흉흉한 이야기 말이다."

"형님."

대군은 그제야 당황한 기색을 했다. 그 모양이 재밌는지 임금이 크게 웃기 시작했다. 적막한 정자 주변에 울리는 임금의 과장된 웃음소리는 조금 기괴하게 들릴 정도였다. 한참이나 어깨를 들썩여 웃던 임금이 몸을 바로 하고 앉았다. 진원대군의 눈을 잠시 바라보던 그는 입꼬리를 한껏 당겨 웃더니 또다시 농담 같은 말을 한마디 툭 뱉었다.

"그것이 아니면, 은밀히 입궁해 승은을 입은 기녀들이 궁 지척에서 죽임을 당했다는 소문 말이냐?"

"……알고 계셨습니까?"

대군의 물음에 임금은 술잔을 움켜쥐며 싱긋 웃는 낯을 했다.

"무엇을 말이냐? 오늘 밤 무영이 녀석이 변복한 채 입궁했던 것 말이냐? 아니면, 그 녀석이 늘 곁에 끼고 다니는 쥐방울이 사실은 계집이라는 것 말이냐?"

* * *

"사이고배수(獅以孤杯殊)."

"사이고배수의 짓 같습니다."

한참이나 생각하던 수환과 주혁이 동시에 말했다. 서로를 향해 작게 고개를 끄덕인 두 종사관의 낯은 금세 심각하게 가라앉았다. 잠시 두 사람의 눈치를 살피던 해랑이 물었다.

"사이고배수가 뭐예요?"

"마음이 없는 자들을 그렇게 부르지."

수환이 대답하자 해랑의 고개가 모로 기울어졌다.

"예? 음…… 잘 이해가 되지 않습니다."

"측은지심(惻隱之心), 사양지심(辭讓之心), 시비지심(是非之心), 수오지심(羞惡之心). 그 어느 것 하나 없는 자들을 이르는 말이다. 살육을 즐기는 자들이지."

"살육을 즐긴다니, 세상에……."

또다시 이어진 수환의 대답에 해랑이 경악하며 말끝을 흐렸다. 한참 말없이 두 사람의 대화를 듣기만 하던 무영이 탄식하듯 읊조렸다.

"감정이 없는 자라……. 하지만 이상하지 않습니까?"

"무엇이 말입니까?"

무영을 향해 되물은 것은 주혁이었다.

"방각본 말입니다. 책 속에서 초아라는 여인이 죽은 것은 이전의 피해자들과 마찬가지로 파루 후 궁을 나와서입니다. 하지만 실제로는 인정이 시작되기 전이었습니다. 초저녁에 연회를 파했으니까요. 또한 책과는 다르게 실제로 변고를 당한 여인은 월향이고요."

무영의 말에 주혁은 말없이 턱 끝을 쓸었다. 이에 수환이 주혁을 향해 물었다.

"방각본을 찍어내려면 원본이나, 그에 준하는 필사본이 방각소에 전해졌을 텐데……. 그것이 언제인지는 모르는 거야?"

"이틀 전 아침나절이라 했으니 두 번째 연회가 있던 날이네."

주혁의 대답에 해랑이 손뼉을 짝! 쳤다.

세 사내의 시선이 동시에 해랑에게 가 닿았다.

"보세요. 이번에 입궁한 자들의 명단은 지난번 연회 때 전해진 것이잖아요? 그런데 이번에 나온 방각본에 초아라는 이름이 분명히 나오고, 실제로 입궐하였으니 범인이 입궐 기녀 명단을 미리 알았다는 말 아니어요?"

"그래, 네 말대로 연회에 참석한 이들 중 하나가 범인일 수도 있겠어."

수환의 말에 무영이 고개를 가로저었다.

"연회에 참석하는 대감들은 모두 명단을 공유하는 듯했습니다. 주상을 모시는 내시부에서는 당연히 대감들과 기녀들 양쪽 모두의 명단을 가지고 있고요. 그러니 이와 같은 이치라면 그 연회 자리에 참석하는 모두를 의심해야 할 것인데, 아무리 길어도 앞으로 사나흘 내에 다음 연회가 열릴 것입니다. 참석한 이들 모두를 채문하기에는 시간이 없습니다. 뭔가 다른 단서가 필요합니다."

"하지만 이번 연회가 이렇게 갑자기 파할 줄은 범인도 몰랐을 겁니다."

주혁이 대꾸하자 무영이 고개를 끄덕이고는 재차 말을 이었다.

"확실히 오늘 밤의 일은 범인도 예상치 못한 부분들이 있었지요. 헌데, 만약 지난 두 사건이 묘사된 앞의 두 권도 이번 것처럼 사건 전에 미리 써둔 것이라면……. 범인이 입궐한 이들 중 누가 승은을 입을지 예상하고 있었다는 뜻이 됩니다. 그 예상은 적중했고요. 그런데 이번에는 틀리지 않았습니까? 범인이 놓친 것이 이것뿐이 아닐 것입니다. 이번 사건은 우리가 개입한 순간부터 이미 범인의 통제를 벗어났으니까요."

무영의 말에 두 종사관이 끙 앓는 소리를 내며 입을 다물었다.

분명히 손에 잡힐 듯 도처에 단서가 흩뿌려진 듯했으나 그저 그뿐이었다. 그 어느 것도 명확하게 하나로 모아지지 않으니 네 사람은 자꾸만 이처럼 뜬구름 잡듯 허우적거리고만 있는 것이다.

고요를 깨며 파루를 알리는 종소리가 들려왔다. 가장 먼저 반응한 것은 주혁이었다.

"세 사건 모두 범행이 일어난 것보다 책이 쓰인 것이 먼저라면, 범인은 자신이 쓴 내용과 현장을 똑같이 만들려 애썼을 것입니다. 하지만 지난밤엔 아니었지요. 그러니 대감 말씀대로 범인이 실수한 또 다른 구석이 있었을 겁니다. 일단은 책 속에는 있었으나 현장에는 없던 것의 행방부터 쫓아볼까요? 주상께서 피해자들에게 내린 하사품 말입니다."

주혁은 말끝에 집무실 문을 활짝 열어 젖혔다. 멀리 동이 트고 있었다.

* * *

방 안을 차지하고 앉은 여인은 고작 셋. 제법 널찍한 공간이었음에도 분 내음이나 동백기름 내음 같은 여인들 특유의 향이 방 안 가득 퍼지는 것은 순식간의 일이었다. 경대 앞에 나란히 앉은 여인들은 저마다 얼굴을 단장하며 쉴 새 없이 종알거렸다.

"이번에는 누굴까?"

볼에 분칠하던 여인이 물었다.

"누군지 알게 뭐라니? 입궐 명단에 내 이름이 오를 것도 아닌데."

새초롬하게 대꾸한 다른 여인 하나가 거울에 제 얼굴을 이리저리 비추었다.

"하, 대체 내가 어디가 모자라서 입궐 명단에 오르지 못하는지 모르겠다."

그러자 내내 잠자코 있던 여인이 퉁명하게 대꾸했다.

"정말 몰라서 하는 말은 아니지? 거울을 좀 더 자세히 들여다보지 않으련?"

이죽거린 말끝에 세 여인은 서로의 얼굴을 빤히 들여다보았다. 아주 잠시 방 안에 정적이 흘렀다. 하지만 이내 세 사람의 웃음소리가 방 안을 채웠다. 어린 계집애들처럼 깔깔거리며 웃던 여인들은 서로의 얼굴을 향해 가볍게 손가락질을 하며 키득거렸다.

"그래, 아무래도 우리는 아니 될 팔자인가 보다. 풀릴 팔자였으면 이 얼굴이었겠누?"

"어머 애, 그래도 우리 정도면 어디 가서 빠지는 낯은 아닌데?"

"그러면 뭘 하누? 저 곰보 못난이 금옥이 계집애도 벌써 세 번이나 입궁한 마당에 우리는 이렇게 여기 콕 박혀 있으니 말이야."

한참 높아지던 여인들의 목소리가 '금옥'이라는 이름이 나오자 조금 낮아졌다.

"그나저나, 금옥이 그 계집애는 어디로 숨은 거래니? 대체 왜 돌아오질 않는 게야?"

분칠하던 여인이 다른 두 여인을 향해 물었다.

"그러게나 말이다. 남 행수가 아주 눈이 뒤집혀 있던데? 고 계집애 찾는다고."

어휴. 세 여인이 동시에 한숨을 흘렸다. 승은을 입어 돌아오지 않는 다른 셋은 그렇다 치고, 대체 금옥이 그 계집애는 어디로 사라졌기에 이렇게 쥐도 새도 모르게 모습을 감춘 것인지 모르겠는 것이다.

덕분에 요즘 태화관의 분위기는 살얼음판 걷듯 냉랭했다. 빈말로라도 예쁘다 할 수 없는 낯이었으나 노랫가락 하나만큼은 도성 안 그 누구보다 기가 막히게 뽑아내던 것이 바로 금옥이 그 계집애였다.

한양뿐이랴, 나라 안에서 풍류깨나 즐긴다는 양반네들 중에 금옥을 모르는 이가 없었다. 금옥이 내는 고운 소리를 듣고 있노라면 참으로 신묘하게도 한쪽이 얽은 그 아이의 낯이 그렇게 고와 보일 수가 없다는 것이었다. 실상 태화관의 돈줄이나 마찬가지인 금옥이었는데, 희한하게도 지난밤 연회 이후 돌아오지 않고 있었다.

세 여인이 그렇게 서로의 낯을 보며 한숨을 푹푹 쉬고 있자니 방문 밖에서 소 씨의 목소리가 들려왔다.

"준비 마쳤는가? 행수님께서 기별 넣으셨네."

그 소리에 세 여인은 얼른 매무새를 다듬기 시작했다.

"예. 곧 나갑니다."

방문 밖으로 대답을 던져두고 여인들은 다시금 저들끼리 눈길을 마주쳤다. 어쩐지 오늘도 하루가 퍽 길 것만 같았다.

한편, 여인들의 방문 밖에 서 있던 소 영감은 방 안에서 대답이 들려오자 금세 또 다른 방을 향해 발길을 돌렸다. 태화관의 잡다한 일을 죄 총괄하는 소 씨는 이곳을 양반댁으로 치자면 집사장 같은 일을 보는 사내였다.

기실 영감이라 부르기엔 무척 젊었으나 태화관의 기녀들은 모두 그를 '소 영감'이라 불렀다. 까다롭기가 남 행수보다 더한 것이 아주 깐깐한 영감쟁이 같다고 하여 붙인 별명이었다.

나란히 늘어선 모든 방에 들러 기녀들을 준비시킨 그는 곧 남 행수의 방 앞에 가 섰다.

"행수 어르신, 준비되었습니다."

"잠시 기다리게."

방 안에서 남 행수의 목소리가 들려온 지 얼마 지나지 않아 방문이 열리고, 정복 차림의 종사관 둘이 모습을 드러냈다.

"가서 준비하고 있게. 이분들을 모신 후 가겠으니."

어쩐지 무척 심기가 불편해 보이는 남 행수가 소 영감을 향해 고갯짓하자 소 영감은 세 사람을 향해 꾸벅 인사를 올린 후 발길을 돌렸다.

자꾸만 종사관들이 드나드는 것이 아무래도 석연찮았다. 그런데 느낌이 영 기분 탓만은 아니었던 모양이다. 본관 대청에 나란히 모여 앉은 기녀들 사이에서 또다시 고 계집애를 발견했을 때 소 영감은 그것을 확신했다.

아이고, 저 계집애가 또 기어들어 왔구나. 머리깨나 아프게 생겼어. 속엣말을 삼키며 소 영감은 기녀들을 향해 다가섰다.

이제, 다음번 입궐할 기녀들을 골라낼 차례였다.

* * *

"아니야, 다들 제때 돌아왔는데? 내가 마지막으로 문턱을 넘었다니까? 근데 월향이 고 기지배 고거 언제 또 빠져나갔던 건지……. 그나저나, 넌 어딜 갔었던 거니? 종일 안 보이던데?"

각자의 방으로 향하는 기녀들 사이에서 여인 하나가 해랑을 향해 속닥거렸다. 지난번 함께 입궁했던 여인이었다.

"배탈이 나서 밤새 측간을 들락날락했지요. 어휴, 말도 마세요."

해랑이 태연하게 둘러댔다. 속으로 잔뜩 긴장한 것이 무색하게도 여인은 금세 다른 데 정신을 팔기 시작했다. 다른 기녀들과 함께 돌아오지 않은 월향에 대한 이야기를 하느라 열을 올리기 시작한 것이다.

남 행수를 달달 볶은 두 종사관 덕에 해랑은 다시 태화관으로 잠입했다.

주혁과 수환은 남 행수를 향해 이번에도 허튼짓을 했다가는 크게 경을 칠 것이라 엄포를 놓고는 내일로 예정된 다음 연회의 참석자 명단과 입궐 기녀들의 명단을 가지고 돌아갔다. 궁과 태화관 사이에서 남 행수와 연락책을 맡는 이가 누구인지도 알아간 모양이었다. 그 덕에 해랑은 내일까지 꼼짝없이 여기 붙들려 동태를 파악하는 임무를 맡게 되었다.

긴장한 모양을 애써 감추며 해랑은 기녀 무리를 따라 걸음을 재촉했다. 입궐 기녀 명단에 해랑 또한 '아랑'이라는 가명으로 이름을 올렸으니 내일까지는 기루에 찾아온 손님을 상대할 필요가 없었다. 또한 지난번과 같이 입궁 후에 누군가의 의심을 살 필요도 없을 터였다.

종종걸음으로 걷던 해랑이 문득 발을 멈췄다. 또다시 뒷목이 서늘해지는 기분이 들었다.

'또? 아……. 아까도 분명히…….'

기억을 더듬던 해랑이 고개를 번쩍 치켜들었다. 저만치에 어룽거리는 뒷모습은 분명히 눈에 익은 것이었다.

해랑은 눈길을 돌려 주위를 살폈다. 다행스럽게도 다른 여인들은 벌써 저만치 앞서 나간 참이라 지금 해랑이 사라진대도 아무도 모를 듯했다.

어룽거리던 인영은 벌써 모퉁이를 돌아나가고 있었다. 더는 지체할 시간이 없었다. 해랑은 야무진 손길로 치맛자락을 정리했다. 발에 차이지 않게 단단히 꿴 것을 다시 한 번 확인하고 앞을 향해 달려나갔다.

　얼마나 달렸을까, 해랑은 낯선 골목 끝에서 걸음을 멈췄다. 어느새 기루는 저만치 멀어져 있었다. 분명히 바로 지척까지 따라왔는데 어쩐 일인지 눈앞에서 어룽거리던 머리꼭지가 사라져 보이지 않았다.
　해랑은 연신 마른침을 삼키며 주위를 둘러보았다. 그러고는 기어이 입술을 잘근잘근 씹기 시작했다. 눈꺼풀 안에 책장을 넘겨보던 손이, 그 모습이 달라붙어 떨어지지를 않았다. 뒷목이 서늘해졌던 것은 바로 그 손이 눈길에 차였던 탓이다.
　느릿하게 종잇장을 넘기던 왼손 검지와 중지 끝에 마치 물을 들인 듯 짙게 묻은 먹물 자국. 그리고 그 손가락 끝을 타고 쭉 내려오면 손가락과 손바닥이 만나는 바로 그 자리, 도톰하게 살이 올라붙은 바로 그 자리에 보란 듯이 새겨진 무엇엔가 잔뜩 쓸린 흔적.
　그 손의 모습을 떠올리기 무섭게 해랑의 머릿속에 섬광처럼 검험관 공 씨의 말이 스쳐 갔다.

　범인은 왼손잡이일 것입니다. 철퇴에 맞은 피해자들의 얼굴은 모두 오른쪽 위에 난 상처가 가장 깊고 왼쪽 아래가 가장 얕습니다. 그뿐입니까, 아래에서 위로 올려친 음문의 상처는 모두 오른쪽 아래가 가장 깊고 왼쪽 위가 가장 얕습니다. 그러니 분명코 범인은 왼손잡이일 것입니다요.

　그래, 공 의관께서 또 뭐랬더라.

또한 편전 살대에 남은 흔적은 피해자의 것이 아닙니다. 살대를 손에 쥐고 피해자를 찌르는 동안 거친 나뭇가지로 인해 범인의 손바닥에 깊게 쓸린 상처가 남았을 것이 확실합니다. 암요, 그렇고말고요.

낭패였다. 낭패도 이런 낭패가 없었다. 그 손의 주인이 범인이었다. 그런데 또다시 이렇게 눈앞에서 놓치고 만 것이다. 막다른 골목 끝에서 발을 동동 구르던 해랑은 이내 생각을 고쳐먹었다.

'그래, 일단은 기루로 돌아가야 해. 그리고 돌아가는 길에 좌포청에 들러 최 종사관 나리께 말씀을 드리고, 그리고…….'

한참 생각에 잠겨 있던 해랑이 일순 앞으로 훅 고꾸라졌다. 해랑은 얼른 제 머리를 감쌌다. 뒷머리를 타고 지끈거리는 통증이 번지기 시작했다.

"이런……. 아주 잘못 걸렸구먼그래. 그렇지, 꼬맹아?"

애써 눈을 치뜨는 해랑의 시야로 손의 주인이, 그 얼굴이 어룽거리고 있었다. 힘없이 땅바닥에 누인 제 몸 위로 무겁고 뜨끈한 것이 들러붙는 것을 느끼며 해랑은 조용히 눈을 감았다.

* * *

"정신이 좀 들어?"

"……스승님?"

흐릿한 시야를 바로잡으려는 듯 잘게 머리를 흔들던 해랑이 으, 하고 앓는 소리를 냈다. 그러자 무영이 작게 혀를 차고는 가만히 해랑의 이마를 쓸었다. 그 손길에 해랑이 어리광을 부리듯 배시시 웃음을 흘렸다.

"좀 더 자두거라."

"제가 또 범인을…… 놓쳤…….."

무영의 말이 주문이라도 된 듯 해랑이 수마에 빠져들며 웅얼거렸다. 그 모습에 무영의 입에서 마른 웃음이 새어 나왔다.

해랑이 다시 깨어난 것은 그로부터 두어 시진이 더 지나서였다. 몸을 일으켜 앉은 해랑은 제 뒤통수를 더듬거렸다. 손끝으로 머리 뒤를 감싼 천 뭉치의 감촉이 느껴졌다.

방 안을 한 번 둘러본 해랑은 작게 한숨을 쉬었다. 눈에 익은 풍경은 정 행수의 선전 내실이었다. 어지러운 듯 잠시 이마를 짚고 앉아 있던 해랑이 이불을 걷고 일어나려는 찰나 내실 문이 열리고 정 행수가 들어왔다.

"스승님은 어디 계셔요?"

"몸은 좀 어쩌냐, 네 스승은 종사관 나리들과 범인을 심문 중인디."

"예? 범인을 잡았습니까?"

이리저리 해랑의 상태를 살피던 정 행수가 뜨악한 얼굴을 했다.

"뭔 소리여 시방? 니가 잡았담서?"

"예?"

해랑의 눈이 곧 튀어나올 듯 왕방울만 해졌다.

"순 헛소리만 해쌌는 거 본께 낫을라믄 당 멀은 모양이구먼? 얼른 더 자니라. 태화관 주변으로 군졸들 안 붙여놨으믄 큰일 나불 뻔했어야."

억지로 이불을 끌어다 덮는 정 행수의 손길에 해랑은 다시 드러누울 수밖에 없었다. 정 행수와 벌인 그 약간의 실랑이가 제법 버거웠는지 해랑은 베개에 머리가 닿기 무섭게 또다시 잠에 빠져들었다.

* * *

광통방 전 씨 방각소 앞은 운집한 사람들로 때아닌 소란이 일고 있었다. 처음에는 서너 명이었던 사람들의 수는 얼마 지나지 않아 기십으로 늘어났다. 구경꾼들은 하나같이 군졸들이 쳐놓은 금줄 너머로 이리저리 고개를 내빼며 안을 들여다보려고 애쓰는 중이었다.

소란을 뚫고 금줄을 넘은 주혁이 답지 않게 얼굴을 잔뜩 굳히고 방각소 안으로 들어섰다.

"아이고, 나리. 왜 이러십니까? 예?"

주혁이 방각소 문턱을 넘자마자 주인 전 씨가 그를 알아보고 다가와 우는소리를 했다.

방각소 안은 그야말로 난장판이었다. 바닥으로 흰 종이들이 흩날리고 그 사이에서 좌포청의 군졸들이 가게 안 구석구석을 뒤지고 다니는 중이었다.

"소근형과는 어떤 사이인가?"

주혁이 소 씨의 이름을 입에 올리자 전 씨가 눈에 띄게 당황하는 기색을 했다.

"소 영감 말씀이십니까요? 아무 사이도 아닙니다. 참말이어라! 종종 태화관에 댈 방각본을 맡기러 올 때나 얼굴을 보는디요?"

"운종가의 살생부 방각본을 여기서 만들었다지?"

"예예. 삼 권만 방각했고, 사 권은 원본이 상해 못 찍었습니다. 대체 으째 이러십니까? 예?"

전 씨가 죽는소리를 해댔으나 종사관은 요지부동이었다.

주혁이 냉담한 얼굴로 다시 물었다.

"원본이 상했다는 말은 무슨 뜻인가?"

"아……. 작업을 하던 중에 책 첫머리가 상해부렀습니다."

"서제(序題)가?"

"예에! 나리께서도 아시겠지만, 관판*을 허는 책들은 보통 첫머리에 새 글을 쓰지 않습니까? 그란디 방각을 할 적에는 방각본이 대개 부녀자들이 보는 언문 소설이라 첫머리는 필사한 자의 이름만 쓰고 비워두는 것이 보통인디요. 그런디 희한하게 이번에 사 권 첫머리에 지은이의 말이 쓰여 있었습니다."

"글 쓴 자의 말이?"

"예에! 제가 알아보니 그동안은 그런 일이 없었다고 하드만요. 아무튼, 분명히 첫머리에 사 권이 마지막 권임을 암시하는 글이 쓰여 있었는디, 별안간 그것이 사라져버렸지 뭡니까."

"자네만 눈감았더라면 서제 없이도 책은 충분히 나올 수 있을 일 아니었는가?"

"아이고, 그건 그렇지요오. 그런데 대체 어떤 놈팡이의 짓인지, 첫머리뿐만 아니라 책의 주요 부분을 죄 쥐어뜯어놓지 않았겠습니까? 작가가 누군지도 몰라 다들 애를 태우는 이 와중에 말입니다."

전 씨의 대답에 주혁의 입술 끝에 비소가 걸렸다. 그 모습을 보며

◆   관청에서 펴내는 책.

전 씨는 변명하듯 말을 덧붙였다.

"아, 물론 저도 작가가 누군지는 모릅니다. 저는 그저 간단한 서찰과 함께 전해진 것을 거두어 찍어낸……."

"알았네. 그만하면 되었네."

말을 가로막는 주혁의 얼굴은 여전히 냉담했다. 그걸 보는 전 씨의 등 뒤로 자꾸만 식은땀이 찔끔찔끔 흘러내렸다.

좌포청 종사관 최주혁이 누구던가. 좌포청의 보살, 양 포청의 부처님 가운데 토막이라 불리는 사내 아닌가. 그런 그가 이처럼 단호한 기색을 하는 것에 전 씨는 물론이고 방각소 밖에 서 있던 구경꾼들마저 의아한 기색을 했다. 평소 온화하던 그의 성품을 도성 안에 모르는 자가 없는 탓이다.

그러나 그런 주변인들의 시선을 의식하지 못한 듯 주혁의 낯은 점점 더 차게 가라앉고 있었다.

좌포청. 양 포청의 포도대장과 그 아래 수하들이 모두 자리하고 마당 한가운데에는 태화관의 관리인 소근형이 꿇어앉아 있었다.

검험의관 공 씨와 주 씨의 증언이 차례로 이어졌으나 소 씨가 도통 혐의를 인정하지 않아 난항을 겪는 중이었다. 법도대로 범인 소 씨의 최종 자백이 더해지지 않는다면 사건은 이대로 길고 지루한 여정을 이어가게 될 터였다.

예상대로 소 씨는 꽤나 간교한 자였다. 세 건의 살인은 모두 부정하였으나 현장에서 바로 붙잡힌 해랑에 대한 일은 순순히 자백하고 나선 것이다. 살인보다 폭행의 죄질이 가벼우니 그리하는 것임이 분명했다.

그 덕에 수환과 무영의 심기가 잔뜩 불편해져 있는 참이다.

"저는 모르는 일입니다. 생각보다 기방 일이 쉬운 것이 아닙니다. 손에 상처를 입는 것쯤은 늘 있는 일이지요."

퍽 침착한 소 씨의 대답에 수환이 차게 웃는 얼굴을 했다. 그래, 네놈이 어디까지 그 간사한 입을 놀리는지 보자꾸나. 싶은 심정일 터였다.

소 씨 덕에 머리가 지끈거리는 것은 수환뿐이 아니었다. 내내 불편한 심기를 표정에 고스란히 드러내고 있던 좌포도대장이 소 씨를 향해 물었다.

"그렇다면 오늘 아침 골목에서는 어찌하여 무고한 이를 공격했느냐?"

해랑과의 일을 두고 하는 말이었다.

"제가 그치를 때린 것은 사실입니다. 허나 그치가 먼저 저를 공격했습니다. 평생 계집들 뒤치다꺼리나 해온 제가 무슨 힘이 있어 연유도 없이 애먼 사람을 공격한다는 말입니까?"

소 씨가 연신 고개를 가로저어가며 말을 늘어놓았다. 필시 자신의 공격에 해랑이 여직 깨어나지 못했음을 아는 눈치였다. 정신을 잃은 자는 뭐라 변명할 수 없으니 이참에 해랑에게 모두 뒤집어씌우려는 심산일 테다.

"감히 여기가 어디라고 거짓을 고하느냐?"

차게 일갈하는 좌포도대장의 말에 소 씨가 뭐라 다시 변명하려는 찰나, 포청 앞마당으로 주혁이 들어섰다.

주혁은 잠시 두 포도대장과 은밀히 말을 주고받았다. 곧 포도대장들의 허락이 떨어지고 이내 소 씨의 무릎 근처에 주혁이 천 뭉치 하나를 툭 던졌다. 뭉치가 여며져 있지 않았는지, 그 안에 싸여 있던 것들이 바닥으로 나뒹굴었다.

"이래도 부인할 텐가?"

피가 검게 엉겨붙은 가락지 두 쌍과 노리개 하나였다.

"이것이 무엇입니까? 어찌 제게 이런 것을 보여주십니까?"

소 씨가 침착한 투로 대꾸했지만 주혁은 평온을 꾸며낸 소 씨의 얼굴에 일순간 균열이 이는 것을 놓치지 않았다.

"이 물건들의 출처가 어디인지 그대가 가장 잘 알 텐데?"

짓씹듯 말하는 주혁의 목소리에 소 씨는 어처구니가 없다는 듯 헛웃음을 흘렸다.

"저는 모르는……."

"모르는 물건이 어찌 자네의 처소에서 나왔는지부터 설명해야 할 것이야. 왜, 금옥이 이것을 갖고 싶다 하던가?"

주혁이 또 한 번 모르쇠를 잡으려는 소 씨의 말을 가로막았다. 그러자 소근형은 작게 숨죽이며 웃기 시작했다. 그 웃음소리에 그를 제외한 모두가 낯을 찌푸렸다.

잠시 키득거리던 소 씨가 주혁과 수환, 양 포도대장들을 차례로 바라보았다.

"태화관의 기녀들은 창기가 아닙니다."

소 씨가 비죽 웃으며 입을 열기 시작했다.

"그런데 말입니다, 나리. 긍지가 드높은 태화관의 계집이, 몸을 팔아 장사하지 않는 태화관의 계집이 사내에게 몸을 내어주었으면 어찌해야겠습니까? 게다가 이렇게 분수에 맞지 않는 화대를 받아왔으니 말입니다. 저는 그저 그 계집들을 구해준 것뿐입니다. 어쨌든 제 덕에 더는 몸을 팔 필요가 없어지지 않았습니까?"

장내는 일순 정적에 휩싸였다. 하지만 소 씨는 여전히 웃는 낯이었다. 그 모습에 수사관들이 기가 찬다는 듯 얼굴을 찌푸렸다.

"금옥이란 여인은……."

수환의 말에 소 씨가 작게 고개를 가로저었다.

"도망갔습니다, 아주 멀리멀리. 제가 써 내려간 이야기들을 누구보다 더 못 견디어 했으니 말입니다. 결단코 찾지 못하실 겁니다. 만약 지난 연회들로 인해 태화관 계집들 중 하나가 정말로 팔자를 고칠 수 있었다면, 그랬다면 그 기회를 얻는 것은 금옥이 그 아이가 가장 먼저였어야 합니다. 하지만 어디 그런 얼굴로 그분의 눈에 들 수나 있었겠습니까?"

어느새 소 씨의 말투는 한탄조로 변해 있었다. 그 결에 주혁의 곁으로 다가온 군졸 하나가 그의 귀에 뭐라 속삭이며 이리저리 찢긴 종이뭉치를 건넸다. 소 씨가 쓴 서책의 원본이었다. 그것은 곧 주혁의 손을 거쳐 양 포도대장에게로 전해졌다.

군졸들에게 이끌려가는 소 씨의 뒷모습을 보던 수환이 입을 열었다.

"우리가 아주 대차게 틀렸어."

"그래, 틀렸지. 저자는 사이코패수가 아니네."

주혁이 동조하며 고개를 끄덕였다.

"참 이상하지 않아?"

다시 이어진 수환의 말에 주혁은 물끄러미 그의 옆얼굴을 바라보았다.

"살인자임을 알면서도 저자를 사랑한 금옥이라는 여인도, 그 여인을 사랑하면서도 어떻게든 팔자를 고쳐주겠다며 몇 번이고 제 연인을 궁에 들여보낸 저자도 말이야."

주혁이 대답 없이 고개를 저으며 헛바람 새는 소리를 냈다. 그 모습을 보던 수환이 고개를 모로 기울이고는 혼잣말처럼 중얼거렸다.

"그런데 책은 왜 망가트렸을까?"

"실패한 책이기 때문이지. 저자가 입궐 기녀 명단을 만들 때, 이미 그분의 눈에 들 만한 여인이 누구인지 알고 있었을 것이네. 기루에서 하루 이틀 객을 대하던 이가 아니니 단번에 알았겠지. 연회의 시작과 끝에 저자가 직접 단봉문까지 기녀들과 호위들을 이끌었으니 피해자들과 접촉하기는 더욱 쉬웠을 것이고."

"그런데?"

"그런데 세 번째 사건 때 말이야. 대감과 해랑이 입궁해 일이 틀어졌지 않나. 게다가 저자가 평소와 같은 식으로 쓴 책의 내용은 이미 방각이 된 후였고, 승은을 입을 기녀도 잘못 짚었잖나. 하지만 저치는 저가 쓴 글에 나오는 바로 그대로 현장을 꾸미는 자란 말이지."

주혁의 말에 수환이 알겠다는 듯 고개를 주억였다.

"강박이군. 그러니 소근형은 저가 쓴 내용과 사건이 다르게 흘러가는 것을 견디지 못했을 거야. 그리고 금옥이란 여인은 저자가 살인자이기 때문이 아니라, 저자의 그 강박적인 행동을 견디지 못해 도망갔을 테고. 그런데 어째서 하사품을 빼돌린 거지? 이미 거기서 책의 내용과 실제 현장의 모습이 달라졌잖아?"

수환의 말에 주혁이 고개를 가로저었다.

"하사품은 저자가 빼돌린 것이 아니야. 저자의 방에서 나온 것도 아니고."

"금옥이로군?"

"그래, 소근형이 피해자들의 얼굴을 그리 만든 이유가 무엇이겠는가? 그것이 의미하는 바를 금옥 또한 모르지 않았을 게야. 범행을 마친 소근형이 사라진 후에 금옥이 하사품을 빼돌린 것이네. 책과 다른 그 모양을 알아챈 누군가가 저자를 멈춰주길 바란 것이지. 그런 금옥의 뜻을 저자도 알았으니 그것들을 제가 빼돌린 양 입을 다문 것이고."

주혁의 말에 수환은 쯧, 혀 차는 소릴 하고 몸을 돌려 섰다. 어느새 해가 기울어 있었다.

* * *

내내 잠들어 있던 해랑의 입에서 끙끙 앓는 소리가 흘러나왔다.

무영이 이리저리 몸을 뒤치는 해랑의 이마를 가만히 쓰다듬었다. 그러자 언제 그랬냐는 듯 해랑은 다시 고른 숨을 내쉬며 잠에 빠져들었다.

해랑이 완전히 잠에서 깨어난 것은 그로부터 한 식경쯤이 더 지나서였다.

"스승님."

무영을 부르는 해랑의 목소리는 낮게 잠겨 있었다.

잠시 큼, 하며 목을 가다듬은 해랑이 입을 열려는 찰나, 무영이 쉬, 하며 해랑의 볼을 쓰다듬었다.

"범인을 잡았다."

해랑은 말없이 고개를 끄덕였다. 어쩐지 입을 열어서는 안 될 것 같은 기분이 든 탓이다. 지금껏 해랑이 단 한 번도 보지 못한 지독스러울 만큼 낯선 무영의 표정이 해랑의 가슴을 쑤시는 듯 후비는 듯했다.

"내게 약조하거라. 다시는 이렇게 위험하게 굴지 않겠다고."

무영의 말에 해랑은 선뜻 대답하지 못하고 입안의 여린 살을 깨물어댔다. 차라리 호되게 야단을 치면 좋으련만.

고요를 가장한 무영의 눈 안으로 이는 태풍에 도리어 해랑의 마음이 술렁였다. 가만히 제 스승의 눈을 들여다보고 있자니 쓰러질 적에 보였던 환상 같은 것이 다시 떠올랐다.

범인에게 맞아 눈이 가물가물 감기던 그 순간에. 그때 저가 듣고 보았던 광경을 말해야 하는 것인지 해랑은 쉽게 판단이 서지 않았다. 난생처음 경험해본 그 희한한 광경을, 아니, 어쩌면 환상일지도 모르는 것을 두고 뭐라 표현을 해야 할지 도통 알 수가 없었다. 실은 제대로 본 것이 맞는지도 확실치 않았다.

결국 해랑은 말하지 않는 쪽을 선택했다. 그러고는 언제 이런 고민을 했냐는 듯 평소와 다름없는 태도로 배시시 웃어 보였다.

"도대체 어째서 이렇게 고집이 쇠심줄인지 모르겠구나."

무영이 탄식하듯 말을 뱉어냈다. 그러고는 가만히 해랑의 얼굴을 들여다보았다. 그런 무영의 훤칠한 이마 위로 얕게 주름이 졌다.

무영의 태도에 안절부절못하던 해랑이 기어이 이불을 걷고 일어나 앉았다.

어둑한 방 안으로 잠시 정적이 일었다. 해랑은 무영의 눈치를 살피며 제 발치에 놓인 것들을 빤히 바라봤다. 정 행수가 구해주었던, 바로 얼마 전 해랑이 입었던 치마저고리며 속곳이며 하는 것들이었다.

거기에 진원대군에게서 받아온 아주 값비싼 노리개까지. 본디 해랑 또래의 여인들이 늘 입는 바로 그것들이었다.

"본래의 모습대로 살고 싶으냐? 저런 것들이 갖고 싶어?"

무영의 물음에 해랑의 어깨가 파득 튀어 올랐다.

"아니, 아닙니다. 그저 빛깔이 너무 고와 들여다본 것뿐이어요. 저는 지금처럼 지내는 것이 좋습니다."

해랑이 양손을 휘저어가며 얼른 대답했다. 그 품새에 피식 웃음을 흘린 무영은 습관처럼 해랑의 머리통을 쓰다듬었다.

"자, 언제쯤 내게 약조할 것이냐?"

다시 원점으로 돌아온 이야기에 해랑이 작게 입을 삐죽였다.

"예. 다시는 위험한 일에 휘말리지 않겠습니다. 괜히 나서서 스승님과 두 종사관 나리를 곤란케 하지 않을 것이고요."

불퉁한 대답이었으나 무영은 흡족한 듯했다. 한시름 덜었다는 듯 개인 무영의 얼굴과 그것을 바라보는 해랑의 얼굴 위로 길게 호롱 불빛이 비쳤다.

여담(餘談) ━━━━━━━━━━━━━━━━━━━━━━━━━━━

뺨에 닿는 밤바람이 이제는 제법 서늘했다.

광통교 아래 천변. 저만치 다리 위로 운종가 거리에 등불이 별처럼 늘어져 있었다. 어둠을 타고 밤공기 사이로 어룽어룽하게 번지는 그 불빛들은 정말로 촘촘하게 박힌 별무리 같았다. 그 모양에 자꾸만 가슴이 두근거려 해랑은 치마 속에서 발을 동동 굴러댔다.

아주 천천히, 깊게 숨을 들이마신 해랑의 광대가 봉긋 솟아올랐다. 예민한 후각 끝에 걸리는 익숙한 향이 해랑에게로 가까이, 점점 더 가까이 다가오고 있었다. 기척이 등 바로 뒤에까지 다가오자 해랑은 재빠른 손길로 머리칼이며 얼굴을 정돈하고는 몸을 돌려 섰다.

"오래 기다렸느냐?"

"아니, 아닙니다."

작게 고개를 가로젓는 해랑의 두 뺨 위로 분홍빛이 진해졌다. 다행인 것은 어둠에 가리어 그 변화를 눈치채지 못한 것이다. 당사자인 해랑도, 또 마주 선 무영도.

잠시 말없이 서 있던 두 사람 사이로 가벼운 밤바람이 지나갔다. 그 결에 무영이 입은 짙은 보랏빛의 도포가 작게 들썩였다. 해랑은 홀린 듯이 그것을 바라보았다. 평소에는 늘 감색 무복(武服)을 입고 있던 제 스승이 오늘은 어느 귀한 댁 도련님마냥 훤칠한 차림으로 제 앞에 서 있었다.

"무얼 그리 생각하고 있어? 이만 가자."

무영의 채근에 해랑이 천천히 시선을 올렸다. 크고 둥근 보름달 아래에서 그가 손을 내밀며 웃고 있었다.

해랑이 아는 한 이 세상에서 가장 훤하고 아름답게 빛나는 것은 딱 둘이었다. 하나는 달이었고, 또 다른 하나는⋯⋯.

지금 이렇게 제 앞에 서 있었다.

해랑은 저가 딛고 선 세상의 모든 것이, 그것들 하나하나가 지독히도 선명하고 아름다운 모습을 하고 제게로 쏟아지는 듯한 기분이 들었다.

기민한 감각들이 이전보다 더 선명하게 되살아나고 있었다.

마주 선 스승의 낯이 이토록 훤히 빛나는 것은 결단코 달빛이 만들어 낸 착각이 아니었다. 해랑에게 저 달보다 더 훤하고 아름답게 빛나는 것은 딱 하나였다.

그래, 단 하나였다.

태어나 지금까지 그래왔듯 앞으로도 늘 그럴 것임을 해랑은 지금 막, 아주 확실하게 깨달은 참이다.

해랑은 말없이 무영의 손 위로 제 손을 겹쳐 올렸다. 그러고는 가만히, 아주 가만히 소중한 것을 매만지듯 그의 손을 붙잡았다.

아주 천천히.

손끝으로 퍼지는 온기를 음미하며 해랑은 이 순간이 영원하기를 기도했다.

5

짐승들의
밤

가물거리며 닫히는 눈꺼풀 사이로 소근형의 얼굴이 어른거릴 때, 해랑은 목에 걸린 방울이 우는 소리를 들었다. 감은 두 눈 너머로, 마치 환상처럼 방울 안에서 나온 여인이 저를 바라보는 것도 보였다. 해랑을 향해 생긋 웃은 여인은 곧 나직한 목소리로 이야기를 시작했다.

* * *

아이야, 내 어미는 무당이었단다. 그래, 별로 놀랄 만한 일은 아니지. 궁무였던 내 능력이 누구로부터 온 것이겠니? 무당의 딸이 무당이 되는 것만큼 당연한 이야기는 없지. 아, 그래. 너에게는 조금 놀랄 만한 일이기는 하겠구나. 네게 내 이야기를 늘어놓는 것은 처음이니까. 아마 조금 긴 이야기가 될 거란다.

그래, 무슨 이야기를 하고 있었더라? 아, 내가 궁무였다고 했지. 그럼 내가 궁에 들어가기 전에 있었던 이야기부터 해야겠다. 나뿐만이 아니라, 귀비당의 애기 궁무들은 모두 예닐곱 살쯤에 입궁했단다. 아마 지금도 그럴 게야. 궁무가 되는 계집애들 열에 아홉은 나처럼 어미가 무당이지. 천출 중에서도 가장 천출이라는 말이야.

글쎄, 천출이니 양반이니 하는 것들에서 자유로운 너는 이 이야기를 이해하기 힘들겠지만 천것들의 삶이라는 게 그렇단다. 구질구질하다 못해 비루먹은 짐승마냥 언제 죽어도 이상하지 않을, 그 죽음에 누구 하나 동정을 품지 않는 그런 인생인 게야. 그것도 일평생을 말이다.

아무튼, 내 어미는 무당이었단다. 저기, 너는 아직 가본 적이 없을 남쪽 촌구석이 나와 내 어미가 살던 곳이지. 뭐, 그래도 아주 촌구석은 아니었어. 하지만 내가 살던 곳에서 백 리쯤 더 들어가면 높으신 분들이 귀양살이하는 그런 곳이 있었으니 외지인이 드나들기에 그다지 좋은 곳은 아니었던 게 분명해.

거기 사는 사람들 대부분은 농사를 지으며 먹고살았단다. 아주 큰, 끝도 없이 너른 벌이 펼쳐진 곳이지. 나의 어미는 그 큰 벌의 절반쯤을 가졌을 법한 만석꾼댁 당골이었어. 그 동네에서 그 댁 땅을 밟지 않고는 지나갈 수 있는 길이 없다고 할 정도였으니, 어느 정도인지 상상할 수 있겠니? 아무튼, 내 어미의 어미와 또 그 위로도 한참이나 전부터 우리는 대대로 그 댁에 빌어먹으며 살아왔단다.

이쯤에서 내가 태어난 해의 이야기를 해야겠구나. 뭐, 이런 구질구질한 이야기의 시작이 늘 그렇듯 나는 아주 추운 겨울에 태어났단다. 내 어미는 엄동설한의 끝 무렵에 산파도 없이 혼자 나를 낳느라 무척이나 애를 썼어. 그런 어미의 걱정 탓인지 다행히 나는 몸 어느 한 군데 못난 곳 없이 건강하게 태어났단다.

그래, 이쯤에서 너도 궁금하겠지. 만석꾼댁 당골이라면 형편이 아주 나빴던 것도 아닐 텐데, 어째서 내 어미가 혼자서 그 고생을 했는지 말이야. 어쩌면 너도 어느 정도 예상을 했겠지만 이런 이야기가 또 늘 그렇듯 나는 날 때부터 그 존재를 숨겨야만 하는 처지였어. 애초에 태어나지 않은 것처럼. 내 어미의 입장에서 보자면 저주나 다름없는 존재가 바로 나였어. 아니, 확실히 저주였지.

응? 어떻게 생명이 저주가 될 수 있냐고? 이런. 내가 네 순진함을 알고는 있었다만……. 잘 들어두어라. 여인의 삶에 있어서, 원하지 않는 아이를 잉태하는 것보다 더 큰 저주는 없단다. 게다가 이미 부인이 있는 사내의 씨를 받았다면 더욱 그렇지.

하지만 내 어미의 입장에서 가장 심각한 일은 잉태된 그 씨가 화간이 아닌 겁간으로 생긴 것이었으며, 상대는 그 동네에서 명망이 높은 바로 그 만석꾼 영감이었다는 게 가장 큰 문제였지. 처녀가 아이를 가진 것도 모자라 그 상대가 처자식이 줄줄이 딸린 사내라니. 안 될 일이었지. 암, 그렇지.

글쎄, 내 어미가 무당만 아니었어도 그렇게까지 심각한 상황은 아니었을 수도 있겠다만 날 때부터 그리 타고난 것을 어쩌겠어? 하여간, 늘 덕 있는 체하던 그 영감이 음습한 본심을 드러낸 바로 그날, 내 어미의 뱃속에 내가 자리 잡았단다.

내가 태어난 날 산중턱 자그마한 신당 옆에 있던 헐어빠진 한 칸짜리 초가에서, 내게 젖을 먹이며 어미는 하염없이 울고 또 울었단다. 이렇게 태어난 내가 불쌍해서, 그리고 자신이 불쌍해서. 그 와중에 내게도 또 어미에게도 다행이었던 것은 내 생김이 어미를 꼭 빼다 박았다는 것. 그것 하나뿐이었단다.

그래도 살아보겠다고, 잘 나오지도 않는 젖을 쭉쭉 빠는 내 얼굴을 내려다보면서 어미는 울었다가, 웃었다가, 실성한 여인처럼 그랬다더라. 내가 너무 예뻐서. 저와 꼭 닮은 하나뿐인 핏줄이 너무 예뻐서.

어미가 그 동네를 떠나야겠다고 결심한 건 내가 태어나고 삼칠일도 채 지나지 않아서였대. 하루가 다르게 자라는 내 울음소리가 산등성이를 타고 마을까지 흘러내려 갈 것만 같아서. 그럴까 봐 겁이 나서. 그래서 어미는 더 늦기 전에 마을을 떠나기로 결심했다.

산줄기를 몇 개나 넘었는지 모른단다. 아주 큰 산을 세 개쯤 오르내리고 나서야 나와 어미는 세곡선*이 드나드는 마을에 도착했어. 꼴이 말도 아니었지. 험한 산길을 스무 날 넘게 헤매고 다닌 것은 둘째치고, 혹여나 만석꾼 영감이 눈치를 채고 따라올까 싶어서 내내 뜬눈으로 밤을 지새웠으니 말이야.

그래도 죽으란 법은 없는 모양이야. 어느 작은 마을 어귀에 쓰러져 누운 어미와 그 품 안에 있던 나를 웬 할멈이 발견했거든. 어미는 그게 내 덕이었다고 했어. 그간 내내 잘 울지도 않던 내가 어쩐 일인지 숨이 넘어갈 듯 우는 통에 그 할멈이 우리를 찾아냈다지 뭐니. 핏덩이가 뭘 안다고 제 어미 죽을까봐 울었나 싶더란다.

---

* 나라에 바치는 곡물을 실어 나르는 배.

아무튼, 맘씨 좋은 할멈 덕에 우리는 기력을 차렸어. 그리고 한 닷새쯤 그 집에 머물렀을까. 어미는 아직 제 도망질이 끝나지 않았음을 알게 되었단다. 동구 밖에 나와 날이 저물도록 돌아오지 않는 할멈을 기다리다가 아는 얼굴을 맞닥뜨렸대. 그 만석꾼댁에 드나드는 봇짐장수였지.

희게 질린 내 어미의 얼굴을 보고 봇짐장수는 재밌는 걸 발견한 아이 같은 표정을 했단다. 그 장사치의 얼굴에 떠오른 웃음이 의미하는 바는 아주 명확했지. 황급히 할멈 집으로 돌아온 어미는 정신없이 보따리를 꾸리기 시작했어. 할멈이 우리더러, "나는 서방도 자식도 없고, 늘그막에 딸년 하나 얻은 셈할 테니 예서 같이 살자꾸나"라고 말한 지 하루가 채 지나기도 전에 일어난 일이었지.

얼마 후 집으로 돌아온 할멈이 무슨 일이냐고 물었을 때, 절로 울음이 터져 나오더란다. 생에 처음으로 내 어미는 소리 내며 단장이 끊어질 것처럼 울었다. 그리고 그날 아주 깊은 밤을 틈타 나와 어미는 다시 길을 떠났다. 할멈이 일러준 대로 포구로 가서 남몰래 세곡선에 올랐단다. 동이 트는 대로 한양으로 떠날 배였지. 우리는 뱃머리 아래 짐칸에 숨어들었어. 글쎄, 우는 순간 거기가 죽을 자리가 될 걸 알았는지 나는 도성까지 오는 내내 단 한 번도 울지 않고 어미 품에 얌전히 안겨 있었대.

도리어 소리 죽여 자꾸만 우는 것은 내 어미였지. 산처럼 쌓인 쌀가마니들 사이에서. 그 진저리나도록 익숙한 곡식 내음에 치를 떨면서. 어미는 속으로 몇천 번이나 만석꾼에게 저주를 퍼부었다고 해.

아무튼, 그렇게 우리가 경창*에 도착해 배에서 내렸을 때는 완연한 봄이었단다.

* * *

　남소문 밖 빈촌(貧村). 움막집들이 모여 있는 곳에서 약간 떨어진, 말 그대로 금방이라도 주저앉게 생긴 움막에서 희미하게 울음소리가 새어 나왔다. 고양이 울음소리마냥 앵앵 울리던 소리는 얼마 지나지 않아 숨넘어갈 듯 우는소리로 변했다. 어찌나 발광하고 울어댔는지 오십 보는 더 떨어진 움막촌에서도 그 소리가 들릴 정도였다.

　다들 제 식구 입에 풀칠하기도 바쁜지라 남의 일에는 함부로 나서지 않는 움막촌 사람들이었으나 아이 우는소리가 하도 심상치 않아 아낙 서넛이 자진해 그리로 향했다.

　"에그머니나!"

　가장 앞장서 들어갔던 아낙이 황급히 한 발짝 뒷걸음질 쳤다. 그탓에 뒤따라 들어오던 아낙들이 문간으로 떠밀리며 이리저리 몸을 내뺐다. 뒤에 선 아낙 둘이 몸을 바로 하며 다소 경황을 찾는 와중에, 맨 앞에 있던 아낙이 채근하는 소리를 냈다.

　"가서 아범들을 불러오게. 아무래도 오늘 초상 치르게 생겼네."

　그 말에 뒤에 서 있던 아낙들이 움막 깊은 데를 향해 슬쩍 눈짓을 했다. 그러고는 작게 혀를 차며 움막 밖으로 사라졌다. 혼자 남은 아낙은 재빠른 몸짓으로 바닥에 웅크리고 앉아 우는 계집애를 안아 들었다.

◆　　한강에 있던 세곡 저장 창고.

"아가, 그만 울어라. 응?"

서너 살쯤이나 된 계집애는 아낙의 말에도 쉽게 눈물을 그치지 않았다. 눈물 줄기가 아이의 얼굴에 길게 자국을 남기고 있었다. 제 등을 토닥이는 아낙의 손길에도 아이는 자꾸만 찬 바닥에 누워 있는 제 어미를 흘끔거렸다. 눈물이 그칠 만하면 제 어미의 낯을 확인하고 다시 눈물을 펑펑 쏟아내고, 또 그칠 만하면 제 어미의 얼굴을 보고 쉽게 울어댔다.

못 먹고 못 입는 자들은 딱히 장례라 할 만한 것을 치르지도 않는 법이다. 그저 몇 사람이 모여 함께 울어주고 그 후에는 거적에 둘둘 말아 언덕 너머 다른 시신들 옆에 뉘어주는 게 그들이 할 수 있는 전부였다. 어차피 시구문 밖 빈촌에 사는지라 멀리 갈 것도 없었다.

보름쯤이나 되었을까, 매일같이 언덕을 올라 제 어미를 감싼 거적때기 곁에 멍하니 앉아 있던 어린것은 여름 더위에 제 어미의 시체가 썩어 문드러지고 나서야 그 짓을 그만두었다. 그런 후에는 움막촌의 다른 부모 없는 아이들처럼 성문 주변을 다니며 이리저리 동냥질을 했다.

그렇게 두어 해쯤 빌어먹으며 다니다 보니, 얼마 지나지 않아 계집애는 또래에 비해 훨씬 영리한 아이로 자라났다. 어떻게든 살아남고자 하는 본능이 아이를 그리 만들었을 것이다. 다소 유약한 성정이었던 제 어미와는 다르게 아이는 그렇게 하루하루가 갈수록 더욱 영악한 계집애가 되어갔다.

하지만 조금씩 자라날수록 계집애의 삶은 더 팍팍해졌다. 제 어미를 꼭 닮은 그 예쁘장한 얼굴 때문이었다. 양갓집 규수는 못 되어도 하다못해 평범한 양민 계집애였다면 그나마 좀 덜했을 텐데. 가족 하나 없는 천한 계집애는 누구에게나 노리기 쉬운 먹잇감이나 다름없었다. 그 덕에 아이는 저를 훑는 음험한 눈길과 손길들을 피하느라 늘 용을 써야 했다.

이 불쌍하기 짝이 없는 계집애의 처지가 바뀌게 된 것은 정말 별안간의 일이었다. 아니, 실은 운명이었을 것이다. 계집애의 핏줄을 타고 깊이 흐르는, 그리될 수밖에 없는 숙명.

* * *

글쎄. 나는 그때 내가 정확히 몇 살이나 되었는지도 잘 모른단다. 내 행색을 본 그분께서 "예닐곱 살이나 되었겠구나" 하시기에 그런 줄로만 알았지. 매일같이 구질구질한 것들만 보고 듣던 내게 그렇게 아름다운 광경은 처음 보는 것이었어. 내 동냥거리를 빼앗으려 달려드는 아이들을 피해 들어간 어느 골목 끝에서 나는 선녀님을 뵈었단다.

그래, 실은 그때까지 한 번도 선녀님이 어떻게 생겼는지 본 적도, 들어본 적도 없었지. 하지만 그분과 마주치자마자 나는 분명히 그분이 선녀일 거라고 생각했단다.

응? 아이고, 아서라. 내 어미의 얼굴은 그때보다 한참도 더 전에 이미 잊어버렸단다. 움막촌 어멈들이 나를 볼 적마다 혀를 차면서 "반반한 낯짝이 꼭 제 어미를 닮아서 저 모양이다" 하는 말들을 주워섬겼으니 그냥 그런 줄 알았지.

아무튼, 그 선녀님은 생김만 선녀님 같은 것이 아니었어. 잘 모르는 내가 봐도 무척이나 값비쌀 것이 분명한 옷을 입고도 소매 끝으로 내 볼을 닦아주는 걸 주저하지 않으셨단다. 꼬질꼬질하게 땟국물이 줄줄 흐르는 얼굴을 말이야. 오히려 그 고운 옷이 망가질까 발을 동동 구르는 것은 나였어.

"예쁜 아가, 이름이 뭐니?"

세상에! 선녀님은 목소리까지 고우셨어. 나는 한 번도 들어본 적이 없지만 은쟁반에 옥구슬 굴러가는 소리라는 게 이런 것이 아닐까 했지. 하지만 불행하게도 나는 그 물음에 대답할 수가 없었단다.

나는 그때까지 내 나이도, 이름도 제대로 알지 못했거든. 어렴풋한 기억에 내 어미는 늘 나를 '아가' 하고 불렀으니 말이야. 빈촌 사람들은 나를 '그 애' 혹은 '그 계집애'라고 불렀고.

이름을 묻는 그 말이 대체 뭐가 그렇게 서러웠을까. 내 대답을 기다리는 선녀님 앞에서 나는 이름 대신 울음소리를 뱉어냈단다. 왜 그렇게 눈물이 줄줄 났는지는 아직도 잘 몰라. 그냥 그럴 운이었나 보다 하고 생각했지. 선녀님 품에 안겨서 엉엉 울다가 조금 진정이 되었을 때 나는 그분의 품에서 익숙한 향내를 맡았단다. 갓난쟁이일 적부터 각인된 향이었지.

그래, 그건 무녀들이 몸에 지니는, 신을 부르는 향낭에서 나는 향이었어. 잘 기억나지 않지만 내 어미의 것도 그 향낭과 그리 크게 다르지 않은 모양을 하고 있었겠지. 그래서였을 거야. 나도 모르게 선녀님의 향낭을 만지작거렸던 게 말이야.

"우리 아가가, 이것이 무엇인지 아는 모양이구나?"

내 표정을 살피며 선녀님께서 물으셨을 때 나는 그것이 내 생에 찾아온 첫 번째 기회라는 걸 직감했단다. 그것이 무엇인지 알았으

니 안다고 대답하기는 하였지만, 아마 몰랐어도 나는 안다고 거짓
말을 했을 거야. 그만큼 절박했으니까.

물론, 굳이 그렇게 물어 확인하지 않아도 그분께서 내 태생을 이
미 알고 계셨다는 건 조금 나중에야 알았지. 선녀님이 궁 안에, 귀비
당에 사는 귀비님이라는 것을 알게 된 건 그로부터 한 시진도 채 지
나지 않아서였어. 궁으로 가는 길에 그분은 내게 소화(素花)라는 이
름을 지어주셨지. 내 낯이 꼭 하얗고 소담한 꽃을 닮았다고 생각하
셨대. 그날부터 나는 귀비당의 애기 궁무 소화로 살게 되었단다. 그
런데 지금은 왜 이 모양이냐고? 말했잖니. 긴 이야기가 될 거라고.

그래, 가만있자…….

이런. 저기 너의 스승님, 나의 오라버니께서 오시는구나. 자,
괜찮아. 조금 자두렴. 네 상처는 그리 깊지 않으니 걱정하지 않아도
된단다. 이자는 내가 잘 붙잡아둘 테니 걱정 말거라. 여인을 셋이나
죽인 자라지? 저지른 죄에 대한 값을 받게 될 거야. 그러니 너는 걱
정일랑 말고, 지금은 푹 자거라.

염려 마라. 아이야, 처음부터 그랬듯 나는 네 가까이에, 이렇게
지척에 늘 너와 함께 있으니. 곧 다시 만날 수 있을 게다.

* * *

삼 년 전.

태화관. 기루라면 응당 나란히 붙은 내실마다 웃음소리며 음악 소
리며 하는 것이 흘러나와야 할진대 오늘은 어쩐 일인지 쥐새끼 하나
다니지 않는 듯 고요했다.

그냥 조용하기만 한 것이 아니었다. 기녀들은 장사를 접은 날마냥 일찌감치 단장을 모두 풀고 제 방에 틀어박혀 코빼기도 보이질 않았다. 오늘의 태화관은 마치 소리라는 것이 존재하지 않는 공간 같았다.

이런 날이 자주 오는 것은 아니었지만 그렇다고 그리 드문 일도 아니었다. 꼭 오늘처럼, 이름만 대면 도성 안에 모르는 이가 없는 고관대작들이 은밀히 방문하는 날이면 태화관의 남 행수는 조용히 기루의 대문을 걸어 잠갔다.

"진원대군을요? 어허, 역모나 다름없는 이야기 아닙니까?"

누군가의 한마디에 방 안은 금세 살풍경해졌다. 쩅하게 날이 선 공기 사이로 침묵이 오가기를 잠시. 별안간 방 한구석에서 낮게 숨죽이며 웃는 소리가 터져 나왔다. 순식간에 방 안 모든 이의 시선이 그리로 가 닿았다. 예조참의 최택이었다. 한참이나 웃던 그는 역모를 운운하던 이를 향해 비뚜름하게 고개를 들었다.

"영감, 아직도 세자 저하를 믿고 계십니까?"

이 한마디에 함축된 의미를 모르는 자는 이 방 안에 단 한 사람도 없었다. 그 탓에 방 안은 금세 술렁거리기 시작했다.

그 모습을 잠시 지켜보던 최택이 다시 말을 이었다.

"언젠가 결국 이런 이야기가 오갈 것이라는 것은, 전하께서 새 중전을 맞으셨을 때, 그래서 차인군이 진원대군으로 봉군되던 바로 그때부터 예견했던 일 아닙니까? 세자 저하의 기행이 하루 이틀 일이 아닙니다. 대신들은 물론이고, 도성 안에 그것을 모르는 자가 있느냐는 말입니다."

"자네가 참의 자리에 오른 것이 누구 덕인데 이제 와서 그런 소릴 하는가?"

최택의 긴 말끝에 누군가가 소리쳤다.

"예. 이 모든 게 죄다 저하 덕이지요. 하지만 받을 만하니 받은 자리입니다. 세자시강원에 있을 때 제가 얼마나 시달렸는지 정말 몰라서 하시는 말씀은 아니지요?"

짜증스레 대꾸하는 최택의 말에 방 안 누구도 더는 입을 열지 않았다.

지금껏 그들이 주고받은 말 중 그른 것이 단 하나도 없었다. 그들 말마따나 세자 이광의 기행은 날이 갈수록 심해지고 있었다. 어미였던 제언왕후 유 씨가 폐서인이 되고 얼마 지나지 않아 기어이 사약을 받은 바로 그날 이후 지금껏, 열 해가 훌쩍 넘는 시간 동안 조금씩, 아주 조금씩 그들의 세자는 미쳐가고 있었다. 국본을 두고 감히 미쳤다 이르는 것은 불경스럽기 짝이 없는 일이었으나 미쳐가고 있다는 말 외에는 달리 그의 기행을 표현할 길이 없었다. 저자에서는 세자의 이름자인 '광(曠)'이 실은 미칠 광(狂)이라는 말도 심심치 않게 돌았다.

십 년이 넘도록 모두가 쉬쉬하기만 할 뿐 수면 위로 끄집어내 말하기를 꺼리던 세자의 기행이 근자에 유독 사람들의 입에 오르내리는 까닭은 임금의 병환이 위중해진 탓이다. 벌써 보름째 그들의 주군은 의식을 차리지 못하고 있었다.

* * *

축시*. 삼각산 백운대 위로 인영 둘이 희미하게 어룽거렸다. 사위가 어둠에 잠긴 이 시간에 어느 담 큰 인사가 산 정상을 올랐을까 싶지만, 백운대의 널찍한 바위 위로 일렁이는 것은 틀림없이 사람의 그림자였다.

백운대 위에서 내려다보면 도성 안이 한눈에 보였다. 막힘없이 훤히 보이는 풍광을 바라보며 선 사람 중 하나는 노인이었고 다른 이는 그보다는 조금 젊은 사내였다. 두 사람의 눈길이 향하는 곳은 같았다. 왕의 침전이었다.

백운대에서 궁까지는 사십 리쯤. 이 시간에 이 어둠 속에서 그 거리를 내다본다는 것도 말이 안 되는 일인데 왕의 침전이라니. 보통의 사람들에게는 불가능한 일이었지만 사람이 아닌 이 둘에게는 가능한 일이었다. 사람의 모습을 하고 있지만, 그 속은 사람이 아닌 자들. 둘 중 더 나이 든 이는 호족(虎族)의 수장 호선(虎仙)이었고, 젊은 자는 웅족의 수장 웅선이었다. 늘 그래왔듯 두 사람은 수하들을 모두 물리고 단둘이서만 어둠 앞에 마주 섰다.

"대신들 사이에서 말이 나오고 있습니다."

웅선이 제법 심각한 낯으로 미간을 굳히며 말했다.

"그치들은 언제나 말이 많지요."

혀 차는 소리 끝에 나온 호선의 말에 웅선은 설핏 웃음을 흘렸다.

"어찌해야겠습니까? 기행은 둘째고 여태 세손이 없는 것을 문제 삼는 이들이 적지 않습니다."

웅선이 나직한 소리로 묻자, 호선은 가만히 고개를 가로저었다.

"어차피 저들의 일이고, 저들의 결정입니다."

그 말에 웅선은 깊게 한숨을 내쉬었다. 호선의 말에 별달리 대꾸할

◆ 새벽 1~3시.

수 없는 까닭이었다. 하지만 한편으로는 야속한 기분도 들었다. 호선이 이런 식으로 반응할 때마다 자신들의 관계가, 그리고 그들이 받는 대우가 완전히 공평하지는 않다는 사실이 저절로 떠올랐기 때문이다.

* * *

"아버지! 소식 들으셨습니까?"

"어허, 기척도 없이 게 무슨 소란이냐?"

호조정랑 민도식이 기별도 없이 사랑문을 벌컥 연 아들을 향해 호통을 쳤다. 하지만 그것은 안중에도 없는 태도로 아들은 오히려 제 아비를 다그치듯 질문을 쏟아냈다.

"이번 문위행* 명단 보셨습니까?"

아들의 말에 민도식이 이맛살을 찡그렸다. 문위행 명단이라면 오늘 낮 판서 영감이 직접 내응방 응사에게 지시한 내용이니, 그는 적어도 내일 등청 후에나 알 수 있는 것이었다.

잔뜩 골이 난 장남의 태도를 보니 민도식은 어쩐지 뒤통수가 찡하게 아려오는 기분이 들었다. 네 아들 중 가장 저를 닮은 것이 큰아들이었다. 그런 아들의 성정을 훤히 꿰고 있는 아비였으니 이렇게 이를 갈며 날뛰는 것은 분명히 무슨 큰일이 났다는 뜻이었다.

"죄 우리 아이들밖에 없습니다! 하나도 빠짐없이 전부요!"

"명단에 너도 있느냐?"

"저는 없습니다. 하지만 내응방에 있는 해동부 아이들 중 좀 컸다

---

*   조선에서 대마도주에게 파견한 외교사절단.

싶은 아이들은 죄다 명단에 올랐습니다."

말인즉, 문위행 명단에 오른 아이들이 떠나고 나면 내응방 해동부에는 이제 갓 들어온 조무래기들만 남게 된다는 소리였다. 이는 해동부의 맏이인 제 아들의 수족이 모두 잘려 나간다는 뜻이기도 했다.

아들을 사랑 밖으로 물리고 방 안에 혼자 남게 되자, 민도식은 그제야 참았던 분풀이를 하듯 앞에 놓인 서안을 거칠게 밀쳤다. 요란한 소리를 내며 서안이 나뒹굴고 그 위에 올려져 있던 문방사우와 끽연도구가 방바닥 위를 굴렀다. 어수선한 사랑방 안의 풍경이 어지러운 그의 심사를 대변하는 듯했다.

늘 그랬듯, 왜에서는 이번에도 보라부의 아이들을 청했을 것이다. 아주 오랫동안, 그리고 언제나 왜의 사신들이 가장 선호한 가벌은 해동도 송골도 아닌 보라부였다. 그러니 이번에도 분명히 그랬을 텐데, 명단에 보라부는 단 하나도 없이 그의 가벌, 해동부의 아이들만 오른 이유는 다른 것이 아닐 테다.

내응방 응사 오방남.

그의 이름을 떠올리며 민도식이 까득 이를 갈았다. 그자의 짓임이 분명했다. 달리 생각할 것도 없었다. 판서 영감의 지시가 있었다고는 해도 실질적으로 내응방의 모든 것을 관리하고 책임지는 것은 응사들이었다. 그중에서도 가장 우두머리가 오방남 그자였다. 하필이면 저와 척을 지고 있는 그자라는 말이다.

자리에서 벌떡 일어난 민도식이 사랑문을 열어젖혔다. 마당에 서서 무언가를 가늠하듯 잠시 하늘을 올려다보던 그는 이내 발을 한 번 가볍게 굴렀다. 곧 빈 마당에서 날카로운 눈매의 늙은 매 한 마리가 하늘을 향해 날아올랐다.

　인시. 새벽이 가장 깊은 시간 인왕산 기슭의 한 초가에서 희미하게 불빛이 새어 나오고 있었다. 호롱불이 만들어낸 긴 그림자 하나가 낡은 창호 위로 어룽거렸다. 꼿꼿하게 허리를 펴고 앉은 남자의 그림자는 누군가를 기다리듯 한동안 미동도 없이 멈추어 있기만 했다.
　얼마나 그러고 있었을까, 창호문 앞 툇마루에 매 한 마리가 파드득 소리를 내며 내려앉았다. 그러자 그것이 신호라도 된 듯 창호문이 살짝 열렸다. 매는 익숙한 듯 문지방을 넘어 방 안으로 들어갔다.
　잠시 후, 창호 위로 사내의 그림자 두 개가 길게 비추어 올랐다.

* * *

"제를 열자 하십니다."
　상선 영감의 말에 귀비 김 씨가 힘없이 웃으며 고개를 가로저었다.
"그리해서 될 일이었으면 벌써 자리를 털고 일어나셨을 겁니다."
"예. 분명히 그렇지요. 허나 이것은 청이 아니라 명입니다."
　도리어 난감한 기색으로 말하는 상선에 귀비 김 씨는 앓는 소리를 삼키며 입술을 질끈 물었다. 누구의 명인지는 뻔했다. 병중인 임금을 대신해 귀비당을 움직일 수 있는 유일한 사람, 세자일 것이다.
　치맛자락 위에 올려진 김 씨의 손끝이 살짝 떨렸다. 임금의 적자(嫡子). 그의 낯을 떠올리는 것만으로도 이토록 껄끄럽고 불편한 기분이 드는 것은 저 또한 어미인 까닭이다. 제 아들의 낯을 한 번, 또 세자의 낯을 한 번 떠올리던 김 씨는 이내 상선을 향해 고개를 끄덕였다.

"예. 길일을 받거든 말씀드리겠습니다."

상선이 돌아간 후 귀비당은 궁무들의 바쁜 움직임으로 금세 소란스러워졌다. 이리저리 오가는 발걸음 속에서 귀비 김 씨가 가장 먼저 불러들인 것은 수궁무 소화와 영선이었다. 귀비를 가장 가까이에서 보필하는 수궁무는 단둘. 그중 소화는 응족을, 영선은 호족을 담당하고 있었다. 만약 임금께서 이대로 붕어하신다면 이 둘 중 하나가 다음 귀비가 될 것이었다.

"호선과 웅선을 찾아뵙고 말씀을 올리거라."

김 씨의 말에 소화와 영선이 "예" 하고는 고개를 끄덕였다.

"또."

덧붙이던 말을 멈춘 귀비에 두 계집애는 의아한 얼굴로 고개를 들었다. 귀비는 잠시 아이들의 얼굴을 들여다보았다.

"제를 마치는 대로 저하께서 너희 둘 모두를 보자 하셨으니, 그리 알고 준비하거라."

둘 모두에게 떨어진 말이었으나 반응은 극명하게 달랐다.

소화는 기쁜 기색을 감추려 자꾸만 입꼬리를 움찔거렸다. 하지만 영선은 딱딱하게 굳은 얼굴로 고개를 끄덕였다. 그런 아이들의 반응에 귀비 김 씨는 속으로 길게 한숨을 흘렸다. 어떤 연유로 저런 모양을 하는 것인지 빤히 아는 탓이었다.

귀비당 솟을대문을 넘고 나서야 소화는 참았던 웃음을 크게 터트렸다. 세상에나! 이토록 즐거울 수가 없었다. 한참 큭큭 숨죽여 웃는 소화를 두고 영선이 작게 혀를 찼다.

그러자 대번에 소화가 눈을 매섭게 흘겼다.

"왜? 뭐가 맘에 들지 않는 모양이구나?"

잔뜩 날을 세우는 소리에 영선은 다시 한 번 소화 들으라는 듯 혀를 찼다.

"궁 안에 보고 듣는 눈과 귀가 얼마나 많은데."

그 말에 소화가 코웃음을 치고는 저보다 머리통 반만큼이나 작은 영선을 내려다보았다.

"그래서? 내가 내 입을 가지고 웃지도 못하니? 아, 상황이 이러하니 경거망동하지 말라고?"

소화는 마치 놀리듯 빙글빙글 웃으며 말끝을 올려댔다. 하지만 영선은 대답이 없었다. 대꾸할 가치도 없다는 듯한 태도였다. 그런 영선을 두고 소화가 다시 입을 열었다.

"애, 너나 잘해. 너 얌전한 척하면서 매번 뒤에서 응큼하게 구는 걸 내가 모를 줄 알고?"

먼저 돌아선 영선의 뒤통수에 대고 이죽거려봤자 대답이 돌아올 리 만무했다. 한참 영선의 뒤통수를 바라보던 소화는 흥! 하는 소리를 크게 내더니 이내 내응방 방향을 향해 몸을 돌려 섰다.

내딛는 걸음마다 소화의 발길은 무척이나 가벼웠다. 귀비의 손을 잡고 궁문을 넘었던 빈촌의 이름 없는 계집애는 어느새 다음 귀비 자리를 노리는 귀비당의 수궁무가 되어 있었다.

* * *

그러니까 소화가 어떻게 수궁무가 되었냐 하면은, 이것이 모두 시간 덕이었다.

시간은 빠르게 흘렀다. 언제 어디서나 아이들은 자라나는 법이다. 제 이름도 제대로 모르던 계집애는 어느새 소화라는 이름으로 불리는 데 익숙해졌다. 땟국물 줄줄 흐르던 얼굴은 꼭 제 이름마냥 새하얀 꽃처럼 피어났다.

모두에게 시간은 공평하게 흘렀다.

소화와 비슷한 시기에 입궁했던 귀비당의 애기 궁무들은 이제 모두 각 부의 맏이가 되어 제 아래에 딸린 어린 궁무들을 교육시켰다.

입궁한 후 소화의 삶이 곧바로 나아졌느냐 하면 그것은 아니었다. 처음 입궁해서는 거리에서 빌어먹던 때와 별반 다르지 않았다.

물론, 생활하는 환경은 훨씬 나아졌다. 그것만은 틀림없었다. 매끼 음식이 풍족했으니 더는 굶주리며 동냥하지 않아도 되었고, 늘 따뜻한 잠자리에서 잠들었으며, 깨끗하고 고운 옷이 주어졌다. 하지만 늘상 그렇듯, 그런 와중에도 어느 하나 말썽은 생기게 마련이다.

애기 궁무들이 입궁하는 과정은 궁 안의 다른 생각시들과 별반 다르지 않았다. 그러니 제법 까다로운 관문을 거쳐 들어온 다른 아이들의 눈에 어느 날 갑자기 귀비와 함께 나타난 소화가 달가울 리 없었다. 이제 막 예닐곱, 많아야 아홉 살쯤이나 되었을 아이들이 제 감정을 감추는 데 능숙했을 리는 더더욱 없었다. 아이들이 소화를 향해 내쏟는 날것 그대로의 감정들은 대부분 부정적인 것들이었다. 마치 빌어먹던 때와 같았다.

하지만 소화를 제외한 다른 궁무들에게는 불행하게도 소화는 저를 둘러싼 그 말썽에 크게 개의치 않았다.

어미의 갑작스러운 죽음 후 빈촌에 혼자 남겨졌을 때부터 소화에게는 하루하루를 버티는 것 자체가 전쟁 같은 일이었다. 어미 없이 빌어먹던 그 시간 동안 소화는 당장 내일 아침 움막 안에서 차게 식은 채 황천길을 건널 수도, 혹은 수가 틀리면 언제든 거리에서 죽을 수도 있었다. 그러니 그나마 어미의 보살핌을 받고 입에 풀칠은 하며 지내온 다른 궁무들의 시샘 따위는 소화에게 별 걱정거리조차 되지 않았다.

어미 없이 두 해. 거리에서 보낸 그 길다면 길고 짧다면 짧은 시간 동안 생존이라는 문제가 단단하게 인이 박인 소화에게 그 모든 것은 정말 아무것도 아닌 일이었다.

소화, 귀비당 애기 궁무들 중 그 누구보다도 똘똘하고 영악한 계집애는 어떻게 하면 아이들 사이에서 저를 돋보이게 할 수 있는지 알고 있었다. 그다지 큰 노력을 기울일 필요도 없었다. 사람이라면 누구나 아름다운 것에 미혹되게 마련이고 그 아름다움이 금방이라도 스러질 듯 가녀린 모습을 하고 있다면 더더욱 신경을 쓰게 마련이다. 그런 이치로 소화가 제 어미로부터 물려받은 고운 껍데기는 늘 사람들의 눈길을 끌었다.

소화는 아름다운 제 껍데기를 어떻게 이용해야 하는지 잘 알고 있었다. 살아남기 위해 저절로 체득한 것들 중 하나였으니 손가락질하기에는 애매하지만, 그렇다고 딱히 잘했다고도 할 수 없는 그런 종류의 생존 방법인 것이다.

빈촌의 아이는 긴 세월을 살아남아 귀비당 응족의 수궁무가 되었다. 입궁한 지 십육 년째 되는 해였고, 수궁무가 된 지는 꼭 한 해가 되는 해였다. 그리고 그것이 기구한 팔자를 한 이 계집애의 인생 마지막 해였다.

* * *

온통 여인들 일색인 귀비당에 드나들 수 있는 사내는 그리 많지 않
았다. 귀비의 주인인 임금과 그를 바로 곁에서 보좌하는 내시부의 당
상관들 정도가 전부였다.

그리고 그들 이외에 귀비당 출입이 허락된 이는 딱 하나뿐이었다.

무영 이휘. 현 귀비 김 씨의 아들이자 임금의 아들. 왕자이면서 왕
자가 아닌 자.

왕가의 아이들이라면 누구나 유모 상궁과 보모 상궁의 보살핌을
받는 것이 당연한 일이지만 귀비의 자식들은 그렇지 않았다. 매사에
아주 사소한 것 하나까지도 귀비를 어미로 둔 아이에게 당연한 일은
없었다. 그러니 아이의 교육은 제 어미와, 어미를 따르는 나이 든 궁
무들이 떠맡게 되는 것이 자연스러운 이치였다. 어미를 닮아 사령을
보고 들을 줄 아는 아이를 그것을 보고 듣지 못하는 상궁들이 가르칠
수는 없는 노릇이었으니 더욱 그랬다.

귀비당은 궁에서 가장 깊숙한 곳에 있었다. 귀비당 북쪽에 있는 신
선각 너머로 모르는 이들에게는 후원으로 통하는 문쯤으로 여겨지는
솟을대문을 지나면 어린 무영의 거처가 있었다.

자미재(紫薇齋). 이곳은 정확한 위치를 알고 있지 않는 한 우연히
라도 찾기 힘든 곳이었다. 그러나 어디에나 우연은 존재하는 법이었
다. 그것이 누군가가 부러 만들어낸 것일지라도 우연은 우연이었다.

"누구십니까? 이곳은 사내들이 출입할 수 없는 곳입니다."

자그마한 계집애의 물음에 무영이 피식 웃음을 흘렸다.

"그러는 너는 누구냐?"

"제가 먼저 여쭙지 않았습니까? 어서 나가셔요. 이러다가 들키면 크게 경을 칠 것입니다."

무영은 제 앞에 선 계집애를 가만히 바라보았다. 이제 예닐곱 살쯤 이나 되었을까, 저보다 서너 살쯤 어려 보이는 계집애는 눈을 동그랗 게 뜨고 무영을 재촉하고 있었다.

검은 저고리와 검은 치마, 그리고 머리끝에 달린 검은 댕기까지. 귀비당의 애기 궁무임이 확실한 이 아이는 아무래도 그의 존재를 모 르는 듯했다.

평소 장난기가 많지 않은 무영이었으나 어쩐지 이 조그마한 계집 애를 보고 있자니 저도 모르게 장난질을 치고 싶은 생각이 들었다. 이 모든 것이 약간의 호기심과 호감에서 비롯된 일이었다.

이때까지만 해도 무영은 일이 그렇게 커질 줄은, 또 제 마음이 그 토록 커질 줄은 더더욱 상상도 하지 못했다.

"내가 보이느냐?"

무영이 느긋하게 뒷짐을 지며 짐짓 능청을 떨었다.

"예……?"

"하긴, 궁무씩이나 되어서 내가 보이지 않으면 그것도 문제가 좀 있지. 하지만 나에 대한 소문을 모르는 것을 보니 귀비당에 들어온 지 얼마 안 되었나 보구나."

"무슨, 무슨 말씀이신지……."

계집애는 숫제 말까지 더듬어가며 한 걸음 뒤로 물러섰다. 비척

거리며 물러서는 아이의 발아래에서 가볍게 흙이 쏠리는 소리가 들렸다.

아이의 발밑을 흘끗 쳐다본 무영이 슬쩍 웃고는 단번에 계집애의 코앞까지 훅 다가섰다. 그 바람에 아이가 헛숨을 들이켜며 몸을 굳히고 섰다.

"가서 너를 가르치는 수궁무에게 물어보거라. 귀비당 후원 솟을대문 너머에 사는 도깨비를 아느냐고 말이지."

무영이 싱긋 웃으며 말하자 계집애가 마른침을 꼴깍 삼켰다. 그러더니 곧 몸을 돌려 달음질을 치기 시작했다. 제법 날랜 모양새로 솟을대문을 넘는 계집애의 뒷모습을 보며 무영은 한참이나 소리 내어 웃었다.

* * *

"그러니까 오라버니께서 그때 도깨비니 어쩌니 하지만 않으셨어도 오늘날 제 이마가 이 모양은 아니지 않겠어요?"

소화가 왼쪽 이마 끝을 매만지며 불퉁하게 중얼거렸다. 눈여겨보지 않고서는 보이지 않을 아주 작은 상처가 이마 끝에 자리하고 있었다. 무영이 대답 없이 고개를 가로저으며 웃자 소화는 기어이 그를 향해 눈을 흘겼다.

"제를 마치면 저하께서 보자십니다. 혹여 이 상처 때문에 저를 마음에 들지 않는다 하시면 어쩝니까? 그땐 정말 오라버니 탓입니다."

소화가 치맛자락을 툭툭 털며 자리에서 일어섰다. 늘 그렇듯 제 할 말만 하고는 무영의 대답도 듣지 않은 채 먼저 자리를 뜨는 것이다.

소화가 발을 내디딜 때마다 바람결에 꽃잎 나부끼듯 치맛자락이 너울너울 춤을 추었다. 아주 멀고 깊은 바다처럼 짙푸른 빛의 치맛자락이 무영의 시선을 붙잡고는 놓아주지를 않았다.

본디 눈길이 가는 곳에 마음이 가는 법이라 했다. 그러니 아주 작은 구석 하나라도 무영의 시선이 늘 소화에게 가 닿는 것은 어쩌면 당연한 일일지도 몰랐다. 그가 소화를 향해 마음을 쓰면 쓸수록, 눈길이 닿는 시간이 길어졌다.

두어 걸음 걷던 소화가 별안간 몸을 돌려 섰다.

"옹선을 뵈러 갈 것입니다. 술시가 지나야 돌아올 것인데……."

"그래, 데리러 가마."

곧바로 이어진 무영의 대답에 소화는 그제야 흡족한 듯 웃으며 가던 걸음을 재촉했다.

늘 그랬듯 무영은 그런 소화의 뒷모습이 보이지 않을 때까지 바라보며 앉아 있었다.

귀비당 후원 바깥문, 즉 출합 전 무영이 살던 자미재 북문을 통해 나가면 양반네들 사는 동네가 지척이었다. 호조판서인 옹선 이축선의 집 또한 그 거리에 있었다.

모든 것은 옹선의 집과 궁이 가까워 생긴 일이었다.

아니, 약속한 시간보다 일다경쯤 이르게 도착한 소화를 안내하며 난감한 얼굴로 자꾸만 바쁜 체를 하던 그 댁 집사장 탓일지도 몰랐다.

그것도 아니라면, "그냥 예서 기다릴 테니 저는 괘념치 마시고 볼일 보셔요" 하며 괜히 마음 써주는 척했던 소화 자신의 탓일 테다.

웅선 영감의 사랑채 앞마당. 소화는 자신보다 먼저 왔다는 손님의 용무가 끝나기를 기다리며 마당 안을 서성이고 있었다. 기우는 해를 따라 사랑 앞 화단의 화초가 온통 주홍빛을 덧입던 그 시간. 답지 않게 감상에 빠져 있던 소화의 정신을 일깨운 것은 방 안에서부터 흘러나오는 웅선의 목소리였다.

"그 아이를 탓할 일은 아니잖은가?"

"그렇긴 합니다만, 그 계집 탓이 아니라고 할 수만도 없잖습니까?"

웅선에게 대꾸하는 자의 목소리 또한 소화의 귀에 익은 것이었다. 웅사 오방남. 속으로 그의 이름을 뇌까린 소화는 숨죽인 채 사랑 가까이로 몇 걸음 다가섰다.

"자네 하는 투를 보니 머지않아 애먼 계집 하나 잡게 생겼군."

웅선이 혀를 차며 오방남을 꾸짖는 투로 말했다. 하지만 오 씨는 전혀 개의치 않는 듯했다.

"허나 영감께서도 줄곧 영선이 웅족의 수궁무가 되길 내심 기대하고 계셨잖습니까? 그 아이가 호족의 수궁무가 되지만 않았어도, 아니, 적어도 웅족의 수궁무를 소화 그 아이로 선택하지만 않았어도 일이 이 지경은 아니었을 텐데요."

"귀비당과의 관계를 생각하면 소화 그 아이를 택하는 것이 그때로서는 가장 합리적이었네."

"제가 그걸 모르겠습니까요? 하지만 일 년 전 그때와 지금의 상황이 같지 않으니 드리는 말씀 아닙니까. 하필 채희와 가령이 나이가 차 출궁한 자리에 소화와 영선이라니요."

"주상께서 갑자기 이리되실 줄 난들 알았겠나?"

웅선이 짙은 한숨 같은 대답을 뱉어냈다. 그를 따라 땅이 꺼질 듯

숨을 내쉰 웅사가 다시 입을 열었다.

"아무리 당상관 영감들 사이에서 진원대군을 두고 이런저런 말이 있다 해도 결코 세자 저하의 자리를 위협하지는 못할 것입니다. 세손이 없음은 그리 큰 문제가 아닙니다. 어르신께서도 아시잖습니까? 그러니 더욱 큰일입니다. 저하께서 영선이 그 아이를 얼마나 아끼는지는 아시지요?"

소화는 그 후에 저가 어떤 얼굴로 태연함을 꾸며내며 웅선을 대면했는지 잘 기억나지 않았다. 그저 늘 그렇듯 영악한 저 스스로가 결코 실수하지 않았을 것이라 믿는 수밖에는 별다른 도리가 없었다.

그동안 저를 보는 웅선의 눈길에서 무언가 탐탁지 않은 기운을 단한 번도 느끼지 못했다면 거짓일 것이다. 그러나, 애써 외면하던 사실을 확인당하는 일만큼 잔인한 일은 없는 법이다. 그 탓에 태연한 척했던 소화의 낯은 웅선의 대문간 앞에서 저를 기다리는 무영과 마주한 순간 거짓말처럼 무너져 내렸다. 황망한 얼굴로 눈물 줄기를 뽑아대는 소화를 보며 도리어 당황한 것은 무영이었다.

"무슨 일이야? 응?"

무영이 가만히 소화의 어깨를 잡아 줘었다. 어느새 까맣게 어둠이 앉은 골목 구석에서는 한동안 소화의 훌쩍이는 울음소리만 들려왔다. 얼마나 그러고 있었을까, 손끝으로 제 볼에 묻은 눈물 자국을 닦아낸 소화가 입을 열었다.

"저는, 또다시 궁 밖에서 생활하는 건 죽어도 싫습니다."

울음기 가득한 소리로 중얼거린 소화가 그렁그렁한 것을 매단 눈으로 무영을 올려다보았다.

"귀비가 되고 싶다고요, 오라버니. 귀비님께서 출궁하실 때, 따라 나가는 건 영선이더러 하라 하고. 저는 궁에 남고 싶다는 말입니다."

소화가 이를 악물고 한 자 한 자 씹어뱉듯 말을 할 때마다 또다시 계집애의 볼을 타고 눈물이 죽죽 흘러내렸다. 무영은 속으로 깊게 탄식했다. 긴말하지 않아도 소화가 말하는 바를 분명히 알고 있는 탓이다.

애초에 소화가 수궁무가 된 것은 온전히 제 능력 덕은 아니었다. 그렇다고 해서 소화가 신력이 영 없었다는 말은 아니고 굳이 말하자 면 무영의 어미 귀비 김 씨의 편애가 큰 역할을 했다는 뜻이다.

소화는 늘 제 능력보다 조금 더 후한 대접을 받았다. 그런 소화에 게도 세상만사가 모두 호락호락하지는 않았다. 영선이 수궁무가 되 기 전부터 세자가 그 아이를 무척이나 아꼈다는 것을 모르는 궁인이 없었다. 요컨대 다음 귀비는 누가 보아도 영선이 될 것임이 확실하다 는 말이었다.

가냘픈 어깨를 바들바들 떨어가며 우는 소화의 머리꼭지를 내려다 보고 있자니 무영은 생에 처음으로 제 처지가 원망스러워졌다. 그는 소화에게 그 무엇도 해줄 수가 없었다. 세자가 아니었으니 이 아이가 원하는 대로 귀비가 되게 해줄 수 없었고, 반쪽짜리 왕자로 이렇듯 숨 어 살다시피 했으니 웅선을 설득해 세자가 소화를 택하게 만들 힘도 없었다. 하지만 무엇보다도 애끓는 제 마음을, 소화를 향한 연정을 앞 으로도 영원히 내보일 수 없다는 사실이 가장 절망스러웠다.

병중에 있는 임금이 붕어한다면 법도대로 제 어미는 출궁하게 될 터였다. 영선과 소화 중 다음 귀비로 선택받지 못한 이는 제 어미와 함께 궁을 떠나 도성 밖에서 살게 될 것이다.

궁을 떠난다 해도 궁무들은 여전히 임금의 여인이었다. 그러니 소화가 귀비가 되든 그렇지 않든 무영에게는 기회가 없었다. 처음부터 그래왔고, 앞으로도 영원히. 그것은 천지가 개벽한다고 해도 변하지 않을 무영에게 내려진 숙명이었다.

* * *

하늘을 가르고 땅을 두드리는 듯한 북소리를 따라 귀비 김 씨의 발끝이 가볍게 나부꼈다. 귀비의 발은 땅을 박차고 날아오르는 듯하다가, 또 딛고 선 자리를 다독이듯 가볍게 서성이기도 했다.

아버지, 줄곧 이런 자들을 충신이라고 곁에 두셨으니 말입니다.

속엣말을 짓씹으며 세자가 작게 혀를 찼다. 상석에 앉은 그의 입가로 금세 비뚜름한 미소가 걸리고 차게 가라앉은 눈길이 아래로 앉은 자들의 얼굴 하나하나를 훑었다.

오늘 제에 참석한 이들은 모두 당상관 이상의 관리들이었다. 거기에 호선과 웅선, 그리고 웅족 각 가벌의 우두머리들이 더해졌다. 근엄한 체하며 앉아 있었지만 사실 그 자리에 모인 당상관들은 하나같이 넋을 반쯤 빼고 귀비의 몸짓을 바라보는 중이었다.

평소와 달리 오늘 귀비의 제복은 흰빛이었다. 무르익은 가을 햇빛이 제복 위로 앉을 때마다 옷감은 잠자리 날개마냥 투명하게 반짝였다.

시간이 지날수록 귀비의 몸놀림은 더욱더 빠르고 화려하게 변해갔다. 더는 젊지 않았으나 여전히 아름다운 무녀의 턱 끝을 타고 땀방울이 뚝 떨어질 때마다 다 늙은 영감들은 초조한 듯 목구멍 안으로 마른침을 밀어 삼켰다. 과장을 아주 약간 보태서 거기 모인 이들의 팔 할이 그런 모양새였다.

물론, 모두가 그런 것은 아니었다. 이런 와중에도 제 잇속을 따지며 진정 제게 필요한 것을 탐색하는 이들도 있었다. 이를테면 해동의 수장인 호조정랑 민도식 같은 이였다.

세자며 왕후며 할 것 없이 모두의 시선이 귀비의 몸짓을 좇는 가운데, 오직 민도식의 시선만이 다른 데를 향했다. 하지만 그 누구도 민도식의 시선이 향하는 곳을 눈치채지 못했다. 귀비가 시선을 퍽 끌었던 까닭이기도 했지만 그만큼 그의 시선이 조심스러웠던 탓이기도 했다.

귀비는 제를 위해 깔아둔 멍석 한가운데에서 부채와 칼을 휘두르며 춤을 추었다. 그리고 그 주변 사방에는 북을 치는 궁무가 하나, 징을 치는 궁무도 하나, 신령을 흔드는 궁무가 둘. 쩔렁쩔렁 요란한 소리를 내는 방울을 쥔 둘은 수궁무였다.

민도식의 시선이 향한 곳은 바로 거기, 웅족의 수궁무 소화가 앉은 자리였다. 해동의 우두머리인 민도식에게 지금껏 소화의 존재란 그저 천것 그 이상도 이하도 아니었다. 하지만 이제부터는 이야기가 달라질 예정이었다. 어떤 방식일지는 아직 확신할 수 없었지만.

민도식은 저 계집이 제게 아주 쓸모가 있을 것이라는 사실을 직감할 수 있었다. 가느다란 양손으로 방울을 움켜쥐고 흔드는 소화의 눈 너머에 깃든 감정들을 민도식은 단번에 알아챌 수 있었다. 제아무리 숨기고 있어도 그가 못 알아볼 리가 없었다. 동류는 서로를 알아보는 법이니. 계집애의 눈동자 깊숙한 곳에 박힌 야망, 탐심, 너무 간절해서 오히려 딱해 보일 지경인 욕심들. 그가 숨기고 있는 것들과 별반 다르지 않은 감정들이었다.

그뿐이랴, 한 발짝 떨어진 데서 보면 감정들이 흐르는 방향을 손쉽게 알아챌 수 있는 법이다. 소화의 눈길은 줄곧 귀비를 향해 있었지만 온 신경은 상석에 앉은 세자를 향해 있었다. 소화가 한 번씩 눈을 깜빡일 때마다, 눈꺼풀 아래로 숨었던 눈동자가 드러날 때마다, 그 눈길이 슬쩍슬쩍 세자를 향하는 것을 기민한 민도식이 놓칠 리 없었다.

하지만 소화에게는 불행하게도 세자의 시선은 내내 영선에게 고정되어 있었다. 멀리서 보는 민도식에게도 퍽 집요하다고 느껴질 정도였으니 당사자인 영선 또한 세자의 시선을 모를 리가 없었다.

우습게도 영선은 처음부터 끝까지 귀비만을 바라보고 있었다. 영선, 이 어리석은 계집애는 무심한 제 태도가 도리어 세자의 집착 강한 성미에 불을 붙이고 있는 줄은 꿈에도 모르는 듯했다.

이렇게 뜯어보니 세자와 영선, 그리고 소화. 셋 모두가 그에게 아주 쓸 만한 패가 될 것임이 분명해 보였다. 이런 이야기가 늘 그렇듯, 이처럼 야망이 큰 자들은 대개 감이 좋은 법이다. 이날 들었던 민도식의 예감에 단 한 치의 오차도 없었음이 증명된 것은 그리 오랜 시일이 지나지 않아서였다.

* * *

웅족 각 가벌의 수장들이 한자리에 모이게 된 것은 낮에 올렸던 제 때문이었다. 가벌의 우두머리쯤 되면 모두 조정에서 한자리씩은 차지하게 마련이라 이들은 각 관청이나 궁에서 하루에도 몇 번씩 대면하는 사이였다. 그러니 자연스레 부족 내에 중차대한 일이 생기지 않고서는 이렇게 굳이 모여 앉을 일이 없었다.

작금의 상황이 상황인지라 누구든 쉽게 입을 열어 나불거릴 만한 분위기는 아니었다. 하지만 어느 자리에나 눈치 없는 자들 하나쯤은 있게 마련이다. 이를테면 보라부의 수장인 박동석이 그랬다.

"호족에서는 진원대군을 생각하고 있다지요? 호선과 대면하셨지요? 그렇지요?"

채근하듯 묻는 박동석의 말에 응선은 대꾸 없이 찻잔을 손에 쥐었다. 대신 입을 연 것은 민도식이었다. 그는 응선의 눈치를 흘끔 보고는 박동석을 향해 타박하듯 말했다.

"호족에서 무슨 결정을 하든, 그것이 우리와 상관이 있는가?"

"어째서 상관이 없습니까?"

말이 끝나기 무섭게 되묻는 박동석의 낯빛이 너무나도 순순해서 민도식은 도리어 대답할 말이 없었다.

'대체 저 작자는 순진한 것인지, 아니면 멍청한 것인지.'

기가 찬다는 듯 헛바람 새는 소릴 내며 웃는 민도식을 향해 박동석이 재차 입을 열었다.

"솔직한 말로, 주상께서 핏줄보다 더 신임하는 것이 호선 아닙니까? 그치들과 척을 져서 좋을 일이 있답니까?"

내내 말이 없던 응선이 탁 소리가 나게 찻잔을 내려두었다. 박동석의 말이 기어이 그의 심기를 불편하게 한 모양이다.

송골부의 수장인 응선은 지금껏 제 가벌이 그랬듯 늘 호족과 우호적으로 지내왔다. 그러나 우호적인 관계라 해서 종속적인 관계가 된다는 뜻은 아니었다. 호족과 응족 사이에 암묵적으로 존재하는 서열 관계는 이 두 부족 스스로에 의한 것이 아니었기 때문이다.

응족과 호족의 불공평한 관계에 대해 이야기하자면 그들의 수와 부족의 생리에 대해 논하는 것이 우선이다. 응족은 다섯 부족, 곧 송골, 해동, 보라, 산진, 수진으로 나뉘었다. 또한 원래 새의 특성이 그렇듯 그 수가 호족에 비해 월등히 많았다. 제아무리 신력을 가진 존재라 할지라도 수가 많으면 흔하게 여겨지고 그만큼 가치가 떨어지는 법이다. 호족의 수는 나라 안에 부족 전체를 다 합쳐도 스물이 채 되지 않았으니 그보다 적어도 스무 배는 많은 응족은 확실히 비교적 흔한 존재처럼 여겨질 수밖에 없었다.

하지만 지금처럼 응족이 약간 더 홀대받는 가장 큰 이유는 부족이 여러 가벌로 나뉜 데에 있었다. 하나의 우두머리를 두고 소수가 응집한 호족과는 달리 응족은 날 때부터 세력이 비슷한 여러 가벌이 경쟁하듯 제 식솔들을 이끌어나가는 형식이었다.

수가 워낙 적어 사실상 없는 것으로 치는 수진을 제외하고, 또 사람에게는 물론이고 제 부족에게조차 그다지 협조적이지 않은 산진까지 제외하면 응족의 주축은 언제나 송골과 해동, 그리고 보라였다. 세 가벌은 늘 서로 우두머리가 되고자 발톱을 세워댔다. 이 요사스러운 존재들 간의 다툼은 보통의 사람들에게까지 크고 작은 영향을 미쳤다. 그리고 지금으로부터 아주 먼 언젠가, 같은 대지를 공유하며 살던 응족과 보통의 인간들이 공생하기로 결정한 그 순간부터, 응족 내에서도 자연스레 서열이 정해졌다.

기실은, 응족이 존재하던 그 순간부터 서열은 정해진 것이나 마찬가지였다. 언제나 으뜸은 송골이고, 해동은 이인자였으며, 수가 많아 흔한 취급을 당하는 보라는 그다음이었다.

삼각산에 기거하는 호선과 그의 식솔들이 도성 안으로 걸음하는 것은 흔한 일이 아니었다. 호족에게 구청(求請)할 것이 생기면, 임금이 내시부의 당상관과 호족의 수궁무를 삼각산으로 직접 보내는 것이 보통이었다. 만약 임금이 웅족에게도 그리했다면 이토록 처우가 불공평하다고 느낄 만한 일은 생기지 않았을 터였다.

웅족 각 가벌의 사내들은 일정한 나이가 되면 궁 안에 있는 내응방에 기거하며 훈련을 받아야 했다. 그리고 그중 일부는 왜나 청으로 가는 사신단과 동행해 임무를 맡기도 했다. 때문에 웅족의 사내들은 나이가 차면 관직에 나아가기 쉬웠고, 각 가벌의 수장이나 원로쯤 되면 상당한 요직을 차지할 정도로 특혜를 받았다. 보통의 인간 사내들이 일평생 공부하여 과거에 응시하는 것을 생각해보면 파격적인 특혜라 할 수 있었다.

반대로 호족은 부족원 중 그 누구도 관직에 나아가지 않았다. 그러니 표면상으로는 이처럼 웅족과 왕가의 식솔들이 주고받는 것이 각각 하나씩, 제법 공평해 보일 법도 한 관계였다.

하지만 세상 그 어디에도 완벽하게 공평한 관계는 없었다. 내응방에 소속된 웅족의 사내들 중에는 왜나 청으로 가 영원히 돌아오지 않고 거기서 머물게 되는 이들도 적잖았다.

이를테면 문위행에 따라나서는 이들이 그랬다. 이것이 호족에 대한 웅족의 자격지심을 부추기는 가장 큰 이유였다. 누구는 언제나 직접 그 거처로 가 '찾아뵙는' 모양새인데 누구는 도리어 나라 안팎에서 일정 기간 볼모 같은 모양새로 붙잡혀 있어야 하니 뱉이 아니 꼬일 수가 없는 것이다.

물론, 왜나 청으로 가서 돌아오지 않는 부족의 식솔들은 제 땅에서나 마찬가지로 높은 자리를 차지하고 호의호식했다. 하지만 대부분은 관직이 조금 낮을지언정 가벌이 모두 모여 있는 조선 땅에서의 생활을 선호했다.

이러한 자신들의 처지를 누구보다 잘 알고 있는 것이 지금 모인 각 가벌의 수장들이었다. 평소와는 다르게 산진의 수장까지 모인 자리였고, 이들 중 누구도 웅선을 향해 감히 결단을 부추기는 소리를 하지는 못했다.

그럼에도 웅선은 어쩐지 초조한 기분이 드는 것을 막을 수가 없었다. 입가에 댄 찻잔 뒤로 애써 표정을 감추기를 몇 번. 결국 웅선은 손에 쥔 찻물을 모두 입안으로 털어 넣었다. 복잡한 심사만큼 쓴물이 목구멍 안으로 들이쳤다.

"내일 날이 밝는 대로 진원대군을 뵈올 것이네. 더 필요한 이야기가 있다면, 그때 다시 하는 것이 좋겠군."

웅선의 말끝에 다른 세 사내는 모두 비슷한 표정을 지었다. 하지만 그 속이 모두 달랐음을 그때는 아무도 알지 못했다.

* * *

인왕산 기슭. 낡은 초가의 창호 위로 사내 둘의 그림자가 비쳐들었다. 두 사람 중 손님인 듯한 자는 그새 제법 익숙해진 모양인지 자리를 찾아 앉는 모양새가 거침없었다.

"다른 이도 아니고, 해동의 수장씩이나 되시는 분이 자꾸 이렇게 미천한 산진이의 거처를 찾으셔야 되겠습니까?"

여상한 투였지만 말속에는 뼈가 있었다. 콧대 높기가 하늘을 찌르는 민도식에게 이런 언사를 하는 이는 산진이의 수장 안대구였다. 안대구의 말뜻을 못 알아들을 리 없었으나 민도식은 모른 체 웃으며 답지 않은 나긋한 목소리를 냈다.

"이미 알고 계시니 매번 저를 내쫓지 않고 이리 방 안에 들이는 것 아닙니까?"

그 말에 안대구가 피식 바람 새는 소리를 냈다.

"말하지 않은 것을 아는 능력은 없습니다."

간결한 대답의 의미는 결국 어서 네 패를 까 보이라는 말이었다. 이러니 민도식은 입을 열 수밖에 없는 것이다.

"세자와 진원대군, 둘 중 누구일 것 같습니까?"

"요직에 있는 응선도 모르고 계신 일을 저 같은 산촌 늙은이가 어찌 알겠습니까?"

"정말 이러실 겁니까?"

민도식은 곤란한 얼굴을 꾸며내며 우는소리를 했다. 하지만 안대구는 요지부동이었다. 그 태도에 민도식은 점점 짜증이 솟구치기 시작했다. 고집불통인 것을 오래전에 이미 알았으나 이리도 꼿꼿한 것을 보니 제 시커먼 속이 들킨 것만 같은 까닭이다.

"해동과 산진의 식솔을 모두 합하면 그 수가 얼마나 되는지 아십니까?"

이곳에 찾아온 게 오늘로 벌써 세 번째. 그가 계속 빙빙 돌려 말한다면 눈앞의 늙은이는 끝까지 모르쇠를 댈 것이다. 이리 따지고 저리 따져도 민도식에게 방법은 이것 하나뿐이었다.

"글쎄요. 제가 해동의 수를 정확히 알지 못하니 말입니다."

"넷 중 가장 수가 많은 것이 보라입니다. 송골과 해동은 별반 차이가 없고요."

"손을 잡자는 말씀처럼 들리는데요."

이제야 알아듣는군. 속으로 뇌까린 민도식이 안대구를 향해 짙게 미소 지었다. 그러고는 안대구의 눈을 똑바로 바라보며 물었다.

"세 가벌 중 누구든, 산진과 손을 잡으면 어떻게 되는지 아십니까?"

안대구는 대답하지 않았지만 민도식의 미소는 더욱 짙어졌다. 서로가 같은 답을 떠올리고 있음을 아는 것이다. 두 사람 사이를 부유하는 정적이 그것을 아주 확실히 증명하고 있었다.

이쯤 되니 민도식은 광대 끝을 향해 올라가는 입꼬리를 감출 생각도 없는 모양새다. 입을 여는 그의 입가 한쪽이 움푹 팬 것을 보니 틀림없었다.

"세자 책봉례가 벌써 이십칠 년 전의 일입니다. 기억하시지요? 그때 저하께선 겨우 일곱 살이셨습니다. 그분은 원자로 태어난 그 순간부터 내내 왕이 될 운명으로 살아오신 분입니다. 그런데 이제 와 진원대군요? 어림 반 푼어치도 없는 일이지요."

"옹선의 결정이 틀렸다는……."

"그럼, 그것이 제대로 사리 분별하는 이의 결정이랍니까?"

민도식이 표독스러운 기세로 안대구의 말끝을 잡아챘다. 드디어 본색을 드러내는 모양이다. 그 모습에 당황할 법도 하였으나 안대구는 오히려 크게 소리 내어 웃기 시작했다. 한참이나 웃던 그가 입가에 은근하게 미소를 띠고 말했다.

"제 식솔들이 영감의 생각만큼 많지는 않습니다."

"보라의 모든 이가 박동석, 그자를 따르는 것도 아닙니다."

마치 기다렸다는 듯 단번에 되돌아오는 민도식의 대답에 안대구가 또 한 번 파안대소했다. 자유로운 만큼 다소 지루하던 그의 삶이 이제 조금 재밌어지려는 모양이었다.

* * *

제를 올린 후 며칠이 지나도록 임금의 병세는 나아지지 않았다. 그 사실이 소화를 초조하게 만들었다. 금방이라도 임금이 붕어하고 세 자가 임금이 될 것 같았다. 그러고는 영선이 그 계집애가 귀비가 되 는 것이다.

저는 아직 세자의 마음을 얻을 기회를 얻지 못했는데, 아직 무언가 를 시작하지도 못했는데. 세자의 마음은 기울어도 이미 한참 기울어 있었다. 세자가 영선을 퍽 총애한다던, 소문으로만 듣던 그 말을 눈앞 에서 직접 확인한 것이 벌써 닷새 전의 일이었다.

제를 마친 후 영선과 함께 동궁에 들었을 때 소화는 제게 일말의 기회도 없을 것임을 직감했다. 영선을 보는 세자의 눈빛. 그 눈빛은 소화에게도 아주 익숙한 것이었다. 반쪽뿐이라 하나 누가 형제 아니 랄까 봐, 영선을 보는 세자의 눈빛은 무영과 꼭 닮아 있었다. 소화가 아주 잘 아는 눈빛이었다는 말이다.

누군가를 향한 연정은 숨긴다고 해서 숨겨지는 그런 종류의 것이 아니었다. 연모하는 여인을 앞에 둔 사내. 세자는 꼭 그런 사내 같은 모양으로 영선을 향해 웃고 있었다.

소화를 바라보는 무영이 늘 그러했듯이.

일이 이 지경이니 동궁에서 나온 이후 소화의 신경은 퍽 예민해져 있었다.

"아주 신이 나겠구나?"

소화가 영선을 향해 쏘아붙였다. 잔뜩 뒤틀린 심사에 말이 곱게 나갈 리가 없었다. 하지만 소화의 이런 태도가 하루 이틀 일이 아니기에 영선은 크게 동요하지 않았다. 이미 이골이 날 대로 난 것이다.

"귀먹었니? 벙어리야?"

재차 빈정거리는 소화의 목소리에 결국 영선의 발이 멈췄다.

"귀비가 되고 싶니?"

담담히 묻는 영선의 말에 소화는 가만히 입을 닫았다. 분명, 저보다 한 치쯤 작은 영선이었으나 그 곧은 눈동자를 마주하고 있자니 소화는 어쩐지 자신이 한참이나 작아진 듯한 착각이 들었다. 그래서 소화는 처음의 기세와는 달리 선뜻 대답하지 못한 채 '답답한 계집애. 붙여시 같은 것. 혼자 깨끗한 척하기는' 하는 말들만 속으로 주워섬겼다.

"게서 왜 그러고 있어?"

두 사람 사이의 정적을 깬 것은 무영이었다. 그를 향해 재빨리 돌아선 영선이 인사를 올렸다. 잠시 선 채 무영과 하잘것없는 이야기를 몇 마디 나눈 영선은 눈치껏 먼저 자리를 떴다.

멀어지는 영선의 뒷모습을 내다보던 무영이 돌아섰을 때 소화는 여직 뾰족한 눈길로 영선이 사라진 자리를 바라보는 중이었다. 그 모습에 무영이 슬쩍 웃는 낯을 했다.

"둘이서 무슨 이야기를 했기에 그렇게 잔뜩 골이 난 게야?"

소화는 묻는 말에 대답하지 않았다. 그저 아주 가만히, 무영의 눈동자를 들여다보며 섰을 뿐이다.

웃음기를 가득 머금은 무영의 눈길이 이토록 미울 수가 없었다. 저가 매번 모른 척하던, 그리고 앞으로도 영원히 모른 체할 무영의 눈빛과 감정들에 소화는 자꾸만 부아가 치밀었다. 바로 지금 이 눈과 꼭 닮은 눈길로 영선을 보던 세자가 떠오른 탓이다.

아니다. 무영의 마음이 제 앞날에 하등 도움이 되지 않을 것임을. 받아주는 이 없어 갈 데가 없는, 죄 쓸모없는 연심임을 아는 까닭이다. 진저리나도록 한결같은 사내. 온갖 똑똑한 체는 다 하면서 실은 그저 사랑에 눈먼 것에 불과한 어리석은 사내. 그 사내가 바로 무영이었다.

당신은. 왜 하필 귀비의 자식으로 태어났을까. 당신이 왕자였다면 나는 어떻게든 당신을 꼬여내려 애를 썼을 것이고, 천것이었다면 거들떠보지도 않고 멀리하면 그만이었을 텐데. 왜 당신은 이도 저도 아닌 귀비의 자식으로 태어났을까.

나는 왜 무녀의 딸로 태어났을까. 아니, 왜 하필 그날 그 골목에서 당신의 어머니를 만났을까.

그래, 자미재에 산다는 반쪽 왕자에 대한 소문들을 모두 흘려들었으면 되었을 텐데. 나는 대체 무슨 영화를 누리자고 아무것도 모르는 척 당신의 안뜰 솟을대문을 넘었을까.

생각 끝에 소화는 손바닥 위로 얼굴을 묻었다. 느닷없는 모양새에도 무영은 익숙한 듯 말없이 소화의 어깨를 토닥이기만 했다. 그것이 소화를 더욱 서글프게 하는 것을 무영은 알지 못했다.

요요하게 부는 늦가을 바람이 자꾸만 계집애의 옷깃 사이를 파고들었다. 가슴속까지 이는 찬바람 앞에서 소화는 또 한 번 습관처럼 속엣말을 삼켰다.

그래, 이 계집애는 무슨 수를 써서라도 귀비가 되고 말 생각이었다. 그 생각이 저를 갉아먹는 줄도 모르고 어리석은 계집은 다짐하고 또 다짐했다.

귀비가 될 것이다. 임금의 여인이 될 것이다.

* * *

간절히 원하면 어디서든, 또 어떻게든 기회가 생기는 법이다.

소화는 제게 내려진 이 동아줄을 그렇게 여겼다. 애타는 제 바람이 길을 열어준 것이라고. 그러니 이 기회를 놓쳐서는 아니 될 일이다.

재차 다짐한 소화는 목구멍으로 마른침을 밀어 삼켰다. 고요 속에 있자니 제 숨소리마저 천둥소리마냥 크게 들리는 듯했다. 그것이 자꾸만 간을 철렁이게 했다.

얼마나 그러고 있었을까, 창호문 너머로 희미하게 날짐승의 울음소리가 들려왔다.

부엉. 부엉.

가만히 그 소리에 귀를 기울이던 소화는 자조하듯 마른 웃음을 흘렸다. 불길하기 짝이 없는 소리였다. 어느 쪽이든 간에 누군가는 저 영물의 울음소리가 이끄는 대로 흉사를 당할 것이다.

슬며시 돌아누운 소화는 조심스럽게 베갯잇 사이를 더듬거렸다. 곧 손끝에 차가운 감촉이 느껴졌다. 그것을 손안에 꽉 움켜쥐며 눈을 질끈 감았다. 기회는 단 한 번뿐일 테다.

* * *

"언니!"

애기 궁무 하나가 작게 속삭이며 소화의 소매를 잡아끌었다. 소화의 허리춤에나 겨우 닿을 만큼 작달막한 계집애는 무엇이 불안한지 연신 주위를 살피고 있었다. 이리저리 바쁘게 돌아가는 아이의 머리통을 내려다보며 소화는 피식 웃음을 흘렸다. 저더러 언니라고 하는 것을 보니 귀비당에 들어온 지 사나흘도 채 되지 않은 아이인 모양이었다.

"그래, 무슨 일이니?"

아이와 눈을 맞춰 앉은 소화가 제법 다정한 투로 물었다. 사근사근한 소화의 태도에 살짝 얼굴을 붉히던 아이는 우물쭈물한 품새로 제 소맷자락을 뒤적였다.

"이거……."

"이게 뭐니?"

"어떤 어르신께서 전해주라 하셨어요."

아이의 조막만 한 손끝이 소화의 손바닥 위에 닿았다가 떨어졌다. 소화가 제 손 위에 올려진 것을 바라보는 사이 아이는 두 손을 모아 꾸벅 인사를 하고 잰걸음으로 사라졌다.

멀어지는 아이의 뒷모습을 한 번, 제 손바닥 위에 있는 것을 한 번 보던 소화는 이내 자리를 털고 일어났다.

방 안에 들어선 소화는 다시 한 번 방문을 살폈다. 그리고 문고리가 단단히 걸린 것을 확인하고 나서야 제 손에 들린 것을 펼쳤다.

세 번째 백일홍.

누가 보낸 것인지는 전혀 가늠할 수 없었다. 하지만 소화는 늘 그랬듯, 제게 기회가 찾아왔음을 직감했다.

제 손바닥보다 약간 작은 종잇장을 태워 없애며 소화는 자꾸만 솟아오르는 입꼬리를 단속하려 애를 썼다. 벌써부터 짜릿한 감각이 등줄기를 타고 흐르는 듯했다.

하루의 세 번째 시간. 궁 안에서 백일홍이 피는 유일한 장소. 그곳에서 소화는 새로운 동아줄을 잡을 터였다.

인시. 자미재 뜰 안으로 소화가 발을 들였다.

무영이 출합한 지 예닐곱 해는 지났으나 이곳은 여전히 궁인들에 의해 관리되고 있었다. 하지만 제아무리 쓸고 닦고, 또 구석구석에 꽃이 핀다 해도 사람이 살지 않으니 살풍경해 보이는 것은 어쩔 수 없었다.

긴장을 감추려는 듯 소화는 자꾸만 주먹을 쥐었다가 폈다가 하며 손을 가만두지 못했다. 그렇게 일다경쯤의 시간이 흐르고 내내 훤하던 달이 구름 뒤로 모습을 감추자 커다란 매 한 마리가 마당 위를 둥글게 날기 시작했다.

짙은 어둠 속에서 빛을 내는 것은 오로지 날짐승의 눈동자뿐이었다. 소화는 무엇에 홀린 것마냥 허공 위를 유영하는 매를 바라보았다. 마치 소화의 동태를 살피듯 한동안 날던 매는 돌연 모습을 감추었다.

그로부터 얼마 지나지 않아 마당 깊숙한 곳에 자리한 나무 그림자 사이에서 느릿한 걸음으로 사내 하나가 나타났다. 호조정랑 민도식이었다.

"확실히, 따라붙은 이는 없는 모양이구나."

민도식이 천천히 소화를 향해 다가섰다. 그 결에 소화가 한 발 뒤로 물러섰다. 경계하는 듯한 태도에 민도식이 피식 웃음을 흘리고는 말을 이었다.

"바라는 바가 있으니 나왔을 것인데, 어찌 태도가 그래?"

"무언가 기대하는 바가 있는 것은 피차간에 마찬가지 아닙니까? 칼자루를 쥔 쪽이 어르신인지, 저인지는 아직 모르지 않습니까?"

침착하지만 당돌한 소화의 대답에 민도식이 소리 죽여 웃기 시작했다. 이 계집애가 보통내기가 아닌 줄은 진즉에 알았다만 이 정도일 줄은 그조차 예상치 못한 일이었다.

한참이나 과장된 태도로 킬킬거리던 민도식이 웃음을 그치고 소화를 빤히 바라보았다.

"귀비가 되게 해주마. 어떠냐, 구미가 당길 텐데?"

민도식은 말끝에 입꼬리를 잔뜩 끌어올렸다. 그러자 내내 탐색하는 듯한 눈길로 그를 바라보던 소화가 비슷한 모양새로 입술 끝을 올리며 웃었다.

"그래서, 제게 무엇을 원하십니까?"

* * *

"격구(擊毬)＊시합이라니요?"

"어허, 조용히 하게."

예조 관청, 경악에 찬 목소리 뒤에 곧바로 단속하는 소리가 따라

＊　말을 타고 달리거나 뛰어다니면서 막대기로 공을 쳐 승부를 내는 놀이.

붙었다. 경악한 이는 예조참의 최택, 단속하는 이는 예조참판 이두식
이었다.

이두식의 말에 입을 다문 최택은 모퉁이를 돌아 인적이 드문 곳까
지 와서야 이두식을 향해 채근했다.

"정녕 격구라 하셨습니까? 허 참, 이 시국에요?"

"다른 사람도 아니고 자네가 이처럼 놀랄 줄은 몰랐네."

이두식이 심드렁하게 대꾸했다. 그러자 최택이 이맛살을 찡그리며
길게 혀를 찼다.

"놀랄 일이 아직도 더 남았는가 싶다가도 늘 이렇게 예상을 뛰어
넘으니 하는 말 아니겠습니까?"

그 말을 끝으로 두 사람은 입을 다물었다. 하지만 잇새로 끙 하고
앓는 소리가 새어 나오는 것을 막기는 힘들었다.

수심 가득한 얼굴로 한숨을 푹푹 내쉬는 대신들이 비단 이 두 사람
뿐만은 아니었다. 또다시 시작된 세자의 기행에 대신들은 골머리를
앓았다.

대조(大朝)가 위중하신 때에 청정(聽政)을 하는 소조(小朝)가 정사
를 돌보기는커녕 격구시합을 열어 유희를 즐긴다니 망측하기 그지없
는 일 아닌가. 하지만 편전을 드나드는 이들 중 그 누구도 이 일을 두
고 바른말을 하지 못했다. 조정의 관리들 모두가 비굴한 것은 아니었
으나 그중 팔 할은 비겁자들인 탓이다.

이러한 연유로 세자가 베푼 격구시합은 시국과는 어울리지 않게
도 꽤나 크고 화려한 모양새를 했다. 대부분의 대신들이 세자 곁에
나란히 자리를 지키고 앉았다. 그러고는 저들끼리 흘끔거리며 눈치
를 살폈다.

그 무리 가운데서 민도식은 속으로 몇 번이나 혀를 찼다.

것 봐라, 내가 뭐랬어? 인간들이란 어찌 이리도 아둔한지. 하긴, 단한 치의 앞도 내다보지를 못하니 다들 그 모양 아니겠느냐. 그의 목구멍 뒤로 넘어가는 속엣말이라는 것은 죄다 이렇게 모난 소리밖에 없었다.

그럴 만도 했다. 이렇게 모여 앉아보니 판이 어떻게 돌아가는지 아주 명확히 보였다.

이 나라 조선의 모든 권력은 오늘 가장 상석에 앉은 사내의 것이될 것이다. 아니, 조선은 이미 그의 것이었다. 젊고, 아름다우며, 흉포한 세자가 곧 이 땅에 사는 모두의 주군이 될 것임을, 그리고 그날이그리 머지않았음을 격구장에 모인 비겁자들 모두가 직감했다.

시합이 시작된 지 이제 막 일각이나 지났을 때였다. 처음의 기세와는 다르게 줄곧 심드렁한 낯으로 시합을 지켜보던 세자가 돌연 기묘하게 안광을 번득이더니 자리를 털고 일어났다.

그를 따라 주변에 있던 대신들 또한 우르르 일어섰다.

"저하! 어찌……."

대신들 중 누군가가 소리쳤으나 세자가 귀찮은 기색으로 가볍게손을 들어 올리자 입을 다물었다. 그 잠깐의 시간이 지나는 사이에세자의 입꼬리가 아주 조금 움푹 팼다.

그 미묘한 변화를 감지한 것은 오로지 민도식과 상선뿐이었다. 그제야 민도식은 확실히 알 수 있었다. 오늘의 자리는 단순히 방탕한세자의 유희를 위한 것이 아니었다. 이 영민한 사내는 그가 가진 힘을 확인하고 그것을 과시하고자 했던 것이다. 여기 모인 모두에게. 또한 스스로에게도.

* * *

"무슨 근심이라도 있는 모양이구나."

귀비 김 씨가 소화의 안색을 살피며 물었다.

"아닙니다. 아무 일도 없습니다."

소화가 슬쩍 고개를 가로저으며 웃었다. 하지만 귀비는 소화의 낯을 들여다보는 것을 멈추지 않았다. 일거리에 집중하지 못하고 내내 헛손질만 하는 소화의 품새가 마음에 걸리는 모양이었다.

짐짓 여상한 얼굴을 꾸며내는 소화의 태도가 죄 거짓임을 귀비와 소화 모두 알고 있었다. 아닌 체하면서도 자꾸만 제 옆의 빈자리를 흘끔거리는 소화의 눈동자가 점점 더 초조함으로 물들어가는 모양이 확연했다. 그 모양에 귀비는 속으로 한숨을 흘렸다. 영선의 부재가 소화를 초조하게 하는 연유는 딱 하나뿐이었으니.

때에 맞지 않게 크고 성대한 격구시합을 열었던 세자는 언제 그런 것을 바랐냐는 듯 금세 동궁으로 돌아왔다. 그 후 한 시진이 채 되지 않는 시간 동안 동궁에는 고관 몇이 들락날락하며 은밀히 세자를 알현했다. 그리고 그 끝에 영선이 동궁 문턱을 넘었다.

그것이 벌써 두 시진 전의 일이었다.

그 시간이 흐르는 동안 내내 초조한 기색이던 소화는 기어이 저녁을 거르고 앓아누웠다. 내내 자리에 누워 이리저리 뒤척이던 소화가 가만히 숨을 죽이고 눈을 감은 것은 술시가 끝날 무렵이었다.

방문 턱을 넘는 영선에게서 희미하게 기름 내음이 풍겨왔다. 필시 저녁까지 세자와 함께 들고 온 모양이었다.

영선은 평소처럼 거의 소리를 내지 않고 방 안을 오갔다. 옷을 갈아입는 듯하던 영선이 방을 나갔다가 다시 돌아왔을 때는 일다경쯤이나 시간이 흐른 후였다.

돌아온 영선에게서 서늘한 가을 밤바람 내음과 물 내음이 묻어 나왔다. 그러고는 이내 소화가 누운 자리 곁으로 요와 이불이 펼쳐지는 것이 느껴졌다. 모로 누워 눈을 꼭 감은 소화의 귓가로 영선의 그 모든 행동과 방 안의 풍경들이 그릴 듯 선명하게 펼쳐지고 있었다.

소화는 뒤척이던 영선이 고른 숨을 내쉬며 잠든 후 한참이나 지나서야 눈을 떴다. 사위가 어둠에 휩싸여 있었다. 들창으로 드는 달빛마저 없으니 두 계집애의 방 안은 그야말로 짙은, 아주 짙은 어둠이 주인마냥 자리를 차지하고 있었다.

한참이나 어둠 속을 응시하던 소화는 느릿한 손길로 베갯잇 사이를 더듬거렸다. 손끝으로 느껴지는 차가운 감촉에 번쩍 정신이 들었다. 며칠이 가도록 결정하지 못하고 물렁하던 마음이 아주 단번에 냉랭해졌다.

언제나 그랬듯 기회는 단 한 번뿐일 것이다. 소화는 그것을 분명히 알고 있었다. 또한 언제나 그랬듯이. 이 영악한 계집애는 제게 찾아온 기회를 놓친 적이 단 한 번도 없었다.

* * *

귀비당의 아침을 깨운 것은 소화의 목소리였다.

푸르스름한 새벽 공기를 찢을 듯 들려오는 비명소리에 귀비당의 온 식솔들이 두 수궁무의 방으로 향했다. 그들 중 누군가 다급한 손길로 방문을 열어젖혔을 때 문 앞에 서 있던 모든 여인은 일시에 탄식을 내뱉었다.

가만히 눈을 감고 누운 영선 곁에서 소화는 몇 번이나 제 동무의 낯을 쓸어가며 울음소리를 삼키고 있었다. 그 모습이 어찌나 가엾은지 바라보는 이들마다 소매 끝에 눈물을 찍어내지 않는 여인이 없었다.

영선이 죽었다.

살아서도 늘 얌전하고 온순하던 계집애는 저승길을 갈 때에도 조용히, 마치 깊은 잠을 자는 듯 그렇게 떠났다. 그 누구도 이 계집애가 어떻게 죽음을 맞이했는지 알지 못했다. 말 그대로 급사였기 때문이다.

동이 채 트기도 전에 삼각산 호선의 거처에까지 소식이 전해졌다. 그전에 이미 양반네들 사는 거리에 이야기가 닿았음은 말할 것도 없다. 하지만 그중에서 가장 빠르게 소식이 전해진 것은 단연 궁이었다. 다른 곳도 아닌 동궁이었으니 궁 안의 공기가 순식간에 사나워진 것은 당연한 이치였다.

나인들이며 궁무며 할 것 없이 궁 안에 미천한 계집들이 기백은 될 것인데, 그 아이들 중 누구 하나 죽어나가는 것이 무에 큰일인가 싶겠으나, 죽어나간 계집이 귀비당의 수궁무 영선이라는 것이 문제였다.

"의관을 들여 검험케 하라."

세자의 말에 상선이 당황한 듯 고개를 치켜들었다. 빠르게 세자의 표정을 살핀 그는 곧 머리를 조아렸다.

"하오나 저하, 그것은 법도에……."

"그래서, 아니 되겠다?"

상선의 말을 끊어내는 세자의 눈길이 날카롭게 변하고 주변 공기가 금세 차게 가라앉았다. 대꾸할 말을 찾지 못하고 우물쭈물하는 상선의 머리 위로 또 한 번 냉랭한 세자의 목소리가 떨어져 내렸다.

"즉시 준비하라 이르라. 모든 과정을 내 두 눈으로 직접 확인할 것이니."

* * *

"검험을 한다니요?"

보라부의 수장 박동석이 펄쩍 뛰며 물었다. 하지만 응선 이축선은 대꾸 없이 옅은 한숨만 내쉴 뿐이었다.

얼마나 그러고 있었을까, 방 안에 모인 이들의 면면을 살피던 산진의 수장 안대구가 입을 열었다.

"검험을 한다 한들, 달라지는 것이 있겠습니까?"

"무슨 뜻으로 하는 말씀입니까?"

박동석이 꺼림칙하다는 투로 물었다. 그럴 만도 했다. 이런 모임이 있을 때마다 늘 별말 없이 그저 듣기만 하다가 돌아가는 안대구 아니었던가.

미심쩍은 듯 눈을 가늘게 뜨고 저를 살피는 박동석의 태도에 안대구는 피식 웃음을 흘렸다.

"궁문을 다 넘기도 전부터 죽은 계집에 대한 이야기가 온 궐 안에 파다했습니다. 외상 하나 없이 깨끗한 채로, 잠든 듯이 그렇게 갔다는 이야기를 저만 들은 것이 아닐 텐데요?"

그의 말에 그른 것이 단 하나도 없기에 박동석은 결국 입을 다물고 말았다.

안대구의 말처럼 검험을 한다고 해서 달라지는 일은 없었다. 머리부터 발끝까지 영선의 몸 구석구석을 살폈지만 의관들 중 누구도 사인을 밝히지 못했다.

세자의 노여움은 극에 달했다. 누구도 그의 부아를 잠재울 수 없었다. 덕분에 애먼 아랫것들만 살얼음판을 걷는 듯 위태로운 나날을 보내게 되었다.

* * *

때아닌 흉사에 속이 시끄러운 것이 세자뿐만은 아니었다. 영선의 소식이 전해진 후, 호선 강대호는 하루 온종일 백운대 위에 홀로 서 있었다. 푸르던 하늘은 주홍빛을 띠더니 이내 핏빛마냥 붉어지다가 검게 변했다.

그날 밤의 어둠은 평소보다 더 짙은 듯했다. 별이 적은 가을밤인 탓인지 그의 심사가 어지러운 탓인지는 알 수 없었다.

호선은 온통 먹으로 적신 듯한 어둠 속을 향해 발을 내디뎠다. 느리지만 정확한 걸음으로 산 아래를 향해 나아가던 그가 돌연 걸음을 멈춘 것은 중턱 즈음에 다다라서였다.

진득한 피 냄새가 그의 콧속으로 깊숙하게 달라붙었다. 이 넓은 산에 이렇게나 피 냄새가 진동할 정도라면, 모르긴 몰라도 어지간히도 피를 쏟아냈겠구나 싶었다.

다행히도 사람의 피 내음은 아니었다. 그러나 짐승의 것도 아니었다. 그것을 깨달은 순간 뒤통수가 선뜩해졌다.

자리에 멈춰선 호선이 빠르게 주변을 훑었다. 좀처럼 감정을 드러내지 않는 그의 낯이 당혹감에 잔뜩 일그러졌다. 조심스레 걸음을 옮길 때마다 짙어지는 피 냄새가 코끝을 찔러댔다.

마침내 짙은 혈향의 근원지에 다다랐을 때 호선은 잇새로 새는 신음을 눌러 삼키며 주먹을 움켜쥐었다. 거기서부터 약속 장소가 지척이었다.

그러나 그곳에 당도할 일은 없을 터였다. 이미 깨진 약속이나 다름없었다. 거기서 만나자 약조한 이, 웅선 이축선을 앞으로도 영원히 만나지 못할 것이다.

낭자한 혈흔보다 찢어발겨진 몸뚱이가 더 처참했다. 크고 날카로운 짐승의 이빨에 모가지가 물어뜯긴 듯 너절한 모양새로 숲을 뒹구는 머리가 아니었다면 결코 찢긴 몸의 주인을 알아챌 수 없었을 것이다.

호선은 가만히 한쪽 무릎을 꿇고 앉았다. 목이 잘린 채 부릅뜬 눈을 들여다보던 그는 이내 손을 들어 올렸다. 오랜 벗을 향해 그가 할 수 있는 마지막 인사는 한껏 열린 눈꺼풀을 닫아주는 것뿐이었다.

누가 웅선을 이리 만들었는지는 나중 문제였다. 깊이 따질 것도 없이 다음 순서는 저일 것임이 자명해 보였다. 이리도 보란 듯이, 무자비한 기세로 몸뚱이를 찢어 펼쳐놓은 것을 보니 보통 악랄한 자의 소행이 아니었다.

생각을 마친 호선의 입을 타고 깊은 탄식이 흘러나왔다. 그는 빠른 눈길로 주변에 흩어져 있는 웅선의 몸뚱어리를 훑어보았다. 어쩌나 지독스럽게 쥐어뜯어 놓았는지 도처에 산재한 조각을 수습하는 데에도 한참이 걸릴 듯했다.

무엇보다도 웅선의 가솔들에게 일을 알리는 것이 급선무였다.

얼마 지나지 않아 산중턱으로부터 짐승의 울음소리가 퍼져나갔다.

제 식솔을 부르는 듯, 떠나는 누군가를 그리는 듯, 아주 길고 구슬픈 울음소리였다.

* * *

"호판이?"

세자가 여상한 투로 대꾸했다. 시선을 과녁에서 떼지 않은 채였다. 그가 손을 놓자 팽팽하게 당겨졌던 시위가 제자리를 찾아가고 각궁을 빠져나간 화살이 길게 호를 그리며 과녁 중앙에 꽂혔다. 흡족한 듯 잠시 서서 그것을 바라보던 세자가 활을 든 팔을 내밀었다. 곁에 선 이들 중 하나가 재빨리 활을 받아들자 그는 상선을 향해 몸을 돌려 섰다.

"모두 물러나 있거라."

세자가 상선의 어깨너머를 흘끗 보며 말했다.

"범인은 아직일 테고……. 그래, 그대가 다음 응선입니까?"

상선과 그 수하들이 백 보 떨어져 서자 세자가 곁에 선 민도식을 향해 물었다.

"아뢰기 송구하오나……."

"뭐, 딱히 그런 것은 아닌가 보군."

민도식의 말끝을 잘라낸 세자가 천천히 걸음을 옮기기 시작했다. 얼마쯤 걷던 그는 소요정이 지척에 보일 즈음에야 발을 멈췄다.

"영선. 그 아이의 일은 그대들과 전혀 관련이 없습니까?"

태연하게 묻는 세자의 말에 민도식이 어깨를 움찔했다.

"저하, 저희는……."

"관련이 없군. 그렇다면 호선은 왜 웅선을 죽였을까? 제 수궁무에 대한 복수도 아닌데 말이야."

또다시 민도식의 말허리를 잘라낸 세자가 고개를 갸우듬하게 들었다. 민도식은 쉬이 대답을 내놓지 못하고 쩔쩔맸다. 그 품새를 바라보던 세자가 말을 이었다.

"내 귀에까지 들려오는 소문이 진실이든 아니든, 웅족과 호족 간의 일은 그대들끼리 해결하세요. 허나, 두 부족의 일원 중 누구 하나라도 영선의 죽음에 관여한 이가 있다면 그때는 이야기가 달라질 것입니다."

말을 마친 세자는 민도식을 남겨두고 자리를 떠났다.

그 뒷모습을 향해 한참 고개를 숙이고 서 있던 민도식이 허리를 바로 세웠다. 이제 후원에 남은 것은 민도식 혼자였다. 세자 앞에서 줄곧 꾸며내던 감정을 지워낸 민도식의 얼굴이 냉랭하게 가라앉았다.

세자가 소문을 알고 있다. 그러니 곧 도성 안에도 소문이 퍼질 터였다. 어쩌면 저가 세자와 독대하는 동안 이미 퍼질 만큼 퍼졌을지도 몰랐다.

민도식의 예상에는 단 한 치의 오차도 없었다. 그가 궁문을 넘어 육조거리에 들어서자 그를 향해 쏟아지는 시선들이 그 증거였다. 민도식뿐만이 아니었다. 도성 안에 있는 웅족의 사내들 모두가 이와 같은 시선에서 자유롭지 못했다.

하지만 소문이라는 것은 늘 가장 자극적인 부분만 남아 부풀려지는 법이다. 웅족과 호족을 둘러싼 미묘한 풍문들은 얼마 지나지 않아 호선에 관한 추문으로 변했다.

호선이 응선을 죽였다, 아주 잔인한 방법으로.

호선이 임금을 배신했다. 지존의 병세가 위중한 것이 모두 호선의 탓이다.

호선이 호족의 수궁무를 죽였다. 그가 임금을 배신한 것을 알게 된 수궁무가 세자에게 입을 열 것이 두려워서.

호선을 둘러싼 이 소문들이 진실인지 아닌지는 중요하지 않았다. 그 누구도 이것이 진실인지 궁금해하지 않았기 때문이다. 덕분에 소문은 점점 더 빠르게 퍼져나갔다. 추문을 두고 그 어떤 변명도 하지 않는 호선의 태도가 이 기세에 불을 지폈다.

호선 강대호의 성정이 본디 그러했다. 무근지설(無根之說)을 두고 가타부타 입을 가벼이 놀리지 않았으며 또한 제 귀에 들어온 말을 가지고 함부로 뒷공론하지도 않았다. 그를 따르는 자들이 많은 것은 모두 이런 성정 때문이었다.

그러나 세상사가 늘 그렇듯 모두가 그를 칭송하는 것은 아니었다. 제 편이 많은 호선은 그만큼 적도 많았다. 다만, 지금껏 그 누구도 직접적으로 그에게 위해를 가하거나 곤란에 처하게 하는 이가 없었을 뿐이다. 이 또한 연유를 찾자면 따르는 자들이 많은 탓이었다. 엄밀히는 임금이 늘 그의 편이었기 때문이다.

무릇 조선 땅에서 누릴 수 있는 권력이라 함은 지존으로부터 나는 권력이 제일이었으니, 임금에게 신임을 받는 호선 강대호야말로 사실상 그 누구보다 큰 권력을 가졌다 할 수 있었다. 제아무리 청요직에 있는 자들이라 할지라도 강대호에 비할 바가 아니었다.

그런 강대호가 임금을 배신했다는 추문이 나돌기 시작했으니 민심이 흉흉해지는 것은 당연한 이치였다. 궁 안에서 돌던 소문은 앞뒤가 잘려 몸통만 부풀려진 채로 민가를 떠돌기 시작했다. 그로부터 사나흘도 채 되지 않아 소문은 다시금 궁문을 타고 넘었다. 몸통만 남은 모습으로.

잔뜩 예민해진 웅족의 장로들이 다시 모인 것도 그즈음이었다.

"이대로 가만있자는 것입니까?"

송골의 새로운 수령 박지순 영감이 목소리를 높였다. 그 모습에 민도식은 속으로 코웃음을 쳤다.

'저 반쪽이는 젊어서나 늙어서나 한결같이 주제를 모르는구나' 하는 생각에서였다.

박지순은 정통 송골이 아니라 송골과 보라의 피가 반씩 섞인 자였다. 핏줄과 뿌리를 중시하는 웅족 사이에서 늘 배척받을 수밖에 없는 반쪽짜리. 그러나 그 집안이 대대로 송골 내에서 큰 권력을 차지하고 있었기에 누구도 박지순을 함부로 대하지 못했다. 특히나 박지순의 부친이 이축선 이전에 송골을 이끌던 수령이었기에 더욱 그랬다.

대답 없는 장로들에 더욱 기세가 등등해진 박지순은 나불거리는 것을 멈추지 않았다.

"아니 땐 굴뚝에 연기 난답니까?"

저자에 도는 추문을 두고 하는 말이다.

"만사 제쳐두고라도, 웅선을 공격한 것은 웅족 전체에 도전한 것이나 다름없습니다. 정말 이대로 모른 체 있자는 겁니까? 저 산짐승 놈들이 우리 부족 전체에게 같은 짓을 할지도 모르는데요?"

박지순의 마지막 말은 꽤 효과가 있었다. 장로들이 술렁이기 시작한 것이다. 그의 말마따나 당장 오늘 눈 깜짝할 새에 자신들의 뒷목에 호랑이의 송곳니가 파고들지도 모른다고 생각하니 이제야 걱정이 되는 모양이었다.

"호선이 정녕 주상 전하를 배신하였든 아니든, 태양이 이미 기울고 있으니 그 영감은 이제 종이호랑이나 다름없습니다. 우리에겐 충분히 구실이 있고요."

쐐기를 박듯 덧붙인 박지순의 말에 마침내 대부분의 장로가 결심한 듯 고개를 끄덕였다. 그 기색을 내내 말없이 지켜보던 민도식은 속으로 웃음을 흘렸다.

아무래도 이번에는 손대지 않고 코를 풀 수 있을 모양이었다.

* * *

사람과 사람이 아닌 존재가 같은 공간을 공유하며 살기로 결정한 순간부터 둘 사이에는 몇 가지 암묵적인 규칙이 생겨났다.

그중 첫째는 '서로에게 해를 입히지 않는다'는 것이었고, 둘째는 '서로의 일에 관여하지 않는다'는 것이었다.

이 규칙은 사람과 신묘한 존재 사이에서뿐만 아니라 서로 다른 두 부족 사이에서도 통용되는 것이었다.

약속을 깨는 자는 그것이 누구든 그에 합당한 대가를 치러야 했다. 이것이 세 번째 규칙이다.

우스갯소리처럼, 규칙은 깨라고 있는 것이라 하는 자들도 있었다. 그러나 그것은 그 규칙과 약속에 얼마나 무거운 책임이 따르는지를 몰라서 하는 말이었다. 여태 이어오던 약속이 아주 잔인한 방법으로 깨졌으니 누군가는 반드시 이 일에 책임을 져야 했다.

"아버지."

막 신을 신는 호선 강대호의 발치로 그림자 두 개가 모습을 보였다.

"도성에 좀 다녀와야겠다."

대꾸한 호선이 섬돌을 딛고 일어섰다. 시선을 내리니 마당에 선 아들 내외가 불안한 눈길로 그의 낯을 살피고 있었다.

말없이 아들과 눈길을 주고받던 호선은 이내 그 곁에 선 며느리에게로 시선을 돌렸다. 말간 눈으로 걱정스레 시아비의 낯을 살피고 있는 며느리. 보름달마냥 부풀어 오른 며느리의 배.

슬쩍 웃음을 흘리며 바라보고 있자니 아들이 그를 향해 한 발 앞으로 나아왔다.

"어찌 지금 간다 하십니까?"

"가지 못할 것은 무엇이며, 또 지금 가지 않으면 언제 가야 한다는 것이냐?"

차분한 아비의 목소리에 아들은 입을 다물었다. 아비의 말에 동조해 그런 것은 아니었다. 아들의 미간에 얕게 팬 주름이 그 증거였다.

잔뜩 불만 어린 아들의 얼굴에 결국 호선은 크게 웃음을 터트렸다. 그 결에 며느리의 어깨가 움찔 튀는 것도 놓치지 않았다.

그의 아들은 인간의 모습으로 서른 살이 조금 넘었다. 이들이 사람이었다면 벌써 한참 전에 제 가정을 꾸려 가장이 되었을 것이고, 또 어쩌면 말문이 움터 공자 왈, 맹자 왈 하는 자식이 두엇 있었을 것이다.

그러나 아들은 호랑이의 나이로 이제 막 사 년을 꽉 채운 참이었다. 배가 남산만 한 며늘애도 짐승의 나이로는 세 살.

일이 년 만에 부모로부터 독립하는 습성을 지닌 호족의 성체가 이처럼 대를 이어 모여 사는 이유는 단 하나였다. 이 아들이, 또 이 아들의 자식이 호선의 뒤를 이을 호족의 수장이기 때문이다.

누군가는 웅선의 죽음에 대해 책임을 져야 한다. 하지만 그것이 아들 내외의 몫은 아니었다. 기필코 그래야만 했다. 그러한 연유로, 호선은 대낮에 의관을 정제하고 도성 안으로 발을 들였다.

이날은 웅선 이축선의 장례가 아주 화려하게 치러지는 날이었다.

* * *

오랜 벗을 향한 마지막 인사를 보낸 후 호선은 웅선 이축선의 아들과 얼굴을 마주했다. 희미하게 웃은 이축선의 장남은 그를 향해 괜찮다는 듯 작게 고개를 끄덕여 보였다. 그 아우들 또한 마찬가지였다.

그러나 이 집 안에 있는 모두가 그런 것은 아니었다. 기민한 호선의 귓가로 마당 구석에서 사람들이 수군대는 소리가 선명하게 들려왔다.

"세상에, 예가 어디라고 발을 들여?"

"뻔뻔하기도 하지."

"하긴, 인간이 아닌 자에게 제 낯짝 챙길 양심 따위가 있겠는가?"

"어허, 말조심해. 그러다 흉한 일을 당하면 어쩌려고?"

"왜, 내가 못할 말을 하는가?"

"아이고, 이 사람아. 자네가 관직에 오른 지 얼마나 되었다고. 하나뿐인 아들자식이 호교사(虎咬死) 당했다고 하면, 모친께서 홀로 어찌 살아가신단 말인가?”

사내들 서넛이 주고받는 말이라는 것이 기가 막히고 코가 막힐 노릇이었지만 호선은 크게 내색하지 않았다. 그러나 귀가 기민한 것은 호선만이 아닌지라, 애꿎은 이축선의 아들들만 호선의 눈치를 살피는 것이었다.

사람이 아닌 자의 장례를 사람이 하는 방식으로, 그것도 이토록 떠들썩하게 지내는 것은 웅선이 단순히 웅족의 수장이어서가 아니었다. 그가 호조의 우두머리였으니 이 인간이 아닌 존재를 위한 상갓집에는 사람의 수가 훨씬 많을 수밖에 없었다.

호선은 귓가에 차이는 소리들을 무시하며 웅선의 대문을 향해 발을 옮겼다. 우습게도 웅선의 차남이 극진한 태도로 그의 곁에 서자 호선의 귓가에서 와글대던 소리가 옅어졌다.

대문턱을 넘자 사람들의 소리는 더욱 멀어졌다. 짧고도 길었던 걸음이 이것으로 끝이구나 싶었다. 그의 시선에 누군가의 발끝이 걸리지 않았더라면 분명히 그랬을 터였다.

“예까지 오실 줄은 몰랐습니다.”

자못 반가운 체하는 목소리에 담긴 감정의 절반은 이죽거림이었고, 또 다른 절반은 경멸이었다. 호선은 고개를 들어 목소리의 주인을 확인했다. 호조정랑 민도식. 반질반질하게 윤이 오른 민도식의 얼굴을 보며 호선은 여상한 투로 입을 열었다.

“저 또한 예까지 오실 줄은 몰랐습니다. 손에 피를 묻힌 자가 오기에는 껄끄러운 자리 아닙니까?”

그 말에 민도식의 미간이 확 구겨졌다.

"어찌 감히……."

뒷말을 짓씹는 민도식을 향해 호선은 피식 바람 새는 소릴 하며 웃었다. 답지 않은 태도였다.

"아이고, 제가 주책없이 늘그막에 혀가 길어져 별말을 다 하고 다닙니다그려."

느물대는 체했지만 호선은 진혀 웃는 낯이 아니었다. 둘 사이로 잠시간의 대치가 이어졌다. 날짐승과 산짐승이 서로를 경계하는 듯한 모양새였다.

짧은 대치 끝에 호선이 먼저 발을 옮겼다. 민도식의 곁을 스쳐 가며 호선이 혼잣말처럼 작게 중얼거렸다. 하지만 민도식에게는 그 소리가 우레보다 더 크게 들렸다.

"반드시 책임을 져야 할 것입니다."

호선이 멀어지고도 한참이 지나서야 민도식은 이축선의 대문간을 향해 나아갔다. 가까이 다가갈수록, 마당 깊숙한 데서 왁자하게 떠드는 사람들의 소리가 대문턱을 타고 넘었다.

그래, 누군가는 반드시 책임을 져야 했다. 그리고 그것이 누가 되든 그의 모든 식솔 또한 결코 화를 면하지 못할 것이다.

* * *

아이야, 나는 짐승의 발톱에 목이 졸려 죽었단다.

내 숨통을 향해 파고든 발톱의 기세가 어찌나 대단한지. 그래, 꼭잘 벼린 칼날 같더구나.

* * *

술에 취한 박지순은 평소보다 더욱 야단스럽게 굴었다. 가는 귀가 어두운 자들의 목소리가 커지듯, 괜한 허세를 부리는 사내들의 몸짓이 요란해지듯.

그의 거침없는 말과 행동에 응족 사내들 몇이 자꾸만 저들끼리 눈길을 주고받았다. 누구도 크게 내색하지는 않았지만 거기 모인 자들 대부분이 박지순의 언행에 슬슬 불편함을 느끼고 있었다.

박지순은 벌써부터 자신이 응선이 된 것마냥 굴었다. 그의 부친이 그러했듯 송골의 수장이 된 자신 또한 응선이 될 것임을 추호도 의심하지 않는 눈치였다.

그래, 반쪽짜리 주제에 여기까지 온 것도 용하지. 민도식은 속엣말로 박지순을 비웃었다.

하지만 영감, 제 분수를 아는 것만큼 중요한 것은 없는 게요. 죄다 속으로 한 소리였으나, 곧바로 덧붙인 말 또한 곱지는 않았다.

성정대로라면 박지순을 향해 속으로 두어 마디쯤 더 이죽거렸을 민도식이지만 그는 이쯤에서 생각을 멈추었다. 낮결에 마주쳤던 호선 강대호의 태도가 거듭 그의 신경을 갉아댄 탓이다. 평소 같지 않던 강대호의 태도를 보아하니 사건의 전부는 아니라도 일부는 눈치 챈 모양이었다.

하긴, 그 예리한 영감이 그 정도의 눈치도 없을 리가.

속으로 중얼거린 민도식이 까득 이를 갈았다. 여기서 이러고 있을 시간이 없다. 호선이 모든 전말을 알기 전에, 세상 모두가 진실을 알기 전에 하루라도 빨리 움직여야 한다. 먼저 움직이는 자가 유리한 싸움이 될 테니.

생각을 마친 민도식이 자리에서 일어섰다.

이축선의 집을 빠져나와 한갓진 길로 들어선 민도식이 걸음을 멈
추었다.

"그러지 말고 나오시지요."

해가 떨어져 이미 어둑해진 골목 안은 어쩐지 평소보다 음산한 기
운을 풍겼다. 민도식의 그림자 지척으로 다른 그림자 하나가 덧대어
지듯 나란하게 졌다. 그 모양을 흘끗 본 민도식이 재차 입을 열었다.

"어찌 오지 않으셨던 것입니까?"

말을 건넨 민도식이 조금 앞서 걷기 시작했다. 두 사내는 어둠을
밟으며 걸었다.

"피를 묻힌 자가 넘을 수 있는 문턱이 아니지요."

"산진이의 수장씩이나 되시는 분이 겨우 그런 뜬소문에 겁을 내십
니까?"

민도식이 반쯤은 놀리듯, 또 반쯤은 어르듯 하는 말에 안대구는 설
핏 웃으며 고개를 가로저었다. 그 태도가 어쩐지 민도식의 부아를 돋
운 듯했다.

"아니면, 이제 와 후회라도 하는 겁니까?"

어둠 가장 깊은 곳에서 멈춰선 민도식이 안대구를 노려보았다. 그
러나, 안대구는 여전히 대수롭지 않다는 듯한 태도를 고수했다. 어깨
를 한 번 가볍게 들썩인 안대구가 민도식을 앞질러 걷기 시작했다.

"그저 흥이 다해 그런 것일 뿐, 별 뜻 없습니다."

안대구가 한탄조로 읊조리자 민도식이 낯을 굳혔다. 애초에 의심

을 살 만한 짓은 하지 않는 게 좋았다. 응족이라면, 특히나 각 가벌의 장로급 이상이라면 그 누구도 예외 없이 이축선의 대문턱을 넘었다.

이런 자리에 나타나지 않는 것만큼 수상한 일은 없었다. 부족 전체가 어떻게든 사건의 꼬투리를 잡으려 날을 세우고 있는 이때에 겨우 흥이 다했다는 이유로 위험을 자초하는 것만큼 어리석은 짓도 없을 것이다.

끓는 속을 애써 다스린 민도식이 입을 떼는 찰나, 안대구가 그를 향해 돌아섰다.

"그래, 이걸로 끝입니까?"

묻는 안대구의 얼굴은 퍽 순순해 보이기까지 했다. 하지만 민도식은 알고 있었다. 이것은 재촉이었다. 부추김이었다. 또 다른 피를, 사냥감을 원하는 것이었다.

본디 산진이들의 습성이 그러했다. 인간과의 교류가 거의 없는 가벌이기에 그들의 성질과 생활방식은 거의 야생의 그것에 가까웠다.

매라는 것이 어떤 동물인가. 살아가기 위해서는 끊임없이 사냥해야 하는 짐승이다. 피를 즐기는 짐승이다. 제아무리 반은 인간의 흉내를 내며 살아간다 해도 이들의 습성이란 애초에 짐승에 더 가까운 것이 사실이다. 기실, 인두겁을 두르고 있는 것보다 본연의 모습이 편한 것 또한 그런 연유에서였다.

"오늘 호선이 다녀갔습니다."

민도식은 침착하게 대꾸했다. 안대구의 고개가 모로 기울어졌다. 그는 대답 없이 민도식의 말이 이어지길 기다리고 있었다.

"그리 오래 걸리지 않을 겁니다. 곧 기별 드리지요."

그 말에 안대구가 고개를 바로 하며 슬쩍 웃었다. 원하는 대답을 들은 모양이었다.

안대구가 허공을 날아 사라진 지 한참이 지나서야 민도식은 목구멍 끝으로 마른침을 밀어 삼켰다. 어쩐지 사냥꾼을 잘못 골랐다는 생각을 지울 수가 없었다.

* * *

거처로 돌아온 호선은 가만히 생각을 정리하기 시작했다.

직접 피를 묻혔든, 누군가를 이용했든, 민도식이 웅선의 죽음에 관여한 것만은 틀림없었다.

오랜 시간 그들을 지켜본 호선이다. 그치들 중 일부는 언제나 알게 모르게 눈에 띄는 행동을 해왔다. 민도식 또한 그런 이들 중 하나였다. 야심이나 욕망 같은 감정은 숨긴다 해서 숨겨지는 것이 아니었고 다스린다 해서 다스려지는 것은 더욱 아니었다. 민도식의 반들반들한 얼굴 아래에 감추어진 음습한 욕심을 강대호는 일찌감치 알고 있었다. 죽은 웅선 또한 마찬가지였다.

해동의 사내들이 호전적인 기질을 가졌다 하나 그것은 단순히 호전적이라는 말로 포장할 만한 성질의 것은 아니었다. 원하는 것을 얻기 위해서라면 어떤 희생이라도 감수할 자가 바로 민도식이었다. 그래서 위험한 자였다.

지금의 민도식에게 송골의 새 수장이라는 자는 그다지 큰 위협거리도 아닐 것이다. 더는 웅족 내에 민도식에게 걸림돌이 될 만한 이는 없을 것이니. 그렇다면 민도식이 눈엣가시로 여길 이는 단 하나뿐이었다.

호선 강대호. 바로 자신이었다.

생각 끝에 강대호는 눈을 감았다. 시간이 얼마 없었다. 감은 눈꺼풀 안으로 저를 찾아왔던 영선의 혼이, 그 애의 마지막 모습이 어른거렸다.

열 보쯤 떨어진 자리에서 단정히 인사를 올리던 영선은 호선이 손짓해보아도 더 가까이 다가오지 못하고 그저 애달피 웃으며 고개만 가로저었다. 성정이 온순하던 계집애는 살아서와 마찬가지로 죽어서도 요란한 울음소리 한 번을 내지 않았다. 호선을 향해 무어라 두어 마디 입을 벙긋거리기는 하였으나 그뿐이었다.

애초에 영선의 혼이 하는 말을 호선이 알아들을 방도는 없었다. 호족의 재주가 본래 그러했다.

사령을 보고, 듣는다. 또한, 만약 그 사령이 악귀라면 인간에게 해를 끼치지 못하도록 멀리 쫓아낼 수도 있다. 하지만 그뿐이었다. 기실 저 세 가지의 재주 중 '듣는다'는 것에는 모순이 있었다. 혼이 흐느끼는 것을 듣고 그 기운이 악한 것인지 아닌지 정도는 쉬이 구분할 수 있었다. 그러나 그들의 '말'은 듣지 못했다. 삿된 것에 휘둘리거나 현혹되지 않기 위함이었다.

이 모든 재주는 성체가 된 후에야 온전히 얻을 수 있었다.

강대호는 다시 한 번 영선의 모습을 되새겼다. 급사했다던 아이가 예까지 찾아와 인사를 올리고 떠날 양이면 분명히 무언가 말하고자 하는 바가 있었을 것이다. 단 한 번도 허튼 행동은 하지 않았던 영선이었으니.

그래, 나 또한 위험하다는 말이었겠지. 뇌까린 호선이 눈을 가늘게 떴다. 확실히 영선을 없앤 것 또한 민도식이 주도한 일일 것이나 직접 손대지는 않았을 것이다.

민도식이 누구의 손을 빌려 영선을 죽였을지 이 또한 빤했다. 그러니 다시 원점이었다. 둘 중 하나를 선택해야 한다. 먼저 칠 것인가, 다가오기를 기다릴 것인가. 장수를 쓰러트릴 것인가, 장수의 말을 먼저 잡을 것인가.

강대호에게도 민도식에게도 시간은 공평하게 흘러갈 터였다. 그러니, 결국 이것은 시간 싸움이 될 것이다.

* * *

두 사람 몫의 공간을 오롯이 혼자 독차지하고 나니 소화는 자신이 저지른 짓이 얼마나 큰일이었는지 그제야 실감 나기 시작했다. 방 안의 공기가 무척이나 싸늘하게 느껴지는 것은 한 사람 몫의 온기가 빠져나간 탓이리라 여겼다. 밤이면 밤마다 가슴이 이리도 두방망이질 치는 것은 피로한 몸이 가만있지를 못하고 방정을 떠는 것이라 여겼다.

그래, 그런 것이 분명하다. 내내 불길하게 울어대던 부엉이들이 영선의 죽음 이후 이리도 잠잠한 것이 달리 이유가 있겠느냐? 흉사가 모두 끝난 탓이다. 그런 게야.

자꾸만 스스로를 달래듯 중얼거리던 소화가 별안간 요를 박차고 일어나 앉았다.

가만, 내 그것을 어디에 두었더라? 생각을 헤아리는 것보다 방 안을 헤집는 손길이 더 빨랐다. 소화는 초조한 듯 입술을 잘근거리며 문갑 안을, 반짇고리 안을, 이불더미 사이를, 소반 위를, 방바닥과 또 들창 아래를, 그렇게 온 방 안을 구석구석 뒤지고 다녔다.

없다. 없어.

방바닥 위에 아무렇게나 주저앉은 소화는 곧 제 가슴팍을 더듬거렸다. 축축하게 젖은 손바닥 아래로 심장이 날뛰는 감각이 선명했다. 깊게 숨을 고르고, 내쉬고, 다시 들이쉬고.

애써 평정을 되찾고 나니, 두어 번 가볍게 들창을 두드리는 소리가 들려왔다. 소화는 흠칫 몸을 떨었다. 또다시 심장이 요란한 소리를 내기 시작했다.

톡. 다시 한 번 가볍게 나무창 살 울리는 소리가 났다.

축시가 다 지나간 이 시간에 누구라는 말이냐. 스스로를 향해 속으로 물었지만 소화는 이미 어렴풋이 답을 알고 있었다.

계집애가 들창을 밀어젖혔다. 그러자 기다렸다는 듯이 창밖에서 푸드덕거리는 소리가 났다. 그러고는 네모반듯하게 두 번 접힌 종이가 창을 타고 방 안으로 떨어졌다. 소화가 그 종잇장에 시선을 주는 사이, 날짐승은 이미 사라지고 없었다.

누구는 죽고, 누구는 살아남는다. 살아간다. 죽어나간 계집애를 그릴 새도 없이 해는 떠오르고, 또 떠올랐다.

오늘로 열 번째. 영선이 죽은 후 열 번째 해가 떠올랐다. 응선이 죽은 후 아홉 번째였다.

그날 아침 소화의 태도는 평소와 조금 달랐다. 미묘하게 들뜬 모양새였는데, 또한 묘하게 가라앉은 듯 보이기도 했다. 그러나 귀비당의 여인들은 모두 이를 대수롭지 않게 여겼다. 평소 감정의 기복이 심한 데다가 또 그것을 굳이 감추지 않는 소화인지라 더욱 그랬다.

그날이 평소와 같았다면, 그랬다면 적어도 귀비 김 씨 정도는 소화가 조금 이상하다는 것을 눈치챌 수 있었을 것이다.

불행하게도 그날은 제가 있는 날이었다. 말인즉, 귀비당의 모두가 온종일 날아갈 듯 뛰며, 뛰듯이 걷는 날이었다는 뜻이다.

길었으나 또한 짧았던 하루 끝에 귀비당이 어둠에 잠겼다. 어둠 속에서 소화의 방문이 열리는 것을 알아챈 이는 아무도 없었다.

툇마루에 걸터앉은 소화는 조심히 신에 발을 꿰었다. 몸을 일으켜선 후에는 곧바로 자미재 방향으로 걷기 시작했다. 한 번쯤 제 방문을 되돌아볼 법도 하건만 고집스러운 계집애는 돌아볼 줄을 몰랐다.

본디 이리저리 빌어먹으며 사는 것이 일이었던 소화에게 한밤중에 월담하는 것쯤은 일도 아니었다. 귀비당은 궁에서 가장 깊은 곳에 있었고 자미재는 그보다 더 깊은 곳에 자리하고 있었다. 사실상 금남의 구역이기에 호위하는 이들이 드나드는 것도 귀비당 중문 앞까지인지라 소화가 자미재의 담을 타고 나가는 것은 정말로 일도 아니었다.

담장 아래, 그림자 속에 선 소화는 자신이 타고 넘어온 자리를 한번 쳐다보았다. 제시간에 돌아오지 못한다면 다시는 저 담을 넘지 못할 수도 있었다.

인정까지 세 시진보다 조금 더 남았으니 쉬지 않고 부지런히 간다면 제시간에 도착할 수 있을 것이다. 돌아올 때는 도움을 받으면 될 일이었다. 속으로 헤아려본 소화는 곧 어둠 사이로 걷기 시작했다. 마지막 밤이었다.

* * *

누군가를 현혹하고자 할 때 가장 손쉬운 방법은 상대가 원하는 것을 내어주겠다는 약조를 하는 것이다. 약속을 꼭 지킬 필요는 없다. 모든 약속은 그저 시간을 벌기 위한 수단일 뿐이다. 내 편을 얻기 위한 방도일 뿐이다.

민도식은 서로 다른 둘에게 같은 약속을 했다. 송골의 박지순과 보라의 박동석은 민도식이 자신에게만 이 은밀하고 달콤한 약속을 한 것이라 굳게 믿고 있었다.

응족 전체를 위한 복수입니다. 그간 저 산짐승 놈들이 우릴 얼마나 무시했습니까? 누가 보아도 그 발톱 자국들은 산짐승의 것이었소. 이번 일을 이끌어주세요. 그리하면 일을 모두 마친 후에 응선이 될 수 있을 겁니다. 다른 장로들이 모두 그리 생각할 수 있게 내 도울 것입니다.

말은 언제나 힘을 가진다. 몇 마디 말의 위력이란 것이 이토록 대단하다. 제 주제를 모른 채 깝신거리는 자와 야망은 드높으나 똑똑하지는 못한 자를 속이는 것만큼 쉬운 일은 없었다. 부추기면 부추기는 대로, 흔들면 흔드는 대로 움직이는 박지순과 박동석이었다.

검푸른빛의 밤하늘이 아주 새까맣게 보이도록 무리 지어 날아오르는 송골과 보라의 모습은 가히 절경이라 할 만했다. 민도식은 사랑채의 문을 활짝 열어둔 채로 그 광경을 감상했다. 곧 자정이니 그다지 오래 걸리지도 않을 것이다. 자신은 그저 해가 뜰 무렵에나 찾아가 상황을 정리하면 그만이었다.

굳이 저와 제 가솔들의 손에 피를 묻힐 필요는 없었다. 해동까지 나서지 않아도 수적으로 월등히 웅족에게 유리한 싸움이었다. 제아무리 재주 많은 호선이라 하나, 겨우 셋이서 기백에 가까운 송골과 보라를 이길 수 있을 리가 없었다. 웅족은 사내와 여인을 가릴 것 없이 성체 하나가 분신을 셋씩 만들 수 있었다. 그러니 환영과 실재를 합치면 결국 호선이 상대해야 할 송골과 보라의 수는 본래의 네 배다.

어쩌면 해가 뜨기도 전에 끝날 수도 있었다. 그렇게 생각하니 입가에 절로 미소가 떠올랐다.

그래, 진즉에 이리할 것을 그랬지. 이토록 쉬운 일을 그간 어찌 그리 미련하게 애를 끓였는지. 민도식은 숫제 혀까지 차가며 스스로에게 퉁을 주었다.

모든 일은 그의 계획대로 흘러갈 것이다. 처음에는 송골과 보라가, 그리고 그 후에는 산진이가, 그 모두가 물어뜯고 할퀴어 난도질할 상대는 단 하나.

오늘이 바로 호선 강대호의 마지막 밤일 것이다.

* * *

아이야, 내가 산 아래에 도착했을 때는 이미 온 산에 피 내음이 진동하고 있었단다. 역한 피 냄새가 어찌나 속을 울렁이게 하던지. 나는 천천히 산을 오르기 시작했단다. 부지런히 오르면 동이 트기 전에 닿을 수 있을 터였지.

길을 찾는 것은 어렵지 않아. 피 냄새가 짙어지는 방향을 따라 걷고 걷다 보면 여기도 하나, 저기도 하나. 걷는 자리마다 죽은 날짐승의 수가 늘어갈수록, 그것이 내가 길을 제대로 찾았다는 증거였으니.

그래, 내가 지금 이런 모양이 된 것은 방심했던 탓이란다. 내가 그곳에 도착했을 때, 호족의 사내 둘은 이미 숨이 넘어갈 지경이었어. 그 아비와 아들, 둘 모두 비슷한 모양새였지. 호선의 식솔 중 그나마 멀쩡한 것은 계집뿐이었어. 뭐, 하지만 그마저도 그리 볼 만한 모양은 아니었단다.

그 셋 중 가장 먼저 숨이 끊어진 것은 호선의 아들이었단다. 남편이 죽자 아내는 단장이 끊어질 듯 울었지. 하지만 그리 오래가지는 못했어. 제 목숨이, 또 제 뱃속에 있는 새끼의 목숨이 얼마 남지 않았다는 것을 깨달았으니까. 그래, 이쯤에서 너는 사람인 내가 어째서 이 존재들의 싸움에, 그들이 싸우는 자리에 제 발로 찾아갔는지 궁금하겠지.

아이야, 나는 함정에 빠진 거란다. 나는 그저 사라진 내 물건을 찾으려 했을 뿐이야. 정말이란다. 그것을 되찾기 위해 내가 할 수 있는 일은 하나밖에 없었어.

생각해보렴. 내게 그것을 쥐여준 이 말고는 내가 그것을 가졌다는 것을 아는 이가 세상천지에 단 하나도 없었단다. 그와 나 이외에 누군가가 그 물건에 대해 알게 된다면 내 목숨 또한 나와 같은 방을 쓰던 그 계집애와 같은 모양으로 끊어질 터였지. 그 계집애를 무척이나 아꼈던 사내가 내 목에 칼을 꽂을 테니 말이야. 그러니 나는 내게 물건을 준 이가 시키는 대로 그 밤, 그 시간에 산을 오를 수밖에 없었어.

아무튼, 아이야. 나는 곧 숨이 넘어가려고 하는 산짐승 두 마리를 향해 다가갔단다. 늙은 수컷이 나를 향해 으르렁거렸지만 그뿐이었어. 거동할 만한 지경이 아니었거든. 나는 가만히 젊은 암컷의 배를 쓰다듬었어. 보름달마냥 부풀어 오른 뱃가죽 아래에서 어린 생명이 꿈틀대고 있었지.

내게 주어진 기회는 단 한 번이었고 나는 그것을 놓칠 생각이 없었어. 하지만 늘 그렇듯 만사가 다 내 뜻대로 되는 것은 아니었지.

나는 가만히 손끝에 힘을 주었단다. 그러자 늙은 수컷과 젊은 암컷, 호선과 그 며느리가 동시에 자신들의 마지막 힘을 짜냈어. 새끼가 어미의 배 밖으로 나왔지. 그리고 나는 짐승의 발톱 아래에 목이 눌린 신세가 되었단다. 곧 호선의 목소리가 내 머릿속으로 흘러들어왔다.

저주였어. 명백한 저주였다. 이 모든 일의 시작이 된 바로 그것 말이다. 제 어미를 잡아먹고 태어난 호선의 마지막 핏줄은 사람의 모습을 하고 있었어. 그래, 예정보다 빨리 세상에 나왔으니 온 힘을 다해 스스로를 보호한 게지.

호족이든 웅족이든, 힘이 없어 각성하지 못한 어린 짐승들은 으레 사람의 모습을 하는 법이거든. 그래야 사람들 틈에 섞여 살아가기 쉬우니까 말이야.

내 숨이 꺼져가던 그 순간에, 나는 호선의 저주대로 어린 짐승을 떠나지 못하는 신세가 되었단다. 어린 짐승의 목에 걸린 방울 안이 당분간 내가 살아갈 곳이 되었지. 참 우습지 않누? 내 손으로 없애려던 생명을, 이제 내 손으로 지키게 생겼으니 말이야.

아이야, 내 마지막 순간에 나는 똑똑히 보았단다. 나의 오라버니께서 늙은 수컷의 심장에 칼을 박아 넣는 것을. 식은 내 몸뚱이를 붙들고 한참을 울던 사내가 방울 안으로 빨려 들어가듯 사라지는 내 혼을 보며 눈물을 멈춘 것을. 그리하여, 미약한 소리로 울고 있는 어린 핏덩이를 품 안에 안아 드는 것을. 언제나 나를 사랑하던 사내의 검은 눈동자가 더욱더 깊게 가라앉는 것을.

아이야, 나는 짐승의 발톱에 목이 졸려 죽었단다. 내 숨통을 향해 파고든 발톱의 기세가 어찌나 대단한지. 그래, 꼭 잘 벼린 칼날 같더구나.

그렇게 내가 죽었단다.

그렇게, 네가 태어났단다.

여담(餘談) ════════════════════════════════════

"이상하단 말이지……."

수환이 미간을 구기며 중얼거렸다.

"그래. 참 이상하지 뭔가."

"그렇지? 내가 제대로 본 게 맞지?"

수환의 목소리가 한층 높아졌다. 평소 이런 것에 동조하는 일이 없던 주혁의 호응이 기꺼운 모양이었다.

두 사람은 같은 곳을 바라보고 있었다. 저만치에서 해랑이 손을 팔랑이며 다가오는 중이었다. 셋 사이의 거리가 열 보쯤이나 남았을까, 수환이 주혁을 어깨로 툭 밀쳤다.

"표정. 표정 관리."

속삭이는 수환의 목소리에 주혁이 작게 고개를 끄덕이고는 해랑을 향해 손을 들어 알은체했다.

"그래, 몸은 좀 괜찮고?"

"예! 멀쩡합니다!"

주혁의 물음에 해랑이 고개를 몇 번이나 끄덕이며 대꾸했다. 지켜보던 수환이 해랑의 뒤통수에 시선을 흘끔 던지더니 말했다.

"고 며칠 앓아누운 동안 키가 반 척(尺)도 넘게 자랐는데? 애라서 그런가?"

모르쇠 대며 묻는 목소리가 능글맞았다.

"애라뇨? 나리, 매번 농이 지나치십니다."

"왜? 원래 아이들은 하룻밤 사이에도 이렇게 부쩍 자라나는 것 아니냐?"

수환이 놀리자 해랑이 눈을 치떴다가 입을 벙긋거리는가 싶더니 팔짱을 끼고는 팩하니 고개를 돌렸다. 두 사람이 투닥거리는 것을 바라보던 주혁이 고개를 가로저으며 바람 새는 소리로 웃은 것은 덤이다.

해랑이 자랐다.

태화관의 소 씨에게 머리를 얻어맞고 누워 있던 며칠 새에 해랑은 훌쩍 자랐다. 제 스승의 가슴팍에나 겨우 닿을 듯하던 해랑의 머리꼭지는 이제 무영의 어깨에 닿을 정도였다. 이제 그 누구도 해랑을 향해 '아이'라 부를 수 없을 정도로 해랑은 자랐다. 해랑이 몸만 자란 게 아니라는 것을 다른 이들이 알게 된 건 이보다 시간이 조금 더 흐른 후의 일이었다.

6

신선의
부채

    종루 앞 삼거리. 사람들이 크게 원을 둘러 서 있었다. 구경꾼들의 시선은 하나같이 원 중앙의 빈자리를 향해 있었다.
    "말 같지 않은 소리 하지 말아라. 이 개불상 놈아!"
    "뭐시라고? 개불상 놈? 최 가 니 이노무 자슥, 씨부린다고 다 말이가?"
    "그래! 말 못할 것은 무에야? 감히 장사치 따위가……."
    "하이고오…… 개코도 모르는 사람이 들으믄 니가 감투라도 쪼매 쓴 줄 알겠다이?"
    웅성거리며 선 사람들 한가운데서 두 사내가 목에 핏대를 세워가며 실랑이를 벌이고 있었다. 말뿐이던 다툼은 얼마 지나지 않아 거친 몸싸움으로 변질되었다.
    "개자식! 이것 놓지 못해?"

최 씨라 불린 이가 제 멱살을 움켜쥔 이의 팔을 붙잡고 소리쳤다. 옷깃을 움켜쥔 손길이 어찌나 억센지 최 씨가 발악하듯 버둥거려도 마주 선 이의 손은 쉽게 떨어져 나가지 않았다.

곧 두 사람의 일행인 듯한 장정 셋이 그들을 말리며 한데 엉겨붙기 시작했다.

다투는 사내들은 도합 다섯. 그들은 둘과 셋으로 나뉘어 주먹다짐을 했다. 사내들은 꼭 한 덩어리처럼 맞붙어 이리저리 밀고, 또 밀렸다.

건장한 사내 다섯이 몸을 부딪는 소리 사이로 구경꾼들의 수군대는 소리가 흩어지기를 잠시, 이내 사람들 사이에서 "에그머니나!", "이를 어쩌!", "포청에 고해야 하지 않겠어?" 하는 말들이 흘러나왔다. 구경꾼 중 누구 하나 나서 싸움을 말릴 법도 하였으나 감히 그러지 못한 것은 사내들의 기세가 무척이나 흉흉했기 때문이다. 사내들이 바닥에 나뒹굴며 서로의 얼굴에 주먹을 꽂아댈 때마다, "이 개 같은 놈!", "오라질 놈!" 하는 말들이 따라붙었다.

일각쯤 지나고 나자 사내들 사이에 더는 말소리가 오가지 않았다. 그들의 몸뚱이 여기저기 서로의 주먹과 발길이 맞부딪히는 소리가 들리고 그 뒤에는 당연한 듯 헐떡이는 거친 숨소리가 이어졌다.

이를 앙다문 채 숨소리를 내뱉는 사내들의 얼굴은 하나같이 피떡이 되어 있었다. 언제부터 그랬는지 한참 전부터 풀려버린 상투에 다섯 사내 모두 머리가 산발이었다. 서로의 거친 손길에 뜯긴 옷자락이 너절해 거지꼴이나 다름없는 모양새였다.

"말리지 않고 뭣들 하고 있어요? 저러다 누구 하나 죽어나가야 끝이 나겄소!"

그 꼴을 보다 못한 생선전 꽃분 어미가 곁에 선 상인들을 향해 채
근하는 찰나 구경꾼들 뒤에서 "네 이놈들!" 하는 소리가 들려왔다. 좌
포청 군졸들이었다.

그들은 좌포청 옥사로 옮겨진 후에도 싸움을 멈추지 않았다. 다행
이랄 만한 것은 싸우던 두 패 그대로 나뉘어 수감된 탓에 더는 주먹
다짐을 하지 못하게 된 것이다.

마주 보는 옥방에 한자리씩 차지하고 앉은 그들은 이내 서로를 향
해 쉬지 않고 으름장을 놓았다. 먼저 시비를 건 것은 최 씨였다. 그가
저자에서 제 멱살을 틀어쥐었던 이를 향해 이죽거렸다.

"장 씨 네놈만 아니었어도 일을 그르치진 않았을 게다."

최 씨의 말에 건너편 옥방에 앉은 장 씨가 눈을 부릅떴다.

"회령에서 있었던 일 가꼬 잘잘못을 가릴라카면 누가 봐도 니가
잘못했지! 니같이 드러븐 놈도 한자리 했다카이. 나라꼴이 옥수로 잘
돌아가네! 잘 돌아가!"

화가 난 최 씨가 장 씨를 위협하듯 주먹으로 옥문을 쾅 내리쳤다.
그러자 곁에 앉은 사내 둘이 "아이고 형님, 형님이 참으시오" 하며 최
씨를 달랬다. 그러자 장 씨가 코웃음을 치고는 말리던 사내들을 빤히
노려보았다.

"저런 천치 같은 기 은제부터 너거 형님이었노? 따악 두고 봐래이,
너거들이 지금 줄을 잘못 골라도 한참 잘못 골랐다카이!"

장 씨가 짓씹듯 말을 내뱉었다. 그 말이 영 틀린 말은 아니었던 모
양인지 최 씨 곁에 앉은 두 사내가 슬금슬금 장 씨와 최 씨 두 사람의

눈치를 살피기 시작했다.

그 품새에 장 씨가 더욱 기세등등해졌다.

"내일 날 밝으믄 너거 둘은 저 모지리하고 같이 거 앉은 거를 울고 불고 후회할끼다. 함 봐라! 그랄끼다."

그런 장 씨를 두고 최 씨는 더 들을 것도 없다는 듯 손을 휘젓더니 이내 옥문을 등지고 돌아누웠다. 그러나 분을 참기는 힘든 모양이었다. 최 씨는 그 후로도 한참이나 가슴팍을 크게 들썩이며 숨을 몰아쉬었다.

최 씨의 숨소리가 가라앉자 옥사 안이 고요해졌다.

"옛다! 네놈들 사식이다."

술시쯤 되었을까. 옥문을 툭 차는 옥지기의 말에 다섯 사내는 이내 주섬주섬 둘러앉았다. 다행히 더 이상의 언쟁은 없었다.

어색한 침묵 속에서 다섯 사내는 저녁을 먹기 시작했다.

* * *

책상 앞에 앉은 주혁의 낯빛이 퍽 심각했다. 훤히 열린 집무실 덧문 너머에서 초가을의 밤바람이 흘러들어와 그의 관복 자락을 들척여댔다. 주혁은 그 모양에도 아랑곳하지 않고 내내 책상 위를 노려보기만 했다. 마치 거기에 무엇인가가 놓인 것마냥 시선을 주었으나 책상 위는 말끔하게 비어 있었다.

팔짱을 끼고 앉아 생각에 잠겨 있던 그는 이내 흠, 하고 짧게 탄식을 흘렸다. 그리고 마치 그것이 신호라도 된 듯 형방이 정적을 깨고 방 안으로 뛰어 들어왔다.

"나리!"

벼락같은 소리로 주혁을 부르는 형방의 얼굴이 백지장마냥 희게 질려 있었다.

"무슨 일인가?"

"큰일, 큰일 났습니다."

숨을 몰아쉬는 형방을 향해 의아한 눈길을 보낸 주혁은 대답 없이 수하의 말이 이어지기를 기다렸다.

"동편 옥사에 수감된 패싸움 무리가 죄다 급사했답니다!"

형방이 말을 마쳤으나 주혁은 여전히 대답이 없었다. 아주 잠깐의 정적 끝에 주혁이 입을 열었다.

"공 씨와 오작인들에게 일러 준비케 하게. 나가는 길에 이방을 들라 하고. 곧 따라가겠네."

고개를 꾸벅인 형방이 집무실 밖으로 사라지고, 얼마 지나지 않아 이방이 집무실에 도착했다. 그와 몇 마디를 주고받은 주혁은 곧 집무실을 나섰다.

해시. 주혁이 좌포청 동편 옥사에 들어섰다.

"준비는 모두 마쳤습니다."

검험의관 공 씨의 말에 대답 대신 고개를 끄덕인 주혁은 이내 옥사 안을 둘러보기 시작했다. 사건 현장인 두 옥방을 제외하고 옥사 안 어느 방에도 사람이 없었다. 고개를 한 번 갸웃한 주혁이 담당 옥지기를 불러들였다.

"다른 옥방에 수감되어 있던 이들은 어디로 옮겼는가? 그들의 말을 좀 듣고 싶은데."

주혁의 물음에 옥지기가 당황하며 더듬거렸다.

"오, 오늘 여기 동편 옥사에는 저자들밖에 없었습니다."

"어째서? 내가 어제 퇴청 전에 보고를 받았을 때만 해도 동편 옥사에 잡범 셋이 수감되어 있었는데?"

"어찌 된 영문인지는 저도 모릅니다. 오늘 오후에 교대하여 제가 왔을 때는 옥사가 비어 있었사옵고, 그 후 얼마 지나지 않아 저치들이 잡혀 왔습니다. 정말입니다요."

저는 정말 모르는 일이라는 듯 옥지기는 잔뜩 울상을 한 채로 손을 휘저어댔다. 그러자 주혁이 끙, 하고 앓는 소리를 냈다. 애써 가장하던 침착이 기어이 깨진 것이다. 평소답지 않은 상관의 모습에 수하들은 소리 없이 서로 눈길을 주고받으며 주혁의 얼굴을 흘끔거렸다. 손끝으로 이마를 문지르는 주혁의 표정은 지금껏 그 어느 사건 때보다도 굳어 있었다.

"나리, 검험을 마쳤습니다."

공 씨의 목소리가 옥사 안의 고요를 가르고, 곧 주혁이 그를 향해 다가섰다.

"비상인가?"

시신들이 늘어진 옥방 안을 빠르게 훑어본 주혁이 물었다.

"지금으로서는 그렇습니다. 검험소로 옮긴 후 추가 검사를 한다면 또 다를 수도 있겠습니다만……."

"사식 안에 들어 있었겠지."

차게 대꾸한 주혁이 옥방 안에 너저분하게 늘어진 음식들 위로 시선을 던졌다.

공 씨가 동조하듯 고개를 주억거리자 주혁이 말을 이었다.

"시장과 시형도를 챙겨 집무실로 들게. 상세한 보고는 거기서 받지. 자네들은 시신을 검험소로 옮기게."

공 씨와 오작인들에게 각각 말을 남기고 주혁은 빠르게 옥사를 나섰다. 문턱을 넘기 무섭게 옥사 밖에 서 있던 이방이 그를 향해 다가왔다.

"영감께서는 뭐라 하시던가?"

"채비해서 오시겠답니다. 도착하시면 곧바로 초검 결과를 보고받겠다 하셨습니다."

"영감께서 등청하시거든 곧바로 내게 알리게."

주혁의 말에 이방이 "예" 하며 고개를 끄덕이려는 찰나.

"그럴 것 없네."

등 뒤에서 들려온 익숙한 목소리에 두 사람이 얼른 돌아섰다. 생각보다 빠른 포도대장의 등장에 당황한 듯 이방은 머리꼭지가 땅에 닿을 듯 허리를 숙이며 허둥거렸다. 그 곁에서 주혁이 제 상관을 향해 정중히 허리를 굽혔다.

"오셨습니까? 이제 막 공 씨가 초검을 마친 참입니다."

"내 방에서 얘기하지."

말을 마친 포도대장이 앞장서 발을 옮겼다. 주혁은 눈짓으로 이방을 물리고 얼른 제 상관이 지나간 자리를 따라 걸어갔다. 인정을 알리는 소리가 희미하게 들려오고 있었다.

"오늘 퇴청하시기 전에 보고 올린 대로, 죽은 자들은 종루 앞 삼거리에서 패싸움을 벌였던 자들입니다. 무리는 다섯인데 두 패로 나뉘어 싸움이 붙었기에 나뉜 패거리대로 서로 다른 옥방에 수감했습니다. 동편 옥사지기의 말로는 술시쯤 사식이 들어와 전달했다 합니다. 초검 결과 사식에 들어 있던 비상에 중독되어 급사한 것으로 보입니다. 주 씨가 복검하겠지만 초검 결과와 그리 다르지 않을 것입니다. 독살 이외에 별다른 징후를 발견하지 못했습니다."

"현장 최초 목격자가 누구인가?"

"동편 옥사지기 김 씨입니다. 그들이 사식을 먹을 동안 측간에 다녀왔답니다. 김 씨가 측간에 다녀오는 것을 본 이들이 대여섯쯤 됩니다. 하지만 문제는 그것이 아니오라……."

말끝을 흐리는 주혁을 향해 포도대장은 마저 하라는 듯 고개를 끄덕였다.

"어제 제가 퇴청하기 전 보고받았을 때는 동편 옥사에 잡범 셋이 수감되어 있었습니다. 그런데 어찌 된 영문인지 김 씨가 교대를 위해 등청하였을 때는 그들 모두가 서편 옥사로 옮겨진 후였고, 동편 옥사는 비어 있었답니다. 그 후에 패싸움하던 이들이 붙잡혀 왔습니다."

"원래 있던 세 명에 대한 이감 허가를 낸 것이 누구인가?"

"그것이 문제입니다. 저희 종사관 셋 중 그 누구도 이감 허가를 내린 적이 없습니다. 아침 일찍 옮겨졌다는데, 그들을 옮긴 옥지기 박 씨의 집으로 제 수하들을 보낸 참입니다."

"사식이 들어오기 전까지 죽은 이들 사이에 별다른 소란은 없었고?"

"김 씨 말로는 잡혀 온 직후부터 한 식경쯤 말싸움을 하는 듯하더니, 이내 잠잠해졌다고 합니다. 그 후 얼마 지나지 않아 사식이 도착했고요."

주혁의 말에 포도대장이 흠, 작은 탄식을 흘리고는 손끝으로 탁상을 두어 번 두드렸다.

"박 씨가 도착하거든 어찌 된 영문으로 잡범들의 옥사를 옮기게 하였는지 채문하고, 수하들을 보내 시친부터 찾도록 하지. 죽은 다섯 모두에게 원한을 가질 만한 이를 찾기는 쉽지 않을 게야. 저들 모두가 목표는 아니었을걸세."

"예. 파루 후에 곧바로 움직이겠습니다."

주혁이 포도대장을 향해 고개를 꾸벅하고 돌아서는 찰나, 포도대장의 집무실 문이 벌컥 열렸다. 어떤 정신 나간 자가 감히 겁도 없이 아뢰지도 않고 방문을 여는가 하고 보니 의금부 나장들이었다.

"이게 무슨 짓이냐?"

포도대장의 호통 소리가 열린 문을 타고 마당까지 흘러나갔다.

"죄인 관리 소홀의 죄를 물어 좌포도청 종사관 최주혁을 체포한다."

의금부 도사가 포도대장의 말을 못 들은 체하며 크게 외쳤다. 상관의 고갯짓에 나장들이 주혁을 둘러싸고 섰다.

그 결에 쾅! 하는 소리와 함께 탁상을 내리친 포도대장이 자리에서 벌떡 일어났다.

"네 이놈! 예가 어디라고 이리 방자하게 구는 것이냐! 감히 도사 따위가 포도대장의 집무실 문을 이리 함부로 열고도 무사할 것이라 생각하느냐?"

포도대장의 호통에 주혁 주변에 서 있던 나장들이 제 상관의 눈치를 살피며 우물쭈물했다. 하지만 도사의 태도는 변함없었다.

"영감께서 관여하실 일이 아닙니다. 종사관 최주혁에 대한 발고가 들어왔고, 저는 그저 할 일을 할 뿐입니다."

침착하지만 퍽 뻔뻔하게 들리는 말에 포도대장은 기가 찬다는 듯 코웃음을 쳤다.

"의금부 판사께서는 수하들을 이렇게 가르치셨나 보군?"

포도대장이 제 상관을 입에 올리고 나서야 도사의 태도가 조금 누그러졌다. 곤란하다는 듯 조금 과장된 한숨을 내뱉은 의금부 도사가 포도대장에게 변명조로 말했다.

"저희에게 증좌가 많습니다. 좌포청 옥사에 갇혀 있던 이들이 다섯이나 죽어나갔고, 이 일에 종사관 최주혁이 깊게 관련되어 있다는 증거 말입니다. 이쯤 하시고 저희를 보내주십시오. 더 방해하셨다가는 영감께서도 곤란을 면치 못하실 것입니다."

"지금 나를 겁박하는 것인가?"

되묻는 포도대장의 목소리가 서릿발 같았다. 덕분에 방 안의 공기가 급속도로 냉랭해졌다. 잠시간의 대치 상태를 깨트린 것은 주혁이었다.

주혁이 큼, 하는 소리를 내며 서로 말없이 노려보듯 바라보고만 있는 포도대장과 의금부 도사의 주의를 끌었다. 그러고는 설핏 웃으며 제 상관을 향해 말을 남겼다.

"영감, 괜찮습니다. 별일 아닐 것이니 심려치 마십시오. 다녀오겠습니다."

말을 마친 주혁이 포도대장을 향해 공손히 허리를 숙여 인사를 올리고는 나장들에게 둘러싸여 방을 나섰다.

* * *

"정말 괜찮을까요?"

해랑이 무영을 향해 작게 속닥거렸다. 미간을 잔뜩 구기며 말하는 품이 자못 심각했다. 하지만 걱정이 태산인 해랑과 다르게 무영은 늘 그렇듯 침착한 태도를 유지하고 있었다.

"그러기에 내 뭐랬어? 강 종사관 나리와 함께 포청에 남으라 하지 않았어?"

"그치만……."

그럴 줄 알았다는 듯 타박하는 무영을 향해 해랑이 말끝을 흐리며 뭐라고 궁싯거렸다. 그 모습에 무영이 작게 혀를 찼다. 고개를 가로젓는 것은 덤이었다.

방각본 서책과 관련한 지난 사건이 확실히 해랑에게 어떤 교훈을 심어주기는 한 모양이었다. 아니, 효과가 있어도 너무 있으니 오히려 탈이었다. 그날 이후 해랑은 매사에 조금 예민하게 굴었다. 그 모습이 경계심 많은 작은 동물 같아 보이기도 했다. 잔뜩 몸을 웅크린 채로 주변 공기에 예민하게 촉각을 세우는 모습이 딱 그랬다. 바로 지금처럼.

무영은 초조한 듯 입술을 잘근거리는 해랑의 머리통을 두어 번 쓰다듬었다. 가만한 그의 손길에 들쑥날쑥하던 해랑의 숨소리가 곧 일정한 박자를 찾아갔다. 그 결에 잠시 걸음을 멈춘 무영은 곁눈질로 해랑의 매무새를 살폈다. 어쩐지 서책 사건 이후, 그러니까 해랑이 여인의 모습을 했던 그날 이후, 무영은 해랑의 차림새가 영 신경 쓰였다.

늘 그렇듯 해랑은 저와 꼭 맞춘 듯한 짙은 감색의 무복을 입고 있었다. 누가 보아도 사내라 할 만한 모습이었다. 분명히 그러했다. 며칠 새에 훅 자라난 키 덕에 해랑의 모습은 이전보다 훨씬 사내 같은 모양새였다. 그런데도 무영은 불안했다. 제 눈엔 해랑이 남장한 계집처럼 보였다. 이렇게나 확연히 티가 나는데 왜 지금껏 몰랐을까 싶기도 했다.

생각 끝에 터져 나오는 한숨을 애써 갈무리하며 무영은 해랑을 조금 앞질러 걷기 시작했다.

숭신방*에 있는 한 마을 입구에서 두 사람은 주위를 살핀 후 빠르게 골목 한쪽으로 들어섰다. 마치 익숙한 길을 걷듯 두 사람의 걸음에는 한 치의 망설임도 없었다.

이윽고 도착한 어느 민가 앞에서 무영이 큼, 하고 목을 가다듬고는 집 안을 향해 소리쳤다.

"안에 계십니까?"

사립문 너머 한 칸짜리 방 안에서 잠시 바스락거리는 소리가 들려왔다. 이윽고 열린 방문 너머로 병색 짙은 젊은이 하나가 얼굴을 내밀었다.

"누구십니까?"

말끝에 한참이나 기침을 하던 사내가 대답을 재촉하듯 무영과 해랑을 빤히 바라보았다. 그 품새에 해랑이 마른침을 살짝 삼키고는 사내를 향해 물었다.

"여기가 부연사행 역관을 지내신 최 씨 어르신 댁이 맞습니까?"

그 물음에 사내의 눈이 화등잔만 해졌다.

"저희 아버지를 아십니까?"

◆　　현 성북구 동소문동 일대.

놀란 듯 묻는 목소리에 해랑이 고개를 크게 끄덕이고는 사내의 허락을 구하듯 사립문에 슬쩍 손을 올렸다. 이에 응하듯 사내가 방을 나와 툇마루에 앉자 해랑과 무영이 마당으로 한 발짝 다가섰다.

"그런데 어째서 저희 아버지를 찾으십니까?"

정말 아무것도 모르겠다는 듯 순순한 사내의 표정에 툇마루에 엉덩이를 붙이던 해랑이 뜨끔한 듯 입을 다물었다.

무영이 그런 해랑을 흘끔 보고는 대신 입을 열었다.

"저희는 부친께서 역관이실 적에 신세를 진 사상(私商)들인데, 오래간만에 한양으로 돌아온 차에 인사를 드리고 갈까 하여 왔습니다."

"아버지께서 집에 들르지 않으신 지 한참 되었습니다. 올봄에 의주로 떠나신 이후로는 한 번도 뵙지 못했습니다."

"의주로 가셨다고요?"

이번에는 해랑이 물었다.

"예. 일전에 역관을 하실 적에 만난 인연으로 한양 북쪽에 있는 큰 상단과 함께 의주로 떠나셨습니다. 이후 달포에 한 번 집 안에 필요한 물건들과 서신을 보내고 계시고요. 사상이라 하셨지요? 어느 지방을 다니는 분들이십니까?"

"저희는 주로 남쪽으로 다닙니다."

무영이 천연덕스럽게 대꾸했다. 그러자 최 씨의 아들은 그럴 줄 알았다는 듯 고개를 잘게 끄덕였다.

"예. 그렇다면 아버지의 소식을 듣기 힘드셨을 테지요. 최근에는 회령에 머무르셨을 겁니다. 스무 날쯤 전에 보내오신 서찰이 있는데……. 잠시."

말을 멈춘 사내는 방 안으로 들어갔다. 그런 사내의 뒤통수를 바라보던 무영과 해랑은 눈길을 주고받았다.

아무래도 두 사람이 아주 제대로 찾아온 모양이었다.

* * *

주혁의 집무실 안에 들어선 수환이 미간을 구기며 책상 앞에 앉았
다. 그러고는 꼭 하루 전 주혁이 그랬던 것처럼 팔짱을 끼고 앉아 빈
책상을 노려보기 시작했다. 주인 없는 방 안의 공기는 고작 하룻밤
만에 찬 기운을 풍기며 가라앉아 있었다.

고개를 모로 기울이고 책상 위를 노려보고 있자니 절로 탐색하듯
눈매가 가늘어졌다. 아침나절 무영에게 이른 말마따나, 수상한 것이
한두 가지가 아니었다. 하루 정도 옥사에 가둬둔 후에 풀려날 예정이
던 패싸움 무리가 죄다 죽어나간 것은 둘째치고, 그들이 죽은 지 한
시진도 채 되지 않아 의금부에서 들이닥친 것이 참으로 희한했다.

복검하기도 전이니 형조에 보고가 올라갔을 리 만무했다. 그러니
지난밤 이곳에서 옥사한 이들이 있다는 것은 오로지 좌포청의 식솔
들만 알고 있었다. 좌포청 내부자 중에 밀정이 있었을까? 하지만 만
약 내부자의 소행이 아니라면…….

처음부터 이 사건은 누군가에 의해 만들어진 것일 테다. 그래, 그
런 것이 틀림없었다.

생각을 마친 수환이 자리에서 벌떡 일어섰다. 그러고는 초조한 품
새로 방 안을 서성이기 시작했다.

누굴까. 대쪽 같은 제 친우는 도대체 누구에게 원한을 샀을까.

"나리."

방 밖에서 들리는 형방의 목소리에 부산스레 서성이던 수환이 몸을 바로 하고 섰다.

"들어오게."

집무실 안으로 들어선 형방은 수환과 눈이 마주치자 어색한 미소를 흘렸다. 평소 다정한 제 상관과는 다르게 이 우포청 종사관 나리는 무척이나 예민한 사내임을 너무나도 잘 아는 까닭이다.

"옥사지기 박 씨를 여직 찾지 못했다거나, 박 씨의 가족들도 그자의 행방을 모른다거나, 그런 말을 하려는 것은 아니지?"

추궁하듯 묻는 수환의 말에 형방은 눈에 띄게 쩔쩔매며 양 손바닥을 비비적거렸다.

"저, 나리. 그것이……."

더듬거리며 할 말을 찾지 못하는 형방을 향해 수환은 그럴 줄 알았다는 듯 신경질적인 기색으로 손을 휘저었다.

"최근에 최 종사관이 살피던 사건 일지와 그에 연관된 자료를 모두 가져오게."

"지금 말씀이십니까?"

"그럼, 내일 아침에나 가져오려고?"

수환이 톡 쏘는 말을 했다. 이에 형방이 "아니, 아닙니다. 지금 당장 가져오겠습니다" 하는 대답을 남기고 황급히 덧문 밖으로 사라졌다.

수환은 거친 손길로 쥐고 있던 종이뭉치를 내려두었다. 그 바람에 호롱불이 너울거리며 춤을 춰댔다. 책상 위로 툭 던져진 종잇장들이 제법 묵직했던 모양이다.

주혁의 사건 일지를 샅샅이 뒤져 봐도 최근 그가 맡았던 사건 중 누군가의 원망을 살 만한 일은 전혀 없었다. 공적인 일뿐 아니라 사적으로도 주혁은 누군가에게 원한을 살 만한 성정을 지닌 이가 아니었다. 그것은 누구보다도 수환이 가장 잘 알았다.

이렇다 할 실마리를 잡지 못한 수환이 한참 생각에 잠겨 있는 그때, 집무실 문을 두어 번 두드리는 소리가 들렸다.

이 시간에 주인 없는 주혁의 방을 찾아올 이는 단둘뿐이었다. 수환이 문을 열자 예상대로 해랑과 무영이 방 안으로 들어섰다.

"찾았습니까?"

답지 않게 급한 투로 묻는 수환을 향해 무영이 느릿하게 고개를 끄덕였다.

"썩 쓸 만한 정보는 아니었던 모양이군요?"

눈치 빠른 수환이 선수를 쳤다.

"그렇기도 하고 아니기도 해요."

무영 대신 해랑이 미간을 살짝 접으며 대답했다. 애매모호한 두 사람의 태도에 수환은 속이 바짝 타는 듯했다. 연신 혀끝으로 마른 입술을 축이는 그를 향해 무영이 입을 열었다.

"부탁하신 대로 죽은 최 씨의 집에 다녀왔고, 그 후에는 대군대감을 뵙고 온 길입니다."

"대군대감을요?"

"예. 의금부의 소식을 전해 듣기에는 대군대감을 통하는 것보다 빠른 길이 없으니까요."

"그래서 주혁은 어쩌고 있답니까?"

수환이 초조한 기색을 숨기지 못하고 거듭 무영을 채근했다. 수환의 손끝은 흔들리는 그의 눈동자를 꼭 닮은 모양으로 탁상 위를 이리저리 헤매고 있었다.

"옥사지기 박 씨의 행방이 아직 묘연하지요? 끝까지 찾지 못할 것입니다."

"그자가 밀정입니까?"

"글쎄요. 밀정인지, 아니면 누군가가 꾸민 이 일에 최 종사관과 함께 발이 묶인 것인지는 알 수 없습니다. 하지만 의금부에서는 최 종사관께서 동편 옥사 잡범 세 명의 이감을 명한 물증을 확보했다 합니다. 그리고 그 물증이라는 것에 박 씨가 연관되어 있을 것이고요."

"애초에 이감에 관한 물증이라는 게 있을 수가 없습니다. 포청 옥사와 형조 전옥서를 두고 이동이 있으면 모를까, 같은 포청 내에 있는 옥사에서 죄인들이 이동할 때는 서면으로 명하지 않는단 말입니다."

수환이 답답하다는 듯 대답했다. 그 반응에 무영이 눈가를 찡그렸다.

"싸움패가 옥사한 건은 형조로 넘어갔습니까?"

대답 없이 고개를 가로저은 수환은 지끈거린다는 듯 이마 위로 손을 올렸다.

"주혁에 대한 조사와 동시에 그 일도 의금부에서 조사할 겁니다. 하지만 그마저도 흐지부지되겠지요. 이것이 정말 함정이라면 그치들이 죽은 것은 그저 수단에 불과했을 일 아닙니까?"

수환의 말이 끝나기 무섭게 두 사내는 약속이나 한 듯 긴 한숨을 쉬었다. 집무실의 무거운 공기를 깬 것은 해랑의 물음이었다.

"하지만 좀 이상한 걸요?"

"뭐가?"

수환이 되물었다.

"그 역관이었다던 최 씨 아저씨 말이에요. 그 댁 아드님이 가장 최근에 아버지께 받은 것이라며 회령이라는 곳에서 부쳐진 서신을 보여주었습니다. 스무 날쯤 전에 온 것이라고요. 그리고 그 서신에 회령에서의 일이 끝나면 경원으로 갈 것이라 적혀 있었잖아요?"

해랑이 말끝에 확인하듯 무영을 바라보았다. 무영은 해랑의 말에 동조하듯 고개를 끄덕이더니 이내 무언가를 가늠하듯 눈을 가늘게 떴다.

"종사관 나리께서, 다섯 명 중에 그 역관 아저씨를 빼고는 모두 한양에 연고가 없는 분들이라고 하지 않으셨어요? 그러면 그분들은 왜 갑자기 한양으로 온 걸까요?"

재차 이어진 해랑의 물음에 수환이 대답했다.

"아무래도 죽은 자들이 무역하는 치들인 것 같은데……."

"무역이요?"

해랑이 고개를 갸우듬하게 들고 물었다.

"아들에게 알린 최 씨의 맨 처음 목적지가 의주라면서? 의주는 평안도, 회령과 경원은 함경도인데 모두 강을 끼고 국경 무역을 하는 지방이다."

수환의 설명에 생각에 잠겨 있던 무영이 말을 이었다.

"하지만 공무역을 하는 이들은 아니었을 겁니다. 밀무역 업자들이 아닌가 싶은데요. 의주와 회령, 경원, 모두 공무역 개시(開市)가 열리는 곳이니 만약 최 씨가 허가받은 상단과 일을 하는 자였다면 역관 일을 그만두지 않았을 것입니다. 개시 무역을 허가할 때는 나라에서 공인된 역관이 중재하도록 되어 있고, 그 과정에서 역관들이 취하는 이득이 상당하니 말입니다."

"대감의 말씀에 일리가 있습니다. 하지만······."

동조하던 수환이 말끝을 흐렸다. 그러고는 곧 말을 이었다.

"하지만 밀무역과 공무역, 그 어느 쪽에 가담한 자들이든 간에 변방에서 무역하는 치들이 갑자기 왜 도성으로 왔을까요? 곧 인삼을 수확할 철이라 한창 국경 무역이 성행할 이 시기에 말이죠."

수환의 물음을 끝으로 방 안에는 정적이 앉았다. 세 사람 중 그 누구도 물음에 답할 수 있는 이가 없는 탓이다.

늦은 밤. 무영과 해랑이 돌아간 후에도 수환은 주혁의 집무실에 남아 있었다.

아직 누구에게도 말하지 않은, 주혁 혼자서만 은밀히 조사하던 사건이 있을 것이다. 그리고 그 사건이 누군가의 심기를 거슬리게 했음이 분명했다. 그 사건이 무엇일까. 사건과 관련한 것들을 주혁은 어디에 숨겨두었을까.

주혁의 오랜 습관들을 모두 꿰고 있는 수환이다. 스스로의 감을 믿고, 그래서 다소 직관적으로 행동이 앞서는 저와는 달리 주혁은 매사에 논리를 모두 따져 물은 후에야 행동에 나섰다. 확신하기 전까지는 움직이지 않았으며, 확신을 위해 자신이 마주하는 거의 모든 것에 대해 기록을 남겼다. 그러니 분명히 어떤 기록이나 자료가 존재할 것이었다.

잠시 서성이던 수환은 주혁이 늘 앉는 자리를 차지하고 앉았다. 그러고는 앉은 자리에서 보이는 모든 것을 하나하나 아주 천천히 눈에 담기 시작했다.

주혁에게 집은 그저 밤새 눈을 붙이고 나오는 곳에 불과했다. 늘 인정이 다 되어서야 퇴청하는 주혁 아니던가. 주혁은 규칙적이고, 또 일탈을 그리 즐기지 않는 성정이니 늘 그렇듯 모든 것을 이 자리에서 작성하고 집무실 안에 보관했을 것이다. 주혁이 늘 앉는 자리에서 가장 손이 닿기 쉬운 자리는…….

수환이 북쪽 벽면에 놓인 책장을 향해 손을 뻗었다. 앉은 자리에서 손에 닿는 곳은 책장 한가운데 칸이었다. 하지만 그 칸은 서책이 빽빽하게 들어차 있었다.

그것을 빤히 보던 수환은 돌연 자리에서 일어섰다. 그러고는 그 자리에 놓인 책을 모조리 끄집어냈다.

그 후에는 꼼꼼한 손길로 빈 책장을 훑었다. 책장 뒤 벽면을 두드려보기도 했다. 얼마간이나 그러고 있었을까. 온 신경을 손끝에 집중하고 있자니 책장 왼편 모서리 깊숙한 곳에 아주 작게 톡 튀어나온 무언가가 느껴졌다. 감촉으로 보니 나뭇조각 같았다. 장을 짤 때 맞물려놓은 조각 중 하나일 것이다. 검지 끝으로 그것을 매만지던 수환이 슬쩍 미소를 흘렸다. 그러고는 손끝으로 조각을 지긋하게 눌렀다.

삐걱. 크지 않은 소리와 함께 서편 벽에 놓인 책장 중 하나가 약간 앞으로 튀어나왔다. 피식 웃음을 흘린 수환은 튀어나온 책장을 살짝 들어 올렸다. 거의 빈 것이나 마찬가지이던 책장은 아주 가볍게 앞으로 빠져나왔다. 그리고 책장에 가려졌던 벽에는 마치 원래부터 그 자리에 있었다는 듯 아주 작은 벽장이 수환을 기다리고 있었다.

벽장의 깊이는 장정 팔뚝만 했다. 깊지 않아 그 안이 훤히 보이는 공간에는 가볍게 두 번 접힌 종이 한 장이 놓여 있었다.

선전 문앞을 서성이던 정 행수가 무영을 발견하고 손을 휘저었다.

"어찌 나와 계십니까?"

"얼른, 얼른 들어가, 얼른."

묻는 말에는 답하지 않은 채 정 행수가 무영의 등을 떠밀었다.

선전 문턱을 넘기 무섭게 가게 문을 걸어 잠근 정 행수가 내실을 향해 턱짓했다.

그 모습에 무영이 설마 하는 표정으로 서둘러 내실 문을 열었다. 답지 않게 얼이 빠진 듯 잠시 문고리를 잡고 서 있는 그를 향해 방 안에 있던 객이 농을 걸었다.

"뭘 그러고 놀라? 귀신이라도 본 모양일세?"

"직접 오실 줄은 몰랐습니다. 당분간 한양에는 들르지 않으실 거라고 하셔서…….'

"거 참. 놀란 체는 그쯤하고 들어오지 그러나?"

그제야 무영이 내실로 들어섰다.

서로의 안부를 묻던 목소리가 잦아들자 객이 피식 웃으며 고개를 기울였다.

"듣기 좋은 소리는 그쯤하고. 자, 이게 자네가 찾던 게 맞는지 모르겠구먼. 맹 영감 그이도 이제 장사치가 다 됐단 말이야. 제대로 된 걸 갖고 싶으면 돈을 더 내놓으라지 뭐야."

객은 자신의 봇짐 사이에서 얇은 서책 한 권과 서찰 하나를 꺼내 무영에게 내밀었다.

무영이 떨리는 손으로 서신을 펼쳤다. 쉬이 변하지 않는 무영의 표정을 살피던 객이 물었다.

"이번에도 영 글러먹은 모양이구먼?"

"아닙니다. 이번에는 목격자가 있답니다. 다만……."

무영이 말끝을 흐리자 객은 말없이 턱에 난 수염을 쓸었다.

"다만, 연경(燕京)*온 아니라는군요."

"그 가문이 풍비박산 났다더니 뿔뿔이 흩어진 모양이로구먼. 그러게, 사람은 사람끼리 살아야 하는 게야. 요물들하고 엮이니 그런 꼴을 보는 것이지."

객이 말끝에 혀를 찼다가 아차, 싶은 표정으로 무영의 눈치를 살폈다.

"미안허이, 늘그막에 내가 혀가 길어졌……."

"아닙니다. 어르신 말씀이 맞습니다."

무영이 고개를 가로젓자 객은 멋쩍은 표정으로 입맛을 쩝 다셨다.

"그래, 이제 어쩔 텐가?"

"끝까지 찾을 겁니다."

"그럼 내 맹 영감에게 그리 전하지."

"예. 그런데 어르신."

무영의 말에 객이 수염을 가볍게 쓸며 고갯짓했다.

"혹, 국경으로 다니는 이들 중 역관 출신 사상에 대해 들어보신 적 있으신지요? 성은 최 가이고, 정 행수님 연배쯤 되는 듯합니다. 아마 평범한 자는 아닐 것이고, 밀수업을 하는 듯한데요."

◆ 현 베이징.

객의 고개가 모로 기울었다. 변경에서 밀매를 일삼는 자들 중 저가 모르는 이도 있나 헤아리는 것이다.

"한양 출신이라던가?"

"거기까지는 모르겠고, 최근 몇 년간의 거처는 숭신방 쪽입니다. 아들이 하나 있더군요."

객이 고개를 끄덕이더니 봇짐을 정리하기 시작했다. 돌아가려는 모양이다.

"그래, 우리 아이들에게 일러 내 한번 알아봄세. 사흘 뒤에 연경으로 돌아갈 것이니, 그전까지 소식 주겠네."

* * *

수환이 좌포청을 막 나섰을 때 인정을 알리는 첫 번째 종소리가 울렸다.

그가 막 종루 앞 삼거리에 들어섰을 때는 스무 번째 종소리가 울린 참이었다. 인적 드문 거리에 서서 수환은 잠시 고민에 빠졌다. 지금 곧바로 의금부로 향한다면 주혁을 만날 수는 있을 것이었다. 수환이 등에 업은 제 가문의 지위를 이용한다면 그리 어려운 일도 아니었다. 하지만 말처럼 간단한 일 또한 아니었다.

포청 안에도 있는 밀정이 의금부라고 없겠는가. 확실히 하려거든 약간의 조사가 더 필요할 것이다. 그러니 어떻게 생각해도 지금은 우포청으로 돌아가는 것이 가장 현명한 결정이었다. 그것을 알고 있다고 해서 쉽게 발길이 떨어지는 것은 아니었다. 종루에서 우포청 제 집무실까지는 지척이었으나 수환의 어지러운 심사는 자꾸만 저자 한가운데에 그의 발길을 붙잡아두고 있었다.

또 한 번 종이 울렸다.

'그래, 함부로 들쑤실 수는 없는 일이다. 가진 단서라고는 이름밖에 없는데.'

또다시 울리는 종소리와 함께 주먹을 한 번 움켜쥔 수환은 곧 우포청이 있는 혜정교 방향을 향해 걸어나갔다.

인정의 마지막 종소리가 울렸을 때는 우포청이 서너 걸음 앞이었다. 인정에 맞추어 교대를 준비하는 것인지 평소보다 많은 이가 문앞에 나와 있었다.

나무 그림자가 만든 짙은 어둠 속에서 수환은 포청 앞에 선 병졸들의 면면을 찬찬히 살펴보았다. 근본을 알 수 없는 의심이 마음속 깊은 데서부터 차오르고 있었다. 자신도 언제고 주혁과 같은 일을 당할 수도 있다는 생각이 들자 머리가 아팠다.

하지만 수환은 이내 작게 고개를 가로저으며 웃음을 흘렸다. 우포청 앞에 선 그의 수하들은 하나같이 모두 저가 아는 얼굴들뿐이었다. 만약 무슨 일이든 좌포청에서와 비슷한 사건이 일어난다면 분명히 낯을 아는 자들 중에 변절자가 있을 것이다. 위로는 포도대장으로부터 아래로는 포청 앞 문지기를 하는 병졸까지. 양 포청의 면면을 속속들이 아는 자들이라야만 일을 저지를 수 있을 테니. 그러니 모르는 낯을 찾는 것은 그다지 똑똑한 짓이 아니었다. 그렇게 생각하니 무척이나 입안이 썼다.

자꾸만 드는 생각들을 털어내듯 마른세수를 한 수환은 이내 포청을 향해 발을 디뎠다.

"매랑(梅浪)."

이름이 아닌 자로 불리자 수환의 발이 굳었다. 가족들과 주혁은 그를 이름으로 불렀고, 수하들을 포함한 대다수의 사람들은 그를 종사관 혹은 나리라 했다. 수환을 자로 부르는 것은 대체로 수환과 품계가 동등하거나 그보다 위인 관리들이었다. 종육품 이상의 관리가 적은 수는 아니니 따지고 보면 이처럼 불리는 것이 그리 특별한 일은 아니다. 하지만 제아무리 고관대작이라 해도 막 통행금지가 시작된 이 시간에 자유롭게 거리를 다닐 수 있는 이는 그리 많지 않았다. 몇 번 마주친 적 있던 그 얼굴을 떠올리며 수환이 돌아섰다.

"그분께서 뵙기를 청하시네."

예상대로, 내금위장 강열이었다.

* * *

"그래, 무엇을 어디까지 알아냈는가?"

수환을 향해 묻는 임금의 입술 끝이 비뚜름하게 말려 올라갔다. 수환이 선뜻 대답하지 못하고 말을 고르는 사이 임금이 다시 입을 열었다.

"무슨 뜻인지 모르겠다는 말을 하려거든 차라리 입을 다무는 게 좋을 거야."

명백히도 이죽거리는 투였다. 덕분에 수환의 낯은 더욱 굳어졌다. 편전 안의 공기가 급속하게 가라앉고 두 사람 사이에 정적이 일었다.

그리 길지 않은 침묵을 깬 것은 임금이었다. 수환의 얼굴을 살피던 그는 별안간 피식 웃음을 흘렸다.

"그래. 꼭 내 예상에서 한 치를 벗어나지 않는군."

"송구합니다. 소신은······."

"아니. 그대가 얼마나 명민한 자인지는 내 이미 잘 알고 있지. 의금부에 붙들려 있는 자네의 친우 또한 말이야."

주혁을 이르는 말에 수환의 어깨가 움찔 튀었다. 내내 굳은 표정으로 편전 바닥이나 바라보고 있던 신하의 얼굴에 깃든 그 찰나의 균열을, 예민한 주군은 놓치지 않았다. 임금은 마치 재밌는 구경거리를 앞에 둔 사람처럼 은근하게 미소 띤 얼굴로 말을 이었다.

"이름이······ 주혁이었나? 그대가 이리도 아끼는 친우 말이야."

임금이 기어이 주혁의 이름을 입에 올렸다. 수환은 눈을 질끈 감았다 떴다. 그런 수환을 아랑곳하지 않고 재차 입을 여는 임금의 시선은 무언가를 회상하듯 수환의 어깨너머 어디쯤을 향하고 있었다.

"그래, 내 그 얼굴을 똑똑히 기억하고 있지. 면천(免賤)된 지가 한참이라고는 하나, 본디 천인이었던 자가 무과에 응시한 것도 모자라 장원 자리를 꿰찼으니 말이야. 내금위장이 그자를 얼마나 탐냈었는지 자네는 모를 테지. 그래, 자네 친우를 살릴 만한 패를 얻었나? 응?"

거듭 묻는 말에 입술을 달싹이던 수환이 드디어 입을 열었다.

"아뢰옵기 송구하오나, 저는 아무것도······."

"헛소리."

임금이 또다시 수환의 말끝을 막았다. 차게 일갈하는 목소리가 수환의 뒷목을 선뜩하게 했다.

"자네의 친우가 찾은 것을 자네가 찾지 못하였을 리 없지. 그래, 누구의 이름을 알고 있지?"

그 말에 수환이 퍼뜩 고개를 들었다가 황급히 숙였다. 하지만 그

짧은 순간 주군과 신하의 눈길이 정확히 마주쳤다.

"어찌할 텐가, 나와 거래를 할 텐가?"

묻는 투로 말했지만 대답을 요하는 말이 아님을 두 사람 모두가 알고 있었다. 목울대가 울리도록 마른침을 밀어 삼킨 수환은 결국 "예" 하는 대답을 되돌렸다. 맺혀 있던 식은땀이 목덜미를 타고 흐르는 감각이 선명했다.

* * *

해랑이 빈집을 혼자 지키는 것은 처음이었다. 좌포청을 나선 후 선전으로 향하던 길, 멀리서 손을 흔드는 정 행수를 보며 곤란한 듯 미간을 접던 무영은 저를 먼저 집으로 돌려보냈다. 마치 잊고 있던 무언가를 기억해낸 듯 난감해하던 그의 표정을 해랑은 곱씹고 또 곱씹었다.

툇마루에 앉아 해랑은 가만히 제 무릎을 끌어안았다. 밤공기 속에서 우는 벌레 소리와 이따금 이는 바람에 나뭇잎이 팔랑이는 소리 사이에서, 저더러 '아가'라 부르던 여인의 목소리를 떠올렸다.

꿈이었을까.

배우기 전에는 알 수 없는 것들이 있다. 해랑은 모르는 것이 너무 많았다. 그래서 무영에게 늘 묻고 또 물었다. 귀찮은 기색 한 번 없이, 단 한 번도 대답을 게을리하지 않던 제 스승은 이번에도 답을 줄까. 소화라는 이름을 아느냐고 물으면, 그는 뭐라고 대답할까.

마당 안으로 달빛이 들 때, 해랑은 깊게 숨을 들이켰다. 꿈을 꾼 그날 이후 한결 예민해진 감각들이 정말 우연일까. 아냐, 그럴 리가. 해

317

랑이 작게 중얼거리며 고개를 흔들었다. 그러다 눈을 질끈 감았다. 한양으로 돌아오던 날, 새벽녘 개울물에 이지러지듯 맺혔던 형상을 기억해낸 탓이다. 두 눈을 꼭 감고 해랑은 무릎에 얼굴을 파묻었다.

마당을 서성이던 달빛이 툇마루를 밟고 올라섰다. 그 결에 마당으로 어룽진 제 그림자가 어떤 모양을 했는지 해랑은 미처 알지 못했다.

* * *

이른 아침. 의금부 문턱을 넘던 주혁의 입가로 마른 웃음이 새어 나왔다.

"누가 보면 내가 아니라 자네가 문초를 받았다 하겠군."

농을 거는 주혁의 말에 수환이 내내 접고 있던 미간을 펴고는 으쓱 어깻짓을 했다. 잠시 마주 선 채로, 주혁은 제 친우의 낯을 찬찬히 살펴보았다. 정말로 어디서 잔뜩 시달리다가 온 사람마냥 수환의 얼굴은 하루 새에 핼쑥해져 있었다. 작게 혀를 찬 주혁이 입매를 굳혔다. 수환의 낯이 저 모양인 이유를 모를 만큼 주혁은 눈치 없는 사내가 아니었다.

내내 말이 없던 주혁은 제 집무실에 도착해서야 입을 열었다.

"왜 그랬어?"

차분한 목소리였지만 주혁의 말속에는 약간의 질책이 섞여 있었다.

"내가 뭘?"

"모른 체할 텐가? 붙잡혀 갈 때보다 더 갑작스럽게, 게다가 아무런 처분도 없이 풀려났는데 그게 자네 덕이 아니라고?"

"내 덕인 줄 알면 앞으로 잘하든지."

제법 날카로운 주혁의 말에도 수환은 대수롭지 않은 태도를 고수했다. 그것이 못마땅한지 주혁이 느릿한 손길로 눈가를 꾹꾹 누르기 시작했다.

"어디까지 알고 있는가?"

주혁의 물음에 피식 웃음을 흘린 수환이 주혁의 등 너머 서편 책장을 향해 시선을 던졌다. 그러고는 숫제 장난을 치듯 고개를 모로 기울였다. 그런 수환을 두고 긴 한숨을 흘린 주혁은 말없이 자리에서 일어났다.

마치 어젯밤 수환이 그랬던 것처럼 주혁은 익숙한 손길로 북쪽 책장을 더듬고 서쪽 책장 뒤에 숨겨진 벽장에서 종이를 꺼내 들었다. 책상 위에 펼쳐진 종이를 물끄러미 보던 두 사람 중 먼저 입을 연 것은 수환이었다.

"이 넷으로 끝은 아닐 거고……. 이들 위아래로 크고 작은 세력이 얼마나 더 있어?"

"그보다, 옥사한 이 중에 역관이었던 이가 있잖나. 그자에 대해 좀 알아보았나?"

주혁의 물음에 수환이 작게 웃음을 터트렸다. 주혁의 태도가 무척이나 확신에 차 있었던 탓이다. 그가 남겨놓은 사건의 꼬랑지를 수환이 붙잡았을 것이라는 확신. 주혁의 태도에는 조금의 의심도 없었다.

"대감과 해랑이 벌써 한참 전에 다녀왔지. 역관을 그만둔 후에는 국경 무역을 하는 자들과 어울린 모양인데, 아무래도 밀무역을 하는 자인 듯해."

수환의 말을 들으며 주혁은 책장을 뒤적거리더니, 이내 장권지(長

卷紙)[✦] 하나를 찾아 책상 위에 풀어헤쳤다.

"이걸 보게."

돌돌 말려 있던 장권지는 지도였다. 집무실 책상 반절만 한 크기였는데, 벌써 몇 번이나 말았다 풀었다 했는지 퍽 낡은 티가 났다. 안에는 주혁이 남겨둔 듯한 표식도 여럿이었다. 붉게 표시된 지역들을 유심히 살피는 수환에게 주혁이 물었다.

"그래, 그 최 씨가 다녔다는 곳이 의주, 회령, 경원……. 또 어디인가?"

이에 수환이 조금 놀란 기색을 하더니 이내 너털웃음을 흘렸다.

"대감과 해랑이 알아본 바로는 일단 그 세 곳이 전부인데. 대체 그걸 어떻게 알았어?"

"이 이름들을 자세히 보게. 자네에게도 익숙한 이름이 있잖은가?"

주혁이 다시금 이름이 적혀 있던 종이를 들이밀었다. 이름 네 개를 가만히 보던 수환은 곧 고개를 주억였다. 그의 말대로, 확실히 아는 이름이 하나. 또 하나는 어렴풋하긴 하지만 듣고 본 적이 있는 이름이었다.

"이건 확실히 의주목사의 이름이고, 또…… 이자는 회령도호부사 아니야?"

수환이 말끝을 흐리며 팔짱을 꼈다.

"이 이름들을 얻기까지 꼬박 석 달이 걸렸네. 옥사한 최 씨와 그 무리가 밀무역하던 치들인 것은 확실해. 그런데 문제는 이 중 누구의 사람이냐는 것인데. 의주목사, 회령과 경원도호부사, 해주목사. 모두

✦ 두루마리.

320

가 도성에서 한참이나 떨어진 곳에 있는 자들인데 대체 왜, 무슨 연유로 최 씨 일당이 도성으로 들어왔겠는가?"

가만히 주혁의 말을 듣기만 하던 수환이 고개를 가로저었다.

"아니, 애초에 왜 이 네 사람을 쫓는 거야? 최 씨 일행이 이들 중 누군가와 연결되어 있다는 걸 처음부터 알지는 못했을 테고."

"첩선*, 초피**, 채라***."

"뭐?"

"국법으로 금한 물품들이 어째서 천변 장물아비들 사이에 돌아다니느냔 말이야. 그것도 엄청나게 많은 양이. 그리고 최 씨 무리를 누가 죽였을까? 내게 뒤집어씌우려 한 것을 보면 내가 이들의 코앞까지 쫓아왔다는 것을 아는 모양인데……."

주혁이 혼잣말처럼 중얼거렸다. 이리저리 늘어진 증좌들에, 사건은 잡힐 듯 말 듯하며 자꾸만 그의 손을 빠져나갔다. 마치 모래 같았다. 움켜쥐려 하니 손가락 사이로 빠져나가고, 체념해 손을 털면 떨어지지 않고 손이며, 옷이며, 여기저기에 붙어 있는.

한참이나 생각에 잠겨 있던 주혁은 퍼뜩 정신을 차리고는 수환 또한 한참이나 입을 닫고 있었다는 사실을 깨달았다. 평소 같았다면 벌써 뭔가 단서가 될 만한, 주혁이 놓치고 지나간 것들을 꼬집어내고도 남았을 텐데. 어쩐 일인지 수환의 낯은 음울하게 가라앉아 있었다.

"혁아."

---

*　쥘 부채.
**　담비 종류 동물의 모피.
***　무늬나 빛깔이 화려한 중국 비단.

심각한 품새와는 다르게 수환의 목소리는 다정했다. 그래서 주혁
은 조금 겁이 났다. 수환이 저를 이런 식으로 부를 때에는, 언제나 예
사롭지 않은 일들이 뒤따랐음을 체득하고 있는 까닭이다.

"이 일을 캐는 건 이만 접는 게 좋겠다. 그렇게 하자."

수환의 말이 끝나기 무섭게 주혁의 얼굴이 일그러졌다. 그에 아랑
곳하지 않고 수환은 재차 입을 열었다.

"접자. 그래야 해."

"다음번에는 내가 의금부 문턱을 넘는 것으로는 끝나지 않을 모양
이군? 그래, 이들 중 누가 사람을 보냈던가? 자네더러 거래하자던가?
그래서 내가 이렇게 손쉽게 빠져나온 모양이군. 대체 언제부터 자네
와 내가 이토록 비겁하게 몸을 사렸어?"

주혁이 냉랭한 목소리로 물었다. 평소 같지 않은 그의 말투는 확연
한 비난조였다. 이에 수환이 미간을 확 구겼다.

"그래, 말 한번 잘했네. 그러게 내가 늘 조심하라고 했잖아? 강직한
것? 청렴한 것? 그래, 좋지! 다 좋은데, 그게 네 목숨보다 중요해? 정
말 중요한 게 뭔지 몰라서 매번 이러는 거야? 휘지 않는 가지는 결국
부러지는 법이라는 걸 왜 몰라?"

도리어 다그치는 수환의 말에 주혁이 결국 입을 다물었다.

수환은 한바탕 대거리를 하고도 분이 풀리지 않는지, 자꾸만 거친
손길로 벅벅 마른세수를 해댔다. 제법 침착한 체했던 처음의 태도는
말 그대로 그런 체했을 뿐인 것이 자명해 보였다.

평소 같았다면 수환에게 무른 주혁이 이쯤에서 먼저 굽히고 들어
갔을 것이나, 오늘은 달랐다. 일이 일인지라 더욱 그랬다.

주혁더러 양 포청의 보살이라느니, 부처님 가운데 토막이라느니

하는 것은 그를 잘 모르는 치들이나 하는 말이었다. 수환은 속으로 혀를 찼다. 융통성이라고는 눈을 씻고도 찾을 수가 없는 데다가, 또 고집은 얼마나 센지. 수환쯤이나 되니 아는 주혁의 성미였다. 그러니 이번에는, 아니, 수환의 주장대로라면 이번에'도' 먼저 백기를 드는 것은 수환일 수밖에 없었다.

"지난밤, 그분을 뵈었어."

제법 침착해진 수환의 목소리에 생각에 잠겨 있던 주혁이 고개를 들었다.

"강수환, 너……."

"그래. 지금 네가 생각하고 있는 바로 그분 말이야."

여상한 수환의 태도에 주혁의 눈동자가 크게 요동쳤다. 하지만 주혁이 그러거나 말거나 그를 바라보는 수환의 눈길은 여전히 평온 했다.

"그러니까, 이쯤 하자."

달래듯 이어진 수환의 말에 주혁은 결국 입을 다물었다. 주혁의 의 지와는 상관없이, 이쯤에서 손에 묻은 모래알갱이들을 모른 체하며 씻어낼 시간이 된 것이었다.

여담(餘談)

"최 종사관이 오늘 아침 일찍 좌포청으로 돌아갔습니다."

종주의 말에 진원대군은 말없이 고개를 끄덕였다. 내내 종잇장 위에 붙들려 있던 그의 시선이 종주를 향했다. 느릿하게나마 이어가던 붓질은 어느새 멈추어 있었다.

"도제조 댁 아드님께서 염려가 많았겠군."

"그러잖아도 강 종사관이 의금부까지 직접 마중을 나갔습니다."

종주의 대답이 끝나기 무섭게 대군은 바람 새는 소릴 내며 웃었다. 작게 고개를 가로저은 것은 덤이다.

웃음 끝에 대군은 펼쳐두었던 지필묵들을 갈무리하기 시작했다. 느릿하게 손을 놀리며 대군이 입을 열었다.

"간밤에 강 종사관이 입궁하였으니 수사는 이쯤에서 멈출 것이고. 무영 형님께서는 어찌하고 계시더냐?"

"대감께서도 더 이상의 움직임을 보이지는 않으실 듯합니다. 헌데
......."

대군이 말끝을 흐리는 종주를 향해 시선을 들었다. 전에 없는 수하의 태도에 대군은 다시 한 번 습관처럼 마른 웃음을 흘렸다. 그가 작게 고개를 끄덕이자 종주가 다시 말을 이었다.

"헌데, 먼젓번 알아보라 이르신 것이 좀 이상합니다."

"자세히."

"예. 장물아비들이 가진 첩선, 초피, 그리고 채라 대부분이 어쩐 일인지 흘러가지 않고 그대로 고여 있습니다."

"고여 있다?"

대군이 미간을 찌푸리며 되물었다.

"예. 아무래도 누군가를 의식하고 있는 듯한데, 이전까지는 도성에 들어오자마자 여기저기로 흩어져 거래되던 것들이 이번에는 장물아비들의 창고에 쌓여 있기만 합니다. 거래가 중지된 시점은 좌포청에 잡혀간 싸움패들이 죽은 직후입니다."

대군은 말없이 고개를 끄덕였다. 그러고는 어느새 정리를 마쳐 훤하게 빈 서안 위로 시선을 내렸다.

"최 종사관이 쫓던 것이, 혹은 쫓던 이들이 누구인지 조금 더 자세히 알아보거라. 천변에 수하들을 조금 더 심어두도록 하고."

"예."

대답을 마친 종주가 방을 나섰다. 떠나는 수하의 뒷모습을 볼 새도 없이 대군은 생각에 빠져들었다. 그의 손끝은 서안 위를 일정한 간격으로 두드리고 있었다.

불편한 감각이 자꾸만 대군의 뒷목을 잡아당겼다. 사소한 듯 지나가는 이 일이, 후에 기어이 누군가의 발목을 잡을 것을 예감하는 대군이다.

언제나 그렇듯 불안한 예감은 틀린 적이 없는 법이다.

7

짝패

시장 뒷골목. 주점이 늘어선 거리는 늘 그렇듯 떠들썩했다. 가게마다 주점임을 알리려 달아놓은 등불 덕에 골목 안이 대낮처럼 훤하니 더욱 그렇게 느껴졌다. 모두가 잠든 시간이었지만 이 거리를 오가는 이들에게 밤은 이제 겨우 시작이었다.

밤바람에 주점 앞 등불이 작게 흔들렸다. 작은 술집 마당, 평상 위에 앉아 술상을 받은 박 씨는 그 모양을 한참이나 바라보고 있었다. 술잔이 두 개, 숟가락 젓가락도 두 쌍. 그러나 박 씨의 앞자리는 비어 있었다.

소삭하게 이는 밤바람에서 잘 여문 과실 내음이 나는 것을 보니 완연히 가을인 모양이다. 밤바람에 기대어 박 씨는 노랫가락을 흥얼거리기 시작했다. 눈꺼풀마저 닫아 내리니 골목 안의 요란한 소리가 멀어지는 듯했다.

얼마나 그러고 있었을까, 마당 안에 촘촘하게 진 나무 그림자 위로 길게 인영이 어룽졌다.

"큰손이."

익숙한 목소리에 박 씨가 천천히 눈꺼풀을 들어 올렸다.

"오늘 장사가 쏠쏠했던 모양이지?"

사내가 서글서글한 목소리로 묻고는 이내 박 씨 앞에 자리를 틀고 앉았다. 사내는 곧 앞에 놓인 빈 술잔에 술을 따라냈다. 마치 처음부터 그것이 제 몫이었다는 듯, 술상 위를 오가는 그의 손길은 무척이나 자연스러웠다.

"바람발이."

박 씨가 사내를 부르자 사내는 장난스럽게 고개를 한 번 갸웃하고는 박 씨를 향해 술잔을 들어 올렸다. 그런 사내의 모습이 하도 천연덕스러워 박 씨는 결국 입가로 웃음을 흘리고 마는 것이다. 이가 빠진 술 잔 두 개가 부딪치는 소리는 답지 않게 청청했다.

바람발이. 박 씨의 오랜 친구는 단 한 치도 변한 것이 없었다. 이치의 천성이 그러했다. 손해를 보고도 허허 웃어버리고 마는, 약은 구석은 눈 씻고 찾으려야 찾을 수가 없는 사내. 어찌 보면 참으로 희한한 일이었다. 이 거리에서 나고 자란 사내들의 삶이 그렇듯 바람발이의 생 또한 그리 녹록지는 않았다. 그것은 박 씨 또한 마찬가지였다. 그러나 참으로 기이하게도 바람발이는 마치 제 삶이 단 한 번도 팍팍했던 적이 없는 것처럼 늘 무사 순탄한 삶을 살았던 것처럼 굴었다.

한 번에 술잔을 털어내고 나니 바람발이가 또다시 박 씨의 술잔을 채웠다. 한 잔. 또 한 잔. 두 사람은 밤공기 사이로 스미는 생의 소리들을 안주 삼아 연거푸 잔을 비워냈다. 이렇게 보니 벗이라는 것이 참으로 오묘한 관계란 말이다. 말없이 기울이는 술잔이 어색하지 않았으니. 그저 마주 앉아 있음에 위로가 되는 것이니.

그렇게 잔을 비워대자니 술 한 병이 금세 동이 났다. 박 씨가 가만히 손을 휘적거려 주인을 부르고 이내 상 위에는 새 술병이 놓였다.

"어쩐 일로 그리 급히 마시는지 모르겠소."

주인이 박 씨를 향해 한마디 하며 돌아섰다. 그 말에도 박 씨와 바람발이는 대꾸 없이 비죽이 웃기만 했다.

술잔 안에서 새 술이 찰랑였다. 잔 안에 손톱 같은 조각달이 들어 있었다. 박 씨가 잔을 들어 그 달을 삼키자 바람발이가 입을 열었다.

"기억나는가?"

"뭣을."

"저기 말일세."

바람발이가 손끝으로 골목 너머를 가리켰다. 벗의 손끝을 따라 시선을 옮기던 박 씨가 기어이 헛웃음을 흘렸다. 고개를 한 번 가로저은 박 씨는 또다시 술잔을 들어 올렸다. 달을 삼켰다.

"뭔 언제 적 야그를 인자사 한데? 나는 볼세 잊어부렀는디."

박 씨가 퉁명스레 대꾸하며 술잔을 내렸다. 그런 태도에도 바람발이는 말없이 웃기만 했다.

"겁나게 벌어재껴서 저 기방을 죄 우리가 묶어불자고야? 이리 벌어 갖고 어느 세월에 저 기루를 산데? 암만 해도 우덜은 평생 저 기루 지붕이나 쳐다보고 앉았게 생겼는디."

박 씨는 연신 중얼거리며 또 한 잔을 채웠다.

"……그래서 약조를 잊었다는 말인가?"

바람발이의 목소리가 가라앉았다. 그 기색에 내내 술잔을 바라보던 박 씨가 눈을 들어 벗의 얼굴을 바라보았다.

"약조를 잊었느냐 물었네."

재차 묻는 소리에 박 씨가 눈을 흡떴다. 낮지만 매섭게 다그치는 바람발이의 목소리가 박 씨의 귓가를 파고들었다.

염병할. 염병 니미럴 것. 박 씨는 속으로 욕을 씹어 삼켰다. 바람발이를 향해 뭐라 대꾸하려 해도 돌덩이를 통째로 삼킨 듯 목구멍이 막혀 말이 나오질 않았다. 꼭 누군가 목을 움켜쥐고 흔드는 것마냥 숨을 쉬기 힘들었다.

바람발이의 얼굴빛이 변하기 시작했다. 꼭 얼굴뿐만은 아니었다. 눈과 입, 목 주변에서 시작해, 소매 사이로 드러난 손등과 팔까지, 바람발이의 모든 살이 희었다가, 푸르렀다가, 종내에는 핏빛으로 변했다. 아니, 그것은 핏빛이 아니었다.

바람발이는 온몸에 핏물을 뒤집어쓴 모습을 하고 박 씨를 향해 얼굴을 들이밀었다. 푸르다 못해 보랏빛으로 변한 그의 입술이 크게 벌어지고, 목구멍 너머로 검디검어 암흑 같은 구덩이가 생겨났다. 그 암흑은 박 씨를 향해 점점 더 가까이 다가왔다. 그리고 마침내 검은 구덩이가 박 씨를 집어삼켰다.

* * *

이른 새벽, 박 씨가 제집 대문을 나섰다. 파루까지는 아직 한 식경 정도 남은 시간이었으나 벌써부터 거리는 와자지껄했다. 조전시(朝前市)가 열리는 칠패 시장이 지척이었으니 당연한 일이었다. 파루가 시작되어 도성 문이 열리면 성안에서 칠패를 향해 사람들이 쏟아져 나올 것이다.

시장 한가운데서 박 씨는 잠시 걸음을 멈추고 도성까지의 거리를 헤아려보기 시작했다. 칠패의 이쪽 끝은 소의문, 저쪽 끝은 남문이다. 아무래도 소의문을 넘는 것이 가까울 듯싶었다. 서둘러 간다면 파루가 시작되자마자 도성 안으로 들어갈 수 있을 것이다.

발길을 돌려 소의문 방향으로 걷자니, 문외미전(門外米廛)*과 문외상전(門外床廛)**, 또 외어물전(外魚物廛)의 장사치들이 저마다 박 씨를 향해 알은체를 했다.

그런 상인들을 향해 박 씨는 순 건성으로 손만 휘적거려 대꾸했다. 청명한 가을 공기와는 어울리지 않게 뒷덜미에 축축하게 들러붙은 식은땀을 훔쳐내느라 정신이 없는 탓이다.

'거 참, 염병허고 앉았네……'

박 씨가 속으로 웅얼거렸다. 간밤에 뒤숭숭했던 꿈자리 때문인지, 몸뚱이가 물먹은 솜처럼 축축 늘어졌다. 메마른 땅바닥이 괜스레 질척이기라도 하는 것마냥 발이 무거웠다. 박 씨는 숨을 크게 쉬려 연방 애를 썼다. 눈앞이 팽 도는 것이, 이러다 도성 문을 넘기도 전에 예서 죽겠구나 싶었다. 잠시 걸음을 멈추고 숨을 크게 들이마시는 찰나, 하늘이 노래졌다. 워매, 참말로 여가 나가 죽을 자린갑다. 생각을 마칠 겨를도 없이 박 씨는 땅바닥을 향해 고꾸라졌다.

구성진 노랫소리 너머로 여인들의 웃음소리가 들려왔다. 물속에

---

* 쌀 가게.
** 잡화 가게.

푹 잠긴 채 듣는 것마냥 선명하지 못한 소리가 박 씨의 귓가에 끈덕
지게 달라붙었다. 그 바람에 박 씨는 몇 번이고 손바닥으로 귓가를
문질러댔다.

뭐던다고 이리 시끄럽다냐, 응? 또다시 습관처럼 속으로 웅얼거리
다가, 별안간 위매! 하는 소리를 내며 박 씨가 벌떡 몸을 일으켜 앉았
다. 그러기 무섭게 귓가에서 웅웅대던 소리가 선명하고 날카로운 형
태로 귀를 파고들었다.

박 씨는 제 앞에 펼쳐진 풍경을 가만히 바라보았다. 제 입이 쩍 벌
어진 줄도 모르고 연신 벙긋벙긋거리고 있자니 여인 하나가 박 씨를
향해 다가왔다.

"행수님, 기침하셨어라?"

동향(同鄕)인지, 여인은 박 씨와 같은 말투를 썼다. 그러나, 이리 보
고 저리 보아도 처음 보는 낯이었다.

"이거이 뭔……."

"아이고, 아직 잠이 덜 깨셨다요? 으째쓰까이."

웃음기 섞인 말에 박 씨는 고개를 크게 휘휘 젓고는 마른세수를 했
다. 그런데, 참으로 희한하더란 말이다. 손목 끝에서 달랑이는 소맷자
락의 감촉이 여태와는 판이하게 달랐다. 아니, 애초에 박 씨의 옷 중
에 이렇게 팔랑거리도록 소매통이 넓은 옷은 없었다.

박 씨는 그제야 시선을 내려 저가 꿰어 입은 옷을 살피기 시작했
다. 왐마……. 이것이 다 뭔 염병이당가. 욕지거리가 목구멍을 밀고
올라왔다. 생선 비린내에 찌들어 있던 낡은 옷이 아니라, 양반네들이
나 입을 법한 비단 도포가 몸에 감겨 있었다. 매끄럽게 결이 좋은 비
단이 주는 감촉에 박 씨는 몸을 한 번 부르르 떨었다.

박 씨가 어리병병한 낯으로 거듭 제 행색을 살피는 찰나, 그의 머리꼭지 위에서 익숙한 목소리가 들려왔다.

"일어났는가?"

"바람발이?"

바람발이가 박 씨를 내려다보며 웃고 있었다.

"시방 이것이……."

박 씨가 더듬거리자 바람발이가 씩 미소 지었다.

"어찌, 마음에 드는가?"

또 한 번 묻는 소리가 따라붙었다. 그러나 박 씨는 그 말에 대꾸하는 대신 입을 다무는 편을 택했다.

경계하듯 눈을 홉뜨는 박 씨의 코앞으로 별안간 바람발이의 얼굴이 훅 다가왔다.

"약조를 잊었는가?"

책망하듯 묻는 소리에 박 씨는 헛숨을 들이켰다. 앉은걸음으로 뒤를 향해 더듬더듬 몸을 물리려 애를 써보아도 궁둥짝이 방바닥에 단단히 눌어붙은 듯 몸이 움직여지지 않았다. 연신 헛손질을 하는 박 씨를 보며 바람발이가 입을 크게 벌려 웃기 시작했다. 또다시 바람발이의 검은 구덩이가 박 씨를 향해 다가왔다.

* * *

박 씨가 가슴팍을 움켜쥐며 벌떡 일어나 앉았다. 그는 빠르게 두리번거리며 저가 누웠던 방 안의 풍경을 살폈다. 온몸에 흥건한 식은땀을 어찌할 새도 없이 박 씨는 몸을 일으켜 방문을 향해 다가갔다. 그의 머릿속에 드는 생각은 단 하나.

'얼른, 얼른 나가야 헌다.'

두려움에 휩싸여 제 다리가 후들거리는 줄도 모르고 박 씨는 기다시피 하며 방문을 향해 다가갔다. 그의 손끝이 문고리에 닿으려는 찰나, 바깥으로부터 방문이 열렸다.

"어딜 간단가?"

머리 위에서 떨어지는 목소리에 박 씨는 질끈 감았던 눈을 떴다. 얼른 고개를 치켜드니 낯선 사내가 저를 물끄러미 내려다보고 있었다.

박 씨는 획 소리가 나도록 몸을 뒤로 물리며 문 앞에 선 이를 향해 날 선 소리를 뱉었다.

"나를 아요? 그라는 그 짝은 누구시당가?"

박 씨의 물음에 사내가 피식 웃음을 흘렸다. 여전히 그는 문고리를 손에 쥔 채였다.

"내 가게로 가야 한다 했다믄서, 주인도 못 알아본데?"

"뭐시여?"

"이 짝은 정민기라고 허는디, 그 짝은 누구단가?"

그제야 박 씨가 기함하며 정 행수의 바짓가랑이를 붙들고 늘어졌다.

"아이고, 아이고 행수 어르신. 그렁께, 그렁께 저는······."

두서없이 더듬거리는 박 씨의 목소리 뒤로 정 행수의 한숨 소리가 덧입혀졌다.

"칠패 한복판에서 쓰러짐시로 선전으로 가얀다고 했다든디? 나를 아는가?"

"아니, 그렁께, 그것이 아니고······."

"무슨 일입니까?"

문 곁에서 들려오는 목소리에 박 씨가 언제 쓰러졌었냐는 듯 날랜 몸짓으로 방 밖을 향해 뛰쳐나갔다. 신을 신는 것도 잊은 채, 박 씨는 선전 한가운데에 납작 엎드렸다.

"대감, 살려주십쇼. 저를 좀 도와주시랑게요, 대감."

박 씨가 우는소릴 하며 바짓가랑이를 붙잡은 이, 무영이었다.

* * *

거리 이 끝에서 저 끝까지 생선 비린내가 그득했다. 외어물전이 크게 열리는 칠패인지라 사람의 발길이 닿는 곳이면 어디라도 비린내가 진동하는 것은 당연한 이치였다.

이른 아침. 소의문을 넘은 무영과 해랑은 이제 막 칠패 시장 초입에 들어선 참이었다. 무영을 따라 잰걸음을 놀리던 해랑이 돌연 눈을 크게 뜨며 발을 멈췄다. 그러고는 왼발을 슬쩍 들어 올렸다. 발아래에 저가 밟은 것을 확인한 해랑은 몸서리를 쳤다. 울상으로 낯을 잔뜩 찌푸린 것은 덤이다. 해랑은 멈춰선 채로 흙바닥에 몇 번이나 신을 문질렀다. 두어 걸음 앞서 걷던 무영이 해랑을 돌아보았다.

"어찌 그래?"

"으……. 생선 내장을 밟았습니다."

해랑이 진저리를 치고는 무영을 향해 앓는 소리를 했다.

"생선 냄새가 너무 역합니다. 머리도 아프고, 코도 아프고요."

답지 않게 통퉁거리고 있자니 무영이 해랑을 향해 다가섰다. 잠시 품 안을 뒤적거리던 무영이 해랑에게 작은 향낭 하나를 내밀었다.

"무엇입니까?"

"지니고 있거라."

군소리 없이 향낭을 받아든 해랑이 그것을 코에 대고 두어 번 숨을 들이마셨다.

"언제부터 이런 것을 갖고 계셨습니까? 저는 처음 보는데요?"

향이 마음에 드는지 해랑이 활짝 갠 얼굴로 무영에게 물었다. 그 물음에 잠시 해랑을 바라보던 무영이 곧 등을 돌려 섰다.

"이만 가자. 강 종사관께서 기다리시겠구나."

어쩐지 탁하게 가라앉은 무영의 목소리에 해랑은 향낭을 한 번, 무영의 등을 한 번 바라보았다. 영문을 알 수 없는 감정이 울컥 차올랐다. 제게서 돌아선 무영의 등을 볼 적마다 매번 이런 기분이 들었으나, 지금의 해랑으로서는 이를 두고 달리 어찌할 도리가 없었다.

해랑은 향낭을 한 번 꽉 움켜쥐었다. 비단 주머니 안에서 향초 바스락거리는 소리가 선명했다. 자꾸만 제게서 멀어지는 스승의 등을 내다보며 해랑은 울컥이는 감정들이 입 밖으로 튀어나올까 거듭 입술을 깨물었다.

* * *

"살인입니까?"

지척에서 들리는 무영의 목소리에 수환이 고개를 돌렸다.

"예. 피해자가 직접 저 독 안에 들어간 것은 아닐 테니까요."

수환이 어깨를 한 번 으쓱하며 여상한 투로 대꾸했다. 그러고는 초검을 준비하는 검험의관 공 씨와 오작인들에게로 시선을 되돌렸다. 오작인 두 사람이 장정 허리춤만 한 독에서 시신을 수습해 공 씨가 준비해둔 멍석 위에 누인 참이었다.

"일단 씻겨야겠다. 감초 물도 함께 준비하거라."

공 씨의 말에 오작인 중 하나가 빠르게 사라지고 그 자리를 수환과 무영, 그리고 해랑이 차지하고 섰다.

"저 독에 이만한 장정을 구겨 넣으려면, 아무래도 죽인 후에 하는 편이 수월했겠습니다."

무영의 말에 공 씨가 빠르게 고개를 끄덕이며 대꾸했다.

"그렇습죠. 뒤틀려 굳은 몸을 펴는 데 시간이 좀 걸릴 듯합니다요."

공 씨의 말이 과장은 아니었다. 독 안에 얼마 동안 들어 있었는지 시신의 몸은 이리저리 뒤틀려 있었다. 잔뜩 구겨 내다 버린 종잇장도 이 정도는 아닐 터였다. 내내 코를 찡긋거리며 말없이 서 있던 해랑이 찬찬히 주변을 살폈다. 그러기를 잠시, 이리저리 고개를 갸웃거리던 해랑이 수환을 향해 물었다.

"이곳은 원래 뭘 하던 곳이었을까요?"

수환과 무영의 시선이 해랑을 향했다.

"생선 가게였을 거야."

"하지만……."

"그래. 장사를 접은 지는 꽤 오래된 듯하고."

말끝을 흐리는 해랑을 향해 수환이 고개를 주억이며 한 번 더 대꾸했다.

"허나 이런 목 좋은 자리에, 이만한 규모의 점포가 이토록 오래 비어 있었던 것이 이상하지 않습니까?"

어느새 문가에 선 무영이 문밖으로 고개를 내밀어 거리를 흘끗 살피고는 수환을 향해 물었다.

"이 거리의 점포들이라고 해봤자 다들 크기가 고만고만합니다. 제 아무리 칠패 외어물전의 규모가 시전 어물전들의 몇 배가 되었다고는 해도, 예서 장사하는 치들 중에 큰돈을 만지는 이는 거의 없을 겁니다. 그러니 이만한 점포가 비어 있어도 누군가 쉬이 사들이지는 못했을 것이고요."

"하지만 언제 어디서든 돈을 움직이는 자들이 있게 마련이지요."

"짐작하시는 바가 있군요?"

수환의 물음에 무영이 설핏 웃음을 흘렸다. 그러고는 해랑을 향해 고갯짓했다.

"아무래도 오늘은 하루가 퍽 길겠습니다. 내일 등청하실 때쯤 우포청으로 찾아뵙겠습니다."

말을 마친 무영이 가게 문턱을 넘었다. 해랑이 수환을 향해 고개를 꾸벅하고는 얼른 무영을 따라나섰다. 공 씨가 초검을 마친 것이 그즈음이다.

"어찌, 뭐가 좀 나왔어?"

수환이 묻자 공 씨가 시형도와 시장을 내밀었다. 수환이 빠른 눈길로 손에 쥔 종이를 훑는 동안, 공 씨가 입을 열었다.

"왼쪽 머리 뒤가 완전히 함몰되었습니다. 상처가 단순히 크기만 한 것이 아니옵고, 넓고, 또 제법 깊은 탓에 무엇으로 가격했는지는 조금 더 알아봐야겠습니다요. 상흔의 위치로 볼 때 범인이 오른손을 주로 쓰는 자이겠습니다만, 위와 아래의 상처 깊이가 거의 균일하여 딱히 오른손잡이라 특정할 수 있는 것은 아닙니다."

"그것이 치명상인가? 몸을 저리 꺾은 것은?"

"예. 머리의 상처가 치명상임은 분명합니다. 몸이 꺾인 자리마다 관절이 부러진 것은 모두 죽은 후의 일이온데……."

"그런데?"

"저렇게 몸이 굳은 채로 소금과 함께 독에 파묻힌 지 시간이 상당히 지난 터라, 검험소로 옮겨 자세히 들여다보면 다른 상흔이 발견될 가능성도 있어 보입니다."

공 씨의 말에 수환은 시신이 파묻혀 있던 독 가까이로 다가섰다. 그러고는 여직 소금이 절반쯤 남아 있는 독 안으로 손을 푹 집어넣었다. 전혀 거리낄 것 없다는 듯한 수환의 태도에 도리어 주변에 선 수하들이 어쩔 줄 몰라 했다.

잠시 독 안을 휘적거리던 수환이 소금 한 움큼을 꺼내 들었다. 엄지 손끝으로 손바닥 안의 소금을 이리저리 문질러보던 수환이 가까이 선 군졸 하나에게 고갯짓을 했다.

"이것도 같이 포청으로 옮기거라."

말끝에 손을 탈탈 털어낸 수환이 가게 문턱을 넘었다.

저 사내로 젓갈이라도 담그려고 했던 모양이지? 참 별…….

속엣말을 하며 수환은 두어 번 혀를 찼다.

그는 소의문 방향으로 걸음을 옮겼다. 어느새 칠패 거리가 조용해진 것을 보니 사시쯤 된 모양이다. 현장으로 막 나오던 때보다 그림자가 조금 짧아진 것을 보니 틀림없었다. 거리 위로 옅게 부유하는 비린내와 짠내, 해가 떠올라 제법 뜨뜻미지근해진 아침 공기가 수환이 발을 옮길 때마다 폐부 깊숙이 달라붙었다.

언제 장이 열렸었냐는 듯 개미 떼 하나 지나가지 않는 거리는 자못 부자연스러울 정도로 조용했다. 그래, 고요해도 너무 고요했다.

그것을 깨닫자 수환은 거리 한가운데서 걸음을 멈추었다. 몸을 숨기고는 자박하게 수환을 따라오던 발소리가 서넛. 그 또한 수환과 함께 발길을 멈췄다. 거리 사이사이로 몸을 숨긴 그치들 모르게, 수환은 피식 웃음을 흘렸다. 아무래도 무영의 말처럼 오늘 하루가 제법 길 모양이었다.

* * *

"어째서 벌써 장사를 접을 준비를 하는 걸까요?"

다시 거리로 나선 참에, 해랑이 무영을 향해 물었다.

"칠패는 조전시라, 파루가 시작되면 열었다가 사시쯤 닫는다."

무영의 대꾸에 해랑이 빠르게 주변을 살폈다. 해랑이 아는 시장이라고는 도성 안 시전거리가 전부였으니 이 풍경들 하나하나가 모두 신기할 터였다. 그것을 빤히 아는 무영인지라, 그의 시선은 해랑의 머리꼭지를 향해 있었다. 이제 곧 해랑의 입에서 터져 나올 탄성을 기다리는 것이다.

그러나 어쩐 일인이 해랑은 별다른 반응을 보이지 않았다. 그저, "그렇군요" 하는 대답을 남겼을 뿐이다. 어쩐지 시큰둥한 해랑의 태도에 무영이 왼쪽 눈썹을 들어 올렸다. 뭔가 말을 하려다 이내 입을 닫고는 속으로 웃음을 삼켰다. 아닌 체해도 해랑의 눈동자가 이리저리 데굴데굴 굴러다니는 것을 보니 아침나절 현장으로 가던 때보다 마음이 한층 누그러진 모양이었다.

어쩌면, 아침 내내 해랑을 퉁퉁거리게 했던 생선 냄새가 옅어진 탓일 수도 있었다.

해랑이 시선을 움직일 때마다 무영의 시선 또한 같은 곳을 향했다.

거리를 메운 이들의 삼 할은 상인들이고, 또 삼 할은 물건을 사려는 자들이었으며, 나머지는 죄 협잡꾼들이었다. 난전이 성행하는 곳이 그렇듯 이 거리는 언제나 소매치기와 사기꾼, 왈패들이 득시글거렸다. 어스름한 새벽에 열리는 장이라 이런 무리가 더 활개를 치는 것이리라. 어둠 속에서 손은 눈보다 빠른 법 아니던가.

칠패 거리 왈패들의 기세가 어느 정도인가 하면, 좁은 거리를 오가며 물건을 실어 나르는 수레 사이로 이리저리 몸을 움츠리며 걷는 이들 서넛에 하나쯤은 지니고 있던 돈이나, 값나가는 물건들을 홀랑 도둑맞기 일쑤였다. 눈 두 짝이 죄 옹이구멍인 것도 아니건만 제아무리 몸가짐을 단속하고 또 단속해도 거리의 왈패들을 피하기는 쉽지 않았다. 눈뜨고 코 베인다는 말이 이처럼 어울리는 데가 없었다. 픽 하면 애먼 사람을 붙잡고 시비를 트는 통에 골목 여기저기서 싸움판이 벌어지는 일 또한 허다했다.

해가 떠오르고 날이 밝는다 하여 이들의 기세가 사그라졌다면 칠패를 드나드는 이들이 이토록 골머리를 앓지는 않았을 것이다. 왈패들은 새벽이고, 낮이고, 밤이고 할 것 없이 참 한결같이 사납게 굴었다.

어느 쪽에게 불행인지는 조금 두고 보아야 알겠으나 어쨌든 참으로 불행하게도 그 억센 무리 중 하나가 해랑을 표적으로 삼은 모양이었다. 물정을 모르는 듯한 말간 낯에, 그다지 크지 않은 체구가 그들의 구미에 딱 맞는 모양새였으니 더욱 그랬을 것이다.

사내 서넛이 다가오는 것을 먼저 발견한 것은 해랑보다 조금 앞서 걷던 무영이었다. 그러나 크게 신경 쓰지는 않았다. 얼른 훑어본 사내들에게 이렇다 할 무기가 없던 탓이기도 했고, 이런 식으로 건들거리는 자들이야 이 거리에 차고 넘치는 탓이기도 했다.

사내들 중 하나가 스쳐 가며 해랑의 오른쪽 어깨를 툭 밀쳤다. 그러고는 퍽 껄렁거리는 품새로 고개만 까딱여 미안한 체했다. 그 후로 두어 걸음. 기어이 해랑이 발길을 멈추었다. 그 기척에 무영이 돌아보았다.

"어찌 그래?"

이 말이 채 끝나기도 전에 해랑이 무영의 시야에서 사라졌다. 벌써 저만치 달음박질로 멀어지는 해랑의 머리꼭지를 바라보며, 무영 또한 뛰기 시작했다.

무영이 해랑을 따라 도착한 곳은 막다른 골목이었다. 그러나 그 어디에도 사내들의 모습은 보이지 않았다. 조금의 지체함도 없이 해랑을 따라온 참인데 어찌 된 일인지 영문을 알 수 없었다.

"해랑아."

"별일 아닙니다."

무영의 부름에 해랑이 얼른 돌아서고는 생긋 웃어 보였다. 손에는 아침나절 무영이 쥐여준 향낭이 들려 있었다.

두 사람 사이로 잠시 정적이 일었다. 무영의 시선은 해랑의 손으로, 해랑의 시선은 그런 무영에게로. 엇갈리는 시선을 따라 마음 또한 다른 방향으로 흘러가는 듯했다.

"다치지 않았습니다. 정말입니다."

해랑이 말간 얼굴로 또 한 번 웃어 보이며 무영의 곁으로 점점 가까이 다가섰다. 어깨를 나란히 할 만큼 가까워졌다가 이내 무영을 스쳐 지나갔다. 두어 걸음이나 걸었을까. 돌아보지 않은 채로 해랑이 무영을 향해 물었다.

"이제 어디로 가야 할까요?"

말을 마치자 골목 안으로 작게 바람이 일었다. 바람이 부는 방향을 따라 무영이 해랑을 향해 돌아섰다. 바로 얼마 전 어느 날처럼, 이는 바람에 해랑의 귓가에서 머리카락 몇 가닥이 꽃잎 팔랑이듯 하느작 거렸다. 무영은 가만히 그것을 바라보다가 이내 고개를 가로저으며 자조했다. 바람에 요동치는 것이 해랑의 머리칼인지, 제 마음인지 알 길이 없었다. 아니다. 기실 알고 있으나, 또한 알고 싶지 않았다. 속으로 한숨을 삼킨 무영이 해랑의 어깨를 한 번 꾹 잡았다 놓고는 이내 앞서 걷기 시작했다.

* * *

칠패 한복판에서 걸음을 멈춘 수환이 전립을 고쳐 쓰는 시늉을 했다. 느릿하게 양태 끝을 툭 치는 손길이 멀리서는 퍽 여유로워 보일 것이다. 고개를 좌로 한 번, 또 우로 한 번 꺾으니 뼈마디에서 작게 소리가 났다. 그 결에 수환은 설핏 웃음을 흘렸다. 오늘 아주 몸을 제대로 풀겠구나 싶은 탓이다.

수환이 다시 걷기 시작하자 멈춰 있던 무리가 따라 움직이는 것이 느껴졌다.

'그래, 어디 보자……. 좌로 둘, 우로 둘, 도합 넷이로군.'

사내들의 수를 헤아린 수환의 입꼬리가 귀끝을 향해 말려 올라갔다. 그런데 어쩐지 차게 식은 웃음인지라 아는 이들이 보았다면 우포청의 독사가 또 밸이 단단히 뒤틀렸구나, 했을 것이다. 그러나 이런 사정을 저 뒤에 선 사내들이 알 리가 없었다. 그래, 오늘 아주 잘 걸렸다 싶은 수환이다. 화풀이할 곳이 필요하던 수환이었으니 안타깝게 된 것은 저치들임이 틀림없다.

여유작작한 태도로 걸음을 옮기던 수환은 칠패 중앙 갈림길에서 돌연 모습을 감췄다. 의문의 사내 넷이 우왕좌왕하는 것을 저만치서 지켜보기를 잠시, 사내들의 뒤에서 수환이 다시 모습을 드러냈다.

평소 귀찮은 일에 휘말리는 것을 질색하는 수환이었으니 이대로 모습을 감추는 것이 성정에 맞았겠으나 누차 말했듯 수환에게는 화풀이할 곳이 필요했다. 저가 어디에, 무엇 때문에 화를 내고 있는지도 모르면서 그랬다.

"그래, 누가 너희를 보냈느냐?"

수환이 비뚜름하게 웃으며 물었다. 자, 이놈들아. 이제 덤벼보거라. 속으로 잔뜩 꼬아대는 수환이다. 그러나 그 기세가 면구하게도 그들 중 우두머리인 듯한 자가 나와 수환에게 꾸벅 허리를 숙였다.

"내금위장께서 이것을 전하라 하셨습니다."

사내가 수환을 향해 서찰 하나를 건넸다. 그것을 받아드는 수환의 입가로 바람 새는 소리가 흘러나왔다.

"언제부터 내 뒤를 밟고 다녔느냐? 내금위장께서 그리하라 하시던 가?"

캐묻는 수환의 목소리가 잔뜩 뒤틀려 있었다.

"아닙니다. 저희는 그저 나리께 이것을 은밀히 전하라는 명을 받았을 뿐입니다."

사내의 대답에 수환이 눈을 가늘게 떴다. 탐색하듯 그들을 바라보고 있자니 거리 끝에서 제 수하들이 다가오는 소리가 들렸다.

"일단 알겠으니 이만 가보거라."

수환이 고갯짓으로 골목 한쪽을 가리키자 사내들이 빠르게 시야에서 사라졌다. 우포청의 식솔들 중 그 누구도 저들을 보지 못했을 것이다. 수하들의 발소리가 가까워져 왔다. 이에 수환은 제 손에 들린 것을 품 안에 갈무리해 넣었다. 무슨 일인지는 서찰을 펼쳐 보아야 알 수 있을 것이다. 속에 이는 궁금증이 수환의 걸음을 더욱 빨라지게 했다. 저만치, 소의문이 지척으로 다가와 있었다.

* * *

해랑과 무영이 지체하는 사이 장이 완전히 파했는지 다시 나선 거리에는 사람의 머리터럭 한 올도 보이지 않았다. 그 많은 사람이 이 짧은 시간에 모두 한꺼번에 땅으로 꺼지기라도 한 것 같은 모양새였다.

묵묵히 걷던 두 사람의 발길이 멈춘 곳은 어중간한 크기의 기루였다. 작다 하기에는 제법 규모가 크지만 도성 안에 있는 기루들에 비하면 그리 큰 것은 아닌. 기루 대문간에 서니 문지기인 듯한 사내가 다가와 무영을 향해 꾸벅 인사를 올렸다.

"안으로 모실깝쇼?"

느물거리며 웃는 모양새를 보니 하루 이틀 예서 손을 대한 것이 아닌 모양이다.

기루 안에서는 연방 노랫소리와 웃음소리가 흘러나오고 있었다. 거리에서 사라진 이들이 죄 예로 모이기라도 한 것인지 장이 섰던 거리보다 더 떠들썩한 기세였다. 도성 안 기루였다면 개점까지 남은 시간이 한참이었으나, 이곳에 있는 기루들은 하루 온종일 문이 열려 있는 것이 보통이었다. 특히나 지금처럼 장이 막 파한 직후에 가장 손님이 많았다.

기루 안쪽을 한번 흘끔 본 무영이 대문턱을 넘었다. 해랑 또한 무영의 뒤를 따랐다. 기루 마당 안에 들어서니 왁자한 소리가 더 선명하게 들려왔다. 가만히 마당 한가운데 서서 기루 안 여기저기를 훑어보던 무영이 문지기를 향해 물었다.

"세치, 두령은 어디에 계십니까?"

"어찌, 어찌 형님…… 아니, 행수님을……."

문지기가 당황한 듯 말을 더듬거렸다.

"팔척귀신이 왔다 전해주시겠습니까?"

무영의 말이 끝나기 무섭게 문지기가 마당을 가로질러 안쪽 건물 방향으로 사라졌다. 그 모습을 바라보던 무영이 해랑을 향해 돌아섰다.

"너도 함께 들어갈 것이다."

"예."

고개를 끄덕여 대답하는 해랑의 등허리를 무영이 한 번 툭 치고는 돌아섰다. 그 결에 해랑이 입술을 꾹 깨물었다.

자꾸만 서로 다른 자리에 시선이 닿았다. 시선이 닿는 곳에 마음이 가는 법인 것을 둘 중 누구도 알지 못하는 듯했다.

* * *

"아이고, 대감. 오래간만에 뵙습니다."

내실 문을 열고 들어온 사내가 무영을 향해 잔뜩 너스레를 떨었다. 기루의 주인 세치였다. 무영과 해랑 앞에 마주 앉은 그는 무엇이 좋은지 연방 이를 보여가며 웃었다. 턱 아래로 부숭부숭하게 난 털을 쓸어대는 모습이 마치 산적패의 두령 같아 보이기도 했다.

"술상을 받자고 오신 것은 아닐 텐데⋯⋯. 어쩐 일이십니까?"

"요 앞 삼거리를 지나 남문 쪽으로 가는 거리에 제법 큰 점포 하나가 비어 있는데, 아십니까? 문을 닫기 전에는 어물전이었던 것 같습니다만."

무영의 말에 세치가 눈을 가늘게 떴다. 기억을 헤아리듯 고개를 모로 기울이던 것도 잠시, "아!" 하는 소리와 함께 무릎을 탁 쳤다.

"예. 어물전이 있던 곳이지요. 그러잖아도 어느 날부터 그 주인이 모습을 보이지 않아 일대의 상인들이 궁금해하고 있다 들었습니다."

세치의 말에 무영이 고개를 가로저었다.

"어찌 그러십니까?"

의아한 듯 되묻는 세치였으나 무영은 생각에 잠긴 듯 말이 없었다. 그러자 해랑이 입을 열었다.

"어느 날부터라고 뭉뚱그려 말하기에는 가게가 퍽 오래 비어 있었던 것 같은데요?"

"그 점포 주인은 이 거리에서 나고 자란 자일 것입니다."

세치가 기억을 헤아리듯 또 한 번 눈을 가늘게 뜨며 말했다.

"이 거리에서 말입니까?"

무영이 되묻자 세치가 고개를 끄덕였다.

"예. 저 또한 여기 터를 잡은 지 한참입니다만, 저보다 더 오래된 자라 했으니 그렇지 않겠습니까? 어찌, 그자를 아는 이들이 있는지 아이들을 모아 알아보게 할까요?"

"예. 부탁드리겠습니다. 해가 지기 전에 돌아오겠습니다. 그 정도 시간이면 되겠습니까?"

무영의 물음에 세치가 너스레를 떨며 양손을 휘적거렸다.

"아이고, 그 정도면 충분합니다. 칠패의 세치, 아직 안 죽었습니다, 대감."

세 사람은 나란히 내실을 나섰다. 기루 뒷마당을 돌아 나가던 찰나 해랑이 걸음을 멈췄다. 저만치에서 상 가득 술이며 음식이며 하는 것들을 나르는 여인들을 흘끗 본 해랑이 무영을 향해 돌아섰다.

"이 거리에 독을 파는 점포는 없지 않나요? 술상에 올리는 그릇도 그렇고요."

무영이 동조하듯 고개를 끄덕이고 있자니 세치가 대신 대답했다.

"이 근방의 점포들이라면 어물전이고 기루고 할 것 없이 죄 옹리(甕里)◆에서 물건을 가져옵니다. 그것은 도성 안과 다를 바 없습니다."

그 말에 무영과 해랑은 마주 보며 씨익 입꼬리를 당겨 웃었다. 말하지 않아도 이번에는 어디로 가야 할지 확실히 알고 있는 탓이다.

* * *

수환이 우포청에 도착하자 이방이 수선을 떨며 다가와 그를 반겼다.

"나리, 좌포청의 최 종사관께서 기다리고 계십니다."

이방의 말에 수환이 멈칫했다.

"알겠으니 이만 가보게. 중요한 일이 아니거든 집무실에 누구도 들

◆   현 마포구 용강동.

이는 일이 없도록 하고."

멀어지는 이방의 뒷모습을 보며 수환이 다시 걸음을 옮겼다. 품 안에 갈무리해둔 서찰이 바스락거리는 듯한 착각이 드는 것은 순전히 기분 탓일 것이다.

주혁을 마지막으로 마주한 것이 벌써 닷새 전. 의금부에서 돌아왔던 바로 그날이었다. 하루에도 몇 번씩 낯을 마주하던 두 사람이었으니, 이 정도면 누가 보아도 둘 사이에 무슨 일이 있었구나 싶은 시간 아니던가.

제 집무실 앞에서 수환은 쉬이 문을 열지 못하고 망설이며 서 있었다. 얼마나 그러고 있었을까, 작게 한숨을 쉰 수환은 결국 집무실 문을 열어젖혔다.

"좌포청이 퍽 한가한 모양이지?"

한참 만에 먼저 입을 연 것은 수환이었다. 집무실에 들어서기 전 망설이던 것이 무색하게도 입을 여니 절로 뾰족한 말이 튀어나왔다. 그런 수환을 향해 주혁은 대답 없이 빙긋 웃는 낯을 되돌렸다.

"아직도 화가 많이 난 모양이군."

"화라니요? 아이고, 제가 종사관 나리께 감히 화를 낼 깜냥이나 된답니까?"

수환이 잔뜩 꼬아대니 주혁이 작게 소리 내어 웃기 시작했다. 수환은 말없이 그 모습을 바라보기만 했다. 매번. 그래, 매번 이런 식이었다. 언제나 저를 손아래 동생 대하듯 어르는 주혁의 태도가 못마땅한 것이 이번이 처음은 아니었다. 제아무리 우포청의 독사니 뭐니 해도 수환은 주혁에게 늘 이렇게 물정 모르는 도련님 취급을 받아왔다.

두 사람이 함께 보낸 시간이 짧지 않으니 하루 이틀 만에 다져진 태도는 아니었다. 주혁의 입장에서 생각하자면 도리어 수환이 어거지를 부리고 있는 것이었다. 도련님이기에 도련님으로 대한 것뿐이니 더욱 그랬다. 그런 주혁의 심사를 수환 또한 알고 있었다. 이럴 때마다, 벗이라 생각하는 것은 저뿐인가 싶어 수환은 자꾸만 부아가 치밀었다. 수환의 부친이 충주목사이던 시절, 바로 그 시절에 만난 두 사내아이가 이렇듯 장성하여 양 포청의 종사관이 되기까지, 함께 지내온 시간 동안 늘 도련님이었던 수환의 치다꺼리를 하는 것은 언제나 주혁의 몫이었다. 그러나 주혁은 그 시절처럼 천인이 아니었다. 더는 충주목 관아 오작인 최 씨의 아들이 아니라는 말이다.

면천된 지 벌써 십 년이 훌쩍 넘었다. 면천되기 전에도 수환과 그의 가족들이 주혁을 낮잡아 이른 적은 단 한 번도 없었다. 그런데 대체 언제까지 주혁은 저를 이렇게 철모르는 도련님 취급할 것인지 알수가 없었다. 언제나, 늘, 단 한 번의 의심도 없이 주혁을 가장 가까이 둔 벗이라 생각해온 수환이건만, 주혁은 늘 결정적인 순간에 이렇게 발을 빼며 수환의 심사를 툭툭 건드리는 것이었다.

두 사람 사이에 침묵이 맴돌기 시작하자 수환은 또다시 품 안에서 서찰이 바스락거리는 듯한 착각이 들었다. 종잇장이 살아 날뛰는 것도 아닐진대, 이런 기분이 드는 것을 보니 이것이 수환의 온 신경을 갉아대고 있는 것이 확실했다. 이 젠장맞을 것을 빨리 치워버려야겠구나, 하는 생각이 들자 수환은 골이 지끈지끈 아려오기 시작했다.

"오늘은 이만 돌아가. 지금 맡은 사건이 마무리되면 찾아갈 테니."

수환의 말에 주혁이 별다른 대꾸 없이 집무실을 빠져 나갔다.

가타부타 말도 없는 것을 보니 주혁 또한 심사가 뒤틀렸구나 싶어 수환은 작게 한숨을 흘렸다. 지끈대는 이마를 짚는 낯이 조금 창백했

다. 신경질적으로 마른세수를 한 번, 또 크게 한숨을 한 번 내쉰 수환
은 이내 제 품을 뒤적여 서찰을 꺼내어 들었다. 잘 봉해진 봉투를 열
고 그 안에 담긴 종잇장을 펼쳐 거기 새겨진 글을 읽어 내려가기 시
작했다.

* * *

옹리 초입에서 해랑이 걸음을 멈췄다.

"마을이 생각보다 큰 걸요?"

무영은 제 어깨춤에 오는 해랑의 머리꼭지를 내려다보았다. 해랑
은 고개를 쭉 빼고 네 갈래로 나뉘어 마을 이리저리로 통하는 길을
유심히 살피고 있었다. 한두 걸음 앞서 나가 길이 통하는 자리마다
허공에 대고 코를 킁킁거리기도 했다. 이리 갸웃 저리 갸웃하던 고갯
짓을 멈춘 해랑이 무영을 돌아보았다.

"아무래도 따로 움직이는 편이 좋겠습니다."

"뭐?"

생각지도 못한 말에 무영이 슬쩍 눈가를 찡그렸다.

"생각보다 마을 규모가 큽니다. 그만큼 점포와 공방도 많을 것이고
요. 함께 움직여 이 큰 마을을 다 돌아보자면 해가 떨어져도 일이 끝
나지 않을 것이어요. 해 질 녘에는 칠패로 돌아가야 할 것 아닙니까?"

제법 똑 부러지는 해랑의 말에 무영은 그만 헛웃음을 흘렸다. 해랑
의 말에 그른 것이 하나도 없었다. 도대체 언제 이렇게 자랐나 싶어
기특하다가도, 또 자꾸만 혼자서 해내려는 모양새를 보니 영문을 알
수 없는 불안감이 밀려왔다.

"어찌 그러십니까? 제가 못 미더워 그러십니까?"

마치 그의 마음을 들여다본 듯 말하는 해랑에 무영은 결국 별수 없이 고개를 끄덕이고 말았다. 그래, 그렇게 하는 편이 좋겠구나, 하는 말을 남기기 무섭게 해랑이 한 걸음 앞서 나갔다.

"두 시진 뒤에. 다시 여기서 뵙지요. 저는 이쪽 두 갈래 길에 있는 공방과 점포를 확인하고 오겠습니다."

말을 남긴 해랑이 어느새 저만치 멀어졌다. 그 걸음이 어찌나 빠른지, 지켜보고 있는 무영이 기가 찰 정도였다. 잠시 해랑의 뒤통수를 내다보던 무영은 해랑과 반대 방향으로 몸을 돌렸다. 자꾸만 저도 모르게 발이 멈추려 했으나 무영은 아닌 척, 태연한 척, 걸음을 옮겼다.

* * *

무영과 반대 방향으로 걸으며, 해랑은 거듭 입술을 잘근거렸다. 기억나지 않는 어느 날부터 습관처럼 굳어진 행동이었으나 해랑 스스로는 알지 못했다. 이 품새에 대해 모르는 것은 해랑뿐만이 아닌 듯했다. 여태 주변에서 이를 지적하는 이가 한 사람도 없었다. 이 몹쓸 습관이라는 것이 어쩐지 혼자 있을 적에만 툭 불거져 나오는 탓이다.

복잡한 심사에 발길 닿는 대로 걷자니 어느새 마을 끝이었다. 야트막한 언덕 위에 오르니 마을이 한눈에 보였다. 해랑은 몇 개의 돌무더기를 지나쳐 언덕바지에 섰다. 옆에는 당산나무 한 그루가 마을을 굽어보고 있었다. 장정 셋은 달라붙어야 크기를 가늠할 수 있을 듯한 아름드리나무를 돌아가면 언덕을 내려가 또다시 언덕이니, 분명히 마을은 예서 끝이었다. 저 고개를 넘으면 다른 마을과 통할 것이다.

바람이 부는 것도 아니건만 나무와 돌들이 와글와글 소리를 내는 듯했다. 그럴 리가 없다. 이토록 시끄러운 것은 해랑의 심사일 것이다. 신경질적으로 제 낯을 마구 쓸어내리던 해랑은 이내 손바닥으로 눈두덩을 꾹 덮어 눌렀다. 자꾸만 눈가를 타고 설움이 흘러나와 금세 손바닥이 축축해졌다.

얼마간 그러고 있던 해랑은 큼, 하는 소릴 내어 잠긴 목을 가다듬었다. 얼굴에 난 물길을 손끝으로 지워내며 걷기를 잠시, 어느 점포 앞에서 걸음을 멈추었다.

"이보다 큰 것도 있습니까?"

해랑이 독 하나를 가리키며 묻자 주인장이 고개를 가로저었다.

"지금은 그놈이 제일 크네. 얼마나 큰 것을 찾기에 그러나?"

"높이는 제 허리쯤에, 너비는 한 아름하고 반쯤은 더 되는 정도인데……."

"그렇게나 큰 것을? 그만한 것이면, 찾는 이는 거의 없고 만드는 데는 공이 너무 많이 드는 크긴데? 상시로 만들어두었다가는 오히려 손해 보기 십상이지."

주인장은 말끝에 끌끌, 혀 차는 소리를 했다.

"그렇습니까?"

"암만! 어디 보자……. 옆 골목 천수공방에서는 그만한 크기를 주문받기도 할 텐데? 그리로 가보게."

주인장의 말대로였다. 이후 해랑이 그 골목 어느 공방을 가도 주인들은 하나같이 고개를 저으며 천수공방을 입에 올렸다.

사람들의 말을 따라 천수공방 앞에 도착했을 때, 해랑은 속으로 탄복할 수밖에 없었다. 아직 이 마을의 모든 공방을 둘러본 것은 아니지만 이 정도 규모라면 마을에서 가장 큰 공방임이 분명했던 탓이다.

"들어가 봐야 별다른 수확은 없을 것이다."

해랑이 막 공방 마당으로 들어서려는 찰나, 머리꼭지 뒤에서 들려온 소리다.

"무슨 말씀이신지. 아니, 그보다, 어찌 예서 이러고 계십니까?"

해랑이 놀란 기색으로 눈을 동그랗게 떴다. 서너 걸음 뒤에서 진원대군이 장난스럽게 벙글거리는 얼굴로 해랑을 향해 손짓하고 있었다.

해랑은 대군의 손을 한 번, 또 등 뒤의 공방을 한 번 바라보다가 이내 대군을 향해 다가섰다.

"이 마을에 있는 모든 옹기장이가 지목한 공방에서 모르쇠를 대고 있으니, 참으로 수상하지 아니한가?"

대군이 해랑의 귓가에 대고 작게 속삭였다. 그러나 해랑은 움찔하는 기색도 없이 눈만 두어 번 깜빡였다. 그러고는 대군을 흉내 내듯 작게 속삭였다.

"제게는 천수 공방보다 대감께서 더 수상합니다."

그 말에 대군이 작게 웃음을 터트렸다.

"장정 하나가 몸을 구겨 들어갈 만한 독을 찾는 것이 아니더냐?"

"그것은 또 어찌 알고 계십니까? 자꾸 되묻지만 마시고 영문을 일러주셔요."

대군은 해랑의 재촉에도 말없이 웃기만 했다. 그는 슬쩍 고개를 내려 해랑의 눈을 들여다보고는 "그새 많이도 자랐구나" 하고 감탄조로 읊조렸다.

"헌데, 어찌하여 울었느냐?"

이어진 물음에 해랑은 입을 앙다물었다. 당황감에 목구멍이 바짝 마르는 듯했다. 반 시진은 더 지난 일인데 도대체 이 대군대감께서 어찌 그것을 아시느냐는 말이다.

"게다가 네 것이 아닌 것을 지니고 있구나. 혹, 형님께서 주시더냐?"

해랑은 저도 모르게 미간을 구겼다. 몸에 지닌 것 중 제 것이 아닌 물건은 단 하나였다.

"사건에 관한 것은 기밀이기에 알려 드릴 수 없고, 다른 두 질문 또한 사적인 것이기에 대답할 이유가 없습니다."

"청춘이로군. 네 하는 품새를 보니 어른이 되려고 이리 퉁퉁거리는 게지."

잔뜩 모가 난 해랑의 대답에 무엄하다 호통을 칠 만도 하건만, 대군은 도리어 살살 웃는 낯으로 해랑을 달래었다. 그 덕에 해랑은 더는 대꾸할 말을 찾지 못하고 입을 다물고 마는 것이었다.

"이만 가봐야 합니다. 살펴 가셔요."

해랑은 마치 도망치듯 꾸벅 인사를 하고는 돌아섰다. 빠르게 걸음을 놀리자니 마을 초입이 금방이었다. 저만치에서 어룽거리는 무영의 모습을 확인하자 해랑은 그를 향해 달음박질치기 시작했다.

"오래 기다리셨습니까?"

전력으로 달려왔으나 해랑의 숨소리에는 흐트러짐이 없었다.

무영이 별다른 대꾸를 하지 않자 해랑은 스승의 시선이 향한 곳으로 고개를 돌렸다.

"네가 모시고 왔느냐?"

머리 뒤로 떨어지는 무영의 물음에 해랑은 끙, 하는 한숨을 삼켰다. 저가 모시고 온 것은 아니었으나 또 딱히 그리하지 않았다고 대답하기도 뭣한 상황 아니던가. 저만치서 다가오며 손을 휘적거려 알은체를 하는 진원대군의 웃는 낯이 이토록 얄미울 수가 없었다.

"천수공방 앞에서 뵈었습니다. 이번 사건에 대해 무언가 알고 계신 듯합니다."

해랑이 무영을 향해 속삭였다. 말이 끝나기 무섭게 대군이 두 사람의 서너 보 앞에까지 다가왔다.

"제가 모은 정보를 먼저 들으시렵니까, 아니면 형님께서 먼저 말씀하시렵니까?"

도대체 무엇이 그리 즐거운지 생글거리며 웃는 대군의 모습에도 무영은 크게 동요하지 않는 듯했다. 그런 제 스승의 눈치를 살피던 해랑은 이내 앞서 걷기 시작하는 형제의 뒤를 따라나섰다. 얄밉기 짝이 없는 대군의 뒤통수를 두어 번 흘겨본 것은 해랑만의 비밀이었다.

* * *

주혁이 떠나고 두 식경쯤이나 지났을까. 수환은 한참 들여다보던 서찰을 등잔불 위에 올렸다.

천(千) 개의 눈과 귀라……. 천천히 타들어가는 종잇장을 보며 수환은 서신의 내용을 다시 한 번 곱씹었다.

보고 듣는 이가 많으니 조심하라는 뜻인가 싶다가도 겨우 그런 이야기를 하고자 이처럼 은밀하게 서신을 보냈겠는가 싶기도 했다. 빈말로도 내금위장에 대해 잘 안다 말하지는 못할 수환이었으니 적어도 강열이 쓸데없는 데에 공력을 들이는 인물이 아니라는 것쯤은 알고 있었다.

"종사관 나리."

문밖에서 검험의관 주 씨의 목소리가 들리자 수환은 내금위장 강열에 대해 생각하던 것을 그만두었다.

"가슴에 있는 멍 자국은 죽기 전에 생긴 것인가?"

주 씨가 가져온 복검 시형도와 시장을 들여다보던 수환이 물었다.

"예. 확실히 생전에 생긴 상흔입니다. 오른쪽에 생긴 것으로 보아……."

"왼손잡이라고? 그렇게 단순히 범인이 어떤 손을 쓰는 자인지 속단할 수 있다면 기를 쓰고 수사할 필요도 없겠군? 범인이 어느 손을 쓰는지가 늘 중요한 것도 아니고 말이야."

빈정대듯 말하는 수환에 주 씨가 입을 다물었다. 그 얼굴을 흘끔 본 수환이 혀를 한 번 차고는 다시 말을 이었다.

"공 씨가 초검을 할 때는 왼편 머리 뒤쪽 상처가 치명상이라 보고 하였는데, 자네도 같은 의견인가? 복검에서도 상흔 주변에서 다른 단서를 찾지는 못한 모양이군."

수환이 시형도의 한 부분을 가리키며 말하자 주 씨가 얼른 고개를 끄덕였다.

"예. 그것이 참으로 희한합니다. 이번 사건과 같이 사인이 구타로 추정될 경우에 보통은 상흔 주변으로 타물(他物)의 흔적이 나타나게 마련이온데, 이 시신에서는 그런 흔적을 전혀 찾을 수가 없었습니다."

"혹, 손이나 발로 때려서 죽인 것이라면?"

"연약한 부위, 그러니까 배 주변 같은 곳들은 손이나 발로도 충분히 치명상을 줄 수 있습니다만, 나리께서도 이미 아시다시피 머리 쪽은 그렇지가 않습니다. 머리를 제외한 다른 부위에 타물에 의한 상처가 생기는 경우에는 보통 살갗이 벗겨지거나 하여 표가 납니다. 하오나 머리 뒤에 타물에 의해 상처가 날 때는 살갗이 상하는 일이 거의 없사옵고, 바로 뼈와 뼈 안쪽의 살이 상하는 모양을 합니다. 날붙이에 의한 상흔이 아니고서는 머리 뒤편 살갗이 상하는 경우는 무척 드문 일입니다."

주 씨의 대답을 들은 수환이 흠, 하는 소릴 내더니 자리에서 일어섰다. 그러고는 주 씨를 향해 따라 일어나라는 듯 손짓했다. 주 씨가 엉거주춤하게 자리에서 일어서자 수환이 그를 향해 다가섰다.

"막아보게."

수환이 오른손을 들어 주 씨의 가슴팍을 밀치는 시늉을 했다. 주 씨가 어색한 손길로 수환의 손을 붙들자 이번에는 수환이 왼손을 들어 주 씨를 밀었다.

"자, 어떤가?"

"무엇을 말씀하시는지……."

"치명상의 위치를 보면 범인이 오른손잡이인데, 가슴에 난 멍 자국을 보면 왼손잡이가 아닌가?"

수환의 물음에 주 씨가 한껏 당황한 모양새로 "아니, 그것이, 그러니까……" 하며 말을 더듬거렸다.

"범인이 한 사람이 아닐 수도 있겠군."

작게 중얼거린 수환이 집무실 문을 열었다. 황망한 얼굴로 서 있는 주 씨를 남겨두고 수환은 검험소를 향해 빠르게 발을 놀렸다.

"나리, 그러잖아도 막 모시러 가려던 참입니다."

수환이 검험소에 들어서니 검험관 공 씨가 그를 향해 다가서며 호들갑을 떨었다.

"현장에서 가져온 독 말인데."

"독 안에서 피해자의 것으로 보이는 물건이 나왔습니다."

수환과 공 씨가 거의 동시에 말을 뱉었다. 수환이 놀란 듯 눈가를 찡그리자 공 씨가 그를 한쪽에 놓인 탁상 곁으로 이끌었다.

탁상 위에 펼쳐진 것은 사내들의 저고리 반만 한 크기의 천 조각이었다. 무명천 안쪽으로 무어라 글이 빼곡했던 모양이었으나 대부분 지워져 있었고, 그나마 남아 있는 글자도 이리저리 얼룩덜룩하게 번져 있었다.

"처음 발견했을 때 어떤 모양이었나?"

"네모반듯하게 네 번 접혀 있었습니다요. 접힌 크기는 제 손바닥보다 약간 컸습니다."

"그리 작은 크기는 아니로군."

"예. 하지만 저고리 안쪽이나 바지춤 안쪽 어디쯤에 넣을 만은 했을 겁니다."

수환은 공 씨의 말에 동조하듯 고개를 한 번 끄덕이고 천 조각을 자세히 살피기 시작했다.

"치부(置簿) 기록인 것 같은데?"

한참이나 천 위로 번진 글씨들을 읽으려 애를 쓰던 수환이 중얼거렸다.

"금전 출납을 기록하는 것 말씀이십니까? 보통은 종이에 적지 않습니까?"

"열에 아홉은 그렇지. 목간(木簡)에 기록하는 이들이 더러 있다고는 하나, 이처럼 천에 기록하는 이는 없을 텐데 말이야."

다시 한 번 찬찬히 천 위에 쓰인 글씨들을 읽어보던 수환은 이내 군졸 몇을 불러들였다.

그로부터 한두 시진 후, 해 기울 참이 되자 도성 남문으로 향하는 거리와 칠패 골목 구석구석에 우포청에서 만든 방문(榜文)이 나붙었다.

* * *

해랑과 무영은 칠패 세치의 기루로 돌아왔다. 아침나절 나설 때는 둘이었으나 돌아올 적에는 셋이었다.

"우포청에서 벌써 무슨 단서를 얻은 모양입니다."

찻잔 안을 들여다보던 대군이 입을 열었다. 거리 곳곳에 붙어 있던 방(榜)을 두고 하는 말이었다.

"무엇을 찾고 계셨습니까?"

"하잘것없는 유흥거리였습니다."

무영의 물음에도 대군은 느물대며 대답을 피하기만 했다.

그 모습에 해랑은 속으로 헛웃음을 흘렸다. 저 대군대감께서 여기까지 구태여 따라올 적은 언제고, 어찌하여 이제는 모르쇠를 대시는가 싶은 까닭이다. 제 스승이라는 양반은 또 어떠한가, 농 치는 것임이 분명한 대군의 태도에도 저리 한결같이 무던한 것을 보면 도대체 단서를 얻으려는 의지가 있기는 하느냐는 말이다.

대군의 말마따나 열댓 살 먹은 아이들처럼 청춘 타령이라도 하려는 것인지 해랑은 저를 둘러싼 모든 상황이 마뜩잖게만 느껴졌다. 입술이 불퉁하게 툭 튀어나오는 것은 덤이다.

"네가 진정 어른이 되려는 게구나? 자꾸만 이리 퉁퉁거리고 있으니 형님께서 네 장단 맞추기가 얼마나 힘드실꼬?"

내내 무영을 향해 느물거리던 대군이 이번에는 해랑을 향해 말을 붙여왔다.

이 기회를 놓칠 해랑이 아니었다. 영민한 계집애는 얼른 대군의 말꼬리를 잡고 늘어졌다.

"천수공방에 관해 말씀해주셔요. 어찌하여 수상하다 하셨습니까?"

"그만한 크기의 독을 만들고자 하면 공력이 많이 드는 것은 당연한 이치. 허나 그것은 그리 큰 문제가 아니니라."

"그러면 무엇이 문제란 말씀이시어요?"

"사람이지."

"사람이요?"

해랑이 되묻자 대군은 대답 없이 눈을 찡긋거리며 웃기만 했다.

그 모습에 해랑이 뭐라 다른 대꾸를 하려는 찰나, 무영이 입을 열었다.

"옹리에는 그만한 독을 만들 만한 기술자가 없다."

"예?"

"그 정도 독을 빚을 만한 이는 마을에 단 두 사람 있었고, 둘 모두가 천수공방에 속한 아범들이었는데 마을에서 모습을 감춘 지 달포가 넘었다더구나."

무영의 말에 해랑이 고개를 모로 기울였다.

"하지만…… 현장에 있던 독은 천수공방의 것이 아닐 수도 있습니다."

대답 없는 두 사내를 향해 해랑은 재차 말을 이었다.

"오늘 방문한 공방마다, 어딜 가도 독 주둥이 부분에 제작 공방을 나타내는 표식이 있었습니다. 천수공방 마당에 늘어놓은 독에서도 분명히 보았고요. 하지만 현장에 있던 독에는 아무런 표식도 없었잖아요?"

해랑의 말이 맞았다. 어쩌면 무영과 해랑은 순 헛발질을 하고 있는 것인지도 몰랐다. 그러나 표식 없는 독이라도 그것이 누구나 만들 수 있는 흔한 물품도 아니거니와, 그만한 것을 필요로 하는 이가 많은 것은 더더욱 아니었으니 독을 만든 이를 안다면 그것을 산 이도 알 수 있을 터였다.

얼마나 그러고 있었을까, 방문 밖에서 무영을 찾는 세치의 목소리가 들리고 이내 기루의 주인장이 내실로 들어섰다.

"말씀하신 점포 말입니다. 바람발이라는 자의 것이었다 합니다. 이 마을 토박이들 중에는 모르는 이가 없는 자인데, 점포를 닫은 것이 서너 달 전부터이고 종적을 감춘 것 또한 달포쯤은 된 모양입니다. 그러나 평소 크게 눈에 띄게 구는 성정은 아니었던 모양인지라 행적에 대한 증언들이 정확한 것은 아닙니다."

세치의 말이 끝나자 무영이 얼굴을 굳혔다.

"일어나거라."

그는 여직 영문을 모르는 해랑을 향해 재촉하듯 한마디 하고는 먼저 내실을 나섰다.

방 밖으로 사라지는 둘을 보던 세치는 당황한 듯 허둥거리며 대군의 눈치를 살폈다.

"되었네. 자네는 가서 술상이나 좀 내오게."

361

느긋하게 말하는 대군의 입술 끝이 곱게 말려 올라갔다.

* * *

"나리."

막 우포청을 나서려는 수환에게 낯선 사내가 다가와 말을 붙였다. 탐색하듯 훑어보는 수환의 눈길에 사내는 얼른 제 소매 사이에서 자그마한 종잇장을 꺼내 들었다.

"무영 대감께서 급히 전하라 하셨습니다."

무영의 서찰을 펼쳐 본 수환은 얼마 지나지 않아 수하들과 함께 도성 남문을 넘었다.

칠패 시장 거리 바로 뒤, 상인들이 모여 사는 골목 어귀에 이르렀을 때, 수환은 이제 막 어느 집 사립문을 열고 나오는 해랑과 마주쳤다.

"나리, 마침 잘 오셨습니다. 공 의관께서 오셔야겠어요."

반색하는 해랑에 수환은 곁에 서 있던 군졸 하나를 다시 포청으로 돌려보냈다. 그러고는 해랑을 따라 사립문 안으로 발을 디뎠다.

도성 안이고 밖이고 할 것 없이 가난한 자들의 손바닥만 한 초가는 늘 비슷한 모습을 하게 마련이다. 익숙한 품새로 방 안에 들어선 수환은 금세 얼굴을 찌푸렸다.

"이 무슨……. 어물전 사건의 범인을 잡을 것이라 하지 않으셨습니까?"

수환이 무영을 향해 물었다. 들보에 목을 매달아 축 늘어져 있는 시신이 그의 시선을 붙잡았다.

무영이 얕게 고개를 가로저으며 수환을 향해 대답했다.

"예. 그런데 범인이 이처럼 자결을 하였으니 말입니다."

"정녕 이자가 범인이라는 말씀입니까? 그것은 어찌 아셨습니까? 이자는 누구입니까?"

"어물전 독 안에 들어 있던 자는 바람발이, 여기 이자는 큰손이. 함께 장사하던 짝패입니다."

짝패라는 말에 수환의 미간에 진 주름이 깊어졌다. 잠시 생각하는 듯하던 수환이 말없이 무영을 바라보았다.

그 눈길에 무영이 재차 입을 열었다.

"독 안에 있던 자 말입니다."

"예."

"머리에 있던 상흔 말고, 또 상처가 있지 않았습니까? 가슴이나 어깨 어디쯤일 텐데요."

"어찌 아셨습니까? 가슴에 옅게 멍 든 흔적이 있었습니다."

"옹리에서 돌아오는 길에 우포청에서 붙인 방문을 보았습니다. 내용을 보니 피해자가 장사하던 자였던 모양인데……. 참 희한한 일 아닙니까? 사건 현장인 어물전 주인이 사라진 지 달포쯤 되었다더군요."

"피해자의 상태를 보면……."

"맞습니다. 아침나절 보았던 피해자는 적어도 스무 날 이상은 그 소금 독에 들어 있었으니 말입니다."

무영의 말에 수환은 다시 한 번 들보에 매달린 시신을 바라보았다. 사건의 전모가 눈앞에 그려지는 듯했다. 짝패로 장사하던 이들 중 하나가 다른 하나를 죽였으니, 이리 보고 저리 보아도 이유는 단 하나였다.

돈. 그놈의 돈이 문제였을 것이다.

무영이 바람발이라 이른 첫 피해자에게서 나왔던 치부기록은 이상한 점이 많았다. 군데군데 빈 곳이 많고 상태가 온전치 않아 단언하기는 어렵지만, 그것은 일종의 거짓장부였을 것이다. 그 장부를 둘 중 누가 작성했을지, 둘 중 누가 상대방을 속이려 했을지는 알 수 없으나 단 한 가지는 분명했다. 짝이었던 두 사내는 금전 문제로 사이가 틀어졌고, 크게 다투었을 것이다.

말다툼은 몸싸움으로 이어지고, 그 와중에 고의로든 우발적으로든 바람발이가 죽임을 당한 것이다. 바람발이의 몸에 나 있던 상흔을 생각하면 가슴팍을 떠밀린 후 어딘가에 머리를 강하게 부딪쳤던 것이 분명하다.

이 사건과 연관된 다른 누군가가 두 사람 모두를 죽이고 큰손이의 자결을 위장한 것이 아니라면 반드시 그럴 것이다.

"부러 죽이려 했던 것은 아닌 것 같아요."

"왜, 저자의 혼이 그리 말해?"

수환의 물음에 해랑이 곤란한 듯 웃으며 고개를 가로저었다. 그러고는 큰손이의 시신을 향해 살짝 눈짓했다.

"요 며칠 전에요, 저분이 스승님을 찾아오셨어요. 악몽에 시달리고 있으니 도와달라고요."

"악몽?"

"예. 그냥 꿈자리가 사납다고만 했는데……. 자세한 정황을 말하지는 않았지만 마치 무언가에 쫓기는 듯한 모양새였어요. 지금 보니 죄책감에 쫓겼던 모양이네요."

"옹리에 갔던 것은?"

"현장에 있던 독은 옹리에서 나온 것이 아니어요. 옹리의 공방에서 만든 물건은 모두 표식이 남아 있거든요."

해랑이 말끝에 제 스승을 돌아보았다. 이에 수환의 시선 또한 무영을 향했다.

"현장에 있던 것은 이자의 물건일 가능성이 큽니다. 이치가 칠패에 막 자리 잡던 때에 크고 작은 독을 팔아 이윤을 많이 남겼다고 합니다. 박리다매한 모양인데, 옹리의 물건보다 값이 훨씬 쌌다고 합니다. 그 덕에 큰손이라는 별명을 얻었고요."

무영의 말에 수환의 입가에서 바람 새는 소리가 흘러나왔다.

"대체 어디서 나온 말입니까? 믿을 만한 이야기입니까?"

"거리의 왈패들은 천 개의 눈과 귀를 가진 자들입니다. 또한 자신에 대한 이야기의 팔 할은 거짓으로 꾸며내지만, 다른 이들에 대한 말을 옮길 때는 언제나 진실만을 말하는 자들이지요."

수환이 잔뜩 낯을 굳히고 무영을 바라보았다. 천 개의 눈, 천 개의 귀. 순간, 오만 가지 생각이 수환의 뇌리를 파고들었다. 여러 말이 입 안을 맴돌았으나 고르고 골라내어도 뱉어낼 만한 말은 없었다. 결국 말을 아끼고 마는 수환의 귓가로 군졸 하나가 공 의관이 도착했음을 알려왔다.

* * *

수환이 들여다보던 것을 한쪽으로 밀어냈다. 공 씨가 초검하고 주 씨가 복검한 큰손이의 시장과 시형도였다. 타살의 흔적이 전혀 없으니 자살로 사건이 종결될 것이다. 하지만 문제는 바람발이였다.

여태 무영을 통해 얻은 정보가 틀렸던 적은 단 한 번도 없었다. 도성 안에 무영보다 더 많은 정보원을 가진 이는 없다. 앞으로도 계속 무영이 전해오는 단서들은 옳고, 또 정확할 것이다.

결국 수환 앞에 놓인 선택지는 하나였다. 그는 차분히 두 사건에 대해 기록하기 시작했다. 자신이 보고 들은 그대로, 바람발이와 큰손이의 시신이 말한 대로, 또한 천 개의 눈과 천 개의 귀가 말한 대로.

여담(餘談) ══════════════════════════════

포청을 나서던 수환이 발을 멈췄다. 주혁이 저만치 나무 그림자 안에 서서 포청을 바라보고 있었다.

"늦었군."

주혁이 말했다. 마치 수환과 미리 약속이라도 하고 기다린 사람 같은 투였다. 전에 없던 주혁의 태도를 이상히 여길 법도 하건만, 수환은 미미하게 웃음 띤 얼굴로 그를 바라보기만 했다. 주혁의 굳은 표정 너머에 숨겨진 감정을, 수환은 아주 잘 알고 있었다.

"좌포청이 정말로 한가한 모양이지? 일벌레가 퇴청하기엔 너무 이른 시간인데?"

수환이 말끝에 영문을 모르겠다는 듯 과장된 품새로 어깨를 들썩였다. 주혁은 할 말을 고르는 듯 입을 다물고만 있었다. 아침나절, 수환의 집무실로 기세 좋게 찾아왔던 이는 누구였나 싶을 정도였다.

"이야아, 우리 종사관 나리께서 뭐 찔리는 구석이라도 있는 모양입니다? 쇤네 같은 놈 얼굴을 보자고 예까지 또 걸음을 하신 것을 보니? 어찌, 한잔할 테야?"

수환이 양손을 비비적거리며 굽실거리는 체했다. 그러자 주혁의 굳은 얼굴이 조금 풀렸다.

"물론, 혁이 네가 사야지. 그렇지?"

이어진 수환의 말 뒤로, 주혁이 대답 대신 웃음을 흘렸다.

* * *

저만치 멀어지는 무영과 해랑의 뒷모습을 바라보던 정 행수가 작게 혀를 찼다. 아무래도 둘 사이에 무언가 사달이 나도 아주 크게 난 것이 분명했다.

선전 대행수 정민기는 전형적인 장사꾼이었다. 운종가에서, 아니, 한양 땅 안에서 그 누구보다 셈이 빠른 이였고, 눈치는 그 빠른 셈평보다 더 빠른 자라는 말이다. 그러니 두 사람 사이에 흐르는 미묘한 분위기를 정 행수가 가장 먼저 알아차리게 된 것이 이상한 일도 아니었다.

무영과 해랑, 둘 중 더 심각한 쪽을 고르라면 단연 해랑이었다. 해랑을 선전에 남겨두고 입궐하던 무영의 낯이 굳어 있던 것보다, 무영이 없는 저녁 내내 밥상머리에서 한숨을 쉬던 해랑이 더 신경 쓰이던 정 행수였다. 평소라면 정 행수에게 이번 사건에 관해 한참이나 재잘거렸을 해랑 아니던가. 먹성 좋은 계집애가 통 먹지를 못하고 깨작거리는 꼴이 심상치 않더란 말이다.

내 결국 이럴 줄 알았지. 속엣말을 하며 정 행수는 또 한 번 혀를 찼다. 한동안 자리에 서서 두 사람의 뒷모습을 눈으로 좇던 정 행수는 이내 발길을 돌렸다.

　잠시 걷던 정 행수가 피마길 한가운데서 걸음을 멈췄다. 억세게 생긴
사내들 몇이 떠드는 소리가 발길을 붙잡은 탓이다.
　"내가 확실히 봤다니까 그러네?"
　꽁지머리를 한 사내가 다른 사내들을 향해 언성을 높였다.
　"거 참. 형님, 말이 되는 소리를 하소."
　"긍께, 우리가 성님 허풍을 하루 이틀 듣는 것도 아닌디?"
　다른 사내 둘의 반응에 꽁지머리 사내는 답답하다는 듯 손을 휘저
었다.
　"나 혼자 본 게 아니라니까? 이따가 칠성이가 오거든 물어봐라."
　"아까 본께 그 사내놈 덩치도 째깐하드만?"
　"아, 그러니까 하는 말 아니냐? 갑자기 그놈 눈이 황금빛으로 번쩍번
쩍 빛나더라니까?"
　그 모습을 회상하는 듯 사내는 말끝에 몸을 한 번 부르르 떨었다.
　"노려보던 눈빛이 어찌나 살벌한지 말이야. 혼자 마주쳤으면 오줌을
지리고도 남았을 거야."
　그 말에도 다른 두 사내는 여전히 믿기 힘들다는 태도로 낄낄거렸다.
　"긍께, 고 째깐한 향낭에 뭐 중헌 것이 들었을 거라고 그걸 노렸당가.
이제 성님 촉도 예전만 못하요. 이래서 밥 벌어 먹겠소?"
　이죽거리기를 멈추지 않는 일행을 향해 꽁지머리 사내가 짜증스레 혀
를 차는 것이 정 행수가 선 자리까지 들려왔다. 뭐라 몇 마디를 더 주고
받으며 멀어지는 사내들을 바라보던 정 행수는 이내 무언가를 가늠하듯
미간을 구겼다.

저녁상을 물린 후, 무영을 기다리던 해랑이 내내 손에 쥐고 만지작거리던 향낭이 눈앞에 어룽거렸다. 향낭이 본디 누구의 것이었는지 정 행수도 알고 있었다. 그의 선전에서 나간 물건으로 만든 것이니 모를 수가 없었다.

생각 끝에 정 행수는 또 한 번 한숨을 흘렸다. 그토록 애지중지하던 것을 이리도 쉽게 해랑에게 내어준 것 하며, 애초에 해랑과 함께 도성으로 돌아온 것 또한 무영의 의중을 알 수 없으니 답답하기만 했다.

'그려, 처음부텀 모른 체했응께, 이번에도 모른 체허는 것이 상책이지.'

속엣말에 들러붙은 한숨을 애써 무시하며 정 행수는 다시금 걸음을 옮겼다.

8

목소리

빗줄기가 바닥을 때리는 기세가 심상찮았다. 대낮인데도 한밤중처럼 컴컴한 하늘 하며, 흙바닥이 푹푹 파이도록 흩뿌리는 모양새가 꼭 한여름 장마철 같았다. 그 덕에 늦도록 기승을 부리는 더위가 한풀 꺾이는 듯했다. 먹물 위에 금가루 뿌린 듯 빗줄기 사이로 촘촘하게 늘어선 등불들이 노랗게, 또 붉게 빛을 내며 거리 안에 들어선 사람들을 유혹했다. 온종일 어두웠던 탓에 골목 안 객줏집과 기루에서 모두 일찌감치 등을 켜둔 까닭이다.

해 질 녘, 빗줄기가 약해지자 골목 안은 금세 왁자지껄해졌다. 골목을 누비며 빌어먹는 아이들이 쏟아져 나온 탓이다. 활개를 치며 돌아다니는 아이들의 수가 어림잡아 열댓은 되는 듯했다. 적게는 이제 막 서너 살쯤 된 아이들부터 많게는 열예닐곱 살쯤 되어 보이는 아이들까지.

아이들의 연령이 다양하고 그 수가 많으니 무리 안에서 각자 맡은 바가 확실하게 나뉘어 있었다. 그 모습이 마치 칠패거리 왈패들을 보는 듯하기도 했다.

무리에서 가장 나이 많은 아이 두엇이 앞장서 나가며 길을 트면, 그다음은 예닐곱 살쯤 되어 보이는 아이들 서넛이 트인 길을 따라 달려나왔다. 다른 아이들보다 몸집이 작고 날쌘 아이들일 것이다. 무리의 맨 끝에는 계집애들 몇이 서너 살 된 어린애들을 끼고 걸었다. 더러는 품 안에 안고 걷기도 했고, 또 어떨 때는 업고 가기도 했다.

아이들의 움직임은 일사불란했다. 우두머리격인 아이들은 뭇 사내들과 견주어도 뒤지지 않을 만큼 덩치가 컸다. 이 아이들이 시야를 가리면 날쌔고 작은 아이들이 그 사이를 누비며 골목을 걷는 사내들의 주머니를 털어갔다. 또 어떤 때는 아낙들이 허리에 괴고 있던 광주리에 손을 집어넣기도 했다. 그럴 때마다 골목 안 사람들은 "저놈들 봐라!", "고얀 것들! 게 서지 못해?" 하며 큰소리를 냈지만 언제나 말뿐이었다.

아이들이 훔쳐 가는 것들이라고 해봤자 자그마한 떡 한 덩이, 군데군데 벌레 먹고 말라비틀어진 과일 하나, 순 이런 것들뿐이었던 탓이다. 사내들의 주머니를 털어봤자 엽전 한 닢 나오는 날이 없었으니 아이들은 언제나 배고픔에 굶주렸다. 이 골목을 자주 드나드는 이들의 팔 할은 아이들의 이런 행태와 또 그 사정에 훤한 자들이었다. 그러니 다들 큰소리만 낼 뿐, 붙잡지 않는 것이다.

그러나 그 누구도 나서서 아이들에게 먹을 것을 나누어주거나 하지는 않았다. 제 입에 풀칠하기도 요원한 까닭이다. 부모도, 형제도 없이 빌어먹는 아이들의 삶이란 것이 이토록 가엾었다.

날 때부터 지니고 있었다던 신묘한 방울은, 어느 날부터 혼을 보고도 울지 않는 대신 말을 걸어오기 시작했다.

"어휴, 정말…… 아씨는 잠도 없으셔요? 지금이 한밤중이라는 건 아십니까?"

해랑이 작게 속삭였다.

"귀신한테 밤낮이 어딨니? 이렇게 축시가 넘어갈 때쯤이 귀신들이 활개치기 제일 좋은 시간이라는 것도 모르니?"

소화의 대구에 해랑이 "어휴" 하며 가슴팍을 툭 쳤다.

"저도 좀 자야 할 것 아니에요!"

해랑이 퉁명스레 대구하며 눈을 감았다. 옆방에 있는 무영의 숨소리를 좇는 것이다. 깊이 잠든 무영의 고른 숨소리를 확인한 해랑은 벽 쪽으로 돌아누웠다. 벽 너머로 무영의 모습이 보이기라도 하는 듯이 가만히 눈을 뜨고 어둠 속을 응시했다.

"가끔 그림자가 이상해요."

해랑이 조용히 중얼거렸다.

"사람은 원래 다 이렇게 달음박질이 빠른 건 줄 알았거든요."

이어진 말에도 소화가 대구하지 않자 해랑은 헛바람 새는 소리를 내며 웃었다.

"그런데 아무리 봐도 도성 안에 저보다 빨리 달리는 사람이 없지 뭐예요? 그래도 예전엔 제가 달리면 스승님이 나란히 뛸 정도였는데, 이제 스승님도 절 못 쫓아오신다니까요?"

"또?"

"네?"

"그것 말고, 또 다른 재주가 있는지 묻는 거란다."

소화의 말에 해랑이 음, 하며 고민하는 기색을 했다.

"잘 모르겠어요. 전 그냥 하던 대로 하는 건데요? 달리고 보이고 들리고 냄새 맡고 하는 것들 말예요. 그런데 사람은 다 눈도 귀도 코도 달려 있잖아요? 다른 사람들은 얼마나 잘 들리고 잘 보이는지 그 정도를 제가 알 수 없는데, 이런 걸 재주라고 할 수 있을까요?"

소화가 피식 웃음을 흘렸다.

"어찌 그러셔요?"

"쪼끄만 게……. 너 아직도 내 말을 못 믿는구나?"

이번에는 해랑이 피식 웃음을 흘렸다.

"아씨."

"그래."

"배우지 않은 것을 아는 재주는 제게 없습니다."

해랑은 소화더러 들으라는 듯 한숨을 쉬며 반대편으로 돌아누웠다.

"제 배움은 모두 스승님으로부터 옵니다."

"오라버니께서 말해준 것이 아니니 내 말은 믿을 수 없다?"

빈정대는 소화의 말투에 해랑이 대답 없이 이불을 움켜쥐었다.

"그럼 오라버니께 어째서 묻지 않는 거니? 내가 누군지, 네가 누군지, 왜 널 거뒀는지, 왜 네가 그렇게 달음질이 빠른지?"

"궁금하지 않습니다."

쿡쿡거리는 소화의 목소리에 해랑은 눈을 감았다. 목소리만 들리는 것이 아니라, 저를 비웃는 얼굴도 보이는 듯한 기분이 든 탓이다.

"그럼, 오라버니가 하는 말은 다 믿을 수 있니? 무슨 말을 해도? 정말로?"

해랑은 대답 없이 몸을 웅크렸다. 어서 창호문 너머로 해가 뜨길, 그래서 소화의 목소리가 희미해지길 기다리며 해랑은 몸을 말고 누워 밤을 지새웠다.

* * *

"옳지. 이리 온."

작은 엿가락이 시선을 붙들었다. 달콤한 것에 들러붙은 아이의 시선이 마치 당장에라도 엿가락을 녹여 먹을 듯했다.

"먹고 싶누?"

목소리가 아이를 향해 속살거렸다. 엿가락에서 시선을 떼지 않은 채로 아이는 세차게 고개를 끄덕였다.

"그래. 옛다."

어둠 속에서 튀어나온 손이 아이의 손바닥에 엿을 놓아주었다. 아이는 엿가락이 손에 닿기 무섭게 허겁지겁 입안으로 욱여넣었다. 아이가 그것을 물고 빨고 할 동안 어둠 저 너머는 잠잠하기만 했다.

엿이라고 해봤자 겨우 어른 검지만도 못한 크기의 것이라 아이가 그것을 다 먹는 데는 그리 오랜 시간이 걸리지 않았다. 아쉬운 듯 제 손끝을 쪽쪽 빨던 아이는 퍼뜩 어둠 너머를 응시했다. 목소리가 여태 잠잠한 것이 의아했던 탓이다. 아이가 이리저리 눈을 굴려대는 찰나 목소리가 또다시 아이를 향해 말을 걸었다.

"맛있더냐?"

아이가 다시 한 번 세차게 고개를 끄덕였다.

"그보다 더 맛있는 것이 많은 곳을 알고 있단다. 함께 갈 테냐?"

달콤하게 들려오는 목소리에 아이가 잠시 망설였다. 고개를 잠시 갸웃거렸다가, 제 뒤를 한 번 돌아보았다. 고민하는 아이의 귓가로, "네 이놈들!" 하는 어느 아재의 목소리가 희미하게 들려왔다. 형과 또 동생들이 골목을 달려나가는 소리도 들리는 것 같았다.

"싫으냐? 그럼 나는 이만 가보마."

정말로 떠나려는 것인지 목소리가 말을 마치자 이내 어둠 저편에서 옷감이 사르락거리는 소리가 들려왔다. 그 결에 아이가 다급히 어둠을 향해 한 발짝 다가섰다.

"함께 갈 테냐?"

마치 은밀한 것을 묻듯 목소리가 아이를 향해 물었다. 그 어느 때보다 세차게 끄덕이는 아이의 고갯짓에 어둠 속에서 가느다란 손 하나가 툭 튀어나왔다. 창백한 손이었다. 아이에게 달큼한 것을 쥐여주던 바로 그 손이었다.

결심한 듯 아이가 그 손 위에 제 손을 올렸다. 창백한 손이 아이의 손을 꽉 말아 쥐었다. 아이는 이내 어둠 속으로 사라졌다.

* * *

날이 밝았다.

또다시 아이들이 골목 안을 누비기 시작했다. 어제와 또 그제와 같은 아이들이었다. 늘상 보는 얼굴들이 제집 안방마냥 골목 안을 휘젓고 다니는 것을 골목 사람들 그 누구도 눈여겨보지 않았다. 빌어먹는 아이들의 생활이란 것이 그러했다. 함께 어울려 다닌다 해서 죽고 못

살도록 애틋한 사이인 것은 아니었다.

아이 하나가 떠난 자리에는 다른 아이가 들어왔다. 하나가 나간 자리에 둘, 셋이 들어오기도 했고, 그 반대이기도 했다. 그러니 이 아이들은 언제는 그 수가 좀 적었다가, 또 언제는 늘었다가 하는 것이다. 어제와 또 그제와 같았다. 아니, 어쩌면 오늘은 조금 다를지도 몰랐다. 아이들은 그렇게 생각했다.

오늘은 이 골목을 처음 찾는 얼뜨기가 좀 있을지도 모른다고. 그치의 주머니에서 엽전 한두 닢을 빼돌릴 수 있을지도 모른다고. 그리하여, 오늘 저녁에는 주린 배를 채울 수 있을지도 모른다고. 그렇게 서로를 위로하며 아이들은 골목을 내달렸다.

* * *

"아들!"

상엽이 어미를 향해 고개를 돌렸다.

"뭘 그렇게 넋 놓고 보고 있어? 얼른 와서 이것 좀 명수네 갖다 주고 오거라."

어미가 상엽의 품 안에 자그마한 보따리 하나를 안겨주었다.

"명수 형이랑 놀다 오면 안 돼요?"

"해 떨어지기 전에만 오너라. 저녁 장사 시작 전에. 알겠누?"

어미의 허락이 떨어지자 상엽은 신난 듯 고개를 끄덕이며 사립문을 달려나갔다.

조금 걷던 상엽이 걸음을 멈췄다. 또래보다 조금 작은 덩치인지라, 어미가 들려준 작은 보따리는 아이의 품 안에 한가득이었다. 잠시 서

서 흘러내리는 보따리를 추켜올리던 상엽이 저만치 앞을 슬쩍 보고
는 이내 길 한편으로 주춤거리며 물러섰다. 골목 저 끝에서 한 무리
의 아이가 다가오고 있었다. 늘 제 어미의 주막 앞 골목을 휘젓고 다
니는 바로 그 아이들이었다.

옆을 스쳐 가는 아이들을 곁눈질로 보던 상엽이 가만히 고개를 갸
웃거렸다. 속으로 혼잣말을 중얼거리다가 이내 고개를 저어 생각을
털어내고는 다시금 명수네를 향해 걷기 시작했다. 그러나 들러붙는
생각을 완전히 떨쳐낼 수는 없었는지 상엽은 걷는 내내 자꾸만 고개
를 돌려 아이들 무리가 사라진 방향을 바라보았다.

* * *

운종가에 들어서자 수환이 슬쩍 이맛살을 찡그렸다. 추수가 막 끝
난 참이라 도성 안이 전국 각지에서 모인 이들로 북적였다. 그중에서
도 운종가는 특히 더 그랬다. 거리 가득 새까맣게 들어찬 사람들의
머리꼭지를 바라보던 수환이 짜증 섞인 한숨을 내뱉자 주혁이 달래
듯 그의 어깨를 툭 쳤다.

"운종가에 사람 많은 것이 하루 이틀 일도 아닌데, 우리 도련님께
서 오늘은 또 무엇에 이리 심사가 뒤틀리셨을까?"

"그래, 내 성미가 차암 못돼먹었어. 그지?"

"농으로도 온화하다고 하기는 어려운 성정 아니십니까, 도련님?"

계속되는 주혁의 우스갯소리에 슬쩍 눈을 흘긴 수환이 두어 걸음
앞서 걷기 시작했다. 정 행수의 선전으로 가는 방향이었다.

선전 문턱을 넘자마자 두 종사관은 당황한 얼굴로 서로를 마주 보

왔다. 더 들어가지 못하고 문간에 서 있는 두 사람을 향해 정 행수가 빠른 걸음으로 다가왔다.

"아이고, 마침 잘 오셨구만잉!"

"무슨 일입니까?"

주혁의 물음에 정 행수가 가게 한가운데를 향해 조용히 고갯짓을 했다. 아낙 하나가 해랑의 바지춤을 잡고 주저앉아 울고 있었다.

"도령, 제발 도와주시오. 지난여름 광통교에서 도령이 대감과 함께 신묘한 재주를 부리는 것을 내 분명히 보았소! 동네 사람들이 그랬단 말이오, 도령이 혼을 보고 들을 줄 안다고! 분명히 그리 말했는데 ……. 제발 우리 상엽이를 좀 찾아주시오, 응?"

"아주머니, 저는…….."

"도령, 그러지 말고 제발 좀 도와주시오. 도성 안을 떠도는 혼령들에게라도 좀 물어봐주시오. 이렇게 부탁하겠소."

해랑이 어쩔 줄 몰라 하며 제 바지춤에 들러붙은 아낙의 손을 떼어내려 했지만 역부족이었다.

그 모습에 쯧, 혀를 찬 수환이 아낙을 향해 다가섰다.

"그쯤 하게. 곤란한 지경을 당했으면 포청으로 찾아올 일이지, 이게 무슨……. 자네, 집이 어딘가?"

"저, 저는 명철방*에서 주막을 하는 윤 씨입니다. 아, 아들이, 우리 아들이…….."

수환을 향해 더듬더듬 말을 잇던 여인이 다시 소리 내어 울기 시작했다. 그 모습을 바라보던 수환은 이내 주혁을 향해 시선을 돌렸다.

◆　현 중구 광희동 일대.

명철방. 주혁의 관할지였다.

* * *

"너는 여기 남거라."

"어째서요?"

해랑의 목소리가 뾰족해졌다. 눈씨름하듯 무영을 쳐다보던 해랑이 다시 입을 열었다.

"그 아주머니께서 분명히 제게 부탁하셨습니다. 또 최 종사관 나리 께서도 허락하신 일입니다."

"그 여인은……."

"그때 스승님께서 여기 계셨더라면, 그 아주머니는 제가 아니라 스 승님께 부탁했을 것이라고요?"

해랑의 말을 끝으로 두 사람은 입을 다물었다. 그 덕에 둘 사이에 서 정 행수만 곤란한 듯 눈치를 살펴댔다.

"그라지 말고 야도 데리고 가랑께. 야 말마따나, 그 아짐이 야한테 부탁을 했웅께 얼굴은 비쳐야제."

중재하는 정 행수의 말에 잠시 고민하던 무영이 이마를 쓸어내리 며 고개를 끄덕였다. 그러고는 먼저 선전을 나섰다.

좌포청을 향해 가는 동안 두 사람 사이에는 침묵만 흘렀다. 포청이 지척으로 다가왔을 때 해랑이 걸음을 멈추고 입을 열었다.

"스승님."

돌아보는 무영을 향해 해랑이 향낭을 내밀었다.

"돌려 드리겠습니다."

무영은 대답 없이 해랑을 물끄러미 바라보기만 했다.

"이것 때문에 머릿속이 너무 시끄럽습니다."

별다른 동요 없이 해랑의 말을 듣고만 있던 무영이 이내 손을 뻗어 향낭을 집어 들었다. 아주 잠깐, 향낭을 들여다보던 그는 이내 그것을 품 안에 넣었다. 그 모습을 보던 해랑이 혼잣말처럼 중얼거렸다.

"쓸모 있는 사람이 될 거예요."

"무슨 뜻이야?"

"말 그대롭니다. 스승님께 쓸모 있는 사람이 될 거라고요."

해랑의 눈가로 투명하게 막이 차오르자 무영은 속으로 한숨을 흘렸다.

쓸모 운운하는 것을 보니 선전에서의 일을 두고 이러는 모양이었다. 남아 있으란 말이 이렇게 울 정도로 서운한 말인가 싶다가도 막상 해랑의 눈이 그렁그렁한 것을 보니 마음이 약해졌다.

"이미 충분하다."

"참말이셔요?"

"그래. 내 언제 네게 허튼소리 한 적이 있었어?"

해랑이 고개를 저어 제 볼을 감싸 쥔 무영의 손을 털어냈다.

"정말로, 정말 지금으로 충분하다는 말씀이지요?"

"그래. 충분하다."

한숨 섞인 무영의 대답에 해랑이 손바닥으로 눈두덩을 한 번 꾹 누르고는 포청을 향해 앞장서 걷기 시작했다.

"일곱 살이고, 또래 아이들보다 덩치가 조금 작다는군요."

주혁이 무영과 해랑을 향해 용모파기를 내밀었다.

"가족들이 이 아이를 마지막으로 본 것이 언제여요?"

"어젯밤이었다는구나."

주혁의 대답에 무영이 흠, 소리를 냈다.

"그런데 어째서 정오가 한참이나 지나 선전으로 온 것입니까?"

무영의 말에 주혁이 작게 고개를 가로저었다.

"아침나절이면 어미와 아비는 장사준비로 바쁘고, 그 시간에 아이는 항상 동네 아이들과 어울려 논다 합니다. 그 동네 장사하는 이들의 아이들 대부분이 그런 모양입니다. 저들끼리 놀다가 해가 중천에나 떠야 집으로 돌아와 밥을 먹는다는데 돌아오지 않아 온 동네를 찾아다녔다더군요."

"그런데 늘 놀러 가는 그 집에서는 오지 않았다 하고요?"

해랑이 덧붙여 묻자 주혁이 고개를 끄덕였다.

잠시 뭔가를 생각하는 듯하던 무영이 주혁에게 물었다.

"아이와 그 부모가 명철방 객줏집 거리에 산다 하셨지요?"

"예. 맞습니다. 훈련원에서 남소영 방향으로 난 그 거리입니다."

"드나드는 이들이 워낙 많아 쉽지 않을 텐데요."

"제 수하들이 그 인근을 탐문 중입니다. 바로 아이의 집으로 가보시겠습니까?"

주혁의 물음에 무영이 고개를 가로저으며 자리에서 일어섰다.

"해랑을 데리고 먼저 그리로 가 계십시오. 저는 들를 곳이 있습니다."

한참 명철방을 향해 걷던 주혁이 해랑의 머리꼭지를 흘끔 내다보고는 말을 붙여왔다.

"그래, 기분은 좀 나아졌느냐?"

"예?"

"근자에 내내 골이 잔뜩 나서 퉁퉁 부은 얼굴로 다니지 않았느냐?"

놀리듯 묻는 주혁에 해랑이 눈을 새초롬하게 떴다.

"제가 언제 그랬다 이러십니까? 나리께서도 정녕 강 종사관 나리를 닮아가시는 거여요?"

"본디 벗은 닮는 것이다."

"저는 벗이 없어서 그런 것 모릅니다."

해랑이 입술을 비죽거렸다. 그러자 주혁이 걸음을 멈췄다.

"왜…… 왜 그러십니까?"

해랑이 주혁의 눈치를 살피며 물었다. 무슨 생각인지 입을 꾹 다문 주혁이 저를 꼼꼼히 훑어보는 시선이 불편해질 즈음, 주혁이 헛바람 새는 소릴 하며 웃었다.

"네가 왜 벗이 없어? 나도 있고, 수환이 녀석도 있고, 또 정 행수 어르신도 있는데?"

그 말에 해랑의 고개가 한쪽으로 기울어졌다.

"벗이라는 것은 서로가 서로에게 쓸모가 없어도 정을 나눌 수 있는 사이여요?"

"대체 무슨 소리를 하는 것이야? 쓸모를 위해 사람을 곁에 두는 이가 어디 있어?"

주혁이 허리를 숙여 해랑과 키를 맞췄다. 가만히 해랑의 눈을 들여다보던 주혁은 달래듯 해랑의 머리를 한번 쓰다듬었다. 다정한 손길이었다.

"쓸데없는 생각 말고, 현장에 특이한 것이 없는지 자세히 보거라.

알았지?"

해랑은 대답 대신 고개를 끄덕였다. 어느새 객줏집 골목이 지척이
었다.

* * *

"이상한 동네예요."

해랑이 걸음을 멈추며 말했다. 골목을 한 바퀴 둘러본 후 상엽의
집으로 가는 길이었다.

"어째서?"

주혁이 미간을 살짝 찌푸렸다.

"이토록 사령이 많이 떠도는 동네는 처음입니다. 그런데 정말 이상
해요."

"나는 보고 들을 수 없는 것들이니 네가 그리 말하면 무슨 영문인
지 알 수가 없구나."

"형체가 없습니다."

"형체가 없다니?"

주혁이 되묻자 해랑이 작게 고개를 가로저었다.

"연기처럼 희끄무레합니다. 척 봐도 둘 이상인 듯하게 무리 지어
있기도 하고, 또 하나이기도 하고……. 그것도 온 마을에 말이에요."

"아직 해가 다 떨어지지도 않았는데 말이냐?"

산을 넘어가는 해를 보며 주혁이 물었다.

"이렇게 해가 기울 때 음과 양의 경계가 가장 흐려집니다. 이승의
시간도, 저승의 시간도 아닌 때거든요."

어깨를 으쓱하며 말하는 해랑에 주혁이 놀란 눈길을 되돌렸다. 그러자 해랑이 다시 말을 이었다.

"하지만 역시 좀 이상하긴 합니다."

해랑은 말끝에 이마를 긁적이다가 이내 가슴께에 매달린 방울을 만지작거렸다.

"시구문이 지척인 마을이라 그렇다."

어느새 다가온 무영이 해랑을 향해 말했다. 그는 해랑의 손끝을 흘끗 보더니 곧 주혁을 향해 말을 이었다.

"아이의 집이 어디입니까?"

세 사람은 거리에 어둠이 깔린 후에야 상엽의 집을 나섰다.

"대낮 같네요."

해랑이 작게 중얼거렸다. 골목 안을 빼곡하게 메운 유곽과 주막의 등불을 보고 하는 말이었다. 등에 불이 꺼진 상엽의 집을 제외한 모든 점포에 손님이 바글바글했다. 점포뿐만이 아니었다. 골목 안에 사람이 어찌나 많은지 인파를 피해 걷는 것조차 수월찮을 정도였다.

다시 골목 초입에 도착했을 때, 해랑과 주혁이 동시에 입을 열었다.

"이상합니다."

"이상해요."

세 사람이 약속이나 한 듯 서로를 바라보았다. 주혁이 해랑을 향해 먼저 말하라는 듯 눈짓했다.

"해 질 녘에 이 골목을 돌아볼 때, 사람들이 그러지 않았어요? 요며칠 새에 평소보다 손님이 유난히 많다고요."

"그런데?"

주혁이 되물었다.

"그런데 상엽이가 사라진 지 이제 막 하루도 채 되지 않았잖아요? 윤 씨 아주머니는 어젯밤에 아이를 본 것이 마지막이라고 했고요. 그러면 상엽이가 어젯밤에서 오늘 아침 사이에 사라졌다는 말인데……. 밤이 되면 이 골목에 사람이 이렇게나 많은데, 아이가 사라지는 걸 아무도 보지 못했다고요? 아침엔 유곽들이 문을 닫는다고 해도 아침 장사를 하는 주막이 골목 안에 적어도 대여섯은 되어 보였습니다. 객줏집은 그보다 더 많고요. 유곽에서 나온 손님들이 어디서 아침밥을 먹겠습니까? 누가 봐도 분명히 봤을 텐데, 어째서 목격자가 한 명도 없을까요?"

해랑의 말에 주혁이 눈을 가늘게 떴다.

"수상한 것은 그뿐이 아니다."

주혁은 말끝에 무영을 바라보았다. 그러고는 곧바로 말을 이었다.

"그 아비란 자 말입니다. 조금 이상하지 않았습니까?"

"확실히 수상했지요. 아이를 잃은 아비라고 생각하기 힘들 정도로 말입니다."

무영이 고개를 끄덕이며 대답했다.

"두 분께서 무슨 말씀을 하시는 것인지 저는 하나도 모르겠습니다."

"우리가 아이의 집에 도착했을 때, 윤 씨가 어떻게 했어?"

무영이 해랑을 향해 물었다.

"사립문 앞까지 버선발로 뛰쳐나오지 않았습니까. 제 손을 붙들고 한참이나 울었고요. 낮에 선전에서 보았을 때보다 안색이 더 나빠진 것을 보면 집으로 돌아온 후에도 계속 그렇게 울고 있었던 것이 틀림

385

없어요."

"그럼 네가 윤 씨를 달래는 동안 그 댁 바깥양반은 어떻게 했는지
도 기억하느냐?"

다시 묻는 무영의 말에 해랑은 기억을 헤아리듯 고개를 모로 기울
였다.

"어……. 그러네요. 이상해요. 아저씨는 우리와 아주머니의 대화를
듣기만 했고, 또 우리가 물어보던 것 두어 가지에 대답했던 것 말고
는 전혀 말을 하지 않았습니다. 이따금 아주머니를 바라보기만 하고
요."

"그래, 맞다. 지나치게 침착했지."

무영의 말에 해랑이 눈을 홉뜨며 무영과 주혁을 번갈아 보았다.

"아저씨가 범인일까요?"

"아직은 그렇다고, 또 아니라고도 단정할 수 없다."

무영이 대답하자 주혁이 동조하듯 고개를 끄덕였다.

"맞습니다. 단정할 수 없지요. 하지만 석연치 않은 구석이 있는 것
은 사실입니다. 수하들에게 일러 당분간 지켜보게 하겠습니다."

"예. 또한 날이 밝는 대로 사람을 보내 시구문 너머에 버려진 시신
을 살펴보게 하십시오."

"시구문 밖을 말씀이십니까?"

"예. 이것을 가져가게 하세요. 도움이 될 것입니다."

무영이 품 안에서 종이 몇 장을 꺼내 주혁에게 건네었다. 종잇장을
펼쳐본 주혁이 잠시 그것을 살피더니 이내 무영의 의중을 알겠다는
듯 고개를 끄덕였다.

* * *

"어떤가?"

주혁이 검험소로 들어서며 묻자 공 씨가 대답 없이 고개를 가로저었다. 공 씨의 반응에 주혁은 작게 혀를 차며 시신을 향해 다가섰다. 시신은 네 구. 넷 모두 대여섯 살밖에 되지 않은 듯한 아이들이었다.

"검험은 마쳤습니까?"

무영이 해랑과 함께 검험소 문턱을 넘으며 물었다. 이제 막 첫 번째 시신을 살피던 주혁이 고개를 들어 두 사람에게 알은체를 했다.

"네 아이 모두 아사(餓死)했습니다요."

"그냥 보아도 평소 이 아이들의 영양 상태가 그리 좋았을 것 같지는 않습니다만."

공 씨의 말에 무영이 대꾸했다.

"그렇습죠. 공복이었던 상태가 꽤 길었던 듯합니다. 안쪽에 누인 아이가 이 중 첫 번째 피해자이고, 순서대로 여기 문가에 있는 아이가 마지막입니다요."

"손에 난 상흔은?"

이번에는 주혁이 물었다.

"모두 살아 있을 때 생긴 상처입니다만 치명상은 아니옵고, 상흔이 생긴 후 얼마 지나지 않아 죽음에 이르렀을 것입니다요."

"이상하네요. 둘은 상처가 있고, 둘은 없고……. 그러면 이 넷이 꼭 서로 관련이 있다고 보기는 어렵지 않겠어요?"

"그래, 아직은 알 수 없는 일이다. 안타깝지만, 부모 없이 빌어먹는 아이들이 굶어 죽는 것만큼 흔한 일이 또 있겠느냐?"

주혁이 해랑의 말에 대꾸하고는 무영을 바라보았다. 이제 무영의 차례였다. 대체 이 아이들에 대한 정보를 어디서 얻었는지, 또 사라진 상엽과 무슨 관련이 있는지 털어놓아야 하지 않겠는가.

"이렇게 무리 지어 다니며 빌어먹는 아이들은 나이가 많아봐야 열대여섯입니다. 나이가 차면 무리를 떠나게 되는데, 그 아이들이 어디로 가는 줄 아십니까?"

"그야 당연히……."

무영의 물음에 주혁이 말끝을 흐렸다.

"예. 맞습니다. 천변 깍쟁이 토굴로 가거나 성문 밖으로 가지요. 왈패짓을 하자면 성문 밖 난전거리만큼 좋은 곳도 없으니까요."

"대감의 정보통을 의심하는 것은 아닙니다. 허나 이 아이들과 상엽이 관련 있다고 장담하기는 어렵지 않겠습니까?"

"이 아이들은 모두 명철방 유곽 거리에서 빌어먹던 아이들입니다. 어느 날부터 무리에서 사라져 보이지 않았다고 하더군요. 사라진 순서는 한 번에 한 명씩, 공 의관께서 지적하신 순서와 같습니다."

무영의 말에 주혁이 고개를 모로 기울였다.

"이런 아이들이 영양 상태가 좋지 않아 보통의 또래보다 발육이 더딜 것을 감안하면 넷 모두 많아야 예닐곱 살쯤 되었을 텐데, 혼자서 무리를 이탈해 살아갈 방도를 찾기에는 너무 어리지 않습니까?"

"예. 누군가 이 아이들을 꾀어낸 것이 아니라면 말입니다."

"먹을 것으로 유인한다……. 그런데 결국은 굶어 죽게 한다. 제법 익숙한 이야기인데요. 제 예상이 맞습니까?"

주혁의 물음에 무영은 말없이 고개를 끄덕였다. 이를 확인한 주혁의 낯이 딱딱하게 굳었다.

"이 아이들, 곡기가 끊긴 후 죽음에 이르기까지 며칠이나 걸렸겠는가?"

주혁이 공 의관을 향해 물었다.

"넷 모두 다르긴 합니다만 짧게는 사나흘, 길어도 열흘이 채 되지 않았던 것으로 보입니다요."

무영과 주혁, 그리고 해랑이 서로를 바라보았다. 무영의 눈길에 주혁과 해랑은 가만히 고개를 끄덕였다. 상엽에게도, 또 세 사람에게도 시간이 얼마 없었다.

* * *

산이라기엔 작고, 언덕이라기엔 너무 큰 이 희한한 산은 초입에서부터 음산한 분위기를 풍겼다. 주변을 기웃거리는 사람이 없으니 더욱 그랬다. 시구문이 지척인 탓이다. 또한 산 아래에서도 훤히 보이는, 버려진 신당 탓이기도 했다.

한때는 도성 사대문 너머의 무당들 중 이름깨나 날린다는 이들은 죄 모여 지냈던 곳이라, 거짓말을 조금 보태자면 걷는 걸음마다 하나씩 신당이 있었다. 그 탓인지 이 이름도 없던 산은 언젠가부터 무당산이라 불리기 시작했다.

밤이 깊어지니 음침한 기운이 한층 짙어졌다. 멀리 부엉이 우는소리에 상엽은 몸서리를 치며 제 무릎을 더욱 단단히 껴안았다. 금방이라도 무언가가 튀어나와 목덜미를 확 움켜쥘 것 같았다.

어둠을 틈타 도망칠 만큼 담이 큰 아이는 아니었다. 산을 오르며 보았던 광경을 떠올리니 가만있어도 몸이 덜덜 떨릴 지경이라 더 그랬다. 상엽은 조금 더 몸을 웅크렸다. 끌어안은 무릎께가 축축하게 젖어 들어갔다.

선잠에서 깨어난 상엽이 손등으로 눈가를 비비적거렸다. 아이는 이내 양팔을 감싸 소름이 돋아난 팔뚝 위를 문질렀다. 상엽의 주위를 떠도는 냉기는 시간이 지날수록 짙어지고 있었다. 빛 한 점 들어오지 않는 공간을 메우는 냉기에 들이마시는 공기가 점점 축축해지는 듯한 착각이 들었다.

얼마나 그러고 있었을까, 갑자기 상엽이 무릎걸음으로 앞을 향해 나아갔다. 문이거나, 혹은 벽이거나, 무엇인지 알 수 없지만 아이는 희미한 소리가 들려오는 방향으로 빠르게 몸을 움직였다.

"살려주세요."

아이의 목소리에 어둠 너머에서 들리던 정체불명의 소리가 뚝 끊겼다. 잠시 숨죽인 채 바깥에서 나는 소리에 귀를 기울이던 상엽이 별안간 크게 소리를 지르기 시작했다.

"보내주세요! 다시는 아는 척 안 할게요. 아무한테도 말 안 할게요. 제발 보내주세요. 살려주세요!"

어디서 그런 힘이 나왔는지, 상엽은 발광하듯 크게 소리를 질렀다. 손바닥에 닿는 나무판이 꿉꿉했다. 상엽은 거듭 소리를 질러가며 그 꿉꿉한 나무판을 손바닥으로 쳐댔다. 그러나 조막만 한 아이가 사력을 다해도 앞에 버티고 선 나무 벽은 꿈쩍도 하지 않았다.

한참을 쉬지 않고 소리 지르던 상엽은 이내 훌쩍이기 시작했다.

"정말이에요. 정말 아무한테도 말 안 할게요……."

애원조로 웅얼거리던 상엽이 결국 울음을 터뜨렸다. 어둡고, 춥고,

무섭고, 또 배가 고팠다. 그것이 서러워, 아이는 한참을 소리 내어 울었다.

* * *

    잰걸음을 놀리는 박 씨의 이마 위로 땀이 맺혔다. 소매 끝으로 이마를 훔쳐낸 그는 곧 식은땀에 젖은 손바닥을 몇 번이나 바지춤에 문질러 닦았다. 그러나 아무리 손을 닦아도 땀과 함께 차오른 긴장감은 사라지지 않았다.

    박 씨의 걸음이 조금 더 빨라졌다. 하루 온종일 그의 귓가에 끈덕지게 따라붙던 안사람의 울음소리가 여직 그를 따라다니며 뒤통수를 콕콕 찌르고 있었다. 그는 걸음을 옮기면서도 아내의 목소리를 털어내듯 연신 귓가를 문질렀다.

    "어디를 그렇게 급히 가십니까?"

    인가가 드문 골목, 기운 해가 만든 그림자 사이에서 무영이 불쑥 나타났다.

    "어찌, 어찌 예서……."

    박 씨가 질겁하며 무영으로부터 한 걸음 물러섰다.

    "제가 묻고 싶습니다. 어찌하여 이리 놀라십니까?"

    묻는 말끝에 무영은 박 씨의 어깨너머를 향해 얕게 고개를 끄덕였다. 그 시선을 따라 고개를 돌린 박 씨가 낭패라는 듯 입술을 질끈 깨물었다. 박 씨와 무영을 둘러싼 군졸의 수가 어림잡아 예닐곱은 되는 듯했다.

    "어찌 그러셨습니까?"

차분히 묻는 무영의 목소리에 박 씨는 양손을 휘저으며 거듭 뒷걸음질 쳤다.

"대, 대감께서 무슨 말씀을 하시는지 저는 잘, 잘 모르……."

이어지는 박 씨의 부인에 무영은 더 묻지 않고 가만히 그의 얼굴을 들여다보기만 했다. 냉랭한 눈길은 아니었다. 경멸이나 혐오 같은 감정도 묻어나지 않았다.

하지만 박 씨는 무영의 그 눈빛이 불편했다. 팔척귀신의 눈을 마주한 이는 사람이든 귀신이든 알아서 제 속내를 털어놓게 된다던, 저자에서 떠돌던 이야기가 박 씨의 뇌리를 번뜩 스치고 지나갔다. 아무 의심 없이 제 손을 잡고 따라나섰던 상엽의 말간 얼굴도 떠올랐다. 그다음엔 눈물범벅을 한 안사람의 낯이 어룽거렸다.

입술을 질끈 깨문 박 씨는 생각을 떨쳐내듯 고개를 가로저었다. 인정할 수 없었다. 그 어느 것도 인정하고 싶지 않았다. 그런 박 씨의 머릿속을 훤히 들여다본 듯, 내내 조용하던 무영이 다시 입을 열었다.

"상엽이 태어난 후 내내 부인께서 부정을 저질렀다고 의심하고 계셨겠지요."

박 씨가 어깨를 움찔했다. 하지만 입술은 여전히 굳게 닫힌 채였다. 고집스러운 박 씨의 모습에 무영이 얕은 한숨을 쉬었다.

"상엽의 용모파기를 보니 누가 보아도 친탁을 했다 할 얼굴이던데요."

"아닙니다. 그럴 리가 없습니다. 내 자식이 아니란 말입니다! 내 아들일 리가 없는데, 분명히 나, 날더러……. 대를 잇지 못할 거라고……. 우리 집 대는 내게서 끊길 거라고, 부, 분명히 그랬는데……."

더듬거리며 횡설수설하던 박 씨가 별안간 무영의 팔을 붙잡고 늘어졌다. 마음이 요동치는 만큼 손길 또한 떨려 나왔다. 가만히 그 모습을 내려다보던 무영이 곁에 선 군졸에게 눈짓하자 이내 군졸 서넛이 박 씨를 에워쌌다.

군졸들에게 붙들려 골목을 빠져나가는 박 씨의 모습을 바라보던 무영은 이내 발길을 돌렸다. 해랑과 주혁이 있을 무당산이 바로 저 앞에 보였다.

그 시각, 해랑과 주혁은 이제 막 산어귀에 도착한 참이었다. 산 위를 올려다본 주혁이 미간에 인상을 그었다. 초입에서 보이는 신당만 해도 그 수가 열댓은 되는 탓이다. 그런 주혁을 흘끔 바라본 해랑이 입을 열었다.

"역시 갈라져서 찾아야겠지요?"

해랑의 물음에 주혁은 제 뒤를 흘끗 돌아보았다. 주혁과 해랑, 군졸들의 수를 합치면 대략 서른 명 남짓이었다. 주혁은 수하들을 셋씩 무리 지어 흩어지게 했다.

"너는 나와 함께 가자."

"아니요. 혼자 가겠습니다."

해랑이 주혁을 향해 고개를 가로저으며 대꾸했다. 의아한 눈길로 저를 보는 주혁을 향해 해랑이 재차 입을 열었다.

"여기서도 보이는 신당은 모두 비어 있을 거여요. 그러니 산속으로 더 깊이 들어가야 찾을 수 있을 거고요. 저 혼자 움직이는 편이 더 빠릅니다."

"하지만……."

해랑이 주혁을 향해 단호하게 고개를 가로저었다.

여태 본 적 없는 해랑의 태도에 주혁이 당황한 듯 눈가를 찡그렸다.

"제가 달음박질이 진짜진짜 빠르거든요. 우리 스승님보다 빠르다
니까요? 믿으셔요. 정말이에요. 저는 곧장 꼭대기로 올라갔다가, 아
래를 향해 내려오겠습니다."

꾸벅 인사를 마친 해랑이 빠르게 주혁의 시야에서 사라졌다. 잠시
황망한 얼굴로 서서 해랑의 뒷모습을 바라보던 주혁 또한 산을 오르
기 시작했다.

산 중턱 즈음에 이른 해랑이 빠르게 주변을 훑었다. 해랑이 정상에
도착하고 얼마 지나지 않아 해가 기울었으니 산속이 어둠에 잠긴 것
이 벌써 두 식경쯤은 되었을 것이다.

해랑은 습관처럼 제 가슴팍을 더듬었다. 방울은 여전히 잠잠했다.
지난 어물전 사건 이후 내내 잠잠하기만 한 방울에, 요사이 해랑은
무척이나 예민해져 있었다. 해랑의 눈에도 선명히 형체가 보이는 혼
앞에서도 방울은 울지 않았다.

"어찌 이럴 때는 잠잠하셔요?"

해랑이 방울을 꽉 쥐고 투덜거렸다. 다른 곳도 아니고 도처에 신당
이 널리고 널린 이곳이라면 한 번쯤 방울이 울 법도 하건만, 여전히
방울에서는 아무런 소리도 나지 않았다.

얼마나 걸었을까, 초조한 듯 입술을 잘근거리며 산 아래로 향하던
해랑이 자리에 멈춰섰다. 그러고는 가만히 눈을 감고 주변의 소리에
귀를 기울였다. 잎이 떨어지기 시작한 나뭇가지를 할퀴는 바람 소리,
그런 바람 소리 사이로 들리는 날짐승의 긴 울음, 어느새 가까워진
주혁과 수하들의 발소리, 그리고……

그리고 그 너머로, 물속에서 듣는 소리마냥 희미하게 들리는 다 늙은 여인의 노랫소리. 그래, 노랫소리. 즐거운 일이 있는 것마냥 흥얼거리는 소리. 번쩍 뜨인 해랑의 눈동자가 돌연 이채를 띠었다. 어두운 숲길에 드는 미미한 달빛처럼 해랑의 눈동자는 황금빛으로 빛나고 있었다. 하지만 어둠 속에 홀로 서 있는 해랑이 그런 제 모습을 알 리가 없었다. 번쩍이는 눈을 하고 해랑은 소리가 들린 방향을 향해 달려나갔다.

* * *

"정말 먹지 않을 테야?"

한참 흥얼거리던 여인이 앞에 놓인 목함을 툭 치며 물었다. 함은 궤짝보다는 크고 뒤주보다는 조금 작았다.

여인이 또 한 번 "응?" 하며 함을 두드리자, 안쪽에서 나무 널을 긁는 소리가 흘러나왔다. 그러자 여인이 마치 들으라는 듯 과장된 한숨을 내쉬었다. 그러고는 다시 입을 열어 주절거리기 시작했다.

"먹지 않으면 네 손해라고 내가 벌써 몇 번을 말하지 않았어? 어차피 집으로는 돌아가지 못한다니까?"

나무라는 듯했다가, 또 살살 구슬리는 듯했다가 하는 여인의 목소리에 함 안쪽에서 희미하게 울음소리가 새어 나왔다.

"응? 뭐라고? 똑바로 말을 해야 알 것 아니냐."

"……보내주세요. 제발요."

울먹이는 상엽의 목소리에 여인은 돌연 큰 소리로 웃기 시작했다. 누구든 이 모습을 보았다면 그 기괴함에 몸서리를 쳤을 것이다.

한껏 벌어진 여인의 입이, 귀끝을 향해 잔뜩 말려 올라간 입술 끝이, 소름 끼치도록 기이한 모양으로 뒤틀려 있었다.

"아가, 예쁜 아가야. 내 말을 좀 잘 들어보렴. 내가 한창 용하다고 이름을 날리던 시절에 말이야. 어느 날은 객줏집이 많은 거리를 지나지 않았겠어? 골목 한가운데서 젊은 부부를 마주쳤지 뭐야. 저만치서부터 천천히 다가오는 그 둘이 어쩌나 깨가 쏟아지던지, 볼 만했지."

잠시 말을 멈춘 여인이 손끝으로 가볍게 함을 쓸었다.

"그런데 말이야, 아가. 그 부부와 스쳐 지나가던 순간에 내가 모시던 장군께서 그치들을 향해 툭 말씀을 하시지 뭐야. '이 집의 대는 아범으로부터 끊기겠구먼.' 내 입에서 그 말이 나오자마자 그 젊은 부부가 사색이 되는데……. 아이고, 그런 말을 하게 될 줄 내가 알았겠누? 장군님이 말씀하시겠다는데 내가 무슨 힘이 있었겠어? 응? 아무튼, 그렇게 아주 잠깐 스쳐 간 사이인데 말이야."

말을 이어가던 여인이 손에 힘을 주어 목함을 세차게 내려쳤다. 여인의 주먹과 나무가 부딪는 쾅 소리가 들리기 무섭게 함 안에서 상엽의 울부짖는 소리가 흘러나왔다. 질겁하며 우는 아이의 목소리 너머로 여인이 또 한 번 나무 널을 쾅쾅 내려쳤다.

"그런데 몇 년 만에 그 앞을 다시 지나다가 보니, 세상에, 그 집에 아들이 태어나지 않았겠누? 그것도 벌써 내 허리춤에 올 만큼 자라 있지 뭐야? 내가, 응? 이 내가! 틀렸을 리가 없는데! 그렇지? 그렇지, 아가? 대답해보거라, 어서! 내가 퇴물이 되었을 리가 없는데! 응?"

여인은 미친 사람처럼 함을 두드려대며 아이를 향해 소리쳤다. 몇 년간 품어온 저 스스로에 대한 의구심이, 퇴물이 되었을지도 모른다는 두려움이 여인을 좀먹고 있는 것이 분명했다. 한참이나 소리를 지르던 여인이 목함의 뚜껑을 열었다. 제 분을 이기지 못해 붉으락푸르락하게 변한 얼굴이 야차 같았다.

그런 여인의 얼굴을 마주한 상엽이 기겁하며 우는소리를 냈다.

여인의 억센 손이 상엽의 가느다란 목을 조르기 시작했다.

"참 이상하지? 응? 내가 태주를 모시려고 아이들을 데려올 때마다, 어째서 네가 그걸 알았느냐는 말이야, 응? 내가 퇴물이 되었다는 걸, 그래서 새 신을 모시려고 한다는 걸 아무도 몰라야 하는데 말이야. 아가, 나를 원망할 생각은 말거라. 네 아비가 제 손으로 너를 직접 내게 내어주지 않았니? 이렇게 보니, 아무래도 네가 내 태주가 될 모양이다. 그렇지? 그러니 어서 죽어. 죽어!"

여인은 알아듣기 힘들 정도로 빠르게 중얼거리며 상엽의 눈을 노려봤다. 죽어버리라는 악다구니를 내뱉을 때마다 여인의 손에 점점 힘이 들어가고 곧 숨이 넘어갈 듯 흰자위를 내보이던 상엽의 눈꺼풀이 기어이 닫히던 그 순간에, 바로 그 순간에.

여인의 입에서 갑자기 울컥하며 핏물이 쏟아져 나왔다. 악랄하게 아이의 목을 움켜쥐었던 손에 힘이 빠지고 여인이 땅바닥으로 주저앉았다.

해랑이 바닥을 향해 곤두박질치는 상엽의 몸을 붙들었다. 다행히 상엽은 미약하게나마 숨이 붙어 있는 상태였다.

"이리, 이리 내. 그 아이는 내 거야."

앞섶을 온통 피로 물들인 채 여인이 해랑과 상엽을 향해 기어왔다. 핏발 선 여인의 눈동자는 여직 잔인하게 번들거리고 있었다.

품 안에 상엽을 고쳐 안은 해랑이 도리질을 치며 몇 걸음 뒤로 물러났다.

"그만두세요. 곧 사람들이 올 것입니다."

차가운 투로 말하는 해랑을 향해 여인이 픽 웃음을 흘렸다. 그러고는 웃음소리인지, 쉿소리인지 분간하기 힘든 소리를 내며 자꾸만 해랑과 상엽을 향해 다가왔다. 입에서, 또 눈과 코에서 빗물 새듯 줄줄흐르는 핏물이 여인의 움직임을 따라 붉게 자국을 남겼다. 여인이 조금씩 움직일 때마다 신당 안에 걸어둔 방울들이 쩔렁거리며 소리를내고 깃발들이 춤을 췄다.

기괴하고 소란한 그 광경 속에서 소리를 내지 않는 것은 해랑과 상엽, 그리고 해랑의 방울뿐이었다. 여인의 손이 해랑의 신발 끝에 닿았을 때, 그제야 여인은 앞으로 나아가던 것을 멈추었다. 마지막까지 미련을 놓지 못한 손끝이 해랑의 발치에서 조금 바르작거리는가 싶더니, 얼마 지나지 않아 움찔거리던 모양 그대로 굳은 듯 움직임을 멈췄다.

요란하게 울며 날뛰던 신당 안의 방울과 깃발들이 순식간에 조용해졌다. 고요 속에서 들리는 것이 저와 상엽의 숨소리뿐이라, 해랑은여인의 신이 떠났음을 직감했다.

여담(餘談) ══════════════════════════════════════

"너는 도대체……."

나직하게 말하는 무영에 해랑은 대답 없이 그의 눈을 바라보았다. 무영의 시선은 해랑의 바지춤에 붙들려 있었다. 아이들을, 또 상엽을 태주삼아 새타니가 되려던 여인이 잡아 쥔 자리였다.

단 한 번, 숨이 꺼져가기 직전 온 힘을 다해 쥔 바로 그 자리가 마치 낙인처럼 검붉게 물들어 있었다. 주혁과 그 수하들이 피운 횃불로 대낮처럼 훤한 숲에서 일렁이는 불길들이 해랑의 바지춤을 붉게, 또 노랗게 물들이는 와중에도 아주 선명하게 제 존재감을 드러내는 핏자국이었다.

"다치지 않았습니다. 제 피가 아니에요."

힘없이 중얼거린 해랑이 무영과 눈을 맞췄다.

"어째서, 어째서 제가 다칠까 신경을 쓰십니까?"

묻는 목소리에 설움이 묻어났다. 영문을 알 수 없는 해랑의 태도에 무영이 당황한 기색을 했다. 두 사람 모두 평소 같지 않은 태도였다.

"어째서 제 달음박질이 스승님보다 더 빠른지, 한 번도 생각해보지 않으셨습니까?"

해랑은 평정을 가장하며 느릿하게 말을 이었다. 떨리는 손끝이 들킬까 꽉 움켜쥔 손바닥에, 길지도 않은 손톱이 파고들듯 자국을 남겼다.

"어째서 제가 남들보다 더 빨리 자라나는지, 몸에 난 상처가 어째서 그렇게 빨리 아무는지. 정말로 이유를 모르셔요?"

애써 태연한 체하던 것이 무색하게도 말끝에 기어이 눈물이 한 방울 떨어졌다. 계집애는 얼른 손을 들어 그것을 닦아냈다.

"왜 저를 곁에 두십니까? 제가……."

말에 섞이는 울음소리에, 해랑은 결국 입을 다물었다. 그러나 막아놓은 둑이 터지듯, 한번 흐르기 시작한 눈물은 멈출 줄 몰랐다. 달래는 말도, 혹은 어떤 변명도 없이 무영은 가만히 해랑을 끌어안았다. 그의 품 안에서 계집애의 훌쩍이는 소리가 점점 더 커지기 시작했다.

* * *

여인의 손이 해랑의 신발 끝에 닿았을 때, 그제야 여인은 앞으로 나아가던 것을 멈추었다. 여인은 해랑의 발목 언저리를 먼 이야기 속 호랑이가 동아줄을 잡듯 꽉 잡아챘다.

해랑의 발목을 붙들고 금방이라도 숨이 넘어갈 듯하던 여인이 별안간 작게 노랫가락을 흥얼거리기 시작했다. 바로 일각 전 해랑이 숲에서 들었던 바로 그 노랫소리였다. 기이하고 섬뜩한 광경에 해랑은 미처 여인의 손을 피할 생각도 하지 못했다. 잠시 흥얼거리던 여인이 해랑을 향해 눈을 치켜들었다.

"네 욕심이 셋 모두를 지옥으로 이끌겠구나."

마치 해랑을 놀리듯 여인은 선명하고 정확한 투로 말을 이었다.

"불쌍한 계집이 하나, 사람이 아닌 계집이 하나, 미련한 사내가 하나."

그제야 해랑은 퍼뜩 정신을 차리고 제게 달라붙은 여인의 손을 털어내듯 한 걸음 뒤로 물러섰다. 그 모습에 여인이 피식 웃고는 한탄하듯 중얼거렸다.

"그래, 내가 퇴물이 되었을 리가 없지. 그렇지."

그것이 끝이었다. 그것이, 여인이 살아 내뱉은 마지막 말이었다.

마지막까지 미련을 놓지 못한 여인의 손끝이 해랑의 발치에서 조금 바르작거리는가 싶더니, 얼마 지나지 않아 움찔거리던 모양 그대로 굳은 듯 움직임을 멈췄다. 요란하게 울며 날뛰던 신당 안의 방울과 깃발들이 순식간에 조용해졌다. 고요 속에서 들리는 것이 저와 상엽의 숨소리뿐이라, 해랑은 여인의 신이 떠났음을 직감했다.

9

도깨비
불

어둠 속에서 붉은 점 하나가 튀어 올랐다. 붉은 점은 검은 땅을 밟으며 이리저리 옮겨 다녔다. 땅 위에서 섬돌로, 섬돌을 딛고 툇마루로 올라서더니 금세 툇보를 타고 처마 끝까지 달음질쳤다. 점이 지나간 자리마다 꽃이 피어났다. 꽃은 아침 해처럼 붉었고, 늘어진 햇살 줄기 같은 주홍색이다가, 노을 같은 황금빛을 띠었으며, 또한 새벽 같은 푸른색이었다.

온 집 안을 수놓는 꽃을 보며 사내는 황홀감에 몸서리쳤다. 그의 생에 단 한 번도 본 적 없는 광경이었다. 그렇기에 더욱 사내는 흥분을 감추지 못했다.

손끝에서 발끝까지 온몸 구석구석이 저릿한 듯, 또 간질거리는 듯했다. 어느 봄날 꽃가루를 삼킨 것마냥 목구멍 안이 간지러워 금방이라도 재채기가 터질 것 같았다. 재채기인 체하는 웃음소리가 튀어나올 것 같았다. 그것을 참느라 사내는 더욱 열렬히, 꽃이 피는 자리를 눈으로 좇았다.

처음으로 느껴보는 해방감. 모든 것을 손에 쥔 듯한 만족감. 그 누구도 저를 막을 수 없으리라는 자신감. 평소의 그와는 거리가 멀었던 감정들이 일시에 밀려왔다. 한껏 흡족한 미소를 띠고, 사내는 꽃이 질 때까지 한참을 그 자리에 서 있었다.

* * *

"피해 지역은 잣골* 일대입니다. 불에 탄 민가는 이십여 호인데, 사망자는 두 명이옵고, 부상자는 서른다섯이옵니다. 한밤중에 급작스레 일어난 불이라 미처 피하지 못한 이들이 많았다 합니다."

아뢰기를 마친 우의정이 슬쩍 눈동자를 굴려 임금의 눈치를 살폈다. 그의 주군은 생각에 잠긴 듯 눈을 감고 대답 없이 앉아 있기만 했다. 우의정은 속으로 깊은 한숨을 한 번 쉬고는 건너편에 선 좌의정과 영의정을 향해 눈짓했다. 재촉하듯 눈을 깜빡이는 그를 향해 좌의정이 인상을 찌푸린 채 고개를 가로저었다.

의정부 삼정승이 임금 앞에 나선 지 벌써 반 시진. 무슨 생각을 하는 것인지 미동도 없는 주군에 삼공은 입안이 바짝 타는 듯한 착각이 들었다. 긴 침묵 끝에 결국 영의정이 입을 열었다.

"화재로 인해 집과 가산이 모두 불타 식량이 떨어진 자들이 많사옵니다. 이들을 조사해 식량을 공급하여 굶주림에 곤란을 당하는 백

＊　　백동(柏洞). 현 종로구 동숭동.

성이 없게 하시고, 또한 화재를 당한 가호의 수와 인구를 장년과 어린이로 나누어 구제하고 화상을 입은 자는 의원으로 하여금 치료받게 하소서."

"불에 탄 민가가 이십여 호라?"

마침내 임금이 입을 열었다.

"예, 전하."

삼정승이 일시에 머리를 조아리며 대답했다. 그 모습에 임금이 피식 바람 새는 소리를 했다.

"겨우 그 정도를 가지고 이리도 호들갑을 떠는 것이오? 수성금화사*에 단속을 더 철저히 하라 이르고, 이만 나가보시오."

주군이 내린 축객령에 삼공은 더는 대꾸하지 못하고 쫓기듯 편전 밖으로 나섰다. 멀어지는 세 사람의 뒷모습을 보며 임금은 들으라는 듯 혀를 몇 번 찼다.

"웅선은? 왜 여태 소식이 없어?"

임금이 곁에 선 상선을 향해 물었다. 한껏 짜증스러운 기색에 상선이 어쩔 줄 모르고 우물쭈물하는 찰나, 편전 밖에 선 내관들이 민도식의 도착을 알려왔다.

"여직이오? 그대의 표정을 보니 별 소식이 없는 모양이군."

"송구합니다."

고개를 조아리는 민도식의 입가로 곤란한 듯한 미소가 떠올랐다. 그러나 그것이 불편한 임금의 심사를 달래지는 못한 모양이다. 젊은 임금의 훤칠한 이마 위로 깊게 내 천 자가 새겨졌다.

◆　도성(都城)의 수축·개축과 소방을 담당하는 부서.

"그래, 매사에 조심스러운 그 성정이 달리 어디 가겠는가?"

임금이 혀를 차며 혼잣말 같은 소릴 했다. 이에 민도식이 변명하듯 황급히 대답했다.

"하지만 미끼는 확실히 물었으니 곧 소식이 있을 것입니다."

"허수아비는 제대로 세운 게요? 의심이 많고 조심스러운 성정이라 자칫하면 역으로 덜미가 잡힐 수 있단 말입니다."

"아닙니다. 확실히 그 어느 정보통을 이용해도 배후를 알 수 없을 만한 자를 내세워두었으니 결코 그런 일은 없을 것이옵니다."

줄곧 신경질적인 임금의 태도에 민도식의 뒷덜미 위로 찔끔 식은 땀이 새어 나왔다. 젊은 임금의 성정이 이처럼 불같은 것이야 늘상 있는 일이라 이미 이골이 날 대로 난 민도식이었으나, 오늘의 대화는 주제가 주제인지라 그도 조심스러울 수밖에 없었다.

자칫 입을 잘못 놀렸다가는 그간 쌓아온 모든 것이 죄 소용없어질 지도 몰랐다. 주군의 침묵에 민도식은 덩달아 입을 다물고 그의 눈치를 살폈다. 임금은 한참 만에 다시 입을 열었다.

"대체 그 비본에 무슨 내용이 담겨 있기에 휘가 그렇게 공을 들이는 것이오? 그 녀석이 어디서 그런 물건이 났을꼬?"

"아뢰옵기 송구하오나, 저는 내용을 모릅니다."

"내용을 모른다? 천하의 웅선이 모르는 것도 있다는 말인가?"

임금이 답지 않게 놀란 기색을 했다. 아니, 어쩌면 빈정대는 것처럼 보이기도 했다.

"나라 안에 그 비서의 내용을 아는 자가 아예 존재하지 않을 것입니다. 책의 처음부터 끝까지 모두 비문으로 되어 있어, 그것을 취한 무영 대감조차 그 내용을 해독할 수 없으니 해독할 만한 이를 찾느라 이리저리 줄을 대는 것입니다."

"그래서 휘가 어디까지 줄을 댔다 하더이까?"

"연경을 드나드는 상인들을 통해 알아보는 모양입니다. 그쪽으로 이미 손을 써두었습니다."

"연경이라……."

임금이 말끝을 흐렸다.

무영이 지녔다는 비서는 삼 년 전 죽은 호선의 물건이었다. 어떤 연유로 무영이 그것을 해독하려 용을 쓰는지 짐작하는 바가 없지 않았으나, 민도식은 모른 체 입을 다무는 쪽을 선택했다. 그 책이 정말 쓸 만한 물건일지도 모른다는 직감 때문이었다. 무영에게 쓸모가 있는 물건이라면 제게는 위험한 물건일 수도 있었다. 다행히 임금은 물건의 출처에는 그다지 큰 관심이 없는 모양이었다. 속으로 안도의 한숨을 쉬는 민도식을 향해 임금이 말을 이었다.

"일이 이렇게 된 이상, 어떻게든 휘보다 먼저 그 내용을 알아내야 합니다. 평생 물욕이라는 것은 알지도 못하던 녀석이 그토록 집착하는 물건이라면 분명히 뭔가 있을 겁니다."

"예. 은밀히 행하고 있으니 심려치 마시옵소서."

"허, 무엇이든 빠르다는 그대가 이렇게 쩔쩔매는 것을 보니 정녕 보통 물건이 아닌 게로군. 어쨌든 수하들에게 조심하라 이르세요. 의심도, 조심성도 많은 녀석이니."

* * *

이글거리는 숯에서 훈기가 느껴졌다. 홀린 듯 그것을 바라보는 사내의 손길이 허공을 맴돌았다. 후, 하고 숨을 불어보면 눈처럼 쌓인 재 사이로 붉게 꽃이 피어났다. 저 꽃을 삼킨다면 분명히 뜨겁고 달 큼한 맛이 날 것이다. 태양을 삼킨 듯할 것이다. 속으로 웅얼거리던 사내는 이내 생각을 고쳐먹었다. 이 귀한 꽃을 죄 삼켜 없앨 수는 없 는 노릇이었다.

그는 눈을 감고 다시 한 번 사흘 전의 광경을 떠올렸다. 그날의 모 습을, 그 기분을. 떠올리는 것만으로도 또다시 그날처럼 목구멍이 간 지럽고 웃음이 터져 나올 것 같았다. 그 밤의 해방감을 또 한 번만 느 낄 수 있다면. 또 한 번 그 만족감에 몸서리칠 수만 있다면. 그래, 그 럴 수만 있다면.

사내가 천천히 눈을 떴다. 짙은 어둠 속에서 보자면, 그 꽃은 더욱 아름다울 터였다. 틀림없었다. 그는 천천히 어둠 속을 향해 걸어 들어 갔다. 검은 밤이 사내를 삼키고, 얼마 지나지 않아 어둠 속에서 하나 둘 꽃이 피어나기 시작했다.

* * *

한참 종알거리며 걷던 해랑이 갑자기 걸음을 멈췄다. 저만치에 파 자교가 보이는 것을 보니 좌포청이 코앞인 모양이었다.

"바쁘다. 얼른 가자, 똥강아지야."

함께 걷던 수환이 장난스럽게 퉁을 주는데도 해랑은 굳은 듯 자리 에 멈추어 움직이지 않았다. 그러고는 갑자기 뭐라 혼잣말을 중얼거 렸다.

"뭐라고?"

수환이 해랑의 어깨를 붙잡는 찰나, 해랑이 양 귀를 감싸 쥐며 주
저앉았다. 질끈 눈을 감은 해랑의 얼굴 위로 길게 눈물길이 나기 시
작했다.

* * *

선전 앞을 초조한 듯 서성거리던 정 행수가 발을 멈추더니 저만치
를 향해 크게 손을 휘적거렸다. 상미전에서 선전까지 그리 가까운 거
리는 아니었으나 사람들의 머리 위로 홀로 우뚝 솟아 있는 무영의 얼
굴은 지척에서 보는 듯 훤하게 보였다.

"별다른 피해는 없었습니까?"

어느새 다가온 무영이 정 행수를 향해 물었다.

"다행히 종루 주변까지는 불이 안 번졌는디, 철물전(鐵物廛)에서
시저전(匙箸廛)˙ 사이의 점포들이 피해를 많이 입었네. 파자교 부근
에서 시저전으로 오는 길목에 있는 점포나 가호들이 죄다 그 모양이
라는디……."

말끝을 흐리던 정 행수가 의아한 듯한 기색으로 재차 말을 이었다.

"입궁하는 길인가? 해랑이는?"

"우포청 강 종사관과 함께 곧장 좌포청으로 갔습니다. 피해 규모가
커서 도성 안 관청이라면 가리지 않고 모두 현장으로 나가는 모양입
니다."

무영의 말을 끝으로 두 사람 사이에는 잠시 정적이 흘렀다. 정 행

˙   숟가락 젓가락을 파는 가게.

수는 무슨 할 말이 있는 듯 몇 번이나 입술을 달싹였다.

무영은 가만히 그 모습을 지켜보기만 했다. 마침내 결심한 듯 정행수가 입을 떼려는 순간, 무영이 선수를 쳤다.

"무슨 말씀을 하시려는지 짐작하는 바가 있습니다만, 지금은 때가 아닙니다."

"대체 그 '때'가 언젠디? 언제까정 그리 입을 다물어서 보는 사람 피를 말릴라 근가?"

정 행수는 말끝에 답답하다는 듯 제 가슴을 퍽 소리가 나게 쳤다. 하지만 무영의 태도는 평온했다. 마주 서서 바라보고 있자니, 눈길과 말투가 지나치게 여상해서 정 행수는 도리어 위화감을 느꼈다.

"저도 이만 가봐야 합니다. 뭔가 다른 소식이 생기거든 기별하겠습니다."

정 행수가 뭐라 대꾸할 새도 없이 제 할 말만 한 무영은 금세 또 저만치 멀어졌다. 희미해지는 무영의 뒷모습을 내다보며 정 행수는 길게 혀를 찼다. 머지않아 무슨 일이 생겨도 아주 크게 생기겠다 싶은 탓이었다.

* * *

"나리, 아까 전의 일은…… 스승님께 말씀하지 말아주셔요."

우물쭈물하는 해랑의 말에 수환이 코웃음을 쳤다. 기가 막힌다는 듯, 해랑을 바라보는 그의 얼굴에 비뚜름한 미소가 걸려 있었다.

"너는 여태 나를 함부로 남의 얘기나 나불거리고 다니는 소인배로 여기고 있었던 모양이구나?"

"아닙니다! 나리, 그런 것이 아니라……."

해랑이 황급히 손을 내저으며 도리질 쳤다. 금방이라도 다시 눈물을 쏟을 듯 눈가가 발갛게 부풀어 올랐다. 그러자 수환이 들으라는 듯 한숨을 크게 쉬었다.

"쓸데없는 생각 하지 말아라, 요 똥강아지야."

수환이 해랑의 볼을 아프지 않게 꼬집으며 잔소리했다.

"도착했으면 얼른 들어올 일이지, 왜 게서 그러고 있어?"

집무실 문이 열리고 주혁이 모습을 보였다. 피로한 기색이 역력한 얼굴이었다.

집무실에 모여 앉자 주혁의 표정은 한층 더 심각해졌다. 내내 느물거리던 수환 또한 주혁의 책상 위로 어지러이 널려 있는 것들을 보고는 얼굴을 굳혔다.

"이것이 소문의 괘서로군."

수환의 말에 해랑이 말없이 주혁의 책상 위에 널린 종잇장들을 들춰보기 시작했다.

"생각보다 많네요. 저자에 소문이 날 만합니다. 아무리 새벽녘이었대도 이 정도 양이었다면 운종가를 촘촘하게 뒤덮고도 남았겠어요. 볼 만한 사람들은 이미 다 봤을 것 같은데요?"

해랑의 말에 주혁이 이마를 감싸 쥐며 한숨을 쉬었다. 긍정의 표시였다.

"그래도 이만하면 조치가 빨랐네. 오면서 보니 더는 저자에 나도는 것이 없는 모양이던데. 새벽 내내 고생했겠어."

수환이 주혁의 어깨를 툭 치며 달래듯 말했다.

"이미 누군가 몇 장쯤 가져가 피마길 뒷골목에서 은밀하게 돌려보고 있을지 어찌 알겠나?"

주혁이 냉랭하게 대꾸했다. 답지 않게 짜증스러운 주혁의 기세에 수환이 작게 혀를 찼다.

"그래도 화재 규모에 비해 사망자는 적은 편이라고 하지 않으셨습니까?"

해랑이 주혁의 눈치를 살피며 물었다.

"그래. 불에 탄 인가가 이백여 호가 넘는데, 사망자는 넷, 부상자도 열댓 명이니 이만하면 피해가 많은 편은 아니지."

"공 씨가 복검하고 있으니 곧 보고가 올 것이다."

수환과 주혁이 차례로 대답했다.

정적 속에서 해랑이 들춰보는 종이뭉치들만이 소리를 냈다. 한참 패서 더미를 만지작거리던 해랑이 두 종사관을 향해 물었다.

"그런데 나리, 조금 이상하지 않습니까?"

"뭐가?"

곁에 앉은 수환이 대꾸하며 해랑을 향해 어깨를 붙여왔다.

"여기 말이에요."

해랑이 패서의 한 부분을 손으로 가리켰다.

* * *

"오늘 아침 일찍 내금위장이 가져온 것이다."

임금이 무영을 향해 종이 하나를 내밀었다.

"나는 재미있게 보았는데, 상선은 아주 질겁하더구나. 그래, 네가 보기에는 어떠한가?"

곧바로 이어진 임금의 말에 종이를 훑어보던 무영이 자세를 고쳐 앉았다.

"전하."

"대답해보거라. 어찌, 그 괘서에서 말하는 '새 빛'이 누구일 것 같으냐? 저자에서는 윤이 녀석을 점찍는 것 같던데, 네 생각은 어떠냐?"

"전하, 진원대군은······."

"반정을 도모할 생각이 없다고? 정녕 사실이더냐? 윤을 따르는 자들의 생각도 같다더냐? 너는 그 아이의 생각을 어찌 그리도 확신하느냐? 아! 윤이가 아니라 네가 바로 그 새 빛이더냐? 그래서 이리 잘 알고 있는 게지? 대답해보거라."

무영을 몰아붙이는 임금의 입가로 잔뜩 비틀린 미소가 떠올랐다. 그러고는 잠시 침묵이 흘렀다. 묻는 자가 대답을 바라고 물은 것이 아니고, 듣는 자 또한 감히 대답할 생각이 없었으니 당연한 일이었다. 침묵 끝에 임금이 다시 입을 열었다.

"이 글을 쓴 자의 얼굴을, 내 직접 보아야겠구나. 그러니 잡아 오너라, 네가 직접. 그것으로 너와 윤의 결백을 증명해보거라."

늘 그렇듯 이번에도 임금은 억지를 부렸다. 그러나 언제나 그랬듯 무영은 이번에도 힘이 없었다. 천지가 개벽해 다른 누군가가 임금이 된다고 해도 영원히 그럴 것이었다.

궁을 나서는 길. 그제야 무영은 해랑을 데리고 하산한 일을 조금 후회하기 시작했다. 그러나 저 자신의 욕심을 따라 도성으로 돌아온 것이니 그 누구의 탓도 할 수 없었다. 근자에는 더욱 그랬다. 갈 곳 없는 감정들이 슬금슬금 무영을 흔들어대고 있었다.

해랑에게서 돌려받은 향낭이 자꾸만 품 안에서 바스락대는 기분이 들었다. 피에 물든 소화의 얼굴이 아직도 무영의 눈꺼풀 뒤에 잔상처럼 남아 있었다. 그래서 무영은 걸음을 조금 빨리했다. 어딘가 집중할 데를 찾는 무영의 시선에 어느새 좌포청이 보이기 시작했다.

* * *

정화의 불길로 부덕의 소치를 모두 태울 것이다.

가장 어두운 새벽 끝에 아침이 오나니, 혼란을 다스리고 어둠을 밝힐 새 빛이 오리라.

해랑의 지적에 두 종사관의 시선이 괘서를 향했다.

"어디가 이상하다는 거야?"

수환이 물었다.

"그……. 저야 문장가가 아니니 딱 꼬집어 말하기는 뭣하지만, 아무튼 좀 이상합니다."

말을 멈춘 해랑이 괘서의 내용을 몇 번 중얼거리는가 싶더니 곧 "아!" 하는 탄성을 내뱉으며 말을 이었다.

"이것 보세요. 첫 번째와 두 번째가 꼭 서로 다른 사람이 쓴 것 같지 않습니까?"

해랑의 지적에 주혁과 수환이 동시에 흠, 하는 소릴 냈다.

"첫 번째 문장은 불을 내겠다는 다짐 같은 것으로 보이는데요? 저자에서 이번 불이 방화라는 소문이 도는 것도 이 때문인 듯해요. 게

다가 문장도 어딘지 모르게 조금 어색하고요. 그런데 뒤엣것은……."

"그래, 불이 목적이 아니라, 무언가 다른 목적이 있음을 암시하는 것처럼 보이네."

수환이 해랑의 말을 받았다. 이에 주혁이 문장 중 한 군데를 손으로 툭 치며 말했다.

"부덕의 소치라……. 본인이 저지른 일을 탓할 때 쓰는 말인데, 이렇게 써둔 것을 보면 해랑이 말대로 이상하긴 하군. 어쩌면 어쭙잖게 문장가 흉내를 내고 싶었는지도 모르지."

"그렇게 볼 수도 있긴 한데, 그러기엔 두 번째 문장이 너무 멀쩡하지 않아?"

수환이 되물었다. 괘서를 두고 세 사람이 잠시 고민하는 사이 집무실 밖에서 검험의관 공 씨의 목소리가 들려왔다.

"나리, 공 가입니다."

"안으로 들게."

문을 연 주혁이 대답했다.

"저…… 나리, 아무래도 검험소에서 직접 보셔야 할 것 같습니다."

공 의관의 말에 집무실 안에 있던 세 사람 모두 공 씨를 따라 검험소로 자리를 옮겼다.

"어찌 알고 이리로 오셨습니까?"

검험소에 들어서던 주혁이 묻자 시신을 바라보고 있던 무영이 몸을 돌려 섰다.

"포청으로 들어오는 길에 공 의관을 뵀습니다. 시신은 이 넷이 전부입니까?"

"예. 넷뿐입니다. 공 씨, 시장과 시형도를 주게."

네 사람은 곧 공 씨와 함께 시형도 주변으로 둘러섰다.

"이 중 어디가 이상하다는 것이어요?"

해랑이 묻자 주혁이 공 씨를 향해 고갯짓했다. 이에 공 씨가 입을
열었다.

"주 씨가 현장에서 초검하였을 때는 여기 있는 시신 네 구 모두 그
사인을 화소사(火燒死)로 판단하였습니다요. 당시 현장이 워낙 어지
러웠고, 또한 사망자들 간에 연고가 없었던지라 시신이 발견된 장소
가 모두 제각각이었습죠. 그래서 초검에서는 딱히 이상한 점을 발견
하지 못했던 듯합니다."

"그래, 어디가 이상하다는 건가?"

주혁이 물었다.

"이쪽으로 오시지요."

공 씨가 네 사람을 가장 안쪽에 누인 시신 앞으로 이끌었다. 그러
고는 곁에 서 있던 오작인 둘을 시켜 시신을 뒤집었다. 공 씨는 시신
의 등 위쪽과 옆구리 즈음을 손끝으로 가리켰다.

"자상(刺傷)이군요."

공 씨의 손짓을 따라 시선을 옮기던 무영이 말했다. 이에 수환이
무영의 말을 거들듯 물었다.

"이것이 치명상인가?"

"아닙니다. 초검한 주 씨의 보고대로 최종 사인은 화소사가 맞습니
다. 정확히는 화재에 의한 질식사라고 해야 옳습죠. 헌데, 문제는 여
기 이 자상입니다. 등에 있는 이 두 개의 상처 외에, 날붙이로 인한 다
른 상처는 없습니다요. 뿐만 아니라 방어흔도 전혀 없으니 뒤에서 기

습당한 것으로 보입니다. 등 위쪽으로 난 상처가 거의 치명상에 가까웠을 것인데, 상처의 깊이로 보아 칼끝이 폐부를 찌르고도 남았을 겁니다."

"그럼 이 상처는? 그리 깊어 보이지는 않는데?"

주혁이 시신의 옆구리를 가리키며 물었다.

"예. 보신 그대로 목숨에 지장을 줄 만한 정도는 아니옵고, 둘 중 더 나중에 생긴 상처인 듯합니다. 두 상처 모두 같은 칼날에 찔린 것이고요. 하지만 시신이 발견된 장소가 자상을 입은 장소는 아닌 듯합니다. 이 정도 깊이의 상처라면 출혈량이 상당했을 텐데, 초검 보고를 이미 보셨겠지만 주 씨가 현장에서 검험할 때는 아주 소량의 핏자국밖에 발견하지 못했습니다요."

"그러니까 누군가가 이 사람을 칼로 찌른 뒤에 불길 속에 던져 넣었다는 말이네요? 칼을 쓴 범인은 이 사람이 죽은 줄 알고 그랬던 걸까요? 자신이 저지른 살인을 감추려고요? 그치만 아까 공 의관님께서 이 사람이 불 속에서도 살아 있었다고 하셨잖아요?"

해랑의 물음에 주혁이 고개를 가로저었다.

"숨은 겨우 붙어 있었겠지만, 의식은 없었을 거다. 이자가 발견된 장소는 불길이 그리 심하지 않은 외곽이었으니, 이만한 중상을 입지만 않았다면 분명히 빠져나올 수 있었을 것이고."

"그렇다면 괘서를 쓴 사람과 칼을 쓴 사람이 같은 사람일까요?"

"지금부터 확인해봐야겠지?"

심각한 얼굴로 묻는 해랑을 향해 수환이 장난처럼 눈을 찡긋거리며 대꾸했다. 그러고는 주혁을 향해 말했다.

"현장으로 다시 나가야지? 간밤 화재 덕에 온 거리에 도둑이 기승이라며? 난 요 똥강아지와 함께 운종가 부근으로 갈게. 내 수하들이 그쪽으로 배정을 받은 모양이야."

"나는 여기 남아 아침나절에 들어온 정보들을 확인하겠네. 자네 말마따나, 잡혀 온 좀도둑들도 한둘이 아니고 말이야. 대감께서는 어찌하시겠습니까?"

주혁의 물음에 무영은 잠시 대답을 망설였다. 답지 않은 행동에 모두가 숨죽여 무영의 입이 열리기만을 기다렸다.

"괘서를 쫓을 것입니다. 명이 있었습니다."

무영의 말에 주혁과 수환은 속으로 탄식을 삼켰다. 마치 약속이라도 한 듯 비슷한 모양새로 굳은 세 사내의 낯을 바라보며 애꿎은 해랑만 이리저리 눈치를 살폈다.

"대감께서는 잠시 제 집무실에 들렀다 가시지요. 자네는 해랑이를 데리고 바로 출발하게."

* * *

"대감, 종주입니다."

"들어오거라."

사랑채 문이 열리고 방 안으로 들어서는 수하를 향해 흘끔 시선을 주는 것 같던 대군은 금세 다시 손에 쥔 것을 향해 눈을 돌렸다.

"어쩐 일이냐? 벌써 처리한 것은 아닐 테고."

대군이 심드렁하게 물었다.

"송구합니다. 놓쳤습니다."

"놓치다니?"

진원대군의 시선이 종주를 향했다.

"놓쳤다기보다는…… 더는 연통을 보내오지 않고 있습니다."

"그래? 왜, 혹 더 많은 돈을 요구하더냐? 아니면 은괴(銀塊)나 다른 패물을 달라더냐?"

"아닙니다. 그런 기색은 여태 한 차례도 없었습니다. 말 그대로 갑자기 연락을 끊고 종적을 감추었습니다."

가만히 듣고 있던 대군이 갑자기 종주를 향해 손에 든 것을 내밀었다.

"누가 내게 이것을 선물했는지 기억하느냐?"

"김태서 영감이 부연사신 시절에 보낸 천리경* 아닙니까."

"내게 이것을 보내고 얼마 지나지 않아 김태서 영감이 어찌 되었는지도 기억하느냐?"

대군은 대답 없는 종주의 얼굴을 바라보며 쓰게 웃었다. 늘 표정 없던 수하의 얼굴에 깃든 근심을 눈치챈 까닭이다.

그 후 한참이나 대군은 말이 없었다. 탁상 위에 올려둔 천리경을 매만지던 대군이 다시 입을 열었을 때는 어느새 해가 기운 후였다.

"아이들에게 더욱 조심하라 이르거라. 해가 이지러지면, 변고가 생길 것이다."

* * *

평범한 날은 아니었다. 꼭두새벽부터 바람의 기세가 심상찮았다.

   ◆   망원경.

평소보다 조금 흐린 듯한 하늘에는 조각구름 몇 개가 떠다녔다. 바람이 밀면 미는 대로, 산꼭대기의 나뭇가지가 당기면 당기는 대로 떠돌던 구름이 멈춘 것은 한낮이 되어서였나. 아침 내내 온 도성 안을 휘짓고 다니던 바람이 자취를 감추자 마침내 구름 또한 발길을 멈춘 것이다.

어찌 된 일인지 바람이 멈추자 시간 또한 멈춘 것 같았다. 땅 위에 옹기종기 모인 짤막한 그림자들이 점점 짙어졌다. 그 기묘한 기운을 알아챈 이들이 하나에서 둘로, 또 둘에서 넷으로, 아주 빠르게 곱절에 곱절로 늘어가기 시작했다. 그러다가 마침내 거리의 모두가 바람마냥, 구름마냥 걸음을 멈추었을 때, 약속이라도 한 것같이 그 누구도 빠짐없이 하늘을 향해 고개를 치켜들었을 때, 마치 재앙처럼 사위가 암흑에 휩싸였다. 태양이 사라지고, 그 옆에서 때 이른 개밥바라기가 빛을 냈다.

해가 사라진 자리를 바라보던 사람들은 이내 땅바닥에 이마를 대고 엎드려 천지신명님을 찾기 시작했다. 또 더러는 떨리는 다리를 주체하지 못하고 주저앉기도 했다. 한낮에 찾아온 어둠 속에서 공포에 떠는 것은 비단 사람뿐만이 아니었다. 꽃들이 잎을 오므리고 고개를 수그렸다. 우수수 잎을 떨구던 나무들이 조용해지자 가지에 앉아 울던 새들이 모두 제 둥지를 찾아 숨어들었다. 모두에게 결코 평범한 날이 될 수 없을 그런 날이었다.

* * *

"변고가 생길 거라니까?"

"아이고, 이 양반아. 일이 생긴 지 벌써 닷새가 지났는데, 이제 와서 변고는 무슨 변고?"

걱정을 늘어놓는 사내의 말에 곁에서 걷던 아낙이 눈을 흘기며 대꾸했다. 그러나 사내는 오히려 한술 더 뜨며 목소리를 높였다.

"임금이 구일식*을 하지 않았다는 소문이 벌써 도성 이백 리 밖까지 퍼졌다는데, 이렇게 태평한 소리나 하고 있을 때야?"

"얼씨구? 태평하지 못할 건 또 뭐유? 언제는 제때 제 일을 하는 나라님이었는감?"

"어허, 입조심하지 못해?"

"하이고, 간이 소 코딱지만 한 서방님아, 당장 지금 큰 변이 생기면, 그게 다 구일식을 안 한 탓이겠소? 언젠가 한 번은 큰일 생기겠거니 하는 게 한두 사람인 줄 아슈?"

정 행수는 멀어지는 부부의 뒤통수를 보며 작게 혀를 찼다.

선전 퇴청 앞에 앉아 있자니 온종일 들리는 말이라는 게 죄 저런 것들뿐이었다. 저자를 드나드는 이들이라면 어른이고 아이고 할 것 없이 모두 같은 말을 떠들어댔다.

하늘에 변고가 있었던 것은 임금의 부덕 때문이요, 관상감의 예보에도 구일식을 올리지 않았으니 부덕에 부정이 더해져 나라 안에 곧 큰 변고가 생긴다는 것이다. 부덕이니 부정이니 하는 말을 입에 올린 이들의 대화는 자연히 최근 숭교방과 서린방 일대에서 일어난 화재 쪽으로 흘러갔다. 그것이 방화니 아니니 하는 말끝에는 늘 '새 빛'이

◆ 구일식의(救日食儀). 일식을 구제하는 의식.

대체 무얼 의미하는가에 대한 얘기가 나왔다.

떠드는 입이 많아지자, 말은 자연히 힘을 갖기 시작했다. 두 번의 화재는 모두 방화라고 여겨졌다. 새 빛이 의미하는 바는 사람이라고, 그가 방탕한 임금을 몰아내고 새 나라님이 되어 태평성대를 이룰 것이라고 했다. 듣는 귀가 있고 말하는 입이 있는 자들이라면 그것이 누구든, 이미 모두가 그렇게 믿고 있었다.

"어찌 이러고 계십니까?"

내내 저자를 바라보고 있던 정 행수가 무영의 목소리가 들린 방향으로 고개를 돌렸다.

"아예 떼어놓고 다니려고 작정을 한 모양이지?"

"강 종사관과 함께 움직이고 있습니다."

"그러라고 등 떠민 건 아니고?"

추궁하듯 묻는 정 행수의 말에 무영은 입을 닫았다. 선뜻 아니라는 대답을 할 수가 없었다. 어쩌면 정 행수의 말대로 저가 해랑에게 눈치를 줬을지도 몰랐다. 아니, 확실히 등 떠밀었던 것 같다.

말로 하지 않았더라도 무영의 불편한 심사를 해랑은 이미 눈치채고 있었을 것이다. 무영의 변화에 관해서라면 그 자신보다 더 예민한 해랑이었으니. 늘 엿가락처럼 들러붙어 있던 해랑이 슬금슬금 저를 피하게 된 것이 언제부터였는지 헤아려보니 더욱 입안이 썼다.

해랑을 마주할 때마다, 찰나에도 수십 번씩 마음이 흔들렸다. 이제 와 다 소용없는 일이라고, 이리 살게 될 운명이었다고 반쯤 체념하며 마음이 기울라치면 그 자리에 그날의 분노와 절망이 비집고 올라왔다. 애틋한 이의 목을 내리누르던 짐승의 발톱이, 창백하게 온기를 잃어가던 흰 꽃 같은 얼굴이. 마음이 무른 사내는 매일, 매 순간 흔들리는 중이었다.

"연경에서 연락이 왔네."

정 행수의 말에 무영이 번뜩 고개를 들었다.

"맹 대인게요? 찾았답니까?"

"달포 전에 연경에서 본 이들이 서넛 있다는디, 그때가 마지막이었다네. 찾으려면 애 좀 먹겠어."

"조금 더 알아봐 달라고 답신을 보내야겠습니다."

"찾으면? 그땐 그리로 갈 텐가? 그게 연경이든, 어디든 간에 말이여."

정 행수의 물음에 무영은 지체없이 고개를 끄덕였다. 그 모습에 정 행수는 골이 아파오는 듯한 착각이 들었다.

"그래, 소식통이 모레 연경으로 돌아간다 하니, 그때까지 답신 쓰게."

무영은 이번에도 대답 없이 고개만 끄덕였다. 기울던 마음이 되돌아서고 찬물을 뒤집어쓴 것마냥 번뜩 정신이 들었다. 냉정을 찾은 무영의 귓가로 저자를 걷는 사람들이 만든 소란이 밀려들어 왔다. 부덕과 방화와 관상감과 부정과 또 새 빛에 대한 이야기였다.

* * *

새벽. 가장 먼저 잠에서 깨어난 것은 동편 옥사에 있던 왈패들이었다.

"이봐, 일어나. 일어나보라고."

콧수염 난 사내가 옆에서 옹송그려 자고 있는 덩치 큰 사내를 흔들어 깨웠다.

"오밤중에 웬 소란……. 이게 무슨 냄새여?"

쉽게 일어날 줄 모르고 미적대던 덩치가 바닥을 더듬거리며 일어나 앉았다. 여직 잠기운이 가시지 않은 얼굴이었다. 콧수염이 그런 덩치의 넓적다리를 툭 치고는 고갯짓으로 들창을 가리켰다. 덩치는 들창을 타고 넘는 희끄무레한 연기를 멍하니 바라보았다. 넋이 빠진 것 같은 모양새에 콧수염이 이번에는 덩치의 어깨춤을 툭 쳤다.

"정신 차려. 오늘이 우리가 여기서 나가는 날인 거야. 알아들어?"

작게 속삭이는 콧수염의 목소리에 덩치는 홀린 듯 고개를 끄덕였다. 손부채질해가며 들창 밖을 슬쩍 내다본 콧수염이 옥문 가까이로 다가섰다. 양옆과 건너편 옥방의 기세를 살피던 그는 이내 나무살 사이로 고개를 쭉 빼냈다. 옥지기의 동태를 살피는 모양이었다.

옥사 앞에 선 채로 꾸벅꾸벅 졸고 있는 옥지기 둘을 확인한 콧수염이 들창 아래 구석진 곳으로 가 바닥을 더듬기 시작했다. 옥방 바닥에 두껍게 깔린 짚풀 사이를 이리저리 휘젓던 손길을 멈추었을 때, 콧수염의 입술 끝이 잘게 경련했다.

"이리 와."

콧수염의 부름에 덩치가 우물쭈물 옥문 가까이로 다가왔다.

"똑바로 서. 옥지기들 오나 잘 지켜보고."

콧수염이 작게 속삭이며 엉거주춤하게 선 덩치의 자세를 바로잡았다. 그러고는 얼른 그 뒤에 쭈그려 앉았다. 어느새 옥방 안으로 자욱하게 깔린 연기에 콧수염은 서둘러 손을 놀리기 시작했다.

얼마쯤 지났을까. 딸각하는 소리와 함께 콧수염이 또다시 저도 모르게 입가를 씰룩였을 때 들창 너머에서 빨갛게 불길이 솟구쳤다. 그 기세가 어찌나 맹렬한지 벌써부터 옥방 안으로 뜨거운 기운이 훅 끼쳐왔다.

불씨가 들창의 나무살 위로 옮겨붙나 싶더니 금세 옥방 안으로 불똥이 튀어 떨어졌다. 그것을 본 콧수염이 덩치의 팔을 움켜쥐고는 크게 소리치기 시작했다.

"불이야!"

불이야, 불이야. 소리쳐가며 콧수염은 덩치를 이끌고 옥방을 나섰다. 그 소란에 옥지기들이 옥사 안으로 뛰어 들어왔다.

"어디야? 어디?"

"저기, 저기 끝에 말이오."

콧수염은 태연자약하게 손끝으로 저와 덩치가 문을 따고 나온 옥방을 가리켰다. 그러고는 슬금슬금 뒷걸음질 쳤다.

어느새 옥방 안까지 크게 번진 불에 당황한 옥지기들은 콧수염과 덩치의 탈옥을 인지하지 못한 듯했다. 그럴 틈이 없었다. 어느새 깨어난 다른 옥방 안의 죄수들이 옥문을 붙잡고 살려달라 소리치기 시작했고, 뒤이어 옥사 안으로 들어온 군졸들과 옥지기들 또한 번지는 불길을 잡느라 바빴다. 그러니 그 누구도 콧수염과 덩치가 도망치는 것을 막지 못했다.

* * *

"피해 규모가 어느 정도입니까?"

무영의 물음에 주혁이 깊게 한숨을 흘렸다.

"전옥서와 그 일대 행랑 여덟 간이 전소되었습니다. 다행히 의금부로 번지는 것은 막았고요."

재차 걸음을 옮기며 무영이 말을 이었다.

"도망친 자들도 꽤 되었겠는데요?"

"살아서 도망친 자는 채 열이 되지 않습니다. 옥사를 벗어나지 못해 죽은 자들이 훨씬 많다는군요."

주혁의 대답에 고개를 끄덕인 무영이 저만치로 시선을 돌렸다. 수환과 해랑이 다가오고 있었다. 수환 곁에 선 해랑은 연신 코를 찡긋거리고 있었다. 그 모양을 흘끗 본 무영의 이마 위로 얇게 주름이 팼다.

거리를 다니는 이들 대부분이 무명천이나 비단 따위로 코와 입을 가리고 있었다. 밤새 불타던 것이 수그러든 지 얼마 되지 않아, 여직 전옥서와 그 일대에 희뿌연 연기가 자욱했던 탓이다.

한참이나 코를 찡긋거리던 해랑이 기어이 콜록거리기 시작했다.

"하여튼 이 똥강아지 유난은."

수환이 투덜거리며 품 안에서 천을 꺼내 해랑의 얼굴에 둘러주었다. 코와 입을 가리고 나서야 해랑의 기침이 잦아들었다. 무영은 그때까지도 말없이 그 모습을 바라보기만 했다. 셋 중 그런 무영의 눈길을 가장 먼저 눈치챈 것은 해랑이었다.

허공에서 둘의 눈길이 부딪쳤다. 그러나 맞부딪기 무섭게 해랑이 먼저 눈길을 피했다. 고개를 돌리는 해랑의 귓가에서 초가을 어느 밤에 그랬던 것처럼 머리칼 몇 가닥이 작게 팔랑였다.

나비처럼, 바람에 흔들리는 꽃처럼. 제 마음을 흔드는 것들을 모른 체하며 무영은 여상한 투로 수환과 주혁을 향해 말을 붙였다.

"방화지요?"

"예. 확실히."

대답한 것은 주혁이었다. 수환이 이에 동조하듯 짧게 고개를 끄덕이고는 입을 열었다.

"역시, 처음부터 방화였던 겁니다. 맨 처음, 잣골에서 불이 났을 때부터요."

"처음부터 그랬다면, 범인의 목표는 무척 확실한 것 아닌가요?"

해랑의 말에 세 사내의 시선이 한데 모였다.

"뭐가?"

수환이 해랑을 향해 되물었다. 잠시 대답을 망설이던 해랑이 제 스승을 한번 흘끔 바라보고는 입을 열었다.

"가까워지고 있잖아요. 점점 궁 쪽으로요."

침묵을 지키며 선 네 사람 사이로 저자의 소란이 밀려들었다. 도성 사람들 모두가 이미 귀에 인이 박일 만큼 듣고 전한 바로 그 이야기. 부덕과 방화와 관상감과 부정과 또 새 빛에 대한 이야기였다.

* * *

"어디서 구하셨습니까?"

무영을 향해 묻는 대군의 입가로 희미한 미소가 떠올랐다. 그러나 아무리 좋게 보아도 기꺼운 기색으로 웃는 것은 아니었다.

"이것이 무엇인지는 묻지 않으십니까?"

"그저 흔한 시전지(詩箋紙)* 아닙니까?"

◆　편지지.

진원대군의 입가에 다시금 얕은 웃음이 스쳤다. 그것을 확인한 무영이 대군과 비슷한 모양새로 입술 끝을 당겨 웃었다. 두 사람 모두 곤란한 체할 때나 짓는 표정이었다. 서로가 알고 있는, 형제의 유일한 닮은 구석이었다.

"예. 맞습니다. 이런 옅은 물빛 시전지를 쓰는 이는 널리고 널렸지요. 왕가의 식솔은 물론이고 고관대작들 사이에도 말입니다."

무영은 말을 멈추고 대군의 눈을 바라보았다. 은근하게 미소 띤 형제의 낯을 바라보고 있자니 이번에는 쉽지 않을 것이라는 예감이 들었다. 그러나 그것을 내색하지는 않은 채로, 무영은 재차 말을 이었다.

"하지만 전지의 바탕과 유사한 색으로 문양을 꾸미는 이는 없습니다. 물색 종이 위에, 그와 별반 다르지 않은 색으로. 마치 정말 물이 번져 저절로 생기기라도 한 것마냥 문양을 내는 것 말입니다."

무영이 말을 마치자 내내 생글거리고 있던 대군이 조금 더 크게 웃기 시작했다. 그러다가 이내 웃음을 멈추고는 고개를 모로 기울였다.

"수색으로 그린 모란이라…… 이런 시전지를 쓰는 이는 나라 안에 단 한 사람뿐이지요. 다시 여쭙겠습니다. 형님께서는 제가 쓰는 이 시전지를 어디서 구하셨습니까? 제가 근자에 형님께 저도 모르는 서신을 보낸 적이 있던가요?"

무영을 향해 물으며 대군이 서안 위에 놓인 시전지를 손끝으로 툭 건드렸다. 그 곁에 귀퉁이가 그을린 물빛 종이가 가볍게 팔랑거렸다.

"서린방 일대 화재 현장에서 발견한 것입니다."

"서린방 일대라면 그 근처 관청이든 이런저런 점포든, 제가 알고 지내는 이들이 많은 곳이니 저와 서신을 주고받은 이 또한 적지 않습니다. 어디서든 제 서신이 나올 수 있다는 이야기지요."

별 대수롭지 않은 일이라는 듯 대군은 과장된 품새로 웃음을 흘렸다. 그 태도에 무영이 입을 다물자 둘 사이에 어색한 정적이 흘렀다.

"죽었습니까?"

대군이 물었다.

"무예에 능한 사내더군요. 칼에 익숙한 손이었습니다."

"죽었군요."

대답을 피하는 무영이었으나 대군은 용케도 알아들은 모양이다.

"대감의 사람입니까?"

"대답해야 합니까?"

대군이 언짢은 기색을 내비쳤다. 그러나 무영은 개의치 않는 듯 말을 이었다.

"저자에 괘서가 나돌았습니다."

"형님께서 저자의 소문까지 신경 쓰는 분이셨던가요?"

"업보지요. 괴괴한 소문을 따라다니는 것만큼 저와 어울리는 일이 또 있습니까?"

무영이 설핏 웃으며 대꾸했다. 곧 껄끄러운 침묵이 두 사람 사이를 채웠다. 한참 날이 선 말이 오가던 것이 무색하게도 형제의 눈은 이내 같은 빛을 띠었다. 제 처지에 대한 체념이 짙게 묻어 있는 눈으로, 두 사람은 결국 서로를 향해 헛헛한 웃음을 흘렸다.

* * *

"요 똥강아지 말처럼 궁으로 점점 가까워지고 있는 것 같긴 한데

……. 그래도 좀 이상하지 않아?"

수환이 마치 동의를 구하듯 주혁에게 물었다. 제 말뜻을 알고 있으리라 확신하는 투였다. 그 예상이 틀리지 않은 듯 주혁은 수환을 향해 짧게 고개를 끄덕였다.

"왜요? 저도, 저도 궁금합니다."

해랑이 두 종사관의 낯을 번갈아 보며 대답을 재촉했다. 그러자 수환이 해랑의 머리통을 한 번 꾹 누르고는 입을 열었다.

"맨 처음 숭교방에서 불이 났을 때, 불이 시작된 잣골 일대는 이미 궁과 지척인 곳이었어. 장정 하나가 부지런히 내달리면 함양문까지 일각도 채 걸리지 않을 정도의 거리였다는 말이지."

"그래, 자네 말대로 두 번째 범행 장소였던 서린방 부근은 오히려 잣골보다 궁에서 더 머네. 하지만 세 번째는 전옥서 바로 코앞에서 불길이 시작된 것을 보면, 분명히 육조 일대까지 불이 번지길 노렸던 것이 틀림없어. 그러면 해랑이 말대로 궁으로 점점 가까워지지."

주혁의 말에 해랑이 다시 물었다.

"궁에 가까워지고 있지만, 실은 궁이 목적이 아닌 걸까요?"

"범인의 목적이 어디에 있든, 잡히기 전까진 결코 멈추지 않을 거야."

수환의 말에 주혁이 손끝으로 이마를 쓸었다. 그 후 한동안 주혁은 무언가를 헤아리는 듯 입을 열지 않았다.

"우리한테 시간이 얼마나 남았겠나?"

주혁은 한참 만에야 다시 입을 열었다. 수환에게 묻는 그의 미간에 깊게 주름이 팼다.

"첫 번째에서 두 번째 사이는 사흘, 두 번째에서 세 번째 사이는 닷새. 더 큰 불을 내기 위해 준비할 시간이 더 필요했던 거라면, 어쨌든 이번에는 계획이 실패한 것 아니야? 그게 범인의 실수였든, 다른 무언가에 의한 것이었든 말이야."

수환의 대답에 해랑의 미간 위로도 덩달아 골이 생겼다.

"실패했으니까, 더 빨리 다음을 준비할 수도 있겠네요?"

해랑의 말에 수환이 크게 한숨 소리를 내는 찰나, 집무실 밖에서 목소리가 들려왔다.

"나리, 형조에서 연통이 왔습니다."

"들어오거라."

방 안으로 들어선 군관이 서찰 하나를 내밀었다. 수환은 재빨리 서신을 훑고 그것을 주혁에게 건네었다. 그러고는 빠르게 서찰을 써 내려가기 시작했다.

"똥강아지, 채비하거라. 형조로 가야겠구나. 자네는 사람을 보내이 서찰을 선전 정 행수께 전하게."

수환의 서찰을 받은 군관이 집무실을 떠나고, 얼마 지나지 않아 세 사람은 우포청을 나섰다.

* * *

"아, 틀림없다는데도 자꾸 이러십니까? 지금 당장 풀무골*로 사람을 보내 확인하면 될 일 아닙니까?"

"어허, 이놈이 어디서 따박따박 말대꾸냐?"

◆   현 마포구 성산동.

형방 안 씨가 콧수염 난 사내의 뒤통수를 갈기며 큰소리를 냈다. 안 씨는 말끝에 뒤쪽 벽을, 정확히는 그 벽에 난 들창을 흘끔 바라보았다. 벽을 등지고 앉은 콧수염은 눈치챌 틈도 없는 재빠르고 간결한 몸짓이었다.

안 씨가 그러거나 말거나 콧수염은 나불거리기를 멈추지 않았다.

"일단 이것부터 좀 풀어주십쇼, 예? 그럼 더 자세히 말씀드린다니까요?"

콧수염이 제법 불쌍한 체해가며 눈꼬리를 내렸으나 안 씨는 코웃음을 쳤다. 이런 왈패 놈들 하는 양이 다 거기서 거기였다. 하루 이틀 지켜본 일이 아니라는 뜻이다.

"이제 보니 네놈이 정신 차리려면 아직 멀었구나? 예까지 몸 성히 곱게 온 것만으로도 다행인 줄 알거라, 이놈아. 탈옥했다가 잡혀 온 놈들이 어떻게 되는지는 잘 알 텐데?"

안 씨가 으름장을 놓자 콧수염의 어깨가 눈에 띄게 움찔했다. 고민하는 듯 콧수염은 입술을 잘근잘근 씹어대기 시작했다.

안 씨는 그 품새를 가만히 지켜보기만 했다. 다시 말하지만, 형조의 형방으로 밥벌이한 지가 벌써 열 손가락으로 셀 수 없을 정도인 안 씨였다. 초조한 듯 발끝을 꼼지락거리는 저 콧수염이 결국은 알아서 술술 입을 열 것이라는 데 자신의 모든 가산을 걸 수도 있었다.

"풀무골에서 풀무질하며 사는 영감들이 하는 얘길 들었습니다. 아, 그런데 저랑 같은 옥사에 있던, 얼굴에 길게 칼자국 두 개가 난 그자는 어떻게 되었습니까? 다시 그자와 같은 옥사로 가게 되는 것은 아니지요?"

퍽 절박한 투로 묻는 말에 안 씨는 고개를 모로 기울이고는 콧수염이 이르는 자가 누구인지 기억을 더듬었다.

"새 막난희광* 말인가?"

"예! 예! 바로 그자 말입니다. 설마 다시 같은 옥사에, 같은 옥방에 들어가게 되는 건 아니지요? 다른 옥사로 갈 수 없다면 최소한 다른 옥방에 넣어주시겠다 약조해주십쇼, 예? 그자가 바로 제가 있던 옥사의 마왕이었습니다. 제가 처음에는 그자와 같은 옥방에 있었는데, 유문례를 어찌나 호되게……."

"알았다. 내 좌랑 나리께 아뢰어 꼭 그리해줄 테니, 그쯤 하고 어서 말해보거라. 그놈 거 참 말 많네."

안 씨는 말끝에 혀를 쯧, 차고는 다시 한 번 들창을 흘끗 바라보았다. 사실 지난번 전옥서 화재로 콧수염이 말한 막난희광은 죽었지만 굳이 말할 필요는 없지 않은가.

"어떤 것 같나?"

내내 곧은 자세로 들창 너머 쪽방을 바라보던 형조정랑이 수환과 주혁을 향해 돌아섰다.

"풀무골이면 매랑 자네 관할이지?"

"예. 그러잖아도 포청을 나서는 길에 수하들을 풀무골로 보낸 참입니다."

수환이 대답했다.

"그만한 숯을 쉽게 구할 수 있는 곳이 풀무골뿐이니, 분명히 다시 나타날 거란 말이지……."

◆ 망나니. 사형집행인.

형조정랑이 말을 흐리며 턱 끝에 난 수염을 매만졌다.

"저자의 주장대로라면 대량의 숯을 도둑맞은 풀무간이 최소 세 군데는 된다는 건데, 어찌하여 신고하지 않았을까요? 게다가 방화범이 한 번도 아니고 세 번씩이나 다른 이들의 눈을 피할 수 있었다니…….이상하지 않습니까?"

수환의 말에 형조정랑은 대답 없이 주혁을 바라보았다. 그 눈길의 의미를 아는 바, 주혁이 고개를 한 번 끄덕이고는 대답했다.

"제 생각도 같습니다. 풀무골에 사는 이들 중에 범인이 있거나, 그것이 아니라면 처음부터 방화범이 하나가 아닌 여럿이었거나. 그 또한 아니라면 지금 저자가 탈옥의 죄를 감하려 거짓을 고하는 것일 테지요."

주혁과 수환이 들어간 별당 문을 바라보고 서 있던 해랑이 끙 소리를 내며 머리 양옆을 긁적였다. 아침저녁으로 바람이 제법 차가웠지만 낮에는 여전히 가을볕이 따가웠다. 마치 그 빛이 제 머리 어딘가를 콕콕 찌르기라도 하는 것마냥 해랑은 따끔거리는 자리를 연신 손끝으로 문질러댔다.

얼마나 그러고 있었을까, 흙바닥 위로 길게 늘어지는 제 그림자를 내려다보던 해랑이 눈을 홉떴다. 질겁한 얼굴로 머리칼 사이를 헤집기를 몇 번. 해랑은 힘없이 툭 떨어지는 손을, 자그마한 주먹을 말아쥐었다. 발밑에 달라붙은 검은 형상을 바라보는 눈길이 매서웠다.

발끝으로 아무리 밀고 밟아보아도 형상은 꿈쩍도 하지 않았다. 마치 해랑을 놀리듯 조금의 이지러짐도 없었다. 그것이 얄미워 눈물이 질금 밀려 나오는 찰나, 목소리가 들려왔다.

"뭘 하고 있어?"

얼른 돌아선 자리에 무영이 서 있었다. 무심한 무영의 눈길에 저도 모르게 원망스러운 마음이 툭 튀어 올라, 해랑은 입술을 사리물었다.

"나리들께서는 형조정랑 어르신과 함께 안으로 들어가셨습니다."

"네가, 뭘 하고 있었느냐 묻는 것이다."

"아무것도요. 제가 언제는 뭘 할 줄이나 알았습니까?"

앙다물었던 입술을 비집고 뾰족한 말이 절로 툭 튀어나왔다.

"오셨습니까?"

무영이 뭐라 대꾸하기도 전에 수환과 주혁이 별당 문을 열고 나왔다. 무영을 향해 알은체했던 수환이 금세 말을 이었다.

"시간이 별로 없습니다. 저는 수하들을 데리고 풀무골로 갈 것입니다. 좌포청에서는 숭교방 방각소로 갈 것이고요. 패서에 대한 단서를 잡았습니다. 대감께서는 어찌하시겠습니까?"

수환의 물음에 무영은 대답 대신 해랑을 바라보았다.

"저는 강 종사관 나리를 따라 풀무골로 갈게요."

"그럼 제가 숭교방으로 가야겠군요."

무영의 대답에 주혁이 수환을 향해 작게 고개를 끄덕였다.

"연통할게."

수환이 얼른 해랑의 어깨를 살살 밀며 무영과 주혁의 시야에서 사라졌다. 무영이 주혁과 함께 숭교방 쪽으로 발길을 옮긴 것은 해랑의 뒷모습이 사라지고 나서도 한참 만의 일이었다.

* * *

야트막한 언덕을 오르는 사내의 입가에서 연신 콧노래가 흘러나왔다. 괜스레 어깨를 들썩여 등에 멘 짐의 무게를 가늠하다가, 묵직하게 전해져 오는 감각이 기꺼워 조금 더 크고 선명한 소리로 노래를 흥얼거렸다. 저 앞으로 해가 기우는 것을 바라보며 걷던 사내가 잠시 걸음을 멈췄다. 곧 갈림길이 나올 것이니, 이쯤에서 결정을 해야 했다. 이 속도라면 밤이 깊기 전에 도성 남문에 도착할 수 있을 것이다. 하지만 그다음에는? 짐짓 심각한 체하며 고민하는 와중에도 사내는 끊임없이 노랫가락을 흥얼흥얼했다.

사내는 곧 갈림길 앞에 도착했다. 서른 보 남짓 걸어오는 동안 어느새 해가 완전히 기울었다. 슬금슬금 깔리는 보랏빛 어둠이 불길했으나, 그 어떤 것도 사내의 기분을 바꿀 수는 없었다. 벌써 몇 번씩이나 같은 노래를 되풀이하는 것이 지겨울 법도 하건만, 그마저도 즐거운 듯했다.

사내의 노랫소리가 왼편으로 난 길을 따라 흘러가기 시작했다. 그의 발길을 따라 어둠이 짙어지고 있었다. 예서부터 한 식경, 그가 도성에 닿을 즈음이면 완연한 어둠 새로 등불이 하나둘 켜질 테다.

* * *

"이상하지 않습니까?"

해랑이 묻자 수환이 걸음을 멈췄다. 마주 선 두 사람 뒤로 늘어진 그림자가 길었다. 해가 지는 참이었다.

"숯을 도둑맞은 곳이 이렇게나 많은데, 다들 그다지 대수로운 일이 아닌 것처럼 행동하네요?"

"뭔가 다른 켕기는 구석이 있는 모양이지."

말하는 수환의 입꼬리가 비뚜름하게 말려 올라갔다. 잠시 생각하던 수환이 근처에 있던 수하를 불러 뭐라 지시하자 곧 군졸 서넛이 빠르게 마을을 빠져나갔다.

"서둘러야겠다."

"예?"

수환이 재촉하듯 해랑의 어깨를 떠밀었다.

"생각해봐. 이미 해가 지고 있고, 내일 아침 다시 해가 뜨기 전까지 도성 안에서 사람이 가장 많을 곳이 어디겠어?"

"어⋯⋯. 명철방 객주 골목 아닙니까? 훈련원에서 남소영 쪽으로요. 지난번 유괴 사건 때문에 가본 적이 있습니다."

"그리고, 그다음은?"

"음⋯⋯. 서린방에 있는 기루들과 그 주변 골목일 것이고요. 그런데 그 두 곳 모두 궁에서는 멀지 않습니까?"

"궁이 목적이 아니야."

"나리, 저는 도통 무슨 말씀이신지⋯⋯."

해랑이 말끝을 흐리며 고개를 모로 기울였다.

얼마간 고민하던 수환이 다시 입을 열었다.

"사람이 많은 곳. 놈은, 그게 어디든 사람이 많은 곳을 찾는 거야. 불을 놓은 자리마다 혼란해지는 그 광경을 즐기는 놈일 거고, 사람들 목숨줄을 쥐고 있으니 마치 저가 천지신명이라도 된 것 같은 기분이 들겠지."

"그런 기분을 즐긴다니⋯⋯. 평소에 느끼기 힘든 기분이기 때문일까요? 하는 일이 잘 안 된다거나, 누군가에게 부림을 당하는 입장이라거나. 뭐 그런 것 말이어요."

해랑이 고심하듯 미간을 잔뜩 찌푸리며 말했다. 가만히 그 모양을 보던 수환이 기가 찬다는 듯 바람 새는 소릴 하며 웃고는 해랑의 볼을 아프지 않게 잡아당겼다.

"제법이구나? 거 참, 많이 컸단 말이지. 어허, 눈 그렇게 뜨지 말고. 옳지."

잠시 해랑의 볼을 주물럭거리며 장난을 치던 그는 이내 입을 다물었다. 그러더니 얼굴을 가까이했다.

"쓸데없는 생각 말아라."

해랑의 눈을 들여다보며 단속하듯 말하는 수환의 눈길은 제법 단호했다. 이에 해랑이 볼이 짜부라진 채로 뭐라 웅얼거렸다.

"무슨 소리긴? 네가 요새 하는 생각들, 죄다 말이야."

이어진 수환의 말에 해랑의 눈꼬리가 축 가라앉았다. 그제야 수환은 해랑을 붙들고 있던 손을 내렸다.

"어찌 아십니까?"

땅바닥을 향해 시선을 꽂은 해랑이 작게 속삭였다.

"뭐라고?"

수환이 해랑을 향해 고개를 내리며 되물었다.

"제 생각이 쓸모가 있는지 없는지, 나리께서 어떻게 아십니까?"

해랑이 고개를 들었다. 눈가에 맺힌 서러운 것들이 볼을 타고 길게 자국을 내며 흘러내리고 있었다.

* * *

"그래서 관청에 고하지 않은 이유가 단지 그 때문인가?"

"그럼요, 나리! 내놓은 자투리를 누가 주워가는 게 늘상 있는 일이라 대수롭지 않게 여긴 것이구먼유. 나중에 우리 방각소에서 허드렛일 하는 아이들이 그 패서를 주워오기 전까지는 전혀 눈치채지 못한 일이어유."

숭교방. 방각소 주인 송 씨가 주혁과 무영의 눈치를 살피며 대답했다. 두 사람이 별다른 대꾸를 하지 않자 송 씨는 겁을 집어먹은 모양인지 다시금 주절주절 말을 늘어놓기 시작했다.

"아이고, 나리. 아시잖유? 그 정도면 방각본에도 쓰지 못헐, 하급 중에서도 아주 하급인 것들이구먼유. 서책 규격에 맞춰 종이를 재단한 후에 나오는 부분인디, 글을 쓸 만한 크기가 되지 않어유. 한 뭉치 안에서도 크기가 제각각이구유. 요 근방 방각소뿐 아니라 광통방에 있는 집들도 다 그렇구먼유. 그런 자투리 종이는 어따 써먹기엔 모지란 데가 많어서……."

"그래서 다들 버린다는 말씀입니까?"

무영이 말을 잇자 송 씨가 "예! 그렇쥬!" 하며 눈에 띄게 웃는 얼굴을 했다.

"패서에서 우리 방각소의 인이 찍힌 부분을 발견하기 전까진, 참말 꿈에도 몰랐어유. 그러니 자진해 포청에 고했쥬. 지는 참말루다가 결백해유!"

숭교방에 있는 다른 서너 군데의 방각소 주인들 모두 송 씨와 같은 반응을 보였다. 패서에 찍힌 방각소의 인을 확인하고는 다들 저는 아무 연관이 없다며 손을 내젓기 바빴다.

"괘서에 찍힌 인 중에 광통방 방각소의 것은 없었습니까?"

무영의 물음에 주혁이 짧게 고개를 끄덕였다.

"예. 단 하나도 없었습니다. 방각소의 인이 찍힌 종이가 그리 많지는 않았습니다만, 발견된 것은 모두 이곳 숭교방 방각소에서 나온 것들이었습니다."

"속단하기는 이르나, 범인이 이 근방에 사는 자일 가능성이 커 보이는데요."

"예. 정황상 그렇습니다. 처음 불이 난 곳도 이 근방이었으니까요."

주혁의 대답에 무영이 돌연 걸음을 멈추더니 왔던 길을 되돌아가기 시작했다.

"어찌 이러십니까?"

영문을 알 수 없는 무영의 태도에 주혁이 따라 걸으며 조금 당황한 투로 물었다.

무영은 대꾸 없이 걸음을 재촉하기만 했다. 잠시 그렇게 걷던 무영은 월근문이 지척으로 보이는 곳에 이르자 걸음을 멈췄다.

"만약 범인이 정말 이 근방에 사는 자라면 이자를 잡는 것이 생각보다 더 어려울지도 모르겠습니다."

"대감, 도대체 무슨 말씀이신지……."

주혁이 말끝을 흐리자 무영이 손끝으로 월근문 너머를 가리켰다. 그 손길을 따라 시선을 옮긴 주혁의 입에서 끙, 앓는 소리가 터져 나왔다.

"그렇군요. 범인이 반촌*으로 숨어들 가능성을 생각하면 일이 아주

◆   성균관의 사역인들이 거주하던 동네.

복잡해지겠는데요."

주혁은 말끝에 난감하다는 듯 미간을 찌푸렸다.

"글쎄요. 외부인이 반촌에 숨어드는 것은 촌부가 궁문을 넘는 것만큼 어려운 일 아닙니까?"

"범인이 반인*이라는 말씀이십니까?"

주혁의 물음에 무영이 천천히 고개를 끄덕였다.

"범인이 이 주변 방각소에서 버리는 종이를 주워 괘서를 썼다 해도 그 양에 한계가 있습니다. 용케 절반쯤은 그런 식으로 종이를 구했다 하더라도 나머지 절반은 어디서 구했을까요? 게다가 범인은 어쭙잖게나마 문자깨나 쓰는 이의 흉내를 내고 있지 않습니까? 성균관에서 잡역을 하는 반인들 중 언문에 능한 자들이 있으며, 그런 자들 대부분이 유생들의 개인적인 일을 봐주고 이런저런 이득을 취한다는 것쯤은 종사관께서도 이미 아실 텐데요."

"하지만 대감께서도 아시다시피 금란(禁亂)도 미치지 못하는 곳**이 반촌입니다."

"들어갈 방법이 영 없는 것도 아닙니다."

"예?"

놀라 반문하는 주혁을 향해 무영은 설핏 입꼬리를 당겨 웃었다. 그러고는 월근문 너머 박석고개를 향해 앞서 걷기 시작했다.

◆　반촌민.

◆◆　소나무 벌채 금지, 임의적 도살 금지, 양조 금지를 금란이라고 한다. 반촌은 포교가 출입할 수 없는 일종의 치외법권 지역이기 때문에 금란을 어긴 범인이 반촌에 들어가면 더는 추적할 수 없었다.

"어찌 오셨소?"

무영이 반촌 현방(懸房)* 앞에 서자 주인 고 씨가 물었다. 대답 없이 빙긋 웃기만 하는 무영이 못마땅한 듯 고 씨는 짧게 혀를 차더니 혼잣말을 중얼거렸다.

"팔척귀신이 도성으로 돌아왔다는 소문이 돌기에 그런가 보다 했지. 예서 볼 일이 있을 줄은 몰랐구먼."

고 씨가 쥐고 있던 칼을 고깃덩어리 위로 거칠게 꽂아 넣었다. 그러고는 반으로 갈라진 고깃덩이 중 하나를 갈무리하기 시작했다.

"본디 반촌 안의 것은 물건이든 사람이든 그 어느 것도 밖으로 내돌리지 않는다는 걸 대감께서도 아실 텐데요."

"아직 저는 아무 말씀도 드리지 않았습니다."

무영이 슬쩍 웃으며 대답했다. 그 말에 고 씨가 반촌 경계 너머를 흘끗 보고는 미간을 찡그렸다.

"어째서 저 종사관 나리와 함께 오셨는지는 모르겠으나, 아는 것이 없소이다. 나뿐이 아니라, 반촌 그 누구를 붙잡고 물어도 원하는 대답은 못 들으실 겁니다."

"그렇습니까?"

무영의 고개가 모로 기울어졌다.

"자, 가지고 가십쇼."

고 씨가 갈무리하던 고깃덩어리를 내밀었다.

"명철방 권 객주 댁에 전해주십쇼."

무영이 그것을 받아들었다. 군말 없이 돌아서는 무영의 등 뒤에서

◆   소고기만 전문으로 파는 푸줏간.

440

고 씨가 속삭이듯 말을 덧붙였다.

"이걸로 지난날 대감께 진 빚은 다 갚은 겁니다."

* * *

골목 안으로 따개비마냥 다닥다닥 늘어선 크고 작은 술집 사이를 걸으며, 사내는 자꾸만 실없는 웃음을 흘렸다. 가볍게 풀린 입가와는 다르게 어둠을 찾아 걷는 사내의 발길은 신중했다. 사내가 골목 안을 훤하게 밝히는 등불을 피해 어둠 속으로 깊이, 더 깊이 들어갈수록 그의 눈길은 차게 가라앉았다.

사내는 막다른 골목에 이르러 걸음을 멈췄다. 담벼락이 만들어낸 그림자 안으로 몸을 기대어 서자 바로 지척에서 듣듯 소란한 소리가 담을 타고 흘러나왔다. 보이지 않아도 담 너머의 풍경이 눈앞에 훤했다.

객들은 끊임없이 문을 밀고 들어왔다. 어떤 이들은 방을 찾았고, 또 어떤 이들은 누각을 내어주길 원했다. 문 앞에 이름도 걸어두지 않은 술집이건만, 근방에서 이곳을 모르는 이가 없었다.

누구는 이곳을 술집이라 불렀고, 또 누구는 기루라 불렀다. 이 근방 술집 중 가장 많은 술독을 가진 곳이며 그 술독보다 더 많은 수의 기녀들이 있는 곳이었다. 서린방에 있는 기루를 드나들던 이들이 어느새 하나둘 죄다 이리로 옮겨와 단골을 자처하는 중이라 문을 닫아둘 새도 없었다. 담 너머의 소란이 한층 잦아들자 사내는 천천히 담을 돌아 기루의 동편으로 자리를 옮겼다.

* * *

명철방 초입, 해랑이 발을 멈췄다.

"나리, 저기 보셔요."

"어디 말이야?"

가만히 소매를 붙잡는 해랑에 수환이 따라 발을 멈췄다.

"연기가 납니다."

"연기?"

되묻는 말끝에 수환은 눈을 가늘게 떴다. 이미 거리에는 짙은 어둠이 깔려 있었다. 골목마다 늘어선 등불이 반딧불이마냥 작고 희끄무레하게 보이는 자리에 선 수환의 눈에 연기가 보일 리 만무했다.

"굴뚝을 통해 나는 연기가 아닙니다. 객줏집 골목 끝에 있는 기루 아시지요? 누각이 두 개 있는 집 말이어요. 그리로 오셔요, 기루 동편입니다. 먼저 가겠습니다."

말을 마친 해랑은 수환이 뭐라 대답할 틈도 주지 않고 골목을 향해 달려나갔다. 순식간에 사라지는 해랑의 뒷모습을 보며 황망한 듯 서 있던 수환은 이내 욕을 짓씹으며 해랑을 따라 뛰기 시작했다.

객줏집 골목 어귀에 도착한 수환이 입 밖으로 거친 말을 쏟아냈다. 골목 초입부터 이미 연기가 자욱했던 탓이다. 골목 안을 메운 사람들의 움직임은 제각각이었다. 누구는 수환이 들어왔던 길을 향해 달려나왔고, 또 누구는 물지게 가득 물을 담아 기루를 향해 달렸다.

물통 밖으로 넘치는 물마냥 점점 더 많은 사람이 골목으로 쏟아져 나왔다. 그 탓에 수환은 세 걸음쯤 나아갔다가 사람들에 떠밀려 다시 두 걸음쯤 되돌아오기를 반복했다.

해랑이 일러준 기루 앞에 도착한 수환이 가장 먼저 발견한 것은 주혁과 무영이었다.

"어찌 여기로, 아니, 언제부터 여기."

"막 도착했네. 믿을 만한 다른 정보가 있었고. 어찌 혼자인가?"

수환이 말을 마치기도 전에 주혁이 되물었다. 그러고는 말끝에 턱짓으로 수환의 어깨너머를 가리켰다. 해 질 녘 풀무골에서 주혁에게 보낸 수환의 수하들이 멸화군(滅火軍)들과 함께 불길을 잡으려 애쓰고 있었다.

"기루 동쪽이야. 거기서 연기가 난다며 앞서갔어."

수환이 대답하자 무영이 낯을 굳히며 자리를 떴다. 인파 사이로 사라진 무영의 뒷모습을 보며 수환은 난감한 듯 이마를 쓸고는 재차 입을 열었다.

"곧 성문이 모두 닫힐 텐데."

"그러잖아도 오 종사관께서 남문에 나가 계시네. 양(兩) 시구문 쪽에는 자네 사람들이 있고."

주혁의 대답에 수환이 도리질을 쳤다.

"빠져나갈 범인을 잡겠다고 게서 단속을 해봐야 소용 없을 거야. 불을 피해 도성 밖으로 나가려는 이들이 벌써 기백은 되겠던데, 언제 하나하나 그 많은 이를 확인하고 있난 말이야. 우리는 범인 얼굴도 모르는데."

"그럼, 달리 방도가 있어?"

주혁의 물음에 수환이 또 한 번 고개를 가로저었다.

"아니, 그게 아니야. 범인은 아직 이 주변에 있을 거야. 관심받고 싶어서 안달 난 놈이거든."

말을 마친 수환이 주혁을 잡아끌어 달리기 시작했다. 방금 전 무영이 떠난, 기루 동쪽으로 향하는 길이었다.

* * *

"아이고! 아이고! 저걸 어쩌면 좋아!"

"어서 물을 더 가져와요, 얼른!"

"아, 비키게. 비켜서!"

기루 동문 근처에 열댓 명쯤 되는 사람들이 모여 발을 구르고 있었다. 그중 몇은 문 너머를 향해 동이 가득 퍼온 물을 끼얹기도 했으나, 불길을 잡는 데 그리 큰 도움이 되는 것은 아니었다.

"안에 사람이 있습니다!"

구경꾼들을 헤치고 앞으로 나선 해랑의 말에 사람들의 움직임이 더욱 부산해지기 시작했다.

"권 객주 아니여?"

"권 객주는 아닐 거요. 대문 앞에 멸화군과 함께 있는 걸 봤소."

"그럼 누구여?"

곁에 선 사내들의 말에 해랑이 질끈 입술을 물었다.

주인이 아니라면 범인일 것이다. 해랑은 그것을 확신했다. 기루 전체에 불이 번지고 있는 이 마당에 불이 시작된 곳에서 처음과 같은 행태로 여직 자리를 지키는 이가 범인이 아니면 누구란 말인가.

"아주머니."

해랑의 부름에 곁에 서 있던 여인이 돌아보았다.

"기루 대문 골목으로 가시면 관군들이 많습니다. 그분들을 모셔와

주셔요."

말을 마친 해랑이 이제 막 새 동이에 물을 가져온 사내를 향해 다가섰다. 빼앗듯 동이를 쥐고는 그 안에 든 물을 제 머리 위에 끼얹었다.

에그머니나, 하는 술렁임이 들려왔지만 해랑은 그것을 못 들은 체하며 불길을 향해 몸을 돌렸다. 기루 동문은 온통 벌겋게 몸을 물들인 채 간신히 그 형태를 유지하는 중이었다.

"어딜 가려고."

어느새 나타난 무영이 해랑을 붙잡았다.

"제가 안 들어가면 저분은 죽습니다."

"곧 사람들이 올 것이다. 멸화군이……."

"아니요, 사람은 못 하는 일입니다."

해랑이 무영의 말을 가로막으며 제법 사나운 기세로 붙잡힌 손목을 털어냈다. 뭐? 하며 되묻는 무영의 얼굴에 깃든 균열에 해랑은 또다시 습관처럼 입술을 짓씹었다.

"사람은 못 한다, 말씀드렸습니다."

말을 마친 해랑이 불길 너머로 사라졌다. 붙잡을 새도 없었다. 해랑을 따라가려는 무영 앞에서 기루 동문이 불길을 이기지 못하고 무너져 내렸다. 그것이 신호라도 된 듯, 이번에는 동문에서 가장 가깝던 누각의 지붕이 내려앉았다.

들어갈 수도 나올 수도 없도록 몸집을 키우는 불길 앞에 선 무영을 사람들 곁으로 끌어낸 것은 어느새 도착한 수환과 주혁이었다.

* * *

새빨간 혀를 날름거리던 불길이 누각 하나를 빠르게 집어삼켰다. 둔중한 소리를 내며 주저앉은 누각 옆에서 사내는 낄낄거리며 가슴을 쳐댔다. 오래된 체증이 내려가는 기분에 자꾸만 웃음이 터져 나오는 것을 막을 도리가 없었다.

누각과 동문이 무너지면서 시야가 트이고 불길 반대편에서 어쩔 줄 모르고 발을 구르는 사람들 사이로 군졸과 멸화군이 보이자 사내가 비죽 웃음을 흘렸다. 그래, 들어올 테면 들어와 보거라. 누구도 이 불구덩이를 넘지 못할 테야. 예 갇힌 자들 또한 살아서 이곳을 빠져나가지 못할 게다.

이죽거리고 있자니 미처 빠져나가지 못한 사람들의 비명소리가 기루 안쪽에서 더욱 선명하게 들려왔다. 그 소리에 만족하는 것도 잠시, 자꾸만 속에서 천불이 일고 갈증이 났다. 더 많은 사람의 시선이 필요했다. 더 많은 이가 불길을 빠져나가려 발버둥 치고, 불구덩이를 사이에 두고 서로 애를 태우며 발을 구르고 손짓하는 모양을 보고 싶었다.

사내는 타다 만 나뭇조각 하나를 집어 들었다. 주저앉은 누각 지붕에서 나온 서까래인지 시커멓게 그을린 부분에 불을 대자 횃불마냥 불 몽둥이가 타올랐다. 금등화 덩굴을 꺾어낸 듯 주홍빛으로 타오르는 불 몽둥이를 손에 쥐고, 사내는 기루 깊숙한 곳으로 걸음을 옮겼다.

발길 닿는 자리마다 불 몽둥이를 대고 불을 키웠다. 크게, 더 크게. 속으로 중얼거리며 죽어가는 불씨들을 되살렸다.

"그만두세요."

사내가 소리 난 방향을 향해 느리게 몸을 돌렸다.

"지금이라도 도망가면, 네 목숨은 부지할 텐데?"

"혼자서는 가지 않습니다. 다른 분들과 함께 여길 나갈 거예요."

"그렇게 빠져나가 사람들을 구한 영걸이 되겠다? 어림없는 소리! 오늘부터 온 나라 안에 내 이름이 회자될 것이다!"

사내의 말에 해랑이 단호히 고개를 저었다.

"아뇨. 아저씨는 이름도 없이 죽을 겁니다. 다른 사람들의 목숨을 유희거리 삼은 벌은 그것입니다. 모두에게 지워진 존재가 될 거예요. 제가 반드시 그리되게 할 것입니다."

그 말에 사내가 히죽 웃고는 위협하듯 불 몽둥이를 휘저었다. 해랑이 멈칫하며 물러서자 사내는 더욱 기세등등하게 해랑을 향해 불을 휘둘렀다. 휘! 휘! 하는 소리를 내며 해랑 앞에 불을 휘두르던 사내가 응? 하는 소릴 내며 멈춰섰다.

"여깁니다."

해랑을 향해 돌아선 사내의 표정이 묘했다. 잠시 해랑의 얼굴을 빤히 보던 사내가 이내 크게 웃었다.

"계집애처럼 비실비실해 보이기에 만만히 여겼더니, 제법 몸이 날래구나?"

비아냥대는 말에 해랑의 미간에 깊게 주름이 졌다.

"허나 여기까지다. 네가 아무리 날래다 해도 저 안에서 아우성치는 이들을 구할 수는 없다는 말이야. 어디, 들어갈 테면 저 불구덩이로 들어가 보거라."

이어진 사내의 말에 해랑이 눈가를 찡그렸다. 사내의 말대로, 아까보다 더 거세어진 불길에 살려달라 아우성치던 소리는 도리어 작아져 있었다. 더는 지체할 시간이 없었다. 조금의 미련도 없이 해랑은 기루 본체를 향해, 한껏 아가리를 벌린 불을 향해 뛰어들었다.

여담(餘談)

"그래, 아주 밤새 그러고 있어불라고?"

정 행수의 물음에 한쪽 구석에 멍하니 앉아 있던 해랑이 말없이 고개를 가로저었다.

"어디 보자."

짐짓 아무렇지 않은 척, 정 행수는 해랑의 턱 끝을 들고 이리저리 살피기 시작했다.

"이만 하믄 됐다. 상처는 다 아물었는디. 어디 더 아픈 데가 있냐?"

여전히 입을 꾹 다물고 고개만 가로젓는 해랑에 정 행수의 입에서 기어이 혀 차는 소리가 흘러나왔다. 그래, 내 언젠가는 이리 사달이 날 줄 알았지. 혀 차는 소리 끝에는 속엣말을 삼켰다.

온몸에 시커멓게 검댕이 묻은 해랑이 무영과 함께 선전으로 온 것은 어젯밤이었다. 머리칼이 그을린 채로 양 볼과 팔, 몸 여기저기에 붉은 생채기를 달고서.

벌써 무영이 한차례 언성을 높인 모양인지 해랑의 눈두덩은 퉁퉁 부어 있었다. 도대체 얼마나 혼꾸멍을 내었기에 요 조그마한 것이 이토록 풀이 죽었나 싶었다. 또 한편으로는 해랑에게 무르기로는 묵보다 더 물러터진 무영이 뭐 얼마나 싫은 소리를 했겠느냐 싶기도 했다. 가타부타 말도 없이 해랑을 선전에 남겨둔 무영은 그 길로 사라졌다. 무영이 갈 곳이야 뻔했다. 입궁했거나, 포청으로 갔거나.

무영이 떠난 후, 해랑은 여태 한 번도 입을 열지 않았다. 두 사람의 태도에 답답증을 앓을 법도 하건만 정 행수 또한 이러쿵저러쿵하는 일 없이 입을 다물었다. 어젯밤부터 지금까지 저자를 떠도는 말들 중에는 불이 난 기루로 뛰어들었다던 누군가에 관한 이야기도 있었다. 그것으로 충분했다. 캐묻지 않아도 무슨 일이 있었을지 정 행수의 눈에도 훤했던 것이다.

이런 정 행수의 심사를 어지럽히는 것은 단 하나. 기이하게도 빠르게, 벌써 흔적도 없이 사라져가는 해랑의 생채기뿐이었다.

저와 무영 이외에 또 다른 누군가가 이런 해랑을 알아챌까 싶어, 정 행수는 몇 번씩이나 선뜩해지는 뒷목을 자꾸만 쓸어내렸다.

* * *

"좌포청에서 화소사로 결론지었습니다."

"형님께 퍽 편리한 친우가 생겼군요."

설핏 웃으며 하는 대군의 말에 무영의 미간에 옅게 주름이 졌다. 그 모양에 대군이 재차 말을 이었다.

"아니, 감사하다는 뜻입니다."

"글쎄요, 최 종사관께서는 그자의 최종 사인이 화소사이기에 화소사라 보고를 올린 것일 뿐입니다. 어떤 연유로 그자가 불길에 던져졌는지, 납득할 만한 이유를 알 때까지는 최 종사관도, 저도 그자에 대한 수사를 중단할 생각이 없습니다."

"제 뒤를 캐겠다는 말씀이십니까?"

"지난번에는 대감의 사람이 아니라고 하셨던 것 같은데요."

무영의 말에 대군이 말없이 이마를 짚었다. 잠시 이마를 문지르던 대군이 입을 열었다.

"정확히는 어느 쪽이라고 대답하지 않았습니다만."

"예. 그러셨지요. 그러니 지금 이 순간 이후로, 대감께서는 그자와 관련된 수사에 대해 그 어떤 정보도 얻으실 수 없을 겁니다."

무영의 목소리가 그 어느 때보다 단호했다.

무영이 떠난 후, 한참을 생각에 잠겨 있던 대군이 서안 위에 시전지를 펼쳤다. 옅은 물색 바탕 위에 같은 색으로 희미하게 모란이 그려진 시전지 위로 검은 글씨 몇 마디가 빠르게 새겨졌다. 서찰을 전하는 이도, 받을 이도 그리 달갑지는 않을 말을 새긴 채로 대군은 한참이나 먹이 지나간 자리를 바라보았다.

10

귀신의
양장철(羊腸鐵)·

소나무처럼 살자 약속하고
사모하는 정 바다처럼 깊었건만
강남에서 날아오는 소식은 끊기고
깊은 밤 홀로 마음만 태우는구나··

서찰을 손에 쥔 노인이 낯을 잔뜩 구기며 헛웃음을 흘렸다. 언뜻
정인의 연서 같은 서찰의 내용이 실은 저를 비난하는 뜻임을 아는 까
닭이다. 저가 아는 이들 중 이처럼 비밀리에 서찰을 두고 갈 수 있을

·　태엽.
··　松栢芳盟日 恩情與海深 江南青鳥斷 中夜獨傷心 〈故人〉, 이매창(1529~?), 한역: 김이삭

만한 수하를 둔 인물은 서넛쯤 되었으나 이와 같은 내용을 보낼 만한 이는 단 한 사람이었다. 원수를 노려보듯 애꿎은 서찰을 노려보기를 잠시, 서안 옆에 있는 작은 화로에 서신을 던져 넣자 물색의 종잇장은 금세 까맣게 재가 되었다.

노인은 잠시 서안 위를 훑어보다가, 한편에 놓인 가죽 주머니를 들어 올렸다. 붉은 주머니를 열어 기울이자 그 안에서 장기알처럼 생긴 것이 굴러 나왔다. 손바닥 위에 올려진 작고 둥근 금속을 이리저리 살피던 그는 그것을 가만히 귀에 가져다 댔다.

일정하게 울리는 작은 소리에 한 번, 금빛으로 번쩍이는 겉모양에 또 한 번. 자꾸만 움푹 패는 입가를 감추지 않은 채 노인은 엄지 끝으로 뒷면에 작게 튀어나온 자루를 눌렀다. 곧 둥근 것이 반으로 갈리고, 노인의 사랑방 안에 조그맣게 소리를 남겼다. 연달아 열두 번. 또 잠시 후에는 두 번. 둥근 것이 비명처럼 낸 소리를 마지막으로 노인의 사랑은 이내 고요에 휩싸였다.

* * *

"독살인 듯합니다."

검험의관 주 씨의 말에 수환이 미간을 찌푸렸다.

"무슨 독인지는 모르겠고?"

"예. 시신에 푸르게 변한 곳들이 일정치 않고, 은비녀 또한 큰 반응이 없어 단언하기는 어렵습니다. 독에 대한 반응이 미미하기는 하나 사인으로 여길 만한 다른 징후 또한 없어 검험소로 가 복검을 해야 알 일입니다."

주 씨가 빠르게 손을 놀리며 대답했다. 어느새 완성된 시장과 시형도를 흘끗 본 수환이 곁에 선 수하를 향해 말했다.

"공 씨가 복검 준비를 할 수 있게 일러두고, 무영 대감을 포청으로 모시고 오거라. 시친들은 내 집무실에서 만나볼 수 있게 준비시키고."

말을 마친 수환이 사랑채를 나섰다.

벌써부터 집 안에는 곡소리가 가득했다. 사랑 앞마당을 이리저리 움직이는 시종들을 바라보며 수환은 속으로 혀를 찼다. 한숨이 절로 나왔다. 평시서* 제조 송종오의 죽음이 곧 도성 안을 떠들썩하게 할 것임을 누구보다 잘 아는 탓이었다. 범인을 색출하는 것은 쉽지 않을 것이다. 송 제조에게 원한을 품을 만한 자가 도성 안에 널리고 널렸음을 모르는 이가 없었다. 그중에는 대놓고 그 이름이 오르내리며 저자에 소문이 짜하게 난 자들도 있었다. 지끈대는 이마를 쓸어내리며 수환은 대문턱을 넘었다. 지난한 사건이 될 듯한 예감이 들었다.

"나리!"

저만치 우포청 문턱 앞에서 해랑이 수환을 향해 손을 팔랑거리고 있었다.

"어디, 똥강아지 상처는 아물었어?"

단숨에 다가간 수환이 해랑의 턱 끝에 손을 올리고 이리저리 살피기 시작했다.

"저는 괜찮습니다. 스승님께서 잠시 자리를 비우셔서 제가 먼저 왔습니다. 정 행수 어르신께서 말씀 전한다 하셨어요."

"그래, 그런데 벌써 소식이 전해진 모양이구나."

---

* 시전, 도량형, 물가에 관한 일을 담당하던 관청.

무영이 굳은 얼굴로 막 포청 문턱을 넘는 중이었다.

여태 해랑의 볼을 주물럭거리던 수환이 속으로 웃음을 삼켰다.

'거 참, 어찌 이리 속을 숨기지 못하실꼬. 꼭 이런 때만 말이야.'

속엣말을 한 수환은 해랑을 붙잡고 있던 손을 거뒀다. 그러고는 슬쩍 해랑의 어깨를 감싸며 검험소를 향해 떠밀었다.

"자, 가서 복검을 어찌하는지 봐야지?"

검험소 문턱을 넘으며 수환은 기어이 작게 웃음을 흘렸다. 살아온 이래, 이리도 뒤통수가 따가웠던 적은 또 없었을 것이다.

"독살인 정황이 있긴 합니다만······."

검험관 공 씨가 말끝을 흐렸다. 난감한 듯 이마를 긁적이는 공 씨를 향해 수환이 계속하라는 듯 고개를 끄덕였다.

"초검 때와 크게 다를 것은 없습니다요. 특별한 외상이 없어 현재로서는 사인을 단정하기 어렵습니다. 허나 짐작 가는 바가 영 없는 것은 아닙니다."

"주 씨와 의견이 크게 다른 것은 아닌가 보군. 그래, 사인을 명백히 하기까지 시간이 얼마나 더 걸리겠어?"

수환의 물음에 공 씨가 시신을 흘끗 바라보고는 입을 열었다.

"하루 이틀은 걸릴 것입니다. 그보다, 이것을 좀 보셔야겠습니다."

공 씨가 검험소 한쪽으로 세 사람을 이끌었다.

"이게 무엇이어요?"

해랑이 허리를 숙여 탁상 위에 놓인 물건을 향해 고개를 들이밀었다. 장기알만 한 그 물건을 집어 올린 수환이 익숙한 듯 물건을 반으로 갈라 열었다.

"문시종(問時鐘)*이군요."

물건을 알아본 무영이 말했다.

고개를 끄덕인 수환은 문시종 뒷면에 있는 작은 자루를 눌렀다가, 귓가에 한 번 가져다 댔다. 다시 손에 놓고 들여다보기를 잠시, 수환이 흠, 소리를 내며 고개를 기울였다.

"이것의 이름이 문시종이어요?"

"시간을 알리는 물건이지. 자, 보거라."

수환이 해랑에게 문시종을 건넸다.

"희한하게 생긴 물건이네요. 헌데 이것이 어찌 시간을 알려준다는 말이어요?"

"안에 있는 바늘 두 개가 시와 각을 가리키는데, 본디는 뒷면에 튀어나온 그 자루를 누르면 소리를 내어 바늘이 가리킨 때를 알리는 물건이야."

수환의 말에 해랑이 흠, 하는 소릴 내더니 문시종을 더 자세히 들여다보기 시작했다. 그런 해랑의 머리꼭지를 내려다보던 무영이 수환을 향해 물었다.

"작동하지 않는군요?"

"예. 고장이 난 모양인데……."

"아무나 구할 수 있는 물건은 아니지만, 송종오 영감이라면 하나쯤은 가지고 있을 법도 하지요. 하지만 이런 귀한 것을 고장 난 채로 둔 것은 이상하군요. 도성 안에 문시종이나 자명종을 수리하는 자들이 서넛은 있을 텐데요."

◆　회중시계.

잠시 생각하는 듯하던 무영이 재차 입을 열었다.

"시신 주변에 있던 물건을 모두 옮겨온 것일 텐데, 문시종은 어디에 있었습니까?"

"발견 당시 시신의 양 주먹이 꽉 쥐어져 있는 상태였습니다."

수환이 대답했다. 그런 수환의 말을 공 씨가 거들고 나섰다.

"오른손입니다요. 주 씨가 현장에서 초검할 당시에는 이미 전신으로 경직이 진행된 후였습니다. 보통은 경직된 것을 풀어내고 조사를 했을 것입니다만⋯⋯."

"형조에서 최대한 빨리 시신을 포청으로 옮겨 조사하라 지시했습니다. 그리하여 초검에서는 가장 기본적인 것들만 조사한 후 반 시진이 채 되기 전에 현장을 수습해 이리로 왔고, 시신과 함께 사랑채에 있던 물건 또한 하나도 빠짐없이 옮겨 왔습니다. 물건을 빼내기 전에 그것들이 놓여 있던 위치나 크기 등을 모두 기록했고요."

공 씨의 말을 수환이 이어받은 후 검험소 안으로 잠시 침묵이 내려앉았다. 고요를 깬 것은 해랑이었다.

"평소와는 조금 다르네요?"

느릿하게 눈을 깜빡이는 해랑의 머리를 한 번 쓰다듬은 수환이 과장된 품새로 어깨를 들썩였다.

"평소와는 다른 피해자거든."

"그럼 이제⋯⋯."

"똥강아지, 너는 나를 따라 천변에서 이런 것들을 수리하는 자들에게 가야겠다. 대감께서는 어찌하시겠습니까?"

"글쎄요, 고관대작들의 사정이야 저보다는 종사관께서 더 잘 아실 텐데요?"

어쩐지 뾰족한 무영의 대답에 수환의 입꼬리가 장난스럽게 말려 올라갔다. 눈에 띄게 치솟는 무영의 왼 눈썹을 보고도 수환은 모르쇠를 대며 어깨를 들썩였다.

"진심이십니까? 겨우 도제조 영감댁 셋째인 제가요?"

대답하는 수환의 입은 웃고 있었으나 눈은 웃지 않았다. 묘하게 냉랭한 수환과 무영 사이에서 애먼 해랑과 공 씨만 눈치를 살피기를 잠시, 수환이 씨익 웃으며 해랑을 향해 눈을 찡긋거렸다.

"아무래도 이번 사건은 우리 둘이서 짝패 놀음을 하기는 힘들 모양이다."

수환이 말끝에 괜히 해랑의 볼을 주물럭거렸다. 그 손길을 따라 무영의 미간에 깊게 골이 팼다. 그것을 확인한 수환은 새는 웃음을 눌러 삼키려 입술을 꾹 깨물었다.

* * *

"시신은 벌써 우포청으로 옮겨졌다 합니다."

종주의 말에 대군이 이맛살을 찡그렸다. 손끝으로 서안을 두어 번 두드리던 대군이 입을 열었다.

"형조며 의금부며, 도성 안에 이 사건을 주시하지 않는 곳이 없을 것이다. 사건 현장이 사랑채라더냐?"

"예. 현장에 있던 것들은 모두 우포청으로 옮겨졌답니다."

달그락. 대군의 약지와 중지, 검지가 가볍게 움직이며 또 한 번 서안 위를 가볍게 두드렸다. 턱을 괴고 앉아 무심하게 사랑채 여기저기를 훑던 대군의 눈길이 다시금 종주에게로 돌아갔다.

달그락.

"서신은?"

"발견될 가능성은 없어 보입니다. 영감의 성정대로라면, 읽자마자 서신을 태웠을 것입니다."

달그락.

"그래……. 그랬겠지. 사인은 아직이고?"

"예."

달그락.

"알겠으니 이만 물러가 보거라."

종주가 나간 후에도 대군의 사랑채에서는 한동안 달그락거리는 소리가 멈추지 않았다. 기실, 달그락거리는 것이 손끝에 부딪는 서안인지 제 마음인지 알 길이 없어 대군은 멋대로 움직이는 손끝을 내버려두었다.

두 형님의 성정을 훤히 아는 대군이다. 무영은 얼마 전 말했던 대로 자신의 뒤를 캐는 것을 멈추지 않을 것이다. 그러니 대군과 관련된 죽음이 또 하나 늘어난 것을 눈치채는 데는 그리 오랜 시간이 걸리지 않을 것이다.

큰형님은 또 어떠한가. 평소에도 자신을 탐탁지 않게 생각하는 임금 아니던가. 무영이 조사하고 다니는 것들은 반드시 그의 귀에도 들어갈 것이다. 그것만큼은 자명했다. 운이 나쁘면 역모로 몰릴 수도 있었다. 임금과 척을 진다면 운이 좋든 나쁘든 그 끝은 죽음이겠으나, 무영과 척을 지지는 않을 것이다. 그러나 무영과 척을 진다면 반드시 임금과도 척을 지게 될 것이다.

그러니 우선은 무영의 마음을 잡아야 했다. 좋은 쪽으로 구슬리든,

혹은 약점을 잡고 흔들든. 예나 지금이나 무영의 약점은 단 하나였다. 그러나 그 단 하나를 이미 임금이 쥐고 있으니 대군은 다른 것을 찾아야 했다. 그리고 대군은 그것이 무엇인지 이미 알고 있었다. 정작 무영 본인은 아직 모르는 듯했지만.

내내 방 안을 떠돌던 달그락 소리가 멈췄다. 이제 새로운 판을 벌일 시간이다.

* * *

"저희는 술시 전에 돌아오겠습니다."

"예, 저 또한 시친 탐문을 마치면 그쯤 될 것입니다."

무영과 수환이 먼저 검험소 문턱을 넘었다. 공 의관에게 무언가 단속하는 말을 듣던 해랑이 문시종을 건네받고는 종종걸음으로 검험소를 나섰다. 어느새 수환의 등 바로 뒤까지 따라붙은 해랑이 혼잣말하듯 입을 열었다.

"시친이……. 무척 많네요?"

"딸린 가솔이 많은 댁이라, 아무래도 온종일 걸릴 듯하구나."

수환이 어깨너머로 해랑을 내려다보며 대답했다. 그러고는 검험소 모퉁이에 멈춰선 채로 한숨을 푹푹 쉬어댔다.

그런 종사관을 흘끗 본 무영이 이내 수환의 집무실 앞에 모여 있는 시친들을 향해 시선을 돌렸다. 송 제조의 부인과 여섯 자식, 거기에 시종이 스물 남짓. 모두가 비통한 낯으로 집무실 앞을 서성이고 있었다. 단 한 사람을 제외하고.

시종들 모두가 금방이라도 쓰러질 듯한 모양새로 흐느끼는 마님과 그 자식들을 살피기에 여념이 없는 와중에, 무영의 눈에 든 자만이 그 모든 상황을 관망하며 서 있었다. 무리 안에서 얼핏 보자면 크게 눈에 띄는 행동은 아니었으나 무리 밖의 사람이 냉정히 보자면 퍽 눈에 띌 만한 행동이었다.

무영은 가만히 그자를 살폈다. 돌아서 있는 사내의 등은 곧았다. 어깨에서 손끝으로, 다시 머리끝부터 발끝까지, 아주 천천히. 집사장인 듯한 이가 사내의 지척으로 다가갔다. 두 사람이 무어라 한두 마디 말을 섞기 시작했다. 집사장을 향해 돌아선 사내의 옆얼굴을 보며, 무영은 절로 움찔거리는 손끝을 꽉 말아 쥐었다. 아는 얼굴이었다.

* * *

저자에 이미 짜하게 소문이 난 모양이었다. 사람들 사이를 헤쳐 걸으며 해랑은 속으로 작게 한숨을 쉬었다.

곁을 스치는 이들의 팔 할은 송종오에 대해 떠들어대고 있었다. 원하지 않아도 시선을 두기만 하면 저절로 읽히는 사람들의 입술 모양에 피로감이 일었다. 이런 때면, 가르친다고 덥석 배운 저 스스로와 가르친 이에 대한 원망이 동시에 일었다.

원망하고, 또한 원하는 이의 뒷모습을 물끄러미 바라보다가 입술을 잘근거리는 해랑이다. 여전히 울지 않는 방울에 가만히 손을 올렸다가, 금세 손을 옮겨 제 가슴을 툭, 또 툭, 두드렸다. 제멋대로 날뛰는 박동이 마뜩잖아 인상을 써보자면 또다시 절로 입술을 깨물게 되는 것이다. 멍하니 뒤처져 걷다가 어느새 반 걸음 앞으로 다가온 익숙한 신 끝이 눈에 들어와 걸음을 멈췄다.

"그래, 어디 엽전이라도 떨어져 있느냐?"

"예?"

해랑이 고개를 드니 무심한 손끝이 머리통을 꾹 누르고 떨어졌다.

"앞을 보고 걸으라는 말이다. 늦겠으니, 서두르거라."

말을 마친 무영이 서너 걸음 앞서 걷기 시작했다. 해랑은 입술을 질끈 물었다가 종종걸음으로 제 스승 뒤에 따라붙었다. 한 걸음 하고 도 또 반걸음 뒤. 어쩐지 이전처럼 나란히 걸을 수 없어 자꾸만 가슴에 바람이 들었다.

* * *

내내 오열하던 송 제조의 부인과 두 딸을 내보내고, 수환은 지끈거리는 이마를 쓸어내렸다. 별다른 소득이 없었다. 울음소리에 섞여 나오는 말소리라고는 대부분 영문을 모르겠다, 범인이 누구인지 짐작이 가지 않는다, 하는 말뿐이었던 탓이다.

마음 약한 여인들이야 그렇다손 치고 네 명의 아들 또한 제 아비가 어디서 원망을 살 만한 성품은 아니었다는 말만 되뇌니 기가 찰 노릇이었다. 팔이 안으로 굽는다고 제 아비라 감싸는가 싶었다. 도성 안에 평시서 제조 송종오의 성정을 모르는 이가 없건만. 그가 저자에 발을 들이면 울던 아이조차 울음을 뚝 그친다는 소문이 영 허튼소리는 아니었음을 수환 또한 잘 알고 있었다.

"나리, 다음은 집사장 개동 아범입니다."

문밖에서 형방의 목소리가 들려오고 이내 늙수그레한 사내 하나가 집무실에 들어섰다.

"영감께서 손에 문시종을 꽉 쥐고 계셨는데, 아는 물건인가?"

"문시종이라니요?"

수환의 물음에 개동 아범이 고개를 갸웃했다.

"요만한, 장기알처럼 생긴 물건인데……."

"아! 혹, 귀신종 말씀이십니까?"

개동 아범이 제 허벅지를 짝 소리 나게 치며 반색했다.

귀신종이라……. 그래, 그리 부를 법도 하지. 수환이 작게 중얼거리자 개동 아범이 빠르게 고개를 끄덕이며 말을 이었다.

"예, 무슨 물건인지 알고 있습죠. 영감마님께서 평소에도 무척 아끼시던 물건입니다. 사랑에 머무시는 동안은 주로 서안 위에 올려두셨고, 바깥 걸음을 하실 적에는 늘 몸에 지니고 계셨습죠."

"언제부터 지니고 다니셨는지 기억하는가?"

수환의 물음에 개동 아범이 입술을 씰룩거렸다. 잠시 기억을 더듬던 개동 아범이 고개를 가로저었다.

"소인은 정확히는 모릅니다요. 허나 확실히 지난겨울에……. 예, 동지 이후로는 확실히 지니고 다니셨습니다. 그것은 확실합니다요. 귀신종을 담아 다니던 그 주머니가, 어, 아마 얇은 가죽인 듯했습니다. 아무튼 그것이 빛깔이 어찌나 붉고 고운지, 꼭 엊그제 동지에 쑤었던 팥죽 같은 색이로구나, 생각했던 기억이 확실히 납니다요."

"물건의 출처는 모르고?"

"예. 하지만 영감마님께서 직접 사들이신 물건은 아닙니다."

"어찌 확신하는가?"

"평소에 마님께서는 집안 살림은 물론이고, 쓰시던 붓 한 자루까지 집 안에 들고 나는 것들은 모두 기록하셨습죠. 무엇이든 사고팔 때는 저에게 일을 맡기신지라, 제가 죄다 기억하고 있습니다."

"출처를 모르니 어디서 수리했는지도 모르겠군?"

수환의 물음에 개동 아범이 예, 하며 작게 고개를 끄덕였다.

같은 시간, 좌포청. 군졸 하나가 건넨 서신을 확인하던 주혁이 낯을 굳히고는 서둘러 집무실을 나섰다. 저자를 가로지른 주혁이 향하는 곳은 혜정교 방향, 우포청이었다.

*　*　*

종루를 지나 천변 아래로 내려서자 무영의 걸음이 느려졌다. 누군가를 기다리는 듯 천변 한쪽에 서서 입을 다물고만 있기에, 따라나선 해랑 또한 별수 없이 얌전히 그 곁을 지키고 서 있을 뿐이었다.

"대감!"

천변 깍쟁이 하나가 다가와 조용히 무영을 불렀다. 언제 다가온 것인지도 모르게 나타난 사내에 해랑이 흠칫 어깨를 떨었다. 무영이 그 모양을 흘끗 보고는 사내를 향해 다가섰다.

"철물전 큰아들이 관상감 관리들과 일한 적이 있어 그것의 원리에 대해 대강 알고 있다고 합니다. 실물을 본 것은 관상감에서 들여온 자명종뿐인 듯합니다만."

"다른 곳은요?"

무영의 물음에 깍쟁이가 미간을 긁적이며 말을 이었다.

"세책방 뒷골목으로 가시면, 윤 씨네 세책방 뒷문과 접하는 작은 집이 하나 있사온데, 이것저것 별의별 물건을 놓고 팔기도 하고, 고치기도 하는 집입니다. 그 집 주인네가 못 고치는 것이 없다 하니 들러 보십시오. 또 구리개 홍 씨 약방에 드나드는 이 중에 그런 것을 손보는 자가 있다고 하는데, 사나흘에 한 번은 약방에 들른다 하고요. 일단 도성 안에는 이 셋뿐입니다."

"이번에도 신세 졌습니다. 장 두령께 전해주세요."

무영이 작은 주머니를 사내에게 건넸다. 잘그락거리는 소리가 꽤 묵직했다. 사내가 그것을 받아들더니 무영을 향해 허리를 숙여 인사하고는 금세 시야에서 사라졌다. 나타날 때와 같은 날랜 몸짓이었다.

멍하니 사내가 사라진 자리를 지켜보고 있는 해랑의 머리 위로 무영의 목소리가 떨어졌다.

"통 집중을 못하는 모양이구나."

"아닙니다."

고개를 가로젓는 해랑에 무영이 작게 혀를 찼다. 그 소리에 해랑이 입술을 잘근거렸지만 무영은 그것을 못 본 체하고 세책방 거리를 향해 앞서 걷기 시작했다.

살아 있는 자와 죽은 자, 그 어느 쪽이든 다른 이의 기척을 기민하게 알아채는 해랑이었다. 그런데 장 두령의 수하가 지척으로 다가올 때까지 눈치채지 못했다는 건 해랑에게 뭔가 다른 문제가 있다는 뜻이었다. 걷는 내내 해랑의 행동을 곱씹던 무영은 세책방 거리 초입에 도착하자 생각을 털어내듯 작게 고개를 흔들었다. 해랑이 이러는 이유를 알 것 같았지만 또 한편으로는 알고 싶지 않았다. 집중하지 못하는 것은 해랑이 아니라, 무영 저 자신이었다.

"오, 이것이 그 귀신종이라는 물건이구면."

464

머리가 흰 노인이 해랑이 건넨 문시종을 들고 이리저리 살피며 말했다. 눈앞에 가까이 가져다 대었다가, 또 저만치에 놓고 보다가, 귀에 대고 소리를 들어보며 한참이나 문시종을 살피던 노인은 이내 해랑에게 그것을 돌려주었다.

"어르신께서 못 고치는 물건은 없다고 들었는데요?"

잠시 머뭇거리던 해랑이 묻자 노인의 어깨가 크게 들썩였다.

"암, 나를 찾아오는 이들이 가져오는 물건은 그렇지."

"그런데 어째서……."

해랑이 말끝을 흐리자, 노인이 해랑과 무영의 낯을 한 번씩 번갈아 보더니 고개를 가로저었다.

"날 찾아오는 이들 중에 이런 희귀한 것을 지니고 다니는 이들은 없어서 말이야. 끽해야 천변에 드나드는 민초들만 상대하는 내가, 어찌 이런 것을 고칠 줄 알겠는가? 그저 원리가 이러저러하단다, 하는 말만 귀동냥으로 들었을 뿐이지."

노인의 말에 해랑이 작게 한숨을 쉬며 문시종을 갈무리해 넣었다. 그 모습을 보던 노인이 한마디 덧붙였다.

"철물전 큰아들 녀석은 알지도 모르지. 관상감에서 한동안 그 집에 드나들며 자명종이며 이것저것 연경에서 가져온 것들을 보였단 소문이 있었으니 말이야. 그리로 가보시게."

천변 노인의 말대로 철물전의 장남은 자신이 바로 그 자명종을 고친 자라며 어깨를 한껏 펴고 거들먹거렸다. 관상감 관리들도 고치지 못한 것을 저가 고쳤노라며. 그러고는 해랑과 무영이 묻지도 않은, 자명종을 고친 일로 신임을 사 다음 연행에 부연사신들을 따라 연경에 가게 될 것이라는 말도 떠벌렸다.

관상감에서 보낸 자명종을 고친 것이 실력이었는지 그저 운이었는지는 알 수 없었으나, 확실히 문시종을 고치지는 못할 모양이었다. 이런 것들의 원리가 다 거기서 거기라 할 수 있다며 장담하던 철물전 장남은 해랑이 건넨 문시종을 제대로 열 줄도 몰랐다.

* * *

"어찌 오셨어요?"

해랑의 물음에 두 종사관이 피식 웃음을 흘렸다.

"어쭈? 요 똥강아지가 이제 주인 행세를 하네? 여기가 네 방이야?"

장난스러운 수환의 말에 해랑이 할 말을 찾지 못하고 입을 벙긋거렸다. 그런 둘의 모습에 웃음을 눌러 삼킨 주혁이 해랑을 향해 물었다.

"대감께서 예서 보자셨는데, 어찌 혼자 온 것이냐?"

"곧 돌아오실 것입니다. 정 행수 어르신께 여쭐 것이 있다고 저를 먼저 보내셨는데……."

저보다는 무영을 기다리는 듯한 두 사람의 기색에 해랑이 눈치를 살피며 우물거렸다.

그 모습에 또다시 웃음을 흘린 수환이 해랑을 재촉하며 물었다.

"자, 그럼 천변에 다녀온 일을 얘기해봐."

"별 소득이 없었습니다. 구리개 홍 가 약방에서는 내일 술시쯤 다시 찾아오면 문시종을 손볼 줄 아는 사람이 올 것이라 했습니다."

"홍 가 약방?"

주혁이 되물었다.

"예, 어찌 그러십니까?"

해랑의 물음에 주혁과 수환이 말없이 눈길을 주고받았다. 때마침 수환의 집무실 밖에서 작게 기척이 들리고 무영이 들어섰다.

"문시종을 손보는 자가 홍 가 약방에 드나든답니까?"

"오늘 아침 시친을 탐문한 기록을 봐야겠습니다."

주혁과 무영이 동시에 말했다. 서둘러 자리를 꿰차고 앉은 무영을 향해 수환이 시친 탐문 기록을 내밀었다. 무영이 눈으로 빠르게 기록을 훑으며 주혁을 향해 말했다.

"홍 가 약방에 주기적으로 드나드는 이라고 합니다. 내일 다시 가 볼까 하는데요."

"최근 저자에 국법으로 금지된 약초가 유통되고 있어 은밀히 조사 중입니다. 종류도 셋이나 되고, 양도 많은 것을 보아 조직적으로 움직이고 있는 듯한데, 오늘 다녀오셨다는 홍 가 약방이 의심되는 유통 거점 중 하나입니다."

"배후는 찾으셨습니까?"

"아직입니다. 헌데, 어찌 저를 이리 부르셨습니까?"

주혁의 물음에 무영이 미간에 인상을 그으며 고개를 들었다. 그러고는 수환을 향해 시친 탐문서를 내밀었다.

"한 사람이 빠졌습니다."

"그럴 리가요. 그 댁 가솔 모두가 다녀갔는데요?"

수환의 대답에 무영이 고개를 가로저었다.

"아닙니다. 한 명이 빠졌습니다. 그 댁 집사장을 다시 부르셔야겠습니다. 탐문에서 빠져나간 자는 다른 이들과 달리 그집에 온 지 얼마 안 되었을 것입니다."

"혹, 스승님께서 아는 분이어요?"

해랑이 물었다.

"본 적이 있지, 오래전에."

고개를 끄덕인 무영이 주혁을 바라보며 재차 입을 열었다.

"또한 지난 방화 사건 속 그 의문의 사자(死者) 또한 이자를 본 적이 있을 것입니다."

무영의 말에 주혁의 낯이 굳었다.

"그 말씀은……."

"예, 지금 종사관께서 생각하신 바로 그 뜻입니다."

* * *

"대체 네가 제대로 할 줄 아는 일이 무엇이란 말이야?"

임금의 질책에 무영이 대답 없이 입매를 굳혔다. 대답을 요하는 말이 아님을 아는 탓이다.

"괘서를 쓴 자가 고작 반촌에서 잡일이나 보던 팔푼이라는 것도 기가 찬데, 여태 배후를 캐내지 못했다는 말을 믿으라는 것이냐? 뒷배도 없는 반인 하나가 혼자 저지른 일이라고? 날이 얼마나 지난 줄은 알고 있느냐?"

"전하……."

"아니, 네가 나를 능멸하려는 게지. 암, 그렇지 않고서야 이럴 수는 없지. 그래, 윤이 녀석이 이리하라 시키더냐? 네가 윤이 녀석의 개가 되어 감히 나를 물려고? 응? 대답해보거라. 윤과 너, 또 누가 작당하였어? 누가 감히, 역모를 꾀하고 있느냐 묻는 것이다."

"맹세코, 진원대군과는 관계없는 일입니다."

무영의 대답에 임금이 길게 혀를 찼다.

"그래, 그래야지. 적통도 아닌 네까짓 것들이 감히 나를 끌어내릴 순 없지."

잠시 무영의 낯을 들여다보던 임금이 다시 입을 열었다.

"그래, 송 제조의 일은 어찌 되고 있느냐?"

"아뢰옵기 송구하오나, 아직 정확한 사인을 규명하지 못했습니다. 검험하는 이들은 독살을 염두에 두고 있는데, 내일 사시 즈음 복검에 대한 최종 보고가 있을 예정입니다."

무영의 말에 임금이 짜증스레 미간을 구겼다. 잠시 무언가 생각하는 듯하던 임금은 곧 무영을 향해 짐짓 다정한 얼굴을 꾸며냈다.

"눈엣가시 같은 자였지. 늘 그이를 둘러싼 소문과 험담이 끊이질 않았단 말이야. 송 제조의 죽음과 관련된 소문은 무엇 하나도 빠짐없이 소상히 알아오거라. 짚이는 바가 없지 않으니."

"예, 전하."

말을 마친 임금의 낯 위로 묘하게 즐거운 듯한 웃음이 떠올랐다. 그러나 감히 아는 체할 수 없는지라, 무영은 조용히 뒷걸음질로 물러날 뿐이었다.

해시가 막 지날 무렵 궁문을 넘은 무영은 금위영 앞을 지나 인적 드문 골목에 이르자 걸음을 멈췄다.

"대군의 명입니까?"

허공에 대고 물었지만 대답하는 이가 없었다. 속으로 혀를 찬 무영이 몸을 돌려 섰다. 잠시 짙은 어둠 속을 내다보다 마치 들으라는 듯 한숨을 쉬었다. 그러고는 다시 입을 열었다.

"제가 기어이 소란을 피워야 나오시겠습니까?"

어둠이 일렁이는 듯하더니 이내 인기척이 났다. 무영과 열 보쯤 떨어진 자리에 검은 복면의 사내가 모습을 드러냈다.

"종주, 어찌 저를 좇고 계신지 물었습니다."

무영의 말에 종주가 복면을 벗고 고개를 숙였다.

"함께 가셔야겠습니다."

"날이 밝은 후 선전으로 서신을 보내시면 될 일을 이 시간에 그대를 번거롭게 하는 것을 보니 썩 좋은 일은 아닌 듯합니다만."

무영이 꼬아 말하자 종주가 고개를 들었다.

"원치 않으시면 굳이 청하지는 않겠습니다. 허나 '형님, 오늘 밤이 지나면 다시는 형님의 쥐방울을 만나지 못하실 겁니다'라고 전하라 하셨습니다."

쥐방울이라니. 해랑을 낮잡아 이르는 말이 껄끄러워 무영은 대답 없이 주먹을 꽉 말아 쥐었다.

침묵이 내린 골목 안으로 인정을 알리는 종소리가 들려오기 시작했다. 두 번째 종소리가 울렸을 때 무영은 별도리 없이 걸음을 옮겼다. 종주를 앞질러, 진원대군의 궁가를 향해서.

* * *

"소담하게 핀 흰 꽃처럼 낯이 고왔지. 나는 몇 번 보지 못했지만 말이다."

회상에 잠긴 진원대군의 말에 해랑이 슬쩍 입술을 깨물었다. 은밀

히 할 이야기가 있다더니. 네 스승에 관해 네가 꼭 알아야 할 이야기
라더니. 누구의 입을 통해 들어도 그리 달갑지 않을 말을 저 대군대
감께오서는 어찌 이리 천연덕스럽게 늘어놓고 계시는가.

"정녕 하실 말씀이 이것이셔요?"

"네가 형님에 대해 가장 궁금해하는 것이 이것인 줄 알았는데?"

대군이 말끝에 해랑을 향해 빙글빙글 웃는 낯을 들이밀었다.

"스승님께서 직접 말씀하지 않으신 일은, 그만한 이유가 있기에 그
런 것일 테지요. 구태여 들추고 다니고 싶은 생각은 없습니다."

단호한 해랑의 말에 대군이 파안대소했다. 보지 못한 새에 제법 단
단해진 해랑이었으나 대군의 상대가 되기엔 한참이나 일렀다.

"형님의 비밀이 궁금해 얌전히 따라온 것 아니더냐? 이제 와 그런
말을 하기엔 좀 늦은 것 같은데?"

"그저, 확인하고 싶은 것이 있어 제 발로 온 것일 뿐입니다."

"확인하고 싶은 것?"

대군이 흥미롭다는 듯 입술 끝을 말아 올렸다. 어쩌면 대군이 예상
한 것보다 해랑은 훨씬 더 단단해져 있는 듯했다.

"무영 대감 드십니다."

문밖에서 들려온 종주의 말에 해랑과 대군 사이에 맴돌던 불편한
침묵이 옅게 흩어졌다.

"잠시 나가 있거라."

무영이 사랑채 문턱을 넘으며 해랑을 향해 말했다.

"제 손님인데, 어찌 형님께서 마음대로 물린단 말씀이십니까?"

대군이 농 치듯 대꾸했다. 그러면서도 해랑을 향해 끄덕 고갯짓했
다. 해랑이 털고 일어난 자리에 무영이 대군과 마주 앉았다.

"주상께서는 뭐라고 하시던가요?"

"언제부터 저를 대감의 수하로 두셨습니까?"

무영이 입끝을 삐뚤게 말아 올리며 물었다.

"아이고, 그런 뜻은 아니었습니다, 형님."

대군이 짐짓 난처한 체히며 어깨를 으쓱였다.

"제 수하의 언사가 거칠었을 것입니다. 종주는 제가 시킨 대로 말을 옮긴 것뿐이니 노여움 푸시지요."

"제가요? 대군대감의 수하에게, 감히 제가요?"

답지 않게 꼬아 말하는 무영에 내내 짓궂은 미소를 띠던 대군의 입매가 굳었다.

"형님."

"하실 말씀만 간단히 하시지요. 벌써 인정이 끝난지라, 돌아갈 길이 멉니다."

차가운 무영의 태도에 대군이 손끝으로 이마를 쓸었다.

"송 제조의 사랑채에 있던 물건을 모두 우포청으로 옮겼다 들었습니다."

무영이 대꾸하지 않자 대군은 초조한 듯 혀끝으로 입술을 한번 훑었다.

"옮겨진 물건들 중 어딘가에 장부가 있을 것입니다."

재차 이어진 대군의 말에 무영이 왼 눈썹을 슬쩍 들어 올렸다.

"수사 내용을 외부에 발설할 수 없음은 물론이고, 증좌를 빼돌리는 것은 더더욱 불가합니다."

"예, 압니다. 그것을 어찌해 달라는 것이 아닙니다."

말을 더 잇지 못하고 망설이던 대군이 이내 허리를 곧게 펴고 앉았다. 그러고는 마치 심연을 들여다보듯 제 형님의 새까만 눈동자를 한참이나 바라보았다.

"본 적이 없으니, 어떤 형태로 기록하여 보관했을지는 저도 모릅니다. 허나, 송 제조의 성정이라면 분명히 어딘가에 기록해두었을 것입니다. 그러니 단 하나도 놓침 없이 확인하셔야 합니다."

"그리하여 제가, 혹은 대감께서 얻는 이득이 무엇입니까?"

"이 사건의 범인을 찾으실 수 있을 겁니다."

대군의 말에 잠시 생각하는 듯하던 무영이 작게 고개를 끄덕였다.

"치부책(置簿冊)이군요."

"예. 어떤 형태로든 존재할 것이고요."

"치부책이 발견되면, 대감께오선 어떤 이득을 취하십니까?"

"그저, 범인이 궁금한 것뿐입니다."

대군이 장난스레 어깨를 으쓱였다. 그러나 무영이 그 말을 믿는 눈치는 아니었다. 서로가 그것을 알고 있으나 말해 무엇 하겠는가.

"이런 말씀이라면 내일 날이 밝은 후 서신을 보내셔도 되었을 일인데요."

"제 물빛 시전지가 때마침 다 떨어졌지 뭡니까?"

느물거리는 대군에 무영이 고개를 가로젓고는 자리에서 일어났다.

"그래도 퍽 아끼시는 모양이지요?"

웃음기 섞인 대군의 말에 무영이 문고리에 손을 올린 채로 대군을 돌아보았다.

"형님의 쥐방울 말입니다. 아, 이리 부르면 언짢으시지요?"

기어코 신경을 긁고 말겠다는 듯 한껏 반달 모양으로 휘어지는 대군의 눈매에 무영은 대꾸 없이 목례하고는 사랑채를 나섰다.

제 형님의 뒷모습이 사라지자, 대군은 작게 숨죽여 웃기 시작했다.
주상과 저가 각각 하나씩, 무영의 약점을 알고 있으니 어느 쪽이 더
큰 약점을 쥐고 있을지는 머지않아 알게 될 터였다.

* * *

축시. 한참 졸던 공 씨가 눈을 홉뜨며 깨어났다.

이 염병할 정신머리. 스스로를 향해 작게 욕을 중얼거린 공 씨가
얼른 시신을 향해 다가섰다. 부산스러운 공 씨의 움직임에, 검험소 구
석에서 졸던 오작인 두 명이 허둥지둥 일어나 공 씨 곁으로 다가왔다.

"얼른 솜을 모두 거두어라."

공 씨의 말에 오작인들의 손이 빨라졌다. 그들이 시신의 아홉 구멍
을 막고 있던 솜을 걷어내자 공 씨가 고개를 가로저으며 혀를 찼다.
검게 변한 솜을 치워낸 자리마다 구멍을 막아두었던 수수밥이 시커
멓게 모습을 드러낸 탓이다.

공 씨가 제 왼편에 선 오작인을 향해 말없이 손을 내밀었다. 오작
인이 날래게 은비녀를 공 씨의 손에 올려주었다. 비녀를 든 공 씨가
조심스럽게 시신의 입술을 들어 올리고는 그 안을 살피기 시작했다.
잇몸이 모두 검푸르게 변한 모습에 공 씨의 입에서 하, 하는 한숨이
새어 나왔다.

아홉 구멍에서 나온 검붉은 혈즙과 검푸르게 변한 죽은 자의 잇몸.
씩 웃은 공 씨가 비녀를 내려두고 크게 기지개를 켰다.

"시장과 시형도를 써야겠으니, 준비해오거라."

다시 오작인들의 움직임이 부산해지고 공 씨의 눈에 생기가 돌기

시작했다.

* * *

"여기를 먼저 보시지요."

공 씨가 시신의 오른손 엄지 끝을 가리켰다.

"어제는 못 봤던 것인데요?"

해랑의 말에 공 씨가 고개를 끄덕였다.

"여기로 독이 들어갔다는 말인가?"

"그렇다기엔 상처가 좀 작은데?"

주혁의 물음에 수환이 덧붙여 물었다. 이에 공 씨가 고개를 가로저었다.

"예, 그렇다기엔 작지요. 허나 현재로서는 이 상처 외에 피해자의 몸에 쌓인 독을 증명할 길이 없습니다."

"독살임은 확실합니까?"

무영이 물었다. 공 씨가 고개를 주억이고는 검험소 한쪽에서 지난 새벽 시신에서 거두어낸 종이와 솜뭉치, 수수밥을 내어왔다. 새까맣게 변해 악취를 내뿜고 있는 응용법물(應用法物)*** 앞에서 모두가 독살임을 수긍할 수밖에 없었다.

시신의 엄지 끝을 내다보며 쪼그려 앉아 있던 해랑이 물었다.

"바늘에 찔렸다고 하기에는 크고, 모양을 보니 필시 무엇에 찔린 자국 같긴 한데, 어떻게 난 상처일까요? 상처 주변에 미미한 혈즙이

◆ 검험에 쓰는 도구의 총칭.

붉게 남은 것을 보면 공 의관님 말씀대로 생전에 생긴 상처인데, 아무리 작다고 해도 이 정도 상처이면 따끔할 정도는 되었을 텐데요."

"무엇에 찔렸는지보다는 이 정도 상처로 흡수될 양이면 독이 극소량이었을 텐데, 그 독이 무엇인지를 찾는 게 더 중요하지 않겠어?"

수환이 대꾸하자 해랑이 고개를 주억이고는 시신의 엄지 끝에 나시 얼굴을 들이밀었다.

"헌데 나리, 혈즙이 있기는 한데……. 상처 주변 살색이 좀 이상한 걸요?"

해랑의 말에 공씨가 씩 웃고는 해랑을 일으켜 세웠다.

"그럼, 이상하고말고. 거 참, 이리 영특한 것을 보니 잘만 가르쳐놓으면 요놈이 저보다 훨씬 소문난 검험의관으로 밥벌이를 하겠습니다요."

해랑의 어깨를 한 번 툭 친 공 의관이 세 사내를 바라보며 너스레를 떨었다. 그러고는 재차 입을 열었다.

"일단, 강 종사관 나리 말씀처럼 이 정도 상처를 통해 흡수될 수 있는 독의 양은 아주 소량입니다. 문제는, 극소량으로도 죽음에 이르는 독이 무엇인가 하는 것인데, 사실 그 독이 무엇인지 밝히는 것은 무의미합니다. 상처 구멍이 이 정도라면 한 방울도 되지 않을 독일 텐데, 그 정도의 양이 치사량인 독은 존재하지 않습니다요. 무엇보다 검험 과정에서 사자에게 쓰인 독이 무엇인지 이미 알아낸 참이고요."

"그것이 무엇입니까?"

무영이 물었다.

"서망초 독에 중독되어 죽은 것입니다요. 검푸른 잇몸, 몸의 아홉 구멍에서 나오는 혈즙 같은 반응은 일부 다른 독을 검출할 때도 볼 수 있습니다만, 서망초 독은 다른 것들과 달리 은비녀를 비롯한 각종 법물에 즉각적으로 반응하지 않고 하룻날 저녁이나 지난 다음에야 검출되는 독입니다. 이런 식으로 시간이 지나야 독 검출이 가능한 것은 둘 중 하나의 상황밖에 없습니다. 쓰인 독이 서망초 독이거나, 치사량의 독이 아닌 미량의 독에 지속적으로 노출된 경우입죠. 송종오 영감의 경우 둘 모두에 해당되고요."

"둘 모두에?"

주혁이 되묻자 공 의관이 시신의 오른손을 들어 올렸다.

"보십쇼. 해랑이 요 녀석 말처럼 상처 주변 살 일부가 다른 곳보다 색이 짙습니다. 엄지가 전체적으로 약간 얼룩덜룩한 형상이지요. 간혹 검험 중에 오래된 상처가 드러나기도 하는데, 이것이 그런 경우입니다. 상처 구멍 자체가 드러나지 않은 것은 이번에 난 상처처럼 아주 미세하고 작은 상처였기 때문인데, 이미 새 살이 돋아 사라진 것이지요. 그렇다고 해서 상처가 났던 흔적까지 없어지는 것은 아니고요. 그러니까, 이렇게 살색이 어두운 부분은 모두 이번에 발견된 상처와 비슷한 크기로, 이전에 여러 번 상처가 났던 자국입니다. 오랫동안 미세한 독에 노출되다가, 그것이 쌓여 사망에 이른 것입니다요."

공 의관의 말을 끝으로 검험소는 적막에 휩싸였다.

조금 길어지는 고요에 공 의관이 슬쩍 네 사람의 눈치를 살피기 시작할 즈음, 해랑이 입을 열었다.

"어……. 알 것 같습니다."

"무엇을?"

주혁이 물었다.

"상처 말이어요. 왜 하필 엄지 끝에 지속적으로 상처가 났는지, 독이 어디서 묻은 것인지도 알 것 같아요."

해랑은 말끝에 수환을 바라보았다. 그 눈길에 수환이 웅? 하며 눈짓하자 씩 웃고는 수환을 향해 두 손을 내밀었다.

"보여주셔요, 문시종 말이어요."

수환의 눈짓에 공 의관이 검험소 한쪽에 모아둔 송 제조의 물건 사이에서 문시종을 꺼내왔다. 탁상 위에 문시종이 놓이자 두 종사관과 무영이 해랑의 뜻을 알아채고는 저마다 작게 고개를 끄덕였다.

"이 자루에 독이 묻어 있었던 것 아닐까요? 보세요, 손에 이렇게 쥐고, 엄지로 자루를 누르잖아요."

"그럴 수 있지. 피해자가 하루에도 몇 번씩 이것을 꺼내 들여다보았다고 하였……."

해랑의 말에 수긍하던 수환이 돌연 말을 멈추고는 혀를 찼다. 그러고는 공 의관을 향해 물었다.

"송 영감의 사랑채에서 가져온 물건들을 정리해둔 목록을 가져오게."

"어찌 그래?"

주혁이 묻자 수환이 빠르게 목록을 훑으며 입을 열었다.

"시친 탐문 때, 개동 아범이 분명히 그랬거든. 송종오 영감이 문시종을 늘 붉은 가죽 주머니에 넣어서 보관했다고. 문시종은 피해자가 손에 꽉 쥔 채로 발견되었는데, 가죽 주머니는 어디에도 없어. 사랑채에 있던 모든 물건을 죄 옮겨왔는데 말이야."

"범인이겠군요."

무영의 말에 두 종사관이 동의하듯 고개를 끄덕였다.

"다른 물건은 사라진 것이 없나요? 귀한 물건이 많았을 텐데요."

해랑이 묻자 수환이 고개를 가로저었다. 사라진 것은 오직 문시종을 담고 다니던 가죽 주머니 단 하나였다.

"구리개로 가야겠습니다."

"저도 가야겠습니다."

무영의 말에 주혁이 대꾸했다.

"자네 수하들을 좀 데려가게. 요 똥강아지는 제가 데려가지요."

수환이 해랑의 어깨에 팔을 두르며 주혁과 무영을 향해 말했다. 일순 무영의 미간이 살짝 접혔으나 그것을 본 사람은 수환뿐이었다. 네 사람은 빠른 걸음으로 검험소 문턱을 넘었다. 중천에 있던 해가 어느새 조금 기울어 있었다.

* * *

"자, 편하게 앉게."

수환이 개동 아범을 어르듯 말했다. 또다시 포청으로 불려 온 것이 당황스러운 듯, 개동 아범은 쩔쩔매는 기색으로 수환과 해랑의 눈치를 번갈아 가며 살폈다.

"그…… 도움이 될 만한 것은 지난번에 다 말씀을 드렸사온데……."

우물쭈물하는 개동 아범을 향해 수환이 싱긋 웃는 낯을 되돌렸다.

"그래, 자네가 많은 도움이 되었지. 그저 한 가지 확인하고 싶은 것이 있어 불렀을 뿐이니 겁먹지 말게."

입꼬리만 끌어올려 웃는 수환에 개동 아범은 아까보다 더욱 당황한 기색으로 입을 벙긋거렸지만 수환과 해랑은 개의치 않는 모양이었다. 시친 탐문 내용을 훑던 수환이 물었다.

"어제, 그 댁 가솔들 중 누구 하나 빠지지 않고 모두 포청에 온 것이 분명한가?"

"예, 맞습니다. 안방마님께서 나리를 만나 뵙는 동안 제가 밖에서 몇 번이나 확인했습니다."

"한 명이 빠졌던데?"

수환의 말에 개동 아범이 펄쩍 뛰며 예? 하고 되물었다.

"키는 종사관 나리만 하고요, 얼굴은 조금 검고, 눈이 이렇게 가늘고 날카롭게 생긴 사람이었는데요."

해랑이 검지 손끝으로 눈가를 쭉 당기며 말하자 개동 아범이 아! 하고는 무릎을 쳤다.

"종혁이……. 종혁이 그놈을 말씀하시는 것 같은데……. 그놈은 저랑 같이 와서 내내 저와 함께 집무실 앞에서 순서를 기다렸는데요?"

"한시도 빼놓지 않고 그자와 함께 있었는가? 그자는 시친 탐문에 응하지 않았네. 탐문은 자네가 마지막이었고."

수환의 물음에 잠시 생각하는 듯하던 개동 아범이 이내 고개를 끄덕였다.

"예, 중간에 잠시 측간에 다녀왔습니다. 제가 돌아왔을 때 포청에 남아 있던 이들은 제 아들인 개동이와 순이 아범, 순이 어멈, 이렇게 셋이었습니다. 탐문을 받지 않고 돌아간 줄은 맹세코 몰랐습니다요."

"그자는 지금 어디 있지?"

"어……. 그것이……."

수환의 물음에 우물쭈물하던 개동 아범이 손을 크게 휘저으며 말을 쏟아내기 시작했다.

"저는 정말 아무것도 모릅니다요. 그자가 영감마님 곁에서 지내게 된 것도 어느 날 갑자기였고, 또 저희와 같이 행랑채에서 지내지도 않았습니다. 귀신같이 나타났다가 사라지는 놈이었습니다요. 제가 아는 것은 그놈의 이름뿐입니다. 정말입니다."

"그러니, 어제 이후로 사라진 것이 평소와 다를 바 없는 행실이라 크게 신경 쓰지 않았다는 것이군?"

"예, 예. 그렇습니다."

개동 아범이 황급히 고개를 끄덕였다.

"그 사람이 언제부터 집에 드나들었는지는 기억나지 않으십니까?"

해랑이 묻자 개동 아범은 기억을 더듬듯 잠시 입을 다물었다.

"그자에 대해 또 다른 이상한 점은 없었는지도 생각해보게."

수환이 덧붙인 말에 고개를 끄덕이던 개동 아범이 무릎을 탁 치고는 다시 입을 열었다.

"하루에 한 번, 많으면 두 번쯤은 사랑채에 들어 영감마님과 한참 대화를 하였는데, 그 후에는 꼭 집 밖으로 나갔다 들어왔습니다. 헌데, 이자는 여태 한 번도 대문으로 드나든 적이 없습니다. 이자를 마님의 사랑채에서 처음 마주친 것이……. 아! 예, 올해 동지 즈음이었습니다. 확실히 기억합니다."

개동 아범이 돌아간 후 탐문 기록을 들여다보던 해랑이 무엇인가를 발견한 듯 퍼뜩 고개를 치켜들었다. 수환은 여태 턱 끝을 매만지며 생각에 잠겨 있었다.

"나리, 그 종혁이라는 자 말이어요."

수환의 시선이 저를 향하자 해랑이 재차 입을 열었다.

"혹 문시종을 그자가 가져온 것일까요?"

"역시 많이 컸단 말이지."

"예?"

고개를 갸웃하는 해랑을 바라보며 수환이 피식 웃음을 흘렸다.

"같은 생각을 하는 중이었다. 문제는, 개동 아범이 증언한 그자의 행태를 보아하니 송종오 영감과 다른 누군가의 사이에서 다리 역할을 했던 것 같은데……."

"스승님께서 본 적이 있는 자라 하셨으니, 누구의 사람인지도 알고 계실 듯한데요. 헌데 그보다, 문시종을 수리하던 자가 누구였을까요? 그 댁에 들고 나는 모든 물건은 개동 아저씨가 안다고 하셨는데, 문시종은 아니라고 하셨잖아요. 그자가 가져온 것이니 수리를 할 때도 그자를 통한 것이겠지요?"

"그렇겠지. 문시종을 수리한 자가 문시종 자루에 독을 묻혔을 것이다. 종혁이란 자는 한패였을 것이고. 그러니 구리개 홍 가 약방에 드나든다는 이가 피해자의 문시종을 수리한 자가 아니라면, 종혁이란 자를 잡아 수리한 자가 누구인지, 또 그 두 사람의 배후가 누구인지 캐내야 할 거야."

수환의 말에 고개를 끄덕이던 해랑이 별안간 손뼉을 짝 쳤다.

"문시종 말이어요. 고장 난 채로 멈춰 있었잖아요?"

"그랬지."

"헌데 피해자가 그것을 손에 꼭 쥐고 있었고요."

이어진 해랑의 말에 수환이 씩 웃음을 흘리며 고개를 끄덕였다.

"그래, 작동하지 않는 것을 부러 열어 시간을 확인할 필요는 없지. 피해자가 마지막으로 그것을 열었을 때는 제대로 작동하고 있었을 거야. 얼마 안 가 멈췄겠지만."

"문시종이 멈춘 시간이 피해자의 사망시각 즈음이겠네요."

해랑의 말에 수환이 자리에서 벌떡 일어났다. 그 결에 해랑 또한 엉거주춤 수환을 따라 일어섰다.

"가자, 우리도 구리개로 가야겠다."

* * *

"탐문에서 빠져나간 자가 누구의 사람입니까?"

구리개를 향해 걸으며 주혁이 물었다.

"아직은 말씀드릴 수 없습니다."

"지난 사건의, 그 의문의 사자를 죽인 자라고 하지 않으셨습니까?"

"예, 그럴 것입니다. 허나 저는 탐문에서 빠져나간 그자의 이름도, 성도 모릅니다. 단 한 번 본 적이 있을 뿐이지요. 가진 것이 심증뿐이라 아직은 말씀드리지 못하는 것입니다."

무영의 말에 주혁은 개의치 않는다는 듯 고개를 끄덕였다. 때가 되면 재촉하지 않아도 알아서 일러줄 무영의 성정을 아는 탓이다.

"약방에 드나든다는 이가 송종오 영감의 문시종을 수리한 자가 아니면, 그때는 어찌하시겠습니까?"

"빠져나간 자의 행적을 따라가야지요. 그자의 주인으로 의심되는 인물의 뒤를 캘 것입니다."

홍 가 약방이 지척으로 다가오자 주혁은 저를 따르던 수하들을 둘로 나누어 흩어지게 했다.

"대감께서는 어찌하시겠습니까?"

"그자가 술시쯤 나타난다 하였으니 약방 내실에서 기다릴 것입니다.”

“약방 주인 홍 씨는 금지 약초 유통에 적극적으로 관여하고 있는 것으로 의심되는 자들 중 하나입니다. 그자가 발을 담근 험한 일이 이것 하나뿐이겠습니까?”

“지켜봐야 알 일이지요. 걱정하실 일은 없을 겁니다.”

주혁의 걱정을 덜어내듯 무영이 슬쩍 웃으며 대답했다.

약방 문턱을 넘는 무영의 뒷모습을 잠시 지켜보던 주혁은 이내 약방 뒷골목을 향해 자리를 옮겼다. 해가 저물면 두 사람 모두 기다리던 자들을 마주칠 수 있길 바라면서.

* * *

“예서 잠시 기다리십쇼.”

주인이 내실 문을 닫고 나가자, 무영은 재빨리 방 안을 살피기 시작했다. 마른 약초 내음이 코끝을 찔렀다. 안쪽 천장에 달린 약초 주머니에서 나는 향일 것이다. 흘끗 천장을 보던 시선을 내리면 양 벽을 가득 채운 약장이 칸칸이 각기 다른 이름을 달고 야무지게도 닫혀 있었다.

황기, 칡, 더덕, 대추, 인삼, 감초……. 흔한 것들은 빠르게 훑어 넘기며 약장 이 끝에서 저 끝까지 붙은 명패를 단단히 살폈다. 보란 듯이 이름을 써놓을 리 없지, 생각하면서도 의심스러운 눈길을 거두기 쉽지 않았다. 타고난 성정이 그러하니 어쩔 수 없는 일이다.

잠시 한자리에 서서 방 안을 훑던 무영이 오른쪽 구석에 놓인 약장으로 다가섰다. 위에서 세 번째, 왼쪽에서 두 번째. 여상한 손길로 서

랍을 열었다. 안에 든 마른 풀을 손끝에 비벼보고는 그 손을 들어 코끝에 대었다. 쌉싸름한 향이 훅 퍼져 나왔다. 마른 웃음이 새는 입가를 비틀어 웃으며 열었던 것을 닫았다. 부스러진 약초 가루가 묻은 손끝을 무성의하게 털어낸다.

유통 규모가 꽤 크다던 주혁의 말이 무색하게도 하는 행태는 허술하기 짝이 없었다. 백여 칸에 가까운 약장에 감초가 여섯, 계피가 일곱, 도라지는 넷. 내실 문 바로 앞에 놓인 약장에 있는 것 하나씩을 빼고는 죄다 이처럼 이름과는 다른 물건이 들어 있을 것이다.

어디에나 들어가는 흔한 약재는 손님을 맞는 바깥방의 약장에 두는 것이 보통이다. 내실 문을 열자마자 손이 닿는 자리에 여유분을 두었을 테니, 나머지는 모두 주혁이 찾는다는 물건임이 틀림없었다.

유시*가 막 지났으니, 문시종을 수리한다는 자가 오려면 한 시진이나 남았다. 하지만 그는 나타나지 않을 것이다. 어쩌면, 나타나더라도 만나지 못할 것이다. 저를 내실에 남겨두고 나간 주인의 의도가 빤한지라 무영은 입꼬리를 비틀어 올렸다.

발소리를 죽여 내실 문 바로 앞에 선 무영이 가만히 눈을 감고 문밖의 소리에 집중하기 시작했다. 언제나 틀린 적이 없던 그의 예감처럼, 바깥방에서는 약방 주인 홍 씨가 누군가에게 작게 속삭이고 있었다. 어서 여기서 도망치라고.

* * *

◆   오후 5~7시.

홍 가 약방 뒷골목, 드나드는 이 없는 뒷문을 노려보고 서 있던 주혁이 조금 옆으로 비켜섰다.

"사람이 오면 아는 체를 좀 해야 말이지."

수환이 작게 툴툴거리며 주혁이 내어준 자리에 섰다.

"어찌 혼자인가?"

"거 참, 사람이 말을 하면 좀 쳐다봐야지."

"매일 보는 낯을 또 본다고 뭐 달라져? 어찌 혼자냐니까?"

얄밉게 말하는 주혁의 옆얼굴을 향해 수환이 눈을 한 번 흘기고는 이내 주혁과 같은 방향으로 시선을 돌렸다.

"고 녀석은 약방 주변에 있어. 일다경쯤 지나면 약방으로 들어갈 거야."

굳은 목을 풀듯 고개를 이리저리 돌린 수환이 재차 입을 열었다.

"탐문에서 빠져나간 자 말이야, 그자가 화재 사건의 변사자를 죽였을 가능성이 얼마나 있어?"

"글쎄, 이번 사건이 끝나면 물증을 얻을 수 있겠지. 심증뿐이라고는 하나 대감께서는 확신하시는 모양이네만."

"죽은 송 제조가 이 약초 밀수건을 알고 있었을까? 오, 이제야 내 얘기에 흥미가 생기나 봐?"

수환이 놀란 체하며 저를 돌아본 주혁을 향해 눈을 찡긋했다. 그 모양에 주혁이 피식 웃고는 고개를 가로저었다.

"알고 있었겠지. 이만한 규모로 일을 꾸미는데, 다른 이도 아니고 평시서 제조의 눈을 피할 수 있을 리가 없잖나. 알고도 눈감아주었을 테고, 이 밀수꾼들의 우두머리에게 그만한 대가를 받았겠지. 문제는, 대체 어디서 원한을 샀기에 '그' 송 제조 영감이 죽임을 당했냐는 것이네. 이렇게 큰 뒷배가 있는데도 말이야."

주혁의 말에 흠, 하는 소리를 흘리던 수환이 입을 열었다.

"우리가 같은 자를 쫓고 있다는 말처럼 들리는데."

"이제야 말이 통하는군."

피식 웃으며 대꾸한 주혁이 다시 약방을 향해 시선을 돌렸다. 그런 주혁을 향해 수환이 뭐라 다시 말을 붙이려는 찰나, 약방 앞쪽 골목이 소란해졌다. 약방문을 거칠게 밀어젖히며 뛰쳐나가는 해랑을 발견한 수환이 주혁의 팔을 툭 쳤다.

"아무래도 난 저쪽으로 가야겠어."

빠르게 멀어지는 수환의 뒤통수를 내다보는 주혁의 눈에 이번에는 무영이 뛰어나오는 것이 보였다. 해랑과 같은 방향이었다. 변복해 대기하던 수환의 군졸들까지 제 상관을 따라 같은 방향으로 달려나가니 일대는 더욱 소란해졌다.

잠시 그것을 지켜보던 주혁의 시선이 원래의 자리로 돌아왔다.

언제 어디서나, 이렇듯 소란을 틈타 움직이는 시궁쥐 같은 이들이 있게 마련이다. 조심스레 약방 뒷문을 통해 들어가는 장정 넷의 모습이 꼭 그러했다. 차례로 약방 문턱을 넘는 그들의 뒤통수를 보며 주혁은 속으로 혀를 찼다. 어쩜 이리 빤하냔 말이야, 하는 속엣말이 불쑥 튀어나왔다.

허공을 향해 까딱 손짓한 주혁이 약방 뒷문을 향해 다가섰다. 우포청 식솔들이 한바탕 소란을 피우며 약방을 떠났으니 이제 좌포청에서 활약할 차례였다.

* * *

손을 뻗으면 닿을 듯 말 듯한 거리. 용케도 저를 앞질러 가는 사내의 뒤를 쫓으며 해랑은 곁눈질로 주변을 살폈다. 사내가 약방 골목 사거리에서 휙 몸을 꺾어 천변을 향해 달려나갔다. 염병할. 해랑은 답지 않게 욕을 짓씹으며 사람들 사이로 숨은 사내의 뒤통수를 향해 눈을 흘겼다. 사내를 앞질러 그 앞을 가로막는 것이 어려운 일은 아니었으나, 지금은 보는 눈이 너무 많았다.

"비키세요, 비켜요!"

해랑이 소리칠 때마다 시전 바닥에 우글우글하던 사람들이 물길 갈라서듯 비켜섰다. 지척에서 들리는 해랑의 목소리에 사내가 흘끔 돌아보고는 뭐라고 욕을 중얼거렸다. 아니, 이 양반이? 예민한 귀에 꽂히는 욕지거리에 해랑이 눈을 홉뜨며 속엣말을 하고는 사내가 움직인 방향으로 몸을 틀었다.

한참을 달리던 사내가 곧 장창교 부근에 이르렀다. 그가 막 다리 위로 발을 들였을 때, 해랑은 "여깁니다!" 하고 크게 소리쳤다. 반대편 언저리에서 다가오는 수환과 그의 수하들을 향해 외치는 말이었다. 퇴로가 막혔으니 더는 도망칠 길이 없을 테다.

해랑이 사내의 어깨춤을 향해 손을 쭉 뻗었다. 손끝에 옷깃이 닿는 듯 감촉을 남기기 무섭게 빈 손가락 사이로 횡하니 바람이 스쳤다. 헛손질은 한 번으로 족했다. 사내는 돌풍에 솟아오른 낙엽마냥 허공으로 떠올랐다가 바닥으로 곤두박질쳤다.

개천 주변으로 쌓아 올린 돌 위에 붉게 피가 번졌다. 다리 아래로 몸을 날린 사내가 낸 소리에 주변이 잠시 정적에 휩싸였다. 크고 둔탁한 소리가 소름 끼쳤다. 시간이 멈춘 듯 멍하니 서 있던 사람들이 다리 한가운데로, 또 사내가 떨어진 자리로 몰려들기 시작했다.

해랑은 훌쩍 난간을 넘어 다리 아래로 뛰어내렸다. 보는 눈이 많은 것을 신경 쓸 겨를도 없었다. 가벼운 몸짓으로 착지해 황급히 사내에게 다가서자 사내의 입꼬리가 비뚜름하게 말려 올라가는 것이 보였다. 터진 뒤통수에서 흘러나온 피가 사내의 어깨를 물들이기 시작했다.

"시키…… 시키는 대로만 혔어. 암것두 몰러."

울컥 피를 뱉으며 하는 말에 해랑은 말없이 고개를 끄덕였다. 사내의 말이 거짓임을 알고 있었으나 따져 묻고 있을 때가 아니었다. 해랑은 사내의 머리에 손을 댔다가 황급히 저고리 소매를 뜯어내 피가 새는 부분에 들이댔다.

"사람들이 올 것입니다. 조금만 참으면……."

해랑의 말에 사내가 또다시 비죽 웃고는 피를 토해냈다. 눈을 홉뜨는 듯하더니 이내 눈꺼풀이 닫혔다.

"안 돼요, 아직 안 됩니다."

해랑이 다급히 말했다. 꺼져가는 숨결을 붙잡듯 사내의 얼굴에 귀를 가져다 댔다. 미약한 숨이라도 붙어 있을까 온 정신을 집중해 숨소리를 쫓는 해랑의 노력이 무색하게도 이미 빠져나온 사내의 혼이 육신 주변을 맴돌고 있었다. 해랑과 눈이 마주치자 사내의 혼은 도망치듯 사라졌다.

황망한 듯 그 모습을 바라보고 있던 해랑을 일으켜 세운 것은 무영이었다. 온통 핏자국인 해랑의 손을 내려다보던 무영이 제 옷자락 끝으로 해랑의 손을 한 번 닦아냈다.

마침 도착한 수환이 해랑의 꼴을 보고는 짧은 탄식을 흘렸다. 사내의 품을 뒤적이던 무영이 수환을 향해 나무로 만든 작은 호리병을 내밀었다.

"일단, 시신을 수습하셔야겠습니다. 이것은 공 의관께서 보셔야겠네요. 서망초 독이 들어 있을 것입니다."

단언하는 무영의 말에 호리병을 받은 수환이 고개를 끄덕이며 대꾸했다.

"예, 그렇겠지요. 이토록 아귀가 딱 들어맞으니, 배후가 누구인지는 몰라도 악독한 자임이 분명합니다. 그러지 않고서야 이자가 이처럼 쉽게 죽음을 택할 리가요."

"……아무것도 모른다고 했어요. 시키는 대로만 했다고."

해랑의 말에 수환이 눈가를 찡그렸다.

"그래, 그리 말했다면 더 길게 말하지도 않았겠지. 단숨에 목숨을 끊은 것을 보니 약점을 잡혀도 아주 크게 잡힌 모양이구나. 고생했다."

수환이 해랑의 어깨를 두어 번 다독였다.

해랑은 말없이 피 묻은 제 손을 바라봤다. 얼룩덜룩한 손바닥을 빤히 보던 시선은 이내 무영에게로 옮겨갔다. 핏물이 든 무영의 옷자락을 보니 가슴 한구석이 선뜩해졌다. "네 욕심이 셋 모두를 지옥으로 이끌겠구나" 하던 목소리가 떠오르자 손끝이 떨려왔다.

아니, 너무 놀라 그런 것이다. 눈앞에서 사람이 죽어서. 너무 놀라서. 속으로 저를 달래며 해랑은 옷자락을 움켜쥐었다.

"일단은 돌아가겠습니다. 내일 아침 포청에서 뵙지요."

말끝에 무영이 해랑의 손을 잡았다.

저를 지나쳐 걷는 무영의 뒷모습을 보며 수환은 작게 고개를 가로저었다. 해랑의 손을 꼭 붙들고 걷는 무영의 손아귀에 제법 힘이 들어가 있었다.

그렇게 세게 쥐며 단속하지 않아도 다른 곳으로는 흘러가지 않을 마음입니다. 깨져 없어지면, 그땐 후회해도 늦습니다. 따위의 말이 목구멍 끝에서 맴돌아, 수환은 한동안 두 사람의 뒷모습을 바라보며 서 있었다.

* * *

주혁의 고갯짓에 군졸 하나가 얼른 약방문을 닫았다. 금줄 너머에서부터 전해지던 와글와글한 소리가 사라지자 약방 안으로 정적이 일었다. 냉기를 품은 주혁의 얼굴에 주변 공기까지 덩달아 싸늘해졌다. 한쪽 벽을 따라 차곡차곡 쌓이는 약초에 주혁의 미간에 팬 주름이 점점 깊어졌다.

"이것이 마지막입니다."

봇짐만 한 크기의 꾸러미를 내려놓은 군졸 하나가 말했다. 압수한 약초의 양이 상당했다. 이들이 그간 거래했다는 값을 생각하면, 이만한 양이 못해도 기와집 한 채 값은 될 터였다.

들으라는 듯 주혁이 혀를 차자 약방 주인 홍 씨가 눈에 띄게 어깨를 움찔했다. 홍 씨를 한번 흘끗 본 주혁이 이내 홍 씨와 함께 꿇어앉은 이들의 면면을 살피기 시작했다.

가게 안에서 손님인 체 앉아 있던 사내 둘과 뒷문을 통해 들어온 사내 넷. 다들 약초꾼이나 등짐장수인 척하며 약방을 드나든 터라, 저자에서 마주쳤다면 이런 일에 연루된 것을 쉬이 눈치채지 못했을 것이다.

홍 씨를 제외한 나머지 사내들은 태평한 얼굴로 주혁의 시선을 받아냈다. 그중 두엇은 주혁과 똑바로 눈을 마주치며 비죽비죽 웃기도 했다. 믿는 구석이 있어 이러는 모양이구나 싶어 부아가 치미는 주혁이었으나 겨우 이 정도의 도발로 깨질 평정은 아니었다.

"나리, 이것을 좀 보셔야겠습니다."

주혁이 다가서자 약초더미를 뒤지던 군졸이 물건 하나를 내밀었다. 그것을 받아든 주혁이 미간을 구기며 탄식을 삼켰다.

아는 물건이었다. 내내 유지하던 평정에 균열이 가기 시작했다.

여담(餘談) ══════════════════════════

"포청에서는 도 씨의 범행으로 사건을 마무리 지었습니다."

사내의 말에 상석에 앉은 민도식이 쯧, 혀를 찼다.

"확실한 게야?"

"예. 제가 직접 확인한 것입니다."

"다른 움직임은 없고?"

민도식이 되물으며 고개를 모로 기울였다. 미심쩍어하는 듯한 행동에 마주 앉은 사내가 천천히 고개를 가로저었다.

"개동 아범을 통해 저에 대해 탐문한 모양입니다만, 송 제조가 죽었으니 이제 그 댁 식솔들 중 저에 대해 아는 자는 아무도 없습니다. 걱정하지 않으셔도 됩니다."

말을 마친 사내가 민도식을 향해 붉은 가죽 주머니를 내밀었다. 민도식이 턱짓하자 사내가 품 안에서 자그마한 칼을 꺼내 주머니 옆구리를 갈랐다. 주머니 안에 빼곡하게 적힌 글을 본 민도식의 입가가 움푹 팼다. 꽤 만족스러운 모양이었다.

"약방 건은 어찌 되었느냐?"

"홍 씨는 함부로 입을 열지 못할 것입니다. 그간 어르신께서 처리해주신 일들을 생각하면, 영영 입을 다물게 될 테지요. 홍 씨와 함께 잡혀 들어간 제 아이들의 입단속 또한 걱정하지 않으셔도 됩니다. 다만……."

"그래, 빠른 시일 안에 네 수하들은 빼내주마. 그 아이들이 나와야 너도 남은 일을 마저 할 것 아니냐?"

"감사합니다, 어르신."

사내가 꾸벅 고개를 숙였다.

"아무래도 찜찜하단 말이지……. 약방 건이 좌포청 소관이라고?"

"예."

고개를 끄덕인 민도식이 사내를 향해 손을 휘휘 저어 보였다.

"알겠으니 이만 나가보거라. 아무래도 내가 직접 손을 써야겠다. 다시 찾을 때까지 얌전히 있거라."

사내가 떠난 후, 홀로 사랑에 남은 민도식이 서안 위에 놓인 가죽 주머니를 다시 들여다보기 시작했다. 주머니 안에 새겨진 이름들을 하나하나 살피는가 싶더니 이내 화로 안에 그것을 던져 넣었다. 꼬이는 날벌레는 하루라도 빨리 처리하는 것이 좋지. 속으로 뇌까린 후 자리에서 일어나 사랑문을 열어젖혔다.

"등청할 것이니 준비하거라."

민도식의 말에 그 댁 집사장이 황급히 고개를 숙이며 사라졌다. 멀리서 동이 트고 있었다.

11

천(千) 개의
그림자

"그래서, 대감께서 생각하시는 지난 사건의 배후가 누군
가요?"

수환의 물음에 무영의 입가로 모호한 미소가 떠올랐다.

"최 종사관께서 약방 사건의 배후를 캐내신 모양이던데요."

무영이 대답을 떠넘기듯 주혁을 바라보았다. 안달이 난 수환이 그
런 두 사람 보라는 듯 두어 번 마른세수를 했다. 그 품새에 해랑이 큼,
소리를 내며 웃음을 삼켰다.

"약초를 싸맸던 꾸러미에서 이런 것을 찾았습니다."

주혁이 내려놓은 물건에 수환이 이마를 짚었다.

푸른 비단 띠.

네 사람은 가만히 그 물건을 들여다보기만 했다. 잠시 일었던 정적
을 먼저 깬 것은 수환이었다.

"함정일 가능성은?"

"글쎄……."

주혁이 모호한 대답을 남기며 무영을 바라보았다. 그러나 별다른 대꾸를 하지 않는 무영에 수환이 또 한 번 마른세수를 하고는 입을 열었다.

"호조판서 민도식은 주상 전하의 최측근 아닙니까? 누군가 그를 잡으려 놓은 덫이든, 혹은 그가 정말 이 약초 사건의 배후이든 수사하기 쉽지 않을 텐데요?"

"약초 밀수 이외에도 관련된 것이 있다면 얘기가 다르지 않겠습니까?"

무영의 말에 수환이 당황한 듯 이맛살을 찌푸렸다.

가만히 세 사람의 눈치를 살피던 해랑이 입을 열었다.

"다른 사건과도 관련이 있다는 말씀이어요? 지난 독살 사건을 이르심입니까?"

작게 고개를 끄덕인 무영이 책상 위에 놓여 있던 비단을 들어 올렸다.

어떤 일들은 아주 작은 것에서부터 시작된다. 간혹, 너무 정교하게 쌓아 올린 것들은 미세한 틈만 생겨도 와르르 무너지기도 하는 법이다. 그 누구도 신경 쓰지 않던 아주 사소한 것.

해동부 사내들의 표식인 푸른 비단을 보며 무영은 자연스레 얼굴 하나를 떠올렸다. 늘 마음에 두었으나 차마 함부로 꺼내 그릴 수는 없던 흰 꽃처럼 고운 낯. 영민하고 총기 넘치던 아이.

소화.

소화의 짙푸른색 치맛자락과 꼭 닮은 푸른 비단을 손에 쥐고 무영
은 자리에서 일어섰다.

어떤 사건들은 아주 작은 단서에서부터 실마리를 잡게 된다. 튀어
나온 조각들은 또다시 저들끼리 아귀를 맞추어 증거를 만들어내는
법이다.

* * *

"국경에 도적떼의 출몰이 잦다는 소식이 매일같이 들려오고 있습
니다. 이번 연행에는 호위를 증원하라 명하소서."

"그 소속을 가리지 않고 무예에 출중한 자들을 뽑아 배속하는 것
이 옳을 줄 아룁니다."

편전. 대신들의 말에 임금이 귀찮은 기색으로 손을 휘휘 저었다.

"호조에서 알아서 준비하시오. 충분한 인원을 차출하는 데 어려움
이 없도록 유관한 관청에서는 적당한 자들을 천거하고 호조에서 결
정하게 하시오. 이번 연행의 호위는 제이 왕자 무영 이휘를 수장으로
세울 것이오."

임금의 말에 대신들이 술렁였다. 여태 단 한 번 운검으로도 차출된
적이 없던 무영이 연행사신들의 호위를 이끈다니 퍽 당황스러운 모
양이었다.

"아뢰옵기 송구하오나, 전하……."

"왜, 무엇이 잘못되었소? 호위대장이 아니라 사신단의 우두머리로
보낼까요?"

너희의 속내를 안다는 듯, 임금이 빈정거리며 되묻자 편전 안이 금

세 정적에 휩싸였다.

자리에 모인 대신들 중에는 이번 연행에 사신으로 차출되는 이도 더러 있었다. 또한 이들의 가족들 중에도 연행사를 수행하는 이들이 적지 않았다.

앞에서는 무영에게 '대감'이라 부르며 눈치를 보는 저들이 뒤에서는 무영을 어떻게 낮잡아 이르는지는 누구보다도 임금이 가장 잘 알고 있었다.

고약한 제 성정대로 하자면 애써 불편한 기색을 감출 저들의 꼴이 우스워 무영을 사신단 맨 앞줄에 세웠을 것이다. 그러나 이번 일은 그 또한 미처 예상치 못했던 일인지라 슬쩍 한 발을 빼고 물러선 채 무영이 원하는 대로 해주고 마는 것이다.

반쪽이라도 무영은 엄연히 왕족이었다. 그러니 그를 조롱하고 무시하는 것은 오직 임금인 저만이 할 수 있는 일이다. 갑자기 알량한 형제애 따위가 생겨서 이러는 것이 아니라 분수를 모르고 활개치는 저들의 기를 눌러줄 셈인 것이다.

수군거리는 대신들을 바라보는 임금의 입가에서 짓궂은 미소가 떠나질 않았다. 소식이 전해지면 반쪽짜리 제 형제 또한 저 대신들만큼이나 당황할 것이다. 지난밤 찾아온 무영이 청한 것은 그저 사신단의 호위로 천거해 달라는 것이었다. 그 수장이 되게 해달라 한 적은 없었다.

그래, 네놈이 감히 꿈도 꾸지 못할 일이지. 속으로 뇌까린 임금의 입가가 만족스러운 듯 움푹 팼다.

그저 호기심 때문이다. 일평생 무언가를 원해본 적 없던 무영이 대체 무슨 연유로 제게 그런 청을 올렸는지, 단지 그것이 궁금해 이러는 것이었다.

무릇 여흥이란 천천히, 오래도록 즐겨야 더욱 가치를 발하는 법이다. 젊고 건강한 임금의 치세는 앞으로도 오래 이어질 것이니, 그에게 시간은 차고 넘치도록 많았다. 무영이 그토록 원하는 것이 무엇인지 알게 된 후에, 그때 그것을 빼앗고 짓밟아도 늦지 않을 것이다.

* * *

"지난번 같은 물건이면 아예 들여오지 말아라이."

정 행수의 말에 아들이 고개를 끄덕였다.

"길 가 놈이 이번에도 장난질을 치거든, 호조에 알리고 규 가네서 물건을 받아오니라."

재차 다짐을 주던 정 행수가 문간에서 들려오는 인기척에 고개를 돌렸다.

"오셨소. 얼른 안으로 드시지라."

선전 문턱을 넘는 수환을 맞이한 정 행수가 아들에게 고갯짓을 한 번 하고는 수환을 따라 방 안으로 들어갔다.

"연행사를 호위하라니, 이게 무슨 말 같잖은 소리야?"

자리에 앉기 무섭게 수환의 입에서 짜증스러운 소리가 흘러나왔다.

그런 수환을 향해 주혁이 슬쩍 웃으며 혀를 찼다.

"아무래도 내가 누군가에게 아주 크게 미움을 산 모양이네."

여상한 투로 말하는 주혁에 수환의 미간이 크게 구겨졌다.

"포도대장께선 뭐라셔?"

"포도대장께서 나를 천거한 일이 없다 하셨으니 외부에서 개입한 모양이고, 인가는 호조에서 한 것이니 별수 있겠는가? 이미 결정된 일이네."

두 사람의 대화를 듣고만 있던 무영이 수환의 심사를 달래듯 말을 얹었다.

"너무 염려치 마십시오. 저도 함께 가는 것이니."

그 말에 놀라지 않는 것은 주혁뿐이었다. 당황한 듯 눈을 굴리는 해랑과 미간에 주름이 더 짙어진 수환 사이에서 정 행수는 속으로 한숨을 삼켰다. 기어이 찾겠다고 고집을 부리는구나 싶은 탓이었다.

차례로 네 사람의 낯을 훑어보던 무영의 시선이 해랑에게 가 멈 췄다.

"너는 여기 남을 것이다."

"하, 하지만 스승님."

"사사로이 떼를 쓴다고 될 일이 아니다."

단호하게 해랑의 말을 끊어내는 무영의 낯빛이 냉랭했다.

"어찌 대감께서……."

수환이 말끝을 흐리며 묻자 무영이 품 안에서 푸른 비단 조각을 꺼 냈다.

"꼬리를 잡았으니 이제 머리를 쳐야지요. 이번 연행사신단의 호위 를 제가 이끌 것입니다. 조용히 뒤를 따르며 증좌를 캐낼 생각이었습 니다만, 주상께서 수장이 되라 명하셨으니 오히려 더 나은 기회가 될 지도 모릅니다. 최 종사관께서는 저와 함께 선두에 있을 것입니다. 그 러니 심려치 마세요."

"시방 이것이 참말로 호판과 관련된 일이란 말여? 큼, 말여요?"

정 행수가 두 종사관의 눈치를 흘끔 보고는 말끝을 고쳐 물었다.

"민도식이 배후든, 혹은 그를 없애려는 다른 누군가가 배후든, 어떤 방식으로든 호판이 최근 일어난 일련의 사건들에 연관되어 있을 것은 확실합니다."

무영의 말에 두 종사관이 동의하듯 고개를 끄덕였다.

"제가 여기서 따로 조사해야 할 것은 없습니까?"

수환의 물음에 무영이 고개를 가로저었다.

"도움이 필요하다면 연통하겠습니다. 여기 남은 사람들은 특별히 호판의 눈에 띄는 일은 하지 않는 것이 좋을 듯합니다."

"하지만……."

말끝을 흐리는 수환을 향해 주혁이 고개를 가로저었다.

"아니, 이것은 대감의 말씀이 맞네. 만에 하나 우리가 잘못되더라도 여기 남아 호판의 뒤를 캘 사람이 필요하지 않겠나."

"잘못된다니, 말씀을 어찌 그리하셔요."

해랑이 놀란 듯 눈을 흡떴다.

그 모양새에 작게 웃은 주혁이 말을 이었다.

"적어도 이 사건들의 배후라는 자가 한 번쯤은 나를 죽이려고 시도할 것이네. 나를 차출한 목적이 그것 아니면 무엇이겠어?"

"그래. 포청 종사관을 조용히 없애려면 도성 안에서는 힘들겠지."

수환이 말끝에 이마를 감싸 쥐었다. 치밀어오는 욕지기를 참는 모양인지 몇 번 달싹이던 입을 꾹 다무는 얼굴이 벌겋게 달아올라 있었다.

* * *

"어떻게든 증좌를 찾겠다고 버둥거릴 것이다. 둘 모두 말이야. 덫인 줄도 모르고 발을 들이는 꼴이라니."

민도식이 피식 웃으며 길게 혀를 찼다.

"어찌할까요?"

묻는 종혁의 말에 민도식이 서안을 툭 두드렸다.

"그들이 네 얼굴을 아느냐?"

"군 대감은 제 얼굴을 아는 눈치였습니다. 내색하진 않았지만 그래 보였습니다. 좌포청 종사관은 모르는 듯합니다."

"군 대감은 무슨……. 그런 천것을 제 형제랍시고 갑자기 싸고도는 주상의 심사를 알다가도 모르겠단 말이야."

짜증스레 거듭 혀를 차는 민도식에 종혁이 설핏 웃는 낯을 했다.

"호위대장 자리에 앉혀두었으니 무영에게 접근하는 것은 어려울 것이다. 허나 그 종사관 놈은 살아서 도성으로 돌아오지 못하게 하거라. 뭐, 국경에 도적떼의 출몰이 잦다는 얘기가 한참 전부터 돌고 있으니 둘 모두 돌아오는 길에 처리할 수도 있겠지."

"예. 제 수하들은 이미 준비가 끝났습니다. 헌데 어르신, 이번 연행의 단련사*가 여간 깐깐한 자가 아니라는 말이 있습니다."

종혁의 말에 민도식이 코웃음을 쳤다.

"제아무리 대쪽 같은 이라 해도, 집안에 돈의 씨가 마르면 꺾이는 법이다. 그치는 이미 송상과 만상**에서 각각 손을 써두었으니 괘념

◆ 책문후시(柵門後市)를 막도록 파견되는 감독관.

◆◆ 개성상인을 송상, 의주상인을 만상이라고 한다. 연행사의 물자를 도맡아 대주는 역할을 하며 사신단, 역관들과 관계를 맺었다. 사신단 일행에 잠입하여 책문의 중국 상인들과 교역했는데, 이를 책문후시라 한다.

치 말거라."

"송상과 만상 모두 지난번의 그자들이 오는 것입니까?"

"각각의 우두머리들은 늘 오던 자들일 게다. 이번에 약초를 모두
빼앗긴 일로 손해가 이만저만이 아니야. 물건의 양을 늘리기로 했으
니 지난번보다 사람이 많을 게다. 알아서 잘 단속하거라."

"예" 하며 대답하는 종혁을 향해, 민도식이 거듭 일렀다.

"명심하거라. 일을 그르칠 성싶으면, 그 누구도 살려두지 말아야
한다. 그것이 사신단이든, 반쪽 왕자든, 종사관이든. 누구든 말이야."

* * *

차게 이는 바람에 육조거리에 늘어선 이들이 저마다 옷깃을 여몄
다. 삼삼오오 모인 사람들이 천천히 행렬을 시작한 사신단을 구경하
며 수군대고 있었다.

날이 차지는 것에 꼭 비례해 더욱 팍팍해질 민초들의 삶은 상관없
다는 듯이 행렬은 화려하기만 했다. 지켜보는 이들의 입안이 소태를
문 듯 쓴 것이 기분 탓만은 아니라는 뜻이다.

늘 그랬듯, 저들이 떠나면 땅이 얼고 바람이 얼굴을 할퀴는 진짜
겨울이 시작될 터였다.

행렬 맨 앞에 서 있는 무영과 주혁을 발견한 해랑이 사람들을 헤
치며 그들과 같은 방향으로 걸음을 옮겼다. 남별궁을 지나 도성 남문
근처에서 잠시 행렬이 멈추자 해랑은 사람들 사이로 발돋움을 하며
한 번이라도 더 무영의 얼굴을 보려 기를 썼다.

연행을 앞두고 얼마간 궁과 훈련원을 드나들며 바쁜 체를 하던 제

스승은 이리 떠나는 날마저도 "다녀오마, 말썽 피우지 말고 얌전히 있거라" 하는 말 한마디도 없이 그 고운 낯 한번 보여주질 않고 새벽 같이 집을 나섰다.

그것이 밉고, 또 미운 해랑이었으나 별다른 도리가 없었다. 무영 앞에서, 무영을 향하는 제 마음 앞에서 언제나 약자는 저 자신이었으니. 까치발로 고개를 쭉 빼고 서서 내내 앞만 쳐다보고 있는 무영의 옆얼굴을 눈에 담는 것밖에는 별달리 할 수 있는 일이 없었다. 주혁이 뭐라 귀엣말을 하자 무영이 사신단을 향해 돌아섰다.

그 찰나에 해랑과 무영의 시선이 허공에서 부딪쳤다. 아주 잠시였으나 해랑에게는 영겁처럼 긴 시간이었다. 분명히 저를 보았음에도 모른 체하며 눈길을 거두는 무영이 어찌나 야속한지, 해랑은 축축해지는 눈가를 손바닥으로 꾹 눌러 덮었다. 발개진 코끝을 훌쩍이며 자꾸만 거칠게 눈가를 비볐다. 제멋대로 시야를 가리는 습기에 답지 않게 짜증을 부리며 거칠게 숨을 삼키기를 몇 번. 다시 앞을 향해 돌아서는 무영의 얼굴을 꼼꼼하게 눈에 담았다.

도성 문을 넘는 무영의 뒤통수가 시야에서 사라질 즈음, 목에 건 방울에서 작게 소리가 났다. 한동안 울지 않았던 방울이 무슨 연유인지 자꾸만 짤랑거리며 소리를 냈다. 방울 소리 너머로, 속삭이는 목소리가 뚜렷해져 갔다.

해랑은 제 가슴팍에 매달린 방울을 움켜쥐며 주저앉았다. 숨이 가쁘고 시야가 흐릿해지는 것도 잠시, 어느새 눈앞이 까맣게 물들고 몸이 땅바닥으로 휙 고꾸라졌다. 사신 행렬의 끄트머리가 막 도성 문을 넘는 참이었다.

* * *

회동관*. 하마연**을 마치고 처소에 들어선 무영과 주혁은 각각 구역을 나누어 방 안을 살피기 시작했다. 둘은 덧문과 창, 들보와 병풍 뒤까지 구석구석 살피며 숨어든 자가 없음을 확인한 후에야 마주 앉았다. 먼저 입을 연 것은 무영이었다.

"남소관***에서 기거할 만상의 일행 중 일부가 관문으로 들어가지 않고 담을 돌아 빠져나간 것을 확인했습니다."

"여쭙기 송구하나, 출처는 믿을 만한 것입니까? 남소관에는 사신 수행원들과 역관들이 묵고 있을 텐데요."

걱정스레 묻는 주혁을 향해 무영이 장난기 섞인 웃음을 흘렸다.

"제 정보가 틀린 적이 있던가요?"

"그것은 아닙니다만 상황이 상황인지라……."

"예. 도처에 호판의 수하들이 깔려 있겠지요. 허나 걱정하지 않으셔도 됩니다. 호위단의 후미에 믿을 만한 이들을 몇 심어두었고, 그들 모두 후미의 다른 호위들과 함께 남소관에 묵을 것입니다."

무영이 말끝에 장난스레 어깨를 들썩이자 내내 굳어 있던 주혁의 표정이 조금 부드러워졌다. 연경까지 오는 내내 예민하게 날이 서 있던 주혁을 달래듯 무영은 답지 않게 느물거리는 얼굴을 하며 의자에 푹 기대어 앉았다. 그런 무영을 묘한 표정으로 바라보던 주혁이 입을

◆   북경 내성(內城)에 있는 조선사신관.
◆◆   사신단을 위한 환영 행사.
◆◆◆ 회동관의 별관.

열었다.

"대감께서는 호판이 배후라고 확신하시는 모양입니다."

"적어도 송종오 영감의 죽음과 약초 밀수 사건, 또 지난 방화 사건 속 의문의 변사자에 관해서는 그렇습니다."

눈을 감은 채 대답한 무영이 손끝으로 미간을 꾹꾹 눌렀다. 그러고는 재차 입을 열었다.

"또 뭐가 있을까요?"

"예?"

여전히 눈을 감고 있는 무영을 향해 주혁이 영문을 모르겠다는 듯 대답을 되돌렸다.

"얼마 전 빼앗긴 약초로 인해 생긴 손해는 이번에 채우면 그만입니다. 송상과 만상에서 사신단을 수행하러 온 이들이 이전보다 훨씬 많은 것이 우연은 아닐 테지요. 이미 며칠 전 책문*을 넘을 때 한몫 크게 챙겼을 것이고요. 물론, 그때 밀매한 것들은 송상이 다시 국경을 넘었으니 이미 조선 땅을 밟았겠지요. 모르긴 몰라도 지금쯤이면 도성 지척까지 닿았을 것입니다."

"그 말씀은……."

"예. 이전의 손해를 만회하는 것 외에, 또 다른 목적이 있을 것입니다. 겨우 이만한 손해를 입혔다고 호판이 종사관 나리를 여기까지 보냈을 것 같습니까?"

무영의 물음에 잠시 생각을 더듬던 주혁이 아, 하는 소리를 내며 주먹을 말아 쥐었다.

◆   조선과 접한 청의 변방 지역.

"혹시 대감께서는 일전에 제가 의금부에 압송되었던 사건을 기억하십니까?"

주혁의 물음에 무영이 눈을 떴다.

"저자에서 싸움을 일으켜 잡혀 온 이들이 포청 옥사에서 죽었던 사건 말씀입니까? 죽은 자 중에 역관 출신인 사상이 있었을 텐데요. 믿을 만한 정보통을 통해 수소문해보았습니다만, 배후를 알 수 없더군요."

"예, 맞습니다. 당시 저는 천변 장물아비들 사이에 도는 밀수품에 대해 조사하고 있었습니다. 첩선, 초피, 채라 같은 국법으로 거래를 금하는 물건들이었는데, 그 양이 꽤 많았습니다. 이번에 발각된 약초들은 비할 바도 아닐 정도로요."

"그 뒤를 캐셨습니까?"

"예. 서너 달을 쫓아 쓸 만한 이름 몇을 손에 건졌습니다만, 곧 접어야 했습니다."

말을 멈춘 주혁이 잠시 숨을 고르고는 재차 입을 열었다.

"장물을 내돌리던 이들의 농간인지는 아직도 확신하지 못하겠습니다. 허나, 그 몇 명의 이름을 알게 된 지 얼마 지나지 않아 문제의 싸움패들이 잡혀와 옥사했고, 저는 의금부에 압송되어 갔지요. 누가 보아도 석연찮은 이유로 말입니다. 헌데, 대감께서도 아시다시피 하룻밤 새에 아무런 처분도 없이 풀려났습니다."

말을 마친 주혁이 입을 다물었다.

답지 않은 태도로 말을 망설이는 주혁을, 무영은 그저 바라보기만 했다. 쓸데없는 말은 하지 않는 주혁임을 아는 탓이었다.

한참 탁상 위를 바라보고 있던 주혁이 고개를 들었다. 무영과 시선

을 마주하고는 긴장을 풀어보려는 듯 입꼬리를 슬쩍 당겨 웃었다. 큼,
소리를 내며 목을 한 번 가다듬은 주혁이 다시 입을 열었다.

"제가 의금부 옥사에 갇혀 있는 사이에 수환이 그분을 뵈었습니
다."

말끝에 주혁이 쓰게 웃으며 고개를 끄덕였다.

"예. 지금 대감께서 생각하시는 그분 말씀입니다. 그날 밤, 주상께
서 수환을 궁으로 들이셨습니다."

* * *

우포청. 집무실로 들어서던 수환이 "얼씨구?" 하는 소릴 내며 헛웃
음을 흘렸다.

"왜 이제 오십니까?"

해랑이 볼멘소리를 하며 수환을 향해 고개를 돌렸다. 발을 달랑거
리며 책상 위로 상체를 수그리는 품새를 보니 퍽 지루한 시간을 보냈
던 모양이다.

"어찌 들어왔어?"

"나리께선 옥사를 점검 중이시라고, 밖에 다른 나리들께서 들어가
서 기다리라 하시던 걸요?"

"여기 들어온 걸 말하는 게 아니야. 내 너를 부른 적이 없는데 포청
문턱을 어찌 넘었느냐 이 말이지."

"'안녕하세요!' 하면 다들 그냥 들어가라고 하시는데요? 그리된 지
꽤 되었습니다."

대답 없이 허허 웃기만 하는 수환을 보며 해랑이 고개를 갸웃했다.

그러고는 금세 눈을 가늘게 뜨고 수환을 향해 입을 비죽거렸다.

"설마, 제가 나이가 몇인데 혼자 포청 문턱도 못 넘을 줄 아셨습니까? 여기뿐 아니라 좌포청에 계신 나리들도 저를 모르는 분이 없습니다!"

해랑이 말끝에 눈을 동그랗게 치떴다. 대답 대신 피식 웃음을 흘린 수환이 해랑과 나란히 앉았다.

"그래, 말이 나온 김에, 네 나이가 지금 정확히 몇이냐?"

"음……. 스물…… 하나……?"

"그래? 후하게 쳐줘도 겨우 열여덟쯤으로밖에 보이질 않는데, 실은 스물하나라 이 말이지?"

수환이 흥미롭다는 듯 턱을 괴고 해랑을 빤히 바라보았다.

"그…… 그것이, 어, 음, 저는 갓난아기 때 산에 버려져 있었고, 그래서 스승님께서 저를 발견하고 거둬주셨는데, 아, 아무튼 스승님께서 제가 그 정도 나이일 거라 하셨습니다."

"결국 너도 네 나이를 잘 모른다는 말이구나?"

당황한 듯 버벅거리는 해랑을 향해 수환이 씩 웃으며 되물었다. 해랑은 대답할 말을 찾지 못하고 이리저리 눈을 굴려댔다. 가만히 그 모습을 보던 수환이 혼잣말 같은 말을 덧붙였다.

"헌데, 참 빨리 자란단 말이지……."

"예?"

"너 말이야. 올여름에 처음 보았을 때는 대감의 가슴팍에 머리꼭지가 겨우 닿을까 말까 했는데, 지금은 대감의 어깨만치 훌쩍 자랐잖아? 겨우 서너 달 사이에 말이야."

"그건……."

"뭐, '애'라서 빨리 자라는 모양이지? 한창 클 나이인가?"

수환이 놀리듯 빙글거리며 말했다.

"예! 한창 자랄 나이라 그런 모양입니다. 그러니 제가 벌써 나리 턱 끝만치에 머리꼭지가 닿지요!"

해랑이 어금니를 꽉 깨물고 한마디 한마디 힘주어 말하자 수환이 결국 참지 못하고 크게 웃음을 터트렸다.

그 모습을 바라보던 해랑이 푹 한숨을 쉬었다.

"벌써 달포도 훨씬 지났습니다. 잘 도착하셨을까요? 어째서 소식이 없을까요? 연경은 여기보다 더 춥다고 하던데요, 정말 이대로 겨울이 끝날 때까지 소식도 모른 채 마냥 기다리기만 해야 하는 거여요?"

한바탕 물음을 쏟아내는 해랑에 수환이 들으라는 듯 혀를 끌끌 차고는 품 안에서 서신 하나를 꺼내 해랑 앞에 놓았다.

"무엇입니까?"

"읽어봐. 혁이가 국경에 도착한 후 도성으로 돌아오는 송상 편에 보내온 서신이야."

"최 종사관 나리께서요?"

해랑이 눈을 반짝이며 서신을 펼쳤다. 수환과 함께 목을 빼고 앉아 소식을 기다릴 해랑을 위해 주혁은 다정하게도 언문으로 서신을 보내왔다. 그것을 읽는 내내 해랑은 싱글벙글한 얼굴로 어쩔 줄 몰라 했다.

그러나 그것도 잠시, 수환에게 서신을 돌려주는 해랑은 다시 울상을 했다.

"왜, 또?"

"두 분이 돌아오시려면 아직도 한참이나 남았답니다."

해랑의 어깨가 축 처졌다.

"그래, 서너 달은 걸릴 거다. 뭐 조금 빠를 수도 있고."

"지루해 죽겠습니다."

중얼거리는 해랑에 수환의 입술이 짓궂게 말려 올라갔다.

"보고 싶은 것이 아니고? 그래, 이참에 답신을 보낼 때 대감께서 떠나신 후 네가 한참 앓아누웠었다고 써줄까? 혹시 알아? 단숨에 돌아오실지?"

대답할 말을 찾지 못하고 입을 벙긋거리는 해랑의 얼굴이 벌겋게 달아올랐다. 그런 해랑의 머리통을 가볍게 쓰다듬은 수환이 자리에서 일어났다.

"가자, 지금쯤이면 공 의관이 너를 목이 빠지게 기다리고 있을 테니까."

* * *

"저쪽에서 예상보다 더 많은 인원을 연행사에 붙여 보냈습니다."

종주의 말에 대군이 탄식 같은 한숨을 내쉬었다.

"그래서 형님은 어쩌고 계시더냐?"

"아직까지 큰 충돌은 없었습니다. 따라붙은 그림자들 또한 대감께서 이미 다 파악하고 계신 모양이었습니다. 국경을 넘을 때 쓸 만한 아이 몇을 붙여 보냈으니 너무 심려치 마십시오."

"그래, 형님께서 모르실 리 없지. 형님께서도 어느 정도 손을 쓰셨을 게다. 그보다는, 그 우포청 종사관 말이야. 훈련도감 도제조댁 아드님."

"예."

"들자 하니 그치도 퍽 깐깐한 성정이라던데, 어째서 송종오 영감 사건을 그렇게 간단하게 덮었겠느냐? 그 자결한 수리공의 단독 범행으로 종결했다지? 그러고도 벌써 한참이나 날이 지났는데 어째서 이토록 조용한지 모르겠구나."

대답을 바라고 물은 것은 아니었는지 대군은 금세 턱 끝을 쓸며 생각에 잠겼다.

"결국 찾지 못한 게다."

대군이 한참 만에 입을 열었다.

"그 종사관 말이야. 아니, 정확히는 무영 형님께서 그랬다고 해야 옳겠지. 형님께서는 결국 송 제조의 치부책을 찾지 못하신 게야."

말을 마친 대군이 흠 소리를 내고는 종주를 향해 손짓했다.

"이리, 더 가까이."

그의 말에 종주가 대군을 향해 더 가까이 다가앉았다.

"그려보거라."

대군이 서안 위에 놓인 종이와 붓을 가리키자 종주가 "예?" 하고 반문했다.

"지난번 화재 사건으로 죽은 아무개 말이야, 응선에게 붙여두었던. 그자의 칼을 본 적이 있다고 하지 않았느냐? 날에 새겨진 무늬가 특이했다고, 언젠가 네가 말했던 기억이 있는데."

잠시 기억을 헤아리는 듯하던 종주가 붓을 들었다. 손길에는 망설임이 없었다.

얼마간 손을 놀리던 종주가 붓을 거두자 대군이 종잇장을 들어 올렸다.

"본 적이 있는 문양인데……."

대군은 천천히 기억을 더듬기 시작했다.

어디서 보았을까. 대군은 사랑채에 드나드는 친우들을 가장 먼저 떠올렸다. 그가 후원하고 있는 화원과 도공, 문인들. 솜씨 좋은 손끝에서 그려지고, 빚어지고, 써 내려진 모든 내용. 찬탄을 아끼지 않으며 소장했던 작품들. 또 애정과 감사의 표시로 다른 이들에게 보내었던 것들까지.

그래, 분명히 본 적이 있는 것이다.

"종주야."

"예."

"내일 날이 밝거든, 명선대부께 서신을 전하고 오너라. 은밀히 해야 할 것이다."

명을 내린 대군이 정원 방향으로 난 창을 열었다. 변함없이 고요한 정원 풍경을 내다보며, 대군은 확신했다. 분명히 그날 그곳에서 본 문양이었다.

* * *

"오늘 공 의관이 했던 말은 다 알아들었어?"

검험소를 나서며 수환이 물었다.

"그럼요! 저는 벌써 내일이 기대되는걸요?"

대답하는 해랑의 양 볼 위로 볼우물이 움푹 팼다. 그것을 바라보는 수환의 입가도 호를 그리기는 마찬가지였다.

무영과 주혁이 연경으로 떠난 후, 먼저 나서서 해랑을 가르쳐보겠다고 청했던 것은 공 의관이었다. 영특한 아이니 잘 가르쳐두면 쓸만할 거라던 공 의관의 말이 영 허튼소리는 아니었던 모양인지, 해랑은 여태 어깨너머로 배우던 것들은 물론이고 근자에 새로 배운 것까지 무엇이든 한 번 들으면 잊는 법이 없었다. 그런 해랑이 기특해 수환은 부러 시간을 내어 그 모습을 지켜보고 격려하기를 멈추지 않았다.

혜정교 앞에 이르자 해랑이 걸음을 멈췄다.
"어찌 따라오십니까?"
영문을 모르겠다는 듯한 해랑의 눈길에 수환의 이마가 구겨졌다.
"날이 저물지 않았느냐?"
"아이고……. 나리, 예서 선전까지 눈감고도 갈 수 있습니다. 그뿐입니까? 제 달음질로 가자면 촌음도 걸리지 않을 것입니다. 내기할까요? 제가 선전 문턱을 넘는 것이 빠를지, 나리께서 포청에 돌아가시는 게 빠를지?"
이미 이긴 내기라는 듯, 해랑이 씨익 웃으며 말했다. 해랑의 달음박질이 얼마나 빠른지는 수환도 이미 알고 있었다. 서둘러 걸으면 일각이 채 걸리지 않을 거리이니 해랑이 선전까지 뛰어간다면 그 말마따나 수환이 포청 제 집무실 문을 열기도 전에 해랑은 선전 문턱을 넘을 것이다.
"그래, 조심히 들어가. 포청으로 가서 내일은 해가 떨어지기 전에 마칠 수 있게 공 의관에게 일러둘 테니까."
"예. 걱정 마셔요. 내일은 미시*에 검험소로 바로 가 있을게요."

"그래, 어서 가거라."

꾸벅 인사하는 해랑을 향해 수환이 손을 흔들었다.

자신이 매번 수환에게 하던 모양대로 팔랑팔랑 흔들리는 손짓에 해랑이 웃음을 터트리고는 수환을 향해 손을 마주 흔들었다. 우산전과 생선전을 지나 치계전 즈음에서 해랑의 머리꼭지가 저자의 인파 사이로 사라졌다. 뛰어갈 것이라더니, 내 이럴 줄 알았지. 속으로 중얼거린 수환이 그제야 몸을 돌려 섰다. 그것이 마지막이었다.

다음날, 미시에 오겠다던 해랑 대신 이른 아침부터 정 행수가 수환을 찾아왔다. 밤새 돌아오지 않았다던 해랑은 다음날도, 또 그 다음날도, 모습을 보이지 않았다. 그 겨울이 다 가고 다시 봄이 될 때까지, 수환도, 정 행수도, 어느새 돌아온 주혁과 무영도, 그 누구도 해랑을 만날 수 없었다.

* * *

"남당(南堂)◆◆ 누대에 사다리를 타고 올라갈 때 어찌나 떨리던지. 아, 글쎄 댁들은 꿈에도 생각 못 할 거유, 거기 뭐가 있었는지 말이야."

사내가 탁 소리 나게 술잔을 내려놨다. 제게 모인 시선이 흡족한지 입가에 묻은 술을 손등으로 훔쳐내고는 입꼬리를 당겨 웃었다. 마주

◆　오후 1~3시.

◆◆　선무문예배당(宣武門礼拜堂). 남천주당. 명대(明代)에 천주교 예수회의 선교사 마테오 리치가 북경에 설립함. 현재는 중국천주교회로 사용되고 있다.

앉은 자가 다음 말을 재촉하듯 사내의 술잔을 채웠다.

"누각에 달린 자명종이 얼마나 큰지, 눈이 절로 크게 뜨이더라니 까? 아, 댁들은 자명종이 무엇인지 모르려나? 그러니까, 그것이 시마 다 저절로 소리를 내는 물건인데……."

사내의 목소리가 식기와 술잔이 부딪는 소리 사이로 스몄다.

"아는 얼굴입니까?"

주혁이 물었다. 사내와 그 일행이 앉은 자리를 내다보던 무영이 고 개를 끄덕였다.

"철용이라는 자인데, 시전 철물전댁 장남입니다."

"수행원으로 따라온 모양이지요?"

"그럴 것입니다. 관상감 관원들과 친분이 있는 모양이더군요."

말없이 서로의 술잔을 채우는 둘의 귓가로 다시 철용의 목소리가 들려왔다.

"누각에서 내려온 뒤에는 요만한 문시종을 보여주었는데 말이야, 본디는 쌍둥처럼 두 개를 맞춰 만든 것이라고 하더란 말이오. 붉은 가죽 주머니에서 그것을 꺼내는데, 금칠한 겉이 어찌나 반들거리는 지, 눈이 멀 지경이었다오."

붉은 가죽 주머니. 철용의 입에서 나온 말에 무영과 주혁이 눈짓을 주고받았다. 두 사람은 숨죽인 채 철용이 마저 떠드는 말에 귀를 기 울였다.

"다른 하나는 지난해에 한양으로 보냈다고 하더라고."

말을 멈춘 철용이 목소리를 낮췄다. 철용은 주위를 한 번 둘러보고 는 주변에 앉은 자들에게 가까이 오라는 듯 손짓했다. 함께 앉은 자들이 몸을 숙여 다가앉자 철용이 작게 속삭이기 시작했다.

"아 글쎄, 어느 고관 댁에서……. 사라졌다지 뭐요? 쌍동으로 만
든 물건이라……. 있다는데, 겉으로 봐서는 모른다고 합디다. 그러니
……. 아무도 모르는 것이지……. 물건인지, 아니면 여기 연경 유리창
(琉璃廠)*에서 사들인 것인지 말이야."

드문드문 들리는 철용의 목소리에 집중하는 주혁을 향해 무영이
고갯짓을 했다.

주점을 나와 사신관에 돌아오자 두 사람은 여태 그래왔던 것처럼
방 안팎을 먼저 살폈다. 듣는 귀가 없음을 확인하자 무영이 입을 열
었다.

"붉은 가죽 주머니에 넣은 문시종. 죽은 송종오 영감이 가지고 있
던 것과 같지요."

"예, 확실합니다. 헌데, 철용이라는 자가 쌍동으로 만든 물건 어쩌
고 하지 않았습니까? 속삭이는 뒷말은 듣지 못했습니다. 뭐라던가
요? 그자의 입술을 읽으셨지요?"

주혁이 채근하듯 무영을 향해 몸을 기울였다.

"남당 선교사에게서 그것을 받은 자가 말하길, 문시종을 주상께 헌
상할 것이라 했답니다. 두 쌍 모두, 뒤쪽 판에 표식이 있다고 했습니

◆ 북경 최고의 시장. 중국 각지에서 모여든 재화와 서양에서 수입된 기물이 다양하게 갖추어진,
동서 약 2킬로미터 길이 규모의 시전이었다. 명대에 북경성을 건립할 때 유리와(琉璃瓦)를 구
워 팔던 것에서 연유한 이름이며, 이후 명 말기부터 청에 이르기까지 기와 외에도 각종 유리그
릇, 어항, 스테인드글라스, 술병 등을 만들어 팔았다. 수만 권의 장서를 구비한 서점이 즐비해
당시의 문인들이 자주 드나들었으며, 조선 연행사들이 청과 서양의 문물을 접하는 곳이었다.
유리 상점과 서점 외에도 비단, 그림, 종이, 약, 은, 인삼, 문방구, 장난감 등 다양한 물건을 파는
상점이 있었다.

다. 육안으로는 확인할 수 없다고 하는 것을 보면, 겉을 싼 금박을 벗겨내야 볼 수 있는 표식인 듯합니다. 강 종사관께 서신을 보내야 할 것 같습니다."

"유리창에서 사사로이 산 물건이라면 모를까, 선교사에게서 물건을 얻을 정도라면 어지간한 고관댁이 아니고서는 힘들 텐데요."

"가능성은 단 하나지요."

무영이 단언하고는 자리에서 일어났다. 방 한구석에 놓인 짐을 헤집어 얇은 서책 한 권을 꺼낸 무영은 그것을 펼쳐 주혁에게 건넸다.

"작년 가을과 올봄에 민도식의 측근들이 연행사신 명단에 이름을 올리고 연경에 왔습니다. 사신단의 호위와 연락책에 응족의 사내들이 대거 포진해 있었지요. 그가 호판 자리에 오른 이후 늘 그랬습니다."

"문시종을 빼돌린 것 역시 호판이라는 말입니까?"

주혁의 물음에 무영이 고개를 끄덕였다.

"애초에 호판이 아니면 불가능한 일이지요. 연행 물자를 관리하는 것이 호조 아닙니까. 문시종을 얻고 또 그것을 빼돌리려면 호판이 개입하지 않고는 힘들었을 것입니다. 다만, 문제는……."

잠시 생각하는 듯하던 무영이 재차 입을 열었다.

"그토록 귀한 물건을 어째서 헌상하지 않고 송 제조에게 주었냐는 것입니다. 무언가 입막음의 대가였다고밖에는 달리 설명할 길이 없지 않습니까?"

"송 제조가 호판의 뒤를 봐줄 만한 일이라면, 시전에 돌던 밀수품과 관련한 일 이외에 다른 것이 있겠습니까?"

단언하듯 말하는 주혁을 향해 무영이 고개를 가로저었다.

"송종오가 평시서 제조였다고는 하나, 평시서는 호조에 속해 있지

않습니까. 게다가 송 제조는 호판보다 품계가 낮습니다. 민도식의 성
정에 겨우 그런 이유로 저보다 품계가 낮은 이에게 그처럼 귀한 것을
보냈을 리 없습니다."

무영의 말에 주혁이 탄식하듯 한숨을 쉬었다. 다시 원점인가 싶은
탓이다. 그런 주혁을 보며 무영이 슬쩍 입꼬리를 올렸다.

"그동안 호판이 사사로이 축적한 재물들이 어디로 어떻게 흘러갔
는지를 알아야겠습니다. 이번에 송상들이 책문을 넘을 때 밀매한 것
들부터 쫓아야겠군요."

말의 의미를 아는 듯 주혁의 입꼬리가 무영과 비슷한 모양으로 솟
아올랐다.

"이번 연행의 단련사를 먼저 조사하시지요. 그자를 포섭하지 않고
는 불가능한 일이었을 테니까요."

말을 마친 두 사람은 곧 변복한 채로 방을 나섰다. 관리들의 연회
가 한창일 시각이었다. 둘은 달이 들지 않는 담장 아래에 몸을 숨겼
다. 술에 취해 비틀거리는 단련사는 반드시 이 앞을 지나 숙소로 돌
아갈 것이다. 묘한 흥분이 손끝을 저릿하게 했다. 기다림은 그리 길지
않을 터였다.

* * *

남의 것인 양 달아났던 정신이 돌아왔을 때, 해랑은 눈을 뜨는 대
신 귓가에 온 감각을 집중시켰다. 어둠 속에서 온몸의 감각이 예민하
게 날뛰고 있었다. 한참이나 소리를 쫓던 해랑은 이 공간에 저 말고
는 다른 이의 숨소리가 없다는 것을 확인한 후에야 살며시 눈을 떴

다. 긴장으로 뻣뻣하게 굳었던 몸이 느슨해지자 손끝과 발끝을 조금씩 움직였다. 다행히 어느 한 군데도 묶여 있는 곳은 없었다.

해랑은 느릿하게 몸을 일으켜 앉았다. 어둠이 눈에 익도록 기다리기를 잠시, 해랑은 이내 저가 앉은 바닥을 더듬거렸다. 무릎걸음으로 움직이며 차디찬 돌바닥 위를 방황하던 손길이 벽으로 옮겨가고, 아래에서 위로 사방 벽을 훑으며 굽혔던 무릎을 펴고 섰다.

발을 디딘 곳부터 머리 위로 손을 뻗어 닿는 자리까지 모두 더듬어 본 해랑이 어둠 속에서 제 손을 내려다보았다. 손가락 끝을 서로 비비적거리니 먼지 같은 것이 들러붙은 감촉이 느껴졌다. 머리 위에 달이 새끼손톱만 한 크기로 희미하게 떠 있는 것이 보였지만, 해랑이 있는 바닥까지 달빛이 닿지는 않았다. 마른 지 오래된, 깊고 깊은 우물이었다.

아득히 멀게 보이는 달을 하염없이 바라보던 해랑이 제자리에서 발을 굴러 뛰어올랐다. 껑충껑충 크게 발돋움을 해보아도 머리 위 달의 크기는 그대로였다. 잠시 고민하던 해랑은 다시금 벽을 더듬거리기 시작했다. 어느 한구석 손끝으로 움켜쥘 만한 곳이 있을까. 발끝을 밀어 넣어 디딜 곳이 있을까. 이 밤이 끝나기 전에 이 벽을 타고 올라 아무도 모르게 여기서 도망칠 수 있을까. 집으로 돌아갈 수 있을까. 제 스승을 다시 만날 수 있을까.

조급하게 벽을 훑던 해랑이 손을 멈췄다.

달이 이만하게 보인다면 밤이 지나고 날이 밝아도 이 안에는 빛 한 점 들지 않을 것이다. 단 한줄기의 빛도 들지 않을, 아주 깊고 깊은 우물인 것이다. 생각이 거기에 미치자 절로 손끝이 떨리기 시작했다. 해랑은 가만히 손을 말아 쥐었다. 한참이나 제 앞에 놓인 어둠을 응시하다가, 손바닥으로 눈을 꾹 눌러 덮었다. 새는 울음소리를 막으려 입술을 깨물었다. 그러나 아무리 소리를 죽여도 작디작은 공간을 맴도는 울음소리가 천둥처럼 해랑의 몸을 흔들어댔다.

* * *

"든 자리는 몰라도 난 자리는 안다더니, 무영이 녀석이 떠나고 나니 퍽 적적하단 말이야."

짐짓 서운한 체하는 임금의 말에 찻잔을 들어 올리던 대군이 슬쩍 웃는 낯을 했다.

"저 또한 그렇습니다."

대군이 말끝에 찻잔을 입에 댔다.

상석에 앉아 대군이 하는 품새를 가만히 보던 임금이 동편 창을 향해 턱짓했다.

"열어보거라. 저 창 너머로 네가 온갖 귀한 화초를 심어두고 혼자서만 감상한다는 소문이 자자하던데."

"그래봤자, 궁 안에 있는 것들에는 비할 바가 못 됩니다."

웃음 섞인 대답을 한 대군이 자리에서 일어나 사랑채 동편 창을 열었다.

어느새 옆에 다가와 선 임금이 대군과 같은 방향으로 시선을 던졌다. 작은 뜰을 메운 달빛이 훤했다. 모양을 보니 사나흘쯤이면 항아리마냥 둥글게 차오를 터였다.

"이처럼 취기 없이 맑은 정신으로 밤을 보낸 것이 얼마 만인지 모르겠구나."

"수하들에게 일러 드셨던 차를 내금위장에게 전하라 하겠습니다. 수색이 맑고 향이 단아해 사사로운 생각을 떨치고 불면을 다스리는 데 효험이 있을 것입니다."

대군의 말에 임금이 소리 없이 웃었다. 입술을 타고 새는 바람이 밤공기 사이로 하얗게 부서졌다.

구름이 달을 반쯤 가리자 임금이 쓴 갓 위로 내려앉던 달빛이 사그라졌다. 그 결에 양태 아래 임금의 낯은 반이 빛이고, 반은 그림자였다.

"대신 하나가 내게 재미난 것을 바치겠다 하더란 말이야."

잠시 일던 정적을 깨고 임금이 입을 열었다. 대군은 잠자코 임금이 다음 말을 잇기를 기다렸다.

"정녕 쓸 만한 것인지 먼저 확인한 후에 내게 그것을 바치겠다고 했는데, 믿을 수가 있어야 말이지. 날이 갈수록 그 늙은이가 내게 숨기는 것만 늘어가는 걸 보니 이제 그치도 버릴 패가 되었다 싶기도 하고……"

혼잣말처럼 말끝을 흐리던 임금이 다시금 말을 이었다.

"저가 졸(卒)인 줄도 모르고, 차(車)인 양 활개를 치고 다닌단 말이야. 쓰다 버려질 패인 것을 모르고 방자함이 도를 넘으니, 내가 그동안 너무 오냐오냐했다 싶구나."

한탄조로 말하는 임금을 향해 대군은 대꾸할 말을 찾지 못하고 입 안에서 애먼 혀만 굴려댔다.

그 기색을 알아챈 모양인지 임금이 대군을 향해 눈길을 돌렸다. 무슨 말이라도 해보라는 눈치였다.

"입안의 혀처럼 구는 자들은 늘 그 뿌리 아래 칼을 숨기고 있는 법이지요."

대군이 말끝에 미소를 짓자, 임금이 들으라는 듯 혀를 찼다.

"난 늘 네놈의 그 웃음이 마음에 안 든단 말이야."

뾰족한 말의 내용과는 달리 임금의 목소리 끝에는 웃음기가 묻어 있었다. 본디의 성정대로라면 감히 상상하지도 못할 반응이었다.

그러나 오늘 밤은 달랐다. 기별도 없이 이리 불쑥 대군의 대문간을 넘어온 것부터가 평시라면 있을 수 없는 일 아닌가.

구름이 끝내 달을 가리고 멈춰섰다. 짙은 어둠이 두 형제의 얼굴을 가리고, 달빛을 잃은 뜰 안의 화초들도 마치 죽은 것마냥 어둠 속으로 검게 가라앉았다. 임금도 대군도 오늘 같은 대화는 다시 없을 것임을 알고 있었다. 나란히 선 두 사람이 바라보는 것이 하나임을, 한 치의 다름도 없이 같은 것임을 아는 탓이다.

* * *

유리창 거리로 들어선 무영과 주혁은 저도 모르게 혀를 내둘렀다. 운종가의 몇 배는 될 듯한 수의 상점과 그 안팎을 바삐 드나드는 사람들을 보고 있자니 기가 질린 탓이다.

거리를 가득 메운 사람들과 그 사이를 닿을 듯 지나치는 거마들이 만들어낸 풍경은 장관이라 할 만했다. 그러나 이 거리에서 가장 눈길을 끄는 것은 외관을 호화롭게 치장한 상점들이었다. 마치 경쟁이라도 하듯, 거리 양옆으로 늘어선 점포들은 하나같이 붉고 푸른 유리기

와를 얹어 지붕이 번쩍번쩍했다. 단청을 형형색색으로 칠하다 못해 아예 금칠해놓은 점포도 심심찮게 보였다.

훤히 열린 문 앞에서 값비싸 보이는 비단옷을 입은 점포 주인들이 손님들을 기다렸다. 가게로 들어선 손님들에게는 앉기를 권하고 차를 내어왔다. 주인을 돕는 일꾼들이 가게마다 적게는 대여섯, 많게는 기십이 되는 곳도 있었다.

물건을 파는 이들과 사는 이들이 만들어내는 활기는 언제 어디서나 비슷한 모양이다. 잠시 주변을 살피던 두 사람은 곧 그 분위기에 익숙해진 듯 이리저리 어깨를 틀어 인파를 헤치고 걷기 시작했다.

서문 방향으로 걷던 두 사람은 거리 중앙 즈음에서 멈춰섰다.

"두 시진 뒤에 여기서 뵙지요."

무영의 말에 주혁이 "예" 대답을 남기고는 만물상 점포 문턱을 넘었다. 가게 안으로 사라진 주혁의 모습을 확인한 무영은 빠르게 걸음을 옮겼다.

얼마나 걸었을까, 서문 근처 책방거리에 들어서자 무영의 발이 느려졌다. 천천히 걸으며 점포 간판 하나하나를 확인하던 무영은 곧 거리 끄트머리에 자리한 책방으로 들어섰다.

네 벽면을 가득 메운 책장과 제법 수가 많은 사람 사이에서 방황하던 무영의 눈길이 이내 북쪽 벽 앞에 놓인 책장을 향했다. 주인으로 보이는 땅딸막한 사내가 일꾼들에게 뭐라 지시를 내리고 있었다.

이층 내실로 안내받은 무영은 천천히 방 안을 살폈다. 실용보다는 장식에 목적이 있는 듯한 화려한 책장과 문갑. 그 위에 책 대신 놓인 금과 옥 공예품들. 주인의 취향이 한눈에 드러나는 소품들을 감상하고 있자니, 방문이 열리고 곧 서점 주인이 안으로 들어섰다.

무영과 마주 앉은 주인은 아까 전 무영이 건네었던 종잇장을 책상 위에 펼쳐두고, 그 옆에 빈 종이 하나를 새로 꺼냈다.

우리 집에는 공자께서 찾는 물건이 없습니다.

주인이 써 내려간 말에 무영이 설핏 웃으며 고개를 가로저었다.

맹 대인께서 그리 전하라 하시던가요?

주인이 당황한 듯 이맛살을 찌푸렸다. 그 기색을 눈치챈 무영이 거듭 붓을 놀렸다.

필요하면 언제든 도와주겠다고 하시더니, 그 언제가 이번은 아닌 모양이군요.

"이만 가보겠습니다."

붓을 내려둔 무영이 말을 남기고 일어섰다. 별다른 미련이 없어 보이는 태도에 도리어 안절부절못하는 것은 주인장이었다. 그는 무어라 변명을 할 듯 입을 벙긋거리며 손을 내밀었다가 이내 거두었다.

다시 거리로 나선 무영은 주혁과 약속한 장소를 향해 걷기 시작했다. 연경의 겨울은 한양의 겨울보다 부지런한 모양인지 옷깃을 아무리 단속해도 냉기가 스몄다. 추위에 얼어붙은 코를 찡그리다 입을 벌리면 입가로 하얗게 숨이 부서졌다.

해가 중천에 뜨는 시간, 겨울 추위도 잊게 만드는 유리창 거리의 풍경은 끊임없이 사람들을 끌어모았다. 점포마다 붙여놓은 유리기와 위로 쏟아지는 한낮의 햇빛에, 거기서 반사되는 번쩍번쩍한 빛에 이끌린 사람들이 거리를 메우면 중간중간 공연패들이 자리를 잡고는 노래를 하고 춤을 추었다.

아침나절보다 훨씬 많아진 사람들 사이로 무영은 부러 느긋하게 걸으며 이런저런 것들을 구경하기 시작했다. 그러다가 발길이 멈춘 곳은 여인들의 물건을 놓고 파는 잡화상이었다. 가게 문 앞에 펼쳐놓은 좌판 가까이로 다가서자 점원인 듯한 여인이 구경을 권하듯 손짓하며 말을 붙여왔다.

처음에는 자그마한 보석이 박힌 뒤꽂이와 비녀를, 다음에는 색이 고운 노리개 몇 개를, 또 그 후에는 쌍으로 만든 가락지와 팔찌를, 마지막에는 이것들을 모두 넣어둘 수 있을 만한 소담한 크기의 나전 빗접을. 점원은 좌판 위에 놓인 것들을 어느 하나도 빼놓지 않고 들었다 놓았다 하며 무영의 관심을 끌었다.

"오래 기다리셨습니까?"

주혁의 등장에 내내 좌판을 향해 구부정하게 허리를 굽히고 있던 무영이 몸을 바로 하고 섰다.

"저는 둘인데, 종사관께서는 넷을 달고 오셨으니, 아무래도 만물상에서 얻은 정보가 더 쓸 만한 모양입니다."

무영이 농 치듯 말하며 고갯짓으로 주혁을 이끌었다.

둘은 잡화상 옆 문방구점으로 자리를 옮겼다. 좌판에 나와 있는 물건들을 살피던 무영이 연적 하나를 집어 들더니 주혁에게 보였다.

"강 종사관 취향 아닙니까?"

"예. 확실히…… 수환의 취향이지요."

주혁의 말이 떨어지기 무섭게 무영이 연적을 점원에게 건넸다. 무영과 몇 마디 말을 주고받던 점원이 연적을 들고 가게 안으로 사라지자, 지켜보던 주혁이 물었다.

"이곳 말을 할 줄 아셨습니까?"

"방금 나눈 말이 제가 할 줄 아는 전부입니다. 지금부터 한 시진 정도, 이 근방에 있는 점포 몇 곳을 돌며 이런저런 물건을 살 것입니다."

돌아온 점원이 포장한 연적을 무영에게 내밀었다. 값을 치른 무영이 발길을 돌리자 주혁이 어깨를 나란히 하고 섰다.

"이런다고 저들이 떨어지겠습니까? 부러 이러는 것을 저들도 알 텐데요?"

"당연히 알겠지요. 떨어지지도 않을 것이고요."

무영의 말에 주혁의 걸음이 느려졌다.

"헌데 어찌……."

"숙소로 돌아갈 때쯤이면, 다른 것은 몰라도 우리 둘을 따라온 자들이 모두 한패인지 아닌지 정도는 알 수 있을 것입니다. 한양에서부터의 동태를 보자면 저들 중 최소 둘은 호판의 수하들이겠지요. 만약 저 여섯이 한패가 아니라면, 오늘 우리 두 사람 중 하나가 아주 쓸 만한 정보를 얻어왔다는 뜻이 되는 것이고요."

말을 마친 무영이 비단 가게의 문턱을 넘었다. 그 뒤를 따라 들어가는 주혁의 입가가 슬쩍 팼다. 무영의 짐작이 맞았음을 확인한 탓이다. 두 사람을 쫓던 사내들이 어느새 다섯으로 줄어 있었다.

* * *

정 행수가 탁상 위에 늘어놓은 종잇장 위로 손을 툭 올렸다. 잠시 그것을 쳐다만 보다가 이내 정신을 차리려는 듯 제 뺨을 한 번 툭 치고는 종이들의 수를 헤아리기 시작했다.

"또 이만큼이나 만드셨습니까?"

정 행수가 종잇장을 막 다섯 묶음으로 나누었을 때 수환이 선전 문턱을 넘었다.

"저자에만 해도 군데군데 떨어지고 없어진 곳들이 수 군데는 된당께요. 이 중 두 묶음은 여그 들르는 손님들과 보부상들헌티 나눠줄라 그러는디…….."

정 행수의 말에 수환이 탁상 위에 놓인 것을 물끄러미 바라보았다. 흰 종이 위에 곱게 그려진 해랑의 얼굴. 사라진 지 수일이 지났지만 행방을 알 수 없는 똥강아지의 얼굴.

"연경에는……. 인자라도 알려야 안 쓰겄소?"

"두 사람 모두, 소식을 알게 되면 당장 돌아오려 할 겁니다. 허나 그럴 수 없는 상황이고, 그러니 알아봐야 심사만 어지러워 도리어 거기서 하는 일을 그르칠 겁니다."

정 행수가 작게 한숨을 쉬었다. '예, 알고말고요. 그것이 맞지라. 맞는디……' 하는 말은 속으로만 삼켰다. 언뜻 냉담해 보이는 대답이었으나, 수환의 말에 그른 것이 하나 없었다. 무엇보다 해랑이 사라진 이후 내내 자책하고 있는 수환을 누구보다 잘 아는 탓이었다.

"이것은 제가 가져가겠습니다."

수환이 탁상 위에 놓인 용모파기 중 두 뭉치를 챙겼다.

"하나는 좌포청에 전할 것입니다. 관할지를 돌며 지난번에 누락된 곳이 있는지도 살펴보고, 없어지거나 상한 곳은 새로 붙일 것이니 행수님께서는 시전 안을 맡아주세요. 내일 이 시간에 다시 오겠습니다."

수일 만에 또 한 번, 도성 안 골목골목마다 같은 용모파기가 나붙었다. 그 수가 많든 적든, 사람의 발길이 닿는 곳이라면 그곳이 어디든. 사람들의 관심을 제법 끌던 종잇장은 시간이 지나자 그 누구의 눈길도 끌지 못한 채로 초라하게 바래갔다.

* * *

"저 넷이 한패인 모양입니다."

주혁이 골목 방향으로 난 창을 단속하며 얘기했다. "매번 다른 자들이 오는 걸 보면 예상보다 저들의 수가 많은 것 같아 걱정입니다" 하는 말도 덧붙였다.

"대감?"

주혁이 대답 없는 무영을 향해 다가섰다.

"어찌 그러십니까?"

"아무것도 아닙니다."

무영이 읽고 있던 서찰을 품 안에 갈무리해 넣었다. 그러고는 책상 위에 오후 내내 유리창에서 사들인 물건들을 펼치기 시작했다.

"말씀대로, 여기까지 따라온 넷은 호판이 한양에서 보낸 자들일 겁니다. 그리고 중간에 사라진 나머지 둘 중 하나는 만물상에서 온 모양인데……. 말씀해보세요, 거기서 무슨 일이 있었습니까?"

"이걸 좀 보십시오."

주혁이 품 안에서 낡은 문시종 하나를 꺼내 무영에게 내밀었다.

"어찌 이걸……?"

"이것뿐만 아니라 자명종, 천리경, 윤도*, 일영** 같은 관상감이 수입하는 물건들을 주로 놓고 팔더군요. 그 밖에도 바다를 건너 온 물건들이 많긴 했습니다만, 대체로 문시종이나 자명종, 천리경 위주였습니다. 물건이 워낙 많아 구하기는 쉬웠습니다. 누구에게나 팔고 있었으니까요."

"누구에게나 판다……."

무영이 말끝을 흐리며 문시종을 열었다. 조잡하게 연결된 문시종의 앞판과 뒤판이 금방이라도 떨어질 듯 덜렁거렸다.

"예. 값을 지불할 능력만 된다면요. 이 낡아빠진 것도 값이 꽤 나갑니다. 송 제조가 가지고 있던 것 정도면 도성에 번듯한 집 한 채를 살수 있을 거고요. 헌데 이상한 점은 때마다 문시종이나 자명종을 대량으로 사들이는 조선인들이 있는데, 그들이 사가는 것이 죄다 이렇게 낡거나 조잡한 것들뿐이라 했습니다. 값나가는 것은 쳐다보지도 않고요."

"낡거나 조잡해야만 효용이 있으니까요."

"예?"

"한양 도성 안에는 문시종이나 자명종을 수리할 수 있는 자가 없습니다. 정확히는, 그 체계는 알지만 귀동냥으로 들은 수준이고요. 어떻게 작동되는 물건인지를 안다고 하더라도 물건을 해체해 고칠 수

◆   나침반.
◆◆ 해시계.

있는 부속이 없지요. 그런데 조선인들이 이것을 사간다, 조잡한 것으로만, 그것도 대량으로? 왜 그러겠습니까? 고관들이 산다면 선물이나 소장을 위해 좋은 것으로 살 텐데요."

무영의 말에 주혁이 아, 하는 소리를 내며 고개를 끄덕였다.

"수리할 기술자를 키우는 것이군요. 그러니 비교적 값이 헐한 물건을 해체해 그 원리를 탐구하는 것이고요."

"예, 맞습니다. 지난 송 제조 사건의 범인으로 지목되었던 도 씨는 본디 변방 인근을 돌던 부상이었다고 했습니다. 부상으로 떠돌기 전에는 황해도에서 대장간을 했다고 하고요."

"이번에도 화살이 민도식을 향하는군요."

"종사관께 붙었던 자는 만물상에서 온 자일 것입니다. 아마 민도식의 세력과 내통하는 자일 테지요. 그들 이외에, 낡은 문시종을 사들이는 조선인은 흔치 않을 테니까요."

무영의 말을 끝으로 방 안에는 잠시 정적이 일었다.

얼마나 시간이 흘렀을까, 무영이 자리를 털고 일어섰다.

"어차피 우리의 모든 행동은 민도식의 귀에 들어가고 있을 것입니다. 그러니 괘념치 마세요. 꾸준히 이런 물건을 사들인 이유를 알아야겠습니다. 겨우 수리나 하자고 이만한 돈을 쓰는 것은 아닐 테니까요."

말을 마친 무영은 주혁이 뭐라 붙잡을 새도 없이 방을 나섰다. 늦을 것이니 기다리지 말라는 말을 남기고서.

* * *

"워째 두 분이 같이 오신다요?"

놀란 정 행수가 자리에서 벌떡 일어나며 물었다. 선전 문턱을 넘는 수환과 진원대군의 조합이 낯설었던 탓이다.

수환이 제법 심각한 기색으로 입을 열었다.

"해랑을 찾았습니다."

"어디, 지금 어딨습니까? 시방 가야겠습니다. 다친 데는 없던가요? 어딥니까, 싸게 앞장서시오."

정 행수가 금방이라도 달려나갈 듯 수환과 대군 사이를 가르고 서자, 수환이 난감한 얼굴로 대군을 향해 눈짓했다.

"정확히는, 누가 데려갔는지를 알게 된 것입니다."

침착한 대군의 목소리에 정 행수가 예? 하며 대군을 바라보았다.

"그것이 누구다요? 어느 육시를 헐 놈이……."

말하던 정 행수가 격해진 감정을 어찌하지 못하고 눈시울을 붉혔다. 수환이 그런 정 행수의 어깨춤을 향해 손을 내밀었다가 거두었다. 큼, 하는 소리와 함께 목소리를 가다듬은 정 행수가 다시 입을 연 탓이다.

"자세히 좀 말씀해보시오. 찾았담서 워째 두 분만 오셨소? 참말로 환장하겠네."

"정확히는……."

잠시 말을 멈춘 대군이 방금 전 정 행수가 했던 것처럼 큼, 소릴 내며 목을 가다듬었다.

"정확히는, 데려간 자가 누군지 심증은 있으나 물증이 없습니다. 데려간 장소 또한 모르고요. 하지만 언제 어디로 해랑을 데려올지는 알아냈습니다."

"거가 어딘디요?"

묻는 정 행수의 눈가가 파르르 떨렸다. 초조한 듯 연신 마른침을
삼키는 정 행수를 보며 대군이 다시 입을 열었다.

"이달 그믐, 궁으로 데려온답니다."

대군의 말에 정 행수가 휘청하며 이마에 손을 짚었다. 선전 안으로
무겁게 침묵이 내려앉았다. 그믐밤에 해랑이 입궁한다면 이유는 하
나였다. 해랑이, 임금을 알현하게 될 것이다.

* * *

"어째서 그런 얼굴을 하느냐?"

대군의 말에 종주가 얼른 고개를 돌리며 헛기침을 했다.

"네 하는 양을 보니 내 차림새가 영 맘에 들지 않는 모양인데?"

"송구합니다."

종주가 황급히 고개를 숙였다. 대군이 종주의 어깨를 툭 치며 "농
이다, 농"하며 웃었으나 종주의 굳은 낯은 풀릴 줄 몰랐다. 잠시 말을
망설이는 듯하던 종주가 결국 입을 열었다.

"굳이 함께 가실 필요가 있겠습니까? 예상보다 위험할 수도 있습
니다."

"글쎄……. 네가 소식을 물어오길 기다리고만 있기에는 나도 슬슬
좀이 쑤셔서 말이야."

느물거리며 대꾸하는 대군의 모습에 종주가 짧게 한숨을 쉬고는
대군이 쥐고 있는 검 위로 손을 올렸다.

"아……. 이렇게 쥐는 것이 아니냐?"

대군이 멋쩍은 듯 웃으며 종주의 손길을 따라 칼을 고쳐 쥐었다. 제 형제들과 달리 무예에는 문외한인 대군인지라 종주와 같은 모습으로 변복한 차림새가 영 어색하기만 했다. 아닌 체 너스레를 떨어보아도 긴장으로 굳은 손끝이 자꾸만 칼자루 위에서 방황했다.

그런 대군의 모습을 본 종주가 또 한 번 단속하는 말을 했다.

"절대 나서시면 아니 됩니다. 무리에서 이탈하셔도 아니 되고, 무엇보다 대감의 안전이 우선이니 절대로 복면을 벗으시면 안 됩니다."

"이런 복면으로 감춘다고 감춰지는 게 아니니라. 창의문 밖에 조선 제일의 미안이 산다는 소문이 이미 자자한데, 가린다고 그 태가 어디 가겠느냐?"

말끝에 입꼬리를 말아 올리는 대군을 향해 종주가 한 걸음 다가섰다. 긴장을 감추려 자꾸만 농을 치는 제 주인 덕에 애먼 종주의 속만 바짝바짝 탔다.

"절대 안 됩니다."

단호한 말을 끝으로 종주가 복면으로 대군의 얼굴을 가렸다. 흘러내리지 않게 살피는 손끝이 꼼꼼했다.

두 사람은 이내 사랑채를 나섰다. 사랑 마당에서 그들과 같은 차림을 한 종주의 수하들이 기다리고 있었다. 무리의 맨 앞에 서 있던 네 사람에게 뭐라 지시한 종주가 대군에게 고개를 숙여 보이고는 앞장서 나갔다. 저만치 앞에 선 종주의 뒤통수를 내다보며 대군도 무리의 후미에서 함께 걸음을 옮겼다. 창의문 밖 대군의 궁가를 뒤로하고, 옹리 방향으로. 불길 속에서 죽은 자의 칼날에 새겨져 있던 문양을 따라, 천수공방으로.

* * *

책장을 넘기는 손길이 점점 빨라졌다. 몇 장 되지 않는 얇은 서책이라 그런 것인지 읽는 무영의 마음이 다급해 그런 것인지는 확실치 않았다.

어느 장에선가 멈춘 무영의 손이 종잇장 위를 천천히 쓸어내렸다. 글자 하나하나를 손끝에 새기는 듯한 모양새였다. 느리지만 확실하게, 무영은 그 내용을 되새기고 또 되새겼다.

찾으시던 내용이 맞습니까?

맹 대인이 적어 내민 것을 본 무영이 작게 고개를 끄덕였다.

이것을 찾는 이가 또 있었습니다.

덧붙여 쓰인 내용을 보며 무영이 또 한 번 고개를 끄덕였다. 유리창에서 돌아와 방 안에서 맹 대인의 서찰을 발견했을 때 이미 예견했던 일이다.

오늘 낮 무영과 짧은 필담을 나누는 내내 안절부절못했던 책방 주인의 태도가 심상치 않더라니. 맹 가의 식솔 모두가 감시를 당하는 모양이었다.

해독한 분을 만나 뵐 수 있겠습니까?

무영의 물음에 대인이 고개를 가로저었다. 급히 답을 써 내려가는 손길에서 당혹감이 묻어나왔다.

사라졌습니다. 수소문해보니 제게 이것을 전한 밤 이후 집으로 돌아오지 않았다 합니다.

혹, 이 내용이 거짓일 가능성은······.

무영이 내용을 다 쓰기도 전에 대인이 크게 고개를 가로저었다. 붓이 멈춘 자리를 따라 먹물 자국이 동그랗게 퍼져나갔다. 잠시 그 자국을 들여다보던 무영이 서책을 집어 들었다. 화로 위로 서책을 올리자 끄트머리부터 불씨가 옮겨 앉았다.

아마 제가 연경을 떠나는 대로, 그림자들도 떨어져 나갈 것입니다. 낮곁에는 실례가 많았노라고 아드님께 전해주십시오.

대인이 고개를 끄덕여 대답을 대신했다. 반쯤 타들어간 서책 위로 필담을 나누던 종이를 집어넣었다. 화로 안에 넣은 것들이 모두 흔적 없이 사라지고, 무영이 맹 대인의 비밀 서고를 나섰다.

그 시각, 회동관에서는 주혁이 예상치 못한 객을 맞이하고 있었다.
"어찌 이리로 오셨습니까? 일러드린 때가 될 때까지 거동을 조심하시라 이르지 않았습니까?"
"그러니 내 이리로 온 것 아닌가. 자네와 대감을 뵈온 이후로 한시도 편히 있을 수가 없었네."

단련사 김 씨가 앓는 소릴 하며 주혁과 마주 앉았다. 희게 질린 얼굴을 연신 쓸어내리던 김 씨가 정신 나간 사람마냥 혼잣말을 중얼거리기 시작했다.

"애초에 그 제안을 받아들이면 안 되는 것이었어. 아니, 그럴 것이면 대감을 뵈었을 때 끝까지 모르쇠를 댔어야⋯⋯."

"진정하시고, 천천히 말씀해보십시오. 어찌 이 시간에 이리 오셨습니까? 혹, 누군가 겁박을 하던가요?"

주혁의 물음에 김 씨가 입을 다물었다. 노려보듯 허공을 응시하는 눈에 핏줄이 잔뜩 서 있었다. 눈 밑이 거뭇거뭇한 것이, 도통 제대로 자지도 먹지도 못한 모양이었다. 무언가를 회상하는 듯 느리게 좌우로 움직이던 눈동자가 멈추고 김 씨의 벌어진 입술 사이로 깊은 한숨이 흘러나왔다.

"어차피 나는 살아서 한양으로 돌아가지 못할걸세."

"그게 무슨⋯⋯."

"자네와 대감께서 나를 지켜주겠다 했던 약조를 의심하는 것은 아니네. 허나, 나를 지켜보는 자들은 그 수가 훨씬 많아. 무슨 뜻인지 알겠는가?"

주혁의 말을 가로막은 김 씨가 품 안에서 얇은 서책 하나를 꺼냈다.

"이번 연행에서 내가 뒤를 봐준 송상과 만상이 거래한 물품 장부일세. 연경으로 오기 전, 책문후시를 눈감아주는 대가로 내가 돈을 받았다는 건 자네도 이미 알 테지. 여기서 나를 없애고 나면, 그다음은 내 가족들일걸세. 그러니 이번 연행을 마치고 한양으로 돌아가거든 가족들을 부탁하네."

말을 마친 김 씨가 주혁의 손을 잡았다. 긴장으로 축축해진 손바닥이 차게 식어 있었다.

"거래 장부를 잘 살펴보게. 그들이 구해간 물품 대부분이 국법으로 금한 물건들이네."

김 씨의 말에 장부를 훑던 주혁이 당황한 듯 이마를 쓸었다.

"이미 한차례 도성 안에 장물로 돌던 물건들입니다. 이전에 제가 그 뒤를 캤을 때는 수요가 없는 것인지 전체 물량의 팔 할 이상이 흐르지 않고 고여 있었습니다. 지난번에 들인 것들도 여태 처리하지 못했을 텐데, 어찌 또 이렇게 많은 양을……."

"조금의 손해도 보지 않으려고 하는 자들이 바로 장사치들이네. 사는 이도 적은 물건을, 겨우 그 푼돈 조금 건지자고 위험하게 도성까지 들이겠나?"

김 씨의 말에 주혁이 얼굴을 굳혔다.

"은자(銀子)……."

"그래. 그것들 모두 은자로 바꾸기 쉬운 물건들이지. 물건이 아니라, 그 뒤에 있는 돈의 행방을 쫓도록 하게."

말을 마친 김 씨가 자리에서 일어났다. 주혁이 황급히 따라 일어나며 모셔다 드리겠다 청했으나 김 씨는 고개를 가로저었다.

"이 일로 인해 정말 내가 죽게 된다면, 나는 나를 죽인 자들이 누군지도 모르고 죽겠네만, 자네는, 또 대감께서는 그들이 누군지 알아낼 수 있을 테지. 가족들을 부탁함세."

말을 남긴 김 씨가 주혁과 무영의 처소를 나섰다. 정적이 내린 방 안에서 주혁은 한동안 굳은 듯 서 있었다.

*　*　*

천수공방. 지하 밀실로 들어선 대군이 복면 아래로 쓴웃음을 삼켰다.

공방 주인과 도공 몇이 묶여 앉아 있었다. 종주가 고갯짓하자 수하 하나가 다가가 공방 주인 박 씨의 입에 물려 있던 재갈을 풀었다.

"어디서 온 놈들이냐?"

짓씹듯 묻는 박 씨의 눈길이 사나웠다.

대군은 가만히 박 씨와 도공들의 면면을 살폈다. 얼굴에서 어깨로, 어깨에서 손으로. 앞으로 모아 묶인 그들의 손을 보니 헛웃음이 절로 나왔다.

흙을 다루는 데 익숙한 자들의 손이 어떤 모양을 하는지, 어디에 굳은살이 생기며 어떤 상처를 달고 사는지 익히 아는 대군이었다.

칼을 쓰는 데 익숙한 자들이 도공인 체하고 있는 걸 보자니 혀 차는 소리가 목구멍을 타고 넘었다.

"자네, 목숨이 여럿인 모양이군."

대군의 말에 박 씨가 눈을 홉뜨더니 눈을 이리저리 굴려댔다. 목소리가 들린 방향을 찾는 모양이었다. 눈가를 잔뜩 찌푸리고 어둠 속을 훑는 박 씨의 행동에 쯧, 혀를 찬 대군이 수하들을 헤치고 앞으로 나섰다.

박 씨와 눈을 맞춰 앉은 대군이 발치에 굴러다니는 도편(陶片) 하나를 집어 박 씨에게 보였다.

"이 문장을 공유하는 자가 누구인지 말해보시게."

박 씨가 대답 없이 이를 앙다물었다. 대군이 한숨을 쉬고 종주에게 눈짓하자, 종주가 박 씨 옆에 묶여 있던 자들 중 하나의 몸을 뒤졌다. 종주를 따라 그의 수하들이 다른 이들의 몸을 똑같이 뒤지고, 곧 같은 모양을 한 단도 여섯 개가 대군 앞에 놓였다.

대군은 말없이 그중 하나를 들어 칼을 빼냈다. 들창으로 희미하게 드는 빛에 칼날을 비추자 도편에 새겨진 것과 같은 문양이 드러났다.

"달리 묻지, 도공들을 어디로 빼돌렸는가?"

칼날에서 시선을 돌리지 않은 채로 대군이 물었다.

"대체 누구냐? 어디서 온 놈들이기에……."

"내가 먼저 묻지 않았는가? 벌써 두 가지를 물은 참인데? 묻는 말에만 대답하시게."

박 씨의 말끝을 가로챈 대군이 박 씨를 향해 칼끝을 겨눴다. 박 씨의 목울대가 크게 울리고, 긴장한 입술 끝이 굳었다. 그 모양에 대군이 미간을 접어 웃으며 칼을 기울였다. 좌우로 한 번씩 날을 기울여 모양을 살피고는 종주에게 그것을 건넸다.

"칼 쓰는 자들을 여섯이나 달고 있으면서도, 칼이 무섭기는 한 모양이지?"

빈정대듯 말한 대군이 일어서자 박 씨가 따라 시선을 올렸다.

"자, 방금 물은 것은 됐고, 앞에 물은 두 가지를 대답하시게. 듣자하니 이 공방에 사람만 한 독을 만들 수 있는 기술자들이 둘이나 있었다는데, 지난봄 이후 소리 소문 없이 사라졌다지 뭔가? 그 정도 기술을 가진 이들이라면 벌이도 좋았을 것이고, 대대로 기술을 연마해 온 자들일 테니 하루아침에 일을 그만두었을 리는 더더욱 없고."

재차 이어진 대군의 말에 박 씨가 입술을 잘근거렸다. 고민하는 기색이 역력한 태도를 지켜보던 대군이 종주에게 눈짓하자 종주의 수하들이 박 씨와 함께 묶여 있던 자들을 끌고 나갔다. 그 모양을 지켜보던 박 씨가 입을 열었다.

"저들을 어디로……."

"저들이 제 주인에게 가서 오늘 일을 전하는 불상사는 일어나지 않을 것이네. 더는 저들로부터 겁박당하는 일이 없게 도와줄 테니, 어서 말해보시게."

부드럽게 어르는 듯한 대군의 말투에 입술을 달싹이던 박 씨가 긴 한숨을 내쉬었다. 한층 누그러진 박 씨의 태도에 대군이 다시 박 씨와 눈을 맞춰 앉았다.

잠시 박 씨의 눈을 들여다보던 대군이 복면을 벗었다. 대군의 얼굴을 확인한 박 씨가 어쩔 줄 몰라 하며 황급히 머리를 조아렸다. "아이고, 대감" 하며 고개를 숙이는 박 씨에, 대군이 희미하게 웃으며 묶여 있던 박 씨의 손을 풀어냈다.

"나를 아는 모양이로군?"

"어찌 대군대감의 존안을 몰라 뵐 수 있겠습니까."

대군이 머리가 땅에 닿을 듯 엎드리는 박 씨의 어깨를 부드럽게 어루만졌다. 그러고는 "괜찮으니, 말해보게" 하는 소리를 덧붙였다.

"자세히는 모릅니다. 끌려 나간 저치들이 그간 주고받은 말로 보면, 황해도 어디로 데려간 모양입니다."

"황해도?"

"예. 그들을 데려간 이후 내내 저치들이 저와 제 가족들에게 붙어 있었습니다. 다른 도공들에게 일을 배우는 체하며 공방 전체를 감시하였고요."

가족들을 입에 올리는 박 씨의 말끝이 떨려 나왔다. 이에 대군이 한숨을 푹 쉬고는 바닥을 굴러다니는 도편을 가리켰다.

"언제부터 공방의 물건에 이 문양을 새기기 시작했지?"

"이미 아시겠지만, 이 마을의 모든 공방이 각자 나름의 문양을 새겨 물건의 출처를 표시합니다. 후에 고쳐 쓰거나, 같은 물건을 주문할 때의 편의를 위해서 그렇게 하고 있습니다. 저희 또한 원래 쓰던 표식이 있었사온데, 아, 여기 있습니다. 원래는 이 문양을 썼습니다."

박 씨가 바닥에 놓인 여러 도편 사이에서 두 개의 도편을 찾아 대군과 저 사이에 놓았다. 그러고는 왼편에 놓은 것을 가리키며 말을 이었다.

"원래는 이 문양이었습니다. 그런데 재작년 여름 이후로는 여기 이 문양으로 바꿔 사용했고요. 처음에는 대량으로 작은 옹기들을 주문받으면서 시작된 일입니다. 무릎만치나 오는 정도의 크기를 삼백 개나 주문받았지요. 그런데 주문한 자가 자기네의 표식을 따로 넣어달라 했습니다. 그래서 그리해 줬고요. 공방의 모든 아범이 그 일에만 매달렸지요. 한동안 다른 주문은 받을 수 없었습니다. 그런데 그렇게 주문한 것을 가져간 후 며칠도 지나지 않아 그자가 다시 찾아왔습니다."

잠시 말을 멈춘 박 씨가 오른편에 놓인 도편을 만지작거렸다.

"자기네에게 전속으로 물건을 대달라 했습니다. 다른 주문을 받지 않아도 될 만큼의 돈을 받았지요. 물으셨던 아범 둘과 그 아범들의 보조 넷까지, 여섯을 데리고 갔습니다. 큰 물건은 옮기는 데 품삯이 많이 드니 필요한 곳 인근에서 직접 만들겠다고요. 그렇다고 공방을 통째로 옮길 수는 없기에, 작은 것은 여기서 만들어 조달하기로 했지요. 처음 아범들을 보낼 때는 그걸로 끝인 줄 알았습니다. 그런데……."

"아까의 그치들을 여기에 붙여 보낸 것이군?"

대군의 말에 박 씨가 고개를 주억였다.

"다른 일을 할 수도, 다른 이에게 사정을 말할 수도 없었습니다. 그들이 매일, 매시 감시하고 있었으니까요. 동네 사람들은 제가 큰 물주를 잡아 돈을 쓸어 모으는 줄로만 알고 있으니……. 답답한 노릇 아니었겠습니까?"

박 씨가 말을 마치자 대군이 자리를 털고 일어섰다. 박 씨가 대군을 따라 주춤거리며 일어섰다.

"물건을 대기로 한 다음 날짜가 언젠가?"

"내달 초하루입니다."

"주문받은 대로 물건을 만들고, 문양도 하던 대로 새겨두게. 물건을 옮길 때는 그쪽에서 사람이 오는가?"

"아닙니다. 아까의 그치들이, 저희 쪽에서 부리는 짐꾼들을 데리고 갑니다."

"독을 나르는 이들은 매번 같은 자들인가?"

"예."

"그 짐꾼들 중에 길을 아는 이가 있을 테지. 늘 하던 대로 준비하게. 자네와 나 이외에 이 일에 대해 아는 자가 없도록 하고, 초하루가 되면 짐꾼들 중 우두머리를 내가 만나볼 수 있게 준비하게. 호위는 우리 아이들이 맡을 테니."

말을 마친 대군이 박 씨와 함께 밀실을 나섰다.

'황해도라…….'

속으로 되새기는 대군의 입가로 비뚜름한 미소가 번졌다. 지난한 고민의 시간들이 끝나고, 이제는 결정을 내려야 할 때였다.

* * *

"벌써 술시가 끝나가는디요."

정 행수가 초조한 듯 양손을 비비적거렸다. 크게 내색하지는 않았으나, 곁에 선 수환 또한 애가 타기는 매한가지였다. 피가 마른다는 것이 딱 이런 기분을 두고 하는 말일 테다.

"우덜이 지켜보는 걸 들킨 게 아닐랑가 싶은디요."

"그럴 리 없습니다. 또한, 만일 들켰다 해도 저들에게는 선택지가 없습니다. 수문장을 비롯한 호위들을 거치지 않고 은밀하게 궁으로 들어갈 수 있는 문은 여기밖에 없습니다. 아시잖습니까?"

수환의 말에 정 행수가 한숨 소리를 내며 고개를 주억였다. 그 모습을 흘끔 본 수환이 다시 입을 열었다.

"너무 심려치 마세요. 궁으로 통하는 모든 문을 저와 대군대감의 수하들이 지키고 있다는 걸 행수님께서도 아시잖습니까? 어느 쪽으로 들어오든, 반드시 덜미가 잡힐 것입니다."

그 말을 끝으로 둘 중 누구도 더는 입을 열지 않았다.

단봉문 지척, 초가을 바람에 치맛자락을 휘날리며 기녀들이 궁으로 드나들었던 은밀한 문. 그 문 앞 모든 집에 수환과 그의 수하들이 숨어서 해랑이 오길 기다렸다.

그 밤 내내, 싸늘한 겨울바람이 휑한 골목 구석구석을 훑고 지나갔다. 그러나 해랑은 궁으로 통하는 그 어느 문 앞에서도 모습을 보이지 않았다.

* * *

다시 국경에 닿은 무영과 주혁의 발길이 그리 가볍지만은 않았다. 처음 책문을 넘은 후 먼저 돌아간 송상을 제외하고, 연행을 마치고 조선으로 돌아가는 인원 중 누구 하나 낙오나 변고 없이 같은 숫자가 다시 책문을 넘었다.

그것이 무영과 주혁을 불안하게 했다. 연행 내내, 어딜 가든 따라붙어 감시하던 자들은 여태 별다른 움직임이 없었다. 그러니 마음이 영 개운치 못했다.

불안감을 감추고 있는 것은 두 사람뿐만이 아니었다. 단련사 김 씨 또한 크게 내색하지는 않으나 내내 안절부절못하고 신경이 한껏 곤두서 있었다.

무사히 책문을 넘어 다시 조선의 변경에 도착했을 때, 세 사람은 자신들에게 시간이 얼마 남지 않았음을 예감했다. 사람이 많고 그 입에서 나오는 말은 그보다 더 많은 연경이 도리어 안전한 편이었음을 깨달은 것이다.

그것이 어떤 방식이든, 성가신 자들을 없애버리기에는 국경 지역만큼 알맞은 곳이 없었다. 무영과 주혁의 무리도, 또 그들과 대적하는 이들도 같은 생각을 하고 있을 것이다.

죽음에 대한 핑계와 책임은 변방에서 기승을 부린다는 도적떼에게 떠넘기면 그만이었다. 그 기세가 어찌나 대단한지, 연행사가 출발하기 전부터 조정에서 한참이나 걱정을 해대지 않았던가. 그러니 어느 쪽이든, 바로 여기가 그들이 죽을 자리가 될 것이다.

모든 크고 작은 역사는 밤에 이루어진다. 그러나 어둠을 밟고 다니며 역사를 만드는 이들의 대부분은 어딘가 떳떳하지 못한 구석을 숨기고 있는 자들에게 마련이다.

지난밤, 야음을 틈타 단련사 김 씨를 없앤 이들이 바로 그런 자들이었다.

마치 경고하는 것처럼, 보란 듯이 김 씨의 시신을 흩어 펼쳐놓은 작태에 주혁이 이를 갈았다. 여태 포청 종사관 생활을 하면서 본 그어느 죽음도 이토록 참혹하지는 않았다.

거래 장부를 주고 떠나며 자신은 살아서 한양 땅을 밟지 못할 것이라 했던 그 담담한 목소리가 귓가를 떠나지 않았다.

"다음은 우리 차례입니다. 더 정확히는, 저일 것입니다. 감히 대감을 어찌하지는 못할 테니까요."

짓씹듯 말하는 주혁을 향해 무영이 고개를 가로저었다. "정말 그럴까요?" 하고 묻는 목소리가 담담해 위화감이 들었다.

"목적을 위해선 그 어떤 수단도 가리지 않는 자들도 있는 법입니다."

이어진 무영의 말에 주혁이 입술을 깨물었다. 강을 통해 국경을 넘은 지 고작 하루. 부지런히 간다면 내일 신시 즈음에는 의주목에 도착할 수 있을 터였다.

주혁은 도성 안을 떠돌던 장물을 떠올렸다. 단련사 김 씨가 건넨 거래 장부 속 품목과 일치하던 것들. 그리고 지난날 그 물건들을 쫓으며 찾아낸 이름들. 거기에 의주목사의 이름이 있지 않았던가. 의주목에 당도한다 하여 안전하리라는 보장이 없었다.

"오늘 밤일 것입니다."

무영의 목소리에 주혁이 고개를 들었다. 여직 상념에서 깨어나지 못한 정신을, 다시 이어진 무영의 말이 붙잡았다.

"도성에 도착할 때까지 그 어느 곳도 안전한 곳은 없을 것입니다. 어쩌면 도성에 도착해서도 마찬가지겠지요. 허나, 우리가 묵어가는 곳들의 수령이 어느 쪽 사람이든, 제 책임 아래에 있는 곳에서 시끄러운 일이 일어나는 것을 반기는 이는 없을 것입니다. 그것을 우리 사이에 숨어 있는 자들도 알고 있을 것이고요. 그러니 기회는 오늘 밤뿐일 겁니다. 어느 쪽이든, 한쪽이 죽어야 끝날 일이지요."

한쪽이 죽어야 끝난다. 무영의 말을 되새기며 주혁은 저도 모르게 칼끝을 고쳐 쥐었다. 다시 해가 기울면, 잠들지 않고 깨어 있는 모두가 어둠을 밟고 다니며 서로를 겨눌 것이다.

* * *

늘 같은 일을 하는 자들은 대체로 조심성이 없게 마련이다. 게다가 그 일을 함에 있어 여태 단 한 번도 크고 작은 분란이 없었다면 더더욱. 일이 틀어질 낌새를 눈치채지도, 평소와 다른 어떤 것에 대해 의심할 줄도 모르는 법이다. 서흥의 공방 관리자 이 씨가 딱 그런 이였다.

"느려터져서는……. 내일 해 뜰 때까지 이러고 있을 셈이야?"

이 씨가 발을 쾅 구르며 아범들을 윽박질렀다. 그러나 은 공방의 아범들은 뭐라 대꾸도 하지 않은 채 묵묵하게 제 할 일만 했다. 일꾼들 모두, 호랑이 없는 굴에서 여우가 대장 노릇을 하는 것에 이골이 날 대로 난 까닭이다. 본디 이 공방의 관리자였던 남범호에게 보고 배운 것이 이런 것밖에 없는 이 씨인지라, 그는 매번 이렇게 아범들을 구워삶기만 했다.

허리춤만 한 큰 독에는 면포에 꼭꼭 싸맨 초피와 채라를 넣고 쌀이나 보리 같은 곡물을 채워 그것을 가렸다. 정강이만치 오는 작은 독에는 은자를 채우고 탁주를 가득 부었다.

큰 독을 실은 수레에는 곡물 가마와 술만 채운 작은 독 두어 개를 함께 실어 술을 빚어 파는 이들인 척했다. 속이 비어 있는 독 서너 개도 적절히 섞어 실어놓으면 어떤 성문이든 무사 통과였다.

조선 팔도로, 또 어떤 때는 바다를 건너가 흩어지는 큰 독과는 달리, 작은 독의 구 할은 같은 수레에 실려 한곳으로 향했다. 해주목에 있는 여 가의 객줏집에 도착하면, 작은 독들은 할 일을 마치고 깨져 버려졌다.

원래 들어 있던 물건을 비워낸 자리에 은자와 술을 채워 되돌아오는 큰 독들도 매한가지였다. 모든 독은 해주목에서 그 쓸모를 다했다.

해거름에 독을 가득 실은 수레들이 서흥을 떠날 준비를 마치자, 이 씨는 수레를 호위하는 복면 사내들 중 우두머리에게 다가가 두어 마디 단속하는 말을 했다. 늘 하던 대로, 늘 하던 말을 하며 젠체하는 데 정신이 팔려 호위단의 수가 평소보다 많다는 것도, 그 우두머리의 키가 두 치쯤 커진 것도 알아채지 못했다.

마침내 서흥을 떠나는 수레들을 보며 이 씨는 그저 제 주인마님께 이번에는 무어라 서신을 보내 자신의 공을 더욱 추켜세울지를 떠올리고, 또 떠올렸다.

* * *

　평생 남의 기척을 쫓으며 살아온 무영인지라 어둠 속에서 움직이는 자들의 수를 헤아리는 것이 그리 어려운 일은 아니었다.

　처음 예상했던 것보다는 규모가 큰 모양인지 달빛 아래에서 지들끼리 주고받는 신호가 이따금씩 희미하게 보였다. 무영은 저들의 우두머리가 어디에 있을지를 생각했다. 사방에서 그물처럼 조여오는 것을 보면 우두머리는 필시 후미에 있을 터였다. 이런 자들의 생리란 언제나 간단했다. 우두머리를 없애면, 나머지는 알아서 숙이고 들어왔다. 물론 끝까지 맞서는 이들도 있겠으나 그 수는 그리 많지 않을 것이다.

　생각을 마친 무영이 주혁을 향해 눈짓했다. 고개를 끄덕인 주혁은 무영이 심어둔 호위단의 사내 몇을 데리고 그곳에서 벗어났다. 어둠에 몸을 기대고 선 무영은 그들이 다가오기만을 기다렸다. 그들의 칼날과 자신의 칼날이 맞부딪칠 만한 거리가 되도록. 지근거리에 다가온 그들의 칼끝이 무영을 향해 모일 때, 주혁이 사람들을 이끌고 그들의 뒤에서 모습을 드러냈다.

　무영이 호위단 안에 제 편을 숨겨둔 것은 미처 알지 못했는지 다가오던 무리가 우왕좌왕하며 흩어져 섰다. 그것을 지켜보던 무영은 스물 남짓 되어 보이는 그들 사이에서 저만치 떨어져 주혁의 뒤를 노리는 이를 발견했다. 달빛이 지나간 칼날에 비추인 얼굴은 무영도 익히 아는 자의 것이었다.

　죽은 송종오에게 문시종을 전하고, 시친 탐문에서는 홀로 유유히 빠져나간 자. 소화가 살아 있을 때 어느 날엔가 딱 한 번 마주친 적이 있는 민도식의 수하. 종혁이라는 이름으로 알려진 자.

칼날들이 부딪치고 피가 솟구치는 광경 사이로 무영이 종혁을 향
해 다가섰다. 기민한 종혁이 무영의 낌새를 알아채고 주혁에게 다가
가던 것을 멈췄다. 두 사람은 서로를 향해 같은 모양으로 칼을 겨누
고 섰다. 무리에서 조금 떨어져 선지라, 두 사람 사이에 흐르는 살기
가 날것 그대로 서로를 향해 쏟아져 내렸다.

칼이 몇 번인가 부딪치는 동안 두 사람의 옷자락 여기저기가 찢겨
나갔다. 지지부진한 싸움 끝에 잠시 대치한 채로 숨을 고르며 종혁이
입을 열었다.

"무예에 능하다는 말이 그저 저잣거리 소문에 불과했던 모양이군."

"글쎄요. 그저 소문만은 아니었을 텐데요."

무영이 말끝에 종혁의 허벅지를 향해 눈짓했다. 그 시선을 따라 종
혁이 눈을 내렸다. 왼쪽 허벅지에 길게 베인 자국을 따라 핏물이 흘
러내리고 있었다. 당황한 듯 한 발 물러서는 종혁을 향해 무영이 물
었다.

"말씀해보세요. 어째서 민도식 영감이 저를 노리는지. 저는 그분과
크게 척질 만한 일을 한 기억이 없습니다."

"헛소리."

종혁이 이죽거리며 칼을 고쳐 쥐었다.

"해치고 싶은 생각은 없습니다. 다만, 함께 한양으로 돌아가지는
못할 것입니다. 그대가 민도식 영감을 다시 만나는 일 또한 없을 것
이고요."

차분한 무영의 음성에 종혁의 눈에 바짝 독이 올랐다. 종혁이 있는

힘껏 칼을 휘둘렀다. 무영이 슬쩍 몸을 돌려 피하자 종혁이 비틀거렸다. 허벅지에 입은 상처가 꽤 깊은 모양이었다. 무영이 종혁의 목에 칼날을 들이밀었다.

"자, 말씀하세요. 그렇다면 목숨을 버리는 일은 없을 것입니다. 민도식 영감이 진짜 계획이 무엇입니까?"

종혁은 대답 없이 고개를 가로저었다. 그러고는 눈으로 제 수하들을 쫓았다. 여태 목숨이 붙어 있는 자들은 겨우 서넛뿐이었다. 여러모로 제 수하들이 불리해 보여 절로 혀 차는 소리가 흘러나왔다.

"그때 그 계집과 함께 너도 없애야 한다고, 내 영감께 그리 말씀을 드렸는데."

종혁이 제 손에 들린 칼을 저만치로 집어 던지며 한탄했다. 무영이 그 말의 뜻을 채 헤아리기도 전에 지척으로 다가온 종혁이 무영의 칼을 쥐고 제 목을 그었다. 벌어진 목에서 솟구친 피가 무영의 턱 끝과 가슴팍에 흩어졌다.

두 눈을 부릅뜬 종혁의 얼굴 위로 아침 햇살이 길게 쏟아질 때까지, 무영은 그 자리에 서서 한참이나 종혁의 말을 곱씹었다. 소화가 죽던 그날, 그 자리에 누가 있었는지를 떠올렸다. 호선 강대호와 그의 아들, 며느리, 그리고 소화.

눈꺼풀 저 너머에 새기듯 박힌 그날의 풍경을 몇 번이고 훑어낸 후에야, 무영은 무심히 흘려보냈던 광경을 기억해낼 수 있었다. 호선 일가의 주변으로 드문드문 흩어져 있던 날짐승의 깃털과 네 사람의 몫이라고 하기엔 너무 많았던 핏자국들.

민도식의 낯을 떠올리며, 무영은 칼을 쥔 손 마디마디에 힘을 주었다. 오래된, 그러나 새로운 싸움을 위해 한시라도 빨리 한양으로 돌아가야 했다.

여담(餘談) ═══════════════════════════════════════

"이런 누추한 곳까지 다 행차를 하시고. 내일은 해가 다른 방향에서 뜨려나 봅니다?"

진원대군이 찻잔을 들며 비꼬았다.

"뜻이 같은 자들은 결국 만나게 마련이지요."

마주 앉은 민도식이 대군과 같은 모양새로 찻잔을 들었다.

"같아요? 저와 영감이요?"

"다를 것이 있습니까?"

민도식이 히죽 웃으며 눈을 찡긋했다.

"대군께서 찾으시는 아이, 제가 데리고 있습니다."

"무슨 말씀이신지 통 알아들을 수가 없습니다만."

대군이 모르쇠를 대자 민도식이 사랑채 동편 창을 향해 시선을 돌렸다.

"저 창밖에 온갖 진귀한 화초를 두고 혼자서만 보신다지요?"

"귀하다 해봤자 한낱 풀 쪼가리일 뿐인데요. 영감께서 도처로 나르는 물건들만 할까요?"

대군의 말에 민도식의 시선이 되돌아왔다. 잠시 대군의 눈을 들여다보던 민도식이 돌연 크게 소리 내어 웃기 시작했다.

"다 알고 계시니, 편히 말씀드리겠습니다. 그 아이, 저 창밖의 화초들보다 더 귀한 아이입니다. 귀하기로는 제가 나르는 채라 따위의 것들에 비할 바가 아니지요."

대군은 별다른 대꾸 없이 민도식이 마저 떠들도록 내버려두었다.

"하도 귀해서, 대군은 취하실 수 없는 아입니다. 허나 방법이 없는 것은 아니지요. 아, 제가 그 아이가 계집애라는 말씀을 드렸던가요?"

"겨우 근본도 모르는 계집애 하나 때문에 제가 영감과 이리 마주 앉아 있어야 하는 겁니까? 나가실 문은 바로 뒤에 있습니다만."

해랑에게 별 관심이 없다는 듯 대군은 자꾸만 태연한 체했다. 무영의 약점인 줄 알았던 해랑이, 자신의 약점이 되어 발목을 붙잡을 줄 몰랐던 지라 당황스럽기만 했다.

"그 아이, 대군께 바치겠습니다. 대신……."

해랑이 바로 네 약점이라는 듯 쐐기를 박는 민도식의 말에 대군은 결국 얼굴을 굳혔다.

"대신, 대군께서 왕이 되셔야겠습니다."

말끝에 민도식의 입꼬리가 길게 호를 그렸다.

* * *

"어떻게 제가 여기로 오게 된 걸까요?"

마른 잎이 뒹구는 뜰을 내다보며 해랑이 물었다.

"예가 어딘지는 궁금하지 않은 모양이지?"

머릿속으로 들려오는 소화의 목소리에 해랑이 가만히 제 목에 걸린 방울을 쓰다듬었다.

"누가 저를 거기서 꺼내주었을까요?"

해랑이 재차 묻자 소화가 짓궂은 웃음소리를 냈다. 고민하듯 고개를 모로 기울이며, 해랑은 제 앞에 펼쳐진 풍경을 천천히 눈에 담았다.

"쓸쓸한 곳이네요. 주인이 자리를 비운 지 오래된 곳인가 봐요."

낮게 읊조리는 해랑의 목소리는 눈앞의 풍경을 닮아 있었다. 고요한 시간, 적막한 풍경, 그 안에 우두커니 앉아 해랑은 제 무릎을 끌어안았다.

"지난번 그 우물이라면 힘들겠지만, 저만 한 담을 넘는 건 일도 아닐 텐데?"

소화가 부추기듯 속삭였다.

"여기서 나가면."

말을 멈춘 해랑이 고개를 가로저었다.

"제 벗들 모두가 위험해질 것이라고, 아씨께서 그리 말씀하셨잖아요? 도처에서 저를 지켜보고 있을 것이라고요."

이어진 말에 묻어난 두려움에 소화가 혀를 찼다. "담이 이리 작아서야 ……" 하는 소리도 덧붙였다.

"아가, 잘 듣거라."

해랑이 가만히 고개를 끄덕였다. 마치 눈앞에 소화가 있기라도 한 것 처럼.

"언젠가 나를 이리로 불러냈던 자가 곧 여기로 올 거다. 너를 만나러 말이지. 반드시 그자가 시키는 대로 해야 한다. 그자의 심기를 거스르면 안 돼. 그러면 너도 나처럼 될 거다."

"제가……."

"죽는단 말이지, 나처럼."

망설이는 해랑의 말끝을 소화가 잡아챘다.

"그뿐이겠어? 네가 벗이라 부르는 이들, 정 행수와 두 종사관, 그리고 네 스승까지도 모두 너와 같은 신세가 될 거야."

해랑이 어깨를 움찔했다. 두려운 듯 무릎을 더 꽉 끌어안는 모습에 소화가 짧게 한숨을 쉬었다.

"너무 걱정은 말거라. 그치를 상대하는 법을 나는 아주 잘 알고 있거든. 말했잖니? 내 쓸모는 너를 지키는 데 있다고. 넌 그저 내가 일러준 대로만 하거라. 약조할 수 있겠니?"

소화가 나긋나긋한 목소리로 해랑을 달래듯 속삭였다. 예, 하고 대답을 남기던 해랑은 어쩐지 소화가 미소 짓고 있다는 생각이 들었다. 눈으로 확인할 수 없었지만, 분명히 그렇게 느껴졌다.

구름이 손톱 달을 가리자 뜰 안으로 짙게 어둠이 내렸다. 얼마나 시간이 지났을까, 달이 모습을 드러내고 마당 안으로 희미하게 달빛이 들자 해랑이 번뜩 몸을 일으켰다. 저만치 담 곁에, 앙상한 나무들이 만들어낸 그림자 사이에 누군가가 서 있었다. 저를 향해 한 발 한 발 다가오는 이의 낯을 보며 해랑은 제 기억을 헤집어댔다. 그러다가 눈을 크게 치떴다. 지난가을, 무영과 함께 숨어 들어간 임금의 연회에서 본 적이 있는 얼굴이었다. 그 이름을 떠올리려 애를 쓰고 있자니 어느새 해랑과 마주 선 이가 위에서 아래로 해랑을 훑어보았다.

"너로구나? 살아남은 새끼 호랑이가."

그믐밤. 자미재 뜰 안으로 민도식의 목소리가 차게 내려앉았다.

12

해가 기우는
골짜기

도성 남문이 지척으로 다가오자 무영과 주혁이 당황스
러운 눈길을 주고받았다. 기묘한 낌새를 느낀 것이 선두에 선 두 사람
뿐만은 아니었는지 이내 연행사신들 사이로 수군거림이 퍼져나갔다.

해가 넘어가 주변이 이제 막 어스름해지는 차에 연행사 행렬 모두
가 도성 안에 발을 들였다. 궁으로 향하는 내내, 도성 안은 기이할 정
도로 고요하기만 했다. 끝을 모르고 몰려든 인파 속에서 도성을 떠났
던 것이 꿈이었나 싶은 적막이었다.

궁 안의 상황도 별반 다르지는 않았다. 편전에 모인 신료들은 물론
이요, 사신들의 보고를 받는 임금 또한 어딘지 모르게 불편한 기색이
역력했다.

"알겠으니 이만 물러들 가시오."

임금이 무성의하게 손을 휘저으며 신하들을 물렸다.

잠시 후, 적막이 앉은 편전에 임금이 무영을 불러들였다.

"전에 없던 일이 생기는 것을 보니, 새 세상이 열릴 모양이다."

앞뒤 없이 던져진 임금의 말에 대꾸할 말을 찾지 못한 무영은 그저 눈을 내리깔았다.

"산짐승이 마을로 내려온다더구나. 찾아서 내게 바치거라."

"송구합니다. 무슨 말씀이시온지······."

퍽 당황한 듯 무영의 목소리 끝이 갈라져 나왔다.

"강수환이었나? 너와 어울려 지내던 그 종사관 말이야. 사건 중 하나가 그 소관이라 하니 가서 직접 듣거라. 잊지 말거라. 반드시, 짐승의 목을 베어와야 할 것이다. 그것이 하나든, 열이든 모두 가져오거라."

무영이 막 궁문을 나선 찰나, 정 행수가 나타나 무영의 팔을 덥석 쥐었다.

"어찌 여기 계십니까? 제가 선전으로 가려는 참인데요."

놀랍고도 반가운 마음에 무영의 입가에 움푹 팼다. 그러나 정 행수는 별다른 말 없이 무영의 팔을 잡아끌기만 했다.

무영의 입가에 걸려 있던 미소가 빠르게 사그라졌다. 도성문을 넘을 때부터 희미하게 차오르던 불안감이 점점 형체를 갖추기 시작했다.

* * *

도성 안의 풍경이 변하기 시작한 것은 겨울이 끝나갈 무렵부터였다.

시전 상인들은 너 나 할 것 없이 해가 기울 기미가 보이면 점포 문을 걸어 닫고 각자의 집으로 돌아갔다. 물건을 사는 이도, 파는 이도 누구 하나 이에 대해 딱히 불평하지 않았다. 해거름에 거리가 어둡게 물들면 저자는 물론이고 관청들이 늘어선 대로까지 쥐새끼 하나 다니지 않을 정도로 고요해졌다.

해가 넘어간 후에야 장사를 시작하는 기루들이 하나둘 문을 열지 않은 것도 그즈음부터였다. 서린방이고 명철방이고 할 것 없이 기루가 문을 열지 않으니 인근 주막과 객주 또한 손님이 절반으로 주는 것은 당연한 이치였다. 하지만 가장 두려움에 떠는 것은 도성 안 살림집들이었다. 있으나 마나 한 담벼락과 툭 밀면 쓰러질 싸리문이 그 안에 사는 이들을 제대로 지켜줄 수 있을 리 없었다.

그럼에도 민가에서는 해가 지면 온 집 안의 문과 창을 꼭꼭 걸어 잠그는 것밖에 달리할 수 있는 일이 없어 밤새 바깥소리에 귀를 기울이며 잠을 설치기 일쑤였다. 겨우내 일이 이 지경이었으니, 봄이 되고 연행사신단 일행이 한양으로 돌아왔을 때는 백성들의 공포가 극에 달해 있는 시점이었다. 별일 아니라며 성안 곳곳에 방문을 붙이던 것조차 뜸해질 때가 되자 궁문마저도 굳게 닫혔다. 단 두 번의 사건으로, 온 도성이 시름시름 앓기 시작했다.

"산짐승이라니?"

주혁의 말에 수환이 한숨을 내쉬며 고개를 저었다.

"그러니까 귀신이 곡할 노릇 아니냐, 피해자들의 상태를 보면 멧돼지 같은 것일 리는 없고. 그 정도면 꽤나 큰 짐승일 텐데, 도성 안 어디에도 짐승 발자국이나 다른 흔적은커녕 터럭 한 올 목격했다는 이가 없……."

수환이 말을 멈추고 자리에서 벌떡 일어났다.

"대감!"

"그간 강녕하셨습니까?"

무영이 부드럽게 웃으며 인사했다.

당황한 기색으로 무영을 바라보던 수환이 입술을 한 번 꽉 깨물었다.

"대감."

"괜찮습니다. 어떻게 된 일인지 차분하게 얘기해주세요."

"죄송합니다. 제 탓입니다. 제가 잘 돌보겠다고 약조해놓고……."

"탓하려는 것이 아닙니다. 어찌 된 연유인지 정확히 알아야 한시라도 빨리 찾을 수 있습니다. 그러니 자책은 접어두시고, 그간의 일을 말씀해주세요."

내내 일관된 무영의 태도는 무서우리만치 침착했다. 그러나 두 종사관과 정 행수는 무영이 차분하게 갈무리한 입술 너머로 틀어막은 분노와 고요한 눈동자 뒤로 숨긴 슬픔을 알아챘다.

수환이 이야기를 마치자 무영이 자리에서 일어났다.

"내일 사시에 여기서 다시 뵙지요."

뭐라 대답할 틈도 없이 무영이 선전을 나섰다. 멀어지는 무영의 발소리를 듣는 세 사람의 낯 위로 깊게 그늘이 졌다.

* * *

반쯤 기대 누워 서책을 넘기던 임금이 흥미를 잃은 듯 책을 덮었다.

'응선 민도식의 짓입니다.'

가늘게 떨려 나오던 맹랑한 것의 목소리가 귓가를 떠날 줄 몰랐다. 여태 누군가의 말에 휘둘려본 적이 없는 임금인지라, 여직 그 말을 잊지 못하고 있는 스스로가 퍽 당황스러웠다.

달포 전, 호판 민도식이 데려왔던 '재미난 것'은 예상치 못한 얼굴이었으나 익히 아는 얼굴이기도 했다. 감히 연회에 숨어들었던, 반쪽짜리 제 형제가 끼고 도는 쥐방울.

"네 이름이 무어냐?"

"해랑이라 하옵니다."

엎드린 채 대답하는 해랑을 향해 임금이 손짓했다.

"이리 가까이 오너라."

해랑이 무릎걸음으로 다가오자 임금 또한 해랑의 코앞에 자리를 틀고 앉았다.

"고개를 들어보거라."

궁술로 다져진 임금의 다부진 손가락이 턱 끝에 닿자 해랑이 어깨를 움찔 떨었다.

그 모습에 임금이 바람 새는 소릴 하며 웃고는 찬찬히 해랑의 면면을 살피기 시작했다. 내리뜬 해랑의 눈꺼풀이 파르르 떨리는 모양에 흥미가 동한 듯 턱 끝에 머물러 있던 임금의 손가락이 느리게 해랑의 볼을 타고 올라왔다.

"그래, 호판이 어째서 너를 데려왔을까?"

"모, 모릅니다."

말끝에 마른침을 삼키는 해랑의 목이 작게 울렁였다. 그 모양에 임금의 시선이 해랑의 목을 향했다. 내내 해랑의 볼을 쓸던 임금의 엄지 끝이 다시 턱으로 내려와 해랑의 고개를 조금 밀어젖혔다.

"참으로 이상한 일이구나."

엄지 끝이 목 한가운데를 느릿하게 타고 내려왔다. 제 손길을 따라 해랑의 목 위로 소름이 돋자 임금은 놀리기라도 하는 듯 해랑의 목덜미를 쓸어내렸다.

"하는 양을 보니 여태 덜 자란 것은 아닌 모양인데, 어째서 목이 이리 매끈할꼬?"

울대뼈가 없는 것을 지적하는 소리에 해랑이 당황한 듯 얼굴을 굳혔다.

"그, 그것이……."

더듬거리는 해랑의 눈을 들여다보며 임금이 입꼬리를 한껏 당겨 웃었다.

"내가 남색(男色)에는 흥미가 없음을 감사히 여기거라."

"요 맹랑한 계집아" 하는 말을 덧붙이지 않은 것은 당혹감을 감추려 이리저리 눈을 굴리는 해랑의 모양새가 제법 귀여워서였다.

"곁에 두면 머지않아 중요한 쓸모가 있을 것이라 하니 그리하기는 하겠다만, 글쎄……. 나는 아무리 봐도 네가 그리 쓸모 있어 보이지는 않는구나."

"예, 맞습니다. 전하께 제가 쓸모가 있을 리 없습니다."

"뭐?"

놀리듯 뱉은 말에 해랑이 정색하고 대답하자 임금이 헛웃음을 흘렸다.

"그 출신도 모르는 천한 제가 어찌 전하께 쓸모가 있겠습니까? 그러니 돌려보내 주세요. 친우들이 걱정하며 기다리고 있을 것입니다. 벌써 수일이나……."

"허튼소리."

임금이 차게 일갈하며 해랑의 목을 움켜쥐었다.

그러나 이전의 기세는 간데없이 임금을 빤히 보는 해랑의 눈동자에는 흔들림이 없었다. 숨이 막혀 붉어진 얼굴을 하고도 해랑은 끝까지 눈을 피하지 않았다.

임금은 해랑의 호박색 눈동자 주변으로 붉게 핏발이 서고 눈물이 고일 때가 되어서야 손을 거두었다. 헐떡이며 숨을 고르던 해랑이 다시 임금을 향해 머리를 숙이고 엎드렸다.

"영선이라는 궁무를 아시지요?"

말을 뱉으며 해랑은 목에 걸린 방울을 꽉 쥐었다. 제게로 쏟아지는 임금의 시선을, 보지 않아도 느낄 수 있었다.

"영선이 어떻게, 왜 죽었는지 알고 있습……."

말을 채 마치기도 전에 임금이 해랑의 머리채 뒤를 잡아 올렸다. 임금의 얼굴이 닿을 듯 가까워졌다.

"네가 정녕 죽고 싶은 게로구나?"

광기로 번들거리는 눈이 해랑의 눈동자를 당장에라도 파낼 듯한 기세였다.

"호조판서 민도식은 제 쓸모를 모릅니다. 제 쓸모는 오로지 저만 알고 있지요."

"맹랑한 것."

임금이 짓씹듯 말하며 해랑의 머리채를 잡았던 손을 놓았다. 다시 엎드린 해랑이 빠르게 말을 쏟아냈다.

"그러니, 약조해주셔요. 저를 돌려보내 주시겠다고요. 다시는 저를 찾지 않으시겠다고요."

"네 말에 단 하나의 거짓도 없다면 그리하겠다."

임금의 대답에 해랑이 몸을 일으켰다. 자세를 바로 하고 앉은 해랑이 다시금 임금의 눈을 들여다보았다. 이어질 제 말에 단 하나의 거짓도 없다고 장담하는 듯한 태도였다.

"웅선 민도식의 짓입니다."

"겨우 생각해낸 말이 그것이냐? 너를 데려온 민도식을 음해하고 궁을 빠져나가겠다?"

코웃음을 치는 임금을 향해 해랑이 작게 고개를 가로저었다.

"영선의 시신을 검험하셨지요? 별다른 사인을 찾지 못하셨고요."

임금이 눈을 흡떴다. 궁 안에서야 그 일을 모르는 이가 없었지만 궁 바깥에서는 아니었다.

지난날, 대신들 중 누군가가 함부로 입을 놀렸던 것일까. 그랬다면 도성 안에 소문이 파다했을 텐데. 혹 백성들 사이에 은밀하게 말이 오갔다 하더라도 벌써 삼 년이 지난 일을, 이 쥐방울만 한 것이 어떻게 알고 있느냔 말이다.

광풍이 이는 속을 달래며 임금은 어디 더 해보라는 듯 고갯짓을 했다.

"천하제일의 검험의관이었다 해도 사인을 찾지 못했을 것입니다. 정수리에 있는 숨구멍에 넣었다 뺀 바늘은 아주 가늘었고, 흔적을 남기지 않았으니까요. 영선의 삼단 같은 머리칼 사이에 그런 흔적이 있을 줄은 누구도 예상하지 못했을 것입니다."

임금은 대답 없이 해랑을 바라보기만 했다. 지금 저 쥐방울이 마치 영선을 본 적이라도 있는 것처럼 말하고 있지 않은가.

"응선 민도식이 죽였습니다. 정확히는, 궁무 소화의 손을 빌려 그리했습니다."

해랑이 말을 마치자 임금의 침전 안에 무겁게 정적이 깔렸다. 내내 꼿꼿하게 앉아 있는 해랑을 바라보던 임금이 입을 열었다.

"내금위장을 들라 하라."

곧 모습을 보인 내금위장 강열을 향해 임금이 손을 휘적였다.

"치우거라."

말뜻을 알아채지 못한 해랑이 임금의 눈치를 살피는 사이 강열이 다가와 해랑의 머리 위로 자루를 씌웠다.

"어찌 이러십니까? 전하, 약조하시지 않았습니까?"

해랑이 자루를 벗으려 버둥거렸으나 잠시뿐이었다. 손과 발도 이내 한데 묶인 탓이다. 강열이 해랑을 어깨 위로 들쳐 올렸다.

"그래, 약조했지. 헌데, 내가 너를 '집으로' 보내준다 했더냐? 약조한 대로 '궁 밖으로' 내보내주마. 또한 다시는 너를 찾을 일이 없을 것이다. 너 또한 다시는 도성 안으로 발을 들여서는 아니 될 것이야. 만약 네가 돌아온다면, 네가 아니라 네 스승을 죽여 없앨 것이다. 명심하거라."

말을 마친 임금이 강열에게 눈짓했다. 고개를 한 번 꾸벅인 강열이 해랑과 함께 침전을 나섰다.

* * *

"대감마님."

"들어오거라."

사랑채 문이 열리고 집사장이 민도식을 향해 꾸벅 인사를 올렸다.

"저……. 웬 사내놈 하나가 이것을 마님께 전해야 한다며 가져왔습니다. 보여드리면 알 것이라고요."

집사장이 칼 하나를 민도식의 서안 위로 올렸다.

군데군데 검게 피가 말라붙어 있는 칼집을 보던 민도식이 칼자루를 손에 쥐고 칼을 빼냈다. 칼날에 새겨진 무늬를 들여다보던 그가 신음 같은 탄식을 삼켰다.

"이걸 가져온 자가 누구냐?"

"처음 보는 자였습니다. 평범한 장사치 같은 모양새였는데 그치도 그저 심부름하는 것뿐이라 했습니다."

당황한 듯 빨라지는 집사장의 말에 민도식이 탁 소리 나게 칼을 집어넣었다.

"입궐해야겠으니 준비하거라."

집사장이 나가자 민도식은 다시 한 번 칼을 꺼냈다. 종혁의 칼이었다.

연경으로 출발할 때와 같은 모습으로 연행사 행렬 선두에서 입궁하던 무영과 주혁의 모습을 떠올리자 절로 이가 갈렸다.

퇴궐 후 한 시진이 지나도록 여태 소식이 없는 종혁을 기다리는 동안 슬금슬금 차오르던 불안감이 기어이 형체를 띠고 목을 조여왔다. 종혁과 그 수하들은 영원히 돌아오지 않을 것이다. 이 칼이 증거였다. 이것을 누가 제게 보냈을지는 빤했다.

잠시 후, 의관을 정제한 민도식이 날짐승의 모습으로 집을 빠져나갔다. 가장 먼저 향한 곳은 자미재였다.

"고해주시게."

왕의 침전 앞, 민도식의 말에 상선 영감이 고개를 가로저었다.

"오늘은 누구도 들이지 말라 하셨습니다."

상선의 말에 민도식의 낯이 빠르게 굳었다. 잠시 덧문을 바라보던 민도식은 이내 몸을 돌려 섰다. 자미재는 비어 있고 임금은 알현을 거부한다. 거기에 무영이 보낸 종혁의 칼까지. 무언가 일이 틀어져도 단단히 틀어질 모양이다. 이를 으득 간 민도식은 내웅방으로 향했다.

누구든, 방해하는 자는 없애면 그만이다. 그것이 반쪽짜리 천것이든, 내내 함께 장단을 맞춰오던 임금이든 상관없었다.

* * *

남겨진 사람들이 슬픔을 표출하는 방식은 대개 비슷했다. 눈앞의 상황이 꿈이길 바라며 울부짖다가, 결국 주저앉아 천지신명을 찾으며 흐느끼는. 종사관이 된 이래로 수환이 늘 들어온 피해자 가족들의 목소리.

두 번째 사건 이후 보름 만에 나타난 세 번째 피해자는 생선전 꽃분 어미였다. 하루빨리 도성 안의 흉흉한 분위기가 정리되고 무탈하게 장사하게 되길 바라면서, 요 며칠 새벽마다 마을 어귀 당산나무에 치성을 올리러 다녔다고 했다.

동이 트고 한참이 지나서도 돌아오지 않기에 찾으러 나갔다는 남편 박 씨는 술회하는 내내 제 탓을 했다.

거 같이 가주는 게 뭐 대수라고, 새벽잠이 아쉬워 매번 혼자 보냈다고. 그래서 이 사달이 났다고. 저 같은 게으른 남편을 만나 매일 새벽 혼자 가게 문을 열었다고. 그 습관을 버리지 못하고 일찍 일어나 치성을 올리러 간 것이라고. 모든 게 제 탓이라고.

가슴팍을 쥐어뜯으며 우는 박 씨의 얼굴이 하도 참담해 수환은 한숨을 삼키며 고개를 돌렸다. 운종가의 수많은 점포 중에서도 생선전은 특히 우포청과 지근거리에 있는지라, 매일 아침 등청할 때마다 마주치는 얼굴들이었다. 그래서일까, 수환은 지난 사건 이후 별다른 단서를 찾지 못한 것이 어쩐지 죄스럽게 느껴졌다.

현장에서는 감히 검험할 엄두도 내지 못했다. 이리저리 흩어진 몸을 모아 형체를 갖추기도 바빴던 탓이다. 주 씨가 시신을 수습해 오면 검험소에서 공 씨가 초검을 했다.

"그래도 불행 중 다행입니다요."

"무엇이 말인가?"

공 씨의 말에 수환이 되물었다.

"첫 번째 사건에서는 결국 팔 하나를 찾지 못했잖습니까, 이번에는 어느 한 군데 사라진 곳 없이 모두 멀쩡합니다. 좌포청에서 맡았던 두 번째 사건을 주 씨가 검험했는데, 그때는 다리 한쪽이 없어졌다지 뭡니까."

공 씨의 말에 수환이 탄식하며 이마를 쓸었다.

"그래서, 이번에도 지난 두 사건과 같은가?"

"예. 사람이 할 수 있는 행태는 아닙니다. 여기 보십시오, 필시 짐승의 소행입니다. 시신의 상태로 미루어 보건대 보통 짐승은 아닐 것입니다."

"보통 짐승이 아니면?"

"그…… 호교사라든가……."

공 씨가 말끝을 흐리자 수환이 헛웃음을 흘렸다.

"나라 안에 호랑이 씨가 마른 지가 언젠데, 검험의관이라는 자가 저자에서 하는 소릴 따라 옮고 있어?"

수환이 통을 주자 공 의관이 "송구합니다" 하며 면구한 얼굴을 했다.

혀를 찬 수환은 물끄러미 꽃분 어미의 얼굴을 바라보았다. 벗은 닮는다더니, 사라진 똥강아지를 닮아 물렁해진 것인지 자꾸만 측은한 마음이 들었다.

"아! 나리, 이전과 다른 것이 하나 있습니다요."

공 의관의 말에 수환이 퍼뜩 고개를 들었다. 공 씨가 수환을 비어 있는 건너편 탁상 앞으로 인도했다.

"이걸 좀 보십시오."

공 씨가 탁상 위에 종이 두 장을 펼쳤다.

"첫 사건과 이번 사건 현장을 수습할 때 주 씨가 기록한 것입니다. 몸이 흩어져 있는 시신들은 흩어진 각 부위가 머리와 얼마나 떨어져 있는지를 기록하도록 되어 있사온데……."

"이번에는 첫 번째에 비해 훨씬 가까웠군? 흩어놓았다기보다는 찢긴 그대로 둔 것이나 다름없어 보이는데."

"예, 맞습니다. 그러니 이상하다는 것입니다."

공 씨의 말에 수환이 동조하듯 고개를 끄덕였다.

"좌포청에서 맡은 건은, 누가 현장수습을 했지?"

"안 씨가 했습니다. 주 씨가 검험하였고요."

잠시 생각하던 수환이 공 씨의 어깨에 손을 올렸다.

"좌포청으로 가봐야겠네. 잘 수습해 곱게 단장해주게. 생선전 박 씨가 충격을 많이 받은 모양이더군."

"예, 그리합죠."

공 씨가 대답을 채 마치기도 전에 수환이 검험소 문턱을 넘었다.

멀어지는 수환의 뒷모습을 바라보던 공 씨가 한숨을 내쉬었다. 여
태 한 번도 이런 부탁을 한 적이 없는 양반이 이처럼 변하게 된 까닭
을 어쩐지 알 것만 같은 탓이었다.

* * *

"대답을 해보란께!"

정 행수의 닦달에 무영이 입을 다물었다.

"얼른! 아니라고 하란 말이여!"

무영의 팔을 붙잡는 정 행수의 눈에 눈물이 그렁그렁했다.

"언제부터 알고 계셨습니까?"

무영의 물음에 정 행수가 털썩 주저앉았다. 벌벌 떨리는 손을 어쩌
지 못해 주먹을 쥐었다 폈다 하다가 이내 거칠게 마른세수를 했다.

"첨부터, 자네가 도성으로 돌아온 날부텀 알았제."

꽉 잠긴 목소리로 정 행수가 말을 이었다.

"자네를 언제부터 알고 지냈냐 한께, 세상에 막 났을 때부터 알고
지냈다 안근가? 자네가 저를 거두어 키웠단디, 기가 턱 막혀서 말도
안 나와부러. 자네가 도성을 비운 것이 삼 년밖에 안 됐는디, 자네하
고 예닐곱 살 차이밖에 안 나는 갸를 어디서 어떤 수로 날 때부터 거
둬서 키우냐 말이여."

잠시 말을 멈춘 정 행수가 또 한 번 제 얼굴을 쓸어내렸다.

"아니겠지? 이 사건들이 죄다 산짐승 짓이라고, 호교사라는 소문이 파다한디……. 아니여, 그라제?"

"예, 짐승의 짓이 아닙니다. 세 번 모두요."

별안간 들려온 주혁의 목소리에 정 행수가 놀란 몸을 펄떡이며 자리에서 일어섰다. 언제부터 있었던 것인지, 선전 문간에 주혁과 수환이 서 있었다.

"정확히는, 호교사가 아니라고 해야죠."

수환이 선전 문을 걸어 잠그며 얘기하자 정 행수가 황급히 두 사람을 향해 다가섰다.

"어, 언제부터 거그 계셨다요?"

당황한 듯 말을 더듬거리는 정 행수를 향해 수환이 고개를 절레절레 저었다.

"행수님이 주저앉으셨을 때부터 있었습니다. 일단, 내실로 드시죠. 어쨌든, 해랑의 짓이 아닙니다."

"아니, 그게, 그……."

"행수님, 해랑이 그 아이가 어떤 존재이든, 저희에게 그런 건 중요치 않습니다. 그 얘기는 나중에 자세히 하시고, 일단 진정하세요."

양 어깨를 꽉 붙잡아오는 수환의 손길에 정 행수가 고개를 끄덕였다.

네 사람 모두에게, 해랑이 사람인지 아닌지 하는 문제는 중요하지 않았다. 그들에게 해랑은, 그저 해랑일 뿐이었다.

"이걸 좀 보시죠."

수환이 세 사건의 시장과 시형도를 방바닥에 펼쳐 보였다.

"모양새가 퍽 익숙하지 않습니까?"

주혁이 무영을 향해 물었다. 가만히 종잇장을 들여다보던 무영이 "그렇군요"하며 고개를 끄덕였다. 그러고는 수환과 정 행수를 향해 시선을 돌렸다.

"연경에서 돌아오는 길에 사고가 있었습니다. 저와 최 종사관에게 중요한 증좌를 전한 관리 하나가 죽었지요. 헌데, 그 관리의 죽은 모습이 이번 사건의 피해자들과 꼭 닮았습니다."

"그 말씀은……."

"예. 이처럼 피해자의 몸을 여기저기 흩어놓았지요. 그것도 발견하기 아주 쉬운 곳에 말입니다."

"과시로군요."

"맞네. 나와 대감께 보이려고 부러 그런 것이지."

주혁의 말에 수환과 정 행수가 미간을 구겼다.

"죽었단 자가, 단련사 김정호 양반 아니다요?"

정 행수의 물음에 주혁이 고개를 끄덕였다.

"그 양반, 올곧기로 소문난 분인디……. 그 댁 아들 노무 새끼는 그러질 못했습니다."

예상치 못한 정보에 무영과 두 종사관의 시선이 정 행수를 향해 쏠렸다.

"노름판에, 계집질에, 술은 또 어찌나 마셔쌌는지, 안 취해 있는 날이 없었당께요. 도성 안에 소문이 짜했었지라. 그 댁 가세가 기울던 것도 죄 그 아들놈 때문이랑께요. 연경으로 떠날 준비를 할 적에, 남촌에 있는 그 양반네 집이 고리대금하는 치들에게 넘어가 부러가고, 온 식솔들이 길바닥에 나앉게 생겼네 어쩌네 하드만, 연행사가 떠난 후에 본게 멀쩡히 그 집에 살더란께요. 한동안 그 아들놈이 평소에는 꿈도 못 꿀 값비싼 옷을 해 입고 저자를 돌아댕김서 거들먹거리드만, 어느 날 사라져부렀습니다. 그 댁 부인과 며느리까지 싹 다요."

"처음부터 그 댁 가솔들 중 누구도 살려둘 생각이 없었던 모양이군요."

무영이 탄식하듯 한 말을 끝으로 방 안에는 잠시 정적이 일었다. 네 사람 모두가 같은 이의 얼굴을 떠올리고 있었다.

민도식. 모든 사건의 원흉.

"이상하지."

수환의 목소리가 정적을 깨고 나섰다.

"앞선 두 건과 비교하면, 이번 사건에서는 흩어진 몸들이 무척 가까이에 위치해 있었습니다. 마치 물어간 것처럼 사라진 부분도 없고요. 제가 짐승의 짓이 아닐지도 모른다고 의심했던 것도 이 때문입니다. 저자에 나도는 소문처럼, 이 사건이 호교사였다면 애초에 시신이 이리 흩어져 있을 이유도 없잖습니까? 호랑이는 사냥감의 목을 물어 숨통부터 끊습니다. 가장 영양가 있는 부분을 취하고 나면 나머지는 버리고 가지요. 어쨌든, 말씀드렸다시피 사람의 짓입니다. 시신을 흩어놓은 것이 우리에게 보이기 위함이라면, 어째서 이번에는 이렇게 두고 간 것일까요?"

"시간이 부족했을 것입니다. 어쩌면, 일을 저지를 인원이 부족했을 수도 있지요."

무영의 대답에 수환이 예? 하고 되물었다.

"호판은 지금 무척 초조할 겁니다. 어젯밤, 제가 그 댁에 선물을 보냈거든요."

영문을 알 수 없는 무영의 말에 정 행수와 두 종사관의 고개가 약속이라도 한 듯 같은 방향으로 기울었다.

"둘 중 어느 쪽이 부족했는지, 왜 부족했는지는 이제 알아봐야 할 일이지요. 행수님과 최 종사관께서는 호판이 축적하고 있는 재물을 쫓아주세요. 그가 굴리는 돈의 흐름을 따라가면 될 것입니다. 강 종사관께서는 이 사건을 마저 조사해주세요. 사건과 관련해 백성들 사이에 떠도는 소문들을 따라가세요. 말이 모이는 자리에는 눈도 모이는 법이니, 분명히 뭔가 다른 단서를 더 찾을 수 있을 것입니다."

말을 마친 무영이 자리를 털고 일어났다.

"자네는?"

정 행수의 물음에 무영이 입꼬리를 단정하게 끌어올렸다.

"저는, 제 제자를 찾으러 가야지요."

* * *

세 번째 사건이 일어나자 가장 크게 동요한 것은 임금이었던 모양이다. 한동안 잠잠하던 임금의 이런저런 기행이 다시 시작되었다는 소문이 저자에 파다했다.

하루에도 몇 번씩 행렬을 꾸려 법궁과 이궁을 오가기 일쑤에, 매일 밤을 궁무들과 난잡하게 지새우며 하루가 멀다 하고 사냥을 다니느라 나랏일은 뒷전이라는. 늘 그랬듯, 별달리 새로울 것도 없는 내용의 말들이었다.

언제나 그랬듯 도성 곳곳으로 퍼진 이런 소문에 골머리를 앓는 것은 임금이 아니라 진원대군이었다. 가뜩이나 속이 시끄러운 차에, 황해도에서 돌아온 종주가 전한 소식이 더해지자 없던 두통도 생기는 듯한 기분이었다.

사랑채 창가에 앉아 밤을 지새우며 대군은 습관처럼 해진 서찰을 매만졌다. 접힌 종이 사이로 비치는 왕의 인장을 따라 덧그리듯 손을 놀렸다.

처음부터 틀렸던 것이다. 그 시작부터 잘못된 생각이었다. 임금이 어떤 성정을 가진 이였던가. 날 때부터 왕이 될 운명을 가진 사내가, 그저 주색에만 눈이 먼 천치일 리가 없었다. 그것은 처음부터 불가능한 일이었다.

쓰고 버릴 패.

차가 아닌 졸.

민도식이 사사로이 축적한 재물과 그것을 얻기 위해 저지른 모든 일을 임금은 알고도 눈감아준 것이다. 그러니, 곁에서 간악한 말로 임금의 눈과 귀를 가리는 민도식을 끌어내리면 제 형제가 성군이 될 것이라는 대군의 생각은 처음부터 틀려먹은 것이었다.

그의 주군은 결코 변하지 않을 것이다.

지금과 같이. 앞으로도 영원히.

대군은 서안 위로 물빛 시전지를 펼쳤다. 이제, 제안에 답을 할 때였다.

그의 형제가 버린 패는, 졸이 아닌 차가 될 것이다.

* * *

"이제 그만 일어나지 그러니?"

소화의 목소리에 해랑이 눈을 떴다. 몇 번 눈을 깜빡여 여직 가물가물한 정신을 붙잡고 나니 그제야 주변의 광경이 눈에 들어왔다.

몸을 일으켜 앉으며 주변을 둘러보다가 놀란 입을 틀어막으며 벌떡 일어섰다. 잠시 굳은 듯 멈춰 있던 다리로 이내 뒷걸음질을 치기 시작했다.

"뭘 그렇게 놀라니?"

"저게, 저게 어찌 된……."

어지간히도 놀란 모양인지 입을 막은 손 틈새로 딸꾹거리는 소리가 새어 나왔다.

"네가 한 짓을 보고 네가 놀라면 뭘 어쩌자는 것인지 모르겠구나."

소화의 말에 해랑이 눈을 홉뜨고는 비명처럼 대구했다.

"제가요? 그럴 리가 없습니다! 제가 한 짓이 아닙니다!"

"네가 한 게 아니면, 여기 갇혀 있는 내가 했겠어? 똑바로 보거라. 저 잘린 팔다리가 어떻게 생겨 먹었는지. 누가 보아도 짐승의 발톱에 찢긴 자국 아니냐?"

"아니라고요!"

주저앉은 해랑이 울먹이며 소리쳤다.

"아가, 네 손을 좀 보렴."

달래듯 말하면서도 소화는 말끝에 길게 혀를 찼다.

제 양손을 빤히 내려다보던 해랑이 얼굴을 감싸 쥐고 비명을 질렀다. 눈물이 죽죽 흐르는 볼 위로 닿은 손바닥이, 짐승의 터럭이 축축하게 젖어들었다. 눈으로 보고도 믿기지 않던 광경은 예민한 촉각을 타고 현실이 되어 해랑의 가슴을 날카롭게 후벼팠다.

어두운 숲. 길게 이는 바람이 마른 나뭇가지를 할퀴는 소리가 선명했다. 그 소리 뒤에 숨어, 해랑은 짐승 같은 울음을 삼켰다.

* * *

"다시 자세히 보게. 정말 사람의 힘으로는 할 수 없는 일이겠는가?"

수환의 닦달에 공 의관이 난처한 얼굴로 고개를 저었다.

"날붙이의 흔적이 없습니다. 조선 팔도를 다 뒤져도 이런 모양으로 상처를 낼 수 있는 날붙이는 없을 것입니다요."

"또."

"예?"

공 의관의 물음에 수환이 이마를 쓸어내렸다. 피곤한 기색이 역력했다.

"또 다른 이유를 대보란 말이네. 사람의 힘으로 불가능한 다른 이유."

"나리…… 아시잖습니까, 뼈와 살이 이렇듯 한 번에 분리되는 것은 인력으로는 불가능합니다. 어찌 자꾸 같은 것을 물으시는지……."

"됐네."

손을 휘저은 수환이 검험소를 나섰다. 선전을 향해 옮기는 발걸음이 조급했다. 머릿속을 떠날 줄 모르는 피해자들의 얼굴 위로 해랑의 말간 낯이 거듭 덧입혀졌다.

저만치에, 선전에서 막 나오는 무영을 발견한 수환이 그를 향해 달려갔다. 다시 무영을 선전 안으로 밀어 넣고는 뭐라 말릴 새도 없이 선전문을 닫아걸었다.

"해랑과 마지막으로 대화하신 것이 언제입니까?"

"연경으로 떠나기 이틀 전이었을 겁니다."

원하는 대답이 아니었던지, 수환이 고개를 가로저었다.

"'다녀오마', '오늘은 늦을 테니 기다리지 말거라'처럼 대감께서 일방적으로 하신 말씀을 묻는 게 아닙니다. '대화'를 언제 하셨냐 여쭙는 겁니다."

딱딱하게 구는 무영의 입가를 보며 수환은 들으라는 듯 한숨을 쉬었다. 저 표정만으로도 그간의 사정이 눈앞에 훤히 보였다.

"해랑은 지금 얼마나 자란 상태입니까? 호족 본연의 모습은 할 줄 압니까? 내응방의 응족 사내들처럼 제 의지로 제 몸을 다룰 줄 아느냔 말입니다."

"모릅니다."

"대감!"

수환의 외침에 무영이 눈을 질끈 감았다 떴다.

"성체로의 각성이 끝났는지, 저는 모릅니다. 또한, 자신이 어떤 존재인지 해랑 또한 정확히는 모르고 있을 것입니다. 그저, 자신이 사람이 아닐 거라는 의심은 여태 하고 있는 듯하였습니다."

"대감."

떨리는 손으로 이마를 쓸던 수환이 자세를 바로 했다.

"생선전 안주인, 명철방에서 주막을 하는 박 씨, 수렛골에 사는 여씨. 피해자 셋 모두 해랑과 안면이 있는 자들입니다. 첫 번째 피해자였던 여 씨는 수사 과정에서 두어 번 마주쳐 말을 섞은 것이 다입니다만, 사건이 거듭될수록 더 자주, 가까이서 마주친 이들이 피해자입니다."

"아이고 나리, 인자 와서 또 뭔 그런 숭한 소리를 허신다요. 우리 해랑이가 그럴 리가 없는디요."

정 행수가 기함하며 수환의 팔을 붙들었다.

"예. 아닐 테지요. 아니어야 합니다. 제가 피해자를 쫓을수록 단서가 해랑을 향하는 이 점까지도 모두 호판의 계략이어야만 합니다. 그렇지요? 대감께서도 직접 말씀하셨잖습니까, 모른다고요. 대감도, 해랑도 모른다고요. 그러니 제가 어찌 알겠습니까? 말씀해보세요, 대감. 이제 어쩌실 생각입니까?"

* * *

잠들듯 정신을 놓았다가 깨어날 때마다 매번 다른 장소였다. 숲 안을 헤매는 것인지 언제는 깊은 계곡물 앞이었다가, 언제는 저 건너 산의 등성이까지 훤히 보이는 정상이었다가.

"언제까지 이러고 있을 테야?"

소화의 말에 입술을 잘근거리던 해랑이 짜증스러운 신음을 흘렸다.

"얘, 아가, 너 지금……."

"제가 알아서 할게요."

"뭐?"

"아씨, 제가 알아서 한다고요. 그렇게 볶지 않으셔도 됩니다. 저 어린애 아니어요."

뾰족한 해랑의 목소리에 소화가 헛웃음을 흘렸다. "요 쪼끄만 게

……"하는 소리를 덧붙이자 해랑은 잔소리가 귀찮다는 듯 방울을 풀어 손에 쥐고 벌렁 드러누웠다.

"제가 각성하여 성체가 되면, 저주가 풀리고 아씨께서 성불할 수 있다는 말씀이지요?"

"그래."

소화가 작게 속삭였다.

"스승님은……. 연경에서 그걸 구하셨을까요?"

"글쎄."

소화가 또다시 속삭였다.

"아마, 구하셨을 겁니다."

대답 없는 소화를 두고 해랑은 기억을 더듬었다.

소화가 제게 들려주고 보여준 것들 사이에서 보았던 무영의 얼굴. 저는 단 한 번도 받아보지 못했던 무영의 눈길. 사랑에 빠진 사내의 시선.

"이것 보세요. 또 털이 부숭부숭 납니다. 머리가 근질근질한 걸 보니 귀가 솟았나 봐요."

왼손을 들어 눈앞에서 팔랑거리던 해랑이 벌떡 일어나 앉았다.

"스승님을 뵈어야겠습니다."

"네 스승과 벗들을 죽이고 싶은 게야? 도성 안으로 들어간 것을 들키기라도 하면……."

"꼭 제가 가지 않아도 되지요."

말끝에 해랑이 입술을 끌어올리며 웃었다. 호를 그리며 올라붙었던 입술이 금세 제자리를 찾고 해랑의 눈에서 이채가 번득였다.

"제가 그랬을 리 없습니다."

"뭘 믿고 그렇게 자신하는지 알 수가 없구나."

혀를 차는 소화의 말을 귓등으로 넘기며 해랑이 방울을 다시 목에 걸었다.

"제가 배운 것의 팔 할은 스승님으로부터 온 것입니다. 처음으로 환도를 손에 쥔 날, 스승님께서 제게 뭐라고 하셨는지 아세요?"

소화가 대답하든 말든 해랑은 웃챠 소리를 내며 자리를 털고 일어섰다. 무심한 손길로 옷자락 여기저기 붙은 마른 풀들을 털어내고는 소매 안쪽을 뒤적거렸다.

부적 두 장을 꺼내 들고 허공에 날렸다. 불이 붙어 사라진 부적을 보며, 해랑이 중얼거렸다.

"살생하지 마라."

* * *

"모두, 제 몫이 될 겁니다. 그자가 그리 약조하더군요."

진원대군의 말에 찻잔으로 향하던 무영의 손이 멈추었다.

"돈에 욕심이 있는 분인 줄 처음 알았습니다."

꼬아 말하는 무영을 향해 대군이 빙긋 웃는 낯을 되돌렸다.

"제 몫이니, 어떻게 쓰든 가타부타하지 않겠다고도 했지요. 모두 나눠줄 것입니다. 백성들에게. 또한 호판이 그 재물을 끌어모으느라 희생된 사람들에게. 여태 올봄 같은 기근은 없었습니다. 정말로, 최근 일어난 사건 때문에 백성들이 문을 걸어 잠그는 줄 아십니까? 문을 걸어 잠근 가호들 중 절반은 빈집입니다. 과도한 조세를 감당하지 못해 산으로 들로 도망간 이들이 태반이란 말씀입니다."

"대감께서는 그자의 재산을 이득으로 취하시고, 그럼 그자가 얻는 이득은 무엇입니까?"

"늘 생각하지만, 제가 퍽 매정한 형님을 두었지 뭡니까? 일이 이 지경이 되어서야 제가 하는 일에 관심을 두시는군요? 그자가 원하는 것은 하나입니다. 그것을 내어줄지는 제게 달렸고요. 저는 그저, 그자 보다 형님께 먼저 기회를 드리고 싶은 것뿐입니다."

"정녕 역모를 하시겠다고요? 그것도 민도식과 손을 잡고요? 제게 이런 말씀을 하시는 이유가 뭡니까?"

"연경에는 뭔가를 찾으러 가셨다지요?"

도리어 묻는 대군의 말에 무영의 입매가 굳었다.

"듣자 하니 원하던 것을 얻으신 모양이던데, 그걸 제게 주세요. 그 아이도 함께요. 그러면 민도식을 형님께 내어드리지요."

대군이 말끝에 장난스레 눈가를 찡긋했다. 그러고는 재차 말을 이었다.

"오랫동안 하던 고민을 두고 이제야 결심이 선 것뿐입니다. 명선대 부께서 늘 제안하셨던 일이지요."

"원하는 사람들이 있으니 뜻에 따를 뿐이다……. 그렇게 뜻을 모은 이들 뒤로 숨는 것은 비겁하지 않습니까?"

뾰족한 무영의 말에 대군이 고개를 가로저었다.

"형님께선, 그새 정말로 큰형님의 개라도 되신 모양이네요."

"그리 보인다면 그런 것이겠지요."

무영이 비뚜름한 웃음을 입에 올렸다.

"저와는 달리, 두 분은 아버지를 꼭 빼닮으셨지요. 외모만 그런 것이 아니라, 그 고집도 말입니다. 큰형님은 절대 변하지 않을 분입니다. 민도식 그자가 연경에서 쓸어 모으듯 가져오는 물건들. 그 물건으로 기술을 습득한 자들. 다들 어디로 가는 줄 아십니까? 궁으로 갑니다. 관상감으로요. 왜 민도식의 재산이 한양이 아니라 그 가솔들의 터인 해주목으로 모일까요? 그렇게 모으는 것들을 주상께서 눈감아주시는 이유를 정말 모르십니까?"

"제가 알 필요가 없는 이야기들입니다."

무영이 더는 들을 것도 없다는 듯 자리에서 일어났다.

"지금 같은 상황에서 북을 정벌하겠다 나서면, 가장 피해를 입는 것은 결국 백성들입니다. 명분도, 실리도 없는 일로 애먼 사람들이 피를 흘리겠지요. 주상께서는 지금 단지 피에, 살육에 미쳐 있을 뿐입니다! 그걸 정말 모르십니까?"

"이만 가봐야겠습니다."

"해랑은, 찾으셨습니까? 누구에 의해 어디에 갇혀 있는지 제가 알고 있다고 말씀드렸던가요?"

사랑채 문을 열려던 무영이 손을 멈추었다. 대군을 향해 돌아선 무영의 왼 눈썹이 살짝 솟아올랐다.

"대군."

저를 비웃는 듯 아닌 듯 오묘한 무영의 표정에 대군이 낯을 굳혔다. 여태 한 번도 본 적 없는 얼굴이었다.

"대군께서는 그 아이가 아직도 자미재에 '갇혀' 있는 줄 아시는 모양인데……. 민도식이 그리 일러주던가요? 그런 정보력으로 어찌 역모를 하겠다 하십니까? 그 아이는 제가 가장 잘 압니다. 해랑 또한 저를 잘 알고요. 우리는 서로가 서로의 약점이 될 만한 사이가 아닙니다. 해랑이 대군께는 어떨지 모르겠습니다만."

대군의 미간이 접히는 것을 본 무영이 한숨 같은 웃음을 흘렸다. 이내 단호한 음성이 대군의 귓가로 떨어졌다.

"대군. 그 아이는, 제 아입니다."

무영이 사랑채를 떠나고도 한참이나 대군은 자리에서 움직일 줄 몰랐다.

* * *

"어찌 그러셨습니까?"

"뭘 말이오?"

모르쇠를 대는 임금에 민도식이 애써 불편한 표정을 숨겼다.

"그 쥐방울 말입니다."

"글쎄……. 누구 목에 달려는 방울인지를 모르겠어서 말이오."

"전하."

어디 계속해보라는 듯, 임금이 손짓했다.

"근자에 또 부엉이 소리가 들리시지요? 궁 안 어디에도 부엉이는 없는데 말입니다."

"내가 미친 게 아니냐는 말을 잘도 돌려 하는군."

잔뜩 비틀린 웃음을 입에 걸고 임금이 손에 쥐고 있던 술잔을 입 안으로 털어 넣었다. 탁 소리가 나게 내려진 잔에 민도식이 다시 술을 채워 넣었다.

"제가 다 해결할 수 있습니다."

속삭이듯 말하며 민도식은 제 손길이 떨리지 않도록 술 주전자를 쥔 손에 힘을 주었다.

임금은 말없이 다시 술잔을 들었다.

"제가 말씀드리지 않았습니까, 쓸모가 많을 것이라고요. 그 아이를 취하십시오. 모든 게 해결될 겁니다. 삿된 것들을 물리치는 아입니다. 군 대감보다 뛰어난 아이란 말씀이지요. 그러니, 그 쥐방울을 어디로 보내셨는지 말씀해주셔야 합니다. 제가 다시 데려올 것입니다."

"그런 능력이 있는 아이라면, 내 알아서 데려오지요."

"군 대감이, 이번에 연경에서 일전에 말씀드린 비서의 해독본을 입수했습니다."

"그래서요?"

임금의 고개가 삐딱하게 기울었다. 제 앞에 놓인 잔을 틀어쥔 민도식이 잠시 술잔 안에 비친 제 얼굴을 들여다보았다. 술잔 안의 제 얼굴이 웃는 듯했다. 스스로를 부추기는 듯한 기분이 들었다.

방금 전 제 주군이 한 모양 그대로 술잔을 비운 민도식이 다시 입을 열었다.

"그 비서에 사령을 물리치고 전하의 치세를 굳건히 하는 데 도움이 될 만한 내용이 있습니다. 그것과 그 아이, 둘 모두를 취하십시오. 대신, 반드시 군 대감을 없애셔야 합니다."

"또 내 손에 피를 묻히라?"

민도식이 고개를 가로저었다.

"그런 험한 일을 또 하실 필요가 있겠습니까? 다 제게 맡기세요. 구정물을 묻히는 것은 저 하나로 족합니다. 그저, 일러드린 시간에 군 대감을 곁에 잡아두시기만 하면 됩니다. 그러니 전하, 어서 말씀해 주십시오. 그 아이, 어디로 보내셨습니까?"

임금의 입가에 짙은 미소가 차올랐다. 도리가 없다는 듯 고개를 두어 번 가로저은 임금이 민도식의 잔에 술을 채웠다.

* * *

이른 새벽. 효상이 우는소리에 무영이 잠에서 깨어났다. 사령을 감지하는 제 쌍수도가 울며 반짝이는 걸 잠시 지켜보던 무영은 방문을 열었다. 어스름한 새벽빛을 잠시 바라보다가, 이내 신을 꿰어 신고 집을 나섰다.

산에서 내려와 무영이 가장 먼저 향한 곳은 생선전이었다. 아직 닫혀 있는 가게 문을 바라보다가 도성 남문 방향으로 걸음을 옮겼다. 등에서는 여전히 효상이 미세하게 떨고 있었다.

명철방 박 씨의 주막집 앞에서 잠깐, 그다음엔 수렛골.

수렛골 어귀에 있는 당산나무 앞에 도착하자 완연히 동이 텄다. 마을 사람들이 하나둘 제집 대문을 열고 나올 즈음, 무영이 품 안에서 부적을 꺼내 들었다.

무영의 손을 떠난 부적 세 장이 허공에서 타올랐다. 잠시 그 모습을 지켜보던 무영이 발길을 돌렸다. 어느새 효상이 잠잠해져 있었다.

* * *

"대체 어쩌려고 이러는 것인지 모르겠구나."

소화의 말에 산을 오르던 해랑이 입을 삐죽였다.

"그래도 제대로 찾아온 모양이어요."

해랑이 고개를 들며 대답했다. 멀리서부터 하늘을 새까맣게 물들이며 몰려오는 것은 먹구름이 아니었다. 잠시 그것을 바라보던 해랑이 다시금 잰 발을 놀렸다.

부러 저 들으라는 듯 푹푹 소리 내어 한숨 쉬는 소화를 모른 체하며 해랑은 좀 더 깊은 산속으로 걸어 들어갔다.

산 중턱 즈음, 나무가 적고 풀이 많은 제법 널찍한 곳을 발견했을 때 해랑이 걸음을 멈췄다.

"이쯤이면 되겠네요. 누가 먼저 올지는 모르겠지만요."

털썩 주저앉은 해랑이 풀 사이로 길게 몸을 뉘었다. 바람이 눕는 방향으로 따라 눕는 풀을 매만지며 눈을 감았다.

보지 않아도 알 수 있는 것들이 있다.

또한, 누군가 일러주지 않아도, 배우지 않아도 알 수 있는 것들도 있었다.

어느새 튀어나온 짐승의 귀를 쫑긋거리며 해랑은 주변의 소리에 귀를 기울였다. 두 손을 얼굴 앞에 대고 신기한 눈길로 짐승의 발을 들여다보았다. 코를 대어 킁킁 냄새를 맡아보고, 손가락을 옴죽거리듯 힘을 주기도 했다.

기다림에 지쳐 살풋 잠이 들려는 찰나, 예민한 해랑의 귓가로 날짐승의 소리가 들려왔다. 무영과 하산하던 날 들어보았던, 날짐승이 길게 우는소리. 누운 채로 잠시 그 소리를 감상하던 해랑이 몸을 일으켰다. 이제, 시간이 되었다.

* * *

이토록 큰 해괴제는 본 적도, 들은 적도 없었다. 임금의 광증이 심해 그런 것이라기에는 그 분위기가 너무 밝아, 참석한 대소신료들은 영문을 모르고 저들끼리 눈길을 주고받았다.

해괴제가 시작되자 내내 입을 벌려 웃는 임금의 모습을 보며 신료들은 두려움에 떨었다. 저런 웃음을 본 적이 딱 한 번 있었다. 궁 안에서 피바람이 불었던 그날의 얼굴로 임금은 거기 참석한 이들의 면면을 살피고 있었다. 제게 닿는 주군의 시선을 느낄 때마다 대부분의 신하들은 태연한 체하느라 애를 썼다. 목이며 얼굴이 벌겋게 달아오르기도 했고, 괜한 헛기침을 하는 자들도 있었다.

이 와중에 임금의 시선을 받고도 동요가 없는 이는 무영과 진원대군, 그리고 민도식. 이 세 사람뿐이었다.

세 사람의 시선은 각자 다른 곳을 향했다. 해괴제의 시작을 알리는 징소리가 났을 때, 단 한 번 하늘을 올려다본 민도식은 이내 귀비 태씨의 움직임에 눈을 고정했다. 그런 민도식을 내내 주시하고 있는 것은 무영이었다. 그의 낯빛에 조금의 변화라도 있을라치면 무영의 눈이 더욱 집요하게 그를 쫓았다. 민도식이 술잔을 쥐고 입술을 달싹이는 모든 순간 중 어느 것 하나도 놓치지 않겠다는 기세였다. 그러는 동안, 대군은 무영과 민도식을 흥미로운 눈으로 지켜보고 있는 임금에게 시선을 고정시켰다.

천둥 같은 북소리가 휘장을 쥐고 흔들 때 임금이 조용히 무영을 향해 손짓했다.

"네가 연경에서 가져왔다는 비본에 무슨 내용이 들어 있기에 저자가 저리도 욕심을 내는 것이냐?"

임금이 민도식을 눈짓하자 무영이 대답 없이 옅게 웃었다.

"그것이 저자와 나, 너와 윤이 녀석 넷 중에 누구에게 가장 쓸모가 있겠느냐?"

"호판에게 독이 될 것임은 확실합니다."

임금이 무영을 바라보았다. 저와 똑 닮은 형제의 눈을 가만히 들여다보던 그가 헛헛한 웃음을 흘렸다.

"저자를 죽일 수 있겠느냐?"

"명이십니까?"

묻는 무영의 눈길에 이는 의문을 놓치지 않은 임금이다. 그의 입가로 또다시 마른 웃음이 번졌다.

"그저 묻는 것이다. 내 손에 피를 묻히는 것이 이제 좀 지겨워진 참이라."

어디 보자, 광대놀음은 언제쯤 시작해야 좋으려나? 임금이 중얼거렸다.

귀비를 향해 시선을 던지는 임금의 피로한 옆얼굴이, 평소와는 달리 조금 나이 들어 보였다.

한동안 이어지던 해괴제가 엉망이 된 것은 순식간이었다. 돌연 자리에서 벌떡 일어난 임금이 곁에 선 내금위장의 칼을 빼 들고 호조판서 민도식을 향해 다가갔다. 민도식의 목 끝에 칼을 겨누며, 임금이 소리쳤다.

"민도식, 네 이놈!"

임금이 칼을 휘두르자 내응방 방향에서부터 하늘이 새까맣게 어두워졌다.

하늘을 한 번, 미동도 없는 민도식을 한 번 바라본 임금이 소리쳤다.

"내 이럴 줄 알았지! 이 영악한 요물!"

아무리 찔러 넣어도 칼은 민도식의 몸을 그대로 통과했다.

"전하."

무영이 임금의 손을 잡아 말리며 하늘을 향해 시선을 던졌다. 어느새 다가온 매 떼가 머리 위를 까맣게 물들이더니 이내 사람들을 공격하기 시작했다. 내내 정적에 휩싸여 있던 장내는 궁무들과 대신들이 혼비백산하여 도망치는 소리에 난장판이 되었다.

"피하셔야 합니다."

들러붙는 날짐승을 향해 부적 뭉치를 날린 무영이 말했다.

임금은 고개를 가로저으며 칼을 고쳐 쥐었다.

"적당히 하고 이만 가보거라. 나는 이제 광대놀음을 마저 해야겠다. 새 세상을 열어야 하지 않겠어?"

몸을 돌려 서며, 임금이 한마디 더 덧붙였다.

"참, 꽤 영특한 제자를 두었더구나? 그 계집애, 퍽 귀엽던데 말이야."

말을 마친 임금이 도망치는 사람들의 뒤를 쫓으며 이리저리 칼을 휘둘렀다. 부엉이 소리가 귀를 떠나지 않으니, 너희 모두를 죽여 제물로 바쳐야겠다고 소리쳤다.

대신들은 뒤엎은 상을 넘어 도망치고, 눈앞을 가리는 휘장을 어쩌지 못해 팔을 휘적이다가 넘어지기도 했다. 칼을 피해, 자신들의 미친 주군을 피해 뛰고, 날짐승을 피해 땅바닥을 기어 숨을 곳을 찾아다녔다.

그 틈에 무영의 칼이 민도식의 몸을 갈랐다. 칼이 지나간 자리를 따라 민도식의 몸이 허공으로 연기처럼 흩어졌다. 그 결에, 사람들을 쫓던 매 떼도 허공으로 함께 사라졌다.

무영이 몸을 돌려 섰다. 여태 이 모든 걸 지켜보기만 하던 대군을 향해 입꼬리를 비틀어 올렸다.

"원하는 걸 모두 가질 수는 없는 법이지요. 적어도 하나는 갖게 되실 모양이니, 이제 솔직해지셔야 할 겁니다. 비겁한 자는 용상에 앉을 수 없는 법이니까요."

무영이 열고 나간 문을 통해 대군의 사람들이 몰려 들어왔다. 역모였다.

* * *

"어찌, 우리 도련님께선 아직도 사령이니 하는 것들을 믿지 않으십니까?"

산을 오르며, 주혁이 수환을 향해 농을 쳤다. 수환이 피식 웃으며 손에 들린 칼을 흔들어 보였다. 칼자루에 무영이 감아준 부적들이 노랗고 붉게 빛을 냈다.

"내가 우리 똥강아지 때문에 하다 하다 별걸 다 하네."

"어째서 해랑이 자네 똥강아진지 모르겠네만?"

주혁이 불퉁하게 하는 말에 수환이 허, 코웃음을 쳤다.

"이따 녀석을 만나면 물어볼까? 우리 중 누굴 더 좋아하는지 말이야."

"자신 있나 보군?"

"네가 연경에 가고 없는 동안 내가 고 녀석을 잘 구워삶았거든."

수환이 자신 있다는 듯 어깨를 으쓱하며 웃자 주혁이 그의 등을 툭 치며 따라 웃었다.

"아 참, 그리고 무엇보다 네가 나를 이길 수 없는 이유가 하나 더 있지."

주혁이 의문을 띤 얼굴로 수환을 바라보았다. 그런 친우의 낯을 하나하나 곱씹듯 뜯어보던 수환이 씨익 웃고는 입을 열었다.

"원래, 여인들은 나처럼 낯이 고운 사내에게 끌리는 법이지. 그것이 자연의 섭리 아니겠어? 우리 종사관 나리처럼 매일 그렇게 심각한 표정을 하면, 오던 여인도 달아나는 법이지."

"자네…… 알고 있었군?"

주혁이 놀란 얼굴을 되돌리자 수환이 혀를 찼다.

"네가 아는 것 중, 내가 모르는 것이 있었어?"

피식 웃은 수환이 주혁을 조금 앞질러 나갔다. 무영이 일러준 장소가 곧이었다. 긴장을 감추려 아무리 농을 치며 웃어보아도 눈치 없는 입꼬리가 자꾸만 제자리로 내려갔다. 손에 차는 식은땀에 쥐고 있는 칼이 미끄러질까 싶어, 수환은 걸음을 옮길수록 더욱 세게 칼자루를 쥔 손에 힘을 주었다.

그런 수환의 등을 바라보며 주혁 또한 긴장으로 마르는 입안을 감추려 애를 썼다.

그리고 마침내 그들의 눈앞에 해랑이 나타났다. 해랑과 해랑 주위를 낮게 날고 있는 수많은 매 떼 앞에서 두 종사관은 다시금 손에 쥔 칼을 고쳐 쥐었다.

달려드는 매 떼를 하나하나 칼로 가를 때마다 수환은 제 눈으로 보고도 못 볼 것을 본 것마냥 눈을 치떴다.

"겨우 이런 것에 놀라려고?"

주혁이 놀리듯 말하자 수환이 이마를 찡그리며 고개를 가로저었다. 사람의 힘으로는 안 되는 일이라더니, 과연 무영이 칼자루에 빼곡하게 감아주었던 부적이 효과를 보이는 것인지 두 사람의 칼에 닿는 족족 매들이 힘없이 떨어져 나갔다.

칼에 맞아 죽은 매는 더러 사람의 모습으로 변하기도 했다. 또 어떤 때에는 연기처럼 허공으로 사라지기도 했다. 그 사이를 헤쳐 걸으며 두 사람은 끊임없이 칼을 휘둘렀다.

그러나 해랑에게 다가가기에는 역부족이었다. 그 수가 많아도 너무 많았던 탓이다.

"이럴 줄 알았으면 분신은 알아서 구분해주는 부적도 달라고 할 걸 그랬지? 암만 봐도 대감께서 우릴 골탕 먹이려고 이러시는 거야."

"언제는 귀신이니 부적이니 하는 것들은 안 믿는다면서?"

등을 마주 대고 어깨너머에서 대답하는 주혁에게 수환이 젠장할, 하며 칼을 고쳐 쥐었다.

"제 흉을 보고 계셨습니까?"

무영의 목소리를 따라 두 사람이 고개를 휙 돌렸다.

"궁에서는 별일 없으셨습니까?"

주혁의 물음에 고개를 끄덕인 무영이 품 안에서 부적 서너 뭉치를 꺼내 들었다.

"이러면 조금 쉬워질 겁니다."

무영이 날린 수십 장의 부적들이 팔랑거리며 매 떼 사이로 향했다. 등에 부적이 붙은 매 중 분신이었던 것들이 부적과 함께 연기가 되어 사라졌다.

입을 쩍 벌리고 그 모양을 지켜보는 수환과 주혁을 남겨두고, 무영이 등을 돌렸다.

"먼저 가겠습니다. 뒤를 부탁드리지요."

* * *

"반쪽 왕자가 오셨군. 그래, 해괴제는 볼 만하던가?"

삼 년 전, 소화가 죽었던 그날의 그곳에 민도식이 서 있었다.

앞세운 해랑의 목에 긴 발톱을 들이민 채로 이죽대는 민도식과 마주 선 무영이 효상을 꺼내 들었다.

무영의 칼을 유심히 살피던 민도식이 파안대소했다.

"귀기를 감지하는 칼이라……. 그래, 그 정도면 나보다 어린 쭉정이들은 죽일 수도 있겠지. 그래서 그 종사관 놈들의 칼에도 부적을 감아준 모양이군."

"제 가솔들을 쭉정이라 부르는 자가 가문을 이끄는 수장이라니요."

"제 형제를 죽인 자가 왕도 되는 세상에 이 정도를 가지고 그리 말하면 쓰나."

민도식의 말에 무영은 들으라는 듯 혀를 찼다.

무영이 민도식을 향해 한 걸음 다가서자, 민도식이 두 걸음 물러섰다. 그러고는 해랑의 목에 들이민 발톱에 힘을 주었다.

피가 새어 나오는 해랑의 목을 보며 무영이 이맛살을 찡그렸다.

"그래, 호족의 비서에는 무슨 말이 적혀 있던가? 가문의 오랜 비법과 주술이 있었을 테지. 네놈이 그토록 그 책 나부랭이에 집착했던 이유를 내가 모를까 봐? 이 호랑이 새끼의 몸을 취해 소화 그 계집에게 주려는 것을, 내가 모를 줄 알았느냐?"

민도식의 말에 해랑의 눈이 깊게 가라앉았다. 그런 해랑을 바라보던 무영이 입을 열었다.

"예. 그리고 몸을 얻게 된 소화가 입을 열면 영감께서 곤란하실 일이 한두 가지가 아니겠지요."

"설사 네놈이 성공하여 이 아이의 몸에 소화의 영혼을 불러들인다한들, 누가 그것을 믿어주겠느냐? 나와 내 가문은 몰락하지 않을 것이다. 너는 날 죽이지 못해. 감히 인간 따위가!"

"그럴까요? 허나 치명상 정도는 입힐 수 있겠지요. 영감 같은 존재를 상대할 때는 인간의 힘이 아닌 것으로 상대해야 한다고 적혀 있더군요. 보신 대로 제가 쥔 칼이 사람의 힘으로 만든 것은 아닌지라, 꽤쓸 만할 겁니다."

말을 마친 무영이 순식간에 민도식의 지근거리로 다가섰다. 손을 내뻗기만 하면 칼이 닿을 듯한 거리였다.

민도식이 입을 벌려 웃으며 손에 힘을 주었다. 해랑의 목 안으로더욱 깊게 발톱이 밀어 넣어졌다.

"아니, 너는 나를 죽이지 못할 것이다. 그러면 이 호랑이 새끼도 함께 죽을 테니. 자, 이제 선택을 하세요, 군 대감. 정인의 복수를 위해이 아이를 죽이시렵니까? 아니면, 이 아이를 살리고 정인을 배신하시렵니까?"

민도식이 과장된 품새로 말하며 몸을 움직일 때마다 해랑이 가쁜숨을 몰아쉬었다.

목에 감긴 팔을 떼어내려 버둥거리자 민도식은 무영을 보며 이것보라는 듯 입꼬리를 당겨 올렸다.

이쯤에서 무영은 인정할 수밖에 없었다. 제 눈앞에 선 이 사내는 불쾌하고, 지독하며, 잔인하다. 자신만만한 이치의 말대로, 무영은 영원히 이 사내를 이길 수 없을지도 몰랐다. 칼을 쥔 손이 미세하게 떨려왔다.

그 모습을 놓치지 않은 민도식이 입술 끝을 말아 올렸다.

"하하하. 것 봐라, 너는 나를 결코 죽일 수 없······."

나불거리던 민도식이 말을 멈추고 휘청했다.

어느새 짐승의 발로 변한 해랑의 팔이 제 목을 감싼 민도식의 팔을 움켜쥐었다. 산짐승과 날짐승의 발이 한데 엉켰다.

"칼을 거두세요! 저도 다칩니다!"

다급히 외치는 해랑의 말에 무영이 두어 걸음 물러섰다.

"각성도 못한 주제에, 어딜 감히?"

민도식이 해랑을 비웃으며 두 손에 힘을 주자 해랑의 목에서 쌔액하는 소리가 흘러나왔다. 짐승으로 변한 부분은 겨우 두 팔뿐인 호족의 어린 핏줄이 응족의 성체를 이길 수 있을 리 없었다.

목이 졸려 버둥거리는 해랑의 낯이 희게 질리기 시작하자, 무영은 칼을 고쳐 쥐었다.

얼마나 빨리, 정확히, 민도식에게만 칼을 꽂을 수 있을지 가늠하는 찰나, 해랑의 몸이 축 늘어졌다. 순식간의 일이었다.

당황한 채 몸을 굳히고 선 무영을 향해 민도식이 이죽거렸다.

"것 봐라, 네깟 것들이 감히 날?"

민도식이 축 늘어진 해랑의 몸을 무영에게 던지듯 팽개쳤다.

무영이 무릎을 꿇고 앉아 해랑의 코끝에 손을 댔다. 그러다가 귀를 대고 숨소리를 들으려 안간힘을 썼다. 허나 숨이 붙어 있지 않은 몸뚱이는 점점 차게 식어갔다. 핏발선 눈을 홉뜨며, 무영이 자리에서 일어났다. 칼을 고쳐 쥔 손끝에 조금의 망설임도 없었다.

제아무리 무예에 능하다 한들, 사람은 그저 사람일 뿐이다. 여기저기 상처를 매단 무영의 몸이 조금씩 느려지기 시작했다. 그 모습에 씩 웃은 민도식이 뽐내듯 짐승의 발톱을 허공에 휘적였다.

"네 계집들 곁으로 보내주마. 그리 고통스럽진 않을 게다."

자비라도 베푸는 양 말하는 모습에 피식 웃은 무영이 또 한 번 칼을 고쳐 쥐었다. 팔을 타고 흘러나온 피가 칼자루를 붉게 적시고 있었다. 어쩐지 칼이 무겁더라니. 속으로 혀를 차면서도 무영은 칼을 놓을 생각은 하지 않았다.

몇 번이나 무영의 칼끝과 민도식의 발톱이 맞부딪쳤다.

민도식의 날카로운 발톱이 살점을 쥐어뜯듯 허벅지 위를 스칠 때, 무영은 이길 수 없을 싸움임을 직감했다. 둘 중 하나는 죽어야 끝날 일이었다. 비굴한 성정은 못되는 무영인지라, 민도식에게 목숨을 구걸하느니 죽는 쪽을 선택했다. 그러자 칼이 조금 가벼워지는 듯한 기분이 들었다.

무영의 발이 빠르게 허공을 딛고 칼을 쥔 손이 민도식의 가슴을 향해 뻗어나갔다. 민도식이 손을 들어 그 칼을 쳐내자 무영이 몸을 휘청하며 무릎을 꺾었다.

"끝까지 고집을 부리는구나."

민도식이 비릿하게 웃으며 무영을 향해 다가왔다. 날짐승이 허공을 가르듯 소리 없는 움직임이었다. 그 모습을 바라보던 무영이 바닥을 더듬어 칼을 향해 손을 뻗었다. 허벅지에 길게 남은 상처에서 한

움큼 피가 솟구쳐 나오고, 어깨를 따라 흐르는 피가 칼을 찾는 무영의 손을 온통 벌겋게 물들였다.

마침내 무영의 손끝이 칼자루에 닿았을 때, 내내 여유를 부리던 민도식이 재빠른 몸짓으로 무영의 손등을 꽉 밟아 눌렀다.

"너는 나를 죽일 수 없다니까?"

무영이 눈을 홉뜨고 민도식을 노려봤다. 밟힌 손을 빼내려 애쓰는 와중에도 붉게 핏발이 선 집요한 눈길은 민도식을 향해 있었다. 그 모습에 민도식이 길게 혀를 찼다.

"인간들은 어찌 이리도 어리석은……."

나불거리던 민도식의 입에서 피가 울컥 쏟아져 나왔다.

"맞습니다. 스승님은 당신을 죽이지 못합니다. 하지만 저는 그럴 수 있지요."

민도식의 목을 뒤에서 움켜쥔 해랑이 말했다. 억 소리를 내며 겨우 고개만 돌린 민도식이 영문을 모르고 눈을 굴리는 동안 무영 또한 당황스러운 얼굴을 하고 있기는 마찬가지였다.

짐승의 발로 변한 손을 들어 해랑이 민도식의 목덜미를 잡아 눌렀다. 민도식의 목으로 산짐승의 날카로운 발톱이 파고들었다.

"영감, 때로는 배우지 않아도 저절로 알게 되는 것들이 있습니다."

발톱을 한껏 내뺀, 놀고 있던 다른 쪽 손을 민도식의 눈앞에 내보이며 해랑이 말을 이었다.

"영감이 제 가족들을 죽였던 것처럼, 저도 영감을 죽일 수 있지요. 우리는 서로를 죽일 수 있는 유일한 존재니까요."

말을 마친 해랑이 망설임 없이 민도식의 목에 마저 발톱을 박아 넣었다. 여태까지의 일이 꿈이었던 것마냥 모든 것이 한순간이었다. 산짐승의 긴 발톱이 목에 박히고 얼마 지나지 않아 너무도 쉽게 민도식은 본연의 모습으로 돌아갔다. 목이 꺾인 날짐승의 모습으로.

"하지 말라고 배운 것을 행하였으니, 이제 혼을 내실 건가요?"

무영과 마주 선 해랑이 물었다.

저만치 해가 기우는 것을 바라보던 무영이 해랑을 한 번, 죽은 민도식을 한 번 바라보았다.

"글쎄다."

"스승님은 언제나 제게 확실한 답을 주지 않으시네요."

해랑이 고개를 가로저으며 웃고는 목에 걸린 방울을 풀어냈다.

"그래도 꽃분 아주머니께서 제때 스승님을 찾아 뵌 모양이에요. 생각보다 일찍 오신걸요?"

방울을 매만지던 해랑이 그것을 무영의 손에 쥐여주었다.

"민도식 영감의 말 때문이 아닙니다. 누가 일러주지 않아도 저절로 알게 되는 것들이 있습니다. 그러니까, 제 쓸모 같은 것 말이어요."

살풋 웃는 해랑의 눈꼬리를 타고 눈물길이 났다. 달래주지 않는 것이 서러울 법도 하건만, 해랑은 투정 없이 제 입술만 꽉 깨물었다. 그러고는 여태 망설이는 무영의 손을 끌어 칼자루에 얹어주었다.

무영이 한 번 더 짐승의 몸통을 향해 칼날을 박아 넣었다. 짐승의 살을 파고든 칼이 길게 울었다. 무영은 칼자루를 쥔 손끝에 조금 더 힘을 주었다. 칼끝으로부터 짐승의 심장이 파닥이는 것이 전해지는 것만 같았다.

잠시간 서서 그 미세한 파닥거림을 헤아려보던 무영이 이내 칼을 거두었다. 칼날이 빠져나간 자리를 따라 붉게 피가 솟구쳤다. 가엾은 짐승은, 마치 그 모양을 되새기듯 제 피가 솟는 것을 따라 느릿하게 눈을 굴렸다. 그러고는 그 시선 끝에 가만히 무영의 낯을 들여다보았다. 물먹은 듯 반질거리는 짐승의 눈동자 위로 무영의 모습이 잔상처럼 새겨졌다. 얼마 지나지 않아 작게 떨리던 짐승의 눈꺼풀은 꺼져가는 제 숨과 같은 모양새로 조용히 닫혔다.

무영은 그 모양새를 멀거니 내려다보았다. 어떤 연유인지, 여직 손끝에 짐승의 심장이 파닥이던 그 감각이 남아 있었다. 제 손과 짐승을 잠시 들여다보던 무영은 이내 고개를 들었다.

길게 이는 바람에 풀과 나무가 눕는 소리가 선명했다. 차르르 소리를 내며 쏟아지던 바람이 산을 넘어가는 해를 잡으려고 멀리, 멀리 해를 따라 사라졌다.

식어가는 짐승의 몸뚱이 위로 해가 토해낸 마지막 빛이 부서져 내렸다. 그 붉은빛이 눈부셔 무영은 몇 번이나 눈을 찡긋거렸다.

13

천 번의
밤

한 무리의 아이들이 저자를 휘저으며 뛰어다녔다. 이리저리 툭 부 딪치는 어른들이 "이놈!" 하고 소리쳤다가 이내 아이들을 따라 웃 으며 "이리 온" 하고 손을 까딱거렸다. 냉큼 다가간 아이들에게 누구 는 엿가락을, 누구는 다식을 한 주먹 쥐여주기도 했다. 값비싼 간식을 손에 쥐고 한껏 들뜬 아이들이 꾸벅 고개를 숙이면 "어서 가 놀아라" 하며 손을 휘저었다.

태평성대라 했다. 진원대군 이윤이 왕위에 오른 후, 어디서나 누구 에게나 매일의 삶에 즐거움이 가득했다. 마치 신기루처럼, 환상처럼, 현실 같지 않은 매일이 이어졌다.

선전 앞을 한바탕 시끄럽게 지나가는 아이들을 바라보며 정 행수 가 쯧, 혀를 찼다. 저도 모르게 아이들 손에 들린 간식에 눈이 갔다.

"이것은 무엇으로 만든 것입니까?" 묻던 동그란 눈이 떠오르자 정 행수는 이내 고개를 저어 생각을 털어냈다.

무릎이며 어깨며 쑤시지 않는 곳이 없는 것을 보니 오늘내일 간에 비가 올 모양이었다. 목 뒤를 주물럭거리며 정 행수는 혜정교 방향으로 발을 옮겼다.

"뭐던다고 여기서 이러고들 계신다요? 준비 다 됐으믄 퍼뜩퍼뜩 오셔야제, 눈이 빠지게 기다리고 있었구먼."

정 행수의 말에 수환과 주혁이 멋쩍게 웃었다.

"공 의관이 자꾸 이것저것 물건을 더한다고 붙잡아서요."

그 말에 정 행수의 시선이 수환의 품으로 향했다. 해랑이 여태 공부하던 검험서와 간단한 응용법물 꾸러미인 듯했다.

"어디 보자, 우리 나리께서 소매춤에 숨긴 것은 뭐시당가요?"

정 행수가 이번에는 주혁의 소매를 향해 장난스레 손을 뻗으며 물었다.

"문시종입니다. 연경에 갔을 때 구한 것인데, 비싼 것은 아니지만 꽤 쓸만한 물건입니다."

"하이고, 이 나리들께서 영 뭘 모르시네. 지금 들고 오신 것들보다 제가 가져온 요것이 훨씬 좋을 거란께요. 다식을 을매나 좋아했는지 모르시지라?"

정 행수가 짐짓 젠체하며 어깨를 으쓱이자 두 종사관이 피식피식 웃으며 고개를 가로저었다. 웃음 끝에 잠시 서로의 얼굴을 들여다보던 세 사람은 이내 무영의 집을 향해 걷기 시작했다.

내내 투닥이며 산을 오른 세 사람이 무영의 안뜰로 들어섰다.

수환이 팔꿈치로 주혁의 옆구리를 툭 치며 눈짓하자 주혁이 고개를 가로저었다. 곧 두 종사관의 시선은 정 행수를 향했다.

난감한 듯 이맛살을 찌푸리던 정 행수가 결국 큼, 소리를 내며 한 발 앞으로 다가섰다.

"우리 왔네."

"오셨습니까?"

툇마루에 앉아 멍하니 손에 쥔 것을 바라보고 있던 무영이 고개를 들었다.

세 사람의 등 뒤로 숨겨진 꾸러미를 보며 무영이 쓴웃음을 흘렸다. 그러고는 툇마루 한쪽에 놓인 낡은 우산으로 시선을 옮겼다.

"도성 안이 어찌나 한가한지 말입니다."

"포청 옥사가 텅텅 비었습니다."

앞다투어 말을 뱉는 수환과 주혁을 보며 무영이 희미하게 웃었다.

"더는 제가 도울 일이 없으니 다행이지요."

웃으며 대답하는 무영을 따라 입꼬리를 올리던 주혁이 그의 손에 들린 것을 발견하고는 입매를 굳혔다. 연경 유리창에서 사들였던 고운 노리개가 눈에 박히자 가슴이 툭 내려앉는 듯했다. 자신이 보아도 이럴진대, 쥐고 있는 무영은 오죽하랴 싶었다.

결국 세 사람은 툇마루 한쪽에 애꿎은 물건들만 올려두고 산을 내려갔다. 그날 이후 여태 집에만 틀어박혀 있는 무영을 달래기에는 아직도 더 많은 시간이 흘러야 할 것 같았다.

* * *

"종주야."

상소문을 넘기던 임금이 나직이 제 수하를 불렀다.

"예, 전하."

"형님께서는 어찌하고 계시더냐?"

"어제와 같습니다."

종주의 말에 윤이 고개를 가로저었다.

"큰형님께서 어찌하고 계신지 물은 것이다."

"아뢰옵기 송구하오나, 더는 찾아오지 말라 이르셨습니다. 제 낯을 보면 안 들리던 부엉이 소리가 들릴 지경이라 하시며 다시는 오지 말라 하셨사온데……."

윤이 웃으며 고개를 가로저었다.

형님, 저를 이렇게 과중한 격무에 시달리도록 해놓으시고, 형님께선 그렇게 편히 계시겠다고요? 언제 적 부엉이 타령을 아직도 하시는 겁니까.

투정이 새어 나왔다.

그날. 기어이 궁문을 밀고 들어온 역모의 무리를 마주한 임금의 얼굴에 떠오르던 홀가분함을 알아챘던 순간, 속이 시원하다는 얼굴로 웃으며 저를 향해 장난스레 눈을 찡긋거린 임금이 손에 쥐고 있던 칼을 내던진 그 순간. 그제야 윤은, 저는 어찌해도 제 형제를 이길 수 없음을 깨달았다. 이번에도 윤은 처음부터 틀렸던 것이다. 날 때부터 왕이 될 운명이었던 자는 쥐고 있던 자리를 내려놓는 순간에도 행여 그 역모에 반기를 드는 자가 있을까, 있는 힘껏 광대놀음을 한 것이었다.

누가 그 자리에 앉든, 그 어떤 누구에게도 왕의 자리를 위협받지 않도록. 적통이 아닌 자라 하여 업신여김당하지 않도록.

조선 땅의 모든 권력이 왕에게서 시작해 왕으로부터 끝나도록.

"종주야, 귀비당에 일러 날을 받게 하거라. 큰형님을 뵈러가야겠구나."

"하오나······."

"원래 오지 말라 하면 더 가고 싶은 법이다. 모르느냐?"

윤이 종주를 향해 한쪽 입꼬리를 말아 올렸다.

'지난번에 보내 드린 차가 떨어질 때가 되었지, 이보다 더 좋은 핑계가 없군.'

속으로 뇌까리며, 윤은 상소문을 덮었다.

* * *

봄꽃을 닮은 분홍빛 노리개를 바라보다가 입안의 여린 살을 씹었다. 이런 것이 갖고 싶으냐 했을 때 아니라며 그저 너무 고와 바라본 것이라 웃던 얼굴이 떠올랐다.

어느 가을밤, 꽃잎처럼, 나비처럼 제 눈앞에서 팔랑이던 머리칼과 햇빛 아래에서 투명하게 옅어지던 호박색 눈동자와 제 소매 끝을 슬그머니 붙잡던 자그마한 손끝이 눈을 감지 않아도 눈앞에 훤했다. 눈동자보다 훨씬 안쪽에, 저 깊은 곳에 박혀 떨어지지 않는 잔상이 무영의 가슴을 움켜쥐고 숨을 막히게 했다. 괜찮다며, 제 쓸모를 이미 알고 있으니 뜻대로 하라며 칼을 쥐게 하던 손의 감촉이 떠오를 때면, 울지도 웃지도 못하는 신세가 되었다.

너무 겁을 먹어 그 혼이 도망친 것일지도 몰랐다. 이리될 줄 알았으면 괜찮다, 편해질 게다, 아파도 조금만 참거라, 달래는 말이라도 해둘 것을. 늘 다정한 체하면서 정작 필요한 순간에는 한 번도 다정하지 못해서 그렇게 울렸구나 싶었다.

무영이 눈을 질끈 감았다 떴다. 대체 뭐가 잘못되었을까. 틀림없이 거기 전해진 대로 했을 뿐인데. 아직도 그 내용의 점 하나, 획 하나까지 이렇게 머릿속에 선명한데.

뭔가 잘못된 게 아니라면 미움받고 있는 것이 틀림없었다. 다시는 꼴도 보기 싫어서, 그래서 혼이 달아났는지도.

"또 그러고 계십니까?"

들려온 소화의 목소리에 무영이 느릿하게 고개를 들었다. 툇마루에 놓인 물건들을 바라보던 소화가 손끝으로 그것을 툭 건드렸다.

"세 분 다 틀렸네요."

이리 눈치가 없어서야……. 작게 중얼거리며 소화가 마당으로 나섰다.

"닷새 뒤가 수릿날이라 온 도성 안이 시끌시끌합니다. 정말 가보지 않으실 거예요?"

소화의 물음에 무영이 고개를 가로저었다.

"정말요? 오라버니, 후회하실걸요?"

샐쭉한 얼굴을 하던 소화가 아! 하고 손뼉을 쳤다.

"아니지요, 분명히 가시게 될 거예요."

어느새 다가온 소화가 무영 앞에 쪼그리고 앉았다.

손에 턱을 괴고 깊이를 모를 무영의 까만 눈동자를 들여다보던 소화가 살풋 웃음을 흘렸다.

"그때는 왜 몰랐을까요?"

"무얼 말이냐?"

"아니지, 사실 전부 알고 있었습니다. 알면서도 모른 체했지요."

"그랬느냐?"

"예. 그런데, 지금 보니 몰랐던 게 맞는 것 같습니다."

소화가 조용히 일어나 무영에게서 두어 발 떨어져 섰다.

"몰랐던 게 확실해요. 오라버니 마음이 변한 줄은 꿈에도 몰랐지 뭐예요? 아니지요, 오라버니 잘못입니다. 그동안 저 아이를 애지중지 하신 게 저 때문인 걸 제가 정말 몰랐으려고요?"

소화의 말에 무영이 손끝을 말아 쥐었다.

민도식이 해랑의 목을 움켜쥐고 비서에 대해 얘기했을 때 깊게 가 라앉았던 그 눈동자가 떠올랐다. 해랑도 소화와 같은 생각을 하고 있 었을까. 소화에게 내어줄 몸이라 어디 한 군데 다치는 일 없게 돌봤던 것이라고, 그래서 그토록 소중히 대했던 거라고, 그렇게 생각했을까.

"그래요, 처음에는 그 책에 적힌 대로 제 혼을 거두어주실 줄 알았 지요. 그러니 여태 제가 이렇게 기다린 것 아니어요? 하루가 지나고, 또 하루가 지나고……. 미련한 사내가 불쌍한 계집을 구해줄 거라고 요. 그런데 가만히 보니, 불쌍한 계집이 제가 아니라 저 아이였지 뭐 예요?"

소화가 말을 이을 때마다 무영은 숨이 막히는 듯했다. 스스로의 마 음도 제대로 들여다볼 줄 몰랐던 미련함이 후회가 되어 자꾸만 무영 의 목을 옥죄었다.

"비서에 적힌 대로, 오라버니께서 저 아이를 사람으로 만드셨으니, 이제 사람이 아닌 것은 저 아이가 아니라 저인걸요. 그걸 왜 더 빨리 알아채지 못했을까요? 천 번이나 밤이 지나는 동안, 제가 이렇게 욕심을 부리고 있었으니 우리 셋 모두 불행해질 수밖에요."

샐쭉하게 웃은 소화가 치맛자락을 손에 쥐고 자리에서 뱅그르르 한 바퀴를 돌았다.

"어여쁘지요?"

"어여쁘구나."

소화의 새파란 치맛자락이 무영의 눈꺼풀 저 깊숙한 곳에 각인되어 있던 모습 그대로 파도처럼 출렁였다.

"오라버니."

"그래."

무영이 작게 대답했다. 떨리는 손끝처럼 목소리가 떨려 나왔다.

"제 몫은 여기까지예요. 불쌍한 계집애에게 전해주셔요. 인간이 아닌 계집은 이제 떠나니, 맘껏 욕심 부려도 된다고요. 그러니, 함께 어여쁘게 나이 들라고요."

싱긋 웃은 소화가 무영을 향해 손을 팔랑였다. 동이 트고, 마당 안으로 들어오는 햇살 줄기가 소화의 치맛자락을 통과했다. 희미하게 흩어지는 소화의 모습을 홀린 듯 바라보던 무영이 자리에서 벌떡 일어나 방문을 열었다.

"누구십니까?"

해랑의 물음에 무영이 입술을 꽉 깨물었다. 해랑의 키가 무영의 무릎만 할 때 처음으로 말문을 뗀 해랑이 물었던 말. 그땐 뭐라 대답하지 못하고 우물거렸지. 다시 처음처럼 묻는 그 말에 무영이 환하게 웃었다.

"네 정인이다."

무영의 대답에 해랑이 눈을 동그랗게 뜨는가 싶더니 이내 눈을 접어 웃어 보였다.

"처음으로, 제게 확실한 대답을 하셨다는 건 아십니까?"

"처음은 아닐 텐데?"

짓궂게 웃는 얼굴과는 다르게 해랑의 머리를 쓰다듬는 무영의 손길은 떨리고 있었다.

몇 번이나 확인하듯 해랑을 만져본 후에야 손끝의 떨림이 잦아들었다.

"내 약조하지 않았느냐?"

"무엇을 말씀이셔요?"

"그새 우산이 많이 낡았더구나."

짐짓 능청을 떠는 말에 해랑이 키득거리며 무영의 손을 잡았다. 커다란 손에 얼굴을 묻고, 해랑이 작게 속삭였다.

"네, 새것으로 사주셔요. 곱고 예쁜 것으로요."

열린 문을 넘어 방 안으로 길게 아침 햇살이 들었다. 천 번의 밤을 지나 내린 빛이 앉은 해랑의 얼굴이 곱고, 또 고와서 무영은 한참이나 그 낯을 쓸어내렸다.

호랑낭자뎐

초판 1쇄 발행 2020년 1월 22일

지은이 이재인

펴낸이 카카오페이지 황현수
기획 카카오페이지 이수현
책임편집 황예인
마케팅 최지연, 김재선
제작투자 타인의취향
디자인 데시그 윤설란 윤여경
교정 윤정숙

펴낸곳 연담ㄴ
출판등록 2010년 8월 16일 제2015-000037호
전화 02-6949-6014
팩스 02-6919-9058

ⓒ 이재인, 2020

ISBN 979-11-6509-080-7 03810

이 도서의 국립중앙도서관 출판예정도서목록(CIP)은 서지정보유통지원시스템 홈페이지(http://seoji.nl.go.kr)와 국가자료공동목록시스템(http://www.nl.go.kr/kolisnet)에서 이용하실 수 있습니다.(CIP제어번호: CIP 2020000540)

• 책값은 뒤표지에 있습니다.
• 잘못된 책은 구입하신 곳에서 바꾸어 드립니다.